陳廣宏　侯榮川　編校

明人詩話要籍彙編

詩評卷　叁

復旦大學出版社

本册總目

胡應麟◇撰

詩藪

二十卷（外編、雜編、續編）

侯榮川◎點校

詩藪外編一　周漢

東越胡應麟著

中古享國之悠遠，莫過於夏、商、周；近古享國之悠遠，莫過於漢、唐、宋。中古之文，始開於夏，至商積久而盛徵，至於周而極其盛；近古之文，大盛於漢，至唐盛極而衰兆，至於宋而極其衰。秦，周之餘也，泰極而否，故有焚書之禍；元，宋之閏也〔一〕，剥極而坤，遂爲陽復之機。此古今文運盛衰之大較也。

唐、虞之文，太羹玄酒，至《禹貢》而千古文機槖籥矣；唐、虞之詩，太音希聲，至《商頌》而百代詩法淵涵矣。予竊謂後世之文〔二〕，鼻祖於夏，而詩胎孕於商也。

二《典》、三《謨》，淳雅渾噩，無工可見，無法可窺。《禹貢》紀律森然，百代敘述之文，皆自此出。《康衢》、《擊壤》，寥寥數語；《五子之歌》篇章大衍，酬和浸開。至《商頌・玄鳥》諸篇，

〔一〕「宋」，原本無，據江本、内閣本、程本、吴本補。

〔二〕「予竊謂」，内閣本、程本作「故吾以」。

閎深古奥，實兆典刑。周末莊、列、屈、宋，無異後世詞人矣。

唐、虞以下，帝王詩歌之美者，堯《卿雲》，舜《南風》，穆《東夏》，項《垓下》，高《大風》，武《秋風》，昭《黄鵠》，孟德「對酒」，子桓《雜詩》，文皇《帝京》，玄宗《曉發》，皆非當時臣下所及。〔二〕

詩與文體迥不類。文尚典實，詩貴清空；詩主風神，文先理道。三代以上之文，《莊》、《列》最近詩，後人采掇其語，無不佳者，虚故也。

「欲罷不能，既竭吾材，如有所立卓爾。」本顔回見道語，然實詩家妙境。神動天隨，寢食咸廢，精凝思極，耳目都融，奇語玄言，恍惚呈露，如游龍驚電，掎角稍遲，便欲飛去。須身詣其境知之。

九方皋相馬一節，《南華》本不爲詩家説，然詩家無上菩提盡具此。蓋作詩大法，不過興象風神、格律音調。格律卑陬，音調乖舛，風神興象，無一可觀，乃詩家大病。至於故實矛盾，景物汗漫，情事參差，則驪黄牝牡類也。製作誠工，即在楚言秦，當壯稱老，後世但睹吾詩，寧辨何時

〔二〕　此條下内閣本多一葉，鈔補「孔曰：『草創之，討論之』」、「世謂三代無文人」、「《詩》三百五篇」、「周、漢之交」、「文質彬彬，周也」等條。見前内編一。

何地？即洗垢索瘢，可謂文人無實，不可謂句語不工。不爾，即三者纖毫曲盡，焉能有無？

蒙叟《逍遥》，屈子《遠游》，曠蕩虚無，絶去筆墨畦徑，百代詩賦源流，實兆端此。長卿《上林》，創撰子虚、烏有、亡是三人者，深得詩賦情狀，初非以文爲戲也[一]。後之君子，方拘拘核其山川遠近、草木有無，烏乎，末哉！

世欲以空言駕《左》、《史》、盛唐也，則謂學古者曰：吾不有《六經》乎？而吾以《六經》斷自聖筆，不可學也，是復以空言應也。古有爲《六經》者矣，《易》則揚雄《太玄》、關朗《洞極》、衛嵩《元包》、志和《太易》之類，《詩》、《書》則王通《續經》、束晳《補亡》、毛漸《三墳》、崔氏《演範》之類，《春秋》則趙曄《吴越》、陸賈《楚漢》、崔鴻《列國》、王氏《元經》之類[二]，《禮》、《樂》則不韋《月令》、河間《考工》、桓譚《元起》、梁武《樂論》之類，《論語》則揚雄《法言》、蕭衍《正言》、張融《家語》、河汾《中説》之類。皆爝火僅存，大則僭冒之誅，小亦贅疣之誚，果何益哉？

男女構精，萬物化生，人道之本也。太初始判，未有男女，孰爲構精乎？天地之氣也。既有男女，則以形相禪，嗣續亡窮矣，復求諸天地之氣，可乎？周之《國風》，漢之樂府，皆天地元聲，

[一]「三人」以下至「初非」，内閣本、程本作「三人，此深得詩賦情狀者，非」。

[二]「類」，原本作「數」，據内閣本、江本、程本、吴本改。

運數適逢，假人以洩之。體制既備，百世之下，莫能違也。今之詘學古者，動曰：「『關關雎鳩』，出自何典？」是身爲父母生育，而求人道於空桑也。噫！

《易》，數也；《禮》、《樂》制度，聲容也。《詩》、《書》、《春秋》雖聖筆，然猶文與事也。《左氏》於《春秋》，《離騷》於《詩》，《史》、《漢》於《書》，工於變者也；《太玄》於《易》，《中説》於《語》，拙於模者也。

《漢·藝文志》有《周歌詩》二篇，又《周歌詩》七十五篇、《周歌聲曲折》七十五篇，又《河南周歌詩》七篇、《河南周歌聲曲折》七篇，以上五家與燕、代諸歌詩並列，以爲漢時周地風謡耳。及觀顔師古《黄公書注》，以秦例之，乃知周歌謡漢尚數家，不止三百也。然只語不可得見，惜哉[二]！《班志》有《秦歌詩》二家，顔注《黄公》作秦時歌詩，則「周」爲周時審矣。第非必《風》、《雅》，蓋亦民謡之類[三]，否則注之誤也。

荀卿有賦十篇，今傳僅半。《成相》雜辭十一篇，亦不止今所傳也。蘭陵與屈、宋近，又仕楚，不傳，人未敢必其能否今傳，惜哉！然荀自以《子》重，賦非《子》亦不能傳。

《詩》出於後世，而真出於三代者，岐陽《石鼓》是已；《書》出於後世，而真出於三代者，

[二]「惜」，原本作「不」，據内閣本、江本、程本、吴本改。
[三]「亦」，江本、吴本無。

《汲冢周書》是已。《石鼓》典雅淳深，是周家大手筆，宣王中興氣象，即此可睹。在《三百篇》中，亦爲翹楚。退之「列宿」、「羲娥」之論，雖尊題，非太過語？後人以「吉日」、「車攻」駁之，固然。然《三百篇》中，豈一無遜此者耶？必夫子所未見。使見，將樂觀其盛，乃删之耶？

《汲冢書》奇奥古絶，雜以不根，而中間一二解亦有不可盡廢者。或以即《七略·周書》，恐非也。班《志》注引劉向云：「今存者四十五篇。」則漢世已殘闕，安得今尚完耶？〔二〕

〔二〕此條下，内閣本缺葉，鈔補五則：

仲尼諸弟子著述傳於漢者，《漆雕子》十三篇，（漆雕，開之後。《七略》至《通志》皆仝，《元龜》以即開著，誤也。）《王史氏》二十一篇，（六國時人。）《芊子》十八篇，（名嬰，齊人，芊姓，音弭。）皆七十子之後也。《世子》十六篇，（名碩，陳人。）《李克》七篇，（子夏弟子。）《景子》十三篇，（宓子弟子。）《公孫尼子》二十八篇，皆七十子之徒也。

受業仲尼者，曾子外，《宓子》十六篇，宋景濂《諸子辨》有《言子》二卷，宋以前目録皆無。王元燴裒集遺言爲此書，然猶勝僞撰遠。余近得《顔子》三卷，亦國朝人裒集，雖謂有功圣門可也。（《孟子》史稱七篇明甚，而《漢·志》十一篇，蓋「七」字誤分爲二也。）

吾夫子，世以文事顯，而漢高世蓼侯聚特以軍功封，世以經術傳，而漢武世太常臧特以詞賦著，（太常有《儒家》十篇、賦二十篇。）先孔氏而著書者，黄帝史孔甲《盤盂》二十六篇，《漢·志》居雜家首，非陳孔甲也。陳博士鮒亦名甲，故《孔叢子》後出，宋人以即黄帝孔甲，而又謂一名《盤盂》。蓋《盤盂》宋世已亡，而編目者誤記《漢書》有此，因附會也。《唐·志》無《孔叢子》，景濂太史以注者宋咸所纂，大概得之。

吾夫子裔，傳尚書者安國，注《尚書》者穎達，然梁孔衍有《漢尚書》、《魏尚書》，則續書不始《文中子》也。（衍所著又有《春秋》數種，夫子二十二世孫也。）

秦處楚、漢之間而無賦，余叵疑之[二]。閲《漢志》，有秦雜賦九篇，惜名氏皆不可得，坑燼之餘故也。

秦子書，儒家有《羊子》四篇，名家有《黄公》四篇，注皆云秦博士也。黄公名疵，非四皓黄公。秦子書又有《零陵令信》一篇，注云「難李斯」。斯當時孰敢難之？蓋依托也。《藝文志》又有左馮翊秦歌詩三篇、京兆尹秦歌詩五篇，皆無注。余始疑爲漢時秦地之詩，及閲顔師古《黄公》下注云：「爲秦博士，能歌詩。在秦歌詩中[三]。」乃知嬴世不惟有賦，亦有詩也。

秦朝廷銘頌可見者，《嶧山》、《琅琊》、《之罘》、《會稽》數碑而已。其辭古質峭悍，當時政事習尚，直可想見，真秦文也。篆勒皆出斯手，銘亦必斯所作。斯《逐客書》妙絶今古，然彼尚戰國之文。入秦一變頓爾，中間時錯以法令語，商周雅厚之風，刬地盡矣。

秦燔燒《詩》、《書》，獨卜筮、醫藥、種樹獲全。今卜筮傳者，則宓羲《周易》之類；醫藥傳者，則黄帝《内經》之類。雖真贋不侔，然皆秦以前書。獨種樹之書，傳者絶寡。班《志》有《神

[二]「叵」，江本、吴本作「甚」。

[三]此句江本、吴本無。

農》二十篇、《野老》十七篇，豈秦所遺耶？

漢宗室向、歆最著，諸王則淮南、河間。然《藝文》詞賦類有陽丘侯劉隁賦十九篇、陽城侯劉德賦九篇、淮陽憲王賦二篇、廣川惠王越賦五篇、趙幽王賦一篇、宗正劉辟疆賦八篇，皆宗室也。

趙幽王，史載詩一篇，而不言能賦。河間獻王，世以爲經術士，然《藝文志》有《上下雍宫》三篇。子儒家類。淮南但傳小山，然《志》有淮南王賦八十二篇，其富若此。又《河間周制》十八篇。

諸王好文者，無出梁孝。無論鄒、枚，即羊勝、公孫，皆文士也。淮南以子顯，然《志》有淮南群臣賦四十四篇，惜名氏皆不傳。今傳子若《鴻烈》、賦若《招隱》，漢多才士，咸無與匹。中遭禍患，賓客竄亡，殊可悲也。又長沙王有《群臣賦》二篇，其人當亦下賢。又武帝自撰賦二篇，劉向賦三十八篇，又臨江王《歌詩》四篇，又中山王《文木賦》一篇，載《西京雜記》中。總諸劉無慮十數家，惜傳者寂寂耳。

唐詩千餘家，宗室與列者不能屈全指。先秦、漢賦六十餘家，而劉氏占籍者十數人，東漢不與焉〔二〕。是唐宗室能詩者，不過百之一，而漢宗室能賦者，幾得十之三，何其盛也！雖湮没不

〔二〕「東漢」前，内閣本、程本多「而」。

傳，名存史籍，亦厚遇矣。

人知《大風》、《秋風》爲百代七言祖，而不知昭帝「黄鵠飛兮下建章」、靈帝「凉風起兮日照渠」二歌，皆極工麗。漢世人主，何以多才若此！

漢五言「廬江小婦」外，文姬《幽憤》亦長篇敘事，猶褚先生學太史，但得其皮膚耳，精意妙語，不啻千里。讀此，乃知《孔雀東南飛》不可及。

漢名士若王逸、孔融、高彪、趙壹輩，詩存者皆不工；而不知名若辛延年、宋子侯，樂府妙絶千古。信詩有别才也。

唐山、韋孟，漢之初也；都尉、中郎，漢之盛也；武仲、平子，漢之中也；蔡琰、酈炎，漢之晚也。

文姬《十八拍》，纖弱猥近，漸啓陳隋；文勝《勵志詩》，矯峻發揚，先兆魏晉。皆遠失漢人樸茂温厚之致。不惟唐有晚，漢亦有晚也。

朱穆《絶交詩》，詞旨躁露，漢四言最下者；趙壹《疾邪詩》，句格猥凡，漢五言最下者。

漢古歌：「朱火揚烟霧，博山吐微香。清尊發朱顔，四坐長悦康。」終篇華粲特甚，大類子建兄弟，疑魏作也。

《郊祀》之精深，《房中》之典則，《秋風》之藻艷，諸如此類，蹊徑具存，不盡無意，然皆匪五言。《郊祀》則《頌》，《房中》則《雅》，《秋風》則《騷》，極盛在前，固難繼也。惟五言肇自《河梁》，盛於宛洛。叙致懸衷，而足以感鬼神，動天地；謳吟信口，而足以被金石，叶管弦。如《孔雀東南飛》一首，驟讀之，下里委談耳；細繹之，則章法、句法、字法、才情、格律、音響、節奏，靡不具備，而實未嘗有纖毫造作，非神化所至而何？

三代以前，五言非不創見，而體制未純；六朝以後，五言非不迭興，而格調彌下。故兩漢諸篇出，而古今廢也。

建安以還，人好擬古，自《三百》、《十九》、樂府、《鐃歌》，靡不嗣述，幾於充棟汗牛。獨《孔雀》一篇，更千百年無復繼響，非以其難故耶？

昔人謂：「三代無文人，六經無文法。」竊謂二京無詩法〔一〕，兩漢無詩人。即李、枚、張、傅一二傳耳，自餘樂府諸調、《十九》雜篇，求其姓名，可盡得乎？即李、枚數子〔二〕，亦直寫襟臆而已，未嘗以詩人自命也。

兩漢詞人〔三〕，知有鄒陽而不知有鄒子樂，見《郊祀志》，歌四篇，題鄒名。知有莊忌而不知有莊忽

〔一〕「竊謂」，内閣本、程本作「吾亦以」。
〔二〕「即」前，内閣本、程本多「吾以」。
〔三〕「兩」，内閣本、程本作「西」。

奇，枚皋同時，從武帝至茂陵，詔造賦十一篇。知有李陵而不知有李忠，衛士令。又李思孝有《景皇帝頌》，又李步昌、李息俱能詞賦。知有蘇武而不知有蘇季，遼東太守。有賦四篇。知有董仲舒而不知有董安國，知有公孫弘而不知有公孫乘，知有朱買臣而不知有朱建、朱宇，知有賈太傅而不知有賈充、賈山，山有賦八篇，非謂至言也。知有河間獻王而不知有淮陽憲王，有賦，不知其名。知有河間獻王劉德，而不知有陽成侯劉德，此類尚多[一]。安國書見農家，鄒子樂見《郊祀志》，公孫乘見《西京雜記》，餘俱《藝文志》中。

漢詞人父子相繼者，枚、劉、班、馬，世所共知。然莊忌子莊忽奇，又助爲忌侄，此三莊者，世所罕悉。又張子僑、張豊父子，並有著述，見《漢・藝文志》中。子僑，光祿大夫，王褒同時。豊，車郎。與劉向同校讎天祿者，有長社尉杜參，見顔籀注。劉向《別録》云：「參，杜陵人，以陽朔元年病死，年才二十餘。」亦夭折之一也。《藝文志》作「博士弟子杜參」，有賦三篇。然則子美前，杜陵已有若人矣。

《郊祀歌》，諸録俱不言作者，惟《郊祀志》中四篇題鄒子樂作，餘無名氏。一代大典章，湮

[一]「類」，原本作「數」，據内閣本、程本、江本改。

没至是，惜哉！〔二〕

四皓詩「燁燁紫芝，深谷逶迤」一章，《高士傳》所載，最爲淳古。《古今樂録》作「昊天嗟嗟」等，語殊生强，且氣脉不貫。讀者參考，自當得之。

東園公姓唐名秉，字宣明。夏黄公姓崔名廣，字少通。甪里先生姓周名術，字元道。綺里季姓朱名暉，字文季。按秦漢間人名最古樸，且字多不詳。四皓匿迹商山，亡其姓氏，故止以東園、甪里爲號，何從並名與字一一知之？又四人東西南北，原非同氣弟昆，何得懸合若此？尋其命名製字，大類六朝以後，或記者一時僞撰〔三〕。梁四公傳，四人名皆古文，怪字如一，政與此同。

讀《霍去病傳》，蓋武人之鷙悍者，又一任情不學年少耳。然《琴歌》「四夷既護」一章，典質冠冕，雍然盛世之音，當時文士代作耶？第豪傑天縱特異，未易懸斷。又衛青「郡國士馬羽林材，和撫四夷不易哉」，雄麗渾成，真大將語。他如朱虚行酒之歌，景宗兢病之句，斛律金之《敕勒》，沈太尉之「南岡」，皆倉卒矢口，匪學而能，顧不事此耳。總之，武將能詩，當以李都尉

〔二〕此條末内閣本、程本、江本多小字注「《青陽》、《朱明》、《西顥》、《玄冥》」，吴本作「《朱明》、《西顥》、《玄冥》、《青陽》」。

〔三〕「或」，内閣本、程本作「蓋」；此句末，内閣本、程本多「無疑」。

第一，楊處道次之。郭代國、張睢陽、嚴高二節使，皆儒生習兵，非武將比〔二]。

漢魏間，夫婦俱有文詞而最名顯者，司馬相如、卓文君、秦嘉、徐淑、魏文、甄后。然文君改醮，甄后不終，立身大節，並無足取。惟徐氏行誼高卓，然史稱夫死不嫁，毁形傷生，則嘉亦非諧老可知。自餘若陶嬰、紫玉、班婕妤、曹大家、王明君、蔡文姬、蘇若蘭、劉令嫺、上宫昭容、薛濤、李冶，花蕊夫人、易安居士，古今女子能文，無出此十數輩，率皆寥落不偶，或夭折當年，或沉淪晚歲，或伉儷參商，或名檢玷闕，信造物於才無所不忌也。王長公作《文章九命》，每讀《巵言》，輒爲掩卷太息〔三〕。於戲，寧獨丈夫然哉！

《西溪藂語》備載秦氏夫婦往還詩，末引鍾嶸《詩品》云：「兩漢五言，不過數家，而婦人居二。徐淑寶釵之什，亞《團扇》矣。」按，嘉以寶釵寄淑，故詩有「寶釵可耀首」之語。淑惟答嘉五言，絶無所謂寶釵者，當從嶸本書作「叙别之什」爲是。

古今婦人以醜特聞者，齊無鹽，漢孟光，晉左芬。無鹽以辯，光以德，芬以才，並許允婦以識，皆知名。獨孔明娶承彦醜女，必有過人，而寥寥不顯，史傳失載故耶？

〔二〕「比」，内閣本、程本無。
〔三〕「爲」，江本、吴本無。

文姬自有騷體《悲憤詩》一章，雖詞氣直促，而古樸真至，尚有漢風。《胡笳十八拍》，或是從此演出〔一〕，後人僞作〔二〕。蓋淺近猥弱〔三〕，齊梁前無此調。

文姬《悲憤詩》，如「玄雲合兮翳日星，北風厲兮肅泠泠，胡笳動兮邊馬鳴」，又「兒呼母兮啼失聲，我掩耳兮不忍聽，追持我兮走煢煢」，狀景莽蒼，訴情委篤，較《十八拍》「我生之初尚無爲」等語，何啻千里？

漢自《鐃歌》、《郊祀》外，三言絶少，即間見，不過數語。若《五雜組》等篇，頗無意義。獨蘇伯玉妻《盤中詩》二十韻皆三言，僅末數句七字耳。語意絶奇，惜時與事不可考。

漢婦人爲三言者，蘇伯玉妻；四言者，王明君；五言者，卓文君、班婕妤、徐淑；七言者，趙飛燕；八言、九言者，烏孫公主、蔡文姬，皆工至合體，文士不能過也。若唐山《安世房中》，自當以《雅》、《頌》目之，非漢人語。《戹言》以爲調弱未舒，較以商周大篇，誠若有間，然千餘年未有繼其響者。

明君、文君以色稱，亦以色毁。班姬、徐媛皆文士，不可以詩人目之。至其行業之高，尤後

〔一〕「或」，内閣本、程本作「當」。
〔二〕此句後内閣本、程本多「無疑」。
〔三〕「蓋」，内閣本、程本無。

世所絶睹者。

竇玄妻《别夫書》云：「棄妻斥女，敬白竇生。卑賤鄙陋，不如貴人。妾日以遠，彼日以親。何所控訴，仰呼蒼旻。煢煢白兔，東走西顧。衣不厭新，人不厭故。悲不可忍，怨不可去。彼獨何人，而居斯處？」雖尺牘語，而韻叶宛然，實四言古體也。

右詩載《藝文類聚》，「仰呼蒼旻」下，有「悲哉竇生」四字，而缺「煢煢白兔」二句。今據《古怨歌》增入，則全篇完整，首尾較然。按本題注，玄妻以玄再娶漢公主，寓書及詩爲别。所謂詩者，僅所增八字及「衣不如新」二語，不應書中重出，蓋即此一篇。以韻語爲尺牘，故傳有詳略，題有異同耳。其語古質，是東西京本色，非後人擬作也。

秦嘉《贈婦》四言詩有云：「爾不是居，帷帳何施？爾不是照，華燭何爲？」蓋以妻寢疾還家，形容離索之語，非傷逝也。題曰《贈婦》，甚明。近有節略《淑傳》者，以淑先死，嘉爲此詩傷之，大誤。按，嘉又有《寄内詩》三首，中云：「夢寐空室中，恍惚見姿形。」豈亦傷逝耶？兼史自有灼據，不必深辨。

董卓廢少帝辨爲弘農王，後以山東兵起，遣李儒鴆之。王置酒與姬唐别，作歌曰：「天道易兮我何艱，棄萬乘兮退守藩。逆臣見迫兮命不延，逝將去汝兮適幽玄。」因令姬起舞，姬歌曰：「皇天崩兮后土頽，身爲帝兮命夭摧。死生異路兮從此乖，奈我煢獨兮心中哀。」歌竟，泣下，坐皆欷歔，遂引鴆卒。二歌意極淒慘，詳載范《史·后紀》中，偶閲馮氏書未及，收録之。

《談藝》云：「孔融懿名，高列諸子，觀《臨終》諸詩，大類箴銘語耳。」北海不長於詩，讀此全篇可見。至結句「生存多所慮，長寢萬事畢」，詞理宏達，氣骨蒼然，可想見其人，不容以瑕掩也。

陳大夫調孔北海云：「小時了了，大未必佳。」本戲語，然不可謂無其人。如晉太子遹之類，小何嘗不佳？又如甘羅十二，智數横出；員俶九齡，議論風生；謝貞八歲，有落花之句；路德延數歲，傳《芭蕉》之什，後皆没没。劉晏神童國瑞，壯歲製作無聞，殺身錢穀，此類頗多。亦有晚歲勵精而速就者，甯越之學、高適之詩、蘇洵之文之類是也〔一〕。

東漢之末，猥雜甚矣。魏武雄才崛起，無論用兵，即其詩豪邁縱横，籠罩一世，豈非衰運人物〔二〕？然亦時有詼諧，如「何以解憂，惟有杜康」等句，信類其爲人也。

子桓「去去勿復陳，客子常畏人」等句，詩流率短其才，然此是漢人語也。他如《黎陽》、《於譙》、《孟津》、《廣陵》、《玄武》諸作，句格縱横，節奏縝密，殊有人主氣象。高古不如魏武，宏贍

〔一〕「亦有」以下至此，内閣本、程本單作一條。
〔二〕「非」，内閣本、程本作「甘」。

不及陳思，而斟酌二者，政得其中，過仲宣、公幹遠甚，惜昭明皆置不録。古詩類多因述，然不過字句間。魏明「種瓜東井上」一篇，全倣傅毅《孤竹》，而襲短去長，拙於模擬甚矣。

建安中，三、四、五、六、七言，樂府、文賦俱工者，獨陳思耳。子桓具體而微，仲宣四言過五言，孔璋七言勝五言，應、劉、徐、阮，五言之外，諸體略不復睹，材具高下瞭然。

詩未有三世傳者，既傳而且烜赫，僅曹氏操、丕、叡耳。然《白馬》名存鍾《品》，則彪當亦能詩。又任城武力絶人，倉舒智慧出衆。老瞞何德，挺育多才，生子如此！〔二〕

魏婦人能詩，僅甄后一人，然又曹氏婦也。於戲，盛矣！

今人第知魏武欲傳位陳王植，而不知其始欲傳鄧王冲也。按史，冲字倉舒，少岐嶷，五六歲屹如成人。太祖得巨象，欲稱之，冲曰：「置象舟中而刻其水痕，權物以塡，可立決。」太祖大悦。太祖馬鞍在庫爲鼠嚙，吏欲自陳，冲復以計脱其辜。凡應罪戮而爲冲委曲全活者數十。比卒，年才十三。太祖數對群臣稱述有傳後意，及亡，哀甚。文帝寬喻，太祖曰：「此我之不幸，而汝曹之幸也。」魏武愛冲若此，殆數倍陳思。使長，奪嫡必矣。而夭，信天意在丕也。以冲之

〔二〕　内閣本、江本、程本、吴本於此句後多「孫仲謀輩詎足道哉」。

早慧，稍假以年，詎出二兄下？又中山王衮十歲能屬文，所著述二萬餘言。通計魏武諸子二十五人，殤者十餘，知名者六：丕、彰、植、彪、冲、衮。彰之力，植之才，冲之智，皆古今絶出，咸萃一門，自書契來未有也。然率早亡，植最後死，得年僅四十一。至魏明僅三十六，高貴鄉公僅二十，則固操之遺殃餘孽哉！

高貴鄉公髦，少敏慧，能屬文，嘗首創九言詩。幸太學，論六經疑義，老儒莫能對，則曹氏不啻三世矣。陳思子志，亦知名。曹冏《六代論》載《文選》，尤著。此論初托名陳思，見《志傳》。

魏武朝携壯士，夜接詞人，崇獎風流，鬱爲正始。然一時名勝，類遭摧折，若禰衡辱爲鼓吏，阮瑀屈列琴工，劉楨減死輸作，皆見遇伶優，僅保首領。文舉、德祖，情事稍爾相關，便嬰大戮，曷嘗有尺寸憐才之意〔二〕。子桓猜忌彌深，二丁騈首，子建幾希，皆幸中之不幸也。

劉公幹坐平觀甄后，幾死。吏議，恒疑子桓不怒，而魏武收之。偶讀裴松之所引《吴質傳》云：「文帝嘗召質歡飲，酒酣，命郭后出見，謂質曰：『卿仰諦視之。』」則知楨之平視甄后，踵迹茲言耳。質事當在楨前。若楨事發後，無論質，子桓敢爾耶？《質傳》：「楨坐譴之後，質亦以與會，出爲朝歌邑長。」蓋其人素慎密。郭后之言，出自子桓，未必敢當也。

〔二〕「尺」，原本作「天」，據内閣本、程本、江本、吴本改。

《典論》稱文人不矜細行，罕以名節自立，而七子之中，獨贊偉長懷文抱質，恬淡寡欲，可謂彬彬君子。幹著《中論》盛傳，較諸魏晉浮華，良有異者。子桓賞鑒，故自不誣。又王昶《戒子書》云：「北海徐偉長不治名高，不求苟得，澹然自守，惟道是務，有所是非，則托古人以見其意。吾敬之重之，願兒子師之。東平劉公幹，博學有高才，誠節有大意，然性行不均，少所拘忌。吾愛之重之，不願汝曹師之。」昶書大放文淵，然二君操履睹矣。

《王粲傳》七子之外，潁川邯鄲淳、繁欽，陳留路粹，沛國丁儀、丁廙，弘農楊修、河內荀緯，亦有文采而不與列。以數稽之，適與前合。是七子之外，又有七子也。

考鄴中諸子，德祖聲名與文舉相亞，二子當時亦矯矯〔二〕，而《典論》不及，蓋以黨翼陳思故。邯鄲淳文譽烜赫，然嘗盛稱植才，幾至奪嫡，得免殺身，斯爲倖矣。濟陰吴質，雅善魏文，論復不列，豈遠出諸子下，難於曲筆耶？繁欽詩賦並工，似在諸應上。惟荀緯製作寡傳，路粹承孟德旨劾奏孔融，乃詞場之讒賊，忠義之鵂鶹，郄慮等輩，何足道哉！粹後竟以從魏武至漢中坐事見法，政與楊修同時。今融事但罪郄慮，漢中事但傳楊修，粹皆無聞。一幸一不幸也。

文舉自是漢臣，與王、劉年輩迥絶，列之鄴下，其義未安。子建一書云：「仲宣獨步於漢

〔二〕「子」，内閣本、程本作「丁」。

南，孔璋鷹揚於河朔，偉長擅名於青土，公幹振藻於海隅，德璉發迹於大魏。」余意以茲五士，上系二曹，庶七子之稱，彼已無慚。建安之美，於斯爲盛。植書末稱德祖，而不及阮生，意瑀材具非諸人比。第修製作，今亦寡傳，惜也。

每讀子桓《與季重書》、陳思《與德祖書》，未嘗不欷歔太息，想見風流好尚如斯。江河百代，豈偶然哉！

曹氏弟兄相忌，他不暇言，止如揚榷藝文，子桓《典論》絶口不及陳思，臨淄書尺只語無關文帝，皆宇宙大缺陷事，而以同氣失之，何也？至如魏文以「文章爲經國之大業，不朽之盛事」，而陳思不欲以翰墨爲勛績，辭頌爲君子，詞雖冰炭，意實塤篪。讀者考見深衷、推驗實歷可也。

劉景升名義之儔，文學之士，列藉滂、膺，致書譚、尚，足概平生，而以一荆州掩之。子修、季緒，亦有才藻，徒以陳思紙尾，姓字今存。太史公所云附驥，豈虚言哉！〔一〕

《魏志》注引韋仲將云：「仲宣傷於肥戇，休伯都無檢格，元瑜病於體弱，孔彰實自粗疏，文蔚性頗忿鷙，故率不登大位，淪棄當時。」觀此，鄴中諸子言貌風旨宛然。然魏文亟賞偉

〔一〕此條原本與上爲一條，據内閣本、程本改。

長，不聞顯擢，何耶？一時文士，惟季重假節封侯，特爲宦達，然率以推戴謀謨，非翰墨也。文蔚，路粹字〔一〕。

人所最易辯者形貌。傳稱王粲體質短小幼弱，一坐盡驚。蔡中郎曰：「吾弗如也。」此猶年少故。至往依劉表，則既長立矣。而表以寢弱通脱，不甚重之。韋仲將乃謂仲宣肥戇，肥戇之與短弱通脱〔二〕，何相反甚耶？

陳無己云：「予嘗以古文爲三等，周爲上，七國次之，西漢爲下。東漢而下無取焉。」吾以古詩爲三等〔三〕：周爲上，西漢次之，魏爲下，晉氏而下無取焉。

樂府五言多首尾叙事，七言《東》《西門行》等則不然。唐初四子，乃盛有賦述而失之繁冗。惟少陵《哀江頭》、《王孫》、《兵車》、《麗人》、《畫馬》等行，大得漢人五言法，而體格復不卑，絶可貴也。

六朝樂府雖弱靡，然尚因仍軌轍。至太白才力絶人，古今體格於是一大變。杜陵獨得漢人遺意，第己調時時雜之。張籍、王建頗趨平淡，稍到天成，而材質有限，兼時代壓之，不能高古。

〔一〕「文蔚，路粹字」，原本、内閣本、程本在下則句末，據江本、吴本改。
〔二〕「肥戇肥戇」，原本作「肥肥戇戇」，據内閣本、江本、程本、吴本改。
〔三〕「吾以」，内閣本、程本作「吾亦以」。

長吉諸篇，元人舉代學其險怪，弊流國初。李文正又本胡曾遺意，取史事斷以經語，古樂府遂亡。

應璩《百一》，舊謂規曹爽作，今讀之，絶無此意。惟「細微可不慎」一篇皆諫戒語，當時傳寫錯雜，互置此題耳。

昌穀謂休璉《百一》，微傷於媚。此詩如「下流不可處，君子慎厥初」、「所占於此土，是謂仁智居」，皆拙樸類措大語，謂之傷媚，何居？

孔明，三代之佐也，而與留侯、梁公、范文正俱爲殊絶人物。二《表》，三代之文也，而與《陳情》、《酒德》、《歸去來》，俱爲第一文章，信篤論乎！「伯仲之間見伊吕，指揮若定失蕭曹」，可與言孔明者，杜氏而已。「大哉言也。《伊訓》、《説命》相表裏」，可與言二《表》者，蘇氏而已。

孔明《梁父吟》當不止一篇，世所傳僅此耳。寓意蓋譏晏氏。夫三子恃功暴恣，漸固難長，藉使駕馭有方，則皆折衝之器。既不能以是爲齊景謀，又不能明正典刑，以張公室，徒以權譎斃之。至於崔杼弑君，陳恒擅國，則隱忍徘徊，大義俱廢。復沮景公用孔子，而甘與梁丘據輩等列亂朝。區區補苴罅漏，何救齊亡！而後世猶以爲賢，至有管、晏之目，此《梁父吟》所爲作也。自擬隆中，寧取樂毅而不及晏，厥有旨哉！異時武鄉相蜀，楊儀、魏延，悉收鳴吠之效；李平、馬謖，咸正師律之誅。正大之情，可通天地矣。

陳壽譏諸葛，不足累諸葛，適以彰父之被刑；魏收諛爾朱，不足榮爾朱，適以徵己之納賄。且並其所善没之，作史之大戒也。《史通會要》云：壽爲諸葛書佐，得撻百下。此當時惡壽之詞。壽於武鄉，恐不相及，以父被髡爲是。

右軍帖云：「譙周有孫，高尚不出，其人竟能副此志不？」按《周傳》：周子熙。熙子秀，字元彦。李氏僭蜀，屢辟不應。常冠鹿皮，躬耕山澤，桓温嘗表薦之，即其人也。〔二〕

〔二〕按，此條内閣本缺，鈔補；程本無。

詩藪外編二　六朝

東越胡應麟著

晉、宋之交，古今詩道升降之大限乎？魏承漢後，雖浸尚華靡，而淳樸餘風，隱約尚在。步兵優柔冲遠，足嗣西京，而渾噩頓殊。記室豪宕飛揚，欲追子建，而和平概乏。士衡、安仁一變，而俳偶開矣；靈運、延年再變，而俳偶盛矣；玄暉三變，而俳偶愈工，淳樸愈散，漢道盡矣。

元亮得步兵之澹，而以趣爲宗，故時與靈運合也，而於漢離也。明遠得記室之雄，而以詞爲尚，故時與玄暉近也，而去魏遠也。

陸才如海，潘才如江，潘、陸之定品也。清水芙蓉，縷金錯采，顏、謝之定衡也。彼以子建爲繡虎而仲宣爲泥蛙，以公幹爲巨鍾而偉長爲小梃，抑揚不已過乎？

太冲以氣勝者也，「振衣千仞岡，濯足萬里流」至矣，而「豈必絲與竹？山水有清音」，其韻故足賞也。靈運以韻勝者也，「清輝能娱人，游子澹忘歸」至矣，而「百川赴巨海，衆星環北辰」，其氣亦可稱也。

漢、魏、晉、宋、齊、梁、陳、隋，八代之階級森如也。枚、李、曹、劉、阮、陸、陶、謝、鮑、江、何、沈、徐、庾、薛、盧，諸公之品第秩如也。其文日變而盛，而古意日衰也；其格日變而新，而前規日遠也。

行遠自邇，登高自卑，造道之等也。立志欲高，取法欲遠，精藝之衡也。世之日降而下也。學漢魏，猶懼晉宋也；學晉宋，靡弗齊梁矣。

登岱者必於岱之麓也，不至其顛，非岱也，故學業貴成也。不至其顛，猶岱也，故師法貴上也。登龜、蒙、鳧、繹峰者，即躋峰造極，龜、蒙、鳧、繹已耳。由龜、蒙、鳧、繹而岱焉，吾未聞也。

嚴氏云：「漢魏尚矣，不假悟也。康樂以至盛唐，透徹之悟也。」此言似而未核。漢人直寫胸臆，斫削無施，嚴氏所云，庶幾實録。建安以降，稍屬思惟，便應懸解，非緣妙悟，曷極精深？觀魏文《典論》，極贊文章之無窮；陳思書牘，欲以翰墨爲勛績。點竄相屬，筆削不遑，鍛鍊推敲，殆同後世，豈直曰悟而已。吾爲易曰：「兩漢尚矣，不假悟也。曹、劉以至李、杜，透徹之悟也。」

漢人詩，氣運所鍾，神化所至也，無才可見、格可尋也。魏才可見、格可尋，而其才大，其格高也。晉、宋其格卑矣，其才故足尚也。梁、陳其才下矣，其格故亡譏焉。

士衡諸子，六代之初也；靈運諸子，六代之盛也；玄暉諸子，六代之中也；孝穆諸子，六代之晚也。

蘇、李之才，不必過於曹、劉；陸、謝之才，不必下於公幹，而其詩不同也，則其世之變也。其變之善也，則其才之高也。

當塗以後人才，故推典午。二陸、二潘、二張、二傅外，太冲之雄奇，茂先之華整，季倫之雅飭，越石之清峭，景純之麗爾，元亮之超然；方外則葛洪、支遁，閨秀則道韞、若蘭。自宋迄隋，此盛未睹。

宋、齊自諸謝外，明遠、延之、元長三數公而已。梁氏體格愈卑，操觚頗衆，沈約、江淹、范雲、任昉、肩吾、希范、吴、柳、陰、何，至蕭、王、劉氏，一門之中，不啻十輩。才非晉敵，數則倍之。陳隋，徐、庾外，總持、正見、思道、道衡，餘不多得。故吾以合宋、齊不能當一晉，合陳、隋不能敵一梁也。

《詩品》云：「陳思魏邦之傑，公幹、仲宣爲輔。士衡晉室之英，安仁、景陽爲輔。康樂宋代之雄，顔延年爲輔。」亦頗得之。然公幹、仲宣非魏文比，安仁、景陽非太冲比，延之非明遠比。錯綜諸集，參伍群言，鍾所剖裁，似難僉允。至嗣宗介魏晉間，元亮介晉宋間，品格位置，可謂天然，無容更議也。

宣城在齊，遂無可作輔者。梁、陳而下，沈、范、江、何、柳、吴、徐、庾，大概魯、衛之政，地醜德齊，莫能相尚矣。

平原氣骨，遠非太冲比，然仲默亟稱阮、陸，獻吉並推陸、謝，以其體備才兼，嗣魏開宋耳。

六代選詩者，昭明《文選》、孝穆《玉臺》；評詩者，劉勰《雕龍》、鍾嶸《詩品》。劉、鍾藻騭，妙有精理，而製作不傳。孝穆詞人，然《玉臺》但輯閨房一體，靡所事選。獨昭明鑒裁著述，咸有可觀。至其學業洪深，行義篤至，殊非文士所及。自唐以前，名篇傑什，率賴此書，功德詞林，故自匪淺，宋人至以五臣匹之，何其忍也。

世但知蕭氏《文選》，然《吟譜》稱昭明彙集漢後五言，爲《詩選》二十卷，其中必大有五朝佳什，惜今不可見矣。

《文賦》云「詩緣情而綺靡」，六朝之詩所自出也，漢以前無有也；「賦體物而瀏亮」，六朝之賦所自出也，漢以前無有也。

蘇、李諸詩，和平簡易，傾寫肺肝，何有於綺靡？自綺靡言出，而徐、庾兆端矣。馬、揚諸賦，古奥雄奇，贅澀牙頰，何有於瀏亮？自瀏亮體興，而江、謝接迹矣。故吾嘗以阮、左者，漢魏之遺，而潘、陸者，六朝之首也，未可概以晉人也。

《名都》、《白馬》諸篇，已有綺靡意，而文猶與質錯也。《洛神》、《銅爵》諸篇，已有瀏亮意，而質浸爲文掩也。故魏之詩，冢嫡兩漢，而賦魯衛、六朝也。

士衡云：「謝朝華於已披，啓夕秀於未振。」又云：「立片言以居要，乃一篇之警策。」有意乎，其濯陳言而馳絶足也。然平原諸文，模擬何衆，而創矱何希也〔二〕？平原諸詩，藻繪何繁，而獨造何寡也？故曰：非知之艱而行之艱也，其有以自試也。昌穀執一端以非之，非也。

潘、陸俱詞勝者也。陸之材富，而潘氣稍雄也。陶、謝俱韻勝者也。謝之才高，而陶趣差遠也。

太冲《詠史》，景純《遊仙》，皆晉人傑作。詠史之名，起自孟堅，但指一事。魏杜摯《贈毋丘儉》，疊用人古人名，堆垛寡變。太冲題實因班，體亦本杜，而造語奇偉，創格新特，錯綜震蕩，逸氣干雲，遂爲古今絶唱。景純《遊仙》，蓋本漢諸仙詩及思王《五遊》、《升天》諸作，而氣骨詞藻，率遠遜前人，非左敵也。

六朝小詩，有：「羅敷初總髻，蕙芳亦嬌小。月落始歸船，春眠恒著曉。」情致婉約可愛，第不知蕙芳何女子。及讀《太冲集》，《嬌女》詩云：「其姊字蕙芳。」乃知出此。

《太冲集》附左貴嬪詩一首。每怪此君醜絶，妹乃色稱。及讀《晉書》，貴嬪名芬，姿陋無寵，以才德見禮，不覺失笑。識之。鮑明遠妹名令暉，絶可作對。

嵇喜，叔夜之兄，呂安所爲題「鳳」，阮籍因之白眼者，疑其不識一丁。及讀喜詩，有《答叔

〔二〕「矱」，吴本作「獲」。

夜》四章，四言殆相伯仲。五言：「列仙徇生命，松喬安足齒？縱軀任度世，至人不私己。」其識趣非碌碌者。或韻度不侔厥弟，然以凡鳥俗流遇之，亦少冤矣。

永和修禊，名士盡傾，而詩佳者絶少，由時乏當行耳。

蘭亭罰觥，大令首坐。今其詩存者，《桃葉》二歌，辭甚拙朴，與六朝不類，信知非所長也。

桃葉答大令《團扇》四章，甚足情致。晉人謂方回奴，但小有意，不知大令婢乃壓倒主人翁耶？一笑。

晉人能文而不能詩者袁宏，名出一時。所存《詠史》二章，吃訥陳腐可笑，當時亦以爲工。《世説》甚重許玄度，而不謂能詩。孫興公云：「一吟一詠，許當北面。」然詢詩有「青松凝素髓，秋菊落芳英」，儼是唐律。又晉人稱玄度五言妙絶，則許當亦文士，非止清談者。

兩漢之流而六代也，其士衡之責乎？六代之變而三唐也，其玄暉之責乎？

梁、陳諸子，有大造於唐者也，何也？唐之首創也，以梁、陳啓其端也。宋、元諸子，有大造於明者也，何也？明之中興也，以宋、元爲之監也。

張正見詩，華藻不下徐陵、江總，聲骨雄整乃過之。唐律實濫觴此，而資望不甚表表。嚴氏誚其雖多亦奚以爲，得無以名取人耶？

延之與靈運齊名，才藻可耳。至於豐神，皆出諸謝下，何論康樂！

宋人一代，康樂外，明遠信爲絶出，上挽曹、劉之逸步，下開李、杜之先鞭。第康樂麗而能淡，明遠麗而稍靡，淡故居晉、宋之間，靡故涉齊、梁之軌。

宋、齊之末，靡靡極矣〔一〕。而袁陽源《白馬》，虞子陽《北伐》，大有建安風骨，何從得之？

文通擬漢三詩俱遠，獨魏文、陳思、劉楨、王粲四作，置之魏風莫辨，真傑思也。

詩材禀賦，各自所近。靈運《鄴中》，不惟不類，並其故武失之。文通諸擬，乃遠出齊、梁上。尺短寸長，信不虚也。

劉坦之《選詩補注》，雖稍溺宋人，其論漢魏、六代及唐，剖析深至，亦似具隻眼者。

古詩語意重者，如「今日良晏會」、「請爲游子吟」之類，自是樸茂之過。建安諸子，洗削殆盡，晉、宋不應復蹈。嗣宗「多言焉所告，繁辭將訴誰」，士衡「迅雷中宵激，驚電光夜舒」，太冲「豈必絲與竹？何事待嘯歌」，康樂尤不勝數，皆後學所當戒。

「池塘生春草」，不必苦謂佳，亦不必謂不佳。靈運諸佳句，多出深思苦索，如「清暉能娱人」之類，雖非鍛煉而成，要皆真積所致。此却率然信口，故自謂奇。至「明月照積雪」，風神頗乏，音調未諧。鍾氏云云，本以破除事障，世便喧傳以爲警絶，吾不敢知。

〔一〕「靡靡」，原本作「靡」，據内閣本、程本改。

「采菱調易急，江南歌不緩」，雖合掌猶虚字也。「揚帆采石華，挂席拾海月」，則實語矣。在康樂固爲佳句，非初學所當效顰。「千慮集日夜，萬感盈朝昏」、「早聞夕飆出，晚見朝日暾」，康樂此類甚夥，雖六朝人例爾，然諸謝不盡然也。休文「夕行聞夜鶴，晨征聽曉鴻」，當句自犯，尤爲語病。用修覆以爲工，惟六朝故，若出宋人，不知何等掊擊矣。

嚴謂古詩不當較量重復，而引屬國數章見例，是則然矣。古人佳處，豈在是乎？觀少卿三章及兩漢諸作，足知冗非所貴，第信筆天成，間遇一二，不拘拘竄定耳。「清清河畔草」一章〔一〕，六用疊字而不覺，正古詩妙絶處，不可概論，然亦偶爾，未必古人用意爲之。謝惠連以相如對長卿，幸司馬有二名，不爾，何以屬比耶？一笑。

王、謝江左並稱，諸謝縱横《文選》，而王氏一何寥寥也？大令名勝風流，蘭亭數語，寧至閣筆而取適罰觥，即非才具使然，亦其好尚素乏。康樂、宣城輩當此興會，縱賦詩有禁，能自已耶？

宋、齊間王氏差著，僧達、僧孺、僧綽、僧虔、融、儉、摛、筠、微、籍輩，俱以文學顯，名勝彬彬，欲過謝氏，而詩不能十三。元長、元禮，尤號錚錚，篇什雖繁，未爲絶出。

〔一〕「清清」，内閣本、程本作「青青」。

鍾記室以士衡爲晉代之英，嚴滄浪以士衡獨在諸公之下，二語雖各舉所知，咸自有謂。學者精心體味，兩得其説乃佳。

葛稚川、陶貞白，皆文士也，寄趣鉛汞耳，其詩文筆札，自足不死。支遁、（彗）［慧］遠並高人韻流，托迹方外，文彩不能自遏，時見一班，便足争衡作者。唐宋以還，仙釋雖盛，率庸瑣不足望數君。

以文方《金谷序》而右軍大悦，以貌類劉司空而宣武甚歡，吾以皆非實録。右軍高潔，既異季倫；《蘭亭》叙致，遠邁《金谷》。元子心非王室，越石才謝匡時。俱迥不侔，何庸艷羡？嘉賓帷幄，大是雋奇，第於苻堅，亦非倫類。

嗣宗、叔夜，並以放誕名，而阮之識，遠非（稽）［嵇］比也。靈運、延年，並以縱傲名，而顔之識，遠非謝比也。步兵、光禄，身處危地，使馬昭、劉劭信之而不傷。中散、康樂，雖有盛名，非若夏侯玄輩爲時所急，徒以口舌獲戾。悲夫！

薛考功云：「曰清曰遠，乃詩之至美者也，靈運以之。『白雲抱幽石，緑篠媚清漣』，清也；『表靈物莫賞，藴真誰爲傳』，遠也；『豈必絲與竹？山水有清音』、『景昃鳴禽夕，水木湛清華』，清與遠兼之矣。」薛此論雖是大乘中旁出佛法，亦自錚錚動人〔二〕。第此中得趣頭白，衹在

〔二〕「錚動人」以下至「王仲淹歷評六朝文士」條「不知延之」，原本缺一葉，據江本補。

六朝窠臼中，無復向上生活。若大本先立，旁及諸家，登山臨水，時作此調，故不啻嘯聞數百步也。

子美之不甚喜陶詩而恨其枯槁也，子瞻劇喜陶詩而以曹、劉、李、杜俱莫及也，二人者之所言皆過也。善乎鍾氏之品元亮也，千古隱逸詩人之宗也，而以源出應璩，則亦非也。

供奉之癖宣城也，以明艷合也；工部之癖開府也，以沉實合也。然李於謝未足青冰，杜於庾乃勝之倍蓰矣。

世目玄暉爲唐調之始，以精工流麗故。然此君實多大篇，如《游敬亭山》、《和伏武昌》、《劉中丞》之類，雖篇中綺繪間作，而體裁鴻碩，詞氣沖澹，往往靈運、延之逐鹿。後人但亟賞工麗，此類不復檢摭，要之非其全也。

唐律雖濫觴沈、謝，於時音調未遒，篇什猶寡。梁室諸王，特崇此體。至庾肩吾，風神秀朗，洞合唐規。陰、何、吴、柳，相繼並興。陳隋徐、薛諸人，唐初無異矣。

宋、齊間，明遠「胡風吹朔雪，千里度龍山」，文通「日落長沙渚，層陰萬里生」，皆盛唐起語也。

王仲淹歷評六朝文士，不取康樂、宣城、文通、明遠，而極稱顔延之、王儉、任昉文約以則，有君子之心。不知延之、儉、昉所以遠却謝、鮑諸人，正以典質有餘，風神不足耳。六朝二江、二

庾，子山氣骨欲過肩吾，而神秀弗如；總持才情差亞文通，而淵博殊遠。〔一〕

休文四聲八病，首發千古妙詮，其於近體，允謂作者之聖，而自運乃無一篇。諸作材力有餘，風神全乏，視彦升、彦龍，僅能過之。世以鍾氏私憾，抑置中品，非也。

蕭齊革命而爲之佐命者，褚淵、王儉也；蕭梁革命而爲之佐命者，沈約、范雲也。迹諸人行業器度，咸有可觀，而蹭蹬至此，彼非有意功名，直高位重禄耳。余嘗謂富貴溺人，賢者不免，文士尤易著脚，而六朝爲甚。潘、陸、顔、謝諸君，往往蹈此。范曄、王融，卒以覆身取族〔二〕。若陶元亮輩，幾何人哉！

江淹之鯁亮先幾，任昉之孝友樂善，溯其歷履，可謂絶去文人浮薄之習。而淹爲齊高《九錫》，昉作梁武《禪文》。二子非汲汲功名者，直以文章致累，惜哉〔三〕！

文通夢張景陽索錦而文躓，郭景純取筆而詩下。世以才盡，似也；以夢故，非也。人之才固有盡時，精力疲，志意怠，而夢徵焉。其夢，衰也；其衰，非夢也。彦升與沈兢名，亦曰才盡，豈張、郭爲祟耶？

〔一〕「六朝」以下至此，内閣本、程本單作一條。

〔二〕「取」，江本、程本、吴本作「敗」。

〔三〕「哉」，内閣本、程本作「也」。

休文、彦升並以博洽稱，而任之孝義潔廉，先憂後樂，賢沈不啻倍蓰矣。總持、孝穆並以浮艷稱，而徐之公忠蹇諤，正色立朝，視江不啻熏蕕矣。

温子昇之謀誅爾朱，荀濟之謀誅高澄，皆忠義激發，奮不顧身。而傳以温爲陰險，濟爲好亂，史乎？

陰、何並稱，舊矣。何攄寫情素，冲淡處往往顔、謝遺韻。陰惟解作麗語，當時以並仲言，後世以方太白，亦太過。然近體之合，實陰兆端。

世謂杜詩法庾子山，不然。庾在陳、隋淫靡間，語稍蒼勁，聲調故無大異。惟《述懷》一篇，類杜諸古詩耳。

楊用修論發端，以玄暉「大江流日夜」爲妙絶，余謂此未足當也。千古發端之妙，無出少卿三起語，如「嘉會難再遇，三載爲千秋」、「攜手上河梁，游子暮何之」，尋常兒女，可泣鬼神。次則子建「高臺多悲風」、「明月照高樓」，咳唾天仙，敻絶凡俗。康樂「百川赴巨海，衆星環北辰」，雖稍遠本色，然是後來壯語之祖，不妨並拈出也。

魏稱曹、劉，然劉非曹敵也；晉稱潘、陸，然潘非陸敵也；宋稱顔、謝，然顔非謝敵也；梁稱任、沈，然任非沈敵也。非敵而並稱，何也？同時、同事又同調也。百年之後，篤而論之，則陳王在魏，自當獨步；士衡居晉，宜遜太冲；康樂之外，無先明遠；隱侯而下，寧次文通。

唐人品第最精。如楊盧、沈宋、王孟、李杜、錢劉、元白，即銖兩稍有低昂，大較相若，故不妨並稱也。

謝靈運：「韓亡子房奮，秦帝魯連恥。本自江海人，忠義感君子。」謝世基：「偉哉横海鱗，壯矣垂天翼。一朝失風水，翻爲螻蟻食。」皆晉人五言絶，遇同、調同，雖一時口占，千載生氣。

楊用修舉貫休「晚風吹不盡，江上落殘梅」，謂猶惠休「碧雲」，不知「日暮碧雲合，佳人殊未來」，乃江淹《擬休怨别詩》。休本詩，起全用子建「明月照高樓」語，中云「妾心懷天末，思與浮雲長」，絶無「碧雲」二字。又《秋風》一章，《白紵》體，亦甚情致。餘《楊花》、《明妃》等曲十餘章，皆閨房意，全不類梵流，六朝氣習熏染乃爾。然休後仕至揚州刺史，或既還俗作，未可知。

何遜：「燕戲還檐際，花飛落枕前。寸心君不見，拭泪坐調弦。」「閨閣行人絶，房櫳日影斜。誰能北窗下，獨對後園花！」六朝絶句近唐，無若仲言者。洪景盧誤收《唐絶》中，亦其聲調酷類，遂成後世笑端。

宋文帝：「自君之出矣，錦笥閉不開。思君如清風，曉夜常徘徊。」顔師伯：「自君之出矣，芳帷低不舉。思君如迴雪，流亂無端緒。」二詩語甚相類，皆佳句也。

六朝句於唐人，調不同而語相似者，「餘霞散成綺，澄江净如練」，初唐也；「金波麗鳷鵲，玉繩低建章」，盛唐也；「天際識歸舟，雲中辨江樹」，中唐也；「魚戲新荷動，鳥散餘花落」，晚唐也。俱謝玄暉詩也。王籍「蟬噪林逾静，鳥鳴山更幽」，何遜「夜雨滴空階，曉燈暗離室」，皆類晚唐。

北朝句如「芙蓉露下落，楊柳月中疏」，較謝「池塘春草」，天然不及而神韻有餘。魏收「臨風想玄度，對酒思公榮」、「尺書徵建業，折簡召長安」，不事華藻，而風骨泠然。徐陵欲爲藏拙，文士相傾語耳。

北人謂温子昇凌顔轢謝，含沈吐任，雖自相誇詡語，然子昇文筆艶發，自當爲彼中第一人。生江左，故不在四君下，惟詩傳者絶少，恐非所長。庾子山謂薛道衡、盧思道僅解捉筆，亦孝穆之論。庾製作雖多，神韻頗乏；盧、薛篇章雖寡，而明艶可觀。總之魯、衛之間，不堪相僕役也。

「庭草無人隨意緑」，大似唐末五代人詞，非七言體也。「年年歲歲花相似」，鄙淺更無足觀。二子固有佳處，以此句死便是横死，隋煬便是横殺。之問未必作爾許業，人品污下而惡歸焉，皆大苦事也。

嚴云：「《玉臺集》陳徐陵序，雜有漢魏、六朝之作，今但謂纖艶曰《玉臺》，非也。」此不熟本書之故。《玉臺》所集，於漢魏、六朝無所銓擇，凡言情則録之。自餘登覽、宴集，無復一首〔一〕，通閲當自瞭然。

〔一〕「無」，内閣本、程本作「亡」。

詩文不朽大業，學者雕心刻腎，窮晝極夜，猶懼弗窺奥妙，而以游戲廢日可乎？孔融《離合》，鮑照《建除》，温嶠回文，傅咸集句，亡補於詩，而反爲詩病〔一〕。自兹以降，摹仿實繁，字謎、人名、鳥獸、花木，六朝才士集中，不可勝數。詩道之下流，學人之大戒也。

卞彬之作《蚤虱》、《蝸蟲》、《蝦蟆》等賦，李爲作《輕》、《薄》、《暗》、《小》及《泪》等賦，晚唐人作《童子》詩五十韻、《婢僕》詩一百首，皆詞場之沴魃，藝苑之幺麽也。名教中自有樂地，何必爾爾？諸人竟潦倒當世，或致禍其身，非不幸矣！

六朝人類輯諸詩，但名「詩集」，猶曰「文選」云爾〔二〕。如《謝靈運詩集》五十卷，殆似靈運自作之詩，今驟讀殊可笑，然當時例無他名。如張徹、袁淑《補靈運詩集》一百卷，《劉和孫詩集》二十卷，《顔竣詩集》一百卷，皆同。其有篇目，蓋起於徐氏《玉臺》。偶讀《雜説》，中有謂靈運原集五十卷〔三〕，今所存無幾者，失笑。識此。

沈約絶重謝朓，謂二百年無此詩；崔融爲武后册人，謂二百年無此文。謝事見朓本傳，崔事出《國史異纂》，人罕知之。楊盈川謂：「愧在盧前，恥居王後。」世共傳述。然盧范陽曰：

〔一〕「反」，原本作「返」，據江本、吴本改。
〔二〕「云」，原本作「去」，據内閣本、江本、程本、吴本改。
〔三〕「卷」，原本無，據内閣本、江本、程本、吴本補。

「喜居王後，恥在駱前。」二語詞相出入，意實天淵，即此足辨楊、盧優劣。裴聞喜獨以器識歸楊，鄙哉！不足議也。盧語具《朝野僉載》，今類《太平廣記》中。夫文士相輕，自古而然。英雄欺人，達者所懵，盈川蓋不免此。若范陽之説，議論既公，而意度逾下，足一刷藝苑澆漓，而後人絶無賞鑒，何行儉之衆哉！

崔集賢曰：「王勃文章宏放，非常人所及，炯與照鄰可以企之。」此篤論也。盧詢祖云：「見未能高飛者，假以羽毛；知逸勢冲天者，剪其翅翮。」盈川之論，得無類是乎？若照鄰之退讓冲虛，尤文士之景星，詞場之絶出也。

凡詞場稱謂，要取適齒牙而已，非必在前則優，居後爲劣也。屈宋、曹劉之類，固云中的。詩稱蘇李，豈蘇長於李乎？史稱班馬，豈馬減於班乎？顔在謝先，而顔非謝比；元居白上，而元匪白儔。宋張、韓、劉、岳，明邊、何、徐、李，皆取便稱謂，遠弗如〔二〕。元虞、楊、范、揭差近，亦偶然耳。

「漢詩，堂奥也；魏詩，門户也。」入户升堂，固其機也。而晉氏之風，本之魏焉，然而判迹於魏者，何也？故知門户非定程也。夫欲拯質，必務削文；欲反本，必資去末，是固曰然。然玉韞於石，豈曰無文？淵珠露采，亦匪無質。由質開文，古詩所以擅巧；由文求質，晉格所以爲

〔二〕「皆取便稱謂，遠弗如」，内閣本、程本作「皆殿者勝，首遠弗如」。江本、吴本於「遠弗如」上多一「非」字。

衰。若乃文質雜興，本末並用，此魏之失也。」以上昌穀論三代詩，絶得旨綮，以俟百世，其言不易矣。

昌穀之論五言古極有會，惟四言不甚究心。謂韋孟諸篇，佶縛不蕩，弇州非之，是矣。至舉曹公「月明星稀」、子建「來日大難」爲四言法，此尤非也。二詩雖精工華爽，而風雅典刑幾盡。在五言古則爲齊梁，在七言律則爲大曆，實四言之一變也。韋孟諸作後，惟陳思《責躬》一首可繼，識者知之。

唐子西謂三謝外，宣遠、叔源有詩不工，非也。宣遠《子房》、《戲馬》，格調詞藻，可坦步延之、靈運間。叔源「景昃鳴禽夕，水木湛清華」，幾與「池塘春草」、「清暉娱人」兢爽，不工詩者能爾耶？惠連自有長處，要之名下無虚，坦之謂不逮宣遠，亦非篤論。

梁武纂輯諸書至二千餘卷，宇宙間日力有限，那得如此？中或諸臣秉筆，帝總其成耳。簡文幾七百卷，湘東幾四百卷，計亦當爾。然梁武文集百二十卷，簡文百卷，其富亦不貲矣。惟昭明著述，皆出己裁，不過百卷，而《文選》自唐迄今，指南學者。武帝、簡文、湘東制作，千不存一，似亦不在多也。諸書名具載《梁史》，已録《巵言》中〔二〕，此不列。今惟元帝《金樓子》尚行，小説易傳，亦一驗也。

〔二〕此句原本前多「已録史」三字，據内閣本、江本、程本、吴本删。

六朝著述之富，蓋無如葛稚川者。碑誄詩賦一百卷，移檄表章三十卷，《神仙傳》十卷，《良吏傳》十卷，《隱逸傳》十卷，《集異傳》十卷，《五經諸史百家雜鈔》三百一十卷，《金匱藥方》一百卷，《肘後秘方》四卷，《抱朴子》内外一百一十六篇，通計殆六百餘卷。豈直六朝，漢、唐罕睹也。洪自叙十五始讀書，蓋亦不爲早慧，其好學絶人遠矣。今惟《抱朴》、《神仙》、《肘後》數書傳。宋王伯厚著書近七百卷，與稚川頗相當。

顧野王《玉篇》三十卷，《輿地志》三十卷，《符瑞圖》十卷，《顧氏譜傳》十卷，《續洞冥記》一卷，《分野樞要》一卷，《玄象表》一卷，《通史要略》一百卷，《國史紀傳》二百卷，文集二十卷，近四百卷。任昉五百餘卷，徐勉七百餘卷，齊梁製作之富如此。今傳者絶希，又不若稚川之衆。王僧孺族譜近八百卷，然是類書。〔二〕

《西京雜記》世以葛稚川僞作，非也。稚川著作餘六百卷，孶孶如不及，何暇借名他人？此書後序甚備，蓋稚川據子駿原本百卷，録孟堅《漢書》所取外二萬言，另爲二卷以傳。而歆原書腐爛脱落，其事實不存者，記皆闕之。如公孫弘荅鄒長倩書，甘泉鹵簿之類〔三〕，至事實可紀而文

〔二〕「作之富」以下至此，程本缺；内閣本鈔補「作之富如此」五字。
〔三〕「類」，原本作「數」，據内閣本、程本改。

義詭缺者，間或以意綴屬之，故文體頗異西京。世遂以爲洪作，駕名子駿，謬也。其後序文與洪他筆，詞氣絶類，宋人以爲吴均，尤無據矣[二]。蓋本《酉陽雜俎》引庾信語之誤。

據稚川元目，則《雜記》二卷、漢武《禁中起居注》一卷、《漢武故事》二卷，並五卷爲一帙。今傳《雜記》六卷，而無所謂《起居注》及《故事》者，蓋後人鈔録唐世類書以成，此不復知其體制故耳。今雜説中類刻有《漢武故事》一卷，班固撰[三]。馬氏《通志》以爲王儉，或即此書。《通考》所列《雜記》，亦云「一作六卷」。

隋劉焯、劉炫，並博聞强記，共居一室讀書，積十年不出，遂各爲世大儒，然實非兄弟也。炫河間景城人，焯信都昌亭人，二人後出處亦相類。方牛弘購求遺書，炫僞造《連山》等百餘卷取賞，殆是以文爲戲耳。後事露，書遂中廢。宋人以爲唐史所録《連山》，即炫撰者，非也。使炫書不廢，雖僞，猶當遠勝今傳《三墳》等書。

晉、宋以前多仙詩，唐、宋以後多鬼詩，婦人詩盛於漢，沙門詩昉自晉惠遠、道猷輩，羽士詩兢於唐，若吴均、曹唐輩。藝苑旁流，盡斯五者。大率才情之富，閨閣居多；趣致之幽，釋梵爲

[二]「矣」，内閣本、程本作「也」。
[三] 内閣本、程本於「班固」前多一「題」字。

最；羽流不若仙詩，仙詩不若鬼詩。

惠休本釋子，還俗至晉刺史；韋渠牟本道士，還俗至唐宰相，二人皆能詩者。又劉勰本儒，而出家晚歲；劉軻本僧，而長髮中年，二人皆能文者。

漢魏間仙詩，若《王母》、《上元》、《馬明》及《四真》、《九華》等作，句如出一篇，篇如出一手，艷麗浮冗，靡縟相矜，真趣既乖，玄旨殊少，大類晉、宋間語，皆當時文士假托也。惟葛仙公二章，句格頗類本詞。

唐仙家能詩者，許宣平「隱居三十載」及「負薪朝出郭」一絶，是初唐語；張志和「八月九月蘆花飛」，又「西塞山」一絶，是中唐語；鍾七言二絶〔一〕，吕七言一律，近晚唐。今傳《純陽集》皆僞作也。趙昌父《唐絶》取吕一首，殊陋〔二〕，當是贋作。

凡仙、釋詩多方外，氣骨殊寡〔三〕。惟馬自然「風激水聲迷遠岫，雨添嵐氣没高林」，殊近作者意度。又葉静能「幽薊烟塵别九重」一首，亦昂藏有格，此外絶未睹也。

《白團扇》：「憔悴非昔容，羞與郎相見。」王珉嫂婢謝芳姿歌也。王子敬妾桃葉亦有《團扇

〔一〕「二」，江本、吴本作「三」。
〔二〕「陋」，原本作「陋陋」，據江本、吴本改；内閣本、程本作「鄙陋」。
〔三〕「殊寡」後，江本、吴本多「意度」。

歌》三首，其一云：「團扇復團扇，許持自障面。憔悴無復理，羞與郎相見。」與謝正同，豈王家婢妾自相掇襲耶？然桃葉有「障面」句，意乃完足，芳姿語殊未見工。楊用修强桃葉三歌附會謝作〔二〕，且云：「芳姿如此才而屈爲人婢，信佳人多薄命。」恐大令有知，攘臂地下矣。漫識此，發一笑。〔三〕

大抵六朝文士搜索艷題，一時閨閣傳聞，輒形松墨〔三〕，如子夜、孟珠、前溪、長樂之類〔四〕。芳姿四首固匪本辭，即桃葉三章，亦恐後人擬作也。

〔二〕「三」，江本、吴本作「二」。

〔三〕按，此條及下條内閣本缺，鈔補；程本無。

〔三〕「松」，内閣本作「楮」。

〔四〕「夜」，原本作「度」，據江本、吴本改。

詩藪外編三　唐上

東越胡應麟著

甚矣，詩之盛於唐也。其體，則三、四、五言，六、七、雜言，樂府、歌行，近體、絶句，靡弗備矣。其格，則高卑、近遠〔二〕、濃淡、淺深、巨細、精粗、巧拙、强弱，靡弗具矣。其調，則飄逸、渾雄、沉深、博大、綺麗、幽閒、新奇、猥瑣，靡弗詣矣。其人，則帝王、將相、朝士、布衣、童子、婦人、緇流、羽客，靡弗預矣。

宋計敏夫輯《唐詩紀事》八十一卷，一千一百五十家，采摭精詳，序次整密，允爲篤志之士。然芮挺章編《國秀》，李康成編《玉臺》，二人皆有己作附載集中。又殷璠《英靈》、高［仲］武《間氣》，品藻之語，盛見援引，而四子名氏，開卷邈如。朝士如王棨，釋子如寒山，羽客如吕岩，今皆有集行世，亦皆遺漏，可謂失之耳目之前。至如蔣奇童、薛奇童、徐晶、鄭鏦、太上隱者、君山父老諸家，所選脱軼頗繁，蓋著述之難如此。余嘗欲遍搜唐三百年史傳、文集、小説、冗談，以及碑

〔二〕「近遠」，江本、吴本作「遠近」。

誌、箴銘，雜出宋、元之後者，本計氏書，稍益其未詳而盡補其所闕，足成百卷，庶無遺恨，而力未遑，姑識其端於此。

凡著述貴博而尤貴精。淺聞眇見，曷免空疏；誇多炫靡，類失鹵莽。博也而精，精矣而博，世難其人。洪景盧《萬首唐絶》，文士滑稽假托，並載集中，此博之弊也。嘉靖初，有輯《唐詩行世紀》者，至一千四百餘家。余驟揭其目，欣然。比閲，則六朝、五季幾三之一，甚至析名與字而二之，爲之絶倒而罷〔二〕。夫博而弗精〔三〕，以駭膚立可耳，稍近當行，訛漏百出，得不慎與？

唐人自選一代，芮挺章有《國秀集》，元次山有《篋中集》，竇常有《南熏集》，殷璠有《河岳英靈集》，高仲武有《中興間氣集》，李康成有《玉臺後集》，令狐楚有《元和御覽》，顧陶有《唐詩類選》，姚合有《極玄集》，韋莊有《又玄集》，無名氏有《搜玉集》、《奇章集》。今惟《國秀》、《極玄》、《英靈》、《間氣》行世，《類選》、《御覽》、《又玄》，雜見類書，餘集宋末尚傳，近則未睹。《河岳英靈》不取拾遺，《間氣》、《極玄》兼遺供奉，宋人謂必有意，非也。《英靈》集於天寶，杜詩或未盛行。《間氣》俱中唐，姚大半晚唐，惟《國秀》盛唐頗備，而不及二公。總之，當時議論

〔二〕「爲之絶倒」，内閣本、程本作「爲噴飯滿案」。
〔三〕「弗」，江本、吴本作「不」。

未定，如莊生道術不及仲尼，尊與？貶與？未可測也〔二〕。後楊伯謙選《唐音》，不收李、杜，則有意尊之矣。

唐人自選詩，《英靈》、《國秀》諸集外，孫季梁有《唐正聲》三卷，王正範有《讀唐正聲》五卷〔三〕，韋縠有《才調集》十卷，劉明素有《麗文集》五卷，李戡有《唐選》三卷，柳玄有《同題集》十卷，崔融有《珠英集》五卷，曹恩有《起予集》五卷，殷璠有《丹陽集》一卷，劉吉有《續又玄集》十卷，陳康圖有《擬玄集》十卷、《詩纂》三卷，鍾安禮有《資吟集》五卷，王仁裕有《國風總類》五十卷，王承範有《備遺綴英》二十卷，劉松有《宜陽集》六卷、《藂玉集》五卷，韋莊有《采玄集》一卷，陳正範有《洞天集》五卷，又有《前輩詠題》二卷、《連璧集》三十二卷、《正風集》十卷、《垂風集》十卷、《名賢絶句》一卷，不題名氏，要皆唐末、五代人所集。當宋盛時，相去未遠，存者應衆。第尤延之畜書最富，《全唐詩話》已無一見采。計敏夫摭拾甚詳，《唐詩紀事》亦俱不收。至陳、晁二氏書目，概靡譚及者，則諸選自南渡後湮没久矣，姑識此以資博洽。宋蘇易簡、晏同叔俱有選，今惟洪景盧、趙昌父十餘家傳云。鄭《通志》宋人詩選并不載，豈洪書亦未見耶？蓋但據唐《藝

〔二〕「測」，内閣本、程本作「知」。

〔三〕「讀」，内閣本作「續」。

文志》耳。〔一〕

李氏《花萼集》、韋氏《兄弟集》、竇氏《聯珠集》、廖氏《家藏集》，皆父子伯仲一門之作，後世不易得也。《花萼》是李乂集與兄尚一、尚正。〔二〕

唐人詩話，入宋可見者：李嗣真《詩品》一卷，王昌齡《詩格》一卷，皎然《詩式》一卷、《詩評》一卷，王起《詩格》一卷，姚合《詩例》一卷，賈島《詩格》一卷，王叡《詩格》一卷，元兢《詩格》一卷，倪宥《龜鑑》一卷，徐蛻《詩格》一卷、《騷雅式》一卷、《點化秘術》一卷、《詩林句範》五卷，杜氏《詩格》一卷，徐氏《律詩洪範》一卷，徐衍《風騷要式》一卷、《吟體類例》一卷、《歷代吟譜》二十卷、《金針詩格》三卷。今惟《金針》、皎然《吟譜》傳，餘絶不睹，自宋末已亡矣。近人見宋世詩評最盛，以爲唐無詩話者，非也。《金針集》題白樂天，宋人皆以爲僞，想當然耳。宋梅聖俞又有《金針集》，亦僞作〔三〕。

唐人好集詩句爲圖，今惟張爲《主客》，散見類書中，自餘悉不傳。漫記其目：《古今詩人

〔一〕按，此條及以下「李氏《花萼集》」、「唐人詩話，入宋可見者」、「唐人好集詩句爲圖」、「唐《詠題》二卷」、「唐人倡和寄贈」、「唐人詩話，今傳者絶少」等八條，内閣本缺葉，鈔補；程本無。

〔二〕此條原本與上爲一條，據内閣本、江本、吴本改。

〔三〕「亦」，原本作「亡」，據内閣本改。

秀句》二十卷，元兢編；《泉山秀句》二十卷，黄滔編；《文場秀句》一卷，王起編；賈島《句圖》一卷，李洞編；《詩圖》一卷，倪宥編；《寡和圖》三卷，僧定雅編；《風雅拾翠圖》一卷，惟鳳編。宋則吕居仁有《宗派圖》，高似孫有《選詩句圖》，尚存。〔一〕

唐《詠題》二卷，是省試詩。《觀光集》三卷，是先輩行卷。又《瑶池新詠》三卷，俱唐婦人詩。

唐人倡和寄贈，往往類集成編，然今傳世絶少，以未經刊落，故尤難遠。姑記其目於左：令狐楚《斷金集》一卷，《元白倡和集》一卷，《三州倡和集》一卷，《許昌詩》一卷，《洛陽集》七卷，《彭陽倡和集》三卷，裴均《壽陽倡和集》一卷，《渚宫倡和集》二十卷，《峴山倡和集》八卷，《荆潭倡和集》一卷，《荆夔倡和集》一卷，《盛山倡和集》一卷，《劉白倡和集》三卷，《名公倡和集》二十卷〔二〕，《漢上題襟集》十卷，《松陵集》十卷，《靈徹倡酬集》十卷〔三〕，《廣宣倡和集》一卷，《五僧詩》一卷，《僧中十哲集》一卷，《贈毛仙翁詩》一卷，《賀監歸鄉集》一卷，《浙東酬倡集》一卷，《白監東都詩》一卷，右據諸家書目備録，《宋·藝文志》所存，僅十之四五。至《通

〔一〕此條原本與上爲一條，據内閣本、江本、吴本改。
〔二〕「二十」，内閣本作「二十二」。
〔三〕「徹」，内閣本作「澈」。

考》則僅存《漢上題襟》、《松陵》三數種。今惟《松陵》行世，餘悉不存。《毛仙翁詩》一卷，載《唐詩紀事》中。

唐人詩話，今傳者絶少。孟棨《本事詩》，小説家流也。惟殷璠、高武頗有論斷。張爲《主客圖》，義例迂僻，良堪噴飯。然其所詮，亦自有意，特創爲主客之説，與鍾嶸謂源出某某者，同一謬悠耳。無名氏有《續本事詩》，今不傳。盧瓌有《抒情集》〔一〕，亦《本事詩》類也。會昌侯氏一詩〔二〕，云載《抒情集》，可見。

唐詩賦程士，故父子兄弟文學並稱者甚衆，而不能如漢魏之烜赫。至祖孫相望，則襄陽之杜，亦今古所無也，世所共知。二賈、二蘇、三王、五竇外，他或以爵位勛名掩之。結夏杜門，永晝如歲，呻吟之暇，漫疏其略於後；衰鈍遺忘，挂一漏萬，姑識此爲博雅前驅云。

父子則薛收、薛元超，李百藥、李安期，許叔牙、許子儒，宋令文、宋之問，趙武孟、趙彦昭，敬播、敬之弘，陳子昂、陳光，賈曾、賈至，蘇瓌、蘇頲，李適、李季卿，崔日用、崔宗之，蕭嵩、蕭華，李善、李邕，張説、張均，崔良佐、崔元翰，杜甫、杜宗武，房融、房琯，鄭谿、鄭審，蕭穎士、蕭存，獨孤

〔一〕「抒」，原本作「杼」，據江本、吴本改。
〔二〕「侯」，内閣本作「袁」。

及、獨孤郁，張毅夫、張褘，郄純、郄士美，樊澤、樊宗師，裴倩、裴均，歸崇敬、歸登，劉禹錫、劉承雍，路泌、路隨，李懷遠、李景伯，于休烈、于肅，張薦、張又新，李端、李虞仲，韋表微、韋蟾、韋貫之、韋澳，段文昌、段成式，皇甫湜、皇甫松，苗晉卿、苗發，李程、李廓，李泌、李蘩，韋綬、韋温，崔群、崔亮，楊凌、楊敬之，崔璩、崔涣，温庭筠、温憲，章孝標、章碣，劉迺、劉伯芻，劉三復、劉鄴，李磎、李沆，鄭亞、鄭畋。補：褚亮、褚遂良。

兄弟則孔紹安、孔紹新，蓋文懿、蓋文達，馬敬淳、馬敬潛，秦景通、秦煒，路紀、路鼓，席豫、席晉，周思茂、周思鈞，杜易簡、杜審言，韋承慶、韋嗣立，來濟、來恒，崔日知、崔日用，薛曜、薛稷，王維、王縉，皇甫曾、皇甫冉〔一〕，崔敏童、崔惠童，元結、元融，蔡希周、蔡希寂，李渤、李涉，暢當、暢諸，柳公綽、柳公權，許康佐、許堯佐，楊虞卿、楊汝士，柳中庸、柳中行，李翰、李觀，馮宿、馮定，李遜、李建，吴通微、吴通玄，鄭仁規、鄭仁表，柳渾、柳識，唐臨、唐皎，周繇、周繁。

三人者沈佺期、沈全交、沈全宇，喬知之、喬侃、喬備，李乂〔二〕、李尚一、李尚正，楊憑、楊凌、

〔一〕「皇」，原本作「王」，據内閣本、江本、程本、吴本改。
〔二〕「乂」，江本、吴本作「義」。

楊凝，韋綬、韋纁、韋純，蘇冕、蘇弁、蘇衮，白居易、白敏中、白行簡，韋述、韋迅、韋逌，張文琮、張文瓘、張文收。

四人者羅隱、羅鄴、羅衮、羅虬，楊發、楊收、楊嚴、楊假。五人者張知謇、張知玄、張知晦、張知泰、張知默。六人者王劇、王勔、王勃、王助、王劼、王勸。七人者趙夏日、趙冬曦、趙和璧、趙安貞、趙居貞、趙頤貞、趙彙貞。八人者賀德仁、賀德基，劉知柔、劉知幾等，各號高陽里。

崔涖、崔湜、崔澄、崔液，兄弟四人；崔瑶、崔璆、崔瑰、崔瑾、崔珮〔一〕，兄弟五人；崔邠〔二〕、崔鄲、崔鄾、崔郇、崔鄰、崔酆，兄弟六人；崔瑄、崔珙、崔璪、崔璵、崔球、崔珦、崔璠、崔史失〔三〕，兄弟八人，並載唐史。崔氏一門之盛如此，然率以爵位顯，故不列前。大抵兄弟齊名，聲實相副者三人，則已盛矣。四五以上，惟王、竇二氏庶幾。自餘張、趙諸人，雖當時並有名字，亦未必盡然，姑以備數而已。

祖孫則孔紹安、孔日新，姚思廉、姚璹，岑文本、岑羲，員半千、員俶，杜審言、杜甫，張鷟、張

〔一〕「珮」，原本作「佩」，據江本、程本、吴本改。
〔二〕「邠」，原本作「頒」，據内閣本、江本、程本、吴本改。
〔三〕「史失」，程本作「玦」。

薦，許敬宗、許彦伯，韋嗣立〔一〕、韋弘景，杜佑、杜牧，鄭絪、鄭顥，唐次、唐彦謙，殷侑、殷盈孫，唐臨、唐紹，馮宿、馮涓，高士廉二孫球、瑾。史不載，見《紀事》。陸餘慶孫海，海孫長源。魏徵、謨，于志寧、休烈，狄仁傑、兼謨，李敬、玄紳之類，雖紀載方册，以世次稍遠，不録。他倣此。

父子兄弟三人者，張文琮子戩、錫，韋安石子陟、彬，包融子佶、何。四人者，王景子之咸、之賁、之涣。五人者，吕渭子温、恭、儉、讓，穆寧子質、贊、員、賞。六人者，竇叔向子常、群、牟、庠、鞏。七人者，劉知幾子貺、餗、秩、彙、迅、迥。

父子祖孫三世者，徐齊聃子堅，堅子嶠；武平一子就，就子元衡、儒衡；崔融子禹錫，禹錫子巨；李栖筠子吉甫，吉甫子德裕；柳芳子冕、登，登子璟；柳公綽子仲郢，仲郢子璞、璧、珪、玭；盧綸子弘正、簡辭、簡求、簡能，簡能子知猷；鄭餘慶子瀚，瀚子處誨、從讜。四世者，王播子起，起子龜，龜子蕘〔二〕。唐人中有父子四五傳而僅收一，再有兄弟六七輩而僅録二三者，皆專主文學〔三〕，故不無去取。至於遺漏，當俟續增。大概三傳者寡，四世尤希，聊備其數云。

〔一〕「嗣」，原本作「自」，據内閣本、程本改。

〔二〕「起子龜、龜子蕘」，原本、内閣本、江本作「子龜、子蕘」，據程本、吴本補。

〔三〕「主」，原本作「王」，據内閣本、江本、程本、吴本改。

夫婦俱能詩者，吉中孚妻張氏，孟昌期妻孫氏〔二〕，元稹妻裴氏，杜羔妻劉氏，元載妻王氏，彭伉妻張氏，李極妻盧氏。女兄弟能詩，則徐充容、婕妤及弟齊眒，宋若辛、若憲、若照、若倫、若華，父廷芬。上官儀女孫上官昭容。

自昔兄弟齊名者衆矣，未有五人俱出仕而俱能詩者，唐竇氏是也。自昔姊妹並稱者有矣，未有五人俱入宮而俱能詩者，唐宋氏是也。而竇之父叔向，宋之父廷芬，皆以文學稱，尤異中之異也。竇四子俱登第，獨群處士官最達，幾至宰相。宋五女俱尚宮，獨一男質最下，白首編氓。事固有不可知者。

劉知幾兄弟八人俱有文學，而父藏器、從父延祐並顯名。唐史，知幾六子咸富著述，一孫滋、浹，又能世其家。一門之盛，終唐世未有也。劉氏所居稱高陽里，故陳氏以爲兄弟八人。然新舊唐史並曰六人，不知何也？

王勃祖通，從祖績，父福畤，亦知名，而勃兄弟六人，並以文學顯，殆古未有。今但傳勮、勔、勃三珠樹，助、劼、勸稍晚出，遂鮮知者，寔六王也。《藝文志》王助《雕蟲集》一卷，當即其人。勃邃於經史及數學，史備載，今但傳其文。

〔二〕「妻」，原本、内閣本、江本無，據程本、吳本補。

嘗與友人戲論，唐詩人上自天子，下逮庶人、百司庶府、三教九流，靡所不備〔一〕。試舉其略〔二〕，供好事者一噱〔三〕。

人主如文皇、明皇，宗室如越王、韓王，將相則代、晉諸公，宰輔則燕、許諸公，三省則李乂、薛稷等，六卿則齊澣、王丘等，學士則崔融、徐堅等，舍人則賈曾、蘇晉等，成均則張籍、竇常等，秘監則鄭審、姚合等，青宮則王維、薛據，朱邸則王勃、殷遥等，侍從則高適、賈至等，供奉則盧象、岑參等，給舍則佺期沈、行言李，諫院則光羲儲、元旦韋等，諸司則崔司勛顥、陶禮部翰、祖駕部詠、宋考功之問等，諸郎則綦著作毋潛、孟校書雲卿、包起居佶、錢秘書起等，觀察則李翱、韋丹等，節度則孟簡、薛能等，郡守則平原、北海等，州牧則蘇州、隨州等，令長則盈川楊、夏縣劉昚虚等，丞尉則臨海駱、龍標王等，府佐則顧況、李端等，幕僚則朱放、馬戴等，武臣則郤士美、高崇文等，藩帥則張建封、羅弘信等，宗支則李適之、李之芳等，戚畹則武平一、武攸緒，舉子則平曾、來鵬等，徵士則秦系、朱灣等，布衣則成紀、襄陽等，散人則鹿門、甫里等，羽流則曹唐、吴筠等，緇流則蔡京、周賀等。他如宮苑則徐充容、宋尚宮，閨闥則劉令嫺、鮑君徽，又寒山、拾得以顯化，鍾離、

〔一〕「靡所不備」，内閣本、程本作「靡不備也」。
〔二〕「試舉其略」，内閣本、程本作「漫爾筆之」。
〔三〕「一噱」，内閣本、程本作「一大噱」。

呂岩以神仙，張志和以漁，衡岳居民以樵，陸鴻漸以茶，飲中八仙以酒。諸如此類，不能盡述。〔二〕

〔二〕此條內閣本、程本、吳本文字差異較大：

人主則文皇、明皇之屬，宗室則越王、韓王之屬，將相則代公、晉公之屬，宰輔則燕公、許公之屬，三省則李乂、薛稷之屬，六卿則齊澣、王丘之屬，學士則崔融、徐堅之屬，舍人則賈曾、蘇晉之屬，成均則張籍、竇常之屬，秘監則鄭審、姚合之屬，青宮則王維、薛據之屬，朱邸則王勃、殷遥之屬（「邸」，內閣本作「邱」。），侍從則高適、賈至之屬，供奉則盧象、岑參之屬，給舍則佺期沈、行言李之屬，諫院則光曦儲、元旦韋之屬，諸司則崔司勛顥、陶禮部翰、祖駕部詠、宋考功之問之屬，諸郎則綦著作毋潛、孟校書雲卿、包起居佶、錢秘書起之屬，觀察則李翱、韋丹之屬，節度則孟簡、薛能之屬，郡守則平原、北海之屬，州牧則蘇州、隨州之屬，令長則盈川楊炯（「炯」，內閣本無。）、夏縣劉眘虚之屬，丞尉則臨海駱、龍標王之屬，府佐則顧況、李端之屬，幕僚則朱放、馬戴之屬，武臣則郯士美、高崇文之屬，藩帥則張建封、羅弘信之屬，宗支則李適之、李之芳之屬，戚畹則武平一、武攸緒之屬，舉子則平曾、來鵬之屬，徵士則秦系、朱灣之屬，布衣則成紀、襄陽之屬，散人則鹿門、甫里之屬，羽流則曹唐、吴筠之屬，緇流則蔡京、周賀之屬。他如宮苑則徐充容、宋尚宮，閨閫則劉令嫻、鮑君徽，女郎則崔公達、張窈窕，女冠則魚玄機、李季蘭，妾媵則步飛烟、關盼盼，娼妓則徐月英、劉采春。又如寒山、拾得以顯化，鍾離、呂岩以神仙，殷七七以幻，王季友以賣履，邵謁以縣胥，張志和以漁，衡岳居民以樵，天竺童子以牧，海印以尼，香山、天復諸老以年，李泌、楊收、路延以稚，范攄之子以殤，李賀、林傑以夭，顧非熊以再生，鄭虔、劉商以畫，張南史以弈，陸鴻漸以茶，飲中八仙以酒，盧從願以富，郊、島以窮，盧照鄰以癩，李華以風痹，宋雍以瞽，崔嘏以眇，宋之問以口，方干以唇，丁稜以吃，李紳以短，鄭昌圖以肥，歐陽率更以醜，張旭以顛，李益以妒，唐衢以哭，張元一以詼，權龍褒以噱，薛生以書記，野鵲灘吟者以舟師，見《萬首唐絶句》，本《語林》。衡岳樵夫下一條或即以樵夫作，非也。崔《紀事》失載。捧劍以人奴，新羅王以東夷，楊奇鯤以南詔，蘇涣以劫，劉叉以盗，李徵以虎，孫恪妻以猿，天桃以狐，臺城伎以妖，幽獨君以鬼。李徵以下，唐此類甚衆，然率文士滑稽，故僅取數條。幽獨詩佳，非贗作也。《品彙》臺城伎一絶，乃耿將軍青衣，《彙》誤。

又此條後，內閣本、程本、吳本多一條：

唐人主工文詞者，太宗、玄宗尚矣。高、中二帝，豈解此事？昏庸沈湎，假借自文，大率侍從諸臣代作耳。睿宗有集一卷，當亦能詩，今不傳。德宗天稟猜忌，而聽政之暇，能與宋若昭等揚扢藝文，亦一快也。文、宣二主，頗稱藴藉。昭丁末造，高貴同艱，悲夫！

宣宗嘗微行遇賈島，覩其詩卷，島攘臂奪之，曰：「郎君何會此耶？」遂謫主簿長江。又嘗微行遇盧渥，渥趨避道左，拱手自稱其名，遂賜進士及第。同一遇人主也，而遇不遇若此。島誠脱疏，帝責以風塵識天子，則亦過矣。島方覓句，衝京兆鹵簿且不知，況龍而魚服耶？一笑〔二〕。

憲宗讀白居易《諷諫》百餘篇而善之，因召爲學士；穆宗讀元微之歌詩百餘首而善之，立徵爲舍人。二君不以詩名，而好尚乃爾，知唐世人主亡不喻此道也。

唐宗支衍溢天下，而藝苑頗覺寥寥。詩知名者，諸王外，宰相適之，尚書之芳，仆射程，刺史廓，員外約，進士洞十餘人而已。世以肅、代還，天下日亂，無論勛德，即諸李詩才有如貞觀、開元二帝者乎？長吉頗自錚錚，人謂稍假以年，可大就。要之詩格定矣，不死，愈益其誕耳。

《語林》云：「文宗好五言詩，品格與肅、代、憲宗同，而古調尤清峻，常欲置詩學士七十二員。學士中有薦人姓名者，宰相楊嗣復曰：『今之能詩，無若賓客分司劉禹錫。』上無言。李珏奏曰：『當今置詩學士，名稍不嘉。今翰林學士皆有文詞，陛下博覽古今，其間有疑，顧問可也。陛下昔命王起、許康佐爲侍講，天下謂陛下好古宗儒，敦揚朴厚。臣聞憲宗爲詩，格合前古。當時輕薄之徒，摛章繪句，聱牙崛奇，譏諷時事，鼓扇名聲，謂之元和體。今陛下更置此官，

〔二〕「一笑」，江本、吴本無。

得無不可乎？」按，此則文、肅、代、憲四君皆工詩。唐十八葉間，惟敬、懿數君無聞，自餘靡不精究。帝王文學之盛，殆亘古所無也。惜史不載，諸選僅文宗一絶，他率無傳，因備録之。文宗不答楊奏，當以劉蕡叔文故耶〔一〕？

文宗欲置詩學士，固非急務，然非雅尚不能。李珏奏罷，未爲無見，第以憲宗爲詩，釀成輕薄之風。中間贅牙崛奇，譏諷時事，明指韓、柳、元、白諸公，此大是無識妄人。唐一代之文，所以能與漢並，正賴數君，豈俗子所解？乃憲宗興起之風，可與漢武、唐文相次。淮、蔡之勛，尚出此下，而史不略言，故余特詳著焉。樂天有諷諫詩，元（楨）〔稹〕、李紳有新樂府。

唐著姓若崔、盧、韋、鄭之類，赫奕天下，而崔尤著。蓋自六朝、元魏時，已爲甲族〔二〕，其盛遂與唐終始。文皇首命群臣品第諸族〔三〕，時以崔民幹爲第一。嗣後達官膴仕，史不絶書，而能詩之士彌衆，他姓遠弗如也。初唐則崔信明、崔融、崔善爲、崔日用、崔日知、崔湜、崔液、崔禹錫、崔沔、崔尚、崔翹、崔珪，盛唐則崔顥、崔巨、崔曙、崔興宗、崔泰之、崔宗之、崔國輔、崔敏童、崔惠童，中唐則崔峒、崔琮、崔護、崔膺、崔咸、崔元翰、崔立之、崔鉉、崔群、崔備、崔充、崔子向、崔季

〔一〕「叔」，原本作「作」，據江本、吴本改。
〔二〕「甲」，原本作「里」，據内閣本、程本、吴本改。
〔三〕「諸」，原本作「緒」，據内閣本、江本、程本、吴本改。

卿、崔涯、崔樞、崔嘏、崔郃、崔軒、崔郊、崔滌、崔道融、崔子尚，晚唐則崔魯、崔塗、崔安潛、崔珏、崔總、崔恭、崔庸、崔璐、崔元範、崔公信、崔璞。女子則崔鶯、崔公遠、崔仲容。初唐之融，盛唐之顥，中唐之峒，晚唐之魯，皆矯矯足當旗鼓。以唐詩人總之，占籍幾十之一，可謂盛矣。他如崔涖、崔璆、崔鄲、崔琯，群從數十，秉銓列戟，當代所榮，而勳德文章，靡有傑出，吾無取焉。執政玄暐、祐甫差著。自餘知温、彦昭，登公相者十餘輩，而浮沉史傳，後世鮮知。總之，未敵《黄鶴樓》一首也。唐詩人張氏亦衆，而非甲族。王、李甲族，而非一門。崔之顯著，大率清河、博陵，自餘不過十三耳。兼三氏人數，亦無盛於崔者。第五代至宋，遂夐亡聞矣。

開元以前，詞人鮮弗達者；天寶以後，才士鮮弗窮者。即間有之，然弗數見也。第今製作行世，則景龍、垂拱，百不二三；大曆、元和，十常五六。造物乘除亦巧矣。輒據唐人雜説，類次數條，以見其概云。

《唐書》云：「太宗以海内漸平，鋭意經籍，開文學館以待四方才雋，與選者杜如晦、房玄齡、虞世南、陸德明、于志寧、蘇世長、褚亮、姚思廉、孔穎達、李元道、李守、蔡允恭、顔相時、薛收、蓋文達、蘇旭、薛元敬、許敬宗。後收卒，以劉孝孫補之。世謂十八學士，擬於登瀛洲焉。」右唐初太宗世顯者。天策所收顔師古、褚遂良等，尚不止此。

又云：「景龍二年，中宗於修文館置大學士四員，學士八員，直學士十二員。李嶠、宗楚客、趙彦昭、韋嗣立爲大學士，李適、劉憲、崔湜、鄭愔、盧藏用、李義、岑羲、劉子玄爲學士，薛稷、馬懷素、宋之問、武平一、杜審言、沈佺期、閻朝隱、韋安石、徐堅、韋元旦、徐彦伯、劉允濟爲直學士。」右高、中世顯者。先是，武氏修《三教珠英》，徵天下文士二十六人，徐彦伯爲首，餘率前諸學士。張説、王無兢、富嘉謨亦與焉。玄宗世讎校秘書尹知章等一十二人，亦馬懷素爲首。後文宗欲置詩學士七十二員，以李珏沮止之。

《玄宗紀》：「開元年夏，郭元振仝三品。秋，張説爲中書令。冬，以姚崇同三品，盧懷慎同平章事。四年冬，宋璟爲黄門監，源乾曜、蘇頲同平章事。八年春，張嘉貞。十四年夏，李元紘。二十一年春，韓休；冬，裴耀卿、張九齡俱同平章事。」右玄宗開元中，宰相至十數人，皆文學士也。先是又有魏知古等，古今詞人之達，莫盛此時。繼之林甫、國忠，雖天資險獪，然俱以不學稱，唐治亂判矣。

《席豫傳》云：「豫與韓休、許景先、徐安貞、孫逖、張九齡先後掌綸誥。」又蘇頲、蘇晉、賈曾、賈至、齊澣、王丘、李乂等，並以文學爲中書舍人。右二則，初、盛間詞人顯者。

《賀知章傳》云：「神龍中，知章與越州賀朝萬、齊融，揚州張若虚，邢巨，湖州包融，俱以吴越之士，文詞俊秀，名揚於上京。朝萬止山陰尉，齊融崑山令，若虚兖州兵曹，巨監察御史。融遇張九齡，引爲懷州司户、集賢直學士。數子，人間往往傳其文，獨知章最貴。神龍中，有尉氏李澄之善五言詩，蹉跌不偶，六十餘，爲參軍卒。」又《唐新語》云：「長壽中，滎陽鄭蜀賓詩知名，年老甫授一尉，之官未幾卒。」二事甚類。右，初、盛間窮而間有達者。

《國史補》云：「開元以後，位卑而名著者：李北海邕、王江寧昌齡〔二〕、李館陶、鄭廣文虔、元魯山德秀、蕭功曹穎士、張長史旭、獨孤常州及、崔比部、梁補闕肅、韋蘇州應物。」右載《唐詩紀事》。崔比部、李館陶不列名。按，是時詩文有重望而不甚顯者，崔則崔顥、崔曙，李則李翰、李華，第俱不言爲比部、館陶。然四人外，無赫赫稱，必居二於此矣。

《明皇雜録》云：「天寶末，劉希夷、王泠然、王昌齡、祖詠、張若虛、張子容、孟浩然、常建、李白、劉昚虛、崔曙、杜甫，雖有文章盛名，皆流落不偶。」右二條，盛唐詩人窮者。李、杜古今流落之魁，然置諸人中，覺猶爲顯達也。一笑。

《丹陽集》云：「潤州延陵有包融、儲光羲，曲阿有丁仙芝，緱氏主簿蔡隱丘，監察御史蔡希周，渭南尉蔡希寂，處士張彦雄、張朝，校書郎張暈，吏部常選周瑀，長洲尉談戭，句容有殷遥，硤石主簿樊光，横陽主簿沈如筠；江寧有右拾遺〔三〕、孫處士、徐延壽，丹徒有江都主簿馬挺、武進

〔二〕「昌齡」，原本作「昌寧」，據内閣本、程本、吴本改。
〔三〕「右」，江本、吴本作「左」。

尉中堂溝：十八人皆有詩名。」右亦多盛唐間人，吴、揚所産也。殷氏敘其履歷，但一二稍顯，自餘布衣冗秩，旁午篇中，豈當時遂無貴且文者耶〔一〕？

十才子。《盧綸傳》云：「綸與吉中孚、韓翃、錢起、司空曙、苗發、崔峒、耿湋、夏侯審、李端，號大曆十才子。綸户部郎中，起考功郎中，發都官員外，峒右補闕，湋右拾遺，審侍御史，宦俱不甚顯。獨中孚侍郎，翃知制誥差著，而端竟終杭州司馬。當是時，秦系、劉方平俱布衣，顧況司户，于鵠從事，張南史參軍，厄尤甚焉。」右中唐詩人之窮者。嗣是權、武、裴、元、韓、白諸公驟顯，元和遂以中興。繼之郊寒，島髡，籍盲，仝枉。二李賀、觀，歐陽並夭，其窮益又甚矣。

《劇談録》云：「自大中、咸通之後，每歲試春官者千餘人，其間章句有聞，亹亹不絶。如何植、李玫、皇甫松、李孺犀、梁望、毛濤、貝庥、來鵠、賈隨，以文章著美；温庭筠、鄭瀆、何涓、周鈐、宋耘、沈駕、周繁，詞賦標名；賈島、平曾、李陶、劉得仁、喻坦之、張喬、劇燕、許琳、陳覺，以律詩流傳；張維、皇甫川、郭鄩、劉延暉，以古風擅價：皆苦心文華，厄於一第。然其間數公麗藻英詞，播於海内，與虚薄叨聯名級者，殆不可同年語矣。」右晚唐詩人窮者。如此其衆，又過

〔一〕按，「豈」後内閣本、程本、吴本多「此方」。

於前。然司馬、羅隱輩，尚不止是。今製作多不傳，徒空名寄於簡册〔二〕，雖頗勝當時華要，亦可悲也。

唐舉子不中第者，《語林》、《劇談》所紀外，又有來鵬、宋濟、嚴惲、王璘、李洞、胡曾、張祜、江爲、盧汪、孫定、許琯，後爲羽流；歐陽澥、李山甫、司馬禮等，大率皆晚唐。而盛唐則老杜以不第獻賦，其他孟浩然等，雖布衣，然非舉子也。諸人生不成名，今失紀載，又將没没，余惜而詳著之。

韓愈、李觀、歐陽詹、王涯、馮宿等同第，誠有唐第一榜。然是時昌黎已數舉，觀卒時年二十九，詹卒亦有夭稱，而涯、宿並顯德、文際，則昌黎之齒當最高，而是時張童子年最幼，後竟亡所聞，豈亦夭耶？昌黎嘗有序送張，而不著其名，今遂莫可考，而尚以昌黎文，故世知其人。文士筆端與人主名器，殆互有輕重耶？

陸子淵云：「開元中，有風雅古調科，李、杜皆不與，而薛據爲首。」余謂：據在盛唐爲李、杜之亞，足稱不愧科名，而李、杜旋以布衣受知人主，未爲不遇。元、白、牛、李宗閔諸公，俱對策名動天下，而劉蕡獨傳，亦不遇之遇也。

〔二〕此下「雖頗勝當時華要」至「唐詩人千數」條「駱臨海中」，原本缺葉，據内閣本補。

唐省試詩雖傑出者希，而清新妥切，即中、晚人尚有初唐景色，如《清明賜火》等作，往往出李肱《霓裳》右。今人以省試詩概加裁抑，非通論也。諸詩具載《文苑英華》。然世所傳誦，《鼓瑟》之外，絶無他篇。

唐詩人千數，而吾越不能百人。初唐虞永興、駱臨海，中唐錢起、秦系、嚴維、顧況，晚唐孟郊、項斯、羅隱、李頻輩，今俱有集行世。一時巨擘，概得十二三，似不在他方下。獨盛唐賀知章、沈千運稍不競。《明一統志》復刊落其半，遂益寥寥。今類考諸書，録之於左，文士亦並附焉。

越州：虞世南、孔紹安、孔紹新、賀德基、賀德仁、賀知章、賀朝萬、齊融、嚴維、秦系、宋邕、吴融、朱慶餘。賀知章，一作明州。湖州：徐齊聃、《一統志》作徐聃，大誤。徐堅、包融、諸家俱作潤州，今姑從《一統志》。沈千運、錢起、錢珝、起孫，《唐詩紀事》。沈亞之、沈傳師、沈詢、孟郊、楊衡、王郊、嚴惲。杭州：褚亮、遂良、許敬宗、褚無量、羅隱、羅鄴、羅衮、羅虬。睦州：吴少微、章八元、施肩吾、章孝標、皇甫湜、皇甫松、徐凝、李頻、方干、許彬、章碣、劉蜕、《廣記》。章魯封。見《紀事》唐末羅隱下。秀州：丘爲、陸贄、顧況、殷堯藩〔二〕。衢州：徐安貞。台州：項斯。婺州：駱賓王、舒元輿、張

〔二〕「秀州」以下至此，程本脱漏，在「台州項斯」後另行補。

志和、馮宿、馮定[一]。五代劉昭禹。唐詩僧越中獨盛，辨才、靈一居會稽，靈澈、處默越州人。皎然吴興，貫休瀫水，皆其著也。而寒山、拾得顯化台州。道士則司馬承禎居赤城，而吴筠魯人居剡中。婦人則徐賢妃姊妹湖州，而劉采春亦云越人。蓋後居淮甸間。

許氏《紀事》云：「大曆十才子，《唐書》不見人數。」誤也。《唐書·盧綸傳》明言，吉中孚、夏侯審、錢起、李端、苗發、司空曙、韓翃、耿湋、崔峒與綸爲十才子。其初人數如此，惟中孚、審製作無聞，可疑。而綸有《懷中孚峒發曙端偉兼寄夏侯審侍御七子》詩，則中孚與審實在才子之列，而韓翃、錢起不與，恐其間章句脱落，否則別有故也。或去中孚、審與翃、峒，而益皇甫曾、李嘉祐、郎士元、李益，其人才視前雖勝，而非實録。余嘗歷考古今，一時並稱者，多以游從習熟，倡和頻仍，好事者因之以成標目[二]，中間或品格差肩，以踪迹離而不能合；或才情迴絶，以聲氣合而不得離，難概論也。《紀事》别條仍載《唐書》原數，前説或引他書耶？

太白於子美甚疏，子美惓惓，自是愛才之故。杜當時高、岑、王、賈、李、鄭等輩，靡不輸心，又王季友、孟雲卿皆汲引如弗及，而况李也。李、杜之稱，當出身後，未必生前。退之、李觀齊

[一]「馮」，原本缺，據内閣本、程本、吴本補。
[二]「者」，内閣本、程本無。

名，觀早卒，乃並子厚。樂天、微之甚密，元没，復遇中山。他如孔門十哲，曾氏無聞；鄴下七才，禰生不録[一]。蓋曾晚傳道，禰早殞身，或以從非陳、蔡，迹限荆、衡，不可一端，必後世論始公也。

《唐語林》云：「韓文公與孟東野友善，韓公文至高，孟長於五言，時號孟詩韓筆。元和中，後進師匠韓文公，體大變。又柳柳州、李尚書翺、皇甫郎中湜、馮詹事定、祭酒楊公、李公，皆以高文爲諸生所宗。而韓、柳、皇甫、李公，皆以引接後學爲務。楊公尤深於奬善，遇得一句，終日在口，人以爲癖。長慶以來，李封州甘爲文至精，奬拔公心，亦類數公。甘出於李相國宗閔下，時以爲得人，然終不顯。又元和以來，詞翰兼奇者，有柳柳州宗元、劉尚書禹錫及楊公，劉、楊二人詞翰之外，别精篇什。又張司業籍善歌行，李賀能爲新樂府，當時言歌篇者宗此二人。李相國程，王僕射起，白少傅居易兄弟，張舍人仲素，爲場中詞賦之最，言程試者宗此五人。」右紀載多隱僻，世所罕傳，故備録之。楊祭酒即敬之，語項斯者。劉、柳二公初不名能書，僅見此。「孟詩韓筆」之云，本六朝「沈詩任筆」語，今驟聽亦似駭耳也。李封州甘與杜牧齊名，載史紫微

[一]「禰」，原本作「稱」，據内閣本、江本、程本、吴本改。

傳中。馮詹事定，余婺人，宿之弟。李祭酒尚未詳。中唐李姓顯者衆〔二〕，而此又不必傑，然難以臆料也。

世知杜之爲拾遺，而不知李亦拾遺也。世以草堂屬杜，而李集亦號《草堂》也。李卒後，代宗徵拜左拾遺，見《范傳正碑》，碑尚稱唐左拾遺。

飲中八仙，子美詩名姓甚確，而《范碑》以裴周南與焉。考《舊唐書》，白少與魯諸生孔巢父、裴政、張叔明、陶沔、韓沔隱徂徠山，號六逸。或周南即政字，范誤爲八也。薛奇童詩真盛唐，而名字弗傳，大爲惋惜。然《國秀》以爲太子司議，而薛據嘗爲此官，蓋其人耶？杜有《賀薛擢太子司議》詩。

杜子宗武，李子伯禽，皆流落蚤卒。而宗武子嗣業，能乞元碑以葬先人，孝矣。伯禽二女妻野人，當道欲爲易婚，不願，而以厥祖遺言，俾卜葬青山，以成先志，亦無忝也。伯禽子先二女出游，不知所終。或以白無孫，不然。

大曆十才子，當時列之圖畫，爲人慕艷乃爾。其後之顯者，惟李端、錢起、盧綸。端子虞仲至侍郎，起子徽至尚書，徽子可復、可及皆登進士，而可復至節使。然《唐詩紀事》載徽子珝第

〔二〕「李」，原本無，據内閣本、程本補。

進士，至中書舍人，而傳不載，豈即可及耶？綸四子弘正、簡求、簡辭、簡能，孫知猷、虔、灌、汝弼、嗣業，俱進士至顯官〔一〕，其盛殆唐詩人未有也。

唐以詩賦聲律取士，於韻學宜無弗精。然今流傳之作，出韻者亦間有之。蓋檢點少疏，雖老杜或未能免。今稍識數條，以自警省，非曰指摘前人也。

一東　楊巨源《聖壽無疆詞》，王逖《上武元衡》七言律，王建《宫詞》。俱出「宗」字。劉得仁《秋日》，杜甫《雨晴》五言律。俱出「農」字。

二冬　薛逢《五峰隱者》七言律。出「中」字。

三江　李商隱《柳枝》五言絶。出「鴦」字。

四支　杜甫《北風》首尾俱四支韻〔二〕，而中兩用五微，蓋古體通用，非出韻也。今諸選多作五言律，誤矣。又七言近體，劉長卿《卧病官舍》第二句用「違」字，當作「遺」字。或謂出韻，亦非也。

十一真　杜甫《玉山》七言律，出「芹」字。《贈王侍御》排律。出「勤」字。

〔一〕「顯」，内閣本、程本作「大」。

〔二〕「俱」後，江本、吴本多一「用」字。

十二文　張祜《讀曲歌》五言絶。出「人」字。　又十灰賀知章絶句。出「衰」字。

十五删　李商隱《贈張書記》排律。出「蘭」字。

八庚　李白《秋浦歌》五言絶。出「屏」字。

九青　僧虚中《寄司空圖》五言律。出「清」字。

凡唐人詩引韻旁出，如「洛陽城裏見秋風」、「鶯離寒穀正逢春」之類，必東冬、真文次序鱗比，則可無遠借者。然盛唐絶少，初學當戒，毋得因循。又唐彦謙《七夕》真韻出「勤」字，見《英華》。

唐小説載杜甫子宗武作詩示友人，友人以斧答之。宗武曰：「欲使我斤正吾父耶？」友人云：「令若自斷其臂耳。天下詩名又在杜家矣。」此事甚新，然史傳不載。宗武詩亦竟弗傳。豈三世爲將，道家所忌哉？按，斧字從父從斤，杜嘗命宗武熟精《文選》，又作詩屢令其誦，友人言宜有可信者，惜無從互訂之。

詩藪外編四　唐下

東越胡應麟著

「大家」、「名家」之目，前古無之。然謝靈運謂東阿才擅八斗，元微之謂少陵詩集大成，斯義已昉。故記室《詩評》，推陳王聖域；廷禮《品彙》，標老杜大家。夫書畫末技，鍾、王、顧、陸，咸負此稱，詩文大業，顧無其人？使子建與應、劉並列，拾遺與王、孟齊肩，可乎？則二者之辨，實談藝所當知也。

偏精獨詣，名家也；具範兼鎔，大家也。然又當視其才具短長，格調高下，規模宏隘，閫域淺深。有衆體皆工，而不免爲名家者，右丞、嘉州是也；有律絶微减[一]，而不失爲大家者，少陵、太白是也。

六代則公幹之峭，嗣宗之遠，元亮之冲，太冲之逸，士衡之穠，靈運之清，明遠之俊，玄暉之麗，皆其至也；兼之者陳思也。唐人則王、楊之繁富，陳、杜之孤高，沈、宋之精工，儲、孟之閒曠，高、岑之渾厚，王、李之風華，昌齡之神秀，常建之幽玄，雲卿之古蒼，任華之拙撲，皆所專

[一]「絶」，原本、江本無，據内閣本、程本、吴本補。

也；兼之者杜陵也。

清新、秀逸、冲遠、和平、流麗、精工、莊嚴、奇峭，名家所擅，大家之所兼也。浩瀚、汪洋、錯綜、變幻、渾雄、豪宕、閎廓、沉深，大家所長，名家之所短也。

詩最可貴者清，然有格清，有調清，有思清，有才清。才清者，王、孟、儲、韋之屬是也。若格不清則凡，調不清則冗，思不清則俗。王、楊之流麗，沈、宋之豐蔚，高、岑之悲壯，李、杜之雄大，其才不可概以清言，其格與調與思，則無不清者。

絶澗孤峰，長松怪石，竹籬茅舍，老鶴疏梅，一種清氣，固自迥絶塵囂。至於龍宫海藏，萬寶具陳，鈞天帝廷，百樂偕奏，金闕玉樓，群真畢集，入其中，使人神骨泠然，臟腑變易，不謂之清可乎？故才大者格未嘗不清，才清者格未必能大。

清者，超凡絶俗之謂，非專於枯寂閒淡之謂也。婉者，深厚雋永之謂，非一於軟媚纖靡之謂也。子建、太白，人知其華藻，而不知其神骨之清；枯寂閒淡，則曲江、浩然矣。杜陵人知其老蒼，而不知其意致之婉；軟媚纖靡，則六代、晚唐矣。

《十九首》後，得其調者，古今曹子建而已；《三百篇》後，得其意者，古今杜子美而已。元亮之高，太白之逸，自是詞壇絶步，但入此二流不得。

畫家最重逸格，惟書家論亦然。昔人至品諸神妙之上，乃以張顛、懷素、孫位、米芾輩當之，其能與鍾、王、顧、陸並乎？雖謂書畫無逸品可也。千古詞場稱逸者，吾於文得一人，曰莊周；於詩得一人，曰李白。知二子之爲逸，則逸與神，信難優劣論矣。

靖節清而遠，康樂清而麗，曲江清而澹，浩然清而曠，常建清而僻，王維清而秀，儲光羲清而適，韋應物清而潤，柳子厚清而峭，徐昌穀清而朗，高子業清而婉。

唐人鮮爲康樂者，五言短古多法宣城，亦以其朗艷近律耳。

中唐「風淪歷城水，月倚華陽樹」，晚唐「猿啼洞庭樹，人在木蘭舟」，宋人「雨砌墮危芳，風軒納飛絮」，皆句格之近六朝者。

初唐律有全作齊梁者，王翰「春氣滿林香」是也；中唐律有全作齊梁者，劉方平「新歲芳梅樹」是也。

「十五嫁王昌，盈盈入畫堂」，是樂府本色語。李邕以爲小兒輕薄，豈六朝諸人製作全未過目耶？唐以詩詞取士，乃有此輩〔二〕，俗子可發一笑。晚近紛紛兢述其語，尤可笑也。〔三〕

劉元濟「龜山帝始營」一首，爲唐五言長篇之祖。藻繪有餘，神韻未足耳。《怨詩》一聯云：

〔二〕「輩」，内閣本、程本作「俗」。

〔三〕此條後，内閣本、程本、吴本多一條：邕詩一首，見杜集，絶不成語，宜不解崔作謂何？

「虚牖風驚夢，空床月厭顰。」精絶不減六朝。又上官儀：「鵲飛山月曙，蟬噪野風秋。」音響清越，韻度飄揚，齊梁諸子，咸當斂衽。

于鵠《公子行》云：「少年初拜大長秋，半醉垂鞭見列侯。馬上抱雞三市鬥，袖中携劍五陵游。玉簫金簡迎歸院，錦袖紅妝擁上樓。更向苑中新買宅，碧波春水入門流。」鵠中唐人，此作頗有古意，起結甚佳。元人「萬種閒愁」散套，全用此頷聯，何氏《談叢》稱爲第一，蓋未見鵠詩故。然是篇諸家不選〔一〕，漫録此。

《巫山高》，唐人舊選四篇，當以皇甫冉爲最，然劉方平「楚國巫山秀」一篇亦佳。方平中唐人，題《梅花》五言律，用修謂可配太白，此作於齊梁不多讓也。

七言律以才藻論，則初唐必首雲卿，盛唐當推摩詰，中唐莫過文房，晚唐無出中山。不但七言律也，諸體皆然，由其才特高耳。

元和而後，詩道浸晚，而人才故自横絶一時，若昌黎之鴻偉，柳州之精工，夢得之雄奇，樂天之浩博，皆大家材具也。今人概以中、晚束之高閣，若根脚堅牢，眼目精利，泛取讀之，亦足充擴襟靈，贊助筆力。

〔一〕「不選」前，内閣本、程本多「皆」字。

東野之古，浪仙之律，長吉樂府，玉川歌行，其才具工力，故皆過人。如危峰絶壑，深澗流泉，並自成趣，不相沿襲。必薛逢、胡曾，方堪覆瓿。

俊爽若牧之，藻綺若廷筠，精深若義山，整密若丁卯，皆晚唐錚錚者。其才則許不如李，李不如温，温不如杜。今人於唐專論格不論才，於近則專論才不論格，皆中無定見，而任耳之過也。

唐人慕艷太白。晚唐張氏子，至自名碧以配之。有李赤者亦然，卒爲厠鬼所魅，皆絶可笑也。碧字太碧，尤可笑。子羸亦能詩，見《總龜》。

飛卿北里名娼〔一〕，義山狹斜浪子，紫薇緑林傖楚，用晦村學小兒，李賀鬼仙，盧同鄉老，郊、島寒衲。

芮挺章編《國秀》，以李嶠「月宇臨丹地」爲第一。王介甫編《唐詩》，以玄宗「飛蓋入秦中」爲第一。嚴滄浪論七言，以崔顥《黄鶴樓》爲第一。楊用修編《唐絶》，以王昌齡「秦時明月」爲第一。然五言律又有主「獨有宦游人」者，七言律又有主「盧家少婦」者，絶句又有主「蒲桃美酒」者，排律又有主王維《送僧歸日本》者，俱在甲乙間，學者當自具眼。

唐人每同賦一題，必推擅場，如錢起《送劉相公》、李端《集郭都尉》之類。今同賦多不傳，

〔一〕「北」，程本作「百」。

即擅場者未必佳也。若高適、岑參、杜甫同賦《慈恩寺》，三古詩；賈至、王維、杜甫、岑參同賦《早朝》，四七言律；宋之問、沈佺期、蘇頲同賦《昆明池》，三排律；沈佺期、皇甫冉、李端、王無兢題《巫山高》，四五言律。皆才格相當，足可凌跨百代。就中更傑出者，則《慈恩》當推杜作，《早朝》必首王維，《昆明》之問爲最，《巫山》皇甫尤工。

嚴氏謂唐詩八百家，宋人有得五百家者，今傳不過三百餘家，而甚多猥雜，則所不傳者，未足深惜，然亦有幸不幸也。

嘉、隆類刻十二家唐詩，盛行當世，然王、楊、盧、駱格未純，體未備。余欲去四子，而易以李頎、王昌齡、儲光羲、常建，庶便初學服習。蓋常、儲之古，王之絶，李之律，皆品居神妙，多出高、岑諸子上。若四傑，當合二張、二蘇、虞世南、劉廷芝、李嶠等集，首以太宗，爲初唐十二家。

近又類中唐諸名家，而雜以賈島、張籍等，殊謬。余細酌，當以隨州、蘇州、錢起、李端、盧綸、韓翃、李益、耿湋、司空曙、李嘉祐、皇甫兄弟爲一編。惜湋才不稱，益時稍後，曾集寥寥耳。若郎士元、竇叔向、崔峒、嚴維，雖有集，皆非諸人比。

王、楊、盧、駱以詞勝，沈、宋、陳、杜以格勝，高、岑、王、孟以韻勝。詞勝而後有格，格勝而後有韻，自然之理也。

芮挺章《國秀》不取李頎七言律，姚武功《極玄》不取王維五言絶，殷璠《河岳英靈》不稱龍標七言絶，當時月旦乃爾。

唐宫閨能詩者：徐賢妃、上官昭容、宋若照姊娣、李季蘭、魚玄機、杜羔妻、寇坦母、張窈窕、鮑君徽、薛濤、花蕊輩，然皆篇什一二，遠出當時文士下，非漢魏婦人比也。

太白多率語，子美多放語，獻吉多粗語，仲默多淺語，于鱗多生語，元美多巧語，皆大家常態，然後學不可爲法。右丞、浩然、龍標、昌穀、子業、明卿即不爾，然終不以彼易此。

余嘗謂大家如卓、鄭之産，高腴萬頃，輪奂百區，而磽瘠痹陋，時時有之。名家如李都尉五千兵，皆荆楚鋭士，奇才劍客，然止可當一隊。

古大家有齊名合德者，必欲究竟，當熟讀二家全集，洞悉根源，徹見底里，然後虚心易氣，各舉所長，乃可定其優劣。若偏重一隅，便非論篤。况以甲所獨工，形乙所不經意，何異寸木岑樓，鈎金輿羽哉！正如《朝辭白帝》，乃太白絶句中之絶出者，而楊用修舉杜歌行中常語以當之。然則《秋興》八篇，求之李集，可盡得乎？他日又舉薛濤絶句，謂李白亦當叩首，則杜在李下，李又在薛下矣。甚矣，可笑也〔二〕。

李、杜二家，其才本無優劣，但工部體裁明密，有法可尋；青蓮興會標舉，非學可至。又唐

〔二〕「可笑」，内閣本、程本作「其妄」。

人特長近體，青蓮缺焉，故詩流習杜者衆也。

李、杜皆布衣受知人主，李聲價重生前，杜譽望隆身後。

宋以來評詩不下數十家，皆喙囈語耳；剗除荆棘，獨探上乘者一人：嚴儀卿氏。唐以來，選詩不下數十家，皆管蠡窺測耳；刊落靡蕪，獨存大雅者一人：高廷禮氏。然二君識俱有餘，才並未足〔一〕，故其自運不啻天壤。

唐至宋元，選詩殆數十家，《英靈》、《國秀》、《間氣》、《極玄》，但輯一時之詩；荆公《百家》，缺略初、盛；章泉《唐絶》，僅取晚、中；至周弼《三體》，牽合支離；好問《鼓吹》，熏蕕錯雜。數百餘年未有得要領者，惟楊伯謙《唐音》，頗具只眼，然遺杜、李，詳晚唐，尚未盡善。蓋至明高廷禮《品彙》而始備，《正聲》而始精，習唐詩者必熟二書，始無他岐之惑。楊氏乃極詆之〔二〕，何也？

《正聲》於初唐不取王、楊四子，於盛唐特取李、杜二公，於中唐不取韓、柳、元、白，於晚唐不取用晦、義山，非凌駕千古膽，超越千古識，不能〔三〕。

〔一〕「未」，内閣本、程本作「不」。

〔二〕「氏」，内閣本、程本作「用修」。

〔三〕「不能」後，内閣本、程本、吴本多：「用修於此四者，政自不能了了，宜其輕於持論也。」

杜《諸將》詩：「昨日玉魚蒙葬地〔一〕，早時金盌出人間。」説者謂杜本用茂陵「玉盌遂出人間」語，以上有「玉魚」字，遂易作「金盌」。或謂盧充幽婚自有金盌事，杜不應竄易原文，然單主盧充，又落汗漫。二説迄今紛拿，不知杜蓋以「金盌」字入玉盌語，一句中事詞串用，兩無痕迹。如《伯夷傳》雜取經子，鎔液成文，正此老爐錘妙處，而注家坐失之。淮陰侯云：「此自兵法，顧諸君不省耳。」余於注杜者亦云。〔二〕

沈雲卿有《答魑魅》詩云：「魑魅來相問，君何失帝鄉？」中復云：「影答餘他歲，恩私宦洛陽。」按，遷謫流人，往往以魑魅爲言。沈詩首及帝鄉，作魑魅問亦可，然不應托影答辭。沈蓋用《莊子》「罔兩問影」語。「魑魅」二字，「魍兩」之誤。

「客衣筒布細，山舍荔枝繁。」韓翃詩，見本集。又高仲武《中興間氣》稱之。楊氏苦纏劉夢得〔三〕，何也〔四〕？

〔一〕「昨」，原本作「乍」，據江本、吴本改。

〔二〕此條及下「沈雲卿有《答魑魅》詩」、「客衣筒布細」、「杜拭泪沾襟血」、「陳子昂《懷古》詩」條，内閣本、程本在「花卿蓋歌伎之姓」條後。

〔三〕「氏」，内閣本、程本作「用修」。

〔四〕「何」，内閣本、程本、江本、吴本作「非」。

杜：「拭泪沾襟血，梳頭滿面絲。」崔峒：「泪流襟上血，髮白鏡中絲。」全首擬杜，亦婉切可觀，而力量頓自懸絶。

陳子昂《懷古》詩：「丘陵徒自出。」方萬里云：「此句疑有脱誤。」不知用《穆天子傳》「白雲在天，丘陵自出」語也。

《正聲》不取四傑，余初不能無疑，盡取四家讀之，乃悟廷禮鑒裁之妙。蓋王、楊近體，未脱梁、陳；盧、駱長歌，有傷大雅。律之正始，俱未當行。惟照鄰、賓王二排律合作，則《正聲》亟收之。至李、杜二集，以前諸公未有敢措手者，而廷禮去取精覈，特愜人心，真藝苑功人，詞壇偉識也。

嚴羽卿之《詩品》，獨探玄珠；劉會孟之《詩評》，深會理窟；高廷禮之《詩選》，精極權衡。三君皆具大力量，大識見，第自運俱不逮。嚴亟稱盛唐，而調仍中、晚；劉甚尊李、杜，而格僅黄、陳；高稍能作初唐語，亦才影響耳，然不可以是掩其所長。如近李于鱗選唐詩，與已所作略無交涉。若並波及其詩，則非公論也。〔二〕

〔二〕此條後内閣本、程本、吴本多一條：沈雲卿《龍池篇》用經語，不足存，而于鱗亟取之。老杜律僅七篇，而首録《張氏隱居》之作，既於輿論不合，又已調不同。英雄欺人，不當至是。

花卿蓋歌伎之姓，「此曲祇應天上有」，本自目前語。而用修以成都猛將當之，且謂僭用天子禮樂，真痴人説夢也。

李群玉《贈歌妓》：「貌態祇應天上有，歌聲豈合世間聞。」蓋祖襲杜語也，證此益明。

杜：「野日荒荒白，江流泯泯清。」劉評：「『荒荒』最警，『泯泯』略稱意。」似不滿下句。誠然，第叠字最難，此又叠字中最警語，對屬尤不易工。一日偶讀杜「山市戎戎暗，江雲淰淰寒」，以下五字屬前聯上五字，銖兩既敵，而駢偶天成，不覺自爲擊節。昔人有以「雨荒深院菊，風約半池萍」爲的對者，彼特常格常語耳。

李獻吉「層崖客到蕭蕭雨，絶頂人居淰淰寒」，張助父「蕭蕭哀鴻參斷吹，戎戎寒霧挾飛濤」，皆用杜後聯字。張又有「楮葉熒熒遥入宋，楊花冉冉獨游梁」之句，並奇。

《已上人茅齋》注：「歐陽公云齊己也。」按，己與貫休同出晚唐，政鄭谷輩同時，何緣與杜相值？此不必辨。但僞托六一語，聊爲洗之。

杜警句衆所膾炙外，排律中如「遠山朝白帝，深水謁夷陵」、「蛟龍纏倚劍，鸞鳳夾吹簫」，用字皆極工而不覺〔二〕。此類甚衆，學者當細求。

〔二〕此句江本、吴本作「用字極工而不覺巧」。

「素練風霜起」，指所畫鷹甚明。劉以「素練如霜」，非是。

明詩流談漢魏者徐昌穀，談六朝者楊用修，談盛唐者顧華玉。三君自運，大略近之。然昌穀才本麗而澄之使清，故其爲漢魏也，間出齊梁；用修才本穠而炫之以博，故其爲六朝也，時流温、李；華玉持論甚當，見亦甚超，第主調不主格，又才不逮二君，故但得唐人規模，而骨力遠矣。

馮汝言《古詩紀》，兩京以至六代，靡不備録，有功於古者也。計敏夫《唐詩紀事》〔一〕，隋末以至梁初，靡不兼收，有功於唐者也。

薛君采云：「王右丞、孟浩然、韋蘇州詩，讀之有蕭散之趣，在唐人可謂絶倫。太白五言律多類浩然，子美雖有氣骨，不足貴也。」此論不爲無謂。才質近者，循之亦足名家。然是二乘人説法，於廣大神通，未曾透入。

樊少南《初唐詩叙》云：「詩自删後，漢魏爲近。漢魏後，六朝滋盛，然風斯靡矣。至唐初，無古詩而律詩興；律詩興，古詩不得不廢。精梓匠則粗輪輿，巧陶冶則拙函矢，何況達玄機、神變化者哉！」觀此，則李于鱗前，唐古已有斯論，然李、杜大篇，前代所無，不得盡置也。

〔一〕「事」，原本、内閣本無，據江本、吴本補。

唐人語云：「蘇、李居前，沈、宋比肩。」詩話謂蘇武、李陵，非也。漢蘇、李未有律詩，於沈、宋何與？蓋謂蘇味道、李嶠，與佺期、之問同輩，而年行差前。

皮日休云：「謝朓詩句精者，『露滋寒塘草，月映清淮流』。」二語乃何遜詩，非謝朓也。

王之渙或作王涣之，然之渙兄之咸、之賁，皆有文名，當作之渙爲是。

段成式《酉陽雜俎》有《天咫》、《玉格》、《壺史》、《貝編》等目，淹貫者不能得其要領。然唐人如徐彦伯，以「龍門」爲「虬户」，「金谷」爲「銑溪」，「竹馬」爲「篆驂」，「月兔」爲「魄兔」，變易故常，求取新特，一時效倣，謂之澀體。非紀載明白，後人何自知之？成式《酉陽》篇目，當亦此類耳。

韋蘇州：「春潮帶雨晚來急，野渡無人舟自横。」宋人謂滁州西澗，春潮絶不能至，不知詩人遇興遣詞，大則須彌，小則芥子，寧此拘拘？痴人前政自難説夢也。

又張繼「夜半鍾聲到客船」，談者紛紛，皆爲昔人愚弄。詩流借景立言，惟在聲律之調，興象之合，區區事實，彼豈暇計？無論夜半是非，即鍾聲聞否，未可知也。

蘇若蘭《璇璣詩》，宛轉反覆，相生不窮，古今詫爲絶唱。余讀《高達夫集》，有《進王氏瑞詩表》云：「琅琊王氏，於天寶二載撰迴文詩八百一十二字，循環有數，若寒暑之推遷；應變無窮，謂陰陽之莫測。」則亦當不在蘇下，而湮滅莫傳，殊可慨也。

蘇伯玉妻《盤中詩》，謂宛轉書於盤中者，則當亦迴文之類。今其詩存，絶奇古，如：「空倉雀，常抱饑。吏人妻，夫見希。」「黄者金，白者玉。姓者蘇，字伯玉，家居長安身在蜀。」皆三七言。不知當時盤中書作何狀？必他有讀法，不可考矣。或云當從中央周四角，即讀法也。

楊盈川侄女《臨鏡曉妝》詩：「林鳥驚眠罷，房櫳曙色開。鳳釵金作縷，鸞鏡玉爲臺。妝似臨池出，人疑向月來。自憐方未已，欲去復徘徊。」整麗精工，齊梁妙詣，唐女子無能及者。宋若照姊娣五人，咸負時名。古今女子一門者，無盛於此。然製作寥寥，絶無表見，豈亦名浮其實耶？

吉中孚列大曆才子，而篇什殊不經見。獨其妻張氏有《拜月》七言古，可參張籍、王建間。天寶中，李康成選輯《玉臺後集》，自載詩八首，如：「自君之出矣，弦吹絶無聲。思君如百草，撩亂逐春生。」又題河陽女五十三韻，欲與《木蘭歌》方駕，末云：「因緣儻會合，萬里猶同鄉。運命儻不諧，隔壁無津梁。」見《劉克莊集》中。今諸詩選不收，《紀事》、《品彙》號瀚博，亦不及其名姓，乃知唐人詩散佚衆矣。

《品彙》姓氏、年代、官職不可考者，《國秀集》得四人，金部員外郭良，陳王掾張愕，進士樓穎，右武衛録事李收，皆當是初、盛唐間人。

杜常、方澤、李九齡，皆宋人，自洪景盧誤輯，趙昌父、周伯弼因之，遂爲唐人，非也。胡宿、譚用之亦皆宋人，《鼓吹》誤收。

洪景盧號博洽，而取何遜詩入《唐絶》中，此却可笑〔二〕。

劉昭禹，婺州人，與李涉同時，常云：「覓句如掘得玉匣子，底必有蓋，在精心求之。」時稱名喻。

宋雍初無令譽，及嬰瞽疾，詩名始彰。見《雲溪友議》，當在中、晚間。賈馳與李頻同時，裴交泰、元、白同時，盧宗回元和進士，孫昌胤見子厚集，亦元和朝士也。〔三〕

唐初王、楊、盧、駱、李百藥、虞世南、陳子昂、宋之問、蘇頲、李嶠、二張輩，俱詩文並鳴，不以一長見也。開元李、杜勃興，詩道大盛，孟浩然、沈千運等，遂獨以詩稱，而文不概見。王維、賈至，其文間有存者，亦詩之附庸耳。元和韓、柳崛起，文體復古，李習之、皇甫湜輩，遂獨以文顯，而詩不概見。李觀、歐陽其詩間有存者，亦文之駢拇耳。

盛唐蕭穎士、李華、元結，文名皆藉甚當時而湮没異代者，前掩於王、楊，後掩於韓、柳也。中唐白居易、劉禹錫、元稹詩，皆播傳四裔而不滿後人者，一擯於李、杜，再擯於錢、劉也。然蕭、

〔二〕「却」，内閣本、程本、江本作「最」。

〔三〕此條後内閣本鈔補一葉，鈔「王之渙《涼州詞》」、「大順中有王渙者」二條，見前内編六卷末。

李名浮其實，即非諸子掩之，固自難久。劉、白時代壓之，格律稍左，其才故自縱橫。

柳儀曹曰：「張燕公以著述之餘，攻比興而莫能極；張曲江以比興之暇，攻著述而不克備。唐興以來，稱是選而不怍者，梓潼陳拾遺。」馬端臨氏曰：「拾遺詩語高妙，至他文則不脱偶儷，未見其異於王、楊、沈、宋也。」按，昌黎「國朝盛文章，子昂始高蹈」，中及李、杜而未言孟郊，其意蓋專在於詩。柳言頗過，故應馬氏有異論也。

子美以賦敵揚雄、相如，詩親子建，方駕屈、宋，同游陶、謝。而以庾信、鮑照、陰鏗、蘇端、薛復擬太白，一何顛倒豪傑也。「飯顆山頭」之句，苦無事實，未爲深譏。世徒以太白儇輕，而少陵尤巧矣。

世以供奉、拾遺皆死於酒，而皆死於水，皆非也。太白晚依宗人李陽冰，終於紫極宫；少陵將歸襄郡，終潭、岳間。采石固謬，耒陽亦未可憑。

唐詩之拙怪者，咸以盧玉川、馬河南，開元間任華已先之矣。唐文之軋茁者，咸以皇甫湜、樊宗師，天寶間元結已先之矣。

樊宗師文，詰曲聱牙，古今所駭。《絳守居園外越王樓序》，幾於夷語鳥音。而詩獨平暢典則，亦一異也。

唐趙驎云：「裴晉公《鑄劍戟爲農器文》，觀其氣概，已有立殊勛、致太平意。進士李爲作

《輕》、《薄》、《暗》、《小》四賦。李賀樂府，多屬意花草蜂蝶間。二子身名終不遠大，有以也。」按，麟以著作覘人品，未必盡然，然大是詩家三昧。試以李、杜諸作置温、韋、羅、鄭間觀之，興象規模，居然自見，不待智者而審矣。

司空圖云：「杜子美《祭房太尉文》，李太白佛寺碑贊，宏拔清麗，乃其歌詩也。張曲江五言沈鬱，亦其文筆也。韓吏部歌詩驅駕氣勢，若掀雷挾電，撑決天地之垠。柳州探搜深遠，俾其窮而克壽，抗精極意，則非瑣瑣可輕議其優劣。」蓋自唐已有詩文各擅之説，圖爲此論以破之。

圖又《與王駕評詩》云：「沈、宋始興之後，傑出于江寧，宏肆于李、杜，極矣。右丞、蘇州，趣味澄夐，若清沅之貫達。大曆諸才子，抑又次焉。元、白力勍而氣孱，乃都邑之豪佑耳。劉夢得、楊巨源亦各有勝會。閬仙、無可、劉得仁輩，時得佳致，足滌煩襟。厥後所聞，逾褊淺矣。」按，唐人評騭當代詩人，自爲意見，挂一漏萬，未有克舉其全者。惟圖此論，擷重概輕，繇巨約細，品藻不過十數公，而初、盛、中、晚肯綮悉投，名勝略盡。後人綜覈萬端，其大旨不能易也。

獨孤及云：「沈、宋既没，王右丞、崔司勛復崛起開元、天寶間，殊不及李、杜。至元微之而杜始尊，李雖稍厄，亦因杜以重。至韓退之而光焰萬丈矣。」豈二子亦有待哉！

太白始見司馬子微，遂有神游八極之賞。中偕吴筠嘯傲剡中，賀知章傾倒白下。晚劇喜韋渠牟，要以代興。四人皆道士也，余嘗笑此老一生與黄冠有緣。

賀知章素貴，晚乞黄冠，蓋不過歲餘。吴筠以薦爲翰林承旨，韋渠牟後相德宗，傾險敗節，獨承禎應聘不屈，一代高士也。唐世以羽流顯者甚衆，魏玄成初亦爲道士，見《唐新語》。尹愔至散騎常侍，吉中孚至侍郎，曹唐止從事，始終羽服不變。惟承禎、退之兩司馬，而承禎尤偉也。孫思邈品格冠代，似不專道流。軒轅集朴弗若承禎文也。自餘張果、葉法善、羅公遠輩，非此例。軒轅彌明即韓公，知詩者無煩多語。

唐羽流還俗率顯榮，而緇流還俗多偃蹇，如賈島、周賀之類，窮厄終身，較爲僧但多髮耳。獨馬嘉運至學士，而蔡京節使，以輕躁敗名。

韋渠牟初學詩，既去爲道士，又去爲浮屠，又長髮還俗，不數年至宰相。迹其變詐百出，蓋奸人之雄也，今但知其爲道士。唐末繆島雲者，嘗爲僧，《詠瀑布》：「白鳥遠行樹，玉虹孤飲潭。」二語甚奇，而世不甚傳。

武媚娘尼僧，長髮至皇后；楊太貞女冠，入宫至貴妃，皆婦人還俗者也。李季蘭後爲女冠，其始末不可考。

昌黎一代斗山，而文字殊不爲廟堂重。生平紀述時政，惟《平淮西碑》及《順宗實録》，而《淮西碑》以愬妻膚受，改命段文昌，《順宗録》亦以紀載失實，更命史官再撰。適昌黎婿李漢、蔣系並在經局，路隨力言於朝，因得不廢，然韋處厚竟别輯《順宗録》。二事絶類，皆文字之不遇也。今韋書不傳，段碑載《唐文苑》，優劣固已較然。姚鉉《選粹》，仍載段碑而没韓作，何哉？一説謂退之《順宗録》正改定韋書，而史無明證，未知孰是。

裴晉公與人書：「昌黎韓愈，舊識其人，信美才也。近有傳其作者，云不以文爲制而以爲戲，可乎？」蓋謂《毛穎》、《送窮》等作也。五代劉昫修《唐書》，至以愈文爲大紕繆，亦指此類。今遍讀唐三百年文集，可追西漢者僅《毛穎》一篇，《送窮》亦出揚雄《逐貧》上，而當時議論如此。匪昌黎自信，戛乎難哉！

昌黎子昶，頗負不慧聲，然亦舉進士。而二婿李漢、蔣系，並爲史官，名重一時，今但知有漢而已。按，系，蔣薦子，屬辭典實，有父風，嘗理宋申錫之冤，舉朝稱其鯁亮，則其人尤可重也。李翱二婿皆顯，而三甥入相，子亦無聞。孟郊、賈島，咸云無嗣。其説互異，詳别則中。韓門諸士惟皇甫湜子松、歐陽詹侄秬稍有聞云〔一〕。

漢稱蘇、李，唐稱李、杜，尚矣。漢之李、杜，唐之蘇、李，亦人所共知。博雅之士，引證李、杜凡數處，而有未盡者。以唐一代言之，蘇味道、李嶠外，蘇瓌、李嶠並爲宰相，蘇頲、李乂對掌絲綸，咸稱蘇、李，是唐有三蘇、李也。李白、杜甫外，杜審言、李嶠結友前朝，李商隱、杜牧

〔一〕「秬稍有聞云」，原本、江本無，據内閣本、程本、吴本補。此條後内閣本接後「劉長卿六言二絶」條。

之齊名晚季，咸稱李、杜，是唐有三李、杜也。又杜《贈李銜》有「李杜齊名真忝竊」之句，銜亦當能詩耶！

魏稱王、劉，唐亦有王、劉，王勃、劉允濟是也。宋稱鮑、謝，唐亦有鮑、謝，鮑防、謝良弼是也。唐韋述、柳芳，亦號韋、柳。又初唐崔信明、蘇某，亦號崔、蘇，皆稍僻者。

子美又與盧象齊名，劉夢得云「高名如盧杜」是也。太白又與吴筠齊名，見唐史。雖擬非其倫，時亦矯矯。

漢有大馮君、小馮君，唐有大秦君景通、小秦君煒，魏有大王東陽、小王東陽，附載儉傳。梁有大劉南郡、小劉南郡之遴、之亨，皆切對。至漢大冠杜子夏、小冠杜子夏，已可笑。而宋有大翳孫學士、小翳孫學士，尤可笑也。

蘇頲以父瓌故稱小許公。杜審權與悰，俱位將相，而悰稍先，時稱審權小杜公。一以封，一以姓也。又杜牧亦稱小杜。鄭絪、鄭餘慶，一南鄭，一北鄭，與阮氏同。

劉長卿六言二絶，本一首也，諸選以唐少六言絶，故析爲二，舊見雜説中，亦有辯訂者，而不能詳。偶閲康駢《劇談録》載此甚悉，因録之。其調本名《謫仙怨》，明皇幸蜀，路感馬嵬，索長笛制新聲，樂工一時競習。長卿左遷睦州，因祖筵吹此曲，遂制詞填之，而不及馬嵬事。大率六朝及唐樂府例如此，兼明皇新創，長卿未必知本末也。竇弘餘補之云：「胡塵犯闕衝關，金輅提携玉顔。雲雨此時消散，君王何日歸還？傷心朝恨暮恨，回首千山萬山。獨望天邊初月，蛾眉猶在彎彎。」駢又續之云：「晴山礙日横天，緑叠君王馬前。鑾輅西迍屬國〔二〕，龍顔東望秦川。曲江魂斷芳草，妃子愁凝暮烟。長笛此時吹罷，何言獨爲嬋娟。」觀此，則劉作非絶句甚明。二人詞亦工麗，不及劉天然耳。竇，台州刺史。駢著《劇談録》，往往載乾符以後事，當是唐末人。二詩計氏《紀事》不收，且並姓名俱不録，因識此。又紀李賀事，謂元稹嘗以詩謁賀。賀曰：「明經擢第，何事來看？」元大怒，遂以父諱事沮其進。按，元稹與韓同輩，賀晚出最少，何應有此？蓋傳聞之誤也。然唐明經爲世所輕，亦可見矣。〔三〕

中宗時詞臣，世知有東方虬，然又有東方顥。玄宗時幸臣，世知有牛仙客，然又有牛仙童。東方顥見《趙冬曦傳》，牛仙童見《蕭嵩傳》。賀知章於尹知章，王昌齡於張昌齡，皆同有時名。今王、賀顯，而張、尹詩文不傳。然博雅士屈指瞭然，以史傳灼灼故也。至如趙彦昭、許彦昭、徐彦伯、李彦伯之類，明滅於殘螢斷蠹間，非老宿未易兼舉。崔宗之名成甫，《紀事》作二人，誤。韓偓字致堯，刻多致光，非也。見《紀事》。偓下有辯甚明，而《紀事》别見又作致光，録者誤也。

〔二〕「迍屬」，江本、吴本作「巡蜀」，程本作「游屬」。
〔三〕按，内閣本此條在「昌黎子祖頗負不慧聲」與「漢稱蘇李唐稱李杜」條間。

盧仝、馬異，孟郊、賈島，並出一時，其詩體酷類，已爲奇絶；其名皆天生的對，尤爲奇也。劉軻之名軻也，以繼孟也；李赤之名赤也，以配白也。李洞學浪仙，至範其象曰賈島佛；紹威慕羅隱，自名其集曰《偷江東》，皆可笑。然律之活剥生吞，猶爲愈也。

竇鞏性温裕，不能持論，每議事之際，吻動而不發，白居易目爲囁嚅翁。蘇味道遇事持兩端，號爲模棱手。二事雅堪作對。又李林宗亦謂樂天囁嚅公，豈即以樂天譏竇語耶？

司空圖有《一鳴集》，而張沉有《一飛集》，大是笑資。一鳴猶可解説，一飛何物語耶？又盧肇有《愈風集》，章震有《摩盾集》，用陳琳、荀濟事，並足嗤也。

唐詩人同名甚衆，一時並起者，尤易混淆，今漫記此。劉鄴、盧鄴、李鄴、于鄴、羅鄴、曹鄴，韋丹、劉丹、吴丹、丘丹、李丹、鄭丹，包融、崔融、房融、元融、吴融，劉憲、曹憲、温憲、湯憲，崔群、盧群、竇群、吕群，崔琮、韓琮、杜琮、賈琮，張説、邵説、裴説、韋説，胡元範、崔元範、周元範、李元範，王光庭、杜光庭、裴光庭、丘光庭，郎餘慶、鄭餘慶、陸餘慶，韋建、蕭建、常建、王建，高嶠、牛嶠、徐嶠、李嶠、苑咸、竇咸、李咸、崔咸，胡皓、徐皓、袁皓、常皓，周賀、李賀、程賀，雍陶、陳陶、顧陶，竇常、鄭常、杜常，樊澤、丁澤、方澤，元載、符載、褚載，錢起、張起、王起，王翰、陶翰、李翰，丘爲、江爲、張爲，薛白、房白、李白，蕭華、李華、任華，夏鴻、楊鴻、盧鴻，從《新書》。舊作盧鴻一。李邕、宋邕、賈邕，何扶、唐扶、魏扶，高球、康球、孟球，盧休、裴休、韓休，高騈、盧騈、胡騈，李渥、韓渥、盧渥，孟郊、崔郊、袁郊，柳彬、朱彬、沈彬，蘇涣、蔣涣、王涣，姚發、苗發、盧發，徐商、陳商、劉商，王灣、朱灣、劉灣，彭伉、劉伉、馮伉，柳渾、許渾、張渾，邵真、劉真、盧真，賈曾、平曾、胡曾，劉象、盧象、衛象，薛收、徐收、楊收，蔣防、鮑防、閻防，楊夔、郭夔、李夔。自餘二人同名若：王維、嚴維，崔顥、鄭顥甚衆，並不録。

唐輕薄子彈摘人詩句，若衛子、鷓鴣、失猫、尋母之類，至今笑端。余謂此不必泥，顧其句何如耳。數詩淺俗鄙夷，即與所譏不類，寧免大雅盧胡。如孟浩然「春眠不覺曉」二十字，清新婉約，縱輕薄姍侮萬端，亦何害其美耶[一]！無名子以浩然「春眠」一絶爲盲子詩。

自宋有田莊牙人之説，詩流往往惑之，此大不解事者。盛唐「窗中三楚盡，林外九江平」，中唐「東屯滄海闊，南瀼洞庭寬」，晚唐「到江吴地盡，隔岸越山多」，皆一時警句。杜如「地利西通蜀，天文北照秦」，尤不勝數，何用爲嫌？惟近時作者粘帶皮骨太甚，乃反覺有味斯言耳。

[一]「耶」，江本、吴本作「哉」。

詩藪外編五　宋

東越胡應麟著

黄、虞而上，文字邈矣。聲詩之道，始於周，盛於漢，極於唐。宋、元繼唐之後，啓明之先，宇宙之一終乎！盛極而衰，理勢必至，雖屈、宋、李、杜挺生，其運未易爲力也。

擬古於近，宋、元其陳、隋乎？古體至陳，本質亡矣。隋之才不若陳之麗，而稍知尚質，故隋末諸臣，即爲唐風正始。近體至宋，性情泯矣。元之才不若宋之高，而稍復緣情，故元季諸子，即爲昭代先鞭。

詩之筋骨，猶木之根幹也；肌肉，猶枝葉也；色澤神韻，猶花蕊也。筋骨立於中，肌肉榮於外，色澤神韻充溢其間，而後詩之美善備。猶木之根幹蒼然，枝葉蔚然，花蕊爛然，而後木之生意完。斯義也，盛唐諸子庶幾近之。宋人專用意而廢詞，若枯枿槁梧，雖根幹屈盤，而絶無暢茂之象。元人專務華而離實，若落花墜蕊，雖紅紫嫣熳，而大都衰謝之風。故觀古詩於六代、李唐，而知古之無出漢也；觀律體於五季、宋、元，而知律之無出唐也。

宋室諸君，雖皆留意翰墨，而篇什佳者殊寡。藝祖「未離海底千山黑，才到天中萬國明」，但語偶中律耳。彈壓徐鼎臣，自是貴勢，非以詩也。獨神宗《挽秦國》五言律，精深婉麗，字字唐人，宋世無能及者。今録全首於後：「曉發城西道，靈車望更遥。春風寒魯館，明月斷秦簫。塵入羅衣暗，香隨玉篆消。芳魂無北渚，那復可爲招。」又二首亦工，「明月留歌扇，殘霞散舞衣」、「蕭條會稽市，無復獻珠人」，皆有唐味。

高宗《行幸錢塘》五言古，宏壯和平，大有魏晉遺意。今並録於此云：「六龍轉淮海，萬騎臨吴津。王者本無外，駕言蘇遠民。瞻彼草木秀，感此瘡痍新。登堂望稽山，懷哉大禹勤。」又石刻一聯「秋深清見底，雨過碧連空」，亦佳。又《漁父詞》三章，見《説郛》。

昭陵《賞花釣魚》、阜陵《臨幸秘省》二七言律，亦和平可誦，然是宋人格調。

宋人詩話又載藝祖所詠，本長短句，謂七言是史臣潤色。末云：「須臾走向天上來，趕却殘星趕却月。」乃詠日詩，或當得其實也。

《庚溪詩話》又兩載藝祖《題月》及《初日》詩。《題月》十四字與諸説同。《初日》詩云：「太陽初出光赫赫，千山萬山如火發。一輪頃刻上天衢，趕退群星與殘月。」蓋或藝祖原有此二篇，示徐鉉者，自當是《題月》詩，以鉉本誇後主《秋月》詩故也。

太宗嘗召盧多遜賦《新月詩》，又詔李昉等輯三大類書，每乙夜必進數卷，亦留意文學者。若其人天資忮克，不足道也。真宗命楊億修《元龜》，屬陳彭年校核誤處，必加簽貼。今前代遺文僻事，實賴詔書以考見云。

仁廟每進士放榜必賜詩。景祐元年賜進士詩，末句「寒儒逢景運，報德合何如」，宋人咸所贊嘆。然是漢、唐後王者語意，不若阜陵「稽古右文慚菲德，禮賢下士法前王」，退然冲挹也。「宮袍草色動，仙籍桂香浮」，亦佳。

光堯《題金山》一絶云：「屹然天立鎮中流，彈壓東南二百州。狂虜來臨須破膽，何勞平地戰貔貅！」殊不類其人。

徽宗《宮詞》一卷，今合王建、花蕊、王珪爲四家行於世。然元豐初，宦者王紳亦賦《宮詞》百篇，《温公詩話》尚載其二首云。〔一〕

〔一〕此條後内閣本、程本多二條：

徽宗《宮詞》佳者，如：「嬌雲溶漾作春晴，繡轂清風出鳳城。樓上紅妝争笑語，隔簾遥聽賣花聲。」「小雨輕飛濕燕泥，萬花零落柳垂堤。紫清宮闕人稀到，廊上雙雙孔雀棲。」「小桃初破未全香，清晝金胥漏已長。臨罷黄庭無一事，日移花影上回廊。」「秦娥從小學宮韶，却愛仙音逸韻飄。應慕鳳臺仙史伴，夜闌時按白牙簫。」「銷金花朶遍輕羅，剪作春衣賜下多。鬥薄只貪腰似柳，夜深無奈峭寒何？」皆可觀。孝宗《飛來峰》一歌，亦有格。見《西湖志餘》。

《説郛》載宣和帝一絶云：「徹夜西風撼破扉，蕭條孤館一燈微。家山回首三千里，目斷天南無雁飛。」此蓋北狩時旅中作也，意殊可悲。又欽宗：「紇干山頭凍死雀，何不飛去生處樂？」當時父子情況如此，豈止令人酸鼻！紇干山雀詩，時或以爲昭宗。虞伯生《題宣和竹雀》一絶云：「染墨寫琅玕，深宮春晝閒。蕭條數枝雪，不似紇干山。」翻剔殊佳，第亦不堪讀也。少帝入元一絶：「寄語林和靖，梅花幾度開？黄金臺下客，應是不歸來。」意愈悲而讀之不露，殊有唐風，然可哀愈甚矣。

五代之能詩者，王仁裕、孫光憲、皮光業、韓熙載、和凝、徐鉉兄弟，今集多不傳，散見諸小説中。李建勳、杜荀鶴、吴融、韓渥、羅隱諸詩，列《唐百家》，皆與梁、後唐相及者。余别搜録雜編中，俾不混宋初云。

自李商隱、唐彦謙諸詩作祖，宋初楊大年、錢惟演、劉子儀輩，翕然宗事，號「西昆體」，人多訾其僻澀。然諸人材力富健，格調雄整，視義山不啻過之，惟丰韻不及耳。九僧諸作，多在晚唐貫休、齊己上，惠崇尤傑出。如「露寒金掌重，天近玉繩低」、「人游曲江少，草入未央深」之類，佳句不可勝數，幾欲與賈島、周賀争衡。魏野、林逋亦姚合流亞也。二宋之富麗，晏同叔、夏英公之和整，梅聖俞之閒澹，王平甫之豐碩，雖時有宋氣，而多近唐人。永叔、介父，始欲汛掃前流，自開堂奥，至坡老、涪翁，乃大壞不復可理。

「疏影横斜水清淺〔二〕，暗香浮動月黄昏」，本唐詩易二字耳。雖頗得梅趣，至格調音響，略無足取。而宋人一代尊之，黄、陳亦無異議，何也？古今題梅，五言惟何遜，七言惟老杜，絶句惟王適，外此無足論者。

歐盛稱聖俞「焚香露蓮泣，聞磬清鷗邁」，蘇盛稱文潛「衆緑結夏帷，老紅駐春妝」。此等既

〔二〕「疏」，江本、吴本作「林逋」。

語耳。非漢魏，又匪六朝。大率宋人五言古，知尊陶不知法陶，知尊杜不解習杜，作者賞者，皆夢中

少游極爲眉山所重，而詩名殊不藹藹〔一〕，當由詞筆掩之。然「雨砌墮危芳，風軒納飛絮」，實近三謝，宋人一代所無。諸古體尚有宗六朝處，惜不盡合蘇、黄、陳間，故難自拔也。

二陳五言古皆學杜，所得惟粗强耳。其沉鬱雄麗處，頓自絶塵。無己復參魯直，故尤相去遠。大抵宋諸君子以險瘦生澀爲杜，此一代認題差處，所謂七聖皆迷也。工部詩盡得古今體勢，其中何所不有，而僅僅若此〔二〕？

「青山在屋上，流水在屋下。中有五畝園，花竹秀而野。」此樂天聲口耳，而坡學之不已。又晚年劇喜陶，故蘇詩雖時有俊語，而失之太平，由才具高、取法近故也。

無己「主家十二樓」、「葉落風不起」二首，於孟協律，可謂絶類，如曰工部，則吾不知。

子瞻極推魯直，而魯直不滿子瞻，「文章妙一世，詩句不逮古人」，魯直語也。魯直盛稱無己，而無己時輕魯直，「過於用奇，不若杜之遇物而奇」，無己語也。

〔一〕「藹藹」，原本作「藹」，據内閣本、程本、吴本補，江本作「藉藉」。

〔二〕「若此」後，内閣本、程本、吴本多「耶」。

無己《温國挽詞》精絶，惟「世方隨日化，身已要人扶」，語頗近鄙，而黄極賞之，吾所未解。山谷以《楚詞》自許，當時亦盛歸之。今讀「毁壁」、「殞珠」等作，殊未見超。荆公《寄蔡氏女》，乃頗有楚風。邢居實《秋風三叠》，雖步趨太過而語天成，盡謝斧鑿，自王維、顧况皆莫及也。至明而有盧柟。

蘇長公極推秦太虚《黄樓賦》，謂屈、宋遺風固過許，然此賦頗得仲宣步驟，宋人殊不多見。

宋人一代，沾沾自相煦沫，讀其遺言，大概如入夜郎王國耳。惟朱元晦究心古學，於《騷》則注釋靈均，於賦則發揚司馬，於詩則指歸伯玉，於文則考訂昌黎，皆切中肯窾，即後世名文章家，不能易也。彼訓詁六經，業已並兼千古，弩末刃餘，復暇及此，才豈易企〔二〕！《齋居感興》，雖以名理爲宗，實得梓潼格調。宋人非此，五言古益寥寥矣。世以儒者故爾深文，非論篤也。

六一雖洗削西昆，然體尚平正，特不甚當行耳。推轂梅堯臣詩，亦自具眼。至介甫創撰新奇，唐人格調，始一大變。蘇、黄繼起，古法蕩然。推原科斗時事，實舒王生此厲階，其爲宋一代禍，蓋不特青苗法也。

〔二〕「企」，内閣本、程本作「哉」。

王平甫不爲論新法異乃昆，詩亦大異介甫，豐碩整麗，不作一奇字怪語，在熙寧足爲名家。禹玉、子京，亦其流也。

張文潛在蘇、黄、陳間，頗自閒澹平整，時近唐人。都官之後，差可亞之。

王禹玉好用貴重字，人目爲至寶丹；秦少游好用艷麗字，世以爲小石調，絶是天生的對。然二君各有佳處，毋用爲嫌。

宋人用史語，如山谷「平生幾兩屐，身後五車書」，源流亦本少陵；用經語，如後山「咒功先服猛，戒力得扶顛」，剪裁亦法康樂。然工拙頓自千里者，有斧鑿之功，無鎔鍊之妙。矜持於句格，則面目可憎；架疊於篇章，則神韻都絶。

米元章《潮》詩，雄麗豪爽，殊不類宋七言律，而不甚傳。

歐陽自是文士，旁及詩詞。所爲《廬山高》、《明妃曲》，無論旨趣，只格調迥與歌行不同。驚駭俗流可耳，唐突李、杜何也？《滄浪篇》、《詠雪行》，體制稍合，然亦退之後塵。

歐視王，才頗宏而調雜；王視歐，格頗正而調偏。

子瞻雖體格創變，而筆力縱横，天真爛熳。集中如《虢國夜游》、《江天叠嶂》、《周昉美人》、《郭熙山水》、《定惠海棠》等篇，往往俊逸豪麗，自是宋歌行第一手。其他全篇涉議論滑稽者，存而不論可也。

昔人評郊、島非附寒澀，無所置材。余謂黄、陳學杜瘦勁，亦其材近之耳。律詩主格，尚可矍鑠自矜；歌行間涉縱横，往往束手矣。然黄視陳覺稍勝。

張文潛《磨崖碑》、《韓幹馬》二歌，皆奇俊合作，才不如蘇而格勝。少游《梅花》，殊無佳語，而坡劇賞，何耶？

蔡天啓《題申王畫馬圖》，雄渾奇麗，抑楊步驟，無不合節。稍異唐人者，情致不足耳。與郭功甫《金山行》俱七言古翹楚，不可全以宋目之。

陳去非短歌學杜，間得數語耳，無完篇。楊廷秀《月詩》，自謂仿佛太白，絶可與歐作對。

劉辰翁《陳去非集序》云：「黄太史矯然特出新意，真欲與李、杜爭衡於一字之頃。其極至寡情少恩，如法家者流。余嘗謂晉人語言，使一用爲詩，皆當掩出古今，無他，真故也〔二〕。世間用事之妙，豈可馬尾而數、蟲魚而注哉？後山自謂黄出，理實勝黄。其陳言妙語，乃可稱破萬卷者。然外貌枯槁，如息夫人絶世，一笑自難。惟陳簡齋望之蒼然，而光景明麗，肌骨均稱。古稱陶公用兵，得法外意。以簡齋視陳、黄，節制亮無不及。則後山比簡齋，刻削尚以矜持未盡去也。」右劉評宋三家，切中肯綮，且内多名言快語，録之。

〔二〕「真」，原本作「直」，據内閣本、程本改。

六一並稱聖俞、子美。梅詩和平簡遠，淡而不枯，麗而有則，實爲宋人之冠。舜欽雖尚骨力，篇什寥寥，一二偶合，豈可並論？

宋之學杜者，無出二陳。師道得杜骨，與義得杜肉；無己瘦而勁，去非贍而雄；後山多用杜虚字，簡齋多用杜實字。

李獻吉云：「黄、陳師法杜甫，號大家。今其詩傳者，不香色流動，如入神廟坐土木骸，即冠服人等，謂之人，可乎？」

何仲默云：「宋人似蒼老而實粗鹵，元人似秀峻而實淺俗。」

大曆而後，學者溺於時趨，罔知反正。宋、元諸子，亦有志復古，而不能者，其説有二：一則氣運未開，一則鑒戒未備。蘇、黄矯晚唐而爲杜，得其變而不得其正，故生澀崚嶒而乖大雅。楊、范矯宋而爲唐，舍其格而逐其詞，故綺縟閨閫而遠丈夫。國初因仍元習，李、何一振，此道中興。蓋以人事，則鑒戒大備，以天道則氣運方隆。

蘇、黄初亦學唐，但失之耳。眉山學劉、白，得其輕淺而不得其流暢，又時雜以論宗，填以故實。修水學老杜，得其拗澀而不得其沉雄，又時參以名理，發以詼諧。宋、唐體制，遂爾懸絶。

宋之爲律者，吾得二人。梅堯臣之五言，淡而濃，平而遠；陳去非之七言，渾而麗，壯而和。梅多得右丞意，陳多得工部句。

宋初諸人，九僧輩尚多唐韻。惠崇《詠鷺》云：「曝翎沙日煖，引步島風清。照水千尋迥，棲烟一點明。」置之盛唐，那可復辨？然是一時偶合。寇萊公「野水無人渡，孤舟盡日横」，乃詞中語。

南渡諸人詩，尚有可觀者，如尤、楊、范、陸，時近元和；永嘉四靈，不失晚季。至陳去非宏壯在杜陵廊廡，謝皋羽奇奥得長吉風流，尤足稱賞，以其才則遠不如王、蘇、黄、陳。

宋之學陳子昂者，朱元晦；學杜者，王介甫、蘇子美、黄魯直、陳無己、陳去非、楊廷秀；學太白者，郭功父；學韓退之者，歐陽永叔；學劉禹錫者，蘇子瞻；學王右丞者，梅聖俞；學白樂天者，王元之、陸放翁；學李商隱者，楊大年、劉子儀、錢思公、晏元獻；學李長吉者，謝皋羽；學王建者，王禹玉；學晚唐者，九僧、林和靖、趙天樂、徐照、翁卷、戴石屏、劉克莊諸人，亦自有近者，總之不離宋人面目。

諸家外，又有魏仲先、宋子京、王平父、張文潛、吕居仁、韓子蒼、唐子西、尤延之等，大概非昆體，則晚唐、江西耳。

宋五言律近杜者，「地盤三楚大，天入五湖低」、「萬國車書會，中天象魏雄」、「夜雨黄牛峽，秋風白帝城」、「關河先壠遠，天地小臣孤」、「獨乘金厩馬，遥領鐵林兵」、「地鄰夔子國，天近穆陵關」、「峽長深東渭，路險曲通秦」，此得杜之正，盛唐所同者也。

「相逢楚天晚，却看蜀江流」、「乾坤德盛大，盗賊爾猶存」、「爛傾新釀酒，飽載下江船」、「宵征江夏縣，睡起漢陽城」、「末路驚風雨，窮邊飽雪霜」、「輟耕扶日月，起廢極吹嘘」，此得杜之偏，宋人酷尚者也。

「令嚴鍾鼓三更月，野宿貔貅萬竈烟」、「萬馬不嘶聽號令，諸蕃無事樂耕耘」、「登臨吴蜀横分地，徙倚湖山欲暮時」、「四野凍雲隨地合，九河清浪著天流」、「天開雲霧東南碧，日射波濤上下紅」，此雄麗冠裳，得杜調者也。

「多事鬢毛隨節换，盡情燈火向人明」、「蕭條寒巷荒三徑，突兀晴空聳一樓」、「九日清尊欺白髮，十年爲客負黄花」、「四壁一身長客夢，百憂雙鬢更春風」、「五年天地無窮事，萬里江湖見在身」，此瘦勁沈深，得杜意者也。然調近者不失唐風，意近者遂成宋格，得失判矣。

去非句如「湖平天盡落，峽斷海横通」、「摇楫天平渡，迎人樹欲來」、「風斷黄龍府，雲移白鷺洲」、「亂雲交翠壁，細雨濕青林」、「一時花帶泪，萬里客憑闌」，皆宏麗沉雄得杜體，且多得杜字法〔一〕。

〔一〕「得」，江本、吴本無。

無己句如「百姓歸周老，三年侍魯儒」、「丘原無起日，江漢有東流」、「事多違謝傅，天遽奪楊公」、「公私兩多事，災病百相催」、「精爽回長夜，衣冠出廣廷」，皆典重古澹得杜意，且多得杜篇法。

無己「梅柳春猶淺，關山月自明」，去非「春生殘雪外，酒盡落梅時」，却自然有唐味，然不多得。

聖俞如「山色臨關險，河聲出地長」、「隴雲連塞起，渭水入關流」，皆去盛唐不遠。歐「人醒風外酒，馬度雪中關」之類，亦自軒爽。

宋子京「春色依林動，晨烟傍戍浮」，劉子儀「雨勢宫城闊，秋聲禁樹多」，亦頗近盛唐。

宋人語如「雪消池館初晴後，人倚闌干欲暮時」、「寒食園林三日近，落花風雨五更寒」、「小樓一夜聽春雨，深巷明朝賣杏花」之類，時咸膾炙，不知已落詩餘矣。

老杜吴體，但句格拗耳。其語如「側身天地更懷古，回首風塵甘息機」、「落花游絲白日静，鳴鳩乳燕青春深」，實皆冠冕雄麗。魯直「黄流不解涴明月，碧樹爲我生凉秋」、「蜂房各自開户牖，蟻穴或夢封侯王」，自以平生得意，遍讀老杜拗體，未嘗有此等語。獨「盤渦浴鷺底心性，獨樹花發自分明」稍類，然亦杜之僻者，而黄以爲無始心印。「天下幾人學杜甫，誰得其皮與其骨」，其魯直謂哉！

宋人作拗體者，若永叔「滄江萬古流不盡，白鳥雙飛意自閒」，文潛「白頭青鬢有存歿，落日斷霞無古今」，尚覺近之。

周尹潛「斗柄闌干洞庭野，角聲凄斷岳陽城」，陳去非「晚木聲酣洞庭野，晴天影抱岳陽樓」，二君同時，二聯語甚相類，皆得杜聲響，未易優劣。

七言律，壯者必麗，淡者必弱。唐孟襄陽、張曲江，明徐迪功、高觀察詩，皆以淡爲宗，故力皆屈於七言。古今七言律，淡而不弱者，惟陳無己一家，然老硬枯瘦，全乏風神，亦何取也？

宋人五言古，「雨砌風軒」外，可入六朝者無幾，而近體顧時時有之。摘列於左，掩姓名讀之，未必皆別其爲宋也。

楊仲猷：「新霜染楓葉，皓月借蘆花。」徐鼎臣：「落月依樓閣，歸雲擁殿廊。」楊大年：「度海鯨波息，登山豹霧清。」林君復：「雪竹低寒翠，風梅落晚香。」劉子儀：「萬年宫省樹，五色帝家禽。」王禹玉：「塔疑從地涌，棟擬入雲飛。」梅聖俞：「暮雪懷梁苑，朝雲識楚宫。」石曼卿：「寒逾博望塞，春燕隗囂城。」王介甫：「梅殘數點雪，麥漲一川雲。」又集句：「風定花猶落，鳥鳴山更幽。」秦少游：「江河霜練净，池沼玉奩空。」《東風解凍》。黄魯直：「呵鏡雲遮月，啼妝露著花。」張文潛：「幽花冠曉露，高柳旆和風。」朱仲晦：「神女羞捐珮，蛟人罷獻綃」。《雪》詩。姜特立：「雪消殘臘外，春到蚤梅邊。」韓仲止：「鳥飛晨氣外，蟬噪晚涼初。」劉潛夫：「山頭雲似雪，陌上樹如人。」郝子玉：「暗螢依露草，驚雀繞風枝。」酈元輿：「疏星涵積水，缺月墮遥山。」皆陳末、唐初遺響也。

宋初僧詩，如希晝「花露盈蟲穴，梁塵墮燕泥」，悟清「鳥歸花影動，魚没浪痕圓」，儼是齊梁。南渡翁卷「輕烟分近郭，積雪蓋遥山」，雖陰、何弗過也。「分」字余欲易爲「紛」，尤覺本色〔二〕。

宋初及南渡諸家，亦往往有可參唐集者，世率以時代置之。今摘其合作之句，列於左方。凡宋調當時所稱者，大抵不録。

楊仲猷：「雲歸萬年樹，月滿九重城。」姚鉉：「疏鍾天竺曉，一雁海門秋。」楊謂：「山川百蠻國，雨露九天書。」陳堯佐：「風樵若耶路，霜橘洞庭秋。」林逋：「夕寒山翠重，秋浄鳥行高。」徐鉉：「井泉分地脉，砧杵共秋聲。」劉筠：「日駕方明御，雲旗太乙神。」錢惟濟：「曉陌壺漿滿，春城騎吹長。」丁謂：「梅花過嶺路，桃葉度江船。」宋祁：「漢樹臨關密，胡泉入塞流。」權審：「曉霜浮碧瓦，初日上朱欄。」黄庶：「浪平天影接，山盡樹根回。」歐陽脩：「西風酒旗市，細雨菊花天。」梅堯臣：「地蒸蠻雨接，山潤海雲交。」晁君成：「驚風時墮笠，零露暗沾衣。」勝

〔二〕「分字」以下，内閣本殘缺，程本無。

甫：「寒日邊聲斷[一]，春風塞草長。」石曼卿：「玉虹垂地色，銀漢落天聲。」王安石：「眠分黃犢草，坐占白鷗沙。」蘇軾：「峰多巧障日，江遠欲浮天。」張耒：「雪意千山靜，天形一雁高。」唐庚：「山轉秋光曲，川長暝色橫。」朱熹：「日月東西見，湖山表裏開。」歐陽鈇：「詩成夔子國，人在仲宣樓。」張晉彥：「雲藏岳麓寺，江入洞庭湖。」文天祥：「雲濕山疑動，天低雨欲垂。」

七言如楊仲猷：「雲生萬壑投龍去，月滿千山放鶴歸」。李昉：「一院有花春晝永，八方無事詔書稀。」錢惟演：「日上廢陵烟漠漠，春歸空苑水潺潺。」鄭澥：「水光翠繞九重殿，花氣濃熏萬壽杯。」宋祁：「草色引開盤馬地，簫聲催煖賣餳天。」丁謂：「鶯驚鳳輦穿花過，魚畏龍顏上釣遲。」歐陽脩：「道左旌旗諸將列，馬前弓劍六蕃迎。」王安石：「淮岑日對朱欄出，江岫雲齊碧瓦浮。」王安國：「朝日衣冠辭魏闕，春風旗鼓過秦淮。」梅堯臣：「吳娃結束迎新守，府吏趨蹌拜上官。」蘇軾：「分光御燭星辰爛，拜賜宮壺雨露香。」秦觀：「照海旌幢秋色裏，激天鼓吹月明中。」張耒：「幽花避日房房斂，翠樹含風葉葉涼。」王安禮：「陪祠已冠三公位，分陝猶爲百辟師。」楊萬里：「四川全國牙旗底，萬里長江羽扇中。」姜光彥：「萬頃秋光天上下，兩山秋色月東南。」陸游：「小聚數家秋靄裏，平坡千頃夕陽西。」范至能：「燭天燈火三更市，搖月

[一]「日」，原本缺，據內閣本、江本、程本補。

旌旗萬里舟。」呂居仁：「江回夜雨千崖黑，霜著高林萬葉紅。」趙汝愚：「江月不隨流水去，天風常送海濤來。」朱淑真：「水光激浪高翻雪，風力吹沙遠漲烟。」皆七言近唐句者，此外不多得也。

宋初九僧：一希晝，二保暹，三文兆，四行肇，五簡長，六惟鳳，七惠崇，八宇昭，九懷古。五言律固皆晚唐調[二]，然無一字宋人也。盛宋若梅聖俞，雖學王、岑；晚宋若趙師秀，雖學姚、許，然不無宋調雜之。今摘録諸人佳句於左，希晝、惠崇，尤傑出也。

「樹勢分孤壘，河流出大荒」、「春生桂嶺外，人在海門西」、「微陽生遠樹，殘雪下中宵」、「玉繩天闕近，金柝海城秋」、「卷衣城本落，尋寺海山遥」、「苦霧沉山郭，寒花漲濕田」、「禽聲沉遠木，花影動迴廊」、「茶烟逢石斷，棋響入花深」，希晝句也。希晝蜀人，凡九僧詩須全篇讀之，乃見其異於宋。惜本集不傳，今略具方氏《律髓》云。

「陰井生秋早，明河徹曉遲」、「河冰堅度馬，塞雪密藏雕」、「曉風飄磬遠，暮雪入廊深」、「遺偈傳諸國，留真在一峰」、「探騎通番壘，降兵逐漢旗」、「劍戟明山雪，旌旗濕海云」、「雪多秦水迴，云盡漢山孤」、「地遥群馬小，天闊一雕平」、「古戍生烟直，平沙落日遲」、「春淺冰生

〔二〕「唐」，原本、江本作「宋」，據内閣本、程本改。

井，宵分月上檐」、「雪殘僧掃石，風動鶴歸松」，惠崇句也。惠崇，楚人。「海客傳遺偈，鄰僧寫病容」，惟鳳句也。「振錫林烟斷，添瓶澗月分」，簡長句也。「塔古懸圖認，碑荒背燒尋」，行肇句也。「草際沉雲影，杉西露月光」，保暹句也。保暹婺人〔一〕。「水邊成半偈，月下了殘經」，懷古句也。「草堂僧語息，雲閣磬聲沈」，文兆句也。

諸僧外，浮屠能詩者並録後：「空林驚墜雪，雨澗咽飛湍。」道潛。「山光晴後見，瀑響夜深聞。」遵式。「雪暝迷歸鶴，春寒誤早花。」善珍。「日暮長安道，秋深太白峰。」休復。「久雨寒蟬少，空山落葉深。」秘演。「笠重吴天雪，鞋香楚地花。」可士。又「云影亂鋪地，濤聲横在空」、「虹收千障雨，潮展半江天」，並佳。

宋初諸人學晚唐者，寇平仲「江樓千里月，雪屋一龕燈」，許渾語也；林君復「片月通蘿徑，幽雲在石床」，姚合語也；潘逍遥「深洞懸泉脉，懸崖露樹根」，賈島語也；魏仲先「妻喜裁花活，兒誇鬥草羸」，王建語也。又五代末皮光業句云「燒平樵路出，潮落海山高」，晚唐調甚工。

宋末諸人學晚唐者，趙師秀「野水多於地，春山半是云」，徐道輝「流來天際水，截斷世間

〔一〕「保暹婺人」，原本注在段末，據内閣本改。

塵」，張功父「斷橋斜取路，古寺半關門」，翁靈舒「嵐蒸空寺壞，雪壓小庵清」，世亦稱之，然率淺近，不若惠崇輩之精深也。至戴式之、劉克莊輩，又自作一等。晚宋體益下矣。謝翱五言律亦然。

王禹玉《元宵》云：「雪消華月滿仙臺，萬燭當樓寶扇開。雙鳳雲中扶輦下，六鰲海上駕山來。鎬京春酒沾周燕，汾水秋風陋漢材。一曲昇平人共樂，君王又進紫霞杯。」楊公濟《金山》云：「試上蓬萊第幾洲，寒雪漠漠鳥飛愁。海山亂點當軒出，江水中分繞檻流。天遠樓臺橫北固，夜深燈火見揚州。迴船却望金陵月，獨倚牙旗坐浪頭。」米元章《潮》詩云：「怒氣號聲迸海門，州人傳自子胥魂。天排雲陣千家吼，地擁銀山萬馬奔。勢與月輪齊朔望，信如壺漏報晨昏。吴亡越霸成何事，一唱漁歌過遠村。」蘇子美《長橋》云：「月晃長江上下同，畫橋橫截冷光中。雲頭灧灧開金餅，水面沉沉卧彩虹。佛氏解爲銀世界，仙家多住玉華宮。地雄景勝言難盡，但欲追隨乘曉風。」右四詩皆全篇可觀，雖不純唐調，而冠裳偉麗，宋詩最合作者，因備録之。

南（度）［渡］游儀伯莊《題岳陽樓》云：「長川巨浪拍天浮，城郭參差萬景投。漢水北吞雲夢入，蜀江南繞洞庭流。角聲交送千家月，野色橫分兩岸秋。黃鶴樓中人不見，却尋鸚鵡下滄洲。」此詩渾雄豪麗，有全盛風，宋世不多見者〔二〕，而人罕稱述，録之。

〔二〕「世」，程本作「亡」。

《西昆倡和》今不傳，其詩尚散見宋人詩話及諸選中，世但知楊、劉、錢、晏數子，不知宋初諸名家，往往皆同，蓋一時氣運使然。雖門徑自玉溪生，而才富力强，終是綦隆人物。所恨者刻削未融，筋骨太露耳。今類聚當時所稱，列其佳者以備一體。昔釋迦文與外道角，皆習其道而勝之，然後大衆翕然，咸吾役使，惟詩亦然。

楊大年：「風來玉宇烏先覺，露下金莖鶴未知。」錢思公：「立候東溟邀鶴駕，窮兵西極待龍媒。」劉子儀：「行厨爨蠟雕胡熟，永埒鋪金汗血驕。」晏元獻：「秦聲未覺朱弦潤，楚夢先知薤葉凉。」宋景文：「風經禦寇仙游外，野識裨諶草創餘。」過鄭國詩。楊黎州：「人歸漢后黄金屋，燕在盧家白玉堂。」宋宣獻：「江涵帝子翬飛閣，山際真君鶴馭天。」丁晉公：「乞珠泉客通關市，種玉仙翁寄版圖。」劉師道：「金谷路塵埋國艷，武陵溪水泛天香。」徐鼎臣：「蘭橈破浪城陰直，玉勒穿花苑樹深。」李宗諤：「一溪曉緑浮鸂鶒，萬樹春紅叫杜鵑。」胡武平：「雕戈夜統千廬衛，緹騎秋盤五柞宫。」右諸人詩雖時傷晦僻，而句格多整麗精工，其用事亦時時可取，世咸以撏扯義山，非也。

七言律詠物，盛唐惟李頎梵音絶妙。中唐錢起題雪，稍著迹〔二〕，而聲調宏朗，足嗣開元。晚

〔二〕此句程本作「雖稍著迹」。

唐「鴛鷺」、「鷓鴣」，往往名世，而格卑不足取。宋人詠物雖乏韻，格調頗不卑也。「一班虿寄湘川竹，萬點空餘峴首碑」，楊黎州題泪詩也。「千里暮雲山已黑，一燈孤館酒初醒」，楊萬里《梧桐夜雨》詩也。「花間語澀春猶淺，江上飛高雨乍晴」，無名氏詠燕詩也。「妝殘玉枕朝醒後，繡倦紗窗晝夢時」，張文潛題鶯詩也。「平沙千里經春雪，廣陌三條盡日風」，劉子儀題柳詩也。「斜拖闕角龍千丈，淡抹墻腰月半稜」，孔平仲題雪詩也。「十萬青條寒挂雨，三千粉面笑臨風」，劉子翬《荼蘼》詩也。「人間路到三峰盡，天下秋隨一葉來」，錢昭度《華山》詩也。他如楊契玄《蓑衣》：「兼葭影裏和烟卧，菡萏香中帶雨披。狂脱酒家春醉後，亂堆漁舍晚晴時。」晁無咎《雙頭牡丹》：「二喬新獲吴宫怯，雙隗初臨晉帳羞。月底故應相伴語，風前各是一般愁。」二宋《落花》：「漢皋珮冷臨江失，金谷樓危到地香。」「將飛更作回風舞，已落猶成半面妝。」皆全篇可觀者。古詩則蘇子瞻《海棠》，絶句則張文潛《菡萏》，咸佳作也。

凡用事用語，雖千鎔百鍊，若黄金在冶，至鑄形成體之後，妙奪化工，無復絲毫痕迹，乃爲至佳。藉讀之少令人疑似，使落第二義，况顓搜隱僻，巧作形模，此昆體之所以失也。然本唐人遺法，故格調風致，種種猶在。熙寧諸子，負其才力，一變而爲議論，又一變而爲簿牒，又一變而爲俳優，遂令後世詞壇，列爲大戒。元人而下，此義幾亡。明至嘉、隆，始復吐氣云。

宋人用事，雖種種魔説，然中有絶工者，如梅昌言：「亞夫金鼓從天落，韓信旌旗背水陳。」

冠裳偉麗，字字天然，此用事第一法門也。惜其語與開元不類，蓋盛唐法稍寬耳。若元和諸子，劉中山伎倆最高，亦未見精嚴若此。而梅絶不以用事名，宋道所以弗兢也。

胡武平：「西北浮雲連魏闕，東南初日滿秦樓。」上句用「西北有高樓，上與浮雲齊」語，下句用「日出東南隅，照我秦氏樓」語，聯合成句，詞意天然，讀之絶不類引用昔人者，而興象高遠，優入盛唐。蓋梅句雖極精嚴，而猶若有意，此則無迹可尋矣。高氏因《鼓吹》誤收，列晚唐末，不知咸通後安得此調耶？宿詩尚散見宋諸選，「飛將」、「少年」二律俱工。

岳忠武詩，世但傳其《送張紫微北伐》及《滿江紅》一詞而已。余讀趙與時《賓退録》得一絶云：「雄氣堂堂貫斗牛，誓將直節報君仇。斬除元惡還車駕，不問登壇萬户侯。」又楊用修摘其「潭水寒生月，松風夜帶秋」，以爲唐名家不能過，信佳句也。又宗忠簡「坡側杏花溪上柳，分明摩詰輞川圖」，亦佳。

蘇子由律詩不能佳，而楊用修所録五言絶四首，殊可采。《瓔珞岩》云：「泉流逢石缺，脉散成寶網。水神瓔珞看，山是如來想。」《雨花岩》云：「岩花不可攀，翔蕊久未墮。忽墮幽人前，知子觀空坐。」《白龍潭》云：「白龍晝飲潭，修尾挂石壁。幽人欲下看，雨雹晴相射。」《陳鼓潨》云：「蒼壁立積鐵，懸泉寫天紳。行山見已久，指與未來人。」大有輞川餘韻，後二首尤工。

劉原父《喜雨》詩云：「凉風響高樹，清露泫明河。雖復夏夜短，已覺秋氣多。艷膚麗華燭，皓齒揚清歌。臨觴不肯醉，奈此粲者何。」此首楊謂無愧唐人，在劉尤不易也。文與可五言律，楊所取八首，如「前壑已重靄，遠峰猶落暉」，「青林隨遠岸，白水滿平湖」，全首不作宋人語，但不甚警拔耳。文之書畫，劉之學術，蘇之文章，岳之忠烈，人所共知，而詩或未悉也。楊散録各卷，余彙而一之。

范文正詩，世所傳二絶句，似非留意聲律者。而與滕宗諒、歐陽永叔作《劍鶴聯句》，精鍊奇警，殊不在退之、東野下，信古人未易窺也。今摘其合作者數聯於後。「聖人制神兵，以定天下厄范。南帝輸火精，西皇降金液歐。雷霆助意氣，日月淪精魄滕。直淬靈溪泉，横磨泰山石歐。提携風雲生，指顧烟塵寂滕。青蛟渴雨瘦，素虬蟠霜瘠歐。祥輝貫吴越，殺氣騰燕易仝上。功成不可留，延平空霹靂范。」以上皆《題劍》詩。其《題鶴聯句》云：「上清降靈氣，鍾此千年禽范。幽閒靖節操，孤高伯夷心歐。騰漢雪千仞，照溪霜半尋范。纖喙礪青鐵，修脛雕碧琳歐。岩棲小雞樹，澤飲卑牛涔滕。獨翹聳琦枝，群無傾瑶林歐。金精冷澄澈，玉格寒蕭森滕。乘軒乃一芥，空籠仍萬金仝上。片雲伴遥影，冥冥越烟岑范。長飈送逸響，亭亭出秋砧歐。」二詩皆祖韓昌黎。前篇用《鬥雞》體，後篇用《石鼎》體，豪勁偉麗，幾欲亂真，惜不入詩家正果。然工力斲模，固已至矣。歐古詩如此甚少，文正品格之高，其詩亡論工拙，皆當改觀，况若此耶！滕蓋巴陵守，亦俊快士也。

黄、陳律詩法杜，可也；至絶句亦用杜體，七言小詩，遂成突梯謔浪之資。唐人風韻，毫不復睹，又在近體下矣。

介甫五、七言絶，當代共推，特以工緻勝耳，於唐自遠。六言「水泠泠而北出」四語，超然玄詣，獨出宋體之上，然殊不多見。五言：「南浦隨花去，回舟路已迷。暗香無處覓，日落畫橋西。」頗近六朝。至七言諸絶，宋調坌出，實蘇、黄前導也。

宋絶句共稱者，子美「春陰垂野草青青」，介甫「金爐香燼漏聲殘」，子瞻「卧看溪南十畝陰」，平甫「萬頃波濤木葉飛」，諸作雖稍有天趣，終自宋人聲口。

陳去非諸絶，雖亦多本老杜，而不爲已甚。悲壯感慨，時有可觀處。

王維「遥知兄弟登高處，遍插茱萸少一人」，岑參「遥憐故園菊，應傍戰場開」，皆佳句也。去非《重九》二絶七言云：「龍沙北望西風冷，誰折黄花壽兩宫？」五言云：「菊花紛四野，作意爲誰秋？」雖用前人之意，而不襲其語，殊自蒼然。

劉辰翁評詩有妙理。如杜「日月低秦樹，乾坤繞漢宫」，劉云：「此語投贈中有氣，若登高覽勝，則俗矣。」按，杜登覽詩如「山河扶繡户，日月近雕梁」，何嘗不佳？第彼是本色分内語。惟投贈中錯此，則句調尤覺超然。此當逆之意外，未可以蹊逕論也。

《早朝》詩「九天閶闔開宫殿，萬國衣冠拜冕旒」，劉云：「帖子語，頗不痴重。」《秋興》詩

「雕闌繡柱圍黄鵠，錦纜牙檣起白鷗」，劉云：「對偶耳，不足爲麗。」皆有深致。余每讀《千家注杜》猶《五臣注選》，辰翁解杜猶郭象注莊，即與作者意不盡符〔二〕，而玄言玄理往往角出，盡拔驪黄牝牡之外。昔人苦杜詩難讀，辰翁注尤不易省也。

杜「委波金不定，照席綺逾依」，劉云：「金波、綺席，如此破碎，謂之不謬不可。」至王禹玉用其格云「雙鳳雲中扶輦下，六鰲海上駕山來」，頓覺新奇。後來述者益衆，實杜爲開山祖，第劉評尤不可不知。

張文潛以杜「娟娟戲蝶過閑幔」爲「開幔」，「曾閃朱旗北斗閑」爲「殷」，皆非是。論詩最忌穿鑿，當觀古人通篇語意文勢，庶得之。惟「恐濕漢旌旗」，劉從「失」字爲近。

南渡之末，忠憤見於文詞者，閩謝皋羽、甌林德暘，皆有集行世，然當時義士甚衆，不僅僅二子也。余嘗於里中吴正傳遺裔家得手録《谷音》二卷，乃杜本伯原輯宋遺民之作，凡二十三人，詩百首。杜皆紀其行略，率豪俠節介有大志而不遂者，當元并海内日，或上書，或伏劍，或浮海，或自沉，其不平之鳴往往洩於翰墨，所傳諸古、選、歌行、近體，太半學杜，時逼近之。以詩道否於宋世，而國亡之日乃有才智若諸子，亦一時之異也。余恐遂湮没不傳，因節録大概于此。其

〔二〕 原本衍一「盡」字，據内閣本删。

詩之合作者，若程自脩《痛哭行》、冉琇《宿金口》、元吉《夜坐》、王翥《秩漲》、嚴道立《酬藺五》、張琰《出塞》、丁開《歲暮》、虞天章《宿峽口》等篇，氣骨咸自錚錚，不能備録。

陸放翁一絶「老去元知世事空，但悲不見九州同。王師北定中原日，家祭無忘告乃翁」，忠憤之氣，落落二十八字間。林景熙收宋二帝遺骨，樹以冬青，爲詩紀之。復有歌題放翁卷後云：「青山一髮愁濛濛，干戈况滿天南東。來孫却見九州同，家祭如何告乃翁。」每讀此，未嘗不爲滴涙也。

林景熙，字德暘，東甌人，宋亡入元，不仕，遺集二卷，今傳。其戀戀宗國之意，蓋未嘗頃刻捨也。五言律如「老涙遺陵木，鄉山出海雲。烟深凝碧樹，草没景陽鍾」，七言如「衣冠洛社浮雲散，弓劍橋山落照移。鶴歸尚覺遼城是，鵑老空聞蜀道難」，雖不甚脱晚宋，亦自精警。集中大半此類，忠義氣概，落落簡編，有足多者。

林收二帝遺骨，或謂唐珏玉潛，紀載紛紛，頗難懸斷。第以冬青詩唐作，則未然。此詩在林集，與他歌行絶類，蓋二家同創此舉，遂以林作附會於唐耳。

吾邑唐詩人惟舒元輿、釋貫休二家。當南渡，則杜氏五人：旟伯高、旃仲高、斿叔高、旞季高、旝幼高，才氣烜赫一時，歌行、近體雖沿溯宋習，而奇思湧叠，非劉改之輩下，惜時方崇尚議論，莫能自拔，才則不可掩也。

伯高《白頭吟》云：「長安春風萬楊柳，新人妖妍舊人醜。貧賤相從富貴移，舊時犢鼻今存否？長門作賦價千金，不知家有白頭吟。」仲高《金谷行》云：「君因妾死莫嗔怨，妾死君前君眼見。高樓直下如海深，白玉一碎沙中沉。平時感君愛妾貌，今曰令君知妾心。」語意皆警。

南渡時天彝少章者，吾郡人，嘗評唐百家詩，多切中語，而詩流罕見稱述，今節録於左方：「高常侍詩有雄氣，雖乏小巧，終是大才。岑嘉州與工部遊〔一〕，皆唐人巨擘也。王昌齡尤所寳玩。李頎於諸人中尤有古意。沈千運、王季友尤老成。自儲光羲而下，常建、崔顥、陶翰、崔國輔皆開元、天寳間人，元和而後雖波瀾闊遠，動成奇偉，而求如此邃遠清深，不可得也。」「楊巨源清新明麗，有元白所不能至者。武元衡、令狐楚皆以將相之重，聲蓋一時，其詩宏毅闊遠，與『灞橋驢子上』者異矣。錢起屢擅場，盧綸、李益中表酬倡，大曆十才中號爲翹楚。司空文明結思尤精。二皇甫亦鐵中錚錚〔二〕。戎昱多軍旅離别之思，語益工意益淺矣。」「盧仝奇怪，賈島寒澀，自成一家。張祐、趙嘏集多律詩，蓋小才也。于鵠、曹唐，候蟲自鳴耳〔三〕。許用晦工七言，然格律卑近。陳琟、二陶、薛逢、崔塗皆慕爲組織，百菽一豆，時或見之。

〔一〕「遊」，原本無，據内閣本補。
〔二〕「鐵」，原本作「鐵」，據内閣本改。
〔三〕「候」，原本作「侯」，據内閣本改。

三劉、二曹如負蝂升高，竭智畢力，要自有限。玄英、荀鶴卑陋已甚，退之所謂『蟬噪』，非耶？」右時氏諸評在嚴羽卿前，往往符合，詳載吴正傳詩話中。宋一代惟知學老杜瘦勁、晚唐纖靡，時獨推轂盛唐，而於晚唐諸子直自以小才。又李頎、王昌齡近方大顯，而時先亟賞之，其識故未易及，第自運不稱耳。

南(度)[渡]諸人絶句，乃有一二風致者。緣才力非前宋大家比，故趨步唐人，間得音響，然識者讀之，政自了了也。〔一〕

康伯可：「玉輦宸游事已空，尚餘奎藻繪春風。年年花鳥無窮恨，盡在蒼梧夕照中。」《題御畫》。黄子厚：「玉簫吹徹北樓閑，明月蒼茫起萬山。一夜霜清不成寐，曉來春意滿人間。」《梅花》。嚴羽卿「湘江南去少人行，瘴雨蠻烟白草生。誰念梁園舊詞客，桄榔樹下獨聞鶯。」《寄友》。于去非：「舍南舍北草萋萋，原上行人路欲迷。已是春寒仍禁火，楝花風急子規啼。」《春晚》。喻汝楫：「白骨茫茫散不收，朔風吹雪度瓜洲。斜陽欲落未落處，照盡行人今古愁。」《征夫》。劉武子：「乳鴉啼散玉屏空，一枕新凉一扇風。睡起秋聲無覓處，滿階梧葉月明中。」《秋夕》。易文中：「森森夜氣落寒欄，閒把離騷酒正酣。忽憶梅花不成語，夢中風雪在江南。」《夜坐》。周子

〔一〕此條及「康伯可」、「凡唐絶」三條，内閣本在「王維遥知兄弟登高處」條後。

充：「緑槐夾道集昏鴉，敕使傳宣坐賜茶。歸到玉堂清不寐，月鈎初上紫薇花。」《入直》。嚴坦叔：「萬户烟銷餘塔身，還家迢遞訪情親。舊時巷陌今何處？却問新移來住人。」《兵後還鄉》。右諸絶，皆宋人近似者，然率中、晚唐語耳。〔二〕

凡唐絶，高者大類漢人古詩，調極和平而格絶高。宋諸人絶句，議論俳諧者，既不必言，間有一二佳致，非音節失之淺促，則氣象過于軒舉。其有語意逼近者，又格調萎恭卑弱，僅作晚唐耳。此自宋至元及國初皆然，至弘、正始漸復云。〔三〕

〔二〕此條後，内閣本缺葉，鈔補「劉辰翁評詩有妙理」、「《早朝》詩九天閶闔開宫殿」、「杜委波金不定」、「張文潛以杜娟娟戲蝶過閑幔」、「南渡之末忠憤見於文詞者」、「陸放翁一絶老去元知萬事空」、「林景熙字德暘」、「林收二帝遺骨」、「吾邑唐詩人惟舒元輿」、「伯高白頭吟云」、「南渡時天彝少章」、「楊巨源清新明麗」、「盧仝奇怪賈島寒澀」等十三條。

〔三〕此條後，内閣本鈔補一條：「宋一代惟知學老杜瘦勁。晚唐纖靡，時獨推轂盛唐，而於晚唐諸子，直目以小才。又李頎、王昌齡，近方大顯，而時先亟賞之。其識故未易及，第自運不稱耳。」見後雜編五。

詩藪外編六　元

東越胡應麟著

宋人調甚駁，而材具縱横浩瀚過於元；元人調頗純，而材具局促卑陬劣於宋。然宋之遠於詩者，材累之；元之近於詩，亦材使之也。故蹈元之轍，不失爲小乘；入宋之門，多流於外道矣。

元五言古，率祖唐人。趙子昂規陳伯玉，黄晉卿倣孟浩然，楊仲弘、滕玉霄、薩天錫誦法青蓮，范德機、傅與礪、張仲舉步趨工部。虞文靖學杜，間及六朝；揭曼碩師李，旁參三謝。元《選》體源流，略盡於此。然藩籬稍窺，閫域殊遠，碎金時獲，完璧甚稀。蓋宋之失，過於創撰，創撰之内，又失之太深；元之失，過於臨模，臨模之中，又失之太淺。

盧彦威《送鄧文原》十首，雖格調規倣唐人，而氣骨成就，意象老蒼。其中合作數篇，足爲元五言翹楚，而不甚知名。吴立夫學杜，大篇氣骨可觀，而多奇僻字。

七言律最難結構，五言古差易周旋。元人則不然，七言律匀稱者多，五言古完善者寡，致力與不致力耳。

勝國歌行，盛時多法供奉、拾遺，晚季大倣飛卿、長吉。蘇、黄體制，間亦相參。全篇可觀者，趙子昂《題桃源春曉圖》、虞伯生《金人出獵圖》、貢泰父《山水圖》、范德機《能遠樓》、楊仲弘《陽明洞》、揭曼碩《琵琶引》、陳剛中《銅雀臺》、胡汲仲《雪石》、李季和《大星》、吴正傳《戲馬臺》、楊廉夫《海涉行》、薩天錫《楊妃圖》、林彦華《戲馬臺》、歐陽原功《征婦嘆》、傅與礪《混沌石》、張仲舉《螢火曲》、段惟德《岳陽樓》等作，皆雄渾流麗，步驟中程。然格調音響，人人如一。大概多模往局，少創新規，視宋人藻繪有餘，古澹不足。

宋末盛傳謝皋羽歌行，雖奇邃精工，備極人力，大概李長吉錦囊中物耳。林德暘七言古不多見，而合處勁逸雄邁，視謝不啻過之。如《讀文山集》云：「黑風夜撼天柱折，萬里飛塵九冥竭。誰欲扶之兩腕絶，英泪浪浪滿襟血。龍庭戈鋋爛如雪，孤臣生死早已决。綱常萬古懸日月，百年身世輕一髮。苦寒尚握蘇武節，垂盡猶存杲卿舌。膝不可下頭可截，白日不照吾忠切〔一〕。哀鴻上訴天欲裂，一編千載虹光發。書生倚劍歌激烈，萬壑松聲助幽咽。世間泪灑兒女别，大丈夫心一寸鐵。」可謂元初絶唱。

宋近體人以代殊，格以人創，鉅細精粗，千岐萬軌。元則不然，體制音響，大都如一。其詞

〔一〕「白日不照吾忠切」，諸本皆缺，據明嘉靖十年刻本《霽山先生白石樵唱》卷六補。

太綺縟而乏老蒼，其調過匀整而寡變幻，要以監戒前車，不得不爾。至於肉盛骨衰，形浮味淺，是其通病。國初諸子尚然。

元人力矯宋弊，故五言律多草草，無復深造。虞、楊間法王、岑，而神骨乏；范、揭時參韋、孟，而天韻疏。新喻、晉陵二子，稍自振拔，雄渾悲壯，老杜遺風，有出四家上者。

宋、元排律少大篇，獨高子勉《上黄太史》三十韻、傅與礪《壽陳都事》四十韻，風骨蒼然，多得老杜句格。

「百戰健兒」，悍而蒼也；「三日新婦」，鮮而麗也；「唐臨晉帖」，近而肖也；「漢法令師」，刻而深也。

右四家評語，元人所載亦互異。一云清江漢法令師，一説又云：「人問虞公楊、范、揭。虞既歷加評品，其人復問，公自擬云何？虞笑曰：『集如漢廷老吏。』」何子元記揭文安聞此評，大不喜，因特舉似虞，虞曰：「此非集言，乃天下公言也。」楊文貞序《杜律虞注》亦云：「虞自擬漢廷老吏，蓋謂深於律者。」則當從後説爲得。然《杜律》，一謂張氏注。觀其意致膚淺，尚不如《范注李詩》，非文靖也。

元五言律可摘者，元裕之：「千山分晚照，萬籟入秋風。」「雨入秦川黑，雲開楚岫青。」「時危頻虎穴，路絶更羊腸。」「露凉驚夜鶴，風細咽秋蟬。」楊仲弘：「落日波濤壯，晴天島嶼孤。」

「風塵惟短褐，江漢自扁舟。」「磧回沙如雪，河窮浪入天。」「山開棲越迹，木溯入吴程。」虞伯生：「對竹聽湘雨，開簾看岳雲。」「春雲山對屋，夜雨水平橋。」「挂冠俄去國，連舸總盛書。」「天光臨閣道，雲氣轉蓬萊。」薩天錫：「海瘴連雲起，江潮入市流。」「故廬南雪下，短褐北風前。」「夜卧千峰月，朝飧五色霞。」「朔風吹野草，寒日下邊城。」范德機：「不眠聽戍鼓，多病憶歸舟。」「疏雨從昏過，繁星達曙流。」揭曼碩：「大舸中流下，青山兩岸移。」「鴉啼木郎廟，人祭水神祠。」趙子昂：「雲端雙舄冷，花底一琴間〔二〕。」陳剛中：「亂山空北向，大火已西流。」楊焕然：「孤城晴雪底，雙塔暮雲間。」程彦明：「地呑南極盡，波撼北溟回。」鄧文原：「平生修月斧，萬里御風翰。」鮮于樞〔三〕：「鳥飛青嶂裏，人語翠微中。」薛玄卿：「臂鷹過雁磧，走馬上龍堆。」吴立夫：「塵飛馳馬埒，雪擁讀書氈。」柳道傳：「大暑無蒙絡，輕寒已御貂。」皆句格閎整，在大曆、元和間，第殊不多得也。

元七言律深監蘇、黄，一時製作，務爲華整，所乏特蒼然之骨、浩然之氣耳。較大中則格調有餘，擬大曆則神情不足，要非五代、晚宋傖語可及也。

〔二〕「間」，原本作「聞」，據江本、内閣本、程本改。

〔三〕「鮮」，原本缺，據内閣本、程本補。

七言律難倍五言，元則五言罕睹鴻篇，七言盛有佳什。如趙子昂《萬歲山》、《飛英塔》，虞伯生《岳陽樓》、《環翠亭》，馬伯庸《駕發》，范德機《早朝》，鄧善之《南山》，袁伯長《宫怨》，楊仲弘《宗陽玩月》、《大明蚤朝》，成廷珪《送余應奉》、《贈無住師》，陳剛中《題金山寺》、《鳳凰山》、《安慶駋》，揭曼碩《送唐尊師》、《王留守》、《張真人》，宋誠夫《大都》，李子構《西海》，吴正傳《月桂》，馮子振《塔燈》，丁仲容《游昭亭》、《歸廬山》，吴子高《游玉泉》、《朝興聖》，張志道《長蘆度江》、《梧州即景》，柯敬仲《送黄錬師》、《贈黄誠夫》，俞子俊《楚州夜泊》，黄誠性《讀文山集》，薛宗海《萬歲山》，顧仲瑛《唐宫詞》，傅與礪《登南岳》、《次早朝》，薩天錫《謝惠茶》、《題海舌》，李子飛《宿朝元宫》、《宴秦公子》、《寄壽陽師》，張仲舉《登吞海亭》、《賦小瀛洲》、《題石門院》，貢泰父《送劉彦明》，甘允從《和宋學士》，張雄飛《岳陽樓》，張伯雨《隱真館》，楊廉夫《無題》，鄭明德《遊仙》，皆全篇整麗，首尾匀和，第深造難言，大觀未極耳。

趙子昂「千里湖山秋色净，萬家烟火夕陽多」，鄧文原「客舍張燈浮大白，禁鍾和漏隔華清」，虞伯生「雲横北極知天近，日轉東華覺地靈」、「帆檣星斗通南極，車蓋風雲擁豫章」，馬伯庸「吴娃蕩槳潮生浦，楚客吹簫月滿樓」，范德機「黄河西去從天下，華岳東來拔地高」，楊仲弘「風雨五更雞亂叫，關河千里雁相呼」、「窗間夜雨銷銀燭，城上春雲動彩旗」，揭曼碩「星臨翼軫南陲闊，神降虛危北極遥〔一〕」、「蒼山斜入三湘路，落日平鋪七澤流」，陳剛中「櫓聲摇月過巫峽，燈影隨潮入漢陽〔二〕」、「僧榻夜隨蛟室涌，佛燈秋隔蜃樓昏」，吴成季「渭城朝雨歌三疊，湘水秋風賦九疑」、「錦水東流江月白，潼關西擁蜀山青」，李子飛「花迎玉殿紅千樹，柳拂金沙翠萬條」、「層嵐蔽日雲當户，陰瀑含風雪滿床」，雅正卿「梅花路近偏逢雪，桃葉波平好度江」、「一聲鐵笛千家月，十幅蒲帆萬里風」，危大樸「三省甲兵勞節制，八蠻烟雨入封提」、「雕弓曉射崖雲裂，畫角寒吹海月低」，甘允從「皂雕孤捩凌雲翮，紫燕雙翻踣雪蹄」，貢泰甫「紅蓮日涌神仙幕，翠柏霜飛御史臺」、「千金海上求麒驥，五色雲間下鳳凰〔三〕」、「貔貅萬竈新趨幕，虎豹千門舊直廬」、「小雨挾雲行斷岸，亂山排浪入孤城」，柯敬仲「雲飄五鳳層樓矗，日繞群龍法駕來」、「鴛序久陪蒼水使，鳳池曾賦紫薇郎」，余廷心「野人籬落通潛口，賈客帆檣出漢陽」，薩天錫「河漢入樓天不夜，江風吹月海初潮」，薛玄卿「明月夢回夔子北，長風吹度夜郎西」，李子構「天入五溪無雁到，地經三峽有猿啼」，王尚志「西風曠野孤城出，落日空江白浪回」，吴楚望「平野北連鍾阜遠，大江東抱石城流」，丁守中「彈琴夜和鳴皋鶴，持鉢朝降度海龍」，涂守約「西北窮陰連莽蒼，東南巨浸接微茫」

〔一〕「遥」，原本作「逢」，據江本、内閣本、程本改。
〔二〕「陳」，原本缺，據江本、内閣本、程本補。
〔三〕「凰」，原本作「皇」，據江本、内閣本、程本改。

等，皆句格莊嚴，詞藻瑰麗，上接大曆、元和之軌，下開正德、嘉靖之途，今以元人，一概不復過目，余故稍爲拈出，以俟知者。

宋五言律勝元，元七言律勝宋。歌行絶句，皆元人勝。至五言古，俱不逮矣〔一〕。

唐人詩如初發芙蓉，自然可愛；宋人詩如披沙揀金，力多功少；元人詩如縷金錯采，雕繢滿前。三語本六朝評顔、謝詩，以分隸唐、宋、元人，亦不甚誣枉也。

元人先達者無如元好問、趙子昂。元，金遺老；趙，宋宗枝也。元體備格卑，趙詞雅調弱，成都諸子，乃一振之。伯生典而實，仲弘整而健，德機刻而峭，曼碩麗而新。至大家逸格，浩蕩沉深之軌，概乎未聞也。同時傅若金、張仲舉不甚知名，而近體特多宏壯。傅如「國蟠蝸角小，地接犬牙深」、「雨暗蛟龍出，天晴鸛鶴回」、「江路篁猶籜，山田稻始苗」、「黄歸幽徑犢，青聚古祠鴉」、「灑竹啼宫女，持弓泣野臣」、「雨蒸歸日路，雲合去時山」，張如「半生縣磬室，萬事缺壺歌」、「積陰霾日月，愁色滿江湖」、「露花迎夕斂，風樹借秋凉」、「寧爲伏劍死，不作倒戈攻」、「四郊多壁壘，萬里半烟塵」、「詞人歌蟋蟀，軍士嘆蠨蛸」，七言律，傅如「衡廬樹入青天盡，章貢波翻白日來」、「中天日月回金闕，南極星辰繞玉衡」、「交龍擁日明丹扆，飛鳳隨雲繞畫車」、「載筆舊

〔一〕「逮」，内閣本、程本、江本作「足言」。

登天禄閣，將書還到大明宫」、「百粤雲山連楚大，六朝烟樹入隋荒」、「焚香鳳閣春開宴，鳴玉龍池午散朝〔一〕」，張如「龍伯衣冠藏下府，梵王臺殿起中流」、「露下遠山皆落木，風來滄海欲生潮」、「千嶂晚雲原上合，兩河秋色雁邊來」、「雪移雁影沈江樹，雨帶龍腥出海濤」、「方驚掘地雙鵝起，即見浮江五馬來」、「金波夜永浮鳷鵲，玉樹春濃下鳳凰」，皆高華雄暢，得杜陵句格，特變態差少耳。而詩流不能舉其姓氏，良可嘆也。

「舊河通瓠子，新浪漲桃花」，張仲舉詩也。嘉靖中河决徐、沛，司空萬安朱公排衆議，改築新渠，百年河患，一旦屏息。海内名士咸有頌章，李于鱗一聯云：「春流無恙桃花水，秋色依然瓠子宫。」最爲精絶。然實用張語，而意稍不同。

元婺中若黄文憲、柳文肅，皆以文名，而詩亦華整。黄如「揮毫風雨傾三峽，聽履星辰接兩朝」、「扶老未須蒼玉杖，行春聊過赤闌橋」、「北尋海瀆瞻恒岳，南涉江淮上會稽」、「山下靈風吹桂棹，雲邊仙樹拂丹梯」，柳如「羲和白日經天近，敕勒陰山度幕遥」、「雪華遥映龍旗動，日色才臨鳳蓋閑」，置之作者奚讓！

婺中黄、柳同輩吴立夫、胡長孺、戴九靈、王子充、宋潛溪諸子，皆以文章顯，而詩亦工，當時

〔一〕「池」，内閣本、程本作「墀」。

不在諸方下。元末、國初之才，吾郡盛矣。

趙子昂：「溪頭月色白如沙，近水樓臺一萬家。誰向夜深吹玉笛，傷心莫聽後庭花。」虞伯生：「高秋風起玉關西，踣鐵歸朝十萬蹄。貌得當時第一匹，昭陵風雨夜聞嘶。」范德機：「中年江海夢靈皇，夜半聞鍾似上陽。一百八聲猶未已，更兼雲外雁啼霜。」楊仲弘：「四面青山擁翠微，樓臺相向辟天扉。夜闌每作遊仙夢，月滿瓊田萬鶴飛。」陳衆仲：「東華塵土滿貂裘，芍藥闌邊繫彩舟。二十四橋春似海，教人腸斷憶揚州。」李季和：「西風烏帽鬢鬖鬖，拂袖長吟倚暮酣。得句不銜京兆尹，蹇驢行遍大江南。」薩天錫：「道人已跨龍潭鶴，童子能烹雀舌茶。一夜山中滿林雪，客來無處覓梅花。」郝伯常：「只見星簾挂月鈎，銀河依舊隔牽牛。遥憐玉雪佳兒女，泪滿西風乞巧樓。」陳剛中：「老母粤南垂白髮，病妻燕北倚黄昏。瘴烟蠻雨交州客，三處相思一夢魂。」潘子素：「江上青山日欲晡，幽花小紙墨模糊。華清宫殿生秋草，零落滕王蛺蝶圖。」張仲舉：「雲巖巖下聘君家，長記宵談到曙霞。今日隴頭誰灑飯，鷓鴣啼老白桐花。」等作，皆元絶妙境，第高者不過中唐，平者多沿晚宋耳〔一〕。

自義山、牧之、用晦開用事議論之門，元人尤喜模倣。如「夜深正好看明月，又抱琵琶過别

〔一〕「宋」，内閣本、程本作「末」。

船」、「如何十二金人外，猶有當年鐵未銷」、「却愛曹瞞臺上瓦，至今猶屬建安年」、「中郎有女能傳業，傳得胡笳業不如」，皆世所傳誦。晚唐尖巧余習，深入膏肓。弘、正前尚中此，嘉、隆始洗削一空。

元人絶句，莫過虞、范諸家，雖與盛唐遼絶，尚不墮晚唐窟中。至樂府體絶少，惟元好問《塞上曲》、《梁園春》、《征人怨》，差有唐味。然他作殊踳駁，大半宋人。

王叔明《宫詞》云：「南風吹斷《采蓮》歌，夜雨新添太液波。水殿雲廊三十六，不知何處月明多。」高華神俊，太白、江寧之後，僅見此篇。元末、國初，俱堪第一。而世但知其畫，技之累人如此。又王元章世但知其梅，王孟端世但知其竹，前哲以藝爲諱，良不虚也。

黄晉卿《偶成》一絶：「漢室需材訪隱淪，販繒屠狗各求伸。豈知風雪南山下，别有當年射虎人。」吴正傳和云：「一壑風烟自可留，十年湖海漫曾游。短衣射虎真堪樂，莫恨將軍老不侯。」二作皆有深致，第稍涉議論耳。

宋樂府小詩殊寡，元酷尚傳奇，諸大手集中亦罕睹。惟楊廉夫才情縹緲，獨步當代，名下士信無虚也。如「郎贈玉鏡臺，挂妾菱花盤。安得咸陽鏡，照郎心肺肝」、「同生願同死，死葬清泠窪。下作鎖子藕，上作雙頭華」，酷是六朝。又《洞庭曲》「道人鐵笛響，半入洞庭山。天風將一半，吹度白銀灣」、「桂水五千里，瀟湘雲氣空。衡山七十二，望見女英峰」、「海上雙雷島，渾如灩潁堆。乘龍拔山脚，「飛渡海門來」、「仙橘大於斗，浮之過洞庭。江妃渾未識，喚作楚王萍」，率超異神俊，追踪謫仙，非宋元語。

楊七言絶，如《西湖》、《吴下竹枝歌》及《春俠宫詞》、《續香奩》、《遊仙》等作，本學夢得、致光，而筆端高爽處，往往逼李供奉。《漫興》學杜，亦略近之。其才情實出趙、揭諸家上。至歌行則太溺綺靡，古詩大著議論，五七近體句格平平，似無足采〔二〕，才各有近，不可强也。

老鐵《詠史》，如「買妾千黄金，許身不許心。使君自有婦，夜夜白頭吟」、「生爲仲卿婦，死逐仲卿棲。廬江同樹鳥，不過别枝啼」，此類甚衆，亦大是伎倆人。然惟二十字可耳，更八字便入晚唐。自餘大篇，議論愈工，格調愈遠。

趙承旨首倡元音，《松雪集》諸詩何寥寥，卑近淡弱也。然體裁端雅，音節和平，自是勝國濫觴，非宋人末弩。

元右丞好問，才力頗宏，而格調多雜。古詩歌行勝趙，近體絶句弗如。樂府如《天門引》、《飛龍篇》，間亦可觀。

劉夢吉古選學陶冲淡，有句無篇。歌行學杜，《龍興寺》、《明遠堂》等作，老筆縱横，雖間涉

〔二〕「似」，内閣本、程本作「殊」。

宋人，然不露儒生脚色，元七言蒼勁，僅此一家。至律絶種種頭巾，殊可厭也。

虞奎章在元中葉一代斗山，所傳《道園集》，渾厚典重，足掃晚宋尖新之習。第其才力不能遠過諸人，故製作規模，邊幅窘迫，宏逸沉深之軌，殊自杳然。

楊仲弘視虞骨力伉健有加，才具閎通不及。范應奉、揭文安抑又次之，大抵四家古詩歌行伯仲，楊五言律、排律勝，揭七言律勝，范七言絶勝，虞差兼備。至於樂府，俱缺如也。

楊廉夫勝國末領袖一時，其才縱横豪麗，亶堪作者，而耽嗜瑰奇，沈淪綺藻，雖復含筠吐賀，要非全盛典刑。至他樂府小詩、《香奩》近體，俊逸濃爽，如有神助。余每讀，未嘗不惜其大器小成也。

元五言絶，自廉夫樂府諸篇外，一代寥寥，即虞、楊諸氏集中，罕睹佳者，遠不如七言絶也。〔一〕

勝國諸名勝留神繪事，故歌行絶句，凡爲渲染作者，靡不精工。其源實出老杜《王宰》、《韋偃》諸篇，特才力懸殊，變態差乏耳。至登山臨水，真景目前，却不能著語形容。如謝康樂五言古，王中允五言絶，皆閒遠幽深，讀之如畫，乃元世無一篇近者，殊可笑也。

〔一〕　此條及以下至「鮮于趙鄧」十條，内閣本、程本在「老鐵咏史」條後。

元題畫五言小詩，虞伯生《柯氏小水圖》、揭曼碩《瀟湘八景圖》、丁鶴年《長江萬里圖》等篇，皆頗天趣，然意調淺促，句格未超。五言絶二十字，須飛動奇逸若數百千言，乃稱上乘。古今擅此，獨太白、獻吉、元美。宋、元諸子殊不解，老鐵較錚錚耳。

楊員外云：「五言絶即五言古末四句，所以包涵無限。」此亦大是三昧語，第元人談之甚晰，踐之甚希。

虞伯生《題宣和雪竹》：「灑墨寫琅玕，深宫春晝閒。蕭條數枝雪，不似紇干山。」盧處道《題夷齊采薇》：「服藥求長年，孰與孤竹子。一食西山薇，萬古猶不死。」雖語意新警，然已落議論關，初學最易傳染，當酌處之〔一〕。

元裕之他詩不習杜，獨五言絶學少陵，殊可笑。後《平湖曲》中得四句：「秋風拂羅裳，秋水照紅妝。舉頭見郎至，低頭采蓮房。」殊有六朝風致，餘爲删作五言絶，可稱元初第一。然亦太白「舉頭見山月」語也。

楊焕然《録大梁宫人語》十九絶，殊得仲初格調。如「怕見黄昏月，殷勤上玉階」、「驀地羊車至，低頭笑不休」之類。

〔一〕「酌處」，内閣本、程本作「切戒」。

宋承旨詩五卷，世不甚傳。萬曆初喻邦相宰吾邑，雅意文獻，得刻本，捐俸梓之。王長公柬余云：「聞方校太史集，此公何幸？第不免足下神瞽耳。」此集皆元作也。

宋以前詩文書畫，人各自名，即有兼長，不過一二。勝國則文士鮮不能詩，詩流靡不工書，且時旁及繪事，亦前代所無也。

鮮于、趙、鄧，詩爲書掩；虞、楊、范、揭，書掩於詩。他如姚公茂父子、胡長孺、周景遠、程文海、元復初、盧處道、袁伯長、歐陽原功、張仲舉、傅與礪、陳衆仲、王繼學、薛宗海、黄晉卿、柳道傳、柯敬仲、危太樸、貫雲石、薩天錫、貢泰父、杜原功、倪元鎮、餘廷心、泰兼善，皆以書知名，詳陶宗儀《書史會要》。

李孝光季和，東甌人，古詩歌行豪邁奇逸，如驚蛇跳駿，不避危險。當時語云：「前有虞、范，後有李、楊。」謂廉夫也。至近體多澀拗，短長得失，正與楊同。大概視前人瑰崛過之，雅正則遠。

薩天錫俊逸清新，歌行近體，時有佳處，而才力淺綿，格調卑雜。如「山村猿索飯，竹塢鶴聽棋」，晚唐語也；「浙江潮似雪，閩上臘如春」，晚宋語也。他名士如歐陽原功以文稱，貫雲石以曲著，雖有篇什，皆非所長。

元人製作，大概諸家如一。惟余廷心古詩近體，咸規倣六朝，清新明麗，頗自足賞。惜中厄王事，使成就當有可觀。泰兼善絶句，温靚和平，殊得唐調。二人皆才藻氣節兼者，元初則郝伯常。

元方外鮮能詩者，道則句曲張雨，釋則來復見心。張以雅游，故聲稱藉藉，其詩實不如復，然復入本朝矣。

元五言古作者甚希，七言古諸家多善。五言律，傅與礪爲冠，楊仲弘、張仲舉次之；七言律，虞伯生爲冠，揭曼碩、陳剛中次之。五言絶，楊廉夫爲冠。七言絶，名篇頗衆，樂府體亦無出楊，第總之不離元調耳。

夢得《竹枝》、長吉《錦囊》、飛卿《金荃》、致光《香奩》，唐人各擅。至老鐵乃奄四家有之。如「勸郎莫上南高峰，勸儂莫上北高峰。南高峰雲北高雨，雲雨相催愁殺儂」之類，其宛麗夢得靡加；「麻姑今夜過青丘，玉醴催斟白玉舟。莫向外人矜指爪，酒酣爲我擘空侯」之類，其瑰崛長吉莫過。至《春俠詞》：「美人遺我昆溪竹，未寫雌雄雙鳳曲。愛惜長竿繫釣絲，釣得西江雙比目。」《秋千曲》：「齊雲樓外紅絡索，是誰飛下雲中仙。剛風吹起望不極，一對金蓮倒插天。」無論温、韓，即子建、太白降格揮毫，未知孰勝？惜以彼其材，沿此之調也。

廉夫《香奩八詠》：「收乾通德言難盡，點濕明妃畫莫加。聚得斑斑在何處？軟綃題寄薄情家。」右《泪》。「索畫未成京兆譜，欲啼先學壽陽妝。蕭郎忽有歸期報，喜色添長一點黄。」右《眉》。

「銅仙盤滿添香露，玉女盆傾拾翠鈿。攏得雲鬟高一尺，紫冠新上玉臺前。」《挽發》。「翠點柳尖春未透，紅生櫻顆落初乾。好風與我開羅幕，一朵芙蓉正面看。」《勻面》。皆精工刻骨，古今綺辭之極，然是曲子語約束入詩耳。句稍參差，便落王實甫、關漢卿。

盱江胡布《子申集》十卷，中有《與方方壺往還》題，又有《寄倪元鎮》詩，蓋勝國末人。其詩頗能爲古樂府及六朝、唐人語，第全篇佳者絶寡，又近體抵邏耳，然元人遂無一齒及者。余於書肆敝楮中得之，太半漫滅。惜而摘其數聯，如「斧斲雲根術，瓢探石竇泉」、「旭日千門曉，春花萬樹明」、「穴深留禹迹，松古受秦封」、「夕嶂兼空净，秋江得月多」，咸自成語。至七言歌行，佳處往往出元諸名家右，而全篇亦寡稱。勻行且湮没腐草，余甚惜之，故著其名字焉。胡集七言古詩題畫數篇爲最，第全篇中時發傖語，似未減劉静冬。〔二〕

子申五七言絶，亦頗有佳者。《墨菊》云：「彭澤歸來後，緇塵點素絲。烏紗漉酒後，挂在菊花枝。」七言如《刻竹》、《題梅》諸絶，殊濃麗可觀。同時劉紹者有聯句，見其集，惜不睹全篇。胡有《寄林子羽》詩，豈國初尚存耶？

陶宗儀九成，越天台人，晚居會稽。生平著述甚富，今《説郛》、《書史會要》、《輟耕録》等

〔二〕　此條及下「子申五七言絶」、「陶宗儀九成」等二條，原本、江本無，據内閣本、程本、吴本補。

俱行世，勝國博雅士也。其詩，余所見《滄浪棹歌》僅數十首，頗有氣骨，不類元諸人，間傷傖鄙耳，然世殊無稱。又吾鄉黄文憲，爲楊仲弘作墓志，而絶不道其詩，未易解也。

吴禮部師道，字正傳，吾邑人。邃經史，饒著述，嘗校補《戰國策》，大行於世。尤喜搜獵里中文獻，所輯《敬鄉二録》、《禮部詩話》等編，與同郡柳道傳、黄晉卿、吴立夫切劘酬倡。今集四十卷及他書皆傳。子沉，能世其業。

正傳五言古清新峭拔，一洗議論纖靡之習，第字句間有離去者，較之當行，不甚合耳。七言古最長，《十臺懷古》詩，氣骨錚錚，時咸膾炙。其他句如《大水》云：「三月雲愁百里陰，太湖浪激三州白。」《觀潮》云：「浙江亭遠亂帆飛，西興渡暝千花濕。」《秋山圖》云：「千年絶藝洪谷子，身在太行秋色裏。萬里雲飛木落時，遥寫闌干半空起。」《紅玉杯》云：「小槽新壓真珠滴，擎向碧桃花下吸。惟餘赤日並光輝，未許妖姬比顔色。」長篇如《南城紀游》、《修河道中》等作，老筆縱横，殊得工部叙事體。五言律如「長天孤鳥没，落日大江深」、「水夾徐邳去，河兼汴泗來」、「一掃苛秦法，重恢大漢風」、「飛雲浮畫棟，旭日麗高牙」、「懸空飛萬瀑，拔地立千峰」、「落花縈劍佩，高柳映帆檣」，皆整麗有格，惜全首完善者稀。近代吾里言詩，足充案祖。今但知于介翁輩，以新巧故，不知愈工愈遠也。

勝國吾鄉詩人若于介翁、李坦之，皆新拔多奇句。于在元頗知名，如《紫霞洞》詩云：「洞門相對是吾家，朝看烟雲暮看霞。鐵笛一聲山石裂，老松驚落半岩花。」《白雲洞》云：「一局殘棋雙鶴去，石枰空倚白雲寒。」雖自是元人語，亦豪爽可觀。第五七言古多議論，雜宋調，律詩不脱晚唐耳。坦之名殊没没，而《吴正傳詩話》載其詩數首，甚佳。《太白酒樓歌》，全篇合作。《白鷂子歌》：「天寒日暮望不見，北風萬里吹瑶花。」語甚雄峭。又「落日中原小，悲風易水寒」、「芙蓉水碧雙凫冷，苜蓿秋高萬馬肥〔二〕」，大類近日嘉、隆語，而世無傳者，元諸家詩選亦絶不收，良可慨嘆。東陽陳樵君采、浦江陳森茂卿，俱學李長吉，歌行間或近之。

〔二〕「苜」，原本、内閣本作「首」，涉下訛，據程本、吴本改。

詩藪雜編一　遺逸上　篇章

東越胡應麟著

《楚詞》自屈原外，宋玉、唐勒、景差，並著名字。今屈原存者雜騷詞二十五篇，宋玉《九辯》、《招魂》諸賦一十二篇，景差《大招》一篇，而勒賦絶無傳者。據《漢·藝文志》，原賦二十五篇，與今傳合。玉賦一十六篇，似缺其四。按，《九歌》例析《九辯》爲九，則反溢其四篇，外仍列勒賦四篇，而差著作不録。東漢初，去戰國近，勒賦宜有存者，不應至王逸世並没不傳。差賦既不列《藝文》，又不應《大招》一篇至逸始出。朱元晦常定《大招》差作，亦以絶無左驗爲疑。余以《大招》屬差，誠無證據。勒賦四篇，志於《藝文》，此其左驗之大者。蓋《大招》即此四篇中之一篇，况逸所注《楚詞》，本劉向校定，而班固《藝文志》一倣劉氏《七略》舊文，使《大招》果差作，詎容並置弗録？兼固叙詩賦但舉宋玉、唐勒，絶不及差，《大招》出勒審矣。

或謂《古文苑》六賦，除《大》《小言》外，餘四篇不類玉，當是《藝文》所志勒賦四篇，而《大招》自爲差作，則《藝文》之數既合，而王逸之説亦全。併識此，第其説終有可疑。

宋玉賦《高唐》、《神女》、《登徒》及《風》，皆妙絶今古。《古文苑》於《選》外，更出六篇，《小言》也，《大言》也，《笛》也，《諷》也，《釣》也，《舞》也，以爲皆玉賦，昭明所逸者。余始以或唐、景之徒爲之，細讀多有可疑。《笛賦》，稱宋意送荆卿易水之上。按玉事楚襄王，去始皇年代尚遠，而荆軻刺秦在六國垂亡際，不應玉及見其事。《諷賦》，即《登徒好色》篇，易以唐勒。唐、景與玉同以詞臣侍從，顧謂勒讒，而所賦《美人》亡一佳語。亂云：「吾寧殺人之父，孤人之子，誠不忍愛主人之女。」殊鄙野不雅馴。《釣賦》全放《國策》射烏者對。《舞賦》，王長公固以傅毅爲疑，及讀宋人章樵注云：「《舞賦》，《文選》已載全文。唐人歐陽詢簡節其詞，編之《藝文類聚》，此篇是也。」好事者以前有宋玉問答之詞，遂指玉作，正與《卮言》意合。然則《古文苑》所載六篇，惟《大》《小言》辭氣滑稽，或當是一時戲筆，餘悉可疑，而《舞賦》非玉明甚。昭明裁鑒，詎可忽哉！諸篇皆當是漢魏間淺陋者擬作，唐人誤收。

今據《漢志》一十六篇之數定之，《九辯》九篇并《神女》、《高唐》、《登徒》、《招魂》、《大》《小言》、《風》七篇，正合原數，屈賦二十五篇俱完。勒賦四篇，《大招》其一，亡其三篇，景氏未有徵也。

宋玉賦，昭明《選》外，《古文苑》所收六篇，已大半可疑。陳氏《文選補遺》乃有《微詠賦》一篇，題宋玉撰。余驟睹其目，驚喜，亟閲之，怪其詞迥不類。又「微詠」名義殊不通，細考乃知宋王微所作《詠賦》。微有傳，見《宋書》及《南史》，不載此賦。蓋見於他選中，首題宋王微《詠賦》。微有傳見《宋書》及《南史》，不載此賦。蓋見於他選中，首題「宋王微詠賦」〔二〕，陳氏不熟

〔二〕「微有傳」以下至此，程本無。

其人，遂以意加點作「玉」，而以「微」字下屬於「詠」，謂爲宋玉所撰，可笑也。弘、正間編《廣文選》，亦以此賦爲玉。楊用修大譏之，不知其誤自是承籍前文。噫！一賦耳，作者、選者、考覈者，註誤糾紛乃爾，可不慎哉！

《文木賦》，漢中山王作，見《西京雜記》及《古文苑》等書，明甚；《文選補遺》亦作中山王。近《廣文選》乃作《木賦》，而題中山王文撰，似以中山爲地，而王文姓名者，其誤又甚於宋之王微，信天下未嘗無對也。中山王名勝，見《文苑》注中。按《詠賦》賦中，絶無「微」字，而《文木賦》序文，「木」字甚明，編選者概不省，大疏略矣。

自屈原《九歌》、《九辯》後，續爲其體者，《九懷》、《九嘆》、《九思》、《九愍》，並載諸選。然《古文苑》有蔡邕《九惟》，僅存第八一章，亦匪全篇也。今《中郎集》又併此不收，世罕知者，識其名以備考。

世率稱楚騷漢賦，昭明《文選》分騷、賦爲二，歷代因之，名義既殊，體裁亦別。然屈原諸作，當時皆謂之賦。《漢·藝文志》所列詩賦一種，凡百六家，千三百一十八篇，而無所謂騷者。首冠屈原賦二十五篇，序稱楚臣屈原離讒憂國，作賦以風，則二十五篇之目，即今《九歌》、《九章》、《天問》、《遠游》等作明矣。所謂《離騷》，自是諸賦一篇之名。太史傳原，末舉《離騷》而與《哀郢》等篇並列，其義可見。自荀卿、宋玉，指事詠物，別爲賦體。揚、馬而下，大演波流，屈氏諸作，遂俱係《離騷》爲名，實皆賦一體也。

《易・未濟》：「高宗伐鬼方。」説者以鬼方楚地，而絶無明證。惟《竹書紀年》載高宗伐鬼方，其下有次荆之文，則鬼方屬楚可據。及讀《離騷》、《天問》、《九歌》、《招魂》、《大招》等篇，荆、楚風俗，宛然在目，益信鬼方之爲是域，昭昭矣。世多以《楚辭》解《山海》、《淮南》，紫陽獨謂二書悉放《楚詞》而作，真千古卓識。第屈子問意自寬，二書因特恣爲曼衍無稽之説，遂致後世紛紛，咎其端於屈氏。不知靈均本以悒鬱無聊之念，筆之於詞，他説則皆無病而呻吟者。嗟乎，千古風人之義，惟靈均、子美爲得其正也哉！〔一〕

〔一〕 此條後内閣本、程本多三條：

王伯厚云：「《後漢・西羌傳》：『武丁征西羌鬼方，三年乃克。』《竹書紀年》：『武丁三十五年，周王季伐西落鬼戎。』然則鬼方即鬼戎與？《詩・殷武》：『奮伐荆楚。』朱子《集傳》云：『《易》曰高宗伐鬼方，三年克之，蓋謂此。』愚按，《大戴禮》『陸終氏娶於鬼方氏』，《楚世家》『陸終生子六人，六曰季連，楚其後也』。可以證《集傳》之説。」按，伯厚引陸終之娶爲證，尤明切。第《竹書》高宗世自有伐鬼方及次荆之文，王季伐西落鬼戎，又一事也。《後漢書》誤引王季事爲高宗，故以入《西羌傳》云。

伯厚又云：「三閭：楚昭、屈、景三族也。屈原爲三閭大夫，序其譜屬，率其賢良，以厲國士。漢興，徙楚昭、屈、景於長陵，則三姓至漢猶盛也。」麟謂：三氏皆楚最著族，故稱三閭。蓋即秦閭右之意。景差，亦三閭之景。楚將有景翠、景鯉、昭睢、昭陽、昭常等，皆其人也。

《朱子語類》云：「『楚些』，沈存中以爲咒語，如今釋子念娑婆呵三合聲，而巫人之禱，亦有此聲。此却説得好。蓋今人只求之於雅，而不求之於俗，故下一半都曉不得。」按：楚聲率用「兮」字，獨《招魂》用「些」，故謂巫咒，極得之。

揚子雲《反離騷》，蓋深悼三閭之淪没，非愛原極切，不至有斯文。長沙、龍門先已並有此意，班孟堅獨載此雄《傳》，其義可知。第子雲命名太過，又莽世不能遠引，故爲後人所持藉。如賈生賦《吊屈原》，子雲但以此命名，亦何不可？本其情出於慕説傷痛，豈熏蕕岐趣者。紫陽之抨擊，似亦未悉其由。今隨班逐例，學明經語言，三尺童子盡解辨此，豪傑士要自當有獨覺，若前人已悉，則不必過求也。紫陽雖誚雄《反騷》，至論屈，卒不能異其説也。

按雄《傳》有《廣騷》、《畔牢愁》等篇，意率與《反離騷》亡異，以班氏刊落，今皆不傳。當時子雲第目《反離騷》爲《廣騷》，則後人決不攻之如彼，惟其好立異名，故紛紛人口不已。昔人謂子雲老不解事，信然。然昌穀《反反騷》，亦贅也。

揚子雲《反離騷》，似反原而實愛原，與女嬃之罵同。莊子休叙道術，似尊孔而實外孔，與楚僕之箠異，何也？子雲賦家，子休道家也。知義玄、文偃之呵佛，與小白、重耳之尊王，迺得之。

《劇秦美新》，或以爲谷子雲者近之。《焦氏筆乘》載其辯甚詳，不備録。當時杜子夏有《歸藏易》，後世遂訛爲卜子夏，安知《劇秦美新》非此類耶？

《十九首》之目，漢世無之，第以名氏不詳，總曰古詩。梁鍾嶸《詩品》稱：「陸機舊擬十四首，外四十五首，頗爲總雜。」今士衡集《擬古》止十二章，昭明又去其一，益以他作爲《十九首》。

如「去者日以疏」、「客從遠方來」，皆鍾氏所稱，則「凛凛歲云暮」、「孟冬寒氣至」、「生年不滿百」、「迴車駕言邁」等六首，亦當在四十五首之内。外陸所擬「蘭若生朝陽」與「橘柚垂華實」等九篇，别爲章次，較鍾所稱原數，今世僅存十五，大半失亡。然「冉冉孤生竹」、「驅車上東門」，又載《樂府》，則「飲馬長城窟」之類，舊亦鍾氏數中，未可知也。

鍾氏謂古詩士衡擬外四十五首，頗爲總雜，疑出建安諸子，而取「客從遠方來」、「橘柚垂華實」二首爲優。今讀「去者日以疏」、「生年不滿百」等篇，已列《十九首》者，詞皆絶到，非「行行重行行」下。外九首，「上山採蘼蕪」一篇，章旨渾成，特爲神妙，第稍與古詩不同，是當時樂府體，「四坐且莫喧」，中四語極工，惟「悲與親友别」、「蘭若生朝陽」七篇，奇警略遜，疑鍾氏所謂總雜者，足睹昭明鑒裁。然詞氣温厚，非建安所及，謂出曹、王，非也。

蘇、李《録别》逸詩十餘章，皆東漢、魏人擬作者。昭明所選少卿三章，和平清遠，一唱三嘆。今所録諸篇，矯峻參錯，體殊不倫。昭明裁鑒洞精乃爾，然亦非建安後所辦也。

鍾嶸《詩品》云：「王、楊、枚、馬之徒，詞賦競爽，而吟詠靡聞。從李都尉至班婕妤，將百年間，有婦人焉，一人而已。」按，蘇、李同見《文選》，《詩品》標李爲五言宗，而蘇絶不入品。又古詩或謂枚乘，而嶸以枚、馬之徒，吟詠靡聞。蓋嶸與昭明同世，《文選》未盛行，而《玉臺》爲後出故也。

《古詩十九首》並逸姓名，獨《玉臺新詠》取「西北有高樓」八首，題枚乘，差可據。以諸篇氣法例之，概當爲乘作。然鍾嶸《詩品》已謂：「王、楊、枚、馬，吟詠靡聞。」《文選》、《文心》亦無明指，不知《玉臺》何從得之？至「兩宮雙闕」語，誠類東京，而「凛凛歲云暮」、「孟冬寒氣至」、「客從遠方來」、「冉冉孤生竹」，《玉臺》皆别録，則他篇非乘作明甚。宜昭明通係之於古也。劉彦和云：「《孤竹》一篇，傅毅之辭。」而《玉臺》了無作者。《飲馬長城窟》，《玉臺》題蔡邕，而《文選》無復撰人，咸似未有定説云。《玉臺》枚乘九首，「蘭若生春陽」非《文選》中者。

漢人賦冠絶古今，今所共稱，司馬、揚、班十餘曹而已。余讀《漢志》，西京以賦傳者六十餘家，而東漢不與焉。總之，當不下百家。范《史》不志《藝文》，東漢諸人制作，遂概湮没無稽，志之所係如此。然班氏本《七略》而芟之者也，《志》之於《略》僅三之一，則西漢諸詞賦家，亦僅半存而已。如司馬相如友盛覽，梁孝王客路喬如、公孫詭乘、鄒陽、羊勝、韓安國，又慶虬之有《清思賦》，中山王《文木賦》，並載稚川《雜記》，志皆不收，則知西京之賦，已不啻百家，不必東漢也。然無可參考，姑按《志》盡録之。

莊夫子賦二十四篇吴人　賈誼賦七篇

枚乘賦九篇　趙幽王賦一篇

司馬相如賦二十九篇　淮南王賦八十二篇

太常蓼侯孔臧賦二十篇　陽丘侯劉隁賦十九篇
吾丘壽王賦十五篇　蔡甲賦一篇
兒寬賦二篇　光禄大夫張子僑賦三篇
陽成侯劉德賦九篇　劉向賦三十三篇
王褒賦十六篇　陸賈賦三篇
枚皋賦百二十篇　朱建賦二篇
常待郎莊忽奇賦十一篇　嚴助賦三十五篇
朱買臣賦三篇　宗正劉辟彊賦八篇
司馬遷賦八篇　遼東太守蘇季賦一篇
蕭望之賦四篇　河内太守徐明賦三篇
揚雄賦十二篇　給事黄門侍郎李息賦九篇
待詔馮商賦九篇　博士弟子杜參賦二篇
車郎張豊賦三篇　驃騎將軍朱宇賦三篇
廣川惠王越賦五篇　衛士令李忠賦二篇
李步昌賦二篇　侍郎謝多賦十篇

平陽舍人周長孺賦二篇　雒陽華錡賦九篇
別栩陽賦五篇　眭弘賦一篇
王商賦十三篇　侍中徐博賦四篇
黄門書者王廣吕嘉賦五篇　中都尉丞華龍賦二篇　左馮翊史路恭賦八篇　漢武帝賦二篇
張偃賦二篇　張仁賦六篇　臣説賦九篇　臣吾賦十八篇　臣嬰齊賦十篇　魏内史賦二篇
淮南王群臣賦四十四篇　長沙王群臣賦二篇
賈充賦四篇　秦充賦二篇
淮陽王賦二篇　魏内史賦二篇
臣延年賦七篇　長沙王群臣賦二篇
右《漢・藝文志》共賦四十六家，四百十篇。外又有無名氏雜賦一十二家，二百三十三篇。蓋當時類輯者，後世總集所自始也，並録於後。按《藝文志》，衍此一魏内及長沙王群臣賦，而别有臣昌市賦六篇、臣義賦六篇，共爲賦六十家，六百八十六篇。此爲四十六家，四百十篇，因錯認《志》總計而爲此數也。〔二〕

〔二〕「按藝文志」以下至此，江本、内閣本、程本、吴本無。

雜出行及頌德賦二十四篇

雜四夷及兵賦二十篇

客主賦十八篇

雜思慕悲哀賦十六篇

雜鼓琴劍戲賦十三篇

雜山陵水雹雲氣雨旱賦十六篇

雜禽獸六畜昆蟲賦十八篇

雜器械草木賦三十三篇

大雜賦三十四篇

《成相》雜詞十二篇

隱書十八篇

雜中賢《失意賦》十二篇

今考漢諸賦存者，賈誼三篇，《旱雲》、《鵩鳥》、《虡賦》是也；枚乘二篇，《菟園》、《忘憂館柳》是也；司馬相如賦六篇，《長門》、《大人》、《美人》、《子虛》、《上林》、《二世》是也；淮南王一篇，《屏風賦》是也；孔臧賦四篇，《諫格虎》、《楊柳》、《蓼蟲》、《鴞賦》是也；劉向賦一篇，

《請雨》是也；司馬遷賦一篇《悲士不遇》是也；揚雄賦七篇，《甘泉》、《河東》、《長楊》、《羽獵》、《逐貧》、《太玄》、《蜀都》是也。漢武帝賦一篇，《李夫人》是也。凡存者七家，三十篇而已。

又按，《漢志》無《離騷》楚詞類，而屈原、宋玉皆列賦中，則今載《離騷》中者皆賦也。考之得莊夫子《哀時命》一篇、王褒《九懷》九篇、趙幽王《拘幽詞》一篇，幽王賦無可考，蓋即《史記》所載。淮南小山一篇，即《淮南群臣賦》。又賈誼《惜誓》、《吊屈》二篇，劉向《九嘆》九篇，揚雄《反離騷》一篇。《漢書》本傳。三家已見前，合之得七家二十四篇。然東方《七諫》七篇，亦騷詞，當入賦中，而《漢志》不列，未詳。又《丹鉛録》載劉向《雁賦》中四語，蓋得之類書者，全篇不傳。

又董仲舒有《士不遇賦》，直致悁忿，殊不類江都平日語，且《漢志》無仲舒賦，僞無疑。太史亦有此賦，尤可笑。遷雖將略非長，不應至是。二賦蓋六朝淺陋者，固陶序引之〔一〕，贋作玩世耳。

《藝苑卮言》云：「《兔園》，或謂乘子臯作。據末婦人先歌而無和者，亦似未完之篇。余考此賦，亂云：『陽春生兮萋萋，不才子兮心哀。見嘉客兮不能歸，桑萎蠶饑中人望奈何。』味其詞意，絶與長卿《美人賦》末女子歌類。蓋其後必有和歌，無遂訖於此者。謝希逸《月賦》，亦此

〔一〕「固」，内閣本、程本作「因」。

類也。」〔一〕

《古文苑·兔園賦》注云：「乘有二書諫吴王濞，通亮正直，非詞人比。」是時梁王宫室逾制，出入警蹕，使乘果爲此賦，必有以規警之。詳觀其辭，始言苑囿之廣，中言林木禽鳥之富，繼以士女游觀之樂，而終之以郊上采桑之婦人，略無一語及王，氣象蕭索。蓋王薨乘死後，其子皋所爲，隨所睹而筆之。史言皋詼笑類俳倡，爲賦疾而不工，後人傳寫，誤爲乘耳。

《西京雜記》云：「枚皋文章敏疾，長卿制作淹遲。」今考《漢志》，皋賦之多爲兩京冠，至百二十篇。長卿蕩思一生，賦不滿三十首，蓋遲速之故。然皋賦今遂亡一存者，長卿六賦，古今以聖歸之。後之作者可以鑒矣。

東京班、張雖富碩，王延壽《靈光》特高古。延壽《夢賦》用「斮」、「批」、「擣」、「扼」等字〔二〕，退之《李皋碑》全祖之。

諸賦《漢志》外，尚有遺者。今據昭明《文選》、《古文苑》、《文苑英華》、《文選補遺》、《廣文選》，考列姓名，東京諸作，並續志焉。

〔一〕此條及以下「《古文苑·兔園賦》注云」、「《西京雜記》云」、「東京班、張雖富碩」等四條，江本無，據内閣本、程本、吴本補。

〔二〕「擣」、「扼」，吴本作「檮杌」。

中山王賦一篇《文木》　鄒陽賦二篇《酒》，又代作《几賦》一篇。
羊勝賦一篇《屏風》　公孫乘賦一篇《月》
路喬如賦一篇《鶴》　公孫詭賦一篇《文鹿》。以上皆西京賦。
劉歆賦二篇《遂初》、《甘泉宫》　班彪賦二篇。《北征》、《遊居》
班婕妤賦二篇《自悼》、《擣素》　以上並《西京賦》外〔一〕，慶虬之《清思》、《盛覽》二賦，俱不傳。
馮衍賦一篇《顯志》　傅毅賦二篇《舞賦》，又《琴賦》，見《古文苑》末。
班固賦五篇《兩都》、《幽通》、《終南》、《竹扇》　班昭賦二篇《東征》、《針縷》
張衡賦九篇《西京》、《東京》、《南都》、《思玄》、《歸田》、《觀舞》、《髑髏》、《冢》、《温泉》。
梁竦賦一篇《悼騷》　崔篆賦一篇《慰志》
馬融賦二篇《長笛》、《圍棋》　崔實賦一篇《大赦》
黄香賦一篇《九宫》　楊乂賦一篇《雲》
李尤賦一篇《函谷關》　邊讓賦一篇《章華》
蔡邕賦八篇《述行》、《漢律》、《彈棋》、《短人》、《筆賦》，又《古文苑》末有《琴胡栗》、《協和》、《昏賦》三篇。

〔一〕「以上」，内閣本、程本作「自此以上」。

趙壹賦二篇《窮鳥》、《疾邪》　杜篤賦二篇《論都》，又《首陽山》

張超賦一篇《誚青衣》。按，超見《後漢・文苑傳》，雖東京末，非邈弟也。《古文苑》注有《青衣賦》，稱蔡邕。

王延壽賦三篇《靈光》、《王孫》、《夢賦》。東京文字崛奇，無若文。考者《夢賦》用字，韓《李皋碑》實出此。〔二〕

右諸賦雜見衆選，然亦往往有僞撰錯其中。蓋范《史》既缺《藝文》，而六朝好學兩漢，如江淹《兔園》、陶潛《不遇》之類，賴名姓瞭然，不爾，後世便謂漢人作。惟昭明所選，略無可疑。即東漢賦，自《兩京》、《三都》、《靈光》、《東征》、《北征》、《思玄》、《歸田》、《幽通》、《長笛》諸篇外，餘存者非詞義寂寥，章旨斷缺，即淺鄙可疑，未有越《文選》之上者。西京雖作者衆多，亡從悉考，律以《選》外所存，亦概可知。世人自大蘇不滿，百犬吠聲。今較其衡鑑若斯，庸可輕忽？以蘇武、李陵之作，子瞻且喋喋焉。「黃鶴」一篇，即非盡美，然何至不及豁達李老？其言若此，庸可據以爲實然哉！禰衡、王粲以涉三國，故不録。然漢賦終於此，而賦亦盡於此矣。〔三〕

〔二〕「東京文字崛奇」以下至此，内閣本殘缺，程本無。

〔三〕按，此條程本無。

詩藪雜編二　遺逸中　載籍

東越胡應麟著

宋晁公武曰：「昔屈原作《離騷》，雖詭譎不概諸聖，而英辯藻思，閎麗演迤，發於忠正，蔚然爲百代詞章之祖。衆士慕嚮，波屬雲委，自時厥後，綴文者接踵於道矣。然軌轍不同，機杼亦異，各名一家之言。學者欲矜式焉，故别而聚之，命之爲集。蓋其原起於東京而極於唐，至七百餘家。當晉之時，摯虞已患其凌雜難觀，嘗自詩賦以下彙分之，曰《文章流别》。後世祖述之而爲總集，蕭統所選是也。至唐亦且七十五家，嗚呼盛矣！雖然，賤生於無所用，或其傳不能廣，值水火兵寇之厄，因散失者十八九。亦有長編巨軸，幸而得存，而屬目者幾希。此無他，凡以其虚辭濫説，徒爲觀美而已，無益於用故也。今録漢迄唐，附以五代、本朝作者，其數亦甚衆。其間格言偉論，可以扶持世教者，爲益固多。至於虚辭濫説，如上所陳，知其終當泯泯無聞，猶可以自警，則其無用亦有用也，是以不加銓擇焉。」右見《文獻通考》。談藝之士，有不可不知者，因録之。

古今别集當自《離騷》爲首，荀卿、宋玉，以及漢世董、賈、馬、揚諸集，存於宋世者，僅僅數卷。諸藏書家，率謂後世好事鈔合類書成帙，非其本書。然班史《藝文》原不著録，隋史始見篇名，其卷帙已與後世無異，則其亡逸固不始於宋、唐矣。[一]

西漢前無集名，文人或爲史，或爲子，或爲經，經解如董、毛類。或詩賦，各專所業終身。至東漢而銘、頌、疏、記之類，文章流派漸廣，四者不足概之，故集之名始著。今漢人集傳於世者，惟蔡中郎當是本書，其集十卷，亦獨富於諸家。即漢人集不始中郎，今世所傳，故應以蔡爲首。然《隋志》蔡集本二十卷，又外文一卷，而《獨斷》不與，今合《獨斷》僅十卷，雜文不滿百篇，與《通考》數目正同。則今所傳乃宋時本，視隋、唐又逸其半矣。

漢文集自中郎外，無過十卷。獨孟堅集十七卷，而《通考》已絶無其目。班外，司空李固集十二卷，長岑長崔駰集十卷，南郡太守馬融集九卷，少府孔融集十卷，河間相張衡集十二卷，自餘《隋志》所列百餘家，皆數卷而已。

繁欽、陳琳、王粲皆有集十卷，《通志》以列漢末，實皆魏作也。

自漢而下，文章之富，無出魏武者，集至三十卷，又逸集十卷、新集十卷。古今文集繁富，當

[一] 此條及以下至「漢有魏相集二卷」條，江本、吴本無，據内閣本、程本補。又「漢有魏相集二卷」條後，内閣本、程本接「右俱六朝間婦人集」條，江本、吴本見雜編三。

首於此。陳思集亦五十卷，魏文二十三卷，明帝十卷。吁！曹氏一門何盛也。今惟陳思十卷傳，武、文二主集僅二三卷，亡者不可勝計矣。魏又有曹羲集三卷，見《隋志》。又曹志集六卷，陳思子也。

高貴鄉公最聰穎有文，《隋志》集四卷，今亡久矣。凡鄭氏《通志》所録，第據隋、唐舊文，非宋世所存書也。

《隋志》漢有車騎司馬傅毅集二卷，即與孟堅同時伯仲者也。而晉又有鎮東從事中郎傅毅集五卷，蓋名姓偶同，非一人也。

管幼安龍卧一代，似不以文章著者，而《隋志》有集三卷，有德必有言也，惜世亡一傳。六朝處士有集者：吕安二卷，皇甫謐二卷，楊泉二卷，閔鴻三卷，江淳三卷，范宣十卷，許詢三卷，殷叔獻四卷，戴逵十卷，薄蕭之十卷，周元之一卷，宗炳二十卷，雷次宗三十卷，陶潛集二十卷，陶弘景集四十五卷，魏道微三卷，謝敷五卷，劉訏一卷。今若閔、薄、周、魏數子，世罕知姓名矣。

諸葛武侯集，《隋志》二十五卷，宋世《藝文志》、《文獻通考》俱無其目。蓋武侯遺文存於隋世者尚富，至宋悉不傳矣。余家藏二刻本，蓋國朝人鈔録諸史、類書爲之者。又有武侯《心書》二卷，乃近世僞爲，不足譏也。今遺言往事，揭如日星，固不以是輕重，而殘珠剩玉，淪没淵海，能亡三嘆？因識其目於兹云。

蜀文人有集存於隋者，僅司徒許靖二卷，而譙周輩俱無之。征北將軍夏侯霸集二卷。霸，玄之子，固宜有文。又魏有新城太守孟達集三卷，《三國志》稱達容止才觀，甚爲魏人所重，然叛臣不足道也。晉有巴西太守郤正集一卷，正本蜀人，終於晉，豈晉嘗以爲巴西守與？

吴有丞相陸凱集一卷，非折梅之陸凱也。然有集傳於隋，則詩文固非所短矣。晉有著作郎胡濟集五卷。蜀將胡濟嘗與姜維期會而不至者，或其人，或否，未可知也。吴又有陸景集一卷，即水軍都督爲晉人所殺者。二陸之前固已有其人。晉又有光禄大夫劉毅集一卷，非滅桓玄者，然滅玄者亦有文也。

劉穆之謂宋武帝云：「戰勝攻取，劉毅固以此服公。至招合浮華，吟詠風月，此不爲公下也。」據此，毅之有文可見。《隋志》光禄大夫毅乃論九品者，晉史别有傳，非以功名著者也。六朝以功名著而文有集者，杜預、劉琨，世所共知外，録其僻者於左。古率文武相資，非若後世判而爲二也。

太傅羊祜集二卷　輔國將軍王濬集二卷

侍中王峻集二卷　大司馬陶侃集二卷

酒泉太守謝艾集七卷　大司馬桓温集四十三卷

秦丞相王猛集九卷　中書郎郄超集十卷

征虜將軍沈林子集七卷　大將軍王敦集十卷

驃騎將軍卞壺集二卷　車騎將軍庾翼集二十二卷

太傅謝安集十卷　僕射王坦之集七卷

臨川王劉道規集四卷　揚州刺史殷景仁集九卷

武陵太守袁覬集八卷

漢有魏相集二卷，陳湯集二卷，張敞集二卷，師丹集五卷，皇甫規集五卷，張奂集二卷，士孫瑞集二卷。其人皆顯著，而不以文名者。今惟奏、疏、啓、劄，間見《漢書》云。

唐詩之盛，無慮千家，流傳至宋，半已亡逸。(度)〔渡〕南而後，諸家所畜，僅三百餘，蓋五百之中，又逸其半矣。今世傳《百家唐詩》、《十二大家》、《二十六名家》，蓋以單行别刻〔二〕，纔百數十而已。余夙嗜藝文，至於拮据唐業，頗極苦心。購募殘編，鈔謄秘録之外，凡散見諸書，附載群集，稍堪卷軸，靡不窮搜，總之不盈三百之數。間閲宋人書目，有製作至繁，而字裏行藏，邈無可考者。嗟夫！昔之文人學士，平生精力，咸萃兹途。當其馳驟名場，飛揚藝苑，隻辭之懿，半簡之工，咸以紙貴雞林，價傾洛下，孰不懸精結念，宇宙自期。詎意零落異時，遽同草木，

〔二〕「蓋」，内閣本、江本、吴本作「益」，據程本改。

鴻函鉅櫝，散若晨星，充棟盈車，鞠爲黄壤。此太史所以躑躅於名山，元凱所以欷歔於片石者也。夫一綫尚延，千秋如在，義存後死，忍没前規？因據三史《藝文》，五家《經籍》，以及列傳野記之中，凡遇編名，輒加捃拾，芟除複雜，融會有無，具列兼收，以貽同好。夫載籍云亡，姓氏昭灼，後之君子，披覽斯文，興言曩哲，倘可以慰作者於九京，溯遺風於百代。如曰蹐駁淆亂，速朽爲宜，則杜、李以還，例應焚擲，余固亡所容余喙矣。

按唐、宋《藝文志》及遂初堂尤氏、《通考》、晁、陳二氏書目〔二〕，凡詩文集，俱以世相承，不爲疆限，而《宋·藝文志》顛倒錯亂，次序難憑。尤氏素稱博洽〔三〕，類例亦頗混淆。惟馬、鄭二家，紀律森然，燁如指掌，而《通志》整齊時代，綜核篇帙，尤爲詳明。計鄭與諸家後先相望，不應紀載特繁，蓋但據新舊《唐書》，一概纂集，非如尤、晁、陳氏，但録宋世存者，以故多寡懸殊。然亡逸書名，往往具在，亦達士之博觀也。鄭《略》唐人總集三百四十六部、别集一百六十九部，合於嚴氏所謂五百家之數。《宋史》所録，則又缺三之一，而他集鄭《略》未收者，亦間載焉。馬氏《通考》，大概不出二書，而亡者幾又半之。蓋史官所據《崇文總目》，當宋盛時，而《通考》所據

〔二〕「目」，江本作「首」，據内閣本、程本、吴本改。
〔三〕「素」，江本作「數」，據内閣本、程本、吴本改。

晁、陳二氏，丁宋末造，戎馬劻勷之際，疑其散軼愈衆也。《遂初》載《説郛》中，第記書名，而無卷帙。今並鳩集，參會異仝，仍酌取近例，以初、盛、中、晚分列左方。王、楊、韋、柳等集二百餘家，世有行本不列，劉令嫻等係六朝，李建勛等係五代，今並正之。

按，《唐・藝文志》、鄭《經籍略》並不分詩文，中間容有單行文字，不録詩歌者，然唐以茲取士[一]，即間有之，不過千百之一，今集既亡，無從考證，姑從前例，備載篇中。

初唐　睿宗一卷　陳叔達十五卷　竇威十卷　褚亮十卷　薛收十卷　蕭瑀一卷　庾抱一卷　孔穎達五卷　王勣五卷　包融一卷　劉希夷四卷　郎楚之十卷　任敬臣十卷　崔融十卷　于志寧四十卷　上官儀三十卷　劉孝孫三十卷　李義府四十卷　顏師古六十卷　温彦博二十卷　孔紹安五十卷　岑文本六十卷　蕭德言二十卷　崔君實十卷　劉子翼二十卷　武平一一卷　殷聞禮一卷　崔湜一卷　陸士季一卷　高季輔二十卷　謝偃二十卷　沈叔安二十卷　陸楷二十卷　曹憲三卷　潘求仁三卷　殷芊三卷　徐鴻一卷　袁朗十四卷　楊續十卷　王約一卷　任希古十卷　凌敬十四卷　王德儉十卷　徐孝德十卷　杜之松十卷　宋令文十卷　陳子良十卷　顏頲十卷　蕭鈞三十卷　劉穎十卷　司馬僉十卷　鄭秀二卷

[一]「唐」，程本作「唐世」。

耿義褒七卷　楊元亨五卷　劉剛三卷〔一〕　馬周十卷　王歸一十卷　薛元超三十卷　鄭世翼八卷　唐覲五卷　劉褘之七十卷　郝處俊十卷　崔知悌五卷　李安期二十卷　張太素五卷　劉允濟二十卷　鄧元挺十卷　李懷遠八卷　盧受采二十卷　王適二十卷　盧光容二十卷　薛耀二十卷　閻鏡機十卷　郎餘慶十卷　喬備六卷　元希聲十卷　徐彦伯二十卷　谷倚十卷　張柬之十卷　桓彦範二卷　富嘉謨十卷　吴少微十卷　魏知古二十卷　閻朝隱五十卷　韋承慶六十卷　閭丘鈞二十卷　蘇瓌十卷　員半千十二卷　劉子玄三十卷　李乂十卷　姚崇十卷　丘悦十卷　上官昭容二十卷　盧藏用三十卷　劉洎十卷　來濟三十卷　杜正倫十卷　李敬玄三十卷　許彦伯十卷　裴行儉二十卷　崔行功六十卷　張文琮二十卷　麴崇裕二十卷　宋璟十卷　劉憲三十卷　許子儒十卷　蔣儼五卷　趙寵智二十卷　賀德仁二十卷　張昌齡二十卷　杜易簡二十卷　濮王泰二十卷　蔡允恭二十卷　令狐德芳三十卷　顔元孫三十卷　姚璹七卷　杜元志十卷　楊仲昌十五卷　崔液十五卷　徐堅三十卷　元海十卷　王瀚十卷　權若訥十卷　白履忠十卷　鮮于向十卷　康玄辨十卷　康希銑二十卷　康國安十卷　狄仁傑三卷　王助一卷

右初唐一百三十餘家。《宋・藝文》僅存任敬臣、崔融、徐鴻、劉希夷、趙彦昭、崔湜、武平一十餘家，《通考》惟録王績《東皐子》，餘並缺，蓋宋末無一存矣。

〔一〕「剛」，内閣本、程本作「綱」。

盛唐　李適十卷　郭元振二十卷　孫逖二十卷　李翰一卷　梁肅二十卷　張均二十卷　嚴從三卷　蘇源明二十卷　張孝嵩十卷　樊澤十卷　盧象十二卷　崔國輔十卷　綦毋潛一卷　裴倩五卷　蕭穎士十二卷　楊賁十五卷　李華十卷　元載十卷　蘇渙一卷　邵説十卷　元結十卷　于休烈十卷　武就五卷　劉迥五卷　張薦十卷　王季友一卷　劉彙三卷　吴筠十卷　丘爲一卷　毛欽一三卷　崔良佐十卷　陶翰卷亡

右盛唐三十餘家，《宋史》尚存其半。《通考》僅三之一，而間溢小集數家。豈後人從類書録出，前此未行耶？

中唐　崔祐甫三十卷　常衮十卷　楊炎十卷　歸崇敬二十卷　羊士諤一卷　樊宗師二百九十一卷　劉太真二十卷　韋渠牟十卷　竇叔向一卷〔一〕　竇鞏一卷　李峴一卷　吉中孚一卷　暢當二卷　鄭常四卷　朱灣四卷　劉方平一卷　麴信陵一卷　于邵四十卷　柳潭十卷　鮑溶五卷　齊抗二十卷　章八元一卷　劉商十卷　竇常十八卷　鄭絪三十卷　鄭餘慶五十卷　崔元翰二十卷　楊凝二十卷　李觀三卷　呂温十卷　穆員十卷　符載十四卷　張登六卷　郄純六十卷　陸迅十卷　姚南仲十卷　柳冕一卷　李吉甫二十卷　韋貫之三十卷　令狐楚一百二十卷　孫元晏一卷　韋武十五卷　武儒衡二十五卷　李道古

〔一〕江本、吴本無此句，據内閣本、程本補。

三十卷　董侹一卷　白行簡二十卷　張仲方三十卷　鄭澣三十卷　李絳二十卷　馮宿四十卷　劉伯芻三十卷　段文昌三十卷　韋處厚七十卷　劉栖楚二十卷　沈亞之九卷　王起一百二十卷　崔咸二十卷　王涯十卷　張南史一卷　羅讓三十卷　柳仲郢二十卷　歐陽衮二卷　張仲素一卷　李紳三卷　顧况十五卷　李治一卷　温造八十卷　牛僧孺二卷　魏謨十卷　戎昱十卷　靈徹十卷　靈一十卷　玄範二十卷　法琳三十卷　惠賾八卷　皎然十卷

右中唐七十餘家，《宋史》所缺過半，《通考》僅十數家。

晚唐　張碧一卷　劉言史六卷　施肩吾十卷　汪遵一卷　薛能十卷　李廓一卷　陳羽一卷　陸暢一卷　盧肇三卷　陸鸞一卷　袁皓一卷　裴説一卷　許經邦一卷　雍裕之一卷　趙摶二卷　李敬方一卷　裴夷直一卷　孟遲二卷　唐班一卷〔一〕　公乘億一卷　王貞白一卷　吴仁璧一卷　陸希聲一卷　唐彦謙三卷　聶夷中一卷　翁承贊一卷　朱景玄一卷　崔融一卷〔二〕　王德輿一卷　羅浩源一卷　鄭良史一卷　譚藏用一卷　鄭雲叟三卷　陸元皓一卷　楊復恭一卷　譚正夫一卷　薛逢十三卷　司空圖三十卷　韓琮一卷　郁潭一卷〔三〕　朱朴四卷　王駕六卷　褚載一卷　周曇一卷　王轂三卷　陳光一

〔一〕「唐班」，内閣本作「崔班」，程本作「崔珏」。
〔二〕「融」，内閣本、程本作「道融」。
〔三〕「薛逢」以下至「郁潭」，江本、吴本無，據内閣本、程本補。

卷　湯緒三卷　韋靄一卷　薛瑩一卷　謝蟠一卷　嚴郾二卷　任翻一卷　喬舜一卷　沈彬二卷　劉蜕十卷　楊夔五卷　顧雲一卷　陸扆七卷　陳陶十卷　鄭賓一卷　齊夔一卷　羅袞二卷　鄭準一卷　黃滔十卷　陳黯三卷　李嵩三卷　黃璞十卷　來鵬一卷　林藻一卷　王秉一卷　林蘊一卷　韋説一卷　丁棱一卷　陳詡十卷　李郢三卷　朱鄴一卷　楊弇一卷　王振一卷　李磎四卷　韋鼎一卷　鄭畋五卷　林嵩一卷　劉昭禹一卷　段成式七卷　李群玉四卷　費冠卿一卷　袁不約一卷　劉綺莊十卷　劉得仁一卷　陳商十七卷　盧延讓一卷　倪明基一卷　杜荀鶴一卷　主父果一卷　高駢一卷　馮涓三卷　蔡融一卷　謝璧四卷　劉鄴四卷　吳融四卷　趙賜一卷　韓偓一卷　孫魴三卷　江爲一卷　崔頤一卷　尚顏一卷　自牧一卷　無願一卷　處默一卷　虛中一卷　智暹一卷　子蘭一卷　齊己十卷

右晚唐百二十餘家，《宋史》缺三之一，而外益二十餘家，《通考》僅半而已。《舊唐書·藝文志》止初唐文集，李、杜以下俱不録。新史乃備載諸家。鄭析其唐末入五代者，餘皆仍其舊也。

通計七家書目，世所不傳者近四百部。當南渡末，已亡十之七八。今即一二間存，率好事鈔集類書，非其舊也。合以余所藏板行及傳録諸本，大都六百餘家，蓋唐人詩集姓名可見僅此。或耳目之外，尚有所遺，然決不能過三百，則截長補短，七百極矣。餘遂並其姓名失之，良可慨也。《唐詩品彙》不及七百之數，《紀事》雖千餘家，中多詩話連及，不皆作者。

今世傳大家，惟李、杜、韓、柳、元、白諸集差全。王、楊、燕、許集動數十餘卷，至高、岑、盧、賈卷亦不下十餘，今皆寥寥染指，蓋全集已亡，好事者從諸類書中鈔録，以備一家耳。惟晚唐人才委瑣，大半當是本書。

唐集篇帙多者，無若令狐楚一百三十卷，王起一百二十卷，元稹一百卷，至樊宗師幾三百卷〔二〕，而古今獨盛矣。考令狐、王、元三氏，歷踐華要，著作之富，地位致然。獨怪樊創造艱深險絶之文，而浩繁若此，殆有不可曉焉。按昌黎《墓志》，《樊子》三十卷外，雜文止二百九十三篇，或《藝文》誤「篇」爲「卷」也。

唐人自選詩，《英靈》、《國秀》諸集外，孫季梁有《唐正聲》三卷，王正範有《續唐正聲》五卷，韋穀有《才調集》十卷，劉明素有《麗文集》五卷，李戡有《唐選》三卷，柳玄有《同題集》十卷，崔融有《珠英集》五卷，曹恩有《起予集》五卷，殷璠有《丹陽集》一卷，劉吉有《續又玄集》十卷，陳康圖有《擬玄集》十卷、《詩纂》三卷，鍾安禮有《資吟集》五卷，王仁裕有《國風總類》五十卷，伍承範有《備遺綴英》二十卷〔三〕，劉松有《宜陽集》六卷、《蘂玉集》五卷，韋莊有《采玄集》一卷，陳正範有《洞天集》五卷。又有《前輩詠題》二卷，《連璧集》三十二卷，《正風集》十卷，《垂

〔二〕「三」，他本作「二」。
〔三〕「伍」，内閣本、程本作「王」。

風集》十卷，《名賢絶句》一卷，不題名氏，要皆唐末五代人所集。當宋盛時，相去未遠，存者應衆。第尤延之畜書最富，《全唐詩話》已無一見采；計敏夫摭拾甚詳，《唐詩紀事》亦俱不收。至陳、晁二氏書目，概靡譚及者，則諸選自南渡後，湮没久矣。姑識此以資博洽。宋蘇易簡、晏同叔俱有選，今惟洪景盧、趙昌父等十余家傳云。鄭《通志》，宋人詩選並不載，豈洪書亦未見耶？蓋但據《唐·藝文志》耳。

李氏《花萼集》、韋氏《兄弟集》、竇氏《聯珠集》、廖氏《家藏集》，皆父子伯仲一門之作，後世不易得也。《花萼》是李乂集，與兄尚一、尚正。

唐人詩話，入宋可見者：李嗣真《詩品》一卷、王昌齡《詩格》一卷、皎然《詩式》一卷《詩評》一卷、王起《詩格》一卷、姚合《詩例》一卷、賈島《詩格》一卷、王睿《詩格》一卷、元兢《詩格》一卷、倪宥《龜鑒》一卷、徐蜕《詩格》一卷、《騷雅式》一卷、《點化秘術》一卷、《詩林句範》五卷、杜氏《詩格》一卷、徐氏《律詩洪範》一卷、徐衍《風騷要式》一卷、《吟體類例》一卷、《歷代吟譜》二十卷、《金針詩格》三卷。今惟《金針》、皎然《吟譜》傳，餘絶不睹，自宋末已亡矣。近人見宋世詩評最盛，以爲唐無詩話者，非也。《金針集》題白樂天，宋人皆以爲僞，想當然耳。宋梅聖俞又有《金針集》，亦僞作。

唐人好集詩句爲圖，今惟張爲《主客》，散見類書中，自餘悉不傳。漫記其目。《古今詩人秀句》二十卷，元兢編。《泉山秀句》二十卷，黄滔編。《文場秀句》一卷，王起編。《賈島句圖》一卷，李洞編。《詩圖》一卷，倪宥編。《寡和圖》三卷，僧定雅編。《風雅拾翠圖》一卷，惟鳳編。宋則吕居仁有《宗派圖》，高似孫有《選詩句圖》[二]，尚存。

唐《詠題》二卷是省試詩，《觀光集》三卷是先輩行卷。又《瑶池新詠》三卷，俱唐婦人詩。

唐人倡和寄贈，往往類集成編。然今傳世絶少，以未經刊落，故尤難傳遠，姑記其目於左。令狐楚《斷金集》一卷，《元白倡和集》一卷，《三州倡和集》一卷，《許昌詩》一卷，《洛陽集》七卷，《彭陽倡和集》三卷，裴均《壽陽倡和集》一卷，《渚宫倡和集》二十卷，《峴山倡和集》八卷，《荆潭倡和集》一卷，《荆夔倡和集》一卷[三]，《盛山倡和集》一卷，《劉白倡和集》三卷，《名公倡和集》二十卷，《漢上題襟集》十卷，《松陵集》十卷，《靈徹倡酬集》十卷，《廣宣倡和集》一卷，《五僧詩》一卷，《僧中十哲集》一卷，《贈毛仙翁詩》一卷，《賀監歸鄉集》一卷，《浙東酬倡集》一卷，《白監東都詩》一卷。右據諸家書目備録。《宋·藝文志》所存僅十之四五，至《通考》則僅存《漢上題襟》、《松陵》三數種。今惟《松陵》行世，餘悉不存。《毛仙翁詩》一卷，載《唐詩紀事》中。

[二]「句」，江本、吴本無，據内閣本、程本補。
[三]「夔」，江本、吴本作「兜」，據内閣本、程本改。

唐人詩話，今傳者絶少。孟棨《本事詩》，小説家流也。惟殷璠、高武頍有論斷。張爲《主客圖》，義例迂僻，良堪噴飯。然其所詮，亦自有意，特創爲主客之説，與鍾嶸謂源出某某者，同一謬悠耳。無名氏有《續本事詩》，今不傳。盧瓌有《抒情集》，亦《本事詩》類也。會昌侯氏一詩，云載《抒情集》可見。

五代諸人率與唐末亂，今據志别録，傳者尤罕睹矣。

杜光庭集三十卷見《通志》。　韋莊《浣花集》二十卷

王超《洋源集》二卷見《宋·文志》。　楊九齡《要録》十卷

馮涓《龍吟集》三卷　又《長樂集》十卷

游恭集一卷　又《小東里集》三卷

又《廣東里集》四卷　湯文圭《登龍集》十卷

又《冥搜集》一十卷　周延禧《百一集》二十卷

沈顔《聱書》十卷　又《解聱書》十五卷以上俱仝。

李後主集十卷又集十卷　李昊集二十卷見《宋世家》。

宋齊丘集六卷　郭昭慶《芸閣集》十卷仝上。

李爲先《斐然集》五十卷　成文幹《梅嶺集》五卷仝上。

馮延巳集一卷　孟拱辰集三卷見《宋・藝文志》。
孫晟集五卷　徐鍇集十卷見本傳。
潘舍人集二十卷　僧彙徵集七卷
章震詩十卷　孫魴詩二卷以上並仝。
廖光凝詩七卷見《通考》。　李建勛詩二卷
又鍾山公集二十卷　李叔文詩一卷《通考》。李九齡恐即此。
李存詩四卷　郭鵬詩一卷以上並見《宋・藝文志》。
江爲集一卷　李明集五卷
羅紹威《政餘集》五卷　高輦《丹臺集》三卷
羅隱集二十卷　《江東後集》三卷又見《宋史》。
《吴越掌記集》三卷　李琪《金門集》十卷
崔拙集二卷　賈緯集二十卷以上雜見諸史。
又《續草堂集》一卷　梁震集一卷以上並見《通志》〔二〕。

〔二〕「以上」，内閣本、程本作「以下」。

公乘億《珠林集》一卷　張況《一飛集》一卷

王仁裕《紫閣集》十一卷　《乘軺集》一卷

熊皦《屠龍集》五卷　李愚《白沙集》十卷

孫光憲《荆臺集》四十卷　王仁裕《西江集》一百卷見史。

韓熙載集五卷以下並見《宋史》。　李氏《應歷小集》十卷又見《金史》。

和凝《演編集》五十卷　又《游藝集》五十卷

酈炎集一卷　孫光憲《鞏湖編玩》三卷

薛廷珪集一卷　孫開物集十六卷

王朴集三卷　馮道詩十卷

丘光業詩一卷　劉昭禹詩一卷

按右諸人集，今存者惟韋莊、羅隱、李建勛諸家，僅百中一二。而南唐伍喬、孟蜀花蕊各傳集，則《志》所列缺焉。

諸家目録又有《李琪集》三卷，《嚴虔崧集》五卷，《李崧集》五卷，《林鼎集》二十卷，《朱潯集》三十卷，《李洪皋集》一卷，《庾傳昌集》十卷，《趙仁集》二卷，《毛文晏集》五卷，《羅貫集》二卷，《鄭準集》二卷，《黄台集》一卷，《湯筠集》五卷，《李慎儀集》二十卷，《湯昭儉集》一卷，《王紹顔集》二卷，《白巖集》五卷，蓋皆軍書表啓四六文。又《丘明賦》一卷，《沈顔賦》一卷，《江之蔚賦》一卷，《侯圭賦》一卷，《馮涓賦》一卷，《羅隱賦》二十卷，《徐寅賦》一卷，《倪曉賦》一卷，《郭賁賦》一卷。雖總之不必可觀，然亦非全無製作。況今僅存其目，不可没也。《通考》又有集數家，而舊目止孫晟、潘佑、和凝、馮道十餘家云。〔一〕

〔一〕按，此條程本無。

詩藪雜編三　遺逸下　三國

東越胡應麟著

晉陳壽以魏、吴、蜀爲三國，唐丘悦以江南、鄴下、關中爲三國，咸總南北名之。余所稱三國，則皆北朝也，蓋拓拔魏、高齊、宇文周氏云。或曰昌黎氏誚齊、梁、陳、隋作等蟬噪〔一〕，六代諸人且爾，矧三氏區區乎？然芙蓉、楊柳，宋人舉以難韓者，實高齊詩。彼謂温子昇吐任含沈，鑠謝凌顔，誠匪篤論。徐孝穆寒山片石，亦寧免於迂譚？余既詳扢六代諸人篇什，以三氏詩家者流率存而弗論者，因稍差次其品流，品題其撰述，而馮氏所收，間有遺逸，亦附見焉。

李延壽云：「永明、天監之際，太和、天保之間，洛陽、江左，文雅尤盛，彼此好尚，互有同異。江左宫商發越，貴於清綺；河朔詞義貞剛，重乎氣質。氣質則理勝其詞，清綺則文過其意。理深者便於時用，文華者宜於詠歌。此其南北詞人得失之大較也。若能掇彼清音，簡兹累句，各去所短，合其兩長，則文質彬彬，盡美盡善矣。」右《北史·文苑傳序》。

〔一〕「誚」，江本作「趙」，據内閣本、程本、吴本改。

又云：「魏定鼎沙朔，南包河、淮，西吞關、隴，當時之士，則有許謙、崔宏、崔浩、高允、高閭，聲實俱茂，有永嘉之遺烈焉。太和在運，鋭情文學，固以頡頏漢徹，跨躡曹丕。明皇御曆，文雅大盛。陳郡袁翻、袁曜，河東裴敬憲、莊伯、伯茂，范陽盧觀、仲宣，頓丘李諧，渤海高肅，河間邢臧，趙國李騫，樂安孫彦祖，濟陰温子升，咸能博綜繁縟，興屬清華，比於建安。齊氏云啓，廣延髦俊，邢子才、魏伯起、盧元明、魏景季、崔長孺〔一〕、邢子明、祖孝徵、杜輔玄、暢子烈、盧洪勳。天保中，李愔、陸卬、崔瞻、陸元規，並在中書。李廣、樊遜、李德林、盧詢祖、思道，以文章著。又王晞、杜基卿、劉逖、魏騫、蕭慤、顔之推等，並稱遠於時〔二〕。周氏創業，運屬陵夷，纂遺文於既喪，聘奇才如弗及〔三〕，是以蘇亮、蘇綽、盧柔、唐瑾、元偉、李昶之徒，咸奮鱗翼，自致青紫。」云云。

右《北史》所録三朝名士，今篇什傳者無幾，因備存姓氏，用闡遺遐。大抵元魏之才，子昇獨步；高齊之譽，邢、魏齊肩。周雖寥落，而王、庾二子，實冠前流。序弗列者，豈以本皆南産耶？〔四〕

〔一〕「孺」，江本、吴本作「孫」，據内閣本、程本改。
〔二〕「遠」，内閣本作「迏」，程本作「述」。
〔三〕「才」，内閣本作「十」，程本作「士」。
〔四〕按，内閣本此下接「錢忠懿王俶亦能詩」、「五代諸後主」、「後唐莊宗，世知其勇略」等三條，見本卷後。

六朝前，人主謚文者凡四：漢、宋、二魏也。子桓無論，漢文稱其仁，魏文稱其孝，然二帝實皆有文。漢文不見賈生，自擬過之，胸中蘊藉，概可想見，惜製作不甚傳。魏文史稱其雅好讀書，史傳百家，無不該涉，善談莊、老，尤精釋義，才藻富贍，好爲文章詩賦銘頌等。太和十年已後詔册，皆帝文也，自餘著述百有餘篇。蓋元魏文人，無能及者。宋文《景陽樓》一首，宏壯麗密，時亦寡儔。然則四君謚文皆無忝，而孝文在夷狄，則尤難也。

孝文《竹堂饗侍臣聯句》云：「白日光天兮無不曜，江左一隅獨未照。」群臣和無及者，非推避故，自是當時咸出其下。惟邢巒「皇風一鼓兮九地匝，戴日依天清六合」差稱。巒起經生，爲大將，稱文武全才，而不云能詩。觀此，謂戎狄無人，可乎？以經術顯武功者，惟杜當陽及巒。

周明帝《過舊宫》詩云：「玉燭調秋氣，金輿歷舊宫。還如過白水，更似入新豐。秋潭漬晚菊，寒井落疏桐。舉杯延故老，今聞歌大風。」整齊工密，儼似唐初諸人五言詩。

北朝諸王，絶無習文事者，惟彭城王勰差見翹楚。所賦《銅鞮松》詩，時以方曹子建，謂幾於七步而成也。今詩存，云：「問松林，松林知幾冬？山川何如昔，風雲與古同。」先是，孝文賦此詩，亦僅十許步，今不傳。

陳思《煮豆》雖七步而成，第小詩耳，不足盡所長也。唐人有日賦萬言者二，皆用吏十餘口授，亭午而成七千，其事甚類，余已別録。然二人雖平生製作亦無一傳，得非以拙而速耶？果爾，即日課萬篇，曾不若賈島三年而得十字也。《詩話總龜》載：開元初，有史青者，零陵人。上表以陳思七步成詩尚爲遲澀，請五步成之。明皇試以《除夜》，應聲云：「今歲今宵盡，明年明日催。寒隨一夜去，春逐五更來。氣色空中改，容顔暗裏摧。風光人不覺，已入後園梅。」此篇甚佳，宜其言之誇大，乃唐詩人中《紀事》、《品彙》諸書，絶無史青名姓，因以類附志於左。此詩諸選多載，或以爲明皇，《英華》又作他名氏，俱不言史青作。恐五步之内，未易辨斯也。

宇文招，周宗室，封趙王，與弟滕王逌並好文學，今各存詩一首。二王與庾信、王褒酬答，頗有梁孝、魏文之風，北人中不多見也。

《企喻歌》四首，六代時北人歌謡僅此，及《琅琊王》、《鉅鹿公主》數題，見郭氏《樂府》。此則元魏先世風謡也。其詞剛猛激烈，如云「男兒欲作健，結伴不須多。鷂子經天飛，群雀兩向波」等語，真《秦風·小戎》之遺。其後卒雄據中華，幾一寓内，即數歌詞可徵。舉六代、江左之音，率《子夜》、《前溪》之類，了無一語丈夫風骨，惡能衡抗北人！陵夷至陳，卒併隋世。隋文稍知尚質，而取不以道，故煬復爲《春江》、《玉樹》等曲。蓋至是南風漸漬於北，而六代淫靡之音極矣。於是唐文挺出，一掃而汎空之，而三百年之詩，遂駸駸上埒漢魏。文章關係氣運，昭灼如此。今人率以一歌之微，忽而不省，余故詳著其説，俟審音者評焉。

《琅琊王歌》八曲，其音較《企喻》稍嘽緩[一]，蓋在南北之間。第五首云：「長安十二門，光門最妍雅。渭水從隴來[二]，浮游渭橋下。」蓋是時姚興都關中，頗饒樂，寡兵争，此歌必其時作。長安雖詞家通用，至渭水、渭橋，則斷爲關中無疑。或又以爲姚萇時歌。按，萇都關中，事屬草創，旋即病殂，非也。

《琅琊王歌》，諸家咸無解。考姚氏貴戚大臣，惟姚緒封晉王，姚碩德封隴西王，皆興叔父，且勛望優崇，故自餘雖親子弟率封公，如廣平、東平之類，殊無所謂琅琊王者。而是時晉有琅琊王司馬德文，見《興傳》，然不云入秦也。《晉書·琅琊王伯傳》，司馬道子改會稽王，時國已除，而姚興時復有德文，不可曉。

此歌末章云：「懀馬高纏鬃，遥知身是龍。誰能騎此馬，惟有廣平公。」按《晉史·載記》，廣平公弼，姚興子，泓弟也。有武幹，赫連勃勃難起，秦諸將咸敗亡，獨弼率衆與戰龍尾堡，大破之。據歌足可想見其人，然貪殘好亂，欲殺泓而篡之。興病革聞變，因力疾臨殿前，賜弼自盡。此歌正猶鄭人之歌叔段，第亦可見其非姚萇及泓時作矣。

〔一〕「嘽」，江本、内閣本、程本作「嬋」，據吴本改。
〔二〕「隴」，程本作「陸」。

《慕容垂歌》三首，其一云：「慕容攀墻視，吴軍無邊岸。我身自分當，枉殺墻外漢。」後二首語意略同。諸家但注垂履歷，而此歌出處懵然。按，垂與晉桓温戰於枋頭，大破之。又從苻堅破晉將桓冲，堅潰，垂衆獨全，俱未嘗少衄。惟垂攻苻丕，爲劉牢之所敗，秦人蓋因此作歌嘲之，則此歌亦出於苻秦也。楊用修謂垂自作，尤誤。

蕭慤「芙蓉露下落，楊柳月中疏」，足爲北朝第一，顔之推賞之，可稱具眼，而盧思道不以爲然。又《臨高臺》云：「崇臺高百尺，迥出望仙宫。畫栱浮朝氣，飛梁照晚虹。小衫飄霧縠〔二〕，艷粉拂輕紅。笙吹汶陽篠，琴奏嶧山桐。舞逐飛龍引，花隨少女風。臨春今若此，極宴豈無窮。」此篇整峭特甚，惟第三聯失粘，且與下聯句法相犯。余欲爲除去此十字，則上下粘帶，音節格調，亡不完美，足與陰鏗《安樂宫》兢爽，入唐初皆爲第一，書俟識者評之。又《上之回》云：「發軔城西時，回輿事北游。山寒石道凍，葉下故宫秋。朔路傳清警，邊風卷畫旒。歲餘巡省畢，擁杖返皇州。」此篇亦全合唐律者。楊用修《律祖》取慤「芙蓉露下落」一首，而反遺此，並録之〔三〕。

〔二〕「衫」，江本、吴本作「山」，據内閣本、程本改。

〔三〕「又上之回云」至「并録之」，内閣本、程本另作一條。

顔之推「馬色迷關吏，雞鳴起戍人」，玄宗「馬色分朝景，雞聲逐曉風」本此。「朝」、「曉」稍犯，不若顔句穩健云。

馮淑妃入周，賜代王建，建甚嬖之。馮彈琵琶弦斷，作《感琵琶》云：「雖蒙今日寵，猶憶昔時憐。欲知心斷絶，應看膝上弦。」王維「莫以今時寵，難忘舊日恩」，本此。

宋劉昶入魏，作斷句詩云云。按此即今絶句也，絶句之名當始此。以倉卒信口而成，止於四句，而篇足意完，取斷絶之義，因相沿爲絶句耳。或謂漢魏已有絶句者，不然。蓋漢魏自有小詩四句者，後人集詩，以其體相類，故以此名之，非本名絶句也。

韓延之，宋義士也。司馬休之起兵，劉裕以延之有幹用，密招之。延之復書斥裕，詞絶壯憤，司馬氏《通鑑》采之。入魏有《贈李彪》詩。惜《南史》不列之忠義，而置《北史》雜傳中，因表而出之。昶及韓詩，並見《詩紀》。

劉孝標本名法武，年八歲爲魏兵所掠，轉徙入代都，貧不自立，寄人廡下讀書。後歸南朝，居金華洞中，有《山棲志》，今傳。《龍城録》云：「金華山北有仙洞，俗呼爲劉先生隱身處。以松炬照之，石刻云：『劉嚴字仲卿，漢室射聲校尉。當恭顯之際，極諫，被貶於東陬，隱迹於此，莫知所終。』即道士蕭至玄所記也。山口人時得玉篆碑，傳劉仲卿每至中元日，來降洞中。」按，此説吴正傳謂王性之僞撰，所謂劉仲卿，蓋即孝標也。世知孝標爲梁人而不知入北，故識此。

又《山棲》詩，見下條。

劉孝標晚居吾郡，遂爲婺人。今紫薇巖是其讀書處。孝標本以文學烜赫齊梁間，篇什殊寡知者。今所傳二古詩，宏麗緻密，遠薄宣城，即同時任、沈，不無慚色，惜他作不甚傳。因詳録於後，俾不以文學没其實焉。《自江州還入石頭》云：「鼓枻浮大川，延睇洛城觀。洛城何鬱鬱，杳與雲霄半。前望蒼龍門，斜瞻白鶴館。槐垂御溝道，柳綴金堤岸。迅馬晨風趨，輕輿流水散。高歌梁塵下，絙瑟荆禽亂。我忘淮海游，曾無朝市玩。忽寄靈臺宿，空軫及關嘆。仲子入南楚，伯鸞出東漢。何能棲樹枝，取斃王孫彈。」《始營山居》云：「自昔厭諠囂，執志好栖息。嘯歌棄城市，歸來事耕織。鑿户窺嶕嶢，開軒望嶄崱。激水檐前溜，修竹堂陰植。香風鳴紫鶯，高梧巢緑翼。泉脉洞杳杳，流波下不極。仿佛玉山隈，想像瑶池側。夜誦神仙記，旦吸雲霞色。將馭六龍輿，行從三鳥食。誰與金門士，撫心論胸臆。」

又《出塞》一首云：「薊門秋氣清，飛將出長城。絶漠衝風急，交河夜月明。陷敵撚金鼓，摧鋒揚旆旌。去去無終極，日暮動邊聲。」右梁詩，而響亮嚴整，王、楊極意無以加也〔一〕。

北朝人五言合唐律者，惟王劭《冬晚對雪》云：「寒更傳唱晚，清鏡覽衰顔。隔牖風驚竹，

〔一〕「加」，江本作「如」，據内閣本、程本、吴本改。

開簾雪滿山。洒空深巷静，積素廣庭閒。借問袁安舍，翛然尚閉關。」此詩不但體格合唐，其興象標韻，無非唐人者。楊用修《五言律祖》乃不列，馮汝言《詩紀》亦遺之。近閲《文苑英華》「雪類」得此，因亟録云。

按《隋書》，劭太原人，字君懋，弱冠好讀書，家人竊所食盤中肉，不之覺。祖珽、魏收等論古事有所遺忘，討閲不能得，呼劭問之，劭具陳出處，取書驗之，一無舛訛，時人咸稱其博物。齊滅入周，遂爲隋文帝知遇。在著作二十年，采摘經史謬誤，爲《讀書記》三十卷，世推精覈云。據史，則劭不特能詩，其嗜學洽聞，皆北士所罕睹，以修《隋書》多蕪雜，故聲譽不甚振。然此詩風華奕奕，非劉晝等比也。劭雖列《隋史》，實生齊、周世，故類此。

庾開府世但重其大篇，視孝穆、總持但略以氣骨勝，然不甚流轉。五言小詩，特有佳者，合處往往類盛唐。

王子淵《玄圃》詩：「石壁如明鏡，飛橋類飲虹。」太白「兩水夾明鏡，雙橋落彩虹」全祖之。王、庾皆南士，故不備論，附見此。

魏收「尺書招建業」及「臨風想玄度」二聯，《詩紀》不録，蓋皆無全篇也。

李騫、崔劼使梁，席上作「蕭蕭風簾舉」、「燈花寒不結」，見《酉陽雜俎·語資類》。二子他作湮没，此亦可推。

崔光《答李彪百三郡國》詩一卷，見《唐・藝文志》。蓋二子皆能詩，今他什亦不傳矣。楊用修記王無功云：「吾往見薛收《白牛溪賦》，韻趣高奇，詞義曠遠，嵯峨蕭瑟，真不可言。壯哉！邈乎揚、班之儔也。高人姚義嘗語吾曰：『薛生此文，不可多得，登太行，俯滄海，高深極矣。吾近作《河渚獨居賦》，爲仲長先生所見，以爲可與《白牛》連類，因寫爲一本。』」今此二賦俱不傳。

《酉陽雜俎》云：「歷城縣魏明寺中有《韓公碑》，太和中所造也。魏公曾令人遍録州界石碑，言此碑詞義最善，常藏一本於枕中，故家人名此枕爲麒麟函。」韓麒麟，見《北史》。《雜俎》記庾信曰：「我江南才士，今日亦無舉世所推。如温子昇獨擅鄴下，常見其詞筆，亦足稱是遠名。近得魏收數卷碑，製作富逸，特是高才也。」按，子山推魏若此，正與孝穆相左，然收碑頌今亦罕見云。温《寒陵》亦不見傳。

古今文人，險惡如郄鴻豫、息夫躬，邪佞如許敬宗、宋之問，皆詞場諱言者，然未有如北齊祖珽之甚也。《珽傳》載其履歷，蓋市井負販小人，無賴之尤，薄行不足以言之。然自昔類書，劉孝標、何承天等悉不傳，惟珽《修文御覽》特傳於宋。詩載《文苑英華》凡三首，亦綽約有南朝風。珽雖屢嘗奇辱，竟死牖下，而其子君彦，復以文知名隋末。小人有天幸如此！要之，實古今沴氣所獨鍾也。

北齊文士，著者三人，邢劭、魏收、祖珽。珽凶惡汙賤，爲古今詞人之冠，收亦亞焉。其才實有可觀，《挾琴歌》云[一]：「春風宛轉入曲房，兼送小苑百花香。白馬金鞍去未還[二]，銀裝玉箸下成行。」無論格調爲唐七言絶開山祖，其風致亦不減太白、龍標，但音節未盡諧，蓋時代然也。

邢子才差爲長厚，亦不能無疵，其詩乃稍事冲淡，與梁、陳諸家不類。如《夜直史館》、《冬日傷志》等篇，輸寫情愫，往往可觀。至「風音響北牖，月影度南端」、「折花步淇水，撫琴望叢臺」等句，標致亦不乏也。北朝文士節行，必以温子昇爲最。楊遵彦謇諤匪躬，而相業掩之。

《詩紀》有盧詢《中婦織流黄》詩一首、蕭慤《野田黄雀行》一首，二人絶無可考。蓋詢即詢祖，慤即蕭慤也，古今同姓名者最衆，然北朝詞客素寡，安得一時人偶同如此，又絶不見於他書耶？馮慎於闕疑，故並存之。實北周文士[三]，王褒、庾信爲冠，然皆南人也。西漢王褒同姓名，同以才學顯，世所共知。以余考之，古今有五王褒：一唐人，字士元，亦能文，即補傳《亢倉子》

[一]「琴」，内閣本、程本作「瑟」。
[二]「還」，程本作「返」。
[三]「實」，内閣本、程本無。

者；一見《漢·郊祀志》；一見《神仙通鑑》。餘文士同姓名者甚衆，詳見别編，因子淵漫發於此。若蕭穀之訛，盧詢之脱，則余灼見其然，非鹵莽也[一]。

漢王褒字子淵，《周·王褒傳》云字子深，非也。必褒以名同漢人，故遂襲稱其字。《傳》作於唐人，淵，高祖諱也，如陶淵明改稱深明，而蕭淵明但稱蕭明云。

《詩紀》隋陳子良後，又有陳良，亦脱「子」字。《文苑英華》誤字甚衆，見周必大表，蓋宋已然。《子良集》三十卷，乃載《唐志》，蓋隋末人。

《詩紀》有魏人袁曜，馮氏疑爲「躍」字誤。按，躍，翻弟，字景騰，以字義及兄名律之，決當爲躍無疑。且《北史·文苑傳》及序皆止有躍，而無所謂曜者，此類直改正之可也。

北朝人亦多有集，今録其存於唐者，惟觀其目可也。

後魏孝文帝集四十卷　司空高允集二十卷
司農卿李諧集十卷　太常卿盧元明集十七卷
司空祭酒袁躍集十三卷　著作佐郎韓顯宗集十卷
散騎常侍温子昇集三十九卷　太常卿陽固集三卷

[一]「北周文士」至「非鹵莽也」，内閣本、程本另作一條。

薛孝通集六卷　宗欽集二卷
魏孝景集一卷　少傅蕭撝集十卷
北齊特進邢子才集三十卷　尚書僕射魏收集七十卷
儀同劉逖集二十六卷　楊休之集三十卷〔二〕
後周明帝集五十卷　趙平王集十卷
滕簡王集十二卷　儀同宗懔集十二卷
沙門釋亡名集十卷　小司空王褒集二十一卷
開府儀同庾信集二十一卷　又《衡集》三卷《略集》三卷

今考諸人詩存馮氏《紀》者，魏文、韓顯宗、宗欽、盧文明、袁躍、趙王招、滕王逌各一首，陽固二首，周明帝三首，高允、宗懔、劉逖、楊休之各四首，蕭撝五首，釋亡名六首，邢邵八首，温子昇十一首，魏收十三首，王褒四十七首。

庾信特居北朝之半，而李諧〔三〕、薛孝通無詩，蕭慤、顔之推無集。記此以俟續考。〔三〕

〔二〕「楊」，内閣本、程本作「陽」。
〔三〕「李諧」，江本爲墨丁，據内閣本、程本補。
〔三〕此條内閣本、程本與上條相連，作一條。

漢以下婦人能文甚衆，而有集行世，則六朝爲多，惜皆不傳。今自三數知名之外，無論篇什，並姓氏不得而詳矣。乃唐、宋以來女子，往往以隻字之工，紀於簡册，遇不遇豈特士哉！因據諸家書目所存者，類而録之。

晉武帝左貴嬪集四卷　太宰賈充妻李扶集一卷

司徒王渾妻鍾氏集五卷　都尉陶融妻陳窈集一卷

都水使者妻陳玢集五卷　海西令劉驎妻陳璦集一卷

劉柔妻王卲之集十卷　常侍傅伉妻辛蕭集一卷

成公道賢妻龐馥集一卷　松陽令鈕滔母孫瓊集二卷

太守何殷妻徐氏集一卷　王凝之妻謝道韞集二卷

宋婦人韋氏集一卷　后宫司儀韓蘭英集四卷

梁武帝臨安公主集三卷　記室范靖妻沈氏集三卷

洗馬徐悱妻劉氏集二卷　陳後主沈后集十卷

隋劉子政母祖氏集九卷漢惟班婕妤、曹大家二集，魏婦人無傳集者。

右俱六朝間婦人集。晉最盛，至十餘家，唐能詩者雖衆，而集自上官、魚、李外不多見。帝女有集，古今惟臨安主一人。世但知梁武諸子，不知更有此女也。陳主沈后能文詞而不聞，張、

孔同事，將限於色耶？徐悱妻唐世尚存，故唐選亦收。〔二〕

北朝集存於宋者，惟庾開府二十卷，此外盡亡。余近所收庾集外，乃有王褒一二家，蓋後人從類書中録出者，非本書也。〔三〕

諸人著集者，考《北史》，高允、温子昇、蕭撝、邢子才、魏收、王褒、庾信各有傳。李諧見《崇傳》下，盧元明見《玄傳》下，袁躍見《翻傳》下，韓顯宗見《麒麟傳》下，陽固及子休之俱見《尼傳》下。魏孝景當作季景，與收同族，亦有傳相聯。薛孝通見《辯傳》下，劉逖見《芳傳》下，大率皆名下士也。

《詩紀》有韓延之《贈中尉李彪》詩云：「賈生謫長沙，董儒詣臨江。愧無若人迹，忽尋兩賢踪。追昔渠閣遊，策駑廁群龍。如何情願奪，飄然事遠從。痛哭去舊國，銜淚届新邦。哀哉無援民，嗷然失侣鴻。」馮注：「延之，字顯宗，事晉司馬休之。休之敗，入魏，作此詩。」誤也。按《北史》，韓麒麟子顯宗，字茂親，以才學節概傾動一時。晚遭張彝奏免謫，白衣領諮議，以展後效。顯宗既失意，遇信向洛，乃爲五言詩，贈御史中丞李彪，以申憤結。所撰《馮氏燕志》，及《孝友傳》十卷。《北史》洎《魏書》載其履歷甚詳，緣附父麒麟傳後，故覽者不遑精究。此詩正

〔二〕按，「漢以下婦人能文者甚衆」至此，内閣本、程本在雜編卷二。

〔三〕此條以下至卷末，江本、吴本無，據内閣本、程本補。

其被謫時作，載傳中甚明者也。《詩紀》注末亦謂：「一云韓顯宗，字茂親。」而不復定爲其作，蓋偶未讀此傳也。第以爲韓延之亦有由。延之既謝絶劉裕，以裕父名翹，字顯宗。因以顯宗爲己字，而名子曰翹，示不爲裕臣也。二人節概剛挺頗類，而延之見采《通鑑》，稍稍有聞。又詩中有「去舊國」、「屆新邦」，及「無援」、「失侶」等詞，意亦恍忽相近，故《詩紀》斷以爲延之，而不審起句賈生、董儒語迥不類。且傳明言向洛贈彪，「去舊國」二言，乃爲向洛發也。當延之入魏，在魏太武時，而顯宗及李彪俱顯孝文時，其世迥不相及。《彪傳》載彪疏稱漁陽傅毗，北平陽尼，河間邢產，廣平宋弁，昌黎韓顯宗，並以文才見舉。注述是同，而享年弗永，弗終茂績云云，則彪與顯宗交契可見。考延之及彪傳，絶無游往之迹，《詩紀》之誤無疑。余舊亦以爲延之，及讀《麒麟傳》，乃知因字而誤，忻然自快，不啻獲一真珠船。此卷前則尚仍《詩紀》之文，今不復追改，以志余讀書之未至，且兩存以俟精史學者。

北朝學士當世所共推崔、劉、王、魏諸人，今製作無復傳。酈道元殊不以此名，而所注《水經》淹洽之工，足冠千古。《北史》道元有傳，其人精吏治而上刻核，竟死於亂兵。然是書實可傳，非他著述比也。[二]

[二] 此條及下條，程本無。

北齊斛律金《敕勒歌》世共知者，然同時高敖曹亦能詩，今尚數首傳。當魏、齊、周三國紛拏際，敖曹獨以雄武甲天下，時人至擬之項籍，其威略可想見。詩雖不工，頗似有意捉筆者，非若景宗慶之率口成也。崔延伯每入陣，必使田僧超歌《壯士曲》，余甚訝其有詩情。

詩藪雜編四　閏餘上　五代

東越胡應麟著

古風兩漢，近體三唐，能事畢矣。宋、元以降，世謂無詩，迺其盛時巨擘，旁午簡編，詩家者流，稍名涉獵，咸指掌上。獨自梁迄周、五代〔一〕，戎馬劻勷，文章否極。韋莊、羅隱諸人，既繫籍於唐末；徐鉉、陶穀等輩，又接軔於宋初。自餘二三雋流〔二〕，或以詞見，或以學稱，歷數十百年中，遂若茲道中絶，無復一綫之存者。近楊用修《詩話》，旁搜僻隱，不遺餘力，此特未遑。余暇讀五代小説雜談，覺其間人雖微，尚有足述〔三〕，句雖陋，時或可觀。悼彼生之不辰，將泯泯偕腐草木。因悉采彙爲一編，亡論雲門大吕，即方回阿段，例掇弗遺。庶異時博雅君子，上下千秋，於斯無憾。於戲！詩至五季，溲勃之用，亡當詞壇。迺風雅大明之日，猶有若余之藻飾而品題之者，士誠志於不朽，奚以後世爲患哉！

〔一〕「代」，内閣本、程本作「朝」。
〔二〕「二三」，内閣本、程本作「三二」。
〔三〕「述」，江本、内閣本、程本、吴本作「術」，據貞享本改。

大率五代詞人，與南北朝絶類，中原最寥落，覺江淮爲盛，楚蜀次之。自歐陽氏不立《文苑傳》〔二〕，世率以馮瀛王輩俚語爲五代詩，不知亦頗有工細者，聊撮録之。

南唐中主、後主皆有文，後主一目重瞳子，樂府爲宋人一代開山祖。蓋温、韋雖藻麗，而氣頗傷促，意不勝辭，至此君方是當行作家，清便宛轉，詞家王、孟。其詩今存者四首，附《鼓吹》末，與晚唐七言律不類，大概是其詞耳。凡詞人以所長入詩者，其七言律，非平韻《玉樓春》，即襯字《鷓鴣天》也，後主兄弘茂，弟從謙，各能詩。宋人小説記煜《題扇》詩：「揖讓月在手，動摇風滿懷。」又「鬢從今日添新白，菊是去年依舊黄」，率無全篇。嘗著《雜説》百篇，時以方《典論》云。見《江南别録》。又《後山詩話》徐鉉稱煜《秋月》篇，今不傳。

孟後主昶，世以荒淫不道，然實留心文藝，嘗與花蕊夫人納凉作詞云：「冰肌玉骨清無汗，水殿風來暗香滿。簾開明月獨窺人，欹枕釵横鬢雲亂。起來瓊户啓無聲，時見疏星度河漢。屈指西風幾時來，只恐流年暗中换。」〔三〕按昶詞，蘇長公《洞仙歌》全隱括之，元人《琵琶記·新篁池閣》亦出此，而《花間集》不載。近吴興補刻復遺之，因録此。昶又嘗書石刻五經。

〔二〕「陽」，江本脱，據内閣本、程本補。

〔三〕按，此詞《四部叢刊》景明本《唐宋諸賢絶妙詞選》卷二題作蘇軾之作。

當唐末，海内名畫士咸入益州，昶子玄寶甫齔，誦萬言，七歲卒。先是，王蜀主衍亦能文詞〔一〕，見《蜀檮杌》等書。吴越後主亦能詩，見《後山詩話》。

錢忠懿王俶亦能詩，《汝帖》載其七言一律云：「廊廡沉沉翠幕遮〔二〕，禁林深處絶喧嘩。界開日影憐窗紙，穿破苔痕惡笋芽。西第晚宜供露茗，小池寒欲結冰花。謝公未是深沉量，猶把輸（嬴）〔羸〕局上誇。」詩不能大佳，然五代時李重光最有文，詩律亦僅爾爾。此載石刻中，又將湮没，故録。又《後山詩話》記其「金鳳欲飛遭制搦」一詞，是俶不但能詩，並解長短句也。至宋而錢惟演輩，子孫咸以文鳴矣。〔三〕

五代諸後主，南唐、孟蜀，各以詞翰聞。吴越雖不甚表著，即帖中可窺一斑，皆遠勝創業者。又王蜀後主衍，亦能詩詞，所輯有《烟花集》。又李後主弟從謹、兄弘茂並知名，見《南唐書》、《蜀檮杌》等録。

後唐莊宗，世知其勇略及俳優戲劇而已，然實於文藝留心者。史稱其幼好學，通《春秋》大義，又嘗手抄《春秋》，曰：「我於十指上得天下。」見《高季興傳》中。《五代·優伶傳》云：「莊

〔一〕「詞」，江本、吴本無，據内閣本、程本補。
〔二〕「沉沉」，程本漫漶，據吴本補；貞亨本作「依稀」。
〔三〕此條及下「五代諸後主」、「後唐莊宗，世知其勇略」條，江本、内閣本無，據程本、吴本補。

宗知音能度曲，至今汾晉間，往往能歌其聲。」樂府所傳《如夢令》一詞，殊不在李、王父子下，第以沙陀能此，尤不易云。

王仁裕，孟蜀學士，嘗夢人以刀剖腹，引西江水洗其腸胃〔一〕，因名集曰《西江詩》，平生殆萬首，今不傳。《宋・藝文志》有仁裕他集而無所謂《西江》者，惟《玉堂閒話》尚行世，中載七言律數首，皆清雅，特格卑弱耳。《登麥積山絶頂》云：「踏遍懸空萬仞梯，等閒身共白雲齊。窗中下見群山盡，堂上平分落日低。絶頂路危人少到，古巖松健鶴長棲。天邊爲要留名姓，拂石殷勤手自題。」仁裕又有《賀王溥》一律，載《總龜》。世所傳《開元遺事》，非其撰也。五代獨仁裕、和凝有傳。仁裕字德輦〔二〕，天水人，仕蜀，歷唐、晉、漢，至少保。與凝集各至百卷。

和凝，字成績，生平撰述共分爲六種，《香奩集》其一也，今獨此傳。其句多浮艷，如「仙樹有花難問種，御香聞氣不知名」、「鬢鬆香頸雲遮藕，粉著蘭胸雪壓梅」、「靜中樓閣春深雨，遠處簾櫳夜半燈〔三〕」，皆見《瀛奎律髓》。方氏以爲韓渥，葉少藴以爲韓熙載，大概晚唐五代，調率相似。第渥當亂離際，以忠鯁幾殺身，其詩氣骨有足取者，與《香奩》殊不類，謂凝及熙載則意頗

〔一〕「西江」，江本、吴本作「江西」，據内閣本、程本改，本條下文同改。
〔二〕「五代獨仁裕、和凝有傳。仁裕字德輦」，江本、吴本作「五代獨仁裕字德輦」，據内閣本、程本改。
〔三〕「夜半」，内閣本作「半夜」。

近之。《詩話總龜》又載凝「桃花臉薄難成醉，柳葉眉長易覺愁」之句〔一〕，可證云。凝仕唐、晉、漢，封魯公。

劉昭禹，婺人，少師林寬，後爲湖南宰，終桂府幕官，蓋當在陳陶、羅隱輩後。又有《經費冠卿舊居》詩，《紀事》乃列之嚴維、李泌前，大誤。《紀事》最精詳，而亦有譌甚當改正者〔二〕。如吕温、吕恭皆吕渭子，今乃温、恭列前，而渭在五卷後，此類是也。《紀事》云劉嘗爲睦州刺史，恐未然。

昭禹《題經費冠卿舊居》云〔三〕：「節高終不起，死戀九華山。聖主情何切，孤雲性本閑。名傳中國外，墳在亂松間。依約曾棲處，斜陽鳥自還。」《懷隱者》云：「先生入太華，杳杳絶良音。秋夢有時見，孤雲無處尋。神清峰頂立，衣冷瀑邊吟。應笑干名者，六街塵土深。」又有句云：「句向夜深得，心從天外歸。」

《品彙》有劉昭屬《送休上人之衡嶽》詩一絶，此必昭禹作，「禹」與「屬」文相亂耳。休上人即貫休，事楚圓，嘗居衡嶽間。詩云：「草履初登南嶽船，銅瓶猶貯北山泉。衡陽舊事春風晚，門鎖寒潭幾樹蟬。」

曹崧，衡陽人。《贈陳先生》云：「讀太玄經秋醮罷，注參仝契夜燈微。」《羅大夫故居》

〔一〕「覺」，江本、吴本作「攪」，據内閣本、程本改。
〔二〕「譌」，江本、吴本作「僞」，據内閣本、程本改。
〔三〕「昭禹」，程本作「劉昭禹」。

云：「鹿眠荒圃寒蕪白，鴉噪殘陽敗葉飛。」見《詩話總龜》。按唐有曹松，即「一將成功萬骨枯」者〔二〕，非此也。

孫光憲《竹枝詞》云：「門前春水白蘋花，岸上無人小艇斜。商女經過江欲暮，散抛殘食飼神鴉〔三〕。」《柳枝詞》云：「閶門風暖落花乾，飛遍江城雪不寒。獨有晚來臨水馹，游人多憑赤欄干。」二詩見郭氏《樂府》，《品彙》已收之。按《三楚新録》云：「光憲，蜀人，高氏辟爲書記，表章文檄皆出其手。最好聚書，以兵革難致，每發使諸道，必重價募得之，畜書至萬餘卷。然自負史才，以藩服恒鬱鬱。每吟昔人詩曰：『一生不得文章力，百口空爲飽暖家。』」《品彙》取其詩入唐，亦未當。如曰凡五代悉係之唐，則王仁裕等皆不得遺，必仕宦唐世，或撰述聲名已著唐時者乃可。光憲《北夢瑣言》尚傳。

韓熙載相南唐，有文名，詩之傳者獨寡。惟「他年蓬島音塵絶」一絶見詩話。熙載亦謚文，江南人呼爲韓文公。世所傳昌黎像，皆熙載也，見《筆談》。又《江南别録》云：「韓熙載、徐鉉兄弟爲當代文宗，繼以潘佑、張洎，以才名顯，故江左三十年文物，有貞觀、元和之風。」按，潘佑

〔二〕「成功」，内閣本、程本作「功成」。

〔三〕「鴉」，江本、吴本作「雅」，據内閣本、程本改。

文今尚存《送人》一篇，見晁文元《道院集要》。《江南别録》，陳彭年撰。彭年以博洽聞於宋初，南唐人也。

李建勳，父德誠已爲楊行密將，後尚主入相，至江南垂亡始没。於唐世亡毫髮干與，計氏《紀事》不録，良是。近以其集存，乃列《百家詩》中，大可笑。《品彙》因之，亦誤。今五代詩集傳者，僅建勳一家而已。集中佳句頗多，雖晚唐卑下格，然模寫情事殊工，漫摘數聯於後。《毆伎》云：「當時心已悔，徹夜手猶香。」《夏日》云：「池映春篁老，檐垂夏果新。」《寄僧》云：「杉松新夏後，雨雹夜禪中。」《闕下》云：「鳳翔雙闕曉，蟬噪六街秋。」《宫詞》云：「簾垂粉閣春將盡，門掩梨花日漸長。」《故壇》云：「舊碑經亂沈荒澗，靈篆因耕出故基。」《殘牡丹》云：「失意婕妤妝漸薄，背身西子病難扶。」《望廬山》云：「雲暗半空藏萬仞，雪迷雙瀑在中峰。」皆有思致。《聽笛》及《批牒》二絶句，見《南唐近事》，今集中所遺者，並識之。

伍喬詩一卷，《類刻唐百家》僅七言律二十首，蓋類書抄合者。有詩上杜牧，疑唐末人。然《唐餘録》：「江南垂亡，命喬放進士榜。」又集有《寄史虚白》詩，南唐人無疑也。其句如「登閣共看彭蠡浪，圍爐同憶杜陵秋」、「石樓待月横琴久，漁浦驚風下釣遲」，亦有風韻。《瀛奎律髓》取喬二首，今存。

廖凝，字熙績，隱居南岳。江南後，仕爲彭澤令，遷連州刺史，與李建勳爲詩，有集行世。

《詠中秋月》與《聞蟬》爲絶唱，《中秋月》云：「九十日秋色，今宵已平分。孤光吞列宿，四面絶微雲。衆木排疏影，寒流叠細紋。遥遥望丹桂，心緒正紛紛。」《聞蟬》云：「一聲初應候，萬木已西風。偏感異鄉客，先於離塞鴻。日斜金谷静，雨過石城空。此處不堪聽，蕭條千古同。」《初辛彭澤》有句云：「風清竹閣留僧話，雨濕莎庭放吏衙。」江左學詩者，兢造其門。〔一〕

廖融，字元素，隱衡山，與逸人任鵠、王正己、凌蟾、王元游。《贈天台逸人》云：「移檜托禪子，携家上赤城。拂琴天籟寂，欹枕海濤生。雪白寒峰晚，鳥歌春谷晴。又聞求桂楫，載月十洲行。」《題檜》云：「何人見植初，老對梵王居。聲高秋漢迥，影倒月潭虚。」《夢仙》云：「翠鳳引遊三島路，赤龍飛駕五雲車。」《退宫妓》云：「神仙風格本難儔，曾從前皇翠輦遊。紅躑躅繁金殿暖，碧芙蓉笑水宫秋。寶車鈿剥陰塵覆，錦帳香銷畫燭愁。一旦色衰歸故里，月明猶夢按梁州。」右見《郡閣雅談》。二廖並居南岳，當是兄弟，調亦相類，皆晚唐之幽致者。又句：「雲穿搗藥屋，雪壓釣魚舟。」

翁宏，字大舉，桂嶺人，寓居韶、賀間。《中秋月》云：「寒侵萬國土，冷浸四維根。」《送人》云：「萬木殘秋裏，孤舟半夜猿。」《曉月》云：「漏光殘井甃，缺影背山椒。」《塞上》云：「風高弓力滿，霜重角聲枯。」又《宫詞》：「落花人獨立，微雨燕雙飛。」最佳。二句或以爲晏叔原作，見《郡

〔一〕此條及下條江本無，據内閣本、程本、吴本補。

閣雅談》。

張子明，攸縣人，居鳳巢山。《孤雁》詩云：「雖逢夜雨迷深浦，終向晴天著舊行。」

伍彬，邵陽人，初仕馬氏，後入宋。《喜雨》云：「稚子出看莎徑没，漁翁來報竹橋流。」《解官》云：「蹤迹未辭鴛鷺侶，夢魂先到鷓鴣村。」又劉章亦事馬氏，有《蒲鞋》詩。見《丹鉛新録》。

路振，唐相巖玄孫。《贈彬》云：「庭樹鳥頻啄，山房人未眠。寒巖落桂子，野水過茶烟。」

王元，字文元，桂林人。《登祝融峰》云：「勢疑撞翼軫，翠欲滴瀟湘。」《贈廖融》云：「伴行惟瘦鶴，尋寺入深雲。」《悼李韶》云：「雅句僧抄遍，孤墳客吊稀。」《答史虚白》云：「飯僧春嶺蕨，醒酒雪潭魚。」後終於長沙。虚白，見《唐餘隱逸傳》，奇人也。

卞震，蜀人。《即事》云：「兩壁長秋菌，風枝落病蟬。」又：「茶香解睡磨鐺煮，山色牽懷著屐登。」

裴諧，説弟。説見《唐詩紀事》，諧終於桂嶺。《湘江吟》云：「風回山火斷，潮落岸冰高。」《杜甫墳》云：「名終埋不得，骨任朽何妨。」

馮延巳相南唐，以詞顯，今傳，見《花間集》。嘗有句云：「鴛瓦數行曉日，龍旗百尺春風。」

陸蟾居攸縣，《題子規》云：「花殘班竹廟，雨歇峴山亭。樹罅月欲落，窗間酒正醒。」並《詩話總龜》。

夏寶松，廬陵人，與劉洞唱和。李德誠贈詩曰：「建水舊傳劉《夜坐》，洞有《夜坐》詩。螺川新有夏《江城》。」寶松《江城》詩云：「雁飛南浦鍾初斷，月滿西樓酒半醒。曉來羸馴依然去，雨後遥山數點青。」《江南野録》。

蜀王義方《春日》詩：「海邊紅日半離水，天外暖風輕到花。」又蜀王廷珪詩：「十字水中分島嶼，數重花外見樓臺。」

潘天錫，南唐人，仕至員外。與沈彬分題云：「風便磬聲遠，日斜樓影長。」彬詩云：「松欹晚影離壇草，鐘撼秋聲入殿廊。」彬入唐人中，然仕南唐甚顯。

九華山人熊皎《早行》云：「山前猶見月，陌上未逢人。」《山居》云：「果熟秋先落，禽寒夜未棲。」並《郡閣雅談》。

李範，關中人。《題王山人故居》云：「鶴歸秋漢遠，人去草堂空。」《秋日》云：「清猿啼遠水，白鳥下前灘。」

楊凫，字烏之。《山中》云：「背日流泉生凍早，逆風歸鳥赴巢遲。」又皮光業句：「行人折柳和輕絮，飛燕銜泥帶落花。」

陳誼，吉州人。《題螺江廟》云：「廟裏杉松蕭颯風，廟前江水碧溶溶。憑欄不見當時事，落日遠山千萬重。」

孟賓于《蟠溪》云：「松根盤蘚石，花影卧沙鷗。」

徐休雅，長沙人。《宫詞》云：「内人曉起怯春寒，輕揭珠簾看牡丹。一把柳絲鈎不住，和風搭在玉欄干。」

任鵠《送王正己》云：「五峰青柱天，直下挂飛泉。琴鶴同歸去，烟霞到處眠。鼯跳霜葉逕，虎嘯夕陽川。獨酌應懷我，排空樹影連。」又邵拙詩：「萬國未得雨，孤雲猶在山。」

陸蟾居攸縣，《題石頭城》云：「蒹葭侵壞壘，烟霧接滄洲。」孟蝦《贈史虚白》云：「詩酒獨游寺，琴書多寄僧。」

陳甫，字惟嶽，吉水人。《感懷》云：「一雨洗殘暑，萬家生早凉。」《村居》云：「暮鳥歸巢急，寒牛下隴遲。」

高元矩，宣城人。《贈徐學士》云：「燕掠琴弦穿静院，吏收詩草下閒庭。」並《郡閣雅談》。

歙州問政山，聶道士所居。嘗有人陟險攀蘿至絶壁，於巖下嵌空處，見題詩一首，雖苔蘚昏蝕，而文尚可辯，末云黄台作。其詞云：「千尋練帶新安水，萬仞花屏問政山。自少雲霞居物外，不多塵土到人間。溪童乞火朝敲竹，山鬼聽琴夜撼欞。草暗碧潭思句曲，松昏紫氣度函關。龜成淺甲毛猶緑，鶴化幽翎頂更殷。阮洞神仙分藥去，茅家兄弟寄書還。黄精苗倒眠青麈，紅杏枝低挂白鷴。容易煮茶供客用，辛勤栽果與猿攀。常尋靈穴通三島，擬過流沙化百蠻。新隱漸開侵月窟，舊林猶税枕沙灣。手疏俗禮慵非傲，肘護靈方秘不慳。海上使頻青鳥黠，篋中藏久白鸘頑。笻枝健杖菖蒲節，笋櫛高簪玳瑁斑。花氣熏心香馥馥，澗聲聆耳冷潺潺。高墳自掩浮生骨，短晷難窮不死顔。早晚重逢蕭塢客，願隨芝蓋出塵寰。」右載《青緗雜記》。末云：「台，國初任屯田員外。」蓋五代人仕宋者。此篇整練宏富，非大才力不易到，押險韻尤工密，因稍節略録左方。

余考宋七言排律遂亡一佳，唐惟女子魚玄機酬倡二篇可選，諸亦不及云。施肩吾百韻在二作下。

陳希夷，生唐德宗世，歷五代至宋初。嘗與毛女遊，贈詩云：「有時問著秦時事，笑撚仙花望太虛。」《翰府名談》。

羽流舒道紀《題赤松宫》云：「松老赤松原，松間廟宛然。人皆有兄弟，誰共得神仙。雙鶴冲天去，群羊化石眠。至今丹井水，香滿北山田。」雖晚唐體而句語渾成，足爲佳什，與李頻「四皓東西南北人」一首絶類。又《題浩然觀》云：「澄心坐清境，虚白生林端。夜静嘯聲出，月明松影寒。絳霞封藥竈，碧竇濺齋壇。海樹幾回老，先生棋未殘。」舒，五代人，名見《貫休集》。浩然觀在吾邑，今不存。見《吴正傳詩話》。

許堅《題幽栖觀》云：「仙翁上昇去，丹井寄晴壑。山色接天台，湖光照寥廓。玉洞絶無人，老檜猶棲鶴。我欲挈青蛇，他時冲碧落。」後不知所終。《唐餘紀傳》。

伊用昌《留題皂閣觀》云：「雨吹山脚毒龍起，月照松梢孤鶴回。」以下並《郡閣雅談》。

沈廷瑞，郴子，南唐人。有句云：「金鼎銷紅日，丹田老白雲。」

李夢符，梁開平初人，《漁父詞》云：「林寺鐘聲度遠灘，半輪殘月落前山。徐徐撥棹却歸灣，浪疊明霞錦繡翻。」

李昪受禪初，忽夜半有僧撞鐘，執至，將殺之。僧曰：「適吟《中秋月》詩。」命誦之，曰：「徐徐出東海，漸漸上雲衢。此夜一輪滿，清光何處無。」昪喜，遂釋之。右見《江南野録》。然或以爲貫休。

西山與滕閣對峙，留題遍寺中。有僧至，言詩總不佳，何不撤去？守問僧能乎？即吟曰：「洪州太白方，積翠滿蒼蒼。萬古礙新月，半江無夕陽。」按，末聯或以爲陳希夷，今讀此前兩句，氣勢相應，信僧作也。宋人以爲切西山，故盛傳。第以此意繹之，反覺纖巧，只泛然看，自渾成。此又見《劉貢父詩話》，曰宋初僧所題。

湘南僧文喜《失鶴》詩：「一向亂雲尋不得，幾臨流水待歸來。」見《雅談》。

茅山老僧詩：「一池荷葉衣無盡，數畝松花食有餘。剛被傍人相問詢，老僧今日又移居。」見《摭遺》。元人易末二句，作隱者詩。

蜀僧遠國《感懷》云：「丹禁夜涼空鎖月，後庭春老亂飛花。」

唐末僧齊己、虛中皆居楚，貫休後入蜀。「滿堂花醉三千客，一劍霜寒十四州」、「雁宕經行雲漠漠，龍湫燕坐雨濛濛」，皆無全篇。又蜀僧有《蒸豚》詩，見《總龜》。又湘南乾康有《詠雪》詩。

女狀元，王蜀黄崇嘏也。崇嘏，臨邛人，作詩上蜀相周庠，庠首薦之，屢攝府縣，吏事精敏，胥徒畏服。庠欲妻以女，黄以詩辭之曰：「一辭拾翠碧江湄，貧守蓬茅但賦詩。自服藍裙居郡掾，永抛鸞鏡畫蛾眉。立身卓爾青松操，挺志堅然白璧姿。幕府若容爲坦腹，願天速變作男兒。」庠大驚，具述本末，乃嫁之，傳奇有《女狀元春桃記》云云〔一〕。按，右詩不類嘗爲狀頭。一説謂黄爲郡掾，郡守欲以女妻之，黄上詩自述，守大驚，詢之，知本黄使君女，所居惟一老嫗，遂嫁之。蓋後人因此演繹爲傳奇，而以狀元附會。用修據爲事實，恐未然。見《太平廣記》。

花蕊夫人，費姓，或云徐氏。按郎瑛《類稿》，以蜀有兩花蕊，皆能詩，皆亡國，皆徐氏也。王蜀徐妃二人，亦各知爲詩，見《蜀檮杌》，一號花蕊。孟蜀花蕊《宫詞》一卷，今傳。又「君王城上樹降旗」絶句，載《後山詩話》。嘗供事故主像，宋主問之，以張仙對，信慧黠女子也。

盧絳，字晉卿。夢一婦人贈詩云：「清風明月夜深時，箕帚盧郎恨已遲。它日孟家陂上

〔一〕「女」，江本、吴本無，據内閣本、程本補。

約，再來相見是佳期。」江南伶人李家明、王感化亦各能詩，蓋唐所無云。〔一〕

五代諸人詩傳後世者，惟花蕊《宮詞》差著，所謂有婦人焉，一人而已。余讀其詞百篇，雖不越仲初前軌而冠裳明麗，時近大方，即唐諸閨閣名流未見倫比。詩話但稱「御厨進食」數首，其他過此甚衆，聊摘録之。「東内斜穿紫禁通，龍池鳳苑夾城中。曉鐘聲斷嚴妝罷，院院紗窗海日紅〔三〕。」一「梨園子弟簇池頭，小樂携來俟燕遊。旋炙銀笙先按拍，海棠花下合梁州。」二「金畫香臺出露盤，黄龍雕刻繞朱盤。焚修每過三元節，天子親簪白玉冠。」三「春日龍池小燕開，岸邊亭子號流杯。沉香刻作神仙女，對捧金尊上水來。」四「翡翠簾前日影斜，御溝春水浸成霞。侍臣向晚隨天步，共看池頭滿樹花。」五「金碧闌干倚岸邊，卷簾初聽一聲蟬。殿頭日午摇紈扇，宮女争來玉坐前。」六「會真廣殿約宮墻，樓閣相扶倚太陽。净甃玉階横水岸，御爐香氣撲龍床。」七「三清臺近苑墻東，樓檻渾渾映水紅。白晝綺羅人度曲，管絃聲在半天中。」五代間絶句

〔一〕此條吴本在「五代諸人詩」、「宋宮詞惟王禹玉高華」條後。

〔三〕「院院」，内閣本作「院」，據吴本補。

愈卑，乃花蕊諸篇氣韻獨濃厚，婦人尤難。〔一〕

唐詩人仕宦五代及流寓隱遁諸藩，人與事可考見者，漫記其略。徐鉉、張洎、陶穀、梁周翰、孫光憲、陳誼、伍喬皆入宋。李九齡五代人，今列唐，非也。

沈彬，唐末舉進士不第，晚仕南唐貴顯。次子亦能詩，宋初尚存。見《南唐近事》。

孫魴，與沈彬、李建勳友善，亦終於南唐。

陳陶晚居江南，本楚中人。嚴尚書宇鎮豫章，遣小妓號蓮花者往西山待陶，陶殊不顧。妓爲詩曰：「蓮花爲號玉爲腮，珍重尚書遣妾來。處士不生巫峽夢，虚勞神女下陽臺。」陶答之云云〔二〕。今作陳圖南，誤。

羅隱嘗爲錢鏐判官，晚終魏博。羅紹威師事之，稱叔父。紹威亦能詩，有「樓前灔灔雲頭日，簾外蕭蕭雨脚風」之句。以隱集名「江東」，自名其集《偷江東》。紹威父弘信有《題柳》七

〔一〕　此條江本、程本無，據内閣本、吴本補。此條後吴本多一條：宋宫詞惟王禹玉高華，足繼花蕊。禹玉子亦有宫詞，嘗合和凝、宋白、張公庠、周彦質五家行世。禹玉子名仲修。

〔二〕　「陶」，江本、吴本無，據内閣本、程本補。

言律〔二〕，今傳唐武臣父子能詩僅此。

杜荀鶴，嘗上詩朱全忠，温賊以秀才呼之，見《太平廣記》。《品彙》列陸龜蒙輩前，恐誤。杜後爲田頵客。

李山甫爲樂彦禎從事，公乘億同。今詩集列五代。

皮日休，晚終南粵。一説謂造讖文，黄巢殺之，非也。辯見《兩山墨談》。又《通考》載陸放翁引皮光業辯，光業是襲美後人，俟考。

張蠙，晚仕蜀中。「白日地中出，黄河天外來」，蠙句也。唐詩之壯渾者，終於此。又「水向昆明闊，山通大夏深」，見《瀛奎律髓》，亦壯，而今集不收。

韋莊爲蜀相，晚唐詩人之顯者，莊其最也。

江爲居南唐，以讒死。《宋文鑑》有爲詩，疑《品彙》所考未確。然宋人有《哭江處士》詩，意與《品彙》合，蓋《文鑑》之誤也。

牛嶠仕王蜀，《柳枝詞》二首，見《樂府》，頗工。

路德延作《孩兒詩》五十韻，爲樂彦禎所殺。宋張師錫步其韻，作《老兒詩》五十韻，尤可

〔二〕「柳」，江本、吴本作「櫝」，據内閣本、程本改。

笑。二作今皆傳。《總龜》。

馮涓仕王蜀，爲翰林學士。見《紀事》。張泌，宋初尚存。

歐陽氏《史》不立《文苑傳》，以五代無文也。《雜傳》以詞學稱者，李琪、李愚、馬胤孫、馬縞、崔居儉、李懌、盧質、薛融、李崧、王延、裴皞諸人。而獨稱王仁裕、和凝爲文章宗匠，以饒著作故。第五代兼長詩文者，實僅僅二子。考凝詩詞，概多猥褻，仁裕叙述亦萎薾，無大過人，自餘可見。劉昫、賈緯並以史稱，緯書不傳。而昫《舊唐書》近頗行世，或以勝《新史》，余不敢知。然唐事亡徵者，賴以參考云。又胡嶠《陷虜記》，今附載《五代史·契丹》末。嶠，石晉人。

歐陽炯《花間集》，今尚傳。自温庭筠、皇甫松外，皆五代人也。韋莊等已見《外》，薛昭藴、牛希濟〔二〕、毛文錫、魏承班、鹿虔扆、毛熙震、李洵、閻選、顧敻、尹鶚凡十人，其集世多有，不具論。其詞評騭別編頗詳之。〔三〕

《烟花集》五卷，蜀主衍輯。《洞天集》五卷，漢王貞範輯。《才調集》十卷，蜀韋縠輯。《續本事詩》二卷，吴處常子輯。皆五代人總集諸家詩也，并識於末簡。

〔二〕「希」，江本、吴本無，據内閣本補。
〔三〕按，此條及下條，内閣本缺，鈔補。程本無。

詩藪雜編五　閏餘中　南渡

東越胡應麟著

宋人詩最善入人，而最善誤人，故習詩之士，目中無得容易著宋人一字[一]，此不易之論也。然博物君子，一物不知，以爲己愧，矧二百年間聲名文物，其人才往往有瑰瑋絶特者錯列其中，今以習詩故，概捐高閣，則詩又學之大病也。矧諸人製作，亦往往有可參六代、三唐者，博觀而慎取之，合者足以法，而悖者足以懲，即習詩之士，詎容盡廢乎！今搜諸詩話，考列姓名，並銓擇其篇句之可觀者于後。度南而後，世所厭薄，此特詳焉。要以爲考見古今助，而不顯備詩家云[二]。

楊文公《談苑》云：「自雍熙初歸朝，迄今三十年，所閲士大夫多矣，能詩者甚鮮。如楊徽之、徐鉉、梁周翰、范宗、黄夷簡皆前輩；鄭文寶、薛映、王禹偁、吴俶、劉師道、李宗諤、李建中、

〔一〕「無」，内閣本、程本作「亡」。
〔二〕「云」，江本、内閣本作「也」。

李維、姚寶臣，陳堯佐悉儕流。後來著聲者，如路振、錢熙、丁謂、錢易、梅詢、李拱、蘇爲、朱嚴、陳越、王曾、李堪、陳詁、吕夷簡、宋綬、邵煥、晏殊、江任、焦宗古、錢惟演、昭度、楊牧之、林逋、周啓明、劉筠，並工詩者也。」

「浮花水入瞿塘峽，帶雨雲歸粵雋州」楊徽之，「三朝恩澤馮唐老，萬里江山賀監歸」徐鉉，「宿雨一番蔬甲拆，春山幾焙茗旗香」梁周翰，「失意慣中遷客酒，多年不見侍臣花」鄭文寶，「黄鶴晨霞傍樓起，頭陀青草繞碑荒」薛映，「晨瞻北斗天何遠，夢斷南柯日漸沉」劉師道，「山程授館聞鴻夜，水國還家欲雪天」李建中，「謫去賈生身健否，秋來潘岳鬢班無」李維，「鶴歸已改新城郭，牛卧重尋舊墓田」錢熙，「梅無驛使飄零盡，草怨王孫取次生」吕夷簡，「奇材劍客當前隊，麗賦騷人托後車」宋綬，「南陽客自稱龍卧，東魯人應嘆鳳衰」焦宗古，「東北風吹大庾嶺，西南日映小寒天」錢昭度，「青鳥不傳王母信，白鵝曾换右軍書」楊南鄭，「雪意未成雲著地，秋聲不斷雁連天」錢惟演，「梨園法部兼胡部，玉輦長亭復短亭」劉子儀，「金鑾後記人争寫，玉署新碑帝自書」李宗諤，「部吏百函通爵里，從軍千騎屬櫜鞬」陳堯佐，「九萬里鵬重出海，一千年鶴再歸巢」丁謂。

右楊大年所紀，慶曆以前人才略備。内李西臺以書顯，宋宣獻以學稱，吕許公以業著，皆不名能詩，今摘其句，誠有過人處。徐鼎臣、鄭文寶本南唐人，王元之、林君復非西昆體，亦與列者，蓋通一代計之，不專同調同事也。朝貴前不及李文正〔二〕，後不及寇忠愍〔三〕，處士楊朴、魏野、郭震、潘閬俱不録，似亦有遺。

劉綜學士出鎮并門，兩制館閣，皆以詩餞，因進呈。章聖深究風雅，時方兢尚西昆體，親以御筆選其平淡者得八聯。「夙駕都門曉，凉風苑樹秋」晁迥，「秋聲和暮角，膏雨逐行軒」李維，「置酒軍中樂，聞笳塞上情」錢惟演，「塞垣古木含秋色，祖帳行塵起夕陽」朱巽，「汾水冷光摇畫戟，蒙山秋色鎖層樓」孫僅，「極目關河高倚漢，順風雕鶚遠凌秋」劉筠。按，《談苑》外又有諸人，其盛如此。

晏同叔自以「梨花柳絮」取稱，然實西昆之一也。「冰從太液池邊動，柳向靈和殿裏看」，「靈和」字面稍僻，又於柳不切，遂落西昆。余爲易作「長楊」，便了無痕迹。蓋「太液」切「冰」，「長楊」切「柳」，本天生的對。彼嫌其熟，稍進鼇毫，頓成千里。此西昆與老杜分界處，初不在用事間，學者當細酌也。

熙、豐以還，亦有作昆調者，歐陽公「組甲光寒圍夜帳，彩旗風暖看春耕」、介甫「初學水仙

〔二〕「文」，原本脱，據江本、内閣本補。
〔三〕「忠」，原本作「惠」，據内閣本改。

騎赤鯉，竟尋山鬼從文狸」、子瞻「凍合玉樓寒起粟，光摇銀海眩生花」是也。

古今詩人，窮者莫過于唐，而達者亡甚于宋。漢蘇李、魏劉王、晉阮左、北温邢輩，皆阨窮摧折，顧未至饑寒也，唐世則饑寒半之。宋諸名公僅梅聖俞、陳無己以窮著，自餘雖處士，亦泰然終身。漫録烜爀于左。

李文正、張忠定、吕文穆、晏元獻、陳文惠、錢文僖、宋宣獻、宋元獻、吕許公、寇萊公、陳恭公、王沂公、龐潁公、韓魏公、范蜀公、司馬公、范文正、歐文忠、王岐公、王文公、韓持國〔二〕、胡文恭、吕忠穆、趙忠簡、陳去非、葉少藴、趙忠定、周益公、文信公，皆執政能詩者也。

按：右宋諸鉅公，李明遠、晏同叔、陳希元、錢思公、宋公序、寇平仲、韓稚圭、歐文忠、王禹玉、胡武平、王介父、陳去非，世多悉其能詩者。吕文穆未第時，人稱其詩于胡秘監。陳執中《題柳》一絶，見詩話，甚佳。張乖厓《高廟》二絶頗豪。吕文靖夷簡、王沂公曾在西昆派，見文公《談苑》。司馬、范二文正並大儒，然涑水有《詩話》，而希文篇什，時爲好事播傳。龐潁公、范蜀公並見《温公詩話》。吕忠穆、葉少藴詩，見方氏《律髓》。忠定、忠簡二聯，雜見諸説。持國、平園，咸負聲稱。信公雖氣誼赫赫，詩律實工。

〔二〕按，原本「韓持國」後衍一「國」字，據内閣本、江本、程本删。

盧多遜、丁公言、夏英國、蔡持正、元厚之，皆執政能詩，然品格邪詭，不得入前流。就中若丁晉國謂，其才情足上下寇忠愍，當時不入相，居然宋初一雅士，惟不忘富貴〔二〕，遂至不敢望魏野、林逋，惜哉！二陳、堯佐、執中。禹玉，亦似未能盡免。夏文莊最稱才美，今傳者寥寥云。

次則王元之、楊大年、梁周翰、楊仲猷、趙師民、李建中、宋景文、余希古、晁文元、劉子儀、錢希白、曾子固、子開、梅昌言、劉原父、蔡君謨、鄭毅夫、蘇文忠、文定、曾公衮、張芸叟、王安中、曾吉父、吕居仁、汪彦章、尤延之、范至能、洪景盧等，皆侍從清顯。大抵熙、豐前詞人多達，景德前達者彌衆，紹述後藝士多窮，淳熙後窮者愈繁。

仕不甚達並名不甚傳者：陳亞、權審、黄庶、黄台、滕白、李絢、楊謂、王琪、司馬池、才仲、才叔、寇國寶、周知微、俞汝尚、杜默、鮑當、陳克、王鑑、杜常、耿仙芝、張子厚、蔡天任天啓弟、楊備億弟、盧載、崔鶠、魯交等，别見者不備録。

南渡前隱居不仕〔三〕，則郭震、楊朴、魏野、林逋、李樵、种放、徐積、邵雍、曹汝弼、黄知命、王

〔二〕「不忘」，内閣本、程本、吴本作「貪冒」。

〔三〕「南」，原本作「而」，據江本、内閣本改。

巖、王初等諸人，南渡後，江湖流派，斗量筲計，風軌蕩然矣。右皆有句什遺事〔一〕，散見群書者。

宋世人才之盛，亡出慶曆、熙寧間，大都盡入歐、蘇、王三氏門下，今略記其灼然者，魯直自爲江西初祖矣。

韓稚圭、宋子京、范希文、石曼卿、梅聖俞、蔡君謨、蘇明允、余希古、劉原父、丁元珍、謝伯初、孫巨源、鄭毅夫、江鄰幾、蘇才翁、子美等，皆永叔友也。歐于錢文僖爲僚屬，晏元憲爲門人。

王岐公、王文公、曾子固、蘇子瞻、子由、王深父、容、季子直、李清臣、方子通等，皆六一徒也。

王平甫、王晉卿、米元章、張子野、滕元發、劉季孫、文與可、陳述古、徐仲車、張安道、劉道原、李公擇、李端叔、蘇子容、晁君成、孔毅父、楊次公、蔣穎叔等，皆與子瞻善者。

黄魯直、秦少游、陳無己、晁無咎、張文潛、唐子西、李方叔、趙德麟、秦少章、毛澤民、蘇養直、邢惇夫、晁以道、晁之道、李文叔、晁伯宇、馬子才、廖明略、王定國、王子立、潘大觀、潘邠老、姜君弼，皆從東坡游者。

荆國所交，則劉貢父、王中父、俞清老、秀老、楊公濟、袁世弼、王仲至、宋次道、方子通。門

〔一〕「右」，原本作「古」，據江本、内閣本改。

士則郭功父、王逢原、蔡天啓、賀方回、龍太初、劉巨濟、葉致遠。二弟一子，俱才雋知名，妻吴國及妹、諸女悉能詩，古未有也。

呂居仁以詩得名，自言傳衣江西。嘗作《宗派圖》，自豫章以降，列陳師道、潘大臨、謝逸、洪芻、饒德操、徐俯、洪朋、林教修、洪炎、汪革、李錞、韓駒、李彭、晁冲之、江端本、楊符、謝薖、夏傀、林敏功、潘大觀、何顒、王直方、僧善權、高荷，合二十五人，以爲法嗣，本其源流，皆出豫章也。其《宗派圖序》數百言，大略云：「唐自李、杜之出，焜耀一世。後之言詩，皆莫能及。元和以後至國朝，歌詩之作，多依放舊文，未盡所趣。惟豫章始大出而力振之，抑揚反覆，盡兼衆體，而後學者同作並和，雖體制或異，要皆所使者一。予故録其名字，以遺來者。」胡元任云：「豫章自出機杼，别成一家，清新奇巧，是其所長。若言抑揚反覆，盡兼衆體，則非也。元和至今，騷翁墨客，代不乏人，卓然成立者甚衆。若言多依效舊文，未盡所趣，又非也。」所列二十五人，其間知名之士，詩句傳於世，爲時所稱者，止數人而已，餘無聞焉。

右呂氏所列，皆江西涪老派也。陳師道足配享外，潘、徐、韓、謝、洪、高、晁、李、江、饒、權，可差見詩話，餘罕稱者。然當時率有集，今考列左方。凡元祐後、靖康前詩流，亦大概盡此，遺者無幾云。

《文獻通考》江西詩派至一百三十七卷，又續十三卷，富矣。世所傳何寥寥也？劉潛夫云：「何人表顒、潘仲達大觀，有姓名而無詩，王直方無可采。陳後山彭城人，韓子蒼陵陽人，潘邠老黄州人，夏均父、二林蘄人，晁叔用、江子立開封人，李商老南康人，祖可京口人，高子勉京西人，不皆江西産也。同時曾文清贛人，又與紫微詩往還而不入派，惜當時無人叩之〔一〕。

今考派中諸人，有集見馬氏《通考》者：謝無逸《溪堂集》五卷，謝幼槃《竹友集》七卷，李彭日《涉園集》十卷，洪朋《清非集》一卷，洪芻《老圃集》一卷，洪炎《西度集》一卷，高荷《還集》二卷，徐俯《東湖集》二卷，晁冲之《具茨集》三卷，汪革《青溪集》一卷，林敏功《高隱集》七卷，林敏修《無思集》四卷，潘大臨《柯山集》二卷，韓子蒼《陵陽集》三卷，夏隗《遠游堂集》二卷，祖可、饒節、善權各有集，皆浮屠云。諸人集無一傳，獨《王直方詩話》存。説易行，集難久，蓋古今然也。

又居仁《詩話》載晁詠之《西池》詩，「旌旗太乙三山外，車馬長楊五柞中」、「柳外雕鞍公子醉，花邊紈扇麗人行」，精鍊宏整，足稱宋人佳句第一。惜全篇不可見，並識此。晁氏最多才，説之、詠之、冲之、補之，皆兄弟也。

唐中葉後，詩文異驅，宋文人乃無弗工詩者。王元之、楊大年、歐陽永叔、王介甫、蘇子瞻、黄魯直、陳無己、張文潛等輩，烜赫亡論；王禹玉、宋子京、蘇子美、晏同叔、唐子西、楊廷秀、陸務觀輩，皆其人也。明允、子由、子固，亦俱有篇什，非漠然者。

〔一〕「惜」，江本無。

晁補之在六君子中獨不以詩名，而詩特工，詞亦可喜。又世絶不名其書，今褚《枯樹賦》有其跋，字畫雄放，信名下士也。秦少游當時自以詩文重，今被樂府家推作渠帥，世遂寡稱。

宋諸人詩掩於文者，宋景文、蘇明允、曾子固、晁無咎；掩於詞者，秦太虚、張子野、賀方回、康與之。掩於書者，石延年、蔡君謨；掩於畫者，王晉卿、文與可。掩於儒者，朱仲晦、吕伯恭；掩於佛者，晁文元、饒德操。掩於學者，徐鼎臣、劉原父；掩於行者，徐仲車、魏仲先。掩於勳者，寇平仲、韓稚圭；掩於節者，胡邦衡、文信國。掩於兄者王平甫，掩於弟者蘇才翁。掩於詼者陳亞，掩於謔者劉邠。掩於誕者惠洪，掩於顛者米芾。掩於奸者，丁朱厓、蔡特正；掩於佞者，夏文莊、曾子宣[一]。諸人皆實有篇章，採諸衆論，非漫指者。

惠洪《詩話》譏蘇明允、曾子固皆不能詩。然明允「晚歲登門最不才」一篇，典實豪宕，實佳作也。子固如方氏《律髓》所收「明月滿街流水遠，華燈入望衆星高」，足爲佳句。方氏舍之，而取「金地夜寒消美酒，玉人春困倚東風」及「風吹玉漏穿花急，人倚朱欄送目勞」二聯，此皆詞耳。然則謂二君不能詩，豈公論哉！

子由亦有篇什，然不甚當行，如前所稱明允一律絶未睹，而宋人有以爲勝子瞻者，方氏《律

[一]「掩於奸者」以下至此，内閣本、程本在「掩於兄者」前。

髓》取其説，大謬也。

甲秀堂坡一帖云：「邁往宜興，迨、過隨行。迨論古今事廢興成敗，稍有可觀。過作詩楚辭，亦不凡也。」陳無己《送迨》詩：「真字飄揚今有種，清談絶倒古無傳。」過《颶風》、《賦鼠鬚筆》詩，各奇偉，可謂過得坡筆，迨得坡舌，不知邁何所得也？《續考》：坡集有與邁聯句〔二〕，自擬杜氏父子云。

黄門長子遲，建炎中知婺，因家吾郡。二子籀、簡皆能詞，籀有《雙溪集》，簡有《山堂集》，見《吴正傳詩話》。餘多仕顯。至明蘇伯衡，遂以文著一代，而詩亦工。蘇氏之盛，易世猶昌如此。

李定、舒亶，世知其爲凶狡亡賴，而不知皆留意文學者。亶有賦，載吕伯恭《文鑑》，又《梅花》二律，見方萬里《律髓》，如「短笛樓頭三弄夜〔三〕，前村雪裏一枝香」，頗自成調。李定，宋有四人，其一晏元獻甥，字仲求，洪州人，文亦奇。蘇子美爲賽神會，李欲與，蘇以其任子也，却之。李慚憤，致興大獄，梅聖俞所謂「一客不得食，覆鼎傷衆賓」是也。然則二豎非懵然筆墨、不識

〔二〕「邁」，原本缺，據江本、程本補。
〔三〕「短」，原本缺，據内閣本、程本補；江本作「横」。

一字之流，徒以忮害名流，姓滅字毀。郄慮、路粹，蓋亦仝然，可不戒哉！又李定，字資深，元豐御史中丞，即興大獄害蘇子瞻者〔一〕，與劾蘇子美、李定相望後先。數十年中事，二人同名姓，同爲朝士，同誣陷文章士，所陷仝蘇姓，仝兄弟齊名者。舜欽與兄才翁亦稱二蘇。又同以書名一代，同置獄，同貶竄，古今奇特有此。然嘉祐中，又有李定，濟南人，嘗巡歷天下諸路，老于正卿。見《詩話總龜・辯疑門》首條。又神宗時，有夷將李定。見沈存中《筆談》。百年内仝同姓名四人，古今奇特更若此。又《漢書・李通傳》、《蜀・先主紀》各有李定，是古今有六李定也。世人第熟其一二三則駭，庸知宇宙間大自糾紛。余閲諸史傳，兹類彌衆，於同姓名考詳之。

楊廷秀云：「自隆興以來，詩名世者，林謙之、范至能、陸務觀、尤延之、蕭東夫。近時後進有張鎡、趙蕃、劉翰、黄景説、徐仰道、項安世、鞏豐、姜夔、徐賀、汪經、方翥云。」

右楊氏所叙南渡詩人，後惟列尤、楊、范、陸爲四大家。蕭東夫似不稱，林謙之絶無傳。今四家詩存，覺延之亦非三君敵也。餘子趙昌父、黄景説差著，他率卑卑。然南渡作者，殊不止此，今博考於下方。已見顯達中者，不備録。

陳去非、胡邦衡、李泰發、朱少章、喬年、逢年、仲晦、王民瞻、劉彦冲、歐陽鐵、康伯可、劉改

〔一〕「興」，原本作「與」，據江本、内閣本、程本改。

之、姜特立、周尹潛、姜光彦、游伯莊〔二〕、張孝祥、馬莊父、韓元吉、張澤民、戴復古、劉潛夫、王武臣、高九萬、黄子厚、喻汝楫、李大方、曾景建、王從周、葉清逸、孫季蕃、武允蹈、于去非、徐思叔、危逢吉、甄龍友、杜小山、路德、章敖、陶孫、蕭彦毓、游寒岩、嚴坦叔、黄孔暘、方巨山、周公謹、伯弜、方萬里、胡元任、嚴羽卿、劉會孟、謝皋羽、永嘉四靈、杜氏五高。

大抵南宋古體當推朱元晦，近體無出陳去非。此外略有三等：尤、楊四子，元和體也；徐、趙四靈，大中體也；劉、戴諸人，自爲晚宋，而謝翱七言古，時有可采者焉〔三〕。

歐陽公云：「《九僧詩集》已亡。元豐元年秋，余游萬安山玉泉寺，於進士閔交如舍得之。所謂九詩僧者：劍南希晝、金華保暹、南越文兆、天台行肇、沃州簡長、貴城惟鳳、淮南惠崇、江南宇昭、峨眉懷古也。直昭文館陳充集而序之，其美者，亦止於世人所稱數聯耳。」右見《涑水詩話》。余前考九僧，不能盡得其地，今並列于此。諸人蓋皆與寇平仲、楊大年同時，其詩律精工瑩潔，一掃唐末五代鄙俗之態，幾于升賈島之堂，入周賀之室，佳句甚多，温公蓋未深考。第自五言律外，諸體一無可觀，而五言律句，亦絶不能出草木蟲魚之外，故不免爲輕薄所困，而見

〔二〕原本、内閣本、程本、江本「游伯莊」下衍「康伯可」，據吴本删。
〔三〕「采者」，原本作「采采」，據内閣本、程本改；江本作「采」。

笑大方，然詩固不當泥此。歐、蘇禁體，元、白唱酬，疲竭才力，何與風雅？迺束縛小乘者，又不可不知。許洞公案，漫兩發之。許爲禁體，諸僧咸閣筆云。

慶曆間，與歐、石交者秘演；熙寧間，與蘇、黄交者道潛及仲殊、契嵩，而善權、祖可列江西派。惠詮詩見和子瞻，惠洪詩見賞魯直，志南詩受知元晦。宋初則潘逍遥，元豐則饒如璧，皆士人也。又懷璉、景淳、清順、圓悟、遵式、善珍、可士等，各散見詩話中。宋詩僧大概盡此，餘詳《脞編》〔一〕。

南渡之末，忠憤見於文詞者，閩謝皋羽、甌林德暘，皆有集行世。然當時義士甚衆，不僅僅二子也。余嘗於里中吴正傳遺裔家，得手録《谷音》二卷，乃杜本伯原輯宋遺民之作，凡三十人〔二〕，詩百首。杜皆紀其行略，率豪俠節介，有大志而不遂者。當元并海内日，或上書，或伏劍，或浮海，或自沉。其不平之鳴，往往洩於翰墨，所傳諸古選歌行近體，大半學杜，時逼近之。以詩道否於宋世，而國亡之日，乃有才志若諸子，亦一時之異也。余恐遂湮没不傳，因節録大概于此。其詩之合作者，若程自修《痛哭行》、冉琇《宿金口》、元吉《夜坐》、王翥《秋漲》、嚴道立

〔一〕「脞」，原本作「拙」，據江本、内閣本、程本改。
〔二〕「三十」，原本、内閣本、程本、江本作「二十三」，據吴本改。

《酬藺五》、張琰《出塞》、丁開《歲暮》、虞天章《宿峽口》等篇，氣骨咸自錚錚，不能備録。

陸放翁一絶：「老去元知世事空，但悲不見九州同。王師北定中原日，家祭無忘告乃翁。」忠憤之氣，落落二十八字間。林景熙收宋二帝遺骨，樹以冬青，爲詩紀之。復有《歌題放翁卷後》云：「青山一髮愁濛濛，干戈况滿天南東。來孫却見九州同，家祭如何告乃翁？」每讀此，未嘗不爲滴泪也。

周密公謹所著《齊東野語》等書，今並傳。宋末逸事，多賴以考證，修《宋史》亦多采之。余殊不知其能詩，邇歲見其集於余比部處，鈔本也，題曰《草窗》，中甚有工語，不類宋晚諸人詩，但氣格卑弱耳。《詠琵琶》一首，尤可觀。周嘗爲賈似道客，賈悦生堂書法名畫悉見之，所著《雲烟過眼録》，亦鈔本，余從詹東圖得之。〔二〕

《韻語陽秋》云：「郛子學作小詩，嘗賦《梅花》云：『玉屑裝龍腦，濃香覆麝臍。那堪夜來雪，香色兩凄迷。』」按，《陽秋》，葛立方撰，郛其子也。此郛少作，殊佳，惜後不復著〔三〕。

《谷音》所録三十人，筆其名氏于後：王澮、程自修、冉琇、元吉、孟鯁、安如山、王翥、

〔二〕按，此條及以下「《韶語陽秋》云」、「《谷音》所録三十人」、「諸人外，復載古碑二十八字」等四條，程本無。
〔三〕此句後内閣本多「豈夭耶」。

師嚴、張琰、汪涯、詹本、皇甫明子、丁開、鮑輗、崔璆、魚潛、柯芝、柯茂謙、邵定、熊與和、晏義、孫瑅、楊應登、楊雯、曾澈，外番易布衣、瀟湘漁父、鬧清野人、羅浮狂客不知名氏，大概奇流也。

諸人外，復載古碑二十八字：「乾淳老人氣岳岳，破冠敝履行帶索。撑腸拄肚書萬卷，臨風欲言牙齒落。」杜伯原云：「幽人隱士之作，不合於時，沈諸水以俟知者，或漁於譚得之。」《詩家鼎臠》二卷，亦宋末江湖人作。

程克勤所編《宋遺民録》，凡十一人：王鼎翁、謝皋羽、方韶卿、唐玉潛、林景熙、汪大有、龔聖予、張毅父、吴子善、梁隆吉、鄭所南。鼎翁嘗爲文生祭文信國，毅父即函致信國首者。聖予爲文、陸二公作傳，而汪嘗以琴訪信國獄中。梁、鄭皆義不仕元。方、吴二子並吾婺人，與謝翱善，翶慟哭西臺，實相倡和。景熙、玉潛收故主遺骨，世所共知。諸人率工文詞，不但氣節之美。今林、謝詩集尚傳，汪、鄭二子詩附見集中，咸足諷詠。然同時劉會孟、黄東發，亦以宋遺民不仕元，學行尤卓卓云。

甚矣！南渡義士之衆也。《吴正傳詩話》載史蒙卿一律云：「宫花攢曉日，仙鶴下雲端。自是傷心極，那能著眼看。風沙兩宫恨，烟草(入)[八]陵寒。一掬孤臣泪，秋霖對不乾。」絶與《谷音》諸作相類。又孫應時一聯云：「秋聲摇落日，野色蕩寒雲。」

龔開聖予善畫馬，吴正傳記其數詩，末一絶云：「一從雲霧降天關，空盡先朝十二閑。今日有誰憐瘦骨，夕陽沙岸影如山。」皆《宋遺民録》所不載。又李珏《贈汪大有》云：「泪傾東海盡，愁壓北邙低。」方鳳、吴思齊詩，亦散見《禮部詩話》，皆婺人。

林景熙，字德暘，東甌人。宋亡，入元不仕，遺集二卷今傳，其戀戀宗國之意，蓋未嘗頃刻捨也。五言律如「老泪遺陵木，鄉山出海雲」、「烟深凝碧樹，草没景陽鍾」，七言如「衣冠洛社浮雲散，弓劍橋山落照移」、「鶴歸尚覺遼城是，鵑老空聞蜀道難」，雖不甚脱晚宋，亦自精警。集中大半此類，忠義氣概落落簡編，有足多者。

林收二帝遺骨，或謂唐珏玉潛，紀載紛紛，頗難懸斷。第以《冬青》詩唐作則未然，此詩在林集，與他歌行絶類。蓋二家同創此舉，遂以林作附會於唐耳。

吾邑唐詩人惟舒元輿、釋貫休二家。當南渡則杜氏五人：旟，伯高；旃，仲高；斿，叔高；旞，季高；旝，幼高。才氣烜赫一時。歌行近體雖沿溯宋習，而奇思涌叠，非劉改之輩下。惜時方崇尚議論，莫能自拔，才則不可掩也。

伯高《白頭吟》云：「長安春風萬楊柳，新人妖妍舊人醜。貧賤相從富貴移，舊時犢鼻今存否？長門作賦價千金，不知家有白頭吟。」仲高《金谷行》云：「君因妾死莫嗔怨，妾死君前君眼

見。高樓直下如海深，白玉一碎沙中沉。平時感君愛妾貌，今日令君知妾心。」語意皆警。〔二〕

南渡人才，遠非前宋之比，乃談詩獨冠古今。嚴羽卿崛起燼餘，滌除榛棘，如西來一葦，大暢玄風，昭代聲詩，上追唐、漢，實有賴焉。惟自運不稱，故諸賢略之。劉辰翁雖道越中庸，其玄見邃覽，往往絶人，自是教外別傳，騷場巨目。劉坦之雖識非高邈，《風雅》一編，大本卓爾，初學入手，所當亟知。三家皆唐世未有。胡元任議論時佳。若阮氏《總龜》、黄氏《玉屑》，但類次前聞而已。

劉辰翁評詩有妙理，如杜「日月低秦樹，乾坤繞漢宫」，劉云：「此語投贈中有氣，若登高覽勝則俗矣。」按，杜登覽詩如「山河扶繡户，日月近雕梁」類，何嘗不佳？第彼是本色分内語。惟投贈中錯此，則句調尤覺超然。此當逆之意外，未可以蹊逕論也。

《早朝》詩：「九天閶闔開宫殿，萬國衣冠拜冕旒。」劉云：「帖子語，頗不痴重。」《秋興》

〔二〕此條後内閣本、江本、程本多一條：

宋人詩話，歐、陳雖名世，然率記事，間及詼謔，時得數名言耳。劉貢父自是滑稽渠帥，其博洽可睹一班。司馬君實大儒，是事别論。王直方拾人唾涕，然蘇、黄遺風餘韻，賴此足徵。葉夢得非知詩者，億或中焉。吕本中自謂江西衣鉢，所記甚寥寥。唐子西録不多，其中頗有致語，亦不可盡憑。葛常之二十卷獨全，頭巾疊疊，每患讀之難竭。高似孫小兒强作解事，面目可憎。許彦周迂腐老生。朱少章湮没無考。洪覺範浮屠談詩，而誕妄坌出，在彼法常墮無間獄中。陳子象掇拾遺碎，時廣見聞。張表臣獨評自作詩，大堪抵掌。自餘《竹坡》、《西清》等，種種脞蕪。惟楊大年《談苑》紀載，差博覈可采。

詩：「雕闌繡柱圍黃鵠，錦纜牙檣起白鷗。」劉云：「對偶耳，不足爲麗。」皆有深致。余每謂千家注杜，猶五臣注《選》；辰翁解杜，猶郭象注《莊》，即與作者語意不盡符，而玄言玄理，往往角出，盡拔驪黃牝牡之外。昔人苦杜詩難讀，辰翁注尤不易省也。

杜：「委波金不定，照席綺逾依。」劉云：「金波綺席，如此破碎，謂之不謬不可。」至王禹玉用其格云：「雙鳳雲中扶輦下，六鰲海上駕山來。」頓覺新奇。後來述者益衆，實杜爲開山祖，第劉評尤不可不知。

張文潛以杜「娟娟戲蝶過閑幔」爲「開幔」，「曾閃朱旂北斗閑」爲「殷」，皆非是。論詩最忌穿鑿，當觀古人通篇語意文勢，庶得之。惟「恐濕漢旌旗」，劉從「失」字爲近。

老杜：「無復隨高鳳，空餘泣聚螢。」劉注云：「謂鳳飛于高，何物小兒，政是人名戲筆，如李白桃紅類。」余以高鳳不作人名亦自可，第杜本意用聚螢，故引高鳳作對。不然，則聚螢全不相關。此惟深於詩，又深於杜者得之。諸家何解會此？然以爲警句，則非也。蓋聚螢本趁韻，高鳳又趁聚螢。總之，非出經意，必欲對聚螢，何患無佳事佳語耶？

「讀書破萬卷，下筆如有神〔二〕」，本自眼前語。劉嗛其詩〔三〕，注云：「『破』字猶言近萬。」非

〔二〕「如有」，江本作「有如」。
〔三〕「嗛」，他本作「嫌」。

也。下「賦料揚雄敵，詩看子建親」，言自料雄敵植親耳。劉以爲他人不能敵雄，惟有子建近之，皆求取太深，失其本意。

杜《課伐木》，語多難解而令宗武誦，又作詩《催宗文樹雞柵》。劉云：「宗武誦前詩，宗文樹此柵，皆苦事。」殊可發一笑也。

「文章一小技，於道未爲尊。」劉注：「此甫謙詞以答柳侯尊己，本涉用意而今爲名言，由世之談道者借甫自文，不可不辯。」每閲劉注，必含蓄遠致，與杜詩互相映發，令人意消。

南渡時天彝少章者，吾郡人。嘗評《唐百家詩》，多切中語，而詩流罕見稱述，今節録於左方。「高常侍詩有雄氣，雖乏小巧，終是大才。岑嘉州與工部遊，皆唐人巨擘也。王昌齡尤所寶玩。李頎於諸人中尤有古意。沈千運、王季友尤老成。自儲光羲而下，常建、崔顥、陶翰、崔國輔，皆開元、天寶間人。元和而後，雖波瀾闊遠，動成奇偉，而求如此邃遠清深，不可得也。

「楊巨源清新明麗〔二〕，有元、白所不能至者。武元衡、令狐楚，皆以將相之重，聲蓋一時，其詩宏毅闊遠，與灞橋驢子上者異矣。錢起屢擅場。盧綸、李益中表酬倡，大曆十才中，號爲翹楚。司空文明結思尤精。二皇甫亦鐵中錚錚。戎昱多軍旅離別之思，語益工，意亦淺矣。

〔二〕「明」，江本、吴本作「閎」。

「盧仝奇怪，賈島寒澀，自成一家。張祜、趙嘏集多律詩，蓋小才也。于鵠、曹唐，候蟲自鳴耳。許用晦工七言，然格律卑近[一]。陳雍二陶、薛逢、崔塗，皆慕爲組織，百菽一豆，時或見之。三劉二曹，如負版升高，竭智畢力，要自有限。玄英、荀鶴卑陋已甚，退之所謂蟬噪，非耶？」右時氏諸評，在嚴羽卿前，往往符合，詳載《吴正傳詩話》中，宋一代惟知學老杜瘦勁。晚唐纖靡，時獨推轂盛唐，而於晚唐諸子，直目以小才。又李頎、王昌齡，近方大顯，而時先亟賞之。其識故未易及，第自運不稱耳。《正傳詩話》又記時于洪景盧《萬首唐絶》外，更集得千二百篇，名《續唐絶句》。其學該洽又如此，惜今不傳。

[一]「格律卑近」以下至卷末，程本缺。

詩藪雜編六　閏餘下　中州

東越胡應麟著

語詩於宋元，卑卑甚矣，即以亡詩，夫孰曰不然？完顔氏國宋、元間，夷而閏者也。謂完顔氏有詩，亡論詩流大駭，通古之士，且重疑之。雖然，語其極，十五《國風》外皆駢拇也。要以全舉宇宙之詩，則言兩漢不得舍六朝，言三唐不得舍五代，言宋元不得置遼金。大河清洛之都，四帝所培植良厚，完顔入而有其氓黎，而重之大定之治，衣冠之渡南而未盡，薦紳之留北而思歸，豪雋之崛興而靡賴者，正史所傳，雜談所録，蓋班班焉。格調則《中州》一集，恍忽大都雖殘膏絶響，而篇什具在，必以無詩，弗可也。余束髮治詩，上距成周，下迄蒙古，備矣，則金百年内不得獨遺，以世所尤略也，因特詳其人，頗采其語，而耶律氏有可捃拾，亦附姓名焉。

王長公云：「元好問有《中州集》，皆金人詩也。如宇文太學虚中、蔡丞相松年、蔡太常珪、党承旨懷英、周常山昂、趙尚書秉文、王内翰庭筠，其大旨不出蘇、黄之外。要之，直於宋而傷淺，質於元而少情。」

宇文虚中，字叔通，蜀人。高士談，字季默。俱有集，見《金史》。以下並節略《金史》原文及宋元雜說。諸人集概無傳者，故不復評其得失云。

蔡松年，字伯堅，文詞清麗，尤工樂府，與吴激齊名，號吴蔡，俱有集行世。子珪，字正甫，亦能詩。有《南北史志》等書十餘種。

吴激，字彦高，建州人，米元章婿也。工詩能文，字畫俊逸，尤精樂府，造語清婉。有《東山集》十卷。《通考》又詞一卷。

馬定國，字子卿，茌平人。初學詩，夢其父與方寸白筆，遂大進。有集行世。

任詢〔二〕，字君謨，易州人。書爲當時第一，畫亦妙品，評者謂「畫高於書，書高於詩」。

趙可，字獻之，高平人。詩歌樂府尤工，號玉峰散人。有集。

郭長倩，字曼卿，文登人。有《昆俞集》。

王兢，字無兢，彰德人。博學能文，善草隸，工大字，兩都宫殿榜題，皆兢手書〔三〕，士林推爲第一。楊氏《丹鉛録》嘗稱之。

鄭子聃，字景純，英俊有直氣，詩文亦然。所著二千餘篇。

〔二〕「詢」，江本、吴本作「同」。

〔三〕「兢」，江本無，據内閣本、程本、吴本補。

李獻甫，字欽用，獻能弟。有《天倪集》。

党懷英，字世傑，宋太尉進十一代孫。能屬文，工篆籀，當時稱爲第一。

趙渢，字文孺，東平人。能詩，尤工書。党懷英小篆，李陽冰以來罕及，時人以渢配之，號党、趙。有《黄山集》行於世。

王庭筠，字子端，河東人。楊用修《丹鉛録》以庭筠爲南宋人，誤也。《金史》傳甚明。暮年詩律深嚴，七言長篇尤工險韻。有《藂辯》十卷、文集四十卷。書法學米元章，與趙渢、趙秉文俱以名家，庭筠尤善山水墨竹。子曼慶，亦能詩並書。

劉昂，字之昂，興州人。天資警悟，律賦自成一家，作詩尤工絶句。

李經，字天英，錦州人。作詩極刻苦，喜出奇語，不襲前人，李純甫見之曰：「今世太白也。」

劉從益，字雲卿，渾源人。博學强記，長於詩，五言尤工。有《蓬門集》。

吕中孚，字信臣，冀州人。張建，字吉甫，蒲城人。皆有詩名。中孚有《清漳集》。

龐鑄，字才卿，遼東人。工詩，奇健不凡。

李純甫，字之純，弘州人。幼穎悟異常，以諸葛孔明、王景略自期。所著《老莊》、《中庸》、《鳴道集解》數十萬言。今《鳴道集解》尚散見釋氏書。宋太史景濂云：「金李純甫，亦能言士也。」

王鬱，字飛伯，大興人。文法柳宗元，歌詩俊逸效李白。同時詩鳴者，雷琯〔二〕、侯册、王元粹。

宋九嘉，字飛卿，夏津人。爲文有奇氣，與雷淵、李經相伯仲。

李獻能，字欽叔，河中人。作詩有志風雅，又刻意樂章，與趙秉文、李純父游。

王若虚，字從之。有《慵夫集》。

王元節，字子元，有《遯齋集》。

麻九疇，字知幾。博通五經，尤長《易》、《春秋》。文精密奇健，詩亦工。明昌以還，稱神童者五，太原常添壽四歲能詩，劉滋、劉微、張漢臣後皆無稱，獨知幾能自立，晚尤邃於醫。

元德明，好問之父，太原人。有《東巖集》三卷。

德明女爲女冠，亦能詩，見元人小説。以上諸人見《金史·文苑傳》中。

趙秉文，字周臣，磁州人。幼穎悟，自壯至老，未嘗一日廢書，所著《滏水集》三十卷。七言長歌筆勢放縱，近體壯麗，小詩絶精〔三〕。五言沈鬱頓挫，字畫遒勁。與楊雲翼代掌文柄，人號楊

〔二〕「琯」，吴本作「淵」。

〔三〕「絶精」，内閣本、程本作「精絶」。

趙，爲金士巨擘焉。秉文著述甚富，詳《金史》傳中。

元好問，字裕之，七歲能詩，奇崛而絶雕鏤，巧縟而謝綺靡。五言高古沈鬱，七言樂府不用古題，特出新意，歌謡慷慨，挾幽、并之氣，蔚爲一代宗工。所著詩若干卷，《杜詩學》、《東坡詩雅》十餘種。所撰《金源實録》百餘萬言。好問金亡不仕，其品格特高，余有其集二十卷，已詳論於元世，此但據《金史》云。以上並《金史》列傳。

辛愿，字敬之，福昌人。博極群書，流離顛踣，一假詩以鳴。以下五人見宋景濂哀辭。雷淵、李汾，《金史》亦有傳。《元裕之集》又有傳叔獻、李周卿等，皆云能詩。

雷淵，字希顔，爲文章、詩喜新奇，飲酒數斗不亂。與友人高廷玉、李純父號中州三傑。

劉昂霄，字景玄，聰敏絶人，學無不窺。細瘦不勝衣，幅巾奮袖，詞鋒如雲。

雷琯[一]，字伯威，坊州人，博學能詩文。與李汾同在史館，汾得罪，琯送之信陵，以酒酹公子無忌墳，痛哭大呼。汾，字長源，太原人，工詩，雄健有法，皆骯髒士也。

《中州集》五言律句可讀者，「葵荒前日雨，菊老異鄉秋」宇文叔通，「烟塵榆塞迴，風雨麥秋寒」吴彦高，「喬木蒼烟外，孤亭落照間」、「緑漲他山雨，青浮近市烟」張德容，「退飛嗟宋鷁，畏暑

[一]「雷」，江本、吴本作「雲」，據内閣本、程本改。

甚吴牛」、「少時過桂嶺，壯歲出榆關」劉鵬南，「向人如惜别，入户更低飛」李致美《題燕》，「高臺平竹杪，幽徑入花陰」喬君章，「蜃樓春作市，鼉鼓暮催衙」劉無黨，「乾坤雙鬢老，風雪數聲來」趙周臣《雁》，「暗蛩侵壞壁，低雁落寒郊」、「設燎彤庭敞，懸燈玉殿深」周德卿，「白首留他郡，歸心繞故山」王賓，「滹沱春水渡，瀛海夕陽樓」、「雪照潘郎鬢，塵侵季子裘」趙文孺，「曉烟明遠爨，暮雪暗歸樵」閻子秀，「夜風喧馬櫪，秋露冷雞棲」史舜元，「高風梧墮砌，久雨竹侵廊」張子玉，「長風催雁北，泉水避潮西」刁晉卿，「地傾濰水北，山斷穆陵東」党世傑。

排律如吴彦高《雞林書事》、李之純《贈高仲常》，亦頗有格。大抵金人詩纖碎淺弱，無沈逸偉麗之觀，間采一二，欲以備當時之體而已。或以諸子趙宋遺黎，漠然於宗國之感，而從事詩歌者。然中原淪没已久，而勃興戎馬間，俾腥膻之氣一洗而驟空之，其功有足紀也。

七言律如「春風碧水雙鷗静，落日青山萬馬來」元好問，「地形西控三秦險，河勢南吞二華秋」馮叔猷，「繡被暫同巫峽夢，銀鞍多負景陽鍾」元鼎，「連昌庭檻惟栽竹，罨畫溪山半是梅」劉致君，「萬里山川愁故國〔二〕，十年風雪老窮邊」劉無黨，「山色逼秋渾作雨，海聲迎暮欲吞潮」仝上，「積玉未平鵁鶄瓦，飛花先滿鳳凰城」楊之美，「征雁久疏河朔信，小梅重見汝南花」王仲澤，「木落高城

〔二〕「愁」，内閣本、程本作「悲」。

初過雁，霜飛幽館乍聞砧」王子正。大概七言律全篇絶無佳者，《遺山集》亦然。諸句猶郄方回家僕，小有意耳，然其時故不易也。

李汾長源在諸人中，稍有氣格，如「紫禁衣冠朝玉馬，青樓阡陌瞰銅駝」、「汴水波光摇落日，太行山色照中原」、「日晚豺狼横路出，天寒雕鶚傍人飛」、「崑崙劫火驚人代，瀛海風濤撼客查」，皆頗矯嬌〔二〕。年未四十而卒，不爾，當出元裕之上。

劉無黨差有老成意，如「客裏簿書慚老子，詩中旗鼓避元戎」一首，全不粘景物，而格蒼語古，即宋世二陳不能過。蓋金人雖學蘇、黄，率限籬壍，惟此作近之。

金人七言絶，亦頗有篇什，苦不落勝國後，在諸體中差爲佼佼〔三〕。今録數篇，餘可例推。

李公度《楚宫》云：「離宫樓閣與天通，暮雨朝雲入夢中。回首舊時歌舞地，女蘿山鬼泣秋風。」吕唐卿《李白醉歸圖》云：「春風醉袖玉山頽，落魄長安酒肆迴。忙殺中官尋不得，沉香亭北牡丹開。」馬子卿《村居》云：「籬落牽牛作晚花，西風吹葉滿貧家。閉門久雨青苔滑，時見雙鳧下白沙。」李長源《下第》云：「學劍攻書漫自奇，回頭三十六年非。春風萬里衡門下，依舊并

〔二〕「矯嬌」，内閣本、程本作「矯惜」。
〔三〕「佼佼」，江本、内閣本作「狡狡」，據程本改。

州一布衣。」吕信臣《春月》云：「柳塘漠漠暗啼鴉，天鏡高懸玉有華。好是夜闌人不寐，一簾疏影上梨花。」高子文《對雪寄友人》云：「簌簌天花落未休，寒梅疏竹共風流。江山一色三千里，酒力消時正倚樓。」劉鵬《南宫》詞云：「暖入金溝細浪添，津頭楊柳緑纖纖。賣花聲動天街曉，十二珠樓盡捲簾。」周德卿《即事》云：「楊花顛倒入簾櫳，睡鴨香消碧霧空。盡日尋詩尋不得，鵓鳩聲在夢魂中。」吴彦高《秋興》云：「後園雜樹入雲高，萬里長風夜怒號。憶向錢塘江上寺，松窗竹閣瞰秋濤。」皆薄有唐人遺響。

金人五言古，如党世傑、王仲澤、吴彦高諸人，大抵陶、杜、蘇、黄影響耳。王元粹一篇，頗似曾讀《文選》者。

七言歌行，時有佳什，蔡正甫《醫無間》、任君謨《觀潮》、趙德明《秋山平遠圖》、王飛伯《折楊柳》、雷希顔《昆陽元夜》、高獻臣《飛將軍》，皆具節奏，合者不甚出宋元下。

侯丹君澤，在金不知名，短歌二章，其《醉中》一首，宛有大人之作。

党懷英《趙飛燕寫真》一首甚工，又《金山》一章，亦宋體之佳者。

大抵金諸人才具無出元好問者，第格調亦不能高。金諸家詩集，僅此尚傳。趙秉文、楊雲翼，號金巨擘，製作殊寡入彀。李之純深研佛學，王無兢精於題署，王庭筠妙於丹青，博雅之士，間染指焉。党世傑才力英英，覺在諸子右。吴彦高、劉無黨、趙文孺、李長源次之。

金人一代製作，不過爾爾，固宋氏餘分閏位。然戲曲實爲古今正始，所謂董解元者，迄不知其州里名字，嘗怪元裕之搜獵雋髦殆盡，此獨棄遺，豈當時未崇此道，或董視元稍後出，未之睹耶？

金世諸王〔一〕，章宗於興起學士最有功，然不聞製作。惟海陵數篇見《桯史》，今録以資談柄。《題軟屏》云：「萬里車書合渾同，江南那有別提封。移兵百萬西湖上，立馬吴山第一峰。」又有《題巖桂》、《駙竹》、《述懷》三絶，《過汝陰》一律，亦奸人之雄也。亮又有詞數篇，並見《桯史》。又金將紇石烈子仁詞一篇，見《齊東野語》。

翟欽甫者，金人也。衆飲清庵賦詩，翟故拙起云：「爲問清庵何以清？」衆大笑。續曰：「霜天明月照蓬瀛〔二〕。」衆駭然。連賦「廣寒宫裏琴三弄，白玉樓頭笛一聲」云云，衆遂延之上坐。見《説郛》。後四句亦清雅，迴不類中州諸作，以稍冗，故不録。

元裕之妹亦能詩，爲女冠。朝貴有欲娶之者，元曰：「可問吾妹。」其人即訪之，方刺繡，朗

〔一〕「王」，内閣本、程本作「主」。

〔二〕「照」，江本漫漶，據内閣本補。

吟曰：「補天手段暫施張，不許纖埃落畫堂。傳語新來雙燕子，移巢他處覓雕梁。」其人自失而去。見《説郛》，並下則同。〔一〕

靖康之變，中原爲虜地，當時高人勝士，陷没者不少。紹興間，關、陝暫復，有於馹舍得二絶云：「鼙鼓轟轟聲徹天，中原廬井半蕭然。鶯花不管興亡事，裝點春光似去年。」又一絶不録。又陳鬱《話腴》録梁仲卿《遼東》一篇、史舜元《昆陽》一篇，皆歌行，史作尤悲憤可觀也。史舜元亦見《中州集》。

朱弁少章，世知其節行而不知其能詩，詩亦罕傳，惟元好問所選，諸體略備。蓋弁羈虜中歷歲，詩皆中州所作，元取以鄭重其集耳。五言律多整峭，忠義之氣勃鬱，篇章匪直中州諸子，即南渡不數見。其句如「已負秦庭哭，終期漢節回」、「霜清獲稻日，風急授衣天」、「朔晦中原隔，風烟上已疑」、「山藏千疊秀，雲結四垂陰」、「黄雲縈晚塞，白露下秋空」、「輪仄初經漢，光分半隱城」、「不知垂老眼，何日睹龍顔」、「誰知度江夢，日夜繞行宫」，皆可取，惜諸體非所長也。

「嘆馬角之不生，魂銷雪窖；攀龍髯而莫逮，泪灑冰天。」弁《祭徽宗文》也。用修誤爲洪忠

〔一〕「同」，其上内閣本、程本多「俱」字。

宣。忠宣《松漠紀聞》所載韓昉諸制詞，頗皆典厚可觀。昉，南人，《金史·文苑傳》昉首列，詩似非所長，至夏國、高麗等表文，亦各成語者。蓋《紀聞》出洪适手録，記憶之間，不無潤色也。

滕茂實，字秀穎，吾婺人。使金割三鎮不酬，留雁門。臨歿作哀詩，遺命刻石墓上，書「宋使者東陽滕茂實」。元以爲吳人，非也〔二〕。詩絶酸楚，以宋調不録，然其人可重也。《中州集》又有滕七言律三首，吳正傳謂是滕元發。元發本東陽人，葬姑蘇。

楊用修《詩話》載施宜生《含笑花》詩云：「百步清香透玉肌，滿堂皓齒轉明眉。褰帷跛客相迎處，射雉春風得意時。」讀者多不知宜生何人。按《桯史》，宜生，福州人，少遊鄉校不利，有僧鑒其相當大貴。然毛皆逆生，法必合此乃驗。因從范汝爲，范敗，亡命入金。金主亮校獵國中，一日獲熊三十六，宜生獻賦，有「雲屯八百萬騎，日射三十六熊」之語。亮大喜，擢第一。驟拔至禮部尚書，來使宋，漏亮南侵策，歸而被烹。其爲人踪迹奇甚，且於宋世事有關，而史逸之，故節録於左，此詩亦頗佳。〔三〕

「萬里鑾輿去不還，故宫風物尚依然。四圍錦繡山河地，一片雲霞洞府天。空有遺愁生

〔二〕「也」，内閣本、程本作「是」。

〔三〕按，此條至後「劉景，資端厚」條，江本無，據内閣本、程本、吳本補。

落日，可無佳氣起非烟。古來亡國皆如此，誰念經營二百年？」此毛麾《過龍德故宫》詩也。麾，字叔達，平陽府人。有《平水老人詩集》十卷，行於虜境。雒商或携至者〔二〕，余偶得一帙，可觀者頗多。序稱其父當宋大觀三年上舍及第，後中宏詞科，季年嘗任給事中。按《登科記》，大觀三年榜中毛安節者，蓋其父也。右見趙與時《賓退録》。詩不能佳，然《黍離》之感具焉，録之。

《庚溪詩話》載陳相之使虜，於燕山驛壁間得一詞云：「書劍憶游梁。當時事，底處不堪傷。念蘭楫潄漪，向吴南浦，杏花微雨，窺宋東墻。禁城外，燕隨青步障，絲惹紫游繮。曲水古今，禁烟前後，緑楊樓閣，芳草池塘。　回首斷人腸。流年去如電，雙鬢如霜。欲遣當年遺恨，頻近清商。聽出塞琵琶，風沙淅瀝，寄書鴻雁，烟月微茫。不似海門潮信，猶到潯陽。」右詞乃《風流子》，必中原士大夫淪異域者所作。惜其後不題名氏，其寓旨有足悲者。

洪景盧云：「先公在燕山，赴北人張總侍御家，出侍兒佐酒，中一人意狀摧抑可憐，叩其故，乃宣和殿小宫姬也。坐客翰林學士吴激賦長短句紀之，聞者(抨)〔揮〕涕。其詞曰：『南朝千古傷心事，還唱後庭花。舊時王謝堂前燕子，飛向誰家？恍然相遇，仙姿勝雪，宫鬢堆鴉。江

〔二〕「雒」，内閣本作「椎」，據吴本改。

州司馬，青衫泪濕，同在天涯。』」此詞載《容齋隨筆》，佳作也。《玉林詞選》亦采之，激爲米元章婿，能書及詩文，《金史》有傳。按，芾有婿段拂，字去塵，米喜其名字與己合，以子妻之。激字彦高，米之婿，激不知亦有取義否耶？

遼太祖阿保機二子，長曰突欲，《遼史》名倍。次曰堯骨。後改名德光。唐明宗天成元年丙戌，遼主滅渤海，渤海，北海之地，今哈密扶餘。凡中國之滄州〔一〕、景州名渤海者，蓋僑稱以張休盛。改爲東丹國，以倍爲東丹王。其後述律后立次子德光，東丹王曰：「我其危哉，不如適他國以成泰伯之名。」遂立石海上，刻詩曰：「小山壓大山，大山全無力。羞見故鄉人，從此投外國。」遂越海歸中國，唐明宗長興六年也。明宗賜予甚厚，賜姓李，名贊華，以莊宗妃夏氏妻之，拜懷化軍節度使。東丹王有文才，博古今，其泛海歸華，載書數千卷，尤好畫，世傳東丹王《千角鹿圖》，李伯時臨之，董北苑有跋，《宣和畫譜》列其目焉。東丹王事見《遼志》及《宣和畫譜》、董逌畫跋、陳桱《通鑑續編》等書。

《丹鉛録》又云：「契丹太祖初立，即祀孔子，從其太子倍之請也。祀孔子而黜佛，尤爲高識。又繪古直臣象爲招諫，亦可嘉也。」右俱見楊用修集。夷中有人若此，在中國不多見者。然余讀《遼史》，倍知太后意，乃率群臣讓位於德光，德光反疑之，遂因唐明宗招，浮海至中國，

〔一〕「凡」，吴本作「非」。

常思其母，問安不絶。其器識高遠，而行誼純至乃爾。用修未能盡述，並志之。楊謂董北苑有跋亦誤。北苑乃董源，非董逌也。

史又載倍居國日，市書至萬卷，藏於醫巫閭絶頂之望海堂。通陰陽，知音律，精醫藥砭焫之術，嘗譯《陰符經》，善畫本國人物，俱入秘府。其才藝多方又如此，足爲五代人物第一。世但知保機、德光輩，惜哉！

平王隆先，聰明博學，有《閬苑集》行於世。以下並據《遼史》原文。

耶律屋質，博學知天文。

耶律良，讀書醫巫閭山，進《秋游賦》。又進《捕魚賦》，上嘉之〔一〕。

耶律資忠，博學工辭章，著《兔賦》、《瘖瘵歌》，爲世所稱。

耶律八哥，幼聰慧，書一覽輒成誦。

耶律學古，穎悟好學，工譯鞮及詩。

耶律庶成，幼好學，書過目不忘。善遼、漢文字，于詩尤工，有詩文行於世。進《四時逸樂賦》，遼主嘉之。

〔一〕「嘉」，吴本作「喜」。

耶律庶箴，庶成弟，亦善屬文。

耶律蒲魯，庶箴子。幼聰悟好學，甫七歲，能誦契丹大字，習漢文未十年，博通經籍。父庶箴嘗寄《戒諭詩》，蒲魯答以賦，衆稱其典雅。

耶律韓留，工爲詩，應詔進《述懷詩》，上嘉嘆之。

耶律唐古，廉謹，善屬文。

耶律儼，儀觀秀整，好學有詩名。經籍一覽成誦，修《遼實録》七十卷。

耶律官奴，沉厚多學，于本朝世系尤詳。不仕，以觴詠自娱，與蕭哇稱二逸。見《卓行傳》。

道宗后蕭氏，工詩，善談論，自制歌詞，尤善琵琶。

天祚文妃蕭氏，字瑟瑟，善歌詩。女直難作，作歌諷天祚云：「勿嗟塞上兮暗紅塵，勿傷多難兮畏夷人，不如塞奸邪之路兮選賢臣。直須卧薪嘗膽兮激壯士之捐身，可以朝清漠北兮夕枕燕雲。」云云。

鐸盧斡，幼警悟，沉毅好學，善屬文，作《雉鳴》古詩三章見志。當時名士，稱其高情雅韻，不減古人。

劉伸，少穎悟，長以詞翰聞。

劉輝，好學，善屬文對策，遇時病能直言。

楊佶，幼穎悟異常，讀書自能成句，舉進士第一。任學士，文章得體。與宋使梅詢輩唱酬，咸稱賞之。有《登瀛集》。

張孝傑，侍遼主秋獵，賦《雲上於天》詩，遼主甚寵異之。

楊晳，幼通五經大義，聖宗聞其穎悟，詔試詩，授秘書郎。

劉景，資端厚，好學能文。孫六符，有志操，世其家。

《遼史·文學傳》四人，製作不可得聞也，録其姓名于後。

耶律韓家奴，字休堅。有《六義集》十二卷，行於世。〔一〕

李澣，仕晉爲中書舍人，晉亡入遼。遼主欲建太宗功德碑〔二〕，曰：「非李澣無可秉筆者。」文成以進，上悦，加禮部尚書。按《通志略》有李氏《應曆集》十卷，即澣作傳中國者。晉張礪亦入遼，見《五代史》。應曆，遼年號。又胡嶠有《陷虜記》，附《五代史·契丹》末。

王鼎，字虚中，涿州人。時馬唐俊有文名，適上巳祓禊水濱，鼎偶造席，唐俊置下坐〔三〕，欲以詩困之。鼎援筆立成，唐俊訝其敏妙，遂定交。

〔一〕按，此條江本附於上一條後，據内閣本、程本改。
〔二〕「主」，江本、内閣本作「至」，據程本、吴本改。
〔三〕「唐俊置下坐」，江本、吴本作「俊至下坐」，據内閣本、程本改。

耶律昭，字述寧，博學善屬文。

耶律孟簡，字復易。六歲，父出獵，命賦《曉天星月》詩，應聲而就，父大奇之。

耶律谷〔一〕，字休堅，冲澹有禮法，工文章。

耶律氏，小字常歌〔二〕。幼秀爽有成人風，長操行修潔，自誓不嫁。能詩，嘗作文以述時政。樞密使耶律乙辛愛其才，屢求詩，常歌遺以回文風之〔三〕。

楊文公《談苑》載契丹通事舍人劉經一聯云：「野韭寒猶長，沙泉晚更清。」又《談苑》載遼人一聯：「父子並從蛇陣没，弟兄空望雁門悲。」見《總龜》。

歐陽《詩話》載西南夷人以梅圣俞《詠雪》詩織弓衣，又《總龜》載某夷人請王平甫詩百篇歸國。余謂元、白傳詩雞林〔四〕，本騷壇常事，但此二夷，當永叔、介甫、蘇、黄盛時，舍彼取此，其識似高出趙宋一代之談詩者，不可没也。因書編末云。又高麗使贈葉夢得絶句，見夢得《詩話》。〔五〕

〔一〕「谷」，内閣本、程本作「谷欲」。

〔二〕「歌」，内閣本、程本作「哥」。

〔三〕「歌」，内閣本、程本作「哥」。「回」，江本作「日」，據内閣本、程本、吴本改。

〔四〕「謂」，内閣本鈔補作「戲謂」。

〔五〕按，此條内閣本缺葉，鈔補。程本無。

詩藪續編一　國朝上　洪永　成弘

東越胡應麟著

自《三百篇》以迄於今，詩歌之道，無慮三變。一盛於漢，再盛於唐，又再盛於明。典午創變，至於梁陳極矣。唐人出而聲律大宏，大曆積衰，至於元、宋極矣，明風啓而製作大備。

國初稱高、楊、張、徐。季迪風華穎邁，特過諸人。同時若劉誠意之清新，汪忠勤之開爽，袁海叟之峭拔，皆自成一家，足相羽翼。劉崧、貝瓊、林鴻、孫蕡，抑其次也。

國初文人〔二〕，率由越産，如宋景濂、王子充、劉伯温、方希古、蘇平仲、張孟兼、唐處敬輩，諸方無抗衡者。而詩人則出吴中，高、楊、張、徐、貝瓊、袁凱，亦皆雄視海内。至弘、正間，中原、關右始盛。嘉、隆後，復自北而南矣。

徐氏《詩評》曰：「金華胡仲申之雄壯，蘇平仲之豐腴，宋景濂、王子充之純雅，太牢之味，藜

〔二〕「文」，程本作「聞」。

藿自別。」弇州《筆記》曰〔二〕：「宋、王二氏雖以文名，而詩亦嚴整妥切。」則婺中諸君子，冠冕國初，不獨其文也。他如方希古、張孟兼、唐處敬，皆篇什不乏。劉伯温又文掩於詩矣。

大概婺諸君子，沿襲勝國二三遺老後，故體裁純正，詞氣充碩，與小家尖巧全別。惟其意不欲以詩人自命，以故丰神意態，小減當行，而吴中獨擅，今海内第知其文矣。

國初吴詩派昉高季迪，越詩派昉劉伯温，閩詩派昉林子羽，嶺南詩派昉於孫蕡仲衍，江右詩派昉於劉崧子高。五家才力，咸足雄據一方，先驅當代〔三〕，第格不甚高，體不甚大耳。

高太史諸集，格調體裁，不甚逾勝國，而才具瀾翻，風骨穎利，則遠過元人。昭代初雅堪禘禰，而弘、正諸賢，揚榷殊不及之。用修《詩鈔》始加搜輯，至兩琅琊咸極表章，衆論遂定。然高下便應及楊，徐、張二子遠矣。

楊孟載《結客少年行》，用沈君攸體，如「豪名獨擅秋千社，俠氣平欺蹴踘場。白璧一雙酬劍客，明珠千斛買胡娘。金丸挾彈章臺左，寶騎聞箏太液旁。梅子隔墻羞擲果，桃花深院笑求漿」等語，視沈作遠過之。又《岳陽》一首，壯麗欲亞孟浩然，其末句「何人夜吹笛，風急雨冥冥」，尤

〔二〕「曰」，原本作「田」，據江本、内閣本、程本改。

〔三〕「當」，原本作「尚」，據内閣本、程本改。江本作「昭」。

爲膾炙。然元調未除，正坐此音節迫促故也。

季迪下，劉青田才情不若楊孟載，氣骨稍減汪忠勤，以較張、徐諸子，不妨上座。絶句小詩特多妙詣，但未脱元習耳。《旅興》等作，有魏晉風，足爲國朝選體前驅。仲默於國初特推袁海叟，其詩氣骨出高、楊上，才情大弗如也。閩林員外子羽，諸體皆工，五言律尤勝，合處置唐錢、劉，不復辨别。甘瑾、浦源、藍智，皆有可觀。

高廷禮《擬早朝大明宫》及《送王李二少府》詩，如「旌旗半捲天河落，閶闔平分曙色來」、「清川雨散巴山出，大澤天寒楚樹微」，殊有唐風。國初襲元，此調罕睹。

子羽七言律，如「珠林積雪明山殿，玉澗飛流帶苑墻」、「諸天日月環龍衮，九域山河拱象筵」、「衲經雁宕千峰雪，定入蛾眉半夜鐘」、「雲邊夜火懸沙驛，海上寒山出郡樓」，皆氣色高華，風骨遒爽。而諸選詩家例取其「堤柳欲眠鶯唤起，宫花乍落鳥銜來」等句，乃其下者耳。

國初三張：以寧、光弼、仲簡。以寧氣骨豪上，國初寡儔，藻繪略讓耳；光弼、仲簡，亦有佳處，然率與元人唱酬。故明風當斷自高、楊作始。若廉夫、大樸輩，俱鼎盛前朝，無聞當代，掠其餘剩，尤匪所宜。

吾邑與諸公同時者，吴正傳禮部子大學士沉，最爲太祖眷遇，然初不以詩名。余往甚忽之，近得其遺集，雖儒生本色時露，而高華整肅，體格天成，合處詎出當時名家下？惜全篇完善差寡。輒句摘之，以俟賞音。其《讀史十詠》，如《黄石履》云：「躡劉舒國步，蹴項立炎基。」《中郎節》云：「窖中同卧雪，海上共驅羊。」《子陵裘》云：「大澤垂綸夜，東都繪象時。」《諸葛扇》云：「白旄麾牧野[一]，赤幟指咸陽。」《太白靴》云：「遠游觀宇宙，高舉躡星辰。」《中散琴》云：「新聲鳴廣廈，雅曲奏閒房。」皆用事精切。《神州十詠》，《北闕雲》云：「縈風細作千行紫，捧日高騰一朵黄。」《居庸翠》云：「春雲映處屏如畫，御輦來時色欲流。」《内苑花》云：「萬年枝上紅雲擁，五色屏前繡幕開。」《都門柳》云：「萬樹連營春細細，千條夾岸雨絲絲。」《禁城鐘》起句：「華鯨飛舞出滄溟，直上中天望闕鳴。」《上林鶯》結句：「飛飛更向高枝語，三十六宫春晝長。」尤爲俊爽。他若「風清霧卷明東璧，野迴天垂出太行」、「星環太乙尊黄道，日麗層霄映翠華」、「九成殿上飛金雀，萬歲山中舞碧鸞」、「視草玉堂蓮炬絳，紬書金匱竹編青」，國初殊自錚錚，而諸選絶不及之。

宋承旨不喜作六朝語，而《思春曲》十韻，如「南浦沉書傳素鯉，東風將恨與新鶯」、「物華半老胭脂苑，春霧輕籠翡翠城」、「因彈别鶴心如剪，爲妒文鴛繡懶成」、「陽臺樹密朝霞迴，巫峽潮回暮渚平」等句，特精工流麗，與孟載詩，皆七言排律妙唱，第稍異唐調耳。仲珩《春夜詞》、《采桑曲》

[一]「麾」，江本作「揮」。

皆工。

國初婦人，僅金華宋氏一篇，自云太史同宗。其詩甚長贍，雖格不能高，頗真朴濃至，脱元習。至處境之逆，殉夫之誠，奉姑之孝，咸備厥躬，蓋前代所未睹者[二]。

孫仲衍《驪山老妓行》，濃麗繁富，殆過千言，而中多猥冗。蓋歌行雖極長贍而精嚴不失，逸宕之内而紀律森然，乃爲可貴。不然，即萬言易與耳。孫同時嶺南黄哲，亦長七言古，才情少劣，氣骨勝之。

自方正學死事，海内諱言其文，近始大行褒顯，而祠廟尚缺。萬曆中，侍御蕭公廩、督學滕公伯輪、郡守吴公自新，合策創宇臨安，四方忠義大快。當時死事諸臣，若練子寧、周是修、程本立、茅大方、黄叔英、顔伯瑋、黄觀、卓敬、姚善、胡閏輩，皆工句律，篇什傳者往往氣格崢嶸，足覘夙負。世動訕文人無行，余不敢謂然也。

永樂中，姚恭靖、楊文貞、文敏、胡文穆、金文靖，皆大臣有篇什者，頗以位遇掩之，詩體實平正可觀。

宣廟好文，海内和豫，雖大手希聞，而名流錯出。若曾子啓、劉孟熙、張静之、李昌祺及閩中

[二]「所」，内閣本、程本無。

諸王輩，皆浸潤明風，解脱元習。然非國初比〔一〕。

成化以還，詩道旁落，唐人風致幾於盡隳。獨李文正才俱宏通，格律嚴整，高步一時，興起李、何，厥功甚偉。是時中、晚、宋、元，諸調雜興，此老砥柱其間，故不易也。

國朝詩流顯達，無若孝廟以還，李文正東陽、楊文襄一清、石文隱瑶、謝文肅鐸、吴文定寬、程學士敏政，凡所製作，似務爲和平暢達〔二〕。自時厥後，李、何並作一新矣〔三〕。

觀察開創草昧，舍人繼之，迪功以獨造驂乘其間，考功以通方繼躅其後，一時雲合景從，名家不下數十，故明詩首稱弘、正。然崔、康但以文名，敬夫獨長樂府，自餘邊、顧、朱、鄭諸公〔四〕，遺集具在，余備讀之。總之，派流甚正，聲調未舒，歌行絶句，時得佳篇；古風律體，殊少合作。與嘉、隆諸羽翼，似互有短長也〔五〕。

李獻吉詩文山斗一代，其手闢秦、漢、盛唐之派，可謂達磨西來，獨闡禪教。又如曹溪卓錫，

〔一〕「然非國初比」，内閣本、程本作「然才俱不甚宏鉅，非國初比」。
〔二〕「似」字，内閣本、程本無。此句後内閣本、程本多：「演繹有餘，覃研不足。」
〔三〕「一新矣」前内閣本、程本多「宇宙」二字。
〔四〕「諸公」，内閣本、程本作「之流」。
〔五〕「似」，内閣本、程本作「大概」。

萬衆皈依。至品藻人倫，則尚有不愜人意者。如《序徐昌穀集》云：「大而未化，故蹊徑存焉。」何元朗謂獻吉詩比之昌穀，蹊徑尤甚。王長公謂昌穀所未至者，大也，非化也。世以何、王爲篤論，則獻吉非至言〔一〕。《駁何仲默書》云：「君詩如風螭巨鯨，步驟雖奇，不足爲訓。」然仲默詩温雅和平，動合規矩，與李評殊不類。又誚何「百年」、「萬里」層見疊出，今李集此類尚多於何。所極稱張光世詩，讀《芝陵集》亦殊未見超〔二〕，遠非何、徐比。

獻吉《送徐昌穀》詩，「金華數子真絶倫」，謂宋、王諸公也；「偉哉東里廊廟珍」，楊文貞也；「我師崛起楊與李」，京口、長沙二相也。弘、正以前巨擘，大概盡之。但《送昌穀》而不及其本郡高、楊輩，豈謂尚存元調耶？

古今才人早慧者多寡大成〔三〕，大成者未必早慧。兼斯二者，獨魏陳思，次則唐王子安、明何仲默，二子風華神秀，絶自相當。然子安尚沿六代綺靡，仲默一掃千秋茅塞，其識與功，不可同日語也。

自昔文人厄運，位遇通顯百不二三，至以勛業自見者，千古寥寥。劉元海恥絳、灌無文，隨、陸無武；歐陽氏慨元、劉事業，姚、宋篇章，蓋造物乘除，大數應爾。惟國朝勳業、才名兼者頗不

〔一〕「何元朗謂獻吉詩比之昌穀」至「則獻吉非至言」，江本、吴本作「何元朗謂獻吉非至言」。
〔二〕「芝」，江本作「艾」。
〔三〕「慧」，原本作「彗」，據江本改，下一句「慧」同。

乏人，帷幄則劉文成，密勿則楊文貞，靖難則于肅愍〔二〕，出塞則王威寧，勘亂則王新建，平盜則林司寇，行邊則楊太保，禦虜則唐文襄，治水則朱司空，定變則張司馬，皆文武兼該，聲實咸備，前代所罕睹者。

弘、正間，宗工巨擘，若李獻吉、何仲默、羅景鳴，皆文人兼氣節者；崔子鍾、王子衡、薛君采，皆文人兼學行者〔三〕。

弘、正並推邊、何、徐、李，每怪邊品第懸遠，胡得此稱？及讀獻吉《送昌穀詩》：「是時少年誰最文？太常邊丞何舍人。」仲默《贈君采》亦有「十年流落失邊李」之句，則李、何於邊，正自不淺。余細閱當時諸家，若仲鳬、德涵、敬夫、子衡，詩皆非長；華玉、繼之、升之、士選輩，或調正格卑，或格高調僻。獨邊視諸人，差爲諧合，不得不爾。若君采、子業，年宦稍後，元非同列。今總挈群集，篤而論之，李、何、徐外，偏工獨造，亡先觀察；具體中行，當屬考功。

國朝詩僧，無出來復、見心者。宗泐有盛名，而詩遠不逮。弘、正以後，緇流遂絶響。若羽流則全未睹，他旁流亦俱不兢也。

〔二〕「于」，原本、江本、内閣本作「余」，據程本改。

〔三〕「行」，内閣本、程本作「術」。

楊用修才情學問，在弘正後、嘉隆前挺然崛起，無復依傍，自是一時之傑。格不甚高〔二〕，而清新綺縟，獨掇六朝之秀，合作者殊自斐然。如《題柳》七言律云：「垂楊垂柳挽芳年，飛絮飛花媚遠天。金距鬥雞寒食後，玉蛾翻雪暖風前。别離江上還河上，抛擲橋邊與路邊。遊子魂銷青塞月，美人腸斷翠樓烟。」風流藴藉，字字天成，如初發芙蓉，鮮華莫比。第此等殊不多得，大概錯彩縷金，雕繢滿眼耳。滇中作如《春興》八首，語亦多工。

楊五言律「高柳分斜月，長榆合遠天」、「新水催飛鷁，微霜度早鴻」等句，置齊梁，不復可辨。《巵言》盛稱王稚欽「花月可憐春」一首，亦六朝語，非盛唐也。〔三〕

楊滇中最善張愈光。張才與學，遠非楊比，特以調合。

自信陽有筏諭，後生秀敏，喜慕名高，信心縱筆，動欲自開堂奥，自立門户。詰之，輒大言：「《三百篇》出自何典？」此殊爲《風》、《雅》累。余請得備論之：夫燧人遐邈，聲詩蔑聞；尼父删修，制作斯備。夷考《國風》、《雅》、《頌》，非聖臣名世之筆，則田畯紅女之詞。大以紀其功

〔二〕「楊用修才情學問」以下至此，内閣本、程本、吴本作「楊用修格不能高」。

〔三〕按，此條後内閣本、程本、吴本多一條：「用修才情問學，在弘正後、嘉隆前挺然崛起，無復依傍，自是一時之傑。第詩文則短飣多而鎔錬乏，著述則剽襲勝而考究疏。大概議論太高者力常不副，涉獵太廣者業苦不精，此古今通病，匪獨用修也。」此條後吴本多「高自標致前無古人」條，見續編二「國初如宋濳溪文章學問」條後。

德，微以寫厥性情，曷嘗刻意章句，步趨繩墨？而質合神明，體符造化。猶夫上棟下宇，理出自然。此道既開，後之作者即離朱、墨翟，奚容措手？東、西二京，人文勃鬱。韋孟諸篇，無非二《雅》；枚乘衆作，亦本《國風》。迨夫建安、黄初，雲蒸龍奮。陳思藻麗，絶世無雙。攬其四言，實《三百》之遺；參其樂府，皆漢氏之韻。盛唐李、杜，氣吞一代，目無千古。然太白《古風》，步驟建安；少陵《出塞》，規模魏晉。惟歌行律絶，前人未備，始自名家。是數子者，自開堂奥，自立門户，庸詎弗能？乃其流派根株，灼然具在。良以前規盡善，無事旁搜，不踐兹途，便爲外道。故四言未興，則《三百》啓其源；五言首創，則《十九》詣其極；歌行甫遒，則李、杜爲之冠；近體大暢，則開、寶擅其宗。使枚、李生於六代，必不能舍兩漢而别構五言；李、杜出於五季，必不能舍開元而别爲近體。盛唐而後，樂選律絶，種種具備，無復堂奥可開，門户可立。是以獻吉崛起成、弘，追師百代；仲默勃興河、洛，合軌一時。古惟獨造，我則兼工，集其大成，何忝名世。上下千餘年間〔二〕，豈乏索隱吊詭之徒、趨異厭常之輩？大要源流既乏，蹊徑多紆，或南面而陟冥山，或褰裳而涉大海，徒能鼓聲譽於時流，焉足爲有亡於來世？其僅存者，若唐李長吉之歌行、樊紹述之序記，堂奥門户，竟何如哉？

〔二〕「千」，原本、江本、吴本作「十」，據内閣本、程本改。

今人因獻吉祖襲杜詩〔二〕，輒假仲默「舍筏」之説，動以「牛後雞口」爲辭，此未睹何集者。就仲默言，古詩全法漢魏，歌行短篇法杜，長篇王、楊四子；五、七言律法杜之宏麗，而兼取王、岑、高、李之神秀，卒於自成一家，冠冕當代。所謂門户堂奥，不過如此。古人影子之説，以獻吉多用杜成語，故有此規，自是藥石，非欲其盡棄根源，别安面目也。今未嘗熟讀其詩，熟參其語，徒執斯言，師心信手，前人棄去，拾以自珍，一時流輩，互相標鵠，將來有識，渠可盡誣〔三〕？譬操一壺以涉溟渤，何岸之能登？

馬軾者，不知名，而《詩鈔》載其《送岳季方》詩，如「五嶺瘴高烟蔽日〔三〕，兩孤雲濕雨鳴秋」、「豐城劍氣東南起，合浦珠光晝夜浮」，格特高華雄峻，足爲嘉、隆前驅，不可以名取也。

陳約之《高子業集序》云：「洪武初沿襲元體，頗存纖詞，時則高、楊爲之冠。成化以來，海内龢豫，縉紳之聲，喜爲流暢，時則李、謝爲之宗。及乎弘治，文教大起，學士輩出，力振古風，盡削凡調，一變而爲杜詩，則有李、何爲之倡。嘉靖改元，後生英秀，稍稍厭棄，更爲初唐之體，家相凌兢，斌斌盛矣。夫意制各殊，好賞互異，亦其勢也。然而作非神解，傳同耳食，得失之致，亦

〔二〕「詩」，江本作「意」。
〔三〕「渠」，江本、吴本作「詎」。
〔三〕「嶺」，程本作「合」。

略可言，何則？子美有振古之才，故雜陳漢、晉之詞，而出入正變。初唐襲隋、梁之後，是以風神初振，而縟靡未刊。今無其才而習其變，則其聲粗厲而畔規；不得其神而舉其詞，則其聲闡緩而無當。彼我異觀，豈不更相笑也？」論國初及弘、正而下格調之變，無如此序之精當者。

詩藪續編二　國朝下　正德　嘉靖

東越胡應麟著

洪、永以至嘉、隆，國朝製作，又四變矣。吴郡、青田，纖穠綺縟，一變也；長沙、京口，典暢和平，一變也；北地、信陽，雄深鉅麗，一變也；婁江、歷下，博大高華，一變也。

永樂以後諸子〔一〕，變高、楊者也，見謂汰尖纖而就平實，其流也庸冗厭觀。嘉靖以前諸子，變何、李者也，見謂略粗重而掇精華，其弊也弱靡不振。

初唐詞藻豐饒，而氣象宏遠；中唐格調流宛，而意趣悠長。嘉靖之爲初唐者豐饒差類，宏遠未聞；爲中唐者流宛頗親，悠長殊乏。藉使學之酷肖，不過沈、宋、錢、劉，能與開元、天寶兢乎？故取法不可不上也。

自北地宗師老杜，信陽和之，海岱名流，馳赴雲合。而諸公質力，高下强弱不齊，或强才以就格，或因格而附才。故弘、正自二三名世外，五、七言律往往剽襲陳言，規模變調，粗疏澀拗，

〔一〕「永樂」，江本、吴本作「洪永」。

殊寡成章。嘉靖諸子見謂不情，改創初唐，斐然溢目，而矜持太甚；雕繢滿前，氣象既殊，風神咸乏。既復自相厭棄，變而大曆，又變而元和，風會所趨，建安、開、寶之調，不絕如綫。王、李再興，擴而大之，一時諸子，天才兢爽，近體之工，欲無前古，盛矣！

高子業視李、何後出，而其五言古律之工，不欲作今人一字，在唐不減張曲江、韋蘇州矣。孫山人五言律，晚唐之卑弱者；七言律，晚宋之疏慢者。僅歌行一二。王稚欽才高一時，而製作遂無入轂；五言律稍成篇，似非上乘[一]。豈中年潦到[二]，不能盡其才耶？

嘉、隆並稱七子，要以一時制作，聲氣傅合耳，然其才殊有逕庭。于鱗七言律絕，高華傑起，一代宗風；明卿五、七言律，整密沈雄，足可方駕。然于鱗則用字多同，明卿則用句多同。故十篇而外，不耐多讀，皆尺有所短也。子相爽朗以才高，子與森嚴以法勝，公實縝麗，茂秦融和，第所長俱近體耳。

長興，商也；廣陵，師也；迪功，夷也；歷下，尹也；信陽，顔也；北地，武也。

弘、正之後，嘉、隆之前之爲律詩者，吾得二人：曰皇甫子循之五言，清空瀟灑，色相盡鎔[三]

[一]「似」，内閣本、程本、吴本作「亦」。
[二]「豈」，内閣本、程本無。
[三]「鎔」，内閣本、程本作「空」。

，雖格本中唐，而神韻過之；曰嚴唯中之七言，鍊鍛精工，爐錘盡泯，雖格本中唐，而氣骨過之。弘、正五言律，自李、何外，如薛君采之端麗温淳、高子業之精深華妙，置之唐人，毫無愧色。然二君似未長七言律〔一〕，高蓋氣局所限，薛由工力未加。

于鱗七言律所以能奔走一代者，實源流《早朝》、《秋興》、李頎、祖詠等詩。大率句法得之老杜，篇法得之李頎。屬對多偏枯，屬詞多重犯，是其小疵，未妨大雅。「紫氣關臨天地闊，黄金臺貯俊賢多」、「萬里悲秋長作客，百年多病獨登臺」，少陵句也。「九天閶闔開宫殿，萬國衣冠拜冕旒」、「雲裏帝城雙鳳闕，雨中春樹萬人家〔二〕」，王維句也。「秦地立春傳太史，漢宫題柱憶仙郎」、「南州秔稻花侵縣，西嶺雲霞色滿堂」，李頎句也。「三山半落青天外，二水中分白鷺洲」、「瑶臺含霧星辰滿，仙嶠浮空島嶼微」，青蓮句也。「萬里寒光生積雪，三邊曙色動危旌」、「沙場烽火侵胡月，海畔雲山擁薊城」，祖詠句也。「千門柳色連青瑣，三殿花香入紫微」、「花迎劍佩星初落，柳拂旌旗露未幹」，岑參句也。凡于鱗七言律，大率本此數聯。今人但見「黄金」、「紫氣」、「青山」、「萬里」，則以于鱗體，不熟唐詩故耳。中間李頎四首，

〔一〕「似未長」，内閣本、程本作「俱不能」。
〔二〕「雨」，原本作「雲」，據江本、程本改。

尤是濟南篇法所自。

弇州《四部稿》，古詩枚、李、曹、劉、阮、謝、鮑、庾以及青蓮、工部，靡所不有，亦鮮所不合。歌行自青蓮、工部以至高、岑、王、李、玉川、長吉，近獻吉、仲默，諸體畢備。每效一體，宛出其人，時或過之，樂府隨代遺詞，隨題命意，詞與代變，意逐題新，從心不逾，當世獨步。五言律，宏麗之內，錯綜變化，不可端倪。排律百韻以上，滔滔莽莽，杳無涯際。五、七言絶句，本青蓮、右丞、少伯，而多自出結構，奇逸瀟灑，種種絶塵。七言律高華整栗，沉著雄深，伸縮排蕩，如黄河溟渤，宇宙偉觀，又如龍宫海藏，萬怪惶惑。王太常云：「詩家集大成手〔二〕，古惟子美，今則吾兄。」汪司馬云：「上下千載，縱横萬里，其斯一人而已。」

弘、正之後，繼以嘉、隆，風雅大備，殆於無可著手。而敬美王公，特拔新標，異於四家、七子之外。古詩歌行，勁逸遒爽，宗、吴、李、謝，方之蔑如，以配哲昆，誠無愧色。五言律氣骨雖自老杜，旨趣時屬右丞。至七言律，即右丞不能脱穠麗，而獨以清空簡遠出之，詞直而意婉，語淡而致濃，此格古未睹也。唐人稱樂天廣大教化主，李益清奇雅正主，二子不足當，謂兩琅琊可耳。

余與友人拈二王律詩，長公有「花裏鳴弦千嶂色，月明飛烏萬家春」，次公則「飛烏夜懸天姥

〔二〕「手」，程本、吴本作「千」。

夢，栽花春映赤城標」；長公有「悲歌碣石虹高下，擊築咸陽日動摇」，次公則「星近長安多聚散，雲深碣石易浮沉」。真勍敵也。

盧次楩詩，華藻不如謝而氣勝之，世但知其賦耳。

七言律大篇，于鱗《華山》四首，元美《詠物》六十首〔一〕，皆古今絶倡〔二〕。然于鱗四首之内，軌轍已窘；元美百篇之外，變幻未窮。

獻吉、仲默，各有《秋興》八章。李專主子美，何兼取盛唐，故李以骨力勝，何以神韻超。學何不至，不失雕龍；學李不成，終類畫虎。

李以氣骨勝，微近粗；何以丰神勝，微近弱。濟南可謂兼之，而古詩歌行不兢。

宗子相以歌行自負，雖超忽飛動，而嗑决相半。人多惜宗早夭未成，余謂不然。昌穀三十三，仲默三十九，年才與宗上下，皆卓然名家，何以未成論〔三〕？

徐子與七言律，閎大雄整，卓然名家，惜少沉深之致耳，品格在明卿左、子相右。公實於諸子最早成，律尤温厚縝密，但氣格微弱。茂秦雖流暢，然自是中唐，與諸公大不同。

〔一〕「詠」，原本作「味」，據内閣本、程本、江本、吴本改。
〔二〕「絶倡」至「中原自李何輩先達」條「嗣是作者雖」，原本缺二葉，據江本補。「倡」，程本作「唱」。
〔三〕「何以」，内閣本、程本作「何得以」。

少嘗見雜刻中子與七言律數篇，工甚過晚年，今集皆不載。仲默、昌穀《外集》殊不佳。仲默是後人集其幼時未成之作，昌穀是後人集其初年未變之作，于鱗遺集不多，却有絶佳者。

中原自李、何輩先達，高子業以沖遠繼之。嗣是作者，雖篇什間存，終非炳赫。嘉靖中，張助父最爲傑出，諸公後當首稱。

宋文憲子璲，王忠文子紳，並工詩，婺中一時之盛。〔二〕國初如宋潛溪文章學問，宋仲珩書名，不直婺中三絶，皆可爲海内第一。王司寇稱承旨雲蒸龍變，天下共歸；豐人翁謂舍人威鳳沖霄，當代獨步。即異時定論可知，而自其父子得之，尤前代罕見也。

高自標致，前無古人，論學問無如鄭漁仲，論書畫無如米元章，而後人卒莫之許也。二子氣質傲誕相近，觀其著述，無論是非，可爲絶倒。〔三〕

杜之和賈，大減王、岑；李之《岳陽》，遠慚孟、杜。信陽、北地，並賦《無題》，而獻吉偏工；

〔二〕此條及下「國初如宋潛溪文章學問」、「高自標致，前無古人」等三條，吴本在他處。

〔三〕此下内閣本、程本、吴本多：「本朝楊用修論詩論學亦然，而疏漏尤甚。三子者不同道，其趨一也。」吴本此條在續編一。又江本此條上有眉批：「此則與明人無干，俟考。」

歷下、琅琊，俱詠《雙塔》，而于鱗特勝。皆一日之短長，非終身之優劣。〔一〕

國朝學杜者，獻吉歌行如龍跳天門，明卿近體如虎卧鳳閣。獻吉得杜之神，明卿得杜之氣，皆未嘗用其一語，允可爲後學法〔二〕。

使事自老杜開山作祖，晚唐若李商隱深僻可笑，宋人一代坐困此道。後之作者，鑒戒前規，遂爲大忌。國朝諸公，間有用者，束而未暢。惟弇州信手匠心，天然湊泊，千秋妙解，獨擅斯人。觀察系興，尤得三昧，極盛之後，殆難繼矣。

皇甫子循以六朝語入中唐調，而清空無迹；楊用修以六朝語作初唐調，而雕績滿前。故知詩有别才，學貴善用。

嘉、隆一振，七言律大暢。邇來稍稍厭棄，下沉著而上輕浮，出宏麗而入膚淺。巧媚則托之清新，纖細則借名工雅。不知七言非五言比，格少貶則卑，氣少媮則弱，詞少淡則單薄，句稍緩則沓拖。國朝惟仲默、于鱗、明卿、元美，妙得其法，皆取材盛唐，極變老杜。近以「百年」、「萬里」等語大而無當，誠然。彼「白雲」「芳草」，非錢、劉剩言乎？「紅粉」「翠眉」，非温、李餘響

〔一〕此條及以下至「國朝惟仲默于鱗」條「去此取彼」，原本缺葉，據江本補。
〔二〕「允」，原本無，據内閣本、程本補。

乎？去此取彼，何異百步笑五十步哉〔一〕？

信陽之俊，北地之雄，濟南之高，瑯琊之大，足可雄視千古。然仲默爲大家不足，于鱗爲名家有餘。

獻吉章法多縱横，才大未欲受篇縛也〔二〕；于鱗對屬多偏倚，才高不欲受句縛也。其故于鱗以易，獻吉以避，故二君詩格高絶，而無卑弱之病。然以是言律，終非本色當行。遍讀杜集，即排律百韻，未有不整儷者，近唯仲默、元美、伯玉、明卿，體既方嚴，而格復雄峻。學者熟讀，當無此病。

李饒幻化而乏莊嚴，何極整秀而寡飛動。鳳質龍變，弇州其自謂耶？

汪司馬伯玉以文章名天下，中歲尤刻意詩歌。五、七言近體，盡刷鉛華，獨存天骨，雄深渾朴，壁立嘉、隆諸子間，自爲一家，非俗眼所易識也。其格調精嚴，句律整峭，斫削鍛鍊之工，幾於毫髮亡遺恨，深於少陵者當自得之。弟仲淹、仲嘉，並工詩兢爽，世稱二仲云。

自北地、濟南以峭峻遇物，古人握沐之風，幾於永絶〔三〕。嘉、隆間，吴郡、新都，相繼崛起。兩公德望位遇，震曜一世，而皆下士急才，後生一善，必奬掖陶鎔，孜孜若弗及。當代知名之士，

〔一〕此條「國朝惟仲默于鱗」，江本單列一條，據内閣本、程本改。
〔二〕「未」，内閣本、程本作「不」。
〔三〕「於」，原本作「千」，據江本改；内閣本、程本作「于」。

靡不出其門者。司寇起任南都，賓客走白下，歲數千人。司馬奉太公家居，車騎填委，峪中幾滿。余於兩公俱通家子，以踪迹迥絶，又懶慢不能自通，兩公曲加推引，遂並辱國士之遇，他可概見云。司馬嘗偕余過弇園，途中贈余七言律四章，極爲長公所推，余別有紀。

中州李、何一盛，邇後浸微。張中丞特起新蔡，周旋琅琊、歷下間，其天才絶出，如龍泉太阿，鋒不可犯。王次公絶推重之，謂出宗、徐上，然不妄交游。一日，邂逅朱山人館，讀余詩，大擊節見賞。余亦極意應酬，遂爲旁觀側目，至徵色發聲。追思頓成往事，可一慨也。

穆廟時，寓内承平，薦紳韋布，操觚命簡，家驥人璧，雲集都下。余所獲游處者，嶺南則黎惟敬、歐楨伯、梁思伯，吴下則文壽承、周公瑕、曹子念、殷無美、吴文仲，信陽則何啓圖，燕市則劉仲修，江右則楊懋功，楚中則陳玉叔、劉子大、丘謙之，就李則戚希仲、沈純父，東越則童子鳴、康裕卿，晉陵則朱在明、安茂卿，濠梁則朱汝修，吾里則祝鳴皋。今半化異物矣〔二〕。

國朝武臣，希習文事。獨李臨淮惟寅，崛起勛胄中，恂恂折節〔三〕，海内人士，宗附如歸。王次公序其詩「郭定襄後一人」，咸謂實録。余以惟寅文雅，尚當過之。

〔二〕此句前，程本多：「每花朝月夕，文酒雍容，窮極勝事。」按，此條及後「國朝武臣希習文事」、「近日詞場自吴楚嶺南外」、「明宗室攻古文詞者」等四條，内閣本在「李饒幻化而乏莊嚴」條後。

〔三〕「恂恂」，原本、程本作「恂」，據江本、程本改。

近日詞場，自吴、楚、嶺南外，江右獨爲彬蔚，與余交最久者，喻邦相、胡孟弢、朱可大。喻如《浙江觀潮》、《雁宕》、《天台》等作，胡如《天津望海》、《匡廬》、《彭蠡》諸篇，朱如《泰岱》、《嵩高》、《兩岳游稿》，皆高華雄邁，與嘉、隆相表裏。[一]

陳京兆玉叔，温良樂易，海内稱其長者，尤喜汲引後學，即閭巷岩穴，有片善必孜孜稱述不容口，所至户屨恒滿。詩文清婉典飭，居然漢唐間名家。所著《二酉園集》，製作甚富，兩司馬咸有序，盛行於時。

康裕卿山人與余最善。余髫歲從家君寓都下，裕卿自李臨淮處見余詩，輒擊節矜賞，因盡徵夙昔所撰讀之，每疵病必爲指摘，自是定交，歷二十載如一日。裕卿詩尤長近體，七言律閎壯豪麗，翩翩布衣之雄。爲人爽朗俠烈，片諾可寄死生。兩瑯琊皆酷重之，今尤不易得也。

周公瑕以書名一代，詩五言律沉婉有致，七言律尤工，合作處高華整麗，足上下嘉、隆諸子，而世率以書名掩之[二]。如《游燕》諸作，《毗盧閣》、《觀象臺》等篇，皆必傳于後世者，異時自當

[一] 此條後内閣本、程本多一條：

明宗室攻古文詞者，嘉、隆間，惟灌父最博洽，饒著述，余髫歲即與交。豫章用晦、先鳴諸子勃起，貞吉、宗良與余酬復特久，一時兢爽，名家未易屈指盡也。

[二] 「率」，江本、吴本作「卒」。

有定論也。朱司空、汪司馬，王長公、次公，咸亟稱其詩，以公瑕不近名，故其語罕傳云。

延陵鄧欽文詩，素不知名。戊辰春，余同黎惟敬諸子遊西山，歸各賦詩，鄧所作八首，特精工冠一時。今其人已歿，並識此。〔一〕

詩至七言律，八句之中，往往冗弱，況衍之十韻以上，其難可知。唐老杜外，作者絶少。惟近王次公《壽長公》十五韻，豐匀整密，字字精工，足爲此體作祖。且盡刷鉛華，獨存風骨，尤排律所難也。

凡詩初年多骨格未成，晚年則意態橫放，故惟中歲工力並到，神情俱茂，興象諧合之際，極可嘉賞。如老杜之入蜀，仲默、于鱗之在燕，元美之伏闕三郡，明卿藏甲西征，敬美襜帷蘭省，皆篇篇合作，語語當行，初學所當法也。

老杜夔峽以後，過於奔放；獻吉江西以後，漸失支離。仲默秦中之作，奈無神彩〔二〕；于鱗移疾之後，大涉刻深；元美鄖臺之後，務趨平淡。視其中年精華雄傑，往往如出二手。蓋或視之太易，或求之太深，或情隨事遷，或力因年減，雖大家不免。世反以是爲工〔三〕，則非余

〔一〕此條後，吴本接「明宗室攻古文辭者」條。
〔二〕「奈」，内閣本、程本作「略」。
〔三〕「工」，内閣本、程本後多「者」字。

所敢知〔一〕。

詩之晚年彌工者，惟張肖父、汪伯玉二司馬。黎惟敬、歐楨伯亦不失故步，皆嶺南巨擘也。獻吉學杜，趨步形骸，登善之模蘭亭也；于鱗擬古，割裂餖飣，懷仁之集聖教也。必如獻吉歌行、于鱗七言律，斯爲雙雕並運，各極摩天之勢。

張助甫五、七言律，高華雄爽，類宗子相而精密過之；黎惟敬五七言律，深靚莊嚴，類梁公實而老健過之。

「重臣分省出臺端，賓從威儀盡漢官。四塞河山歸版籍，百年父老見衣冠。函關月落聽雞度，華岳云開立馬看。知爾西行定回首，如今江左是長安。」右季迪《送沈左司入關》作，壯麗和平，句句大體，可爲國初七言律第一。〔二〕

吾婺景濂文、仲珩書，皆國初第一，而七言律亦盛有佳篇。如承旨《送張仲藻畢姻》：「紅錦裁雲朝奠雁，紫簫吹月夜乘鸞。從此梅花消息好，青綾不似玉堂寒。」舍人《題水簾洞》：「雲屋潤含珠網密，月鈎凉沁玉繩低。鮫人夜織啼痕濕，湘女晨妝望眼迷。」皆精工華整，國初似此

〔一〕「則」，内閣本、程本、吴本無。「敢知」後，内閣本、程本、吴本多「也」字。
〔二〕此條上江本有眉批：「以上序降、萬，忽及國初，俟考。」

有幾？

弘、正前，七言律數篇外，惟危素《送人之嶺右》有中唐風，王直《西湖》、高棟《早朝》得初唐調。此外或句聯工而全篇未稱〔一〕，或首尾稱而氣格太卑〔二〕。

退之「我願身爲雲，東野身作龍」，蓋戲語耳。獻吉因之云：「子昔爲雲我作龍。」抑又甚矣。

仲默氣質絶温雅，亦有「文靡於隋，韓力振之，然古文之法亡於韓；詩溺於陶，謝力振之，然古詩之法亡於謝」之語，遂開一代作者門户。彼身係百千年運數，豈容默默以沽長厚？至與獻吉書，評駁不少恕，詎有毫忽勝心？所謂古之益友。而李答書喑嗚叱吒，形於楮墨，雖言皆藥石，彼此用意瞭然，至再書以激之，而何直受不答，有以見其量也。

桑民懌高自稱許，今睹其集，體格卑弱之甚，可謂大言無當。吴中昌穀同時祝希哲、唐伯虎、沈啓南、王履吉，才皆高出一代，而皆以書畫掩之，亦以偏工書畫，不暇致力耳〔三〕。履吉諸作特高朗，非三君比，使稍加以年，可亞昌穀。嘉、隆間，周公瑕近體殊精詣，亦以書掩之。

〔一〕「未」，内閣本、程本作「不」。
〔二〕此下内閣本、程本、吴本多「不足多論」。
〔三〕「暇」，内閣本、程本作「能」。

當弘、正時，李、何、王號海内三才外，如崔仲鳧、康德涵、王子衡、薛君采、高子業、邊廷實、孫太初，皆北人也。南中惟昌穀、繼之、華玉、升之、士選輩，不能得三之一。嘉、隆則惟李于鱗、謝茂秦、張助父北人，而南自王、汪外，吴、徐、宗、梁不下數十家，亦再倍於北矣〔二〕。

七言律，唐人名家不過十數篇，老杜至多不滿二百，弇州乃至千數，誠謂前無古人，然亦最不易讀。其總萃諸家，則有初唐調，有中唐調，有宋調，有元調，有獻吉調、于鱗調。其游戲三昧，則有巧語，有諢語，有俗語，有經語，有史語，有幻語。此正弇州大處，然律以開元軌轍，不無泛瀾。讀者務尋其安身立命之所，乃爲善學。不然，是效羅什呑針，踵夸父逐日也。〔三〕

李于鱗以詩自任，若「微吾竟長夜」等語，誠有過者，至今爲輕俊指摘，然亦出於古人。如杜子美獻書，自謂「揚雄、枚皋，臣可企及」。又「李邕求識面，王翰願卜鄰」，又「賦料揚雄敵，詩看子建親」、「讀書破萬卷，下筆如有神」、「九齡書大字」、「七歲詠鳳凰」之類，不可勝道。太白尤自高，如「大雅久不作，吾衰竟誰陳」、「自從建安來，綺靡不足珍」、「女媧弄黄土，摶作愚下

〔二〕「吴徐宗梁不下數十家」以下至此，原本缺，而於「李于鱗以詩自任」條後補，據江本、内閣本、程本改。

〔三〕按，此條及下條内閣本、程本在「弘、正前，七言律數篇外」一條後。

人。散在六合間，茫茫若埃塵」，退之「齊梁及陳隋，衆作等蟬噪」，亦是此意。至如杜「許身一何愚，自比稷與契」，李「希聖如有立，絶筆於獲麟」，韓「世無孔子，則已不當在弟子之列」，其言尤大，意尤遠。初學目不睹往藉，輕於持論，何損作者？

嘉靖初，爲初唐者，唐應德、袁永之、屠文升、王汝化、任少海、陳約之、田叔禾等；爲中唐者，皇甫子安、華子潛、吴純叔、陳鳴野、施子羽、蔡子木等，俱有集行世。就中古詩冲淡，當首子潛；律體精華，必推應德。

同時爲杜者，王允寧、孫仲可；爲六朝者，黄勉之、張愈光。允寧于文矯健，勉之於學博洽，皆勝其詩。

詠物七言律，唐自「花宫仙梵」外，絶少佳者。國初季迪《梅花》，孟載《芳草》，海叟《白燕》，皆膾炙人口，而格調卑卑，僅可主盟元、宋。獻吉《題竹》、仲默《鰣魚》、于鱗《雙塔》，始爲絶到。元美至六十餘篇，則前古所無也。

弘、正間，詩流特衆，然皆追逐李、何。士選、繼之、升之、近夫，獻吉派也；華玉、君采、望之、仲鶡，仲默派也。昌穀雖服膺獻吉，然絶自名家，遂成鼎足。

隆、萬詠物之妙者，若黎惟敬《賦月》「掖中青桂隱團團」，歐禎伯《賦雪》「禪堂邀客酒如霞」，極爲精工宏麗，而二結句尤出人意表，皆傑作也。

以唐人與明並論，唐有王、楊、盧、駱，明則高、楊、張、徐；唐有工部、青蓮，明則弇州、北郡；唐有摩詰、浩然、少伯、李頎、岑參，明則仲默、昌穀、于鱗、明卿、敬美，才力悉敵。惟宣、成際無陳、杜、沈、宋，比而弘、正、嘉、隆，羽翼特廣，亦盛唐所無也。

唐歌行如青蓮、工部，五言律、排律如子美、摩詰，七言律如杜甫、王維、李頎，五言絶如右丞、供奉，七言絶如太白、龍標，皆千秋絶技。明則北郡、弇州之歌行，仲默、明卿之五言律，信陽、歷下、吴郡、武昌之七言律，元美之五言排律、五言絶，于鱗之七言絶，可謂異代同工。至騷不如楚，賦不及漢，古詩不逮東、西二京，則唐與明一〔二〕，未知是否〔三〕？

〔二〕「一」，内閣本、程本、江本、吴本後多「也」字。
〔三〕此句，内閣本、江本、程本無。

附録

重刻詩藪序

夫詩豈易言哉？作者難，評者尤難。非有見空千古之慧識，則蹇涉而不能言；非有凌厲百代之意氣，則囁嚅而不敢言；非有總挈百氏之富，《爾雅》、《雕龍》之華，則齷齪呰窳而無所以文其言。故詩壇雲興，發以天籟，自成一家言者，代不乏人，至獨原匠心，證歸今古，詩必論其人，人必按其代，用嚴評騭於衮鉞，超詣諟於罔象，是爲難耳。蘭溪胡元瑞氏，家蓄鄴架，胸藏羽凌，直以醉心大業輟公車之辟，雅能名其詩學，有《少室山房稿》行於世。蓋薄漢魏以上，即名以唐聲，意猶不屑也。今得其《詩藪》讀之，句權字衡，代臚調别，或借甲以評乙，或援往以品來，同調者賞鑒，知希者闡幽，仰參商周，頫訖國朝。上自巨公名人，以及田夫紅女之所謳吟，杞人漆室之所鬱伊，莫不施以郢斤，訾以圭表，片語之瑕瑜必較，隻韻致宫商必嚴。刻如老吏，精如絫黍，丈一披籍，而其世運，其品格，其殿最得失之林如漢武帝建章千門萬户之規，無所不有。其於慧識、豪氣、博雅諸善，可謂兼之矣。延陵季子觀於周樂，其揚榷二南、十五國之風，揣摩曲合，遂爲今昔絶響。夫詩固風人之致也，顧札所論列，僅一時所睹記，即溯自虞唐，亦相去未遠。元瑞之所品裁，搜數千年之聲詩，旁睨精覈，若旦暮遇之，難奚啻季子。汪司馬稱其盡心之極，幾乎無以是深，知元瑞者也。弇州、新安主盟詞壇，所褒誅足沉浮天下士，乃獨以千秋之業結契元瑞，敘言昭如，則何俟不佞贅也。余叨守婺州，征文獻，蓋式其廬而爲之佪回不去，遂付之剞劂氏。

時萬曆歲次己酉仲春，頓丘張養正叙。

（此序據萬曆三十七年張養正刻本《詩藪》卷首録）

自昔談詩者，樂天《金鍼》而下，無慮百十家，大都匪擇而不精也，則語而未盡。卑者逐塵元宋，高者糠秕六朝，尚同者掇拾殘唾以和塵，而好異者又創爲畸説以簧鼓，天下之耳目，蓋其爲敝也久矣，談何容易哉！余寡聞淺識，安所知詩，第旁搜今古詩説，卒未有愜於衷者。邇於瀫水得明瑞胡氏《詩藪》一編，展而讀之，見其大而非誇，約而匪隘。取材於漢魏，標的於盛唐，而六朝、元、宋之精工綺麗者，亦罔以尺鐵寸金棄也。蓋以精擇爲入門，以兼蓄爲藴藉，以鍊格造語爲真詮，以風神興象爲化境，而其超然獨得之見，又時時奕於簡編之中，可謂前無古人，後無來今者矣。余嘗爲之説曰：詩之大成集於子美，子美出而天下無詩；説詩之大成集於明瑞，明瑞出而天下無説詩。後之君子同志者，其以我爲知言否？建武黄承試季兆父跋。

（此跋據張養正本卷尾録）

重訂胡元瑞詩藪筆叢諸集叙

嘗記茂先徙居，載書三十乘秘書監；摯虞撰定官書，皆資其本以取正。晉人方之子産。吴子曰：古來强記默識之士，莫不著其聲名，而見知於人主。子産固矣，即茂先指畫建章千門萬户于武帝前，亦可謂極人臣之榮，他不及論，如國朝宋文憲公出入承明，啓沃論思，亦可謂千古無兩。即後來如楊用修引《周禮》、《史記》以柳星對武廟天文之問，引《荀子·非十二子》篇以對世廟裔宇嵬瑣之問，如馮琢庵華鬢韶年，簡在九列，是皆聲名之最著以報其所蓄。瀫水胡元瑞先生固强記默識人也，載書不啻三十乘，舉孝廉不第，遂老于布衣。委巷板門，摧頽自廢。其所著述，如《詩藪》、《筆叢》等編，不下數十種。又晚年得子，多所遺佚，雖在嘉、隆間爲王元美、汪伯玉諸先生所賞識，一時聯鑣並轡，亦自快心。而《四部稿》與《太函集》盛行海内，爲郊諦于鱗者之所配享。獨公之著述復超然于嘉、隆諸名家外，與未與齊盟相似。吴子過瀫水，甚爲傷之，取其著述，再四讀之。其論詩幾破七子之藩而所構五、七言及諸古體、絶句，大略爲嘉、隆習氣所囿。吴子曰：詩難言。其嘉、隆、萬不知幾變焉。爲于鱗者，學李、杜之光焰，浸借光焰於于鱗，而李、杜失矣；爲石公、伯敬也者，學陶、謝之風韻，浸借風韻于石公、伯敬，而陶、謝失矣。詩不以之持性情，而爲一時之聲吻，所持乎鹿之呦呦、馬之蕭蕭、鳥之嚶嚶、蟲之喓喓，各極其獨至之韻，而感亦幽，而行亦孤，而壽亦滅滅没没于天壤，不爲獨，奚爲同也？同面則駭目，目厭矣；同語則駭耳，耳厭矣；同酸甜則駭舌，舌厭矣。要人有其人之才，有其人之學，有其人之人。元瑞之學，自文憲、用修、琢庵之流亞，而歸來乞食，著屐登臨，絶不知世間何物美好。此其人蘊藉風流，正在晉魏以上，而何取光焰於嘉、隆間已耶？吴子曰：習氣囿人深矣。特有是學而不能如琢庵年十九讀中秘書，用修、文憲備顧問，乃僅僅窮愁著述，與脉望相朝夕，此吴子過瀫水甚爲傷之。因與瀫水友人徐原吉、徐伯陽、徐原性、章無逸、趙儀甫、郭泰象、唐堯章、柳六也，錢塘友人潘無聲，公之弟元良、子戴明，重訂其《詩藪》、《筆叢》等編之譌，而無逸尤續梓其《詩統彙》四册于《詩藪》後，並祈廣爲流布云。

時崇禎五年壬申季夏五日，雪厓吴國琦題于水香閣。

（此叙據崇禎五年吴國琦刻《詩藪》卷首録）

詩測序

損齋道人王世懋撰

《書》不云乎：「詩言志，歌詠言，聲依詠，律和聲。」此譚藝家之祖也。然而時有盛衰，體有今古，踐迹則亡奇，標新則傷雅。寄興近則致彌淺，取材廣則格易卑，是不曰作者之難乎？曲調既殊，物好亦異，狥人則違己性，任我則乖物情。喜清新則餖飣大家，專雄麗則奴僕雅道，是不曰譚者之難乎？自鍾嶸《詩品》以來，譚藝者亡慮數百十家，前則嚴滄浪、徐迪功二《録》，近則余兄《藝苑巵言》最稱篤論。然嚴、徐精而未備，《巵言》備而不專論詩。若夫集諸家之長，窮衆體之變，敲宫扣角，兼總條貫，其在胡元瑞之《詩測》乎？元瑞始髫即工詩，始從何仲默入，已乃服膺李于鱗，已又規矩余兄。其才可以無所不能，而專欲爲詩人不朽於來世，遂屏棄一切，寤寐作止，悉寄於詩道。日以尊而自負亦日以重，宜其言之詳而核，肆而周，非若余輩之偶攄胸臆已也。不佞知元瑞於弱冠，而元瑞亦以父執繆見推。顧與余持論大體多同，而微旨差異，余以爲政不妨異也。夫以余之淺弱，尚不能强我以從元瑞，而乃欲元瑞之下同乎？古往今來，才情萬態，若春花媚眼，國色傾城，必使作者如出一手，譚者如出一口，則此道非難，趣亦安從博哉？惠子爲質莊生乃施其辨，武靈變俗，諸臣不廢其論。彼其究於異者，而猶若是，而况其微異而終同者乎？後有作者，當知吾黨之士非區區梁丘生好爲同者也。

（此序據吴國琦本卷首序二録）

冒愈昌◇撰

詩學雜言

二卷

陳廣宏
侯榮川◎點校

詩學雜言序

伯麟已謝諸生而稱詩，詩既成，復以其暇爲《詩學雜言》百餘則，以藏諸笥，而余獲寓目焉。大概自四始、六義，以逮晚近諸作者，無不品騭也；自《文賦》、《詩品》，以逮晚近所論著，無不采擇也。其所稱引者居十之三，而傅以己見者居十之七。其得當者，雖禪宗諺語，蒐獵不遺；而不然者，即專門名家，掊擊必至。余乃嘆伯麟之用心勤也，遂忘固陋，而爲之序。序曰：詩者，有韻之言也。言以抒意，韻以約言，詩道無逾此者。然而有至有不至，何也？原夫靈竅天受，質性既殊，工力人研，化裁亦異。篤於時代，則與世污隆；因於近染，則隨俗雅化。故枚、馬同聲，而成有遲速；阮、劉共譽，而體分逸弱。六朝不能振綺靡之風，趙宋不能去陳因之習，斯其盛衰之故，略可得而言也。要以作者誠難，識亦匪易。夏后氏之璜，叔人之雕甲，周人之天球，不能配貴於庸目，飾珷玞而什襲之人，争效直矣。且陟心者違曹論，吠聲者置特見。棄連城於纖瑕、寶康瓠於質象者，往往皆是，則好惡之常類也。詩亦言何容易！乃伯麟此編，不惟旁羅千古，奔走百氏，而言約鑒精，識真論確，若張、杜持法家言以質兩造，又若唐、許貌人於毛髮骨肉之外，百不爽一。姑舉一端，即所論盛唐諸早朝詩，雖更賈、王再作，岑、杜更生，必不能復置一喙，真入骨透髓之譚，非止望膚隔膜之見爾也。若伯麟者，始可與言詩也已。其余猶憶曩與伯麟俱學爲詩，余以才不逮伯麟而又纏牽於制舉之業，時親時疏，遂覺晚而無成。而伯麟早得閒曠於塵鞅之外，且南抵吴越，西陟匡阜，北游燕薊，東歷齊魯，所知交多當代賢俊，故得吞吐於山川溟涬之氣，受教於宗工鉅匠之門，固宜其深心獨詣，卓然名代，非若余之菲薄已也。故觀伯麟之詩，即可以知此編；觀伯麟之此編，即可以知伯麟之詩。《詩》不云乎：「惟其有之，是以似之。」其伯麟此編之謂也夫？時萬曆庚子蠟月，社弟殷之澤撰。

詩學雜言小引

冒愈昌曰：予小子家世學詩，及予而五，而性故兼嗜唐所爲詩，進而六朝，又進而漢魏，多所覽觀。蓋自《三百》下逮唐人則遞降，而繇唐人上遡《三百》則寖升，屹屹焉幾二十年于此矣。中間得失異時，愉戚異致，吴越燕齊，跋涉異地，縉紳韋布，交游異人，一切形之歌詠，積數卷，聊秘篋中。旁及古今文獻考證發明，薈撮未遑，棄捐不忍，乃復取掌大赫蹏，時一書之，漸而成帙。凡爲條一百二十，爲字一萬二千六百八十有七。語有之：「物相雜而成文。」故題曰「雜言」。必曰一言以蔽之乎，則深愧其旨。

萬曆庚子九日識。

是書成于客秋九月，而其爲木災也者，則首事季冬，乃葉僅十餘，而材不繼。比市材者至，而歲聿云除矣。獻歲三日始全，舉以授之。越一日，回禄見災，器用而外，凡書畫圖史暨前後詩文二十餘種，悉成灰燼，而獨是書以先一日出，亦云天幸矣哉。雖然，書則幸，而木乃終災也已。

辛丑人日，愈昌再識。

詩學雜言卷上

廣陵　冒愈昌伯麐編著
石　沆瀣仲校閲

歐陽氏云：《周南》、《召南》、《邶》、《鄘》、《衛》、《王》、《鄭》、《齊》、《豳》、《秦》、《魏》、《唐》、《陳》、《曹》，此孔子未删之前周太師樂歌之次第也。《周》、《召》、《邶》、《鄘》、《衛》、《檜》、《鄭》、《齊》、《魏》、《唐》、《秦》、《陳》、《曹》、《豳》、《王》，此鄭氏《詩譜》次第也。《周》、《召》、《邶》、《鄘》、《衛》、《王》、《鄭》、《齊》、《魏》、《唐》、《秦》、《陳》、《檜》、《曹》、《豳》，此今《詩》次第也。

初孔子以《詩》授卜商，商爲之序，以授曾申，申授李克，克授孟仲子，仲子授根牟子，牟子授荀卿，卿授毛亨，亨作訓傳以授毛萇，二公所傳，故名毛詩。萇爲河間獻王博士，授貫長卿，長卿授解延年，延年授徐敖。鄭玄取毛詩訓詁所未盡及異同者，續爲注解。後衛宏授毛詩于謝曼卿，因作《詩序》。又賈逵、馬融、鄭衆俱作毛詩傳，傳于世。

《序》本以爲刺淫，而考亭以爲淫奔自作者凡七，《桑中》、《東門之墠》、《溱洧》、《東方之日》、《東門之池》、《東門之楊》、「月出皎兮」是也。《序》本别指他事，而考亭直坐以淫蕩無恥之名者凡十有七，《静女》、《木瓜》、《采葛》、《丘中有麻》、《將仲子》、《遵大路》、《有女同車》、《山有扶蘇》、《蘀兮》、《狡童》、《褰裳》、《風雨》、《子衿》、《揚之水》、《出其東門》、《野有蔓草》是也。

武王没，成王立，周公作相，管、蔡流言，公乃避而居東，作《鴟鴞》以貽王。及成王感風雷啓《金縢》，悟而迎公，公仍歸攝政，始承王命，作《大誥》，以征管、蔡，三年而後歸。歸之日，復作《東山》，以勞歸士。必如考亭之注，則方不見信于君，而顧可擅誅其兄乎？此莽、温、操、懿之爲，而謂公爲之也？奈何不一考《尚書》哉？

逸詩云：「九變復貫，知言之選。四牡翼翼，以征不服。親省邊垂，用事所極。禮義之不愆，何恤人之言？」并「翹翹車乘」、「周道挺挺」之類。

詩遺書篇名，則杜撫《詩題約義》、趙曄《詩細》，其存而可證者，則子夏《小序》、毛萇《小序》、鄭康成《詩譜》、孔穎達《正義》、歐陽脩《詩序》、《呂氏讀詩記》、張爟《本義序》、嚴氏《詩緝》、朱子《集注》、《詩經大全》。

考《左傳》所載列國聘享賦詩，如鄭伯有賦「鶉之奔奔」，楚令尹子圍賦《大明》，及穆叔不拜《肆夏》，甯武子不拜《彤弓》，鄭伯如晉，子展賦《將仲子》，鄭伯享趙孟，及鄭六卿餞韓宣子，子蠢賦《野有蔓草》，子產賦《羔裘》，子大叔賦《褰裳》，子游賦《風雨》，子旗賦《有女同車》，子柳賦《蘀兮》之類。雖其時《詩》未叙于聖人之手，然亦可見風人意旨，所該者博，不可以區區文詞泥也。後惟《十九首》庶幾遺意。

五言起于李陵、蘇武，悃款慨慷，有足悲者，必非蘇、李不能。而子瞻謂六朝擬作，遂使宋人藉爲口實，抑何無識甚耶？

《十九首》相傳尚矣。張伯起《文選纂注》定爲二十，以「東城高且長」至「何爲自結束」一首，「燕趙多佳人」以下別爲一首。不知其語意正承「蕩滌放情志，何爲自結束」而言，第不似後人拘拘照應爾。

楚王《垓下》、漢祖《大風》，皆意氣盛衰，溢于喉吻，非緣肄習而然。魏武、唐文，則以干戈與群雄角，以筆硯與文人角者，蓋馬上事詩書者耶？若東阿、蕭統，特翩翩濁世佳公子爾。

鍾嶸云：「夏歌曰：『鬱陶乎予心。』楚《騷》曰：『名予曰正則。』雖詩體未全，然是五言之濫觴也。逮漢李陵，始著五言之目。」

劉勰云：「鉛黛所以飾貌，而盼倩生于淑姿；文采所以飾言，而辯麗本于情性。」

陸機《文賦》云：「其始也，皆收視返聽，耽思旁訊，精騖八極，神游萬仞；其致也，情曈曨而彌鮮，物昭晰而互進。傾群言之瀝液，漱六藝之芳潤。謝朝華于已披，啓夕秀于未振。然後選義按部，考辭就班，籠天地于形内，挫萬物于筆端。」

顔之推云：「自古文人多陷輕薄，每嘗思之，原其所積。文章之體，標舉興會，發引性靈，使人矜伐，故忽于持操，果于進取。今世文人，此患彌切。一事愜當，一句清巧，神厲九霄，志凌千載，自吟自賞，不覺更有旁人。加以砂礫所傷，慘于矛戟；諷刺之禍，速乎風塵。深宜防慮，以保元吉。」

嚴儀卿云：「夫詩有別才，非關書也。詩有別趣，非關理也。」可謂三昧之言。其下云：「然非多讀書，多窮理，則不能極其至。」未免意圓語滯。予嘗爲定之曰：「詩有別才，非關學也。詩有別趣，非關理也。然才非學弗充，趣非理弗融。」

吕居仁云：「詩詞高勝，須從學問中來。今人雖時有佳句，譬如合眼摸象，得其一處耳。」

唐子西云：「唐人有詩云：『山中不解數甲子，一葉落知天下秋。』及讀陶元亮『雖無紀曆志，四時自成歲』，便覺唐人費力。」

李耆卿云：「古人詩文，規模間架、聲音節奏皆可學，惟妙處不可學。譬如幻師塑土木偶，耳目口鼻，儼然似人，而其中無精神魂魄意思，豈人也哉？此須是讀書時一心兩眼，痛下工夫，務要得他好處，則一旦臨文，惟我操縱，惟我闔闢，一莖草可化丈六金身。」

潘邠老語饒德操云：「作長詩須有次第本末，方成文字。」

王子充云：「正音諧韶韺，變態類雲霆。勁氣排甲兵。沉冥以之而開褰，幽闕以之而著宣，邈遠以之而綿延。」

李獻吉云：「夫詩，宣志而道和者也。故貴宛不貴嶮，貴質不貴靡，貴精不貴繁，貴融洽不貴工巧。」

王叔武云：「夫詩者，天地自然之音也。今塗咢而巷謳，窮呻而康吟，一唱而群和者，其真也，斯之謂風也。」

徐昌穀云：「任用無方，故情文異尚。譬如錢圓鉤曲，箸直屏方，大匠之家，器飾雜出，要其格度，不過總心機之妙應，假刀鋸以成功爾。至于衆工小技，擅巧分門，亦自力限有涯，不可强也。」

情寔眑眇，必因思以窮其奥；氣有粗弱，必因力以奪其偏；詞難妥貼，必因才以致其極；才易飄揚，必因質以禦其侈。若夫妙騁心機，隨方合節，或約旨以植義，或弘文以叙心，或緩發如朱絃，或急張如躍楛；或始迅以中留，或既優而後促；或慷慨以任壯，或悲凄而引泣，或因拙以得工，或發奇而似易，此輪匠之超悟，不可得而詳也。故曰驅縱靡常，城門一軌，揮斤污鼻，能者得之。

古詩《三百》可以博其源，遺篇《十九》可以約其趣。樂府雄高，可以勵其氣；《離騷》深永，可以裨其思。

楊用修云：「《文選・褚淵碑》：『風儀與秋月齊明，音徽與春雲等潤。』庾信《馬射賦》：『落花與芝蓋齊飛，楊柳共春旗一色。』《長壽寺舍利碑》：『浮雲共嶺松張蓋，明月與巖桂分叢。』王勃《滕王閣》『落霞』、『秋水』之句本此，可謂青出于藍。」

唐子西云：「謝玄暉詩：『寒城一以眺，平楚正蒼然。』平楚，猶平野也。吕延濟乃引『翹翹錯薪，言刈其楚』，謂楚木叢，便覺意象殊窘。」予讀之不安其説，及見用修云：「楚，叢木也。登高望遠，見木杪如平地，故云平楚，猶詩所謂平林也。陸機詩『安轡遵平莽』，唐人詩『燕掠平蕪去』，又『遊絲蕩平緑』，始覺暢然。」

薛君采云：「才有高下，學有疏密，故文體因之。爲夫才之不足，有所限而不可進也；學之不足，無所禦而自止也。彊其才而進者寡，陋于學而止者衆。學而不止，極于不可進而後廢，古之學者猶難之。」

窮極詞章之綺靡，牢籠載籍之菁華。

黄勉之云：「深居几榻，可達志于八方；暫控形骸，得寓心于萬代。一言耀帙，黄壤如生；片撰升堂，藻園不廢。」

代方亨敝，樹獨幟于旌墟；士舉安凡，振孤轅于廣陌。

謝茂秦云：「詩以平和爲體，高奇爲骨，以初唐、盛唐諸家合而爲一，渾其格調，充其氣魄。」近體，誦之流水行雲，聽之金聲玉振，觀之明霞散綺，譜之獨繭抽絲。詩有造物，一句不工則一篇不純，是造物不完也。

王元美云：「詩以專詣爲境，以饒美爲材。師匠宜高，捃拾宜博。」首尾開闔，繁簡奇正，各極其度，篇法也。抑揚頓挫，長短節奏，各極其致，句法也。點綴關鍵，金石綺綵，各極其造，字法也。篇有百尺之錦，句有千鈞之弩，字有百鍊之金。

王敬美云：「《詩》四始之體，惟《頌》專爲郊廟頌述功德而作。其它多觸物比類，宣其性情，恍惚游衍，往往無定。」

今人作詩必使故事，有持清虚之説者，謂盛唐人即景造意，何嘗有此？然亦一家言，未盡古今之變也。古詩，兩漢以來，曹子建出而始爲宏肆，多生情態，此一變也。自兹作者多入史語，然不能入經語。謝靈運出而《易》辭、《莊》語，無所不爲用矣。剪裁之妙，千古爲宗，又一變也。中間何、庾加工，沈、宋增麗，而變態未極。七言猶以閑雅爲致，杜子美出而百氏稗官都作雅音，馬浡牛溲咸成鬱致，于是詩之變極矣。子美之後，而欲令人毁靚妝、張空拳以當市肆萬人之觀，必不能也，其援引不得不日加繁。然病不在用事，顧所以用之何如耳。善使故事者，勿爲故事所使，如禪家云：「轉法華，勿爲法華轉。」使事之妙，在有而若無，實而若虚，可意悟不可言傳，可力學得，不可倉卒得也。宋人使事最多，而最不善使，故詩道衰。我朝越宋繼唐，正以有豪傑數輩得使事三昧耳。第恐二十年後，必有厭而掃除者，則其濫觴，未答爲之也。

高季迪才情有餘，使生弘、正李、何之間，絶塵破的，未知鹿死誰手。他人于高處失穩，明卿于穩處藏高，與于鱗作身後戰場，未知鹿死誰手。

皇甫汸云：「以詩爲難而自沮，則初不得其門；以詩爲易而自滿，則終不入于室。」黄姬水云：「志以言宣，言由人異。求嗬嗬啾啾于鳳鳥，不可得也；求噰噰喈喈于梟鳥，亦不可得也。」

用修謂顔延年《赭白馬賦》「戒出豕之敗駕，惕飛鳥之峙衡」，「出」字不如「突」字；杜子美詩「大家東征逐子回」，「逐」字不如「將」字；白樂天「千呼萬喚始出來」，「始」字不如「才」字，而自詫作者復生，亦當心服。予謂「出」不如「突」，固矣；乃「將」字少力，兼與題中「扶侍」二字意相悖；「始出」固爲不雅，「才出」毋亦太俚乎？

用修謂子美《何將軍園》「春風啜茗時」，「春」字當是「薰」字，而以下「蜻蜓立釣絲」證之，確矣。至謂《諸將》「曾閃朱旗北斗閑」，「閑」字當是「殷」字；《小寒食舟中》「娟娟戲蝶過閑幔」，「閑」字當是「開」字，而以子美父名閑，故其詩不用「閑」字，不應此二處用證之，則尚在可否間。

何元朗謂宋延清《太平公主南莊》「酒近南山作壽杯」，「近」當爲「遞」，則惡矣。用修駁韓退之《贈張曙》一聯云「久欽江總文才妙，自嘆虞翻骨相屯」，以忠直自比，而以奸佞待人，非聖賢謙己恕人之意。不知韓亦偶然言之耳，不必有心也。不然，如子美之「遠愧梁江總，還家尚黑頭」者，豈以奸佞自期？而用修之「阮公失路誰青眼，江令還家尚黑頭」者，固襲用杜語，又何自相矛盾耶？

顧華玉《批點唐音》得失相半，而予最賞其批皇甫茂政「燕知社日辭巢去，菊爲重陽冒雨開」曰「乾燥」。

自有唐詩以來，于鱗一《選》，是千秋定鑒。《選》詩一序，亦一代奇文。萬楚《五日觀妓》「西施謾道浣春紗」，元美謂西施既非妓女，又與五日無干，是也。而于鱗選王昌齡「江上巍巍萬歲樓」，大似率易，而于鱗亦選。至劉長卿「三十登壇」膾炙人口，而選不之及，元美恨彼時不爲忠告。嗟乎！知所以選不選之故，則知于鱗之識矣，則知詩矣。

獨子美「户外昭容」、「天門日射」，于鱗皆選，而必簡之《大酺》、《守歲》反未免見遺，何也？獻吉《郊觀》、《西壇》二篇，與必簡《大酺》、《守歲》可謂古今勍敵。

郎士元《送李將軍赴鄧州》云：「雙旌漢飛將，萬里獨横戈。春色臨關盡，黄雲出塞多。鼓鼙悲絶漠，烽戍隔長河。想到陰山北，天驕已請和。」何減盛唐？而于鱗遺之，亦不可解。

于鱗之識，如有人于此，固無以甚異于平地儔人也。而高山仰止，必陟其巔，既陟之餘，堅不肯下。雖不無風雨霜露之患，自望之若神仙中人矣。此于鱗之識，所以爲于鱗之詩若文也。後之君子，乃有好其詩而不甚好其文者，有好其文而不甚好其詩者，有俱好俱不好者，有俱深好俱深不好者，孰是孰非，有志者辨之。

李臨川謂：唐人文字，多界定段落做，所以死；惟退之一片做，所以活。於戲，可與言詩也已矣！

敬美謂：唐詩由盛而中，固是盛衰之介。然王維、錢起實相酬唱，即「明到衡山」篇與岑嘉州「函谷」、「磻溪」句，隱隱錢、劉、盧、李間矣。至大曆十才子，亦豈無盛唐之語？以予論之，摩詰、仲文雖云唱和，乃仲文之不可爲盛，猶摩詰之不可爲中也。且非獨于此也。王員外《晴雪》、《早朝》，仲文與岑同和，然以調論，則岑自是盛，錢自是中。以辭論，則岑之「色借玉珂迷曉騎，光添銀燭晃朝衣」，形容入妙，而不脱早朝，曰「借」曰「添」，一字一絹；「西山落月臨天仗，北闕晴雲捧禁闈」，意象宛然，歸之大雅，獨結句「聞道仙郎歌白雪」，犯一「雪」字，且與起句「長安雪後」重一「雪」字耳。若錢之「長信月留寧避曉，宜春花滿不飛香」，非不佳也，然止言晴雪而脱早朝，便是力量不及；「獨看」、「積素」二語，幾于衰颯；結以「題柱盛名兼絶唱」，亦爲無味；「到來函谷愁中月，歸去磻溪夢裏山」，似中非中，與盧綸「家在夢中何日到，春來江上幾人還」毫鼇之辨，惟于鱗「春色自憐彭澤柳，美人相怨武陵花」、「酒態美如嵇叔夜，詩才清似沈休文」可以配之。「明到衡山與洞庭，若爲秋月聽猿聲。愁看北渚三湘遠，惡説南風五兩輕。青草瘴時過夏口，白頭浪裏出湓城。長沙不久留才子，賈誼何須弔屈平。」一氣渾成，萬非中唐所及。《十九首》而外，予所最愛者，孟德樂府、嗣宗《詠懷》、景純《遊仙》、太冲《詠史》、文通《擬古》、叔夜《送秀才從軍》。

六朝人詠物詩，辭雖典麗，體未精嚴。唐初四傑猶沿其習，而李嶠廣之，然而皆五言也。盛唐諸君子置不復爲，如子美《雙燕》、《花鴨》、《小鵝兒》類之五言，《螢火》、黑白二《鷹》之七言，皆以我御題，不專爲形似之語，而未嘗不宛然如見。至晚唐，崔珏之《鴛鴦》、鄭谷之《鷓鴣》、雍陶之《鷺鷥》，而風韻索然矣。我朝袁凱《白燕》稍勝三詩，而氣調亦下。獻吉《桃花》、《海棠》、《牡丹》、《叢菊》諸篇，不必盡工，自是少陵遺法。元美之六十首，專詠物矣，然亦指一物詠之，非如今日諸君取必不可詠者詠之也，將如氣格何哉？

我朝詠物，若薛君采之五言，李于鱗之七言，不得不與天下共推之。

《無題》七言，是李、何諸公降格爲之者也。然獻吉：「曾倚清酣奏綵毫，象床冰簟玉樓高。徐孃老去風情在，班女愁來賦興豪。秦柳日斜傷渭曲，楚蘭春盡怨湘皋。仙郎寂寞崑崙遠，浪説人間有碧桃。」氣勝于辭，未爲傷格，第「豪」字無謂耳。仲默之「鴛鴦本是雙棲鳥，菡萏元開並蒂花。紫玉豈忘韓重侶，緑珠寧負季倫家」，足稱工麗。然「本是」、「元開」、「豈忘」、「寧負」未見渾成，又皆屬第三、第四。結語「多情自古還多恨，腸斷西風巷柳斜」聲調俱卑。朱子价「遥憐垂手明如玉，只恐翻身化作雲」極有俊聲，然「翻身」二字已失之粗，「只恐翻身」是何語也？至「多病心情寒食後，小樓風雨落花時」，不又似婦人女子詩乎？近見屠田叔《無題》十韻、《賦得》十五韻，取材樂府，合拍初唐，固此道中第一手也。

《早朝》詩，自賈舍人諸公倡和之後，後無來者。選刻紛紛，或全收，或單主，或侈言王、岑而遺賈至，或獨稱子美而薄三君。余謂舍人其弗可及矣，次岑，又次王，至子美而諸醜畢露，雖不作可焉。何以明其然也？凡早朝，必將旦未旦之時，其聞雞而起，與夫盥櫛之類，皆前乎此者也。幼鄰一、二「銀燭朝天紫陌長，禁城春色曉蒼蒼」者，是其時矣；至三、四「千條弱柳垂青鎖，百囀流鶯繞建章」，流麗渾成，有力無迹；五、六「劍佩聲隨玉墀步，衣冠身惹御爐香」，自然湊泊，而早朝之景事畢矣；結云「共沐恩波鳳池上，朝朝染翰侍君王」，則題中呈兩省僚友意也。此一時原倡，亦千秋絶調也。右丞「絳幘雞人報曉籌」，嫌于太蚤；「尚衣方進翠雲裘」，又説到天子求衣上去；「九天閶闔開宫殿，萬國衣冠拜冕旒」二句是事，「日色纔臨仙掌動，香烟欲傍衮龍浮」二句是景；結語「朝罷須裁五色詔，珮聲歸到鳳池頭」，則所謂和賈至舍人也。岑補闕「雞鳴紫陌曙光寒」嫌于太蚤，與王同病；「鶯囀皇州春色闌」，「闌」字大殺風景；「金闕曉鐘開萬户，玉階仙仗擁千官」，與王同意同格；「花迎劍珮星初落，柳拂旌旗露未乾」，極其模寫，而句亦奇工；結語「獨有鳳凰池上客，陽春一曲和皆難」，亦是和舍人意。若拾遺「五夜漏聲催曉箭」，嫌于太蚤，不待言矣；且較王、岑二起更少生色，又未能用韻。蓋五言律五韻固有，而四韻其常，七言律四韻亦多，而五韻爲勝。第二「九重春色醉仙桃」，又嫌太晏。「旌旗日暖龍蛇動，宫殿風微燕雀高」二語極用心用意，而不免詞費。蓋龍蛇者，旌旗所畫之龍蛇耳，燕雀則實實言之。以實對虛，安在其爲相配？且日暖而龍蛇動，風微而燕雀高，不亦晏之晏乎？就使無妨，尚未做出「早朝」二字，是其五、六猶可爲也，乃未朝而罷，而曰「香烟携滿袖」，遂對以和舍人意，而曰「詩成珠玉在揮毫」，步驟既亂；而中間以「香烟」對「珠玉」，復大不工。至無以爲結，乃牽扯「欲知世掌絲綸美，池上于今有鳳毛」，而于王、岑二君題下獨添七字曰「舍人先世掌絲綸」，其可乎哉？大抵賈詩雄渾，一氣而成，而中恨一字，知此者可與言詩。王詩典麗，所恨發端若衣服字面太多，則前人道過。岑詩奇俊，恨與王同，「闌」字萬萬不可，而既落此韻，亦遂無可爲易者，想當時固不得已而然耳。至子美，則如桓宣武，似劉司空，無所不恨。

余既極論子美《早朝》詩，而復漫憶子美朝廷諸作，大都可恨。「天門日射黄金榜」亦是四韻，「宫草」、「菲菲」二聯，雖云模寫，未見渾成，結語「侍臣緩步歸青瑣，退食從容出每遲」，既曰「緩步」，又曰「從容」，曰「遲」，毋乃重複甚乎？「户外昭容紫袖垂」，周用五韻，乃其五、六「晝漏稀聞高閣報，天顔有喜近臣知」，人雅言之而不知其病。何則？上是「晝漏」二字一斷，「稀聞高閣報」五字一連，下是「天顔有喜」四字一斷，「近臣知」三字一連，凡如此類，俱屬不工。至五言「花隱掖垣暮，啾啾棲鳥過」，殊覺寂寥瑣屑，與下「星臨萬户動」六語似出兩手。《答岑補闕見寄》遠不及岑，此其故何也？豈以彼其才獨見于流浪江湖，而不見于從容朝著乎？抑人各有能有不能也？

皇甫曾《早朝日寄所知》詩云：「長安雪後見歸鴻，紫禁朝天拜舞同。曙色漸分雙闕下，漏聲遥在百花中。爐烟乍起開仙仗，玉珮成行引上公。共荷發生同雨露，不應黄葉久從風。」高新寧選入接武，而後人亦往往稱之。予則謂：起語遠甚，與題不關；結語弱甚，與題不似。五、六捏合成腔，其差强人意者，第三、第四而已，亦不中與舍人、王、岑作僕。蓋以子美比舍人，猶以鄉三老配達官，至孝常則市井少年而已。因論子美，而附及之。

詞人登覽，于例不能無言，此古今所同尚也。顧古人貴精，今人貴多。以近體論，古如孟襄陽之《臨洞庭》、王右丞之《終南山》、杜工部之《岳陽樓》，皆五言也；崔司勳之《黄鶴樓》、《行經華陰》，李太白之《登金陵鳳凰臺》，皆七言也。乃孟之「八月湖水平，涵虚混太清」，高華奇峭，而接以「氣蒸雲夢澤，波撼岳陽城」，亦大自瑰瑋，與題相稱。五、六則詞意稍竭，收入己身。「欲濟無舟楫」，承上説來，「端居恥聖明」順流遞下，而接以「坐觀垂釣者，徒有羨魚情」，其細已甚。

王之「太乙近天都，連山到海隅」，尤爲雄偉不常，是其别調；「白雲迴望合，青靄入看無」則詩中畫，乃此公本色。「分野中峰變，陰晴衆壑殊」，又深一步；「欲投人處宿，隔水問樵夫」，與襄陽同病矣。杜之「昔聞洞庭水，今上岳陽樓」，流水對起，是敷衍法。三、四「吴楚東南坼，乾坤日夜浮」，大哉言乎，可謂造物在乎。「親朋無一字，老病有孤舟」，亦收入己身，與襄陽五、六同格。「戎馬關山北，憑軒涕泗流」，强作壯語，衹取二「北」字、「軒」字，與題相關耳。向非「軒」則安在其爲樓？非「關山北」則又安在其爲登岳陽樓也？崔之《黄鶴樓》，信云磊落，而不可爲七言律法；《行經華陰》一結語忽落中晚。李之《鳳凰臺》極擬司勳，未能盡善，然之數公者，已足以擅名當日，輝映來兹矣。今人登覽，輒作七言四首，此端開于李、王，而王又本李。至後來復加四爲八，而試取而按之，則或一首而已結煞，或數首而復造端，或牽扯成文而乏陶鑄通融之妙，或重翻用意而同叠床架屋之爲，苟遭譏駁，則藉口杜陵。不知《秋興》八首各有意存，且以工部其才，當亂離之後，而居錦江、玉壘之間，其感慨可勝道哉！蓋秋易生悲，興非一轍，篇名「秋興」，則所括固多矣。不寧惟是，如《諸將》，如《詠懷古迹》，皆此法也。今奈何强以一題而爲八首乎？彼徒知境界無窮，未易以一章塞白，而不知補湊數章，實未有一章力量也，雖多亦奚以爲？其此類也夫。

于鱗如《登黄榆》四首、《華山》四首，予各取其首章，《大閲兵》、《海上》四首皆取，而不無遺憾。此可與知者道耳。

詩不必八，固矣。乃若緯真先生之《登白岳》、《普陀》皆八首，而皆極其從横變幻，若遊刃有餘地、弄丸有餘閒，而飲石粱有餘勁也，則可謂多多益善，壓倒古今，不可無一，不能有二。倘細取而驗之，知不至阿私所好。

太白仙才，而于近體不堪整栗；右丞佛子，而于古體未極縱横。乃緯真先生亦仙亦佛，能古能今，氣逼青蓮，思通摩詰。《由拳集》其刃新發于硎乎？風雨至而雲霞流也，至《棲真》則變化成矣，性靈效矣，信口信心，無之非道矣。客秋鑾江之役，侍杖屨于崇州、吾邑之間者凡一月餘，見先生搦七寸管，驅役萬形，若全不經意，而内無乏思，外無遺物，足使枚乘失捷，相如謝工。耳食之人，乃謂《由拳》尚患多才，《棲真》每流率意。不知愈率意處愈佳，蓋惟先生爲能率意，惟先生之率意爲能佳耳。

詩學雜言卷下

廣陵　冒愈昌伯麐編著
石　沆瀣仲校閲

明七言古可追配初唐者，則獻吉《棄婦辭》，仲默《長安明月》，君采《元夕》，用修《垂柳》、《畫蘭》，元美《孤鴛》，于鱗《刁斗》、《齊俠》、《送張子參募兵真定》，長卿《元宵贈陳將軍田叔》、《火樹》，茂吴《楊花》，俱無愧色。

子美月詩，五言律至十六首，皆入妙境。而必簡《和康五望月有懷》一首，雅自超然，可謂貽厥孫謀，繩其祖武。

七言律詩，嚴滄浪推崔灝《黄鶴樓》爲第一，何仲默、薛君采推沈雲卿《盧家少婦》，用修謂崔賦體多，沈比興多，以畫家法論，沈是披麻皴，崔是大斧劈皴，固已善形容矣。元美謂崔起句是盛唐歌行語，沈結句是齊梁樂府語，則尤爲知言。然必欲于子美「玉露凋傷」、「老去悲秋」、「風急天高」、「昆明池水」四章求可爲第一者，不思杜律雄渾悲壯，在在而是，而間不免于辭費。七言壓卷，斷不當于彼中求之。且詩患不佳，如其佳也，則詩既異題，何必限某詩爲？一善哉乎！

于鱗之論曰：「子美篇什雖衆，隤焉自放。」乃于鱗選杜，又微似不知杜者。

李、何既往之後，王、李未興之先，道學諸公爲政，幾詩其詩，文其文矣。于中承先啓後、卓爾不群者，吾得一人焉，曰王允寧。文倣龍門，詩宗工部，所謂豪傑之士，足以當之。

明卿先生格不必高于于鱗，才不必大于元美，而深心積學，穩足停匀，五、七言律尤爲獨步。貴州諸作，不減子美夔州。至《續藁》愈精愈化，約而能廣，縱而能嚴，故今時之選多于諸子。後世之傳，亦必多于諸子。

新都萬山窟宅，黄白標奇，霧氣攸鍾，厥生伯玉。一人高唱，淹、嘉二仲，少連、景升諸子和之。自有新都，于斯爲盛。

允寧文五于詩，伯玉文七于詩，固以其勝場故。然二公詩皆深造，後來輕俊遂謂其可置不爲。予獨嘗手次兩家，選成一册。匪直爲二公解嘲，抑亦恥隨人任耳。

季迪高華，國初冠冕；子業雋永，李、何流亞。伯宗富材勁力，與七子争道而馳，可謂三高也已。乃人知季迪、子業，而不甚知伯宗，敢附闡幽之義。

讀獻吉詩，如漢魏、盛唐時人；讀茂秦詩，有弘治、正德間意。

古今文集，弇山過而不行，天地精華，赤水洩而幾盡。

伯玉之文，從《左傳》入而後出入于于鱗、元美；敬美之詩，從于鱗入而後斟酌于元美、百穀。

梅季豹之賦也、五言古也，俞羨長之五言長律也、古意新聲也，以高皇事傳古樂府也，皆得未曾有。

用修之《邯鄲才人》、元美之《袁江鈐山》、羨長之《昭凉變詞》，皆上比《廬江小婦》，下亦不失《木蘭》。

敬美源出七子，而能因題鑄意，因意鑄辭，故纖穠相得，情事皆匀，在當時則謂包宗含吴，火攻伯仁，在今日則謂青出于藍。以予觀之，于鱗舉趾頗高，子與沉思忽至，明卿淹雅而精詳，公實清宛而和暢，元美該洽而流麗，何得易言？然則何如子相乎？曰：子相以天，敬美以人；子相以才，敬美以功。子相當家，而敬美取裁；子相挾己凌人，而敬美因人鑒己。子相灑灑洋洋，探喉而出，有斐然之章；敬美綿綿密密，匠心而成，有獨苦之思。故子相秀于色，而敬美秀于辭；敬美秀于他人，而子相秀于敬美。子相百丈之松，而敬美三年之葉；子相雞群之鶴，而敬美鹿中之麋。世有識者，當賞予言。

黄白仲謂敬美之于七子青出于藍，沈箕仲頗不足元美先生詩，而不能不爲敬美左袒，大都屈指《西征集》也。予試度之，元美詩即不肯爲，然自不能爲敬美詩。今即未至，加我數年，如斯而已乎？則吾豈敢。

子相、百穀詩文皆自開一門户，自成一境界者，辟之洞天福地而外，别有桃源武陵。

顧左司馬益卿文武爲憲，不屑屑以詩名，而詩自稱之。七言古如《老松》、《野菜》等篇，近體如《出峽》、《盤山》、《同李寧遠海西亭子》等篇，皆高自出奇，非畢世推敲者所能望其一二。時一豪飲狂歌，可謂鴻寶書成，字挾風霜之氣；天台賦擲，地騰金石之聲。

益卿自謂長于改詩，如于唐人「未諳姑食性，先遣小姑嘗」，改「遣」爲「倩」，于柳陳父《南泉寺》結句「一片機心牢落盡，欲將空色問高僧」，改「欲」爲「懶」，皆竿頭進步，妙不容言矣。予亦嘗謂崔司勳《行經華陰》結句「借問路傍名利客，無如此處學長生」，「無」字易爲「何」字乃活，且與上「借問」二字意相應。若「無如」，則説煞矣，上亦當云「任爾路傍名利客」矣。沈雲卿《遥同杜員外審言過嶺》之三「何」：「何所似」、「人何處」並難移易，「何時重謁」不如道「幾時重謁」爲佳。蓋「何」字燥，「幾」字平，即非重複，猶「何」不如「幾」爾。李新鄉《濬公山池》「開山幽居」，敬美以爲「開士」，詳哉其辨，的然無疑，乃其中聯「片石孤峰」未及也。予每思維，必是「孤雲」爲是，且與下「清池」、「皓月」相配，否則既云「片石」，奈何復道「孤峰」耶？

敬美謂子美故多變態，有深句、雄句、老句、秀句、麗句、險句、拙句、累句，而要無露句。即其意，何嘗不自高自任，而其詩曰「文章千古事，得失寸心知」，曰「新詩句句好，應任老夫傳」，温然其辭，而隱然言外，何嘗有所謂吾道主盟代興哉？自少陵逗漏此趣，而大智大力者發揮畢盡，使唐音永不可復。然不思「新詩」二句，則《奉贈嚴八閣老》「扈聖登黄閣，明公獨妙年。蛟龍得雲雨，雕鶚在秋天。客禮仍疏放，官曹可接連。新詩句句好，應任老夫傳」者，蓋指嚴八新詩言之，非自道也。「應任老夫傳」，猶其《寄旻上人》云「老去新詩誰與傳」意也。儻使此公自道若此，亦何殊主盟代興等語，而猶謂温然其辭、隱然言外乎？至所謂愈險愈老，《漫興》諸詩篇中取題意興不局者，則深于子美。

詩要氣象，朝廷則宜冠冕，王侯貴戚則宜華麗。子美《宴鄭附馬潛曜洞中》云：「主家陰洞細烟霧，留客夏簟青琅玕。春酒杯濃琥珀薄，冰漿椀碧瑪瑙寒。誤疑茆堂過江麓，已入風磴霾雲端。自是秦樓壓鄭谷，時聞雜珮聲珊珊。」信云奇崛，乃春容富貴，脱洒風流，終不及初唐應制諸作。

昔人謂五言可加二爲七，七言可縮二爲五，便不成詩，固也。乃右丞之「漠漠水田飛白鷺，陰陰夏木囀黄鸝」，或謂他人五言，而右丞增而用之者。然其妙處在「漠漠」、「陰陰」四字，寫出「夏木」、「水田」光景，遂覺會心。否則，「水田飛白鷺，夏木囀黄鸝」，有何生色？衹一村師偶句而已。即工部「無邊落木蕭蕭下，不盡長江滚滚來」，妙在「無邊」、「不盡」四字，誦之颯爽，味之不窮。或曰：然則「春城紫禁曉陰陰」何如？曰：是其次也。「高座寂寥塵漠漠」？曰：是又其次也。「只恐匆匆説不盡」？曰：風斯下矣。「無邊光景一時新」？曰：子何愈趣愈下？

雲卿「魚似鏡中懸」，從酈道元《水經注》「緑水平潭，清潔澄深。俯視遊魚，類若乘空」來；「海燕雙棲玳瑁梁」，從古詩「思爲雙飛燕，銜泥巢君室」來。太白「風動荷花水殿香」，從徐陵「竹密山齋冷，荷開水殿香」來；「我寄愁心與明月」，從仲長統「寄愁天上，埋憂地下」來。子美「落月照屋梁，猶疑見顔色」，從公孫乘「月出皎兮，君子之光」來；「江間波浪兼天湧，塞上風雲接地陰」，從乃祖「宫殿星河低拂樹，殿庭燈燭上薰天」來。于鱗「尊前病起逢寒食，客裏花開別故人」，從子美「萬里悲秋常作客，百年多病獨登臺」來。

「劍閣横空峻，鑾輿出狩回。翠屏千仞合，丹嶂五丁開。灌木縈旗轉，仙雲拂馬來。乘時方在德，嗟爾勒銘才。」此唐玄宗詩也，諸家逸之，而用修見之于劍門絶壁。「黄河水繞漢宫墻，河上秋風雁幾行。客子過壕追野馬，將軍韜箭射天狼。黄塵古渡迷飛輓，白日横空冷戰場。聞道朔方多勇略，秖今誰是郭汾陽。」此李獻吉詩也，本集逸之，而元美得之于李嵩憲長，其後胥收入梓。夫詩固有幸而傳、不幸而不傳者，亦有幸而不傳、不幸而傳者，若默有主張，與士人之顯晦同也。

居嘗愛誦唐伯虎《悵悵行》云：「悵悵莫怪少時年，百丈遊絲易惹牽。何歲逢春不惆悵，何處逢情不可憐。杜曲梨花杯上雪，灞陵芳草夢中烟。前程兩袖黄金淚，公案三生白骨禪。老去思量應不悔，衲衣持鉢院門前。」豈敢謂同聲相應，抑可謂同病相憐。

詩有誤而無妨者，如《漢書》云：「御史府中列柏樹，常有野鳥數千棲宿其上，朝去暮來，號朝夕鳥。」而後遂用以爲烏者是也。有誤而妨者，如玄德云：「當踞百尺樓上，傲然視之，豈特上下床之間而已！」而後遂謂元龍百尺樓者是也。

「淚沾衣」，詩家語也。今脱一「淚」字，而曰「沾衣」，則是以「沾衣」爲「淚」矣。「一麾出守」，顔延之語也。今送人出守而曰「一麾」，則是以「一麾」爲「出守」矣。其可乎？不可乎？

凡山川形勝，易以奪人氣魄，豈惟五岳？又豈惟峨眉、雞足、武夷、匡廬、天台、雁宕、太行、終南、王屋、瓦屋、武當、普陀、四明、黄山、白嶽？即如金、焦、北固、牛首、攝山、燕子磯、滕王閣、靈巖、九華、西湖、虎丘之屬，率難措手，何者？胸中磊塊未必足與相當，縱千百其言，何益？故太白亦謂「呼吸可通帝座，恨不携謝眺驚人詩來」。

張祜《題松汀驛》云：「山色遠含空，蒼茫水國東。海明先見日，江白迥聞風。鳥道高原去，人烟小徑通。那知舊遺逸，不在五湖中。」有氣有色，遠勝金山之作。大抵五言律無論中可入盛，即晚季時時有之。

五言律，太白集中有澈首尾不對者，浩然亦多此意。二公而外，乃不意得皎然之《尋陸鴻漸》云：「移家雖帶郭，野逕入桑麻。近種籬邊菊，秋來未著花。扣門無犬吠，欲去問西家。報道山中去，歸來每日斜。」

詩有變五爲七，點鐵成金者，則沈雲卿「船如天上坐，人似鏡中行」，而子美變爲「春水船如天上坐，老年花似霧中看」；亦有變七爲五，點金成鐵者，則王摩詰：「酌酒與君君自寬，人情反覆似波瀾。白首相知猶按劍，朱門先達笑彈冠。草色全經細雨濕，花枝欲動春風寒。世事浮雲何足問，不如高卧且加餐。」而杜荀鶴變爲：「憑君滿酌酒，聽我醉中吟。客路如天遠，侯門似海深。新墳侵古道，白髮戀黄金。共有人間事，須懷濟物心。」

詩須渾淪一片，如錦繡段，絲理秩然，必尋某絲從某處來，則不可得。初、盛高絶千秋，以此。假令面目濯濯可尋，便第二義。如張燕公《灉湖山寺》：「空山寂歷道心生，虚谷迢遥野鳥聲。禪室從來雲外賞，香臺豈是世中情。雲間東嶺千重出，樹裏南湖一片明。若使巢由同此意，不將蘿薜易簪纓。」「雲外」、「世中」、「雲間」、「樹裏」，句法既同，且重一「雲」字，結語亦難遽解。《遥同蔡起居偃松篇》：「清都衆木總榮芬，聞道孤松最出群。名接天庭多景色，氣連宫闕借氤氲。懸池的的停華露，偃蓋重重拂瑞雲。不惜流膏助仙鼎，願將楨幹捧明君。」無纖毫議，而予以爲不及前篇。張正言《杜侍御送貢物戲贈》亦然。然《偃松》詩在初、盛間，《貢物》詩已落中唐矣。

中勝于晚，固也。然以七言言之，則錢、劉諸家無一首可參盛唐者；即郎士元《石林精舍》、韓君平《征南官屬》、張南史「同人永日」不過中唐佳境。何以故？氣揚而調輕故也。晚唐吴融乃得二章，《太保中書令軍前新樓》：「十二闌干壓錦城，半空人語落灘聲。風流近接平津閣，氣色高含細柳營。盡日卷簾江草緑，有時欹枕雪峰晴。不知奉詔朝天後，誰此登臨看月明。」「誰此」二字不雅，然氣足勝之。《金橋感事》：「太行和雪疊晴空，二月郊原尚朔風。飲馬早聞過渭北，射雕今欲過關東。百年徒有伊川嘆，五利寧無魏絳功。日暮長亭政愁絶，悲笳一曲戍樓中。」

七言絶句，初唐已佳，盛唐逾妙，供奉、龍標擅場千載，争勝毫釐。沿及中晚，固人不乏篇，然大都王、李下風。而不知詩者，幾謂晚勝于盛。不知此道貴渾融，不貴湊砌；貴含蓄，不貴發露；貴瀟灑，不貴黏帶；貴妙若天成，不貴多生議論。晚唐之妙，正所以爲不妙也。他姑勿論，如杜牧之：「折戟沉沙鐵（半）〔未〕消，自將磨洗認前朝。東風不與周郎便，銅雀春深鎖二喬。」「勝敗兵家不可期，包羞忍恥是男兒。江東子弟多豪俊，卷土重來未可知。」二首皆犯所忌。且「不可期」、「未可知」，不勝重複，是何法也？至「青山隱隱水迢迢，秋盡江南草木凋。二十四橋明月夜，玉人何處教吹簫」，首二語亦爲湊韻。蓋此君才小氣浮，洮洮易盡。《樊川》一集，不堪覆瓿。

邢子願謂：「予凡詞曲中有用唐人詩者，必其詩原與之近。」大是名言。

太白七言律、少陵五七言絶，皆不甚佳，而或磊落以任氣，或委折而多致，猶非他人所及。

記始讀李義山時，了不知其佳也。再讀之，而種種佳處見矣。三讀之，則幾同嚼蠟。今望望然去，若將浼焉。

七言排律，唐代數篇而已，而猶不盡佳。如李獻吉之《送胡主事犒廣西軍》，吴明卿之《竹里館答元美》、《北園》，丘謙之《武夷邵司理哭母》，王元美之《壽李宫鑒》、《投徐少師五十》、《答敬美》、《期三老人》，屠田叔之《無題》、《賦得湯慈明之贈李寧遠》，俞羡長之《遊牛首》、《贈暹上人精修净土》，何无咎之《贈吴明卿先生》，湯襲明之《訪黄白仲》，皆隱括無遺，風神不乏，一代鴻章，三唐異寶也。

或謂《唐詩鼓吹》、《三體》可供小兒號嗄。予曰：不然。穢習一染，恐來生猶洗不去。諸晚唐史，覺干戈雲擾，宜釀出此等詩人；讀晚唐詩，覺氣象流離，宜釀成此等世界。

古人以法爲詩，宋人因詩立法，偶然檢點，不妨掩口胡盧。一墮巢窠，定作終身障礙。

余故有用修《南中稿》、君采《西原集》，雅稱連璧，而近復得屠田叔籍，乃更稱鼎足焉。

四傑桃之灼灼，子昂松之落落，沈、宋芍藥、木芍藥。

浩然清若疏篁，摩詰幽蘭自芳，太白瑶華琪樹，異色天香。

讀杜詩者不知杜詩，猶讀《莊子》者不知《莊子》；解杜詩者爲杜所欺，猶解《莊子》者爲莊所笑。何則？漆園廣大極玄，少陵兼總入妙。

子美許身稷、契，流播不忘，往往形之歌詠，故于古迹則武侯三致意焉，于物則惓惓于馬，蓋以天之用莫神于龍，地之用莫神于馬故也。至于無可奈何，而曰「古來存老馬，不必取長途」，曰「誰家且養願終惠，更試明年春草長」，亦足悲矣。

元美云：「予少時見傳楊用修《春興》末聯，甚美其意，爲之擊節。」然全首亦何嘗不佳也。「最高樓上俯晴川，萬里登臨絶塞邊。碣石東浮三絳色，秀峰西合點蒼烟。天涯遊子懸雙淚，海畔孤臣謫九年。虚擬短衣隨李廣，漢家無事勒燕然。」其二：「帝里朝辭供奉班，客程霄濟洞庭灣。湘靈鼓瑟清泠外，鮫女鳴機縹緲間。青草波光連夢澤，蒼梧雲物隔疑山。故園亦有岷江水，垂老生涯釣艇閒。」何等工緻，而韻度亦復悠然。

今有纔見「中原」、「紫氣」、「風塵」等字，輒詆爲七子調者，間一扣之，彼豈直未見七子之全，且自李、王而外，有自未見其詩者。抑豈直未見諸家之詩，甚且不盡舉其名也，而謬妄若此，此其弊又甚于蹈襲者已。

嘗取譬我朝諸公：獻吉猶龍，仲默猶鳳，昌穀猶鵠，用修猶象，稚欽猶豹，君采猶鸛，子業猶鶴，于鱗猶麟，明卿猶驥，子相猶鶚，元美、長卿猶鵬，百穀猶雉。

又取譬近日文章諸家：元美豢龍手，于鱗脯麟手，伯玉臂鷹手，思進射雕手，長卿連鰲手，子願承蜩手，元敏縛虎手，本寧取心肝劊子手。詩則別喻：于鱗普賢洗象，元美庖丁解牛，明卿李廣射虎，子願墨翟飛鳶，子相騎一赤鯉，長卿挾二茅龍。

四明如陳約之之精嚴，沈嘉則之開爽，張惟静之博大，余君房之瓌奇，楊伯翼之深沈，沈箕仲之工麗，近堪蓋代，遠足千秋。

宣城自謝朓來，有聲域内，乃今則諸梅爲政：季豹高奇，禹金宏肆，泰符深鬱，子馬清疏，皆足爲文脊吐氣，與敬亭秋色争高。

濟南古多名士，今有三人：庭實草創，于鱗廓之，子愿繼起，東海大風，泱泱猶在。或曰亦有差乎？曰：庭實足，于鱗儁，子愿美。

子愿文效孟堅，間上宗乎左氏；詩原六代，時下逮于中唐。

方氏《藏山草》者，君敬員外子及督學詩也。予讀之，大較員外唱于，督學唱喁，有趨庭而後有藏山，則業爲世業。員外多五、七言近體，而七言絶附。督學如之，而五言排、五七言絶附。神遊于景龍、開元，而揖讓乎沈、宋、高、岑、王、孟、李、杜諸君子，則功爲專功。以故在員外則穆兮其思，冲兮其度，澹兮其不可窮。七言勝于五言，而山水登臨勝于平居感慨。在督學則即之彌近，測之彌遠，偶若天成，中非爾力。五言勝于七言，而杯酒殷勤勝于軺車跋涉。員外重子，督學重父，父子交相重而方得以稱文獻之家矣。猗與，盛哉！

大江以北，土厚水深，山陵莽互，黄河萬里，自天而來，故無論聖賢帝王必生江北，即從古文人亦然。大江以南，山水清嘉，土風韶秀，其所恃者海耳。海百谷王，海氣大則人才亦大，是故丘文莊産于瓊，王司寇産于婁，屠儀部産于甬。

吴郡文人號稱最盛，乃吾郡雅足當之。不暇遠引，洪武之初，吴郡高太史，吾郡則汪忠勤。弘、正之間，吴郡徐昌穀、袁永之、祝希哲、黄勉之，吾郡則儲静夫、蔣子雲、景伯時、趙叔鳴。嘉、隆之際，吴郡王元美，吾郡則宗子相；吴郡皇甫兄弟，吾郡則朱家父子。至于今日，吴郡王百穀，吾郡則陸無從。

今世衲子，玉芝、雪浪皆法門宗匠，全集具存，未易一二摘矣。即悦公、義公、愚公亦往往人所稱説，無庸摘者。予所及知，如南屏鏡之《憶峨眉》：「白毫鳥語天門樹，秋色屏開寶掌花。」《訪某僧》：「青松乍可重爲拂，黄葉休將更止啼。」送予萊州：「自知楚玉連城價，誰識齊人短布歌。」夢觀敏之《過黄鶴山》：「未會參禪未會宗，謾携瓶錫學疏慵。春來黄鶴山頭過，疑見前身手種松。」履中賢之《贈僧》：「足隨孤月白，衣染萬峰青。」答予過訪：「折葵烹宿露，掃葉破秋雲。」《月夜》：「上界林空堪住鶴，小窗雲冷不生塵。」《書懷》：「禪燈一點何生滅，祇樹千株自古今。」《登巾子山》：「空雲欲度半江來。」《贈屠先生》：「詩成囊橐盡，青山望焦山。」「枳葉藤花蒲地斑，幾行雲樹隔秋山。江頭日暮無行客，惟有寒鷗見往還。」

用修云：「佛經有樂行不如苦住，富客不如貧主。又《洞山語録》：『破鏡不重照，落花難上枝。』絶似唐人樂府。」予因而廣之。五言則「諸緣惟性曉，萬法是心光」，此中巖能禪師語也。「靈機弘聖道，真智利群生」，此曹山本寂禪師語也。「風動心摇樹，雲生性起塵」，此龍濟修禪師語也。「蘆花兩岸雪，江水一天秋」，此妙覺禪師語也。「塵中人自老，天際月常明」，此守静禪師語也。「錫帶胡天雪，瓶添漢地泉」，此靈竹珍公語也。「石上無根樹，山含不動雲」，此夾山會公語也。「烟霞生背面，風月繞檐楹」，此大通和尚語也。七言則「天地尚空秦日月，山河不見漢君臣」，「鶯囀千林花滿地，客遊三月草侵天」，此金山曇穎達觀禪師語也。「千蟾影落秋江裏，萬象收歸古鑑中」，此玉泉達禪師語也。「觀空直遣空于色，義解須教解入神」，此法藏禪髓語也。「雲坐精譚于界觀，潮音杳達于穹輪」，此《戞玉集》語也。「白雲斷處見明月，黄葉落時聞擣衣」，此惟簡禪師語也。「能空塵境爲真境，未了僧家是俗家」，此文益禪師語也。「翠竹黄花非外境，白雲明月露全身」，此神會禪師語也。「閒來石上看流水，欲洗禪衣未有塵」，此覺海禪師上堂語也。六言則「槐國罔分晝夜，漆園何論春秋」，此王丞相謁首山後偈也。「妄想之雲自飛，攀緣之舟常泛」，此慈明禪師語也。他如寒山、拾得、船子、趙州諸有全書者，不能具録。

文益禪師與南唐李主同觀牡丹，賦詩云：「擁毳對芳叢，由來趣不同。髮于今日白，花是去年紅。艷冶隨朝露，馨香逐晚風。何須待零落，然後始知空。」僧澹交自題像云：「圖形期自見，自見却傷神。已是夢中夢，更逢身外身。水花凝幻質，墨采聚空塵。堪笑余兼爾，俱爲未了人。」政黄牛自題像云：「貌古形疏倚杖藜，分明畫出須菩提。解空不許離聲色，似聽孤猿月下啼。」天寧楷禪師五偈，今取其一：「刹刹塵塵處處談，不勞禪子善財參。空生也解通消息，花雨巖前鳥不銜。」又一僧《值母生日》詩：「今朝是我孃生日，點起佛前長命燈。自米自炊還自吃，與孃齋得一員僧。」皆意超言外，令人恍然若悟。

史書不如子書，子書不如佛書，何以故？史猶據事直書，子則鑿空撰出。子猶一知半解，佛則廣大圓融。不讀佛書，終成虛度。乃自古文人精研者幾，唐則摩詰、樂天，宋則子瞻、魯直，今則元美、緯真、開之，又開闢以來，數人而已。

馮時可◇撰

談藝録

一卷

龔宗傑◎點校

談藝録

吴郡馮時可元成甫著

爲文士者，不妄詈人，不務悦人，不事馳騁，不工雕琢，不厚誇詡，不專附和，乃爲有養。故觀其文，可以知其人。

以獨行别爲傳，則世豈皆無行者？以道學别爲傳，則世豈皆無學者？以儒林、文苑分二傳，則儒豈不能文，而文果不爲儒乎？甚矣！作史者之訛而陋也。

文自文，行自行，此末世之論士也，古則文行相符。道自道，法自法，此末世之論治也，古則道法一致。

有客携新都汪司馬《却姬傳》示余，傳所由作爲南昌。余曰：「德也。」其稱曰：「余大夫單車入閩。宜人居豫章，有疾，大夫父比部公語婦曰：『婦病，不能從吾兒千里遊。閩方苦兵，兒在，其誰御朝夕？若亟以他姬行，毋貽乃翁憂。』宜人敬諾，以采篚迎熊氏姬同處，發使入閩，致舅命得請，則以姬行。大夫不可，爲書謝却之。道昆好奇，且習於大夫，遂爲之立傳。」嗟乎！却姬亦士人美事，然在余公翹然丈夫，兹特其細行，何至以一節立傳哉？男子盛年獨處，爲廣嗣娱親計，即以父命進一姬，亦義所宜然。且父命之，而宜人不即遣，候得請以行，其意深不欲也。逆父命而徇婦意，惡乎稱賢？夫脂粉婢妾，丈夫視之一尤物耳，即却之，亦惡乎奇？王處仲，一盜賊耳，感體疲一語，據開後閤，驅數十美人，聽之自歸，又胡難於却未見之一姬？凡立傳者，欲以輔世維教，要有所關係而後可。彼閭閻細事，君子奚取焉？憶余在燕時，曾以百金娶姜氏，美麗有姿首，已入門，知其父爲諸生，即以是夕歸之，不問其采。然余絶不以是形之齒頰，至於今諸兄弟皆無能稱説，藉使有爲余立傳，則余且汗愧不勝哉！

古之文簡，今之文繁。古人碑碣誌銘，苟無關係則不書。如緩急親黨，不過曰「待以舉火數十家」一二語耳。今則連篇累牘，曰某也婚，曰某也葬，數其事而稱之，數其人而記之，瑣瑣屑屑，如甲乙簿，何當哉？憶余居常所爲緩急人者，一月或至數十事，使他日子孫欲爲余記載，則且至數十册簿，豈理哉？唐以來，韓昌黎最爲大家，其誌銘等文具在，寥寥僅一二百言耳，然當時且以諛墓譏之。至於今，或一序數千言，或一傳數萬言。荆川先生所謂「山河大地不能作架子」，誠有味乎其感嘆也。是故君子之文，寧損無益，寧慎無濫，寧拂人子孫，無違人月旦。

《詩》有理語而不腐，則《烝民》、《抑戒》之篇也；有事語而不俚，則《七月》、《甫田》之篇也；有情語而不淫，則《卷耳》、《喬木》之篇也。

玄言流爲藻語，藻語流爲淫聲，至《玉樹後庭》而王、何夷曠誕弛之餘，禍極於是矣。陶靖節出言深靚，希志洙泗，其中流砥柱哉。其節不因時而降，其文亦不與時而降。

今文不同於古者，葩麗之傷典雅也，激肆之傷深渾也，靡濫之傷簡質也，曠誕之傷謹嚴也。是故爲文者，非養氣完神、摹墳宗典，安能拔茅而前哉？

今之操觚者，求驚人而不求服人，求媚世而不求維世，此海内所以無文宗也。彼其名以高古爲門户，實以駢麗爲筐篚，故雖祖秦禰漢，終不能仲柳伯韓。

文奇可能也，法難能；詩葩可能也，正難能。理語不易奇，情語不易正。

新都之文有句而無篇，有辭而無氣，有意而無神，用短僅可，用長則敗。王元美甚不服之，初以時相所重，欲借爲前茅，故《巵言》强稱一二語以牽之。其後新都自附，稱爲狎主齊盟，往來莫逆，元美不能却意，實不然也。元美嘗私語人：「吾心服江陵之功而不敢言，以曹(忿)[惡]也；心非新都之文而不能言，以曹好也。」今世稱江東、新都相率雅拜，綜其實不然。江東併包特達，譬儒家朱子、佛門曹溪，新都冥趨野戰，賈客中稱雄耳，豈其方？

文章之業，上者經天緯地，以抒其性靈，古聖賢之述作是也；下者嘲風弄月，以暢其情性，三謝、四傑之構撰是也。若不古不今，不情不性，餖飣割裂，媚竈諛墓，以逐好博金，陋亦甚矣。乃動以千秋自命，如此千秋，曾不如生前一杯酒。

士人之文章如女子之妝束，政事如女子之織紝。今有女舍織紝而工妝束，人必以爲非克家者矣。今有士舍案牘而工鉛槧，豈服官當然耶？乃若艷詞麗語，則譬之冶媚不衷之飾也。故淫於飾者，不可謂良婦；淫於文者，不可謂良士。或曰：「當今之稱雄文苑者何如？」曰：「亦各言其志也。彼欲以文蓋世，夫我則欲以文維世。」曰：「世豈文可維耶？」曰：「銜沙填海，鍊石補天，海豈沙之能填，天豈石之能補？盡我心焉而已。故與人子言依孝，與人臣言依忠。從我言而孝且忠，則我績也。孔子之《春秋》，其意豈殊哉？若以藻績爲先，則豈勝《淮南》、《吕覽》？」

楚騷淋漓揚思，游神於天外，蓋其憤懣之極也。氣有餘，則思有餘，梗而不能平，故縱横跌宕，若鞭霆決濤而不可制。以是氣輔楚懷，秦何得爲雄哉？嗚呼！士氣可揚而不可遏也。揚之，則其氣樹爲勳而蔽六合；遏之，則其氣發爲文而光日月。故楚騷成，而楚國敗矣。或曰：「屈於聖門何居？」曰：「其狂狷之徒與？狂卑今而狷矯衆，皆有餘於氣者也。舍此，則庸庸而泄泄矣。庸庸而泄泄者，其氣奄焉而不振，以媚世則有餘，以維世則雖千百緩急何賴？譬之水，中和平淡者，江海之水也；卑今矯衆者，溪峽之水也；庸庸泄泄者，沼沚之水也。潤萬彙，灌萬頃，何藉沼沚哉？」

文章綺麗近於邪佞，文章奇詭近於險詐，故以雅爲主而質爲宗，所以存天理而遏人欲也。談理之文如日星，愈高而愈明；叙事之文如山川，愈曲折而愈有條理。此非養盛者不能。

漢時氣旁魄而習淳古，故其文章爲盛。上者詔令深粹博厚，直並成周；下者書疏雄高渾灝，遠軼秦楚，稱之後世尚焉。《春和賑貸》、《除肉刑》諸令，《諭南粵》、《諭匈奴》諸書，至意懇測，天包海覆，皆文帝筆也。或曰代言者爲之。然其時公卿皆椎魯不學，惟賈誼、晁錯輩爲能文，第其跌宕高古則有餘，不能若文帝之深養厚積，具有其質文也。故文中子直欲以續《尚書》，知言哉。此外有董子、劉向、揚雄，出六經而入孔、孟，於天人義類之際燦如。《太史公書》叙世隆污，陽舒陰慘，自神化中來，而是非不詭，有先民之遺風。西京之盛所可見者，惟此數子耳。然而太史公多愛記繁，揚雄軋茁艱深，世猶不能盡滿。若長卿《上林》、《子虛》侈言博喻，已爲風雅之罪人，而開六朝之端倪。至《白麟》、《朱雁》樂府諸曲猗娜，《關雎》之響蕩然矣。昔人謂文章爲宇宙精光間氣，豈易易哉？

漢高光明磊落，絶無嬋婀氣習，故其詔令朴略弘遠，亦如大度。乃公雖良、平爲猷，陸、孫授簡，然皆帝之指揮也。文帝粹養，而制詞與三代同風，武帝雄才，而詩辭與秦、楚争勁，華實相符哉。其下則賈傅、晁錯、董相、司馬。宣、元之際，又有匡衡、劉向、揚雄輩，搴墳宗典，鬱有鴻采。當是時朝不重科，史未列苑，朋無群會，家無獨集，而前茅畢標，上乘争駕，豈非治象旁魄而仁義禮樂實德昭昭難掩哉？

六朝之秀句盡而文中之粹言出，三唐之詩格降而昌黎之宏文起。譬之百草既萎，黍稷登庚，天地華實之氣運若是哉！

八大家非不能爲秦、漢者，蓋得其精神而有運於筌蹄糟粕之表。譬製衣者之程於巧匠也，用其刀尺裁剪之法，而稱身長短與時變遷，故不同而同。今之學秦、漢者，剽詞摹字，譬之探囊胠篋，盜竊夫人之零錦剩綺，紉綴而衣，被之以爲我服也。雖强項於流輩，能不靦顏于主人哉？

古之作者，理苞塞而後有文，情轡頓而後有詩。如雲之欲雨，水之欲流，自然而不容已。今不言其所欲言，而專襲其所已言，嚬非己嚬，笑非己笑，意行而法束，神騁而徑拘，其能弘厲闉藩之外而高下自恣哉？孔子論文，以達爲主。達者，達意也。意不達而何以喻精神於萬里，傳道術於萬世？是故漢文兩書而南止尉佗之倔强，北消匈奴之畔援；虞庭四言而保治者以爲符璽，承學者以爲箕裘。則辭達之有關係于世也。

柳宗元稱陳京之文：「深茂古老，紀事朴實，不苟悦人。其學推黄、炎以下，涉歷代暨國之故，鈎引貫穿，舉大包小，若太倉之蓄，崇山之載，浩乎不可既」云〔一〕。京文不多見，觀柳所稱如此，其人可知。近來志銘傳記之作，惟務繁縟，極力贊述，苟悦子孫，無取月旦，即號爲大家者尤甚，致使將來賢愚莫辯，信史無徵，是文之大病也。昌黎云：「爲文而使一世之人不好，吾悲其

〔一〕「既」，宋刻本《河東先生集》卷九《唐故秘書少監陳公行狀》作「知」。

爲文』；爲文而使一世之人好，吾悲其爲人。」二公之言若此，其意皆欲以文維世，不徒逞膏馥爲名美，務容悦爲利媒者。予往時曾以直筆賈罪，遭豪者遍毁於諸貴人，以此齟齬末路。然予持其説不變。趙太史稱予爲文之董狐。因覽柳語有感，漫筆於此。

張子厚高而不蕩，邵康節曠而不流。邵之談數則曠而精微矣，張之崇禮則高而細謹矣。天運循環，何者非數？人身動作，何者非禮？

吕與叔《祭李端伯文》以爲與人交，洞照其情，而終靡有争。於事如控六轡，逐曲舞交，周折畢如意。可謂善狀端伯者矣。無争則心大，心大則於事何不如意。

屈原之騷，莊生之書，司馬子長之史，相如之賦，李、杜之詩，韓、蘇之序記，馳騁縱逸，天宇不能限其思，雄矣哉！

宋儒之於文也嗜易而樂淺，於論人也喜核而務深，於奏事也粗翘拂篋，貴直而少諷，所以去古愈遠，而不能經天下。

六經無浮字，秦、漢無浮句，唐以下靡靡爾。其詞燁然，其義索然，譬則秋楊之華哉，去治象遠矣。九奏無細響，三江無淺源，以謂文，豈率爾哉！永叔侃然而文温穆，子固介然而文典則，蘇長公達而文遒暢，次公恬而文澄蓄，介甫矯厲而文簡勁。文如其人哉，人如其文哉！

漢文雄而士亦雄，宋文弱而兵亦弱，唐文在盛衰之間，其國勢亦在强弱之際。

太史公之文與杜甫之詩，皆深渾高厚。其叙世隆污勝復、人慘舒悲喜之變，如口晝指撝，咸其神化槖籥之也。遷有繁詞，甫有累句，不害其爲大家。遷剪其繁則經矣，甫加以穆則雅矣。

春秋之文告，言倫眷而漸漬人心志。戰國之説辭，氣縱横而聳動人耳目。然去聖王之典訓遠矣。

子華子：「五源之溪，天下之窮處也。鼯吟而鼬啼，且曉昏而日映也。蒼蒼踘躅，四顧而無有人聲。雖然，其土膏脉以發其清流，四注無乏於濯溉。其蘋藻之芼，足以供祭。其石皺粟爛如赭霞。藹草之芳，從風以揚。壟耕溪飲，爲力也佚，而坐嘯行歌，可以卒歲。」此數語詞葩而乏混芒，東京以後筆也。

孔子作《春秋》，削其事辭，革文而從忠也。左氏燁燁乎華繁，而實寡矣。其時先王之教不遠，其所述諸賢議道講禮，憲典陳法，猶有懿德大雅之風，但多言明變，近譎近誣。衰世之文，濫觴於兹矣。韓子以謹嚴稱《春秋》，以浮誇加左氏，確矣哉。《戰國策》或以爲虞卿作，矯稱蜂出，猶有兵氣。申、韓卑卑名實，事譎詞巧，岖巇激肆，蕩如於義矣。莊、列之倫，離經畔常，皆亂世之文哉！漢斫雕爲樸，反漓爲淳，而《春和》諸令，穆如温如，以至賈、董、揚、馬諸賢，上者深淳渾灝，次者嶄峻雄奇，彬彬乎盛矣。

枚乘《七發》馳騁恢奇，祖屈原之騷，而變其體者乎？五言古詩有《三百篇》之遺意，而近於哀傷樂淫者乎？相如當盛漢之隆，氣旁魄而詞最温麗，然已爲六朝端倪矣。

西漢簡質而醇，東京新艷而薄，時之變也。班固贍郁而有體，左史之亞哉。此外寥寥矣。

徐偉長曰：「鄙儒之博學也，務於名物，詳於器械，矜於古訓，摘其章句而不能統其大義，以獲先王之心。」此何異女史誦詩，内豎傳令。今之學《史》、《漢》者大都然哉。

幹之《中論》，可稱論篤。當繁響嘈雜之際，而獨朱絃疏越也，寧諧衆耳哉！然其志則顯矣。陳思王稱其懷文抱質，恬澹寡欲，亦可驗於斯。

《十三經注疏》立，而西京諸儒之訓亡矣。學士大夫取通解而止，不復攻堅扣應，所爲帖括，稚朴淺近，能不詘於詞賦乎？譬之布帛朽蠹，寧如刺繡？故有唐經術之不振，治經者之過也。

《昭明文選》，唐人枕席沈酣其間，而六經如甲乙簿矣。《易》奇而法，《詩》正而葩，韓子獨注心焉，所以其文高於一代。

薛少保：「陽林花已紅，寒澗苔未緑。」有感於仕路淹速而作也。然人生遊世，譬遊園林，速則易過而不涉趣。與時浮沉，隨處逍遥，亦何必速哉？末云：「伊余忽人事，蕭寂無營欲。客行雖云遠，玩之良自足。」其意超矣。晚歲懷禄不止，卒與竇懷貞之難。行不踐言，惜哉。《陜郊》篇平淡而思深，宜子美取之也。

退之《秋懷》詩：「窗前兩好樹，衆葉光薿薿。秋風一披拂，策策鳴不已。微燈照空床，夜半偏入耳。愁憂無端來，感嘆成坐起。天明視顔色，與故不相似。羲和驅日月，疾急不可恃。浮生雖多途，趨死惟一軌。胡爲浪自苦，得酒且歡喜。」詞雅淡而骨遒，上駸駸建安矣。

退之《山石詩》：「山石犖確行徑微，黄昏到寺蝙蝠飛。升堂坐階新雨足，芭蕉葉大支子肥。僧言古壁佛畫好，以火來照所見希。鋪床拂席置美飯，疏糲亦足飽我饑。夜深静卧百蟲絶，清月出嶺光入扉。天明獨去無道路，出入高下窮烟霏。山紅澗碧紛爛（慢）［漫］，時見松櫪皆十圍。當流赤足蹋澗石，水聲激激風吹衣。人生如此自可樂，豈必局束爲人鞿。」此詩叙遊如畫如記，悠然澹然，在《古劍篇》諸作之上。余嘗以雨夜入山寺，良久月出，深憶公詩之妙。其「嗟哉吾黨」二句，後人添入，非公筆也。

初、盛唐之詩，真情多而巧思寡，神足氣完而色澤不屑屑也。晚唐意工詞纖，氣力彌復不振矣。春鳥秋蛩，節變音遷，人乘代運，孰能知其然哉！劉文房「日華浮野雪，春色染湘波」，佳境佳語。其他作皆深心自道，涕淚千古，所乏者雄渾耳。

韋蘇州「春羅雙鴛鴦」之作，近於典諷。《灃上作》「川寒流逾迅，霜交物初委」，《南池》詩「烟草凝衰嶼，星漢泛歸流」，《南齋》詩「春水不生烟，荒岡筠翳石」，《西齋》詩「柳意不勝春，巖光已知曙。寢齋有單絺，靈藥爲朝茹。盥漱忻景清，焚香澄神慮」，皆高雅閑淡。朱子謂其氣象近道，無聲色臭味，信矣。史稱其所至，焚香掃地而坐，超然高潔。余平日閒居，亦與蘇州好同。

嘗謂古人稱晚食當肉，緩步當車，余亦謂焚香可以當栽花，掃地可以當營宅。白居易始終完節，心曲清妙，其爲詩雖率意而不俗。《續古詩》云「何意掌上玉，化爲眼中砂」，「盈盈一尺水，浩浩千丈河」，寓意深矣。「月明無葉樹，霜滑有風枝」，「夕照紅於燒，晴空碧勝藍」，「晴沙金屑色，春水麴塵波」，自是晚唐色相。至《古原草》詩「野火燒不盡，春風吹又生」，幾希初唐乎？

莫方伯常稱唐荆川先生詩，謂「直追沈、宋」。其《送程翰林謫潮陽》詩「白晝蛟珠落，青天蜃閣分」，又「啼猿三下淚，明月兩離居」，《贈張相公》詩「儒生東閣承顏色，酋長西羌識姓名」，《冰燈》詩「出海蛟珠猶帶水，滿堂羅袖欲生寒」，置之初唐，真不易辨。伯兄嘗從公陳渡草堂，夏月席藁，不施茵帳，即白烏嚌膚不顧也。出則小艇一葉，僅容二人。常語學者：「人有富貴氣，於詩文必不佳。」又言：「近來文章，不以用世，而以媚世也。」名言哉！

高叔嗣「山河未可盡，行處與春長」、「空山懸日影，長路起風寒」，起語之絶佳者。「寒星出户少，秋露墜衣繁」，塵外語也。「孤心向誰是，直道匪今難」、「失路還爲客，他鄉獨送君」，又《登寺閣》詩末句「芳菲滿眼心無奈，衹上毘盧閣上看」，皆悽婉有餘味。近陳太史伯求於燕京馬上詠一聯云：「九陌風塵消短景，三江雲樹隔長安。」頗自得意，語予：「此似高叔嗣否？」余曰：「桓温之擬太真，稍有所恨。」陳憮然而去。

劉子威稱陳束詩「長河風日損，高室鬼神憐」，盛唐語也，惜其警策者不多。「近水割鱗時供酒，遠山啼鳥盡關人」，非不有趣，然已落晚唐格局矣。楊升庵詩甚爲葩麗，而文甚弱，齒角各有分也。詩如「猿猱臨客路，雞犬隔仙家。星河分宇縣，鐘漏隔年華」，皆雅淡，不類其别作。《華燭引流螢》篇，即使賓王操觚，亦當退避三舍。

徐叔明《東湖驛》詩「馬蹄侵夕照，鳥語變春聲」，《姚園》詩「鳥聲歡客至，花事怯春遲」，《豐樂驛》詩「柝懶偏宜客，砧疏不過門」，皆五律之佳者。七言稍弱於二王，然叔明甚不服二王，謂：「此皆秦聲，初閲則驚，細嚼則厭。」趙太史言：「此二語評其文則無辭矣，詩則吾不知也。」較二王詩，次公爲長。

張將軍元凱能詩而驕，初爲王百穀所拔，其後稍見重有司，即讒娼百穀。《謀野集》中所稱「中山狼」是也。其五言詩有「關山悲短笛，兒女憶長安」、「澗藤栖暝翠，山磬韻春潮」，能洗盡弁鶡氣味。

杜子美《新婚别》云：「誓欲隨君去，形勢反蒼黄。」《無家别》云：「存者無消息，死者爲塵泥。」又：「久行見空巷，日瘦氣慘悽。」杳眇之極，足泣鬼神。

杜詩五言古之佳者，如「夜雨剪春韭，新炊間黄粱」、「天涯歇滯雨，秔稻卧不翻」、「夜闌接軟語，落月如金盆」，《苦雨》詩「群木水光下，萬家雲氣中」，《夢李白》詩「死别已吞聲，生别常惻惻」、「魂來楓林青，魂返關塞黑」、「落月滿屋梁，猶疑照顔色」，《送樊判官》詩「冰雪净聰明，雷霆走精鋭」，《九成宫》詩「蒼山入百里，崖斷如杵臼」，《晚登瀼上堂》詩「春氣晚更生，江流静猶湧」，《大雲寺》詩「燈影照無睡，心清聞妙香」、「梵放時出寺，鐘殘仍殷床」，《西枝村》詩「天寒鳥已歸，月出山更静。土室延白光，松門耿疏影」，《北征》詩「我行已水濱，我僕猶木末。鴟鳥鳴黄桑，野鼠拱亂穴」，皆足以軼徐、庾而掩三謝。

《羌村》詩：「峥嶸赤雲西，日脚下平地。柴門鳥雀噪，歸客千里至。妻孥怪我在，驚定還拭淚。世亂遭飄蕩，生還偶然遂。鄰人滿墻頭，感嘆亦歔欷。夜闌更秉燭，相對如夢寐。」此詩情至之語，與《唐風·綢繆》章「三星在天，今夕何夕」之旨相同。「相對如夢寐」，其思黯然，千載若在目前也。

有摘弇州詩「悲歌碣石虹高下，擊筑咸陽日動摇」，以爲奇語。不知此正是弇州之病，近於匠作而遠自然。豈如老杜「錦江春色來天地，玉壘浮雲變古今」，王摩詰「雲裏帝城雙鳳闕，雨中春樹萬人家」之穩當耶？近吴明卿《岳陽樓》詩「赤甲雲生神女過，黄陵日落帝妃哀」，情思亦佳。

楚聲杳渺，秦聲雄高，漢因之而爲樂府，其曲大備。然視「二南」之風化，固已蔑矣。建安風骨遒上，而深渾不足。應、徐輩之《公讌》諸作，靡麗之開源矣。陳思《洛神》之賦，淫艷之濫觴矣。知《風》之自微矣哉！

《離騷》「秋之爲氣也，憭慄兮若遠行，登山臨水兮送將歸」，是數語杳渺凄清，味之不窮。《古詩十九首》有「人生天地間，忽如遠行客」句，祖此也。或曰：「『洞庭波兮木葉下』，言秋之祖。」曰：「非也。『秋日淒淒，百卉具腓』、『蒹葭蒼蒼，白露爲霜』，此言秋之祖也。」「王孫兮不歸，春草生兮萋萋」，本之「何草不黄，何日不行，何人不將」，而詩語更深渾矣。「春草秋更緑，公子未西歸」，意祖於《騷》而格調自下。

王次公之詩勝長公，而《關中集》尤佳。「稻花香裏流温玉，水月空中出聖燈」，盛唐語也。「雲屯遠山白，氣入高原疏」、「關山掛新月，枕簟如秋天」，初唐語也。「腰間有組休論貴，馬首無山未是遊」，似晚唐而有致。「中原草根盡，少婦木衣穿」、「有女償官犢，無家問子錢」，近於《風》矣。

皇甫涍《九日》詩「鶗鳴入怨柱，蛩響切離裯。楓落他鄉早，尊寒故國秋」，又「河虚平夕霧，閣掩澹秋塵。素月昇逾静，高霞歛更新」，又《新月》詩「微暉不照綺，清漢欲生塵」，《雁山》詩「遥靄引疏磬，群峰寒暮天」，四傑之概也。公負才傲睨，曾爲春坊司直，卒以讒廢。然郡中稱其人甚介，謂「皇甫白眉」。

皇甫汸《牛首山》詩「齋關閉秋雨，寒磬落江潮」，《虎兵》詩「草緑知春半，花飛覺雨深」，《蔡館》詩「户下鳴蜚頻帶雨，湖邊落木似催年」，《錢塘江》詩「半帆布影懸初月，幾處漁燈點落潮」，在唐盛、中間。公以早廢，所詠詩甚富，其詩名與王元美相累。吴下能詩者，朝子循而夕元美。或問其優劣，周道甫曰：「子循如齊、魯，變可至道；元美若秦、楚，强遂稱王。」

文章，順吾情性盎然而出之，則載道之器也。若或偏嗜，或沉溺，或求工，未免爲道之障矣。人心如天地，無所限量，而求工於偏詞，矜激乎一致，安能與天地相似耶？

詩以道性情，故或工而離，或拙而合，惟有道者，能于遒音亮節之中，而温厚和平之意自在。

近來文字，輒以比擬秦、漢爲奇，獨登之管丈深病其陋。嘗與共讀汪南明文，不終篇，管丈輒推墮几下曰：「惡用是沾沾諜諜者爲哉！『旗鼓』、『嚆矢』諸字眼有何好處，而累用之不置。使去此數字，更何意味？」坐中大笑。然文章要在發抒胸臆，不失古人規格，不必櫛句比字，一一模擬之也。胡寬營新豐，優孟學孫叔敖，豈獨彷彿其形狀？亦自得於神明耳。至伯樂論天下之馬，則若滅若没，若亡若失，玄黄牝牡，一弗入目，天機之所至也。吾輩求諸心而得其所謂「虚明静一」，徐取古人之言之善者以爲之法則，天機所至，不假模擬而自合矣。若影響依附，此狥外自欺之大者，寧可弗戒哉？

趙汝師嘗稱王元美《管韓二子序》：「其文縱横跌宕，生平得意之作，可以壓卷。」管登之獨謂：「此文甚無法度。前段既論管仲於桓公機合，韓非於秦機不合，是分明以二子之遇合爲軒輊。中間如何忽插入『勢之所在，則天也』一段議論，前後了不相蒙，古人寧有此？蓋鳳洲之文患其意多不能裁也。又如《王文静先生祠堂記》，其議論全無關係，獨以孤松爲高逸老人敷演生意，捨此便如嚼蠟矣。凡作祠堂記，當標其功德可祀。兹所云：『朝有吟諷，夕貴臨川之紙；手墨猶潤，群擠吴興之練。』此何以書焉？如此句法，于秦、漢，于六朝，兩無所當。大抵元美之文有塗抹倚門之能，而無佩玉鳴鑾之氣象。」管君所言固是一論。要之士人操染，乃其本業，在彼不必過爲矜詡，在此亦不必遽相掎摭。宇宙内事，皆己分内事，獨區區與人争句字之奇乎？予近領南皋先生之誨，絶不爲應酬詩文。近見佳者，亦復隱動浸淫，發于大宅，則知宇宙内事，獨有馭心之難也。

六經之文，如星辰在上，昭回燦然而斡旋元化，以成歲功，實有利于民生日用。諸子之文，如持炬以資暮行，淺之乎其益矣。曹、劉、三謝，火樹烟花，又何取焉？

獻吉云：「枚氏七，非心於七也，文涣而成七。後之作者無七而必七，然皆俳語也。夫宫室、服食、游獵，君子恥言之，而乃侈之，又相襲言之耶？」此論甚正。獻吉晚年大悔其所習，至欲自焚其稿，吁嗟晚矣。

裴頠作《崇有論》，王坦之作《廢莊論》，可謂中流之砥柱，衆醉之獨醒矣。文章不關係世教，雖多亦奚以爲？

《房中曲》者，非宫壼燕樂詞也，凡廟之四隅有靈者，皆謂之房。漢《房中歌》質不勝葩，去商、周遠矣。「金支秀華，庶髦翠旌」，美懸樂之飾也。「《七始》、《華始》，肅唱和聲」，美樂聲也。《七始》見《尚書大傳》，言黄鐘之外七音，皆可旋爲宫始也。「大海茫茫水所歸，高賢愉愉民所懷」，美高帝之寬仁也。「豐草葽，女蘿施」，言上寬仁而下親附，如女蘿之施豐草也。《練時日》章爲三言之始，詞騁而意放，《騷》之變而《雅》之反也，孰謂漢時之質？

氣肅於秋，不制則厲，《西顥》之章曰：「祔而不驕，正心翊翊。」物盈於冬，不斂則奢，《玄冥》之章曰：「兆民反本，抱素懷樸。」誦神而因以諷主，詩之近道者也。

《日出入》篇長短作句，此淫祀之詞，而錯入於郊祀者也。其詞蕩，其義淺。

《天門》章，祭星樂章也。《星經》有天門二星，其星明，謂之「天門開主，四夷歸化」，其詞在文質之間。「月穆穆以金波，日華耀以宣明」，則似魏、晉以後語矣。

《朱鷺》等章皆臣民托興諷誦之詞，而樂官采以進奏者也。其義近於滑稽，其音近於優伶，雖不觀，可也。

横吹，即横笛也，馬上奏之。相和歌者，絲竹更相和，執節者口歌其曲以協其音也，其造詞也易，其寄意也深。「雞鳴高樹顛，狗吠深宫中」，喻小人之據高涉要也。「桃生」以下譏其貴而遺友也。「相逢狹路間，道隘不容車」，刺小人之托邪徑也。「大婦織綺羅，中婦織流黄」，譏競媚也。

《塘上行》乃仕進失志者之作，有《柏舟》之遺意，非甄后作也。《善哉行》幾於《山樞》矣。《隴西行》者，以母后預政，借隴西之事以刺之也。

清商曲者，有絲竹清聲而無鉦鐃相雜，至吴歌而淫靡極矣。上聲者，秦筝也。柱則自下而上，自緩而急，其節漸促，其音漸哀。西曲歌者，楚歌詞也，以在吴之西，故曰「西曲」。《上雲》七曲，懷仙也，曰《鳳臺》，曰《桐柏》，曰《方丈》，曰《方諸》，曰《玉龜》，皆仙境也。方諸在東海，青童君治之。玉龜亦山名。梁武既製《江南弄》而又作《上雲樂》，其爲慾心一也。戀華慕艷，不能自捨，而恐其一旦去之，則思凌雲御風，爲神宇之逍遥。其如紫霜之難燿，而絳雪之難飛乎？嗚呼，忘生之惑與每生之惑，其果異哉！

《東飛伯勞歌》，勸人之遠惡而親賢也。伯勞惡鳥，凡鳥多惡而避之。故伯勞東飛，則燕必西飛，善惡不相爲謀也。若「黄姑織女」，本自相耦，猶君子之同志，能不時爲相見哉？「誰家兒女」以下言君子懷才抱德，如少女顔色之盛。在上者既見其賢，則當亟舉於位，不然盛年一去，空老其才，如春殘花落，徒使人憐惜而已。

《斷竹》之歌未必出於黄帝，然猶近於質。《皇娥》、《白帝》意蕩辭靡，此必後人贋作。《箕山》之歌亦屬子虚，有識者所能自辨。

東坡詩不步武唐人而得之自然。七言如《磻溪》詩「夜入磻溪如入峽，照山炬火落驚猿」，

《宿蟠龍寺》詩「谷中暗水響瀧瀧，嶺上疏星明煜煜。寺藏巖底千萬仞，路轉山腰三百曲。風生饑虎嘯空林，月黑驚麏竄修竹。入門突兀見深殿，照佛青熒有殘燭」，《淮上早發》詩「澹月傾雲曉角哀，小風吹水碧鱗開」，《梧州》詩「孤城吹角烟樹裏，落月未落江蒼茫」，《通潮閣》詩「杳杳天低鶻没處，青山一髮是中原」，《中秋見月》詩「一杯未盡銀闕湧，亂雲脱壞如崩濤」，《雪》詩「窗前暗響鳴枯葉，龍公試手初行雪」；五言《早行》詩「馬上續殘夢，不知朝日昇」，《戎州》詩「瘦嶺春耕少，孤城夜漏閑」，《荆州》詩「戰骨淪秋草，危樓倚斷霞」，《凝祥池》「冰雪銷殘臘，烟波寫故鄉」，又「笙歌邀白髮，燈火樂青春」，皆雋永可味。余嘗謂東坡「文中之快士，詩中之逸民」。

東坡詩七言如「嶺上晴雲披絮帽，樹頭初日掛銅鉦」，「庭下流泉翠蛟舞，洞中飛鼠白鴉翻」，「花前白酒傾雲液，户外青驄響月題」，「微風萬頃靴紋細，斷霞半空魚尾赤」，「春風摇江天漠漠，暮雲卷雨山娟娟」，「風流賀監常吴語，憔悴鐘儀獨楚音」；五言如「稻凉初吠蛤，柳老半書蟲」，「魏花非老伴，盧橘是鄉人」，「雲内流泉遠，風前飛鳥輕」，視唐稍降一格，然皆奕奕，有一種風氣。

東坡詩句佳者如《江月》詩「冰輪横海闊，香霧入樓寒」，又「星河澹欲曉，鼓角冷知秋」，置之盛唐不可卒辨。

東坡《行瓊儋間》詩「千山動鱗甲，萬谷酣笙鍾」，又「夢雲忽變色，笑電亦改容」，其語甚奇。子由亦有和詩，遠不及也。

東坡《東湖》詩「有山禿如赭，有水濁如泔」，又「泉源從高來，盡爲湖所貪」，此本秦少游《龍井泉記》。秦記云：「岸湖之山多爲所誘，而不克以爲泉。岸江之山多爲所脅，而不暇以爲泉。」其語過傷於纖，非大手筆也。

東坡詩「翠浪舞翻紅罷亞，白雲穿破碧玲瓏」，杜牧詩「罷亞百頃稻，西風吹半紅」，罷亞，稻多貌。「罷亞」字在唐人鮮用。「翠浪」二聯太覺有迹，不若杜牧用句稍爲穩當。

東坡《詠開元寺山茶》云：「葉厚有稜犀甲健，花深少態鶴頭丹。久陪方丈曼陀雨，羞對先生苜蓿盤。」佛說法，天雨曼陀寶花，此詩亦似有稜少態。《湖上》詩「映山黄帽螭頭舫，夾道青烟鵲尾爐」，黄帽，黄頭郎所著以刺舟。鵲尾香爐，費崇先嘗置膝前以供佛者。《臨臯亭》詩「劍米有危炊，鍼氊無穩坐」，皆用晉事。《南園》詩「春疇雨過羅紈膩，夏壠風來餅餌香」，上言桑，下言麥也。

《煎茶》詩「蟹眼已過魚眼生，颼颼欲作松風鳴。蒙茸出磨細珠落，眩轉繞甌飛雪輕」，《草書》詩「蒼鼠奮髯飲松腴，剡藤玉板開雪膚。遊龍天飛萬人呼，莫作羞澀羊氏妹」，此二詩，公得意作也，然去唐遠矣。《梁武帝評書》：「羊欣書似婢作夫人，不堪位置。」所謂「羞澀羊氏姝」也。

公詩用句有太實者，如「朝槃見蜜唧，夜饗聞鵂鶹。幾欲烹彲屈，固嘗（撰）［饌］鈎輈」，又《和錢安道寄惠建茶》詩「粃糠團鳳友小龍，奴隸日注臣雙井」。有太稚者，《送筍》詩「故人知我意，千里寄竹萌。駢頭玉嬰兒，一一脱錦繃」，《梅花》詩「檀心已作龍涎吐，玉頰何勞獺髓醫」，《紅梅》詩「故作小紅桃杏色，尚餘孤瘦雪霜枝」，《梅宣義園亭》詩「初期橘爲奴，漸見桐有孫」。有太俗者，《大雪》詩「鵝毛垂馬騣，自怪騎白鳳」，《游白水山》詩「偉哉造物真豪縱，攫土摶沙爲此弄」，又「恣傾白蜜收五稜，細斸黄土栽三椏」，《顯聖寺》詩「幽人自種千頭橘，遠客來尋百結花」，《東堂》詩「上人問我遲留意，待賜頭綱八餅茶」。蜜唧，蜜漬鼠子也。彲屈，蛇也。鈎輈，烏也。團鳳，小龍餅茶也，雙井草茶盛於兩浙，其品日注爲第一。自景祐以來，洪州雙井白芽漸盛，遠出日注之上。錦繃，筍包也，唐人《食筍》詩「稚子脱錦繃，駢頭玉香滑」。白蜜，酒也。五稜，稻也，廣南以田畝爲稜，收五稜所種酒稻也。三椏，人參也。百結，丁香也。頭綱龍茶一斤八餅，宋制，尚書學士得賜一斤。

《酴醿花》詩：「青蛟走玉骨，羽蓋蒙珠幰。不妝艷已絶，無風香自遠」；《瑞香花》詩「結爲楚臣佩，散落天女襟」，《雨中牡丹》詩「秀色洗紅粉，暗香生雪膚」，《人參》詩「青椏綴紫萼，圓實墮紅米」，《食荔枝》詩「炎雲駢火實，瑞露酌天漿」，皆詠物之佳句。

「數絃已品龍香撥，半面猶遮鳳尾槽」，「捲簾堂上檀槽鬧，送客林間樺燭香」，用事之佳者也。楊貴妃琵琶以邏沙檀爲槽，龍香板爲撥。白樂天《琵琶行》「千呼萬喚始出來，猶抱琵琶半遮面」，張籍詩「黄金捍撥紫檀槽，絃索初張調更高」，白樂天《早朝》詩「月堤槐露氣，風燭樺烟香」。

黄山谷「晴雲浮茗椀，飛雹落文楸」〔二〕，語非不工，自是宋人語。晴雲，茶烟也。飛雹，棋聲也。

摯虞《文章流别論》所稱「辯言過理，則與義相失」，今之談學，得無類是乎？「靡麗過美，則與情相悖」，今之構文，得無類是乎？

唐有樊宗師者，文多於韓十倍而好奇，誚韓爲平。宋有劉原甫，文多於歐十倍而好博，議歐爲淺。原甫通經術，歐公亦所推服，其文尚有載《文鑑》者。宗師墓銘作於韓公，人始知之，其他無傳。原甫好古，凡鼎彝、醆斝、金石器，到處必索，遂以成風。至政、宣間，海内靡然，古丘墓發掘殆遍矣。其祟於名，宜然耶？然古器出自墓者，實不可玩，以醞久鍾毒也，矚之傷目。元末有人以墓中古鼎烹食至殞，見《鐵崖漫録》。又古器多爲妖變祟人，隋開皇平陳所得鼎彝，白晝現

〔二〕「落」字，原本漫漶，據日本翻刻宋紹興本《山谷内集詩注》卷六補。

形淫虐，乃盡毁之，始絶。

宋熙寧間御史張商英上言：「今典綸誥皆不得人。陳繹如駑之逐驥，雖極馳騁，不成步驟；王益柔如野媪織絲，徒能成幅，終非錦綺；許將如稚兒嘔啞，不成聲律。」劉子威謂彼皆承明金馬學士，而御史敢詆如此。不知宋時議論煩多，御史、司諫無所不詆，何有金馬學士？逮靖康後，無有一人吐氣，至使太學陳東唫其口而被刑。多言之流至于言塞，可慨夫。

劉歆《七略》至三萬餘卷，其藏書甚富，所耳目春秋、戰國事甚多，因而編之爲《左傳》。蓋其書藻飾浮誇，好談淫艷鬼神之事，必非出于孔門。特以文詞甚美，美則愛，愛則傳，觀者溺而不之察耳。漢文時已除挾書之律，漢武時又優購募之賞，何歷宣元而猶未出也？

唐劉蜕，桐廬人，以文學進士。嘗聚其文，封之爲文冢，銘語多自負。其略云：「蜕愚而不鋭於百工之技，天不工蜕也，而獨文蜕焉。然嘗獲助於天，不獲助于人。」其自譬有曰：「粲如星光，如貝氣，如蛟宫之冰；又有黯如屯雲，如久陰，如枯腐熬燥之色；則如春陽，如華川，逶逶迤迤；則有如海運〔一〕，如震怒〔二〕，動蕩怪異。夫十爲文，不得十如意〔三〕。少如意，則豈非天助耶？

〔一〕「海運」，原本倒乙，據《四部叢刊》景明天啓刻本《唐劉蜕集》卷三《梓州兜率寺文冢銘》改。

〔二〕「如」，原本脱，據《唐劉蜕集》卷三《梓州兜率寺文冢銘》補。

〔三〕「十」，原本作「不」，據《唐劉蜕集》卷三《梓州兜率寺文冢銘》改。

嘗欲使天下聞之而必行，勸之而必蹈。爲農文之，使風雨以時；兵文之，使戎虜以順。然而自振者無力，能知者甚稀，豈非不獲於人助耶？」其末語更奇，有靈均佚蕩之思。吁嗟！封冢之意更深于藏山乎？藏山猶尚邀知，封冢則不藉知矣。兜率寺中一（杯）［抔］土，至今尚留，不與漢陵、唐寢共荒草泠烟，蜕豈終不知乎？蜕以荆南府解及第，時號「破天荒」。刺史崔鉉以破天荒錢七十萬資之。蜕謝書略曰：「五十年來，自是人廢；一千里外，豈曰天荒？」

空同撰朱升之墓誌銘曰：「先生天下士也。」今讀其全篇，自始至末，自筮仕至大吏，無一行可稱，無一政足述，徒以其文耳，惡稱天下士耶？至叙其歷官，於初選户部主事，以爲廟堂困之也；陞延平守，以爲難之也；擢雲南參政，以爲禦魑魅也，欲殺也。過哉！主事美選，進士、鼎甲、翰林，次即主事，惡得云困？太守方面，惡得云難？參藩大吏，豈其以爲罪人而禦魑魅？士君子欲稱其職耳，苟稱其職，何所不貴？苟溺其職，何所不賤？少年意氣，輒視官爵爲軒輊。空同老成，不應爾爾。

空同於章園送升之，其引曰：「升之書若詩，吾不知其誰學，知其爲六朝也。六朝偏安，故其文藻以弱，六書之法，至晋遂亡。然李、杜二子往往推重謝、鮑，用其全句甚多。梁武帝謂逸少書如龍躍虎卧，歷代寶之，永以爲訓，又何説也？」又曰：「六朝之調悽惋，故其弊靡；其字俊逸，故其弊媚。《詩》云：『樂彼之園，爰有樹檀，其下惟蘀。』擇而取之，存諸人者也。」然則空同甚不滿於升之書若詩者，而何以曰同聲交也？近代弇州、太函互相推奉，退則互相詆。弇州之論太函，曰「無神情也」，曰「短于用長也」，曰「如戲論，如童嗄也」；太函之語弇州，曰「古不如我也，整不如我也」。余皆聞其説，及見徐宗伯之語曰：「弇州因汪以導江陵，太函因王以引太原。故借文字以托相知，益以奇玩寶器，而中實榛刺。豈所謂交淡若水者乎？」余不能知，姑志其語，以見世情。

弇州初在太僕，余正辱武選。余性最懶交結，弇州下顧再三，余僅一答。及出撫鄖陽，余不一送。其後，余自京歸，弇州使山人馮子潛來云：「王長公甚欲一會，方爲釀以待。」余亦不往。余罷黔學憲，居一歲，麟洲來訪云：「昨俞山人來言，門下有顧我兄弟之意，家兄甚喜。」余未之承也，舍弟頗慂之。余笑曰：「鳳洲如羶也，吾豈蠅哉？」舍弟曰：「弇州可不會，弇園不可不游。」乃伺鳳洲之東鄉，遂往遊其園，飲竟日，獨俞、謝二山人相對耳。又久之，弇州自東鄉還，余偶從雲間過太倉，始一相見。已而余讀弇州《王文静祠堂記》，稍有擊舌。二三山人在坐，餙其説以語弇州。弇州曰：「彼專信莫大口頰，宜其鄙我如是。」莫大指雲卿也。已而客持弇州致荆石相公書，頗薦及不肖。余以詢徐大宗伯，徐曰：「此非美意。弇州患公林中日月甚富，且著成一家言，爲彼争雄耳。他人仇公，惟恐公仕；鳳洲仇公，惟恐公不仕。」已而御史黄仁榮疏詆弇州甚力，有讒於弇州者，此疏實管東溟起草，不肖爲之潤色。鳳洲信之，大恚，書與胡元瑞曰：「初謂禪侶中有烏啄，不謂詞壇中有迷陽也。」烏啄指東溟，迷陽指不肖，蓋刺草也。然余未嘗不服膺鳳洲，特性懶。又時太原方貴，天下士不能得太原者，競趨鳳洲，余甚恥之。故縮足不前，豈爲異也？鳳洲不應過信客耳。

昔人謂《左傳》衰世之文，《戰國策》亂世之文。左氏非左丘明也。孔子稱「巧言令色，爲丘明所恥」，而朱子注謂「古之聞人」，後人因左氏倣《春秋》，遂以謂親受業於夫子。胡《論語》、《家語》諸書不一見，而太史傳孔子弟子，亦未有左氏姓名？且其文艶而富，失之浮誇，近于巧言，胡自相背也？陸子淵所疑于左者兩事。一朔、伋之事。《春秋》書「衛人立晉」，魯隱公四年也。是歲爲壬戌，明年改元，歷辛巳爲桓公十有二年，冬十有一月，宣公告終。故《春秋》書「丙戌，衛侯晉卒」，是宣公始終爲諸侯十九年耳。今曰「蒸于夷姜而生伋」，當在二三年間。其爲伋娶也，當在十六七年間。其淫宣姜也，而生壽又生朔，非三四年不可，則十九年已無餘日。朔能譖兄壽，能爲兄竊旌設祖，必已近于成人。是衛宣在位當三十餘年，胡不相應至此耶？一爲季札觀樂。按《論語》「吾自衛反魯，然後樂正，《雅》《頌》各得其所」，事在哀公十一年，時孔子年六十五。前此詩樂散亂，存什一於千百。夫子比其篇什，正其體裁，然後謂之一經。季札聘魯在襄公二十九年，是時夫子生八歲，安得樂工所肄習皆吾夫子之新編也？故先儒以《左傳》出于劉歆父子，而君子斷以爲漢儒之文也。又孔子不語神怪，左於鄭志内蛇與外蛇鬥於南門；於虢志神降於莘；於魯稱成季之生，有文在手，以應其卜，書蛇自泉宫出，如先君數，書介葛盧聞牛言生三犧，於晉書狐突遇太子，書野人與晉文公塊，書魏顆見野人結草亢杜回，書文公出柩，有聲如牛，於楚書河神索瓊弁玉纓於子玉，於衛書相奪子享，又書桑田巫言大厲，書聲伯夢涉垣，食瓊塊，書獻子見梗陽巫皐，書鳥鳴亳社嘻嘻出出，書穆子夢豎牛，書晉侯夢黄熊，書伯有爲厲，書石言於晉魏榆，書寶龜僂句，書秦牒死六日而蘇。若此類皆不應經義，其他卜筮謡辭近於讖緯術數，非《春秋》不書事應之旨。昔人謂其多言舉典，華繁寡實，必非丘明筆也。

三代而上，閭巷之詩，皆有可觀，蓋不以人鑿天，不以情淫性，淳風和氣，抒而爲詩，雖匹夫匹婦，胸中所具，自有全經。此風雅之源也。後世飾章繪句，狀寫雲烟而已，故先賢目之以雕蟲小技。詩非小技也，動天地，感鬼神，輔相皇極，經緯人倫，故孔門之教，以學詩爲急，彼以小技目者，蓋用之者小也。

孔子曰：「文莫吾猶人也。」又曰：「文不在兹乎？」曰「猶人」，則文非絶技。曰「莫吾猶人」，則文非易事；曰「文在兹」，則文非小道。奈何重文者重視之爲神化，而輕文者輕視之爲末技？皆非至當之論。文與道一而二，二而一者也。本經則爲脩道，離經則爲畔道。

文無關於世教，不作可也；言無關於世教，不言可也。曰：「何以關世教？」曰：「只在實際，不在浮談。」性命道德，苟涉虚玄，何嘗關教？桑麻農圃，若切實用，胡不(俾)[裨]世？

文而傷煩，言而傷易，此皆不能制心。既不能制心，何以制天下？

江盈科◇撰

雪濤閣詩評

二卷

侯榮川
湯志波◎點校

雪濤閣詩評卷之一

西楚江盈科著　男禹疏婿闞士登重較

詩言志。志者，心之所之，即性情之謂也。而其發揮描寫，不能不資于事物。蓋比興多取諸物，賦則多取諸事。詩人所取事物，或遠而古昔，近而目前，皆足資用。其用物也，如良醫用藥，牛溲馬勃，隨症制宜，不專倚人參、茯苓也。其用事也，如善書之人，睹驚蛇而悟筆意，觀舞劍而得草法，不專倚臨帖、摹本也。本朝論詩，若李崆峒、李于鱗，世謂其有復古之力。然二公者，固有復古之力，亦有泥古之病。彼謂文非秦、漢不讀，詩非漢魏、六朝、盛唐不看，故事凡出漢以下者，皆不宜引用。噫，何其所見之隘而過于泥古也耶？夫詩人所引之物，皆在目前，各因其時，不相假借，如雎鳩、螽斯、桑扈、蟋蟀、樛木、桃夭、芣苢、葛藟，是《三百篇》所用之物也。降而爲《離騷》，則用芷蕙、荃茝、蘭芳、菊英、蛟龍、鳳凰、文虬、赤螭，曾有一物假借于《毛詩》乎？又降而爲唐人之詩，則用江梅、岸柳、澗草、林花、乳燕、鳴鳩、群鴉、獨鶴，曾有一物假借于《離騷》乎？非不欲假，目到意隨，意到筆隨，自不暇舍見在者而他求耳。至于引用故事，則凡已往之事與我意思互相發明者，皆可引用，不分今古，不論久近。蓋天下之事，今日見在則謂之新，明日看今日即謂之故。他不泛引，如杜詩云：「龍舟移棹晚，獸錦奪袍新。」李詩云：「選妓隨雕輦，徵歌出洞房。」非二公目見本朝之事耶？居今之世，做今之詩，乃曰漢以上故事方用，此特有見于漢家故事字眼古雅，遂爲此拘泥之言。其實字眼之古不古、雅不雅，係用之善不善，非係于漢不漢也。怪彼用字之俚俗者，欲盡廢漢以下故事不看，何異愛春景者欣艷桃、梅、梨、李，而置蓮、菊、芙蓉、山查、水仙于不觀，曰：「化工之妙，盡屬于春也。」誰其信之？故吾以爲善作詩者，自漢魏、盛唐之外，必遍究中、晚，然後可以窮詩之變；必盡目前所見之物與事，皆能收入篇章，然後可以極詩之妙。若但泥于古而已，即如作早朝詩，千言萬語，不過將旌旗、宫殿、柳拂、花迎、金闕、玉階、晚鐘、仙仗左翻右覆，及問之，則曰：「不如此，便不盛唐。」噫，只因「盛唐」二字，把見前詩興、見前詩料一筆勾罷。如此而望詩格之新，豈非却步求前之見也歟？〔二〕

或問：「詩必漢魏、盛唐，自嚴滄浪已持此論，今之三尺童子能言之。子乃謂研窮中、晚，方盡詩家之變，何也？」余曰：善論詩者，問其詩之真不真，不問其詩之唐不唐、盛不盛。蓋能爲真詩，則不求唐，不求盛，而盛唐自不能外。苟非真詩，縱摘取盛唐字句，嵌砌點綴，亦只是詩人中一個竊盜掏摸漢子。蓋凡爲詩者，或因事，或緣情，或詠物寫景，自有一段當描當畫見前境

〔二〕按，此則《亘史鈔》本加標題「用今」。

界，最要闡發玲瓏，令人讀之，耳目俱新。譬如寫真傳神者，不論其人面好面醜、黑白胖瘦、斜正光麻，只還他寫得酷像，俾其子見之，曰：「此真吾父。」其弟見之，曰：「此真吾兄。」若此，則冠服帶履之類，隨時隨便寫之，自不失爲妙手。何也？寫真而逼真也。若面孔、阿堵、顴頤一切不像，徒刻畫于服飾間，戴林宗之巾，披王恭之氅，曳鄭賜之履，拄阮宣之杖，事事倣傚古人，而其形失真。子以爲非父，弟以爲非兄，做影樣看不得，做圖畫看不得，擬古而反博笑。世人于字句間學盛唐，失却眼前光景，大率類此。如是而希必傳，譬之寫真不像，欲其子孫永遠供奉，斷無此理。故余謂做詩先求真，不先求唐，蓋謂此而漢魏可推已。[一]

古樂府、古詩所命題目，如《君馬黄》、《雉子班》、《艾如張》、《自君之出矣》等類，皆就其時事構詞，因以名篇，自然妙絶。而我朝詞人，乃取其題目，各擬一首，名曰復古。夫彼有其時，有其事，然後有其情，有其詞。我從而擬之，非其時矣，非其事矣，情安從生？强而命詞，縱使工緻，譬諸巧工能匠，塑泥刻木，儼然肖人，全無人氣，何足爲貴？夫肖者且不足貴，况不肖者乎？且《君馬黄》、《雉子班》等題，若必一一擬作，則《關雎》、《螽斯》之類，何爲丟下不擬？豈古樂府、古詩能古于《三百篇》耶？以此見擬古無用，叠屋架床，虚糜歲月，不足立名。若李、杜歌行，

[一] 按，此則《亘史鈔》本加標題「求真」。

如《廬山高》、《蜀道難》、《渼陂》、《打魚》、《縛雞》、《茅屋爲秋風所破》等類，皆因時因事命題名篇，自是高古奇絶，所以爲詩中豪傑。然則作詩者，不能自出機軸，而徒踽踽千古之題目名色中以爲復古，真處（褌）〔褌〕之虱也。〔二〕

李太白詩，清虚縹緲。如飛天真仙，了無行迹，下八洞仙人，欲逐其後塵，已無可得，況凡人乎？若七言律詩，彼自逃束縛，不肯從事，非才不逮杜也。杜子美詩，古骨古色，如萬金彝鼎，偶遇買手，逢識者自然善價而沽，若百室之邑，千人之聚，不必開口問價，誰能償得此老？至其七言律，固云宏肆，然細讀細思，何一句一字不是真景真情，在盛唐中，真號獨步。孟浩然遺思命語，都在目前，然而有影無色，有色無像。如海中蜃市，樓臺人物，是真非真，是幻非幻。若要做詩，且須放下此老，勿與争衡。王摩詰詩，和平澹泊，發于自然，全是未雕未琢意思，譬如春園花鳥，羽毛聲韻，色澤香味，都屬天機。縱有邊鸞好手，描寫出來，便隔一層，不相彷彿。李長吉賦才奇絶，構思刻苦，觀其用字用句，真是嘔出心肝。盧玉川任才任性，任筆任意，兼太白之逸，併長吉之怪，爲一人者也。詩家如李長吉，不可有二；如盧玉川，不能有二。若王昌齡、劉隨州、柳柳州、元、劉、錢、郎諸君子，都做得穩當，各自成家，所以不朽。至于李義山之刻畫、杜樊川之

〔二〕　按，此則《亘史鈔》本加標題「擬古」。

匠心、賈浪仙之幽思，均罄殫精神，窮極精巧，方之諸人，更爲刮目。白香山詩，不求工，只是好做。然香山自有香山之工，前不照古人樣，後不照來者議，意到筆隨，景到意隨，世間一切都著併包囊括入我詩内。詩之境界，到白公不知開擴多少，較諸秦皇、漢武開邊啓境，異事同功，名曰「廣大教化主」，所自來矣。

杜少陵夔州以後詩，突兀宏肆，迥異昔作。非有意换格，蜀中山水，自是挺特奇崛，少陵能象境傳神，使人讀之，山川歷落，居然在眼。所謂春蠶結繭，隨物肖形，乃謂真詩人、真手筆也。

李青蓮是快活人，當其得意時，斗酒百篇，無一語一字不是高華氣象。及流竄夜郎後，作詩甚少，當由興趣蕭索。杜少陵是固窮之士，平生無大得意事，中間兵戈亂離，饑寒老病，皆其實歷。而所歷苦楚，都于詩中寫出。故讀少陵詩，即當少陵年譜看得。

杜少陵《諸葛》五言絶云：「江流石不轉，遺恨失吞吴。」或誤疑孔明恨不能吞吴，此常人之見耳。孔明平生不欲吞吴，觀草廬中謂先主曰：「孫權據江東三世，國險民富，可與爲援，而不可圖。」其後先主報雲長之怨，伐吴取敗，此最孔明恨處，恨其不當圖吴也。然而無一言諫阻者，亦知先主君臣義重，甘心一敗，不容不報怨耳。此意讀史者未必不知，蘇長公乃托于杜陵夢中相告，豈非英雄欺人乎？

李太白作詩無意傳世，杜子美作詩有意傳世。觀其詩曰：「平生性癖耽佳句，語不驚人死不休。」至蘇子瞻亦云：「生前富貴，死後文章。」蓋亦知其文之必傳世者也〔二〕。

或人在蘇子瞻面前誦詩，語云：「一鳩啼午寂，雙燕話春愁。」曰：「此學士詩乎？」子瞻曰：「此唐人得意句，我安能爾？」噫！子瞻非謙詞也，真是下手不得。只如此看詩，乃知唐人境界，原不易詣。〔三〕

唐人之詩，有全以天機勝者，有全以人力勝者，有半出于天機，半出于人力者。如云「林花掃更落，逕草踏還生」、「野曠天低樹，江清月近人」、「海風吹不斷，江月照還空」、「雞聲茅店月，人跡板橋霜」之類，皆以天機勝者也。如云「芹泥香燕嘴，花蕊亂蜂鬚」、「徑轉迴銀燭，林疏散玉珂」、「仰蜂粘落絮，行蟻上枯梨」、「過橋分野色，移石動雲根」之類，皆以人力勝者也。如云「山從人面起，雲傍馬頭生」、「露氣聞芳杜，歌聲識采蓮」、「一鳩啼午寂，雙燕話春愁」、「縣古槐根出，官清馬骨高」之類，皆半出于天機，半出于人力者也。總而言之，李多以天機勝，杜多以人力勝。盛唐如王、孟，多以天機勝；中、晚如李義山、杜樊川諸公，則皆以人力勝。要之，天機可得，不可力致，人力到處，妙奪天工，則亦不失爲高品矣！

〔二〕「傳世也」，《亘史鈔》本作「傳于世者也」，《説郛續》本作「傳于後世」。

〔三〕按，以上七則《亘史鈔》本加標題「評唐七則」。

從古以來，詩有詩人，文有文人。譬如斲琴者不能製笛，刻玉者不能鏤金，專擅則獨詣，雙騖則兩廢。有唐一代詩人，如李如杜，皆不能爲文章。李即爲文數篇，然皆俳偶之詞，不脱詩料。求其兼詣並至，自杜樊川、柳柳州之外，殆不多見。韓昌黎文起八代，而詩筆未免質木，所乏俊聲秀色，終難膾炙人口。宋朝惟歐陽公，號稱雙美。天才如蘇長公，而其詩獨七言古不失唐格，若七言律絶，便以議論典故爲詩，所謂文人之詩，非詩人之詩也。國朝草昧之初，若高、楊、張、徐，真是詩人之詩，何者？彼固未嘗分心爲文也。至于李崆峒，文筆古拙，所以七言古風幾于逼真子美。何大復詩文庶幾雙美〔二〕，而挺拔絶特，已遜古人，遂開吴明卿、梁公實等一派，流于平衍。七子之中，王元美終當以文冠世。求真詩于七子中，則謝茂秦者，所謂人棄我取者也。李于鱗之文，初讀之，令人作苦，久而思索得出，令人欠伸思睡。若其詩，大都以盛氣雄詞，凌駕傲睨，數十年來，但留「中原」、「紫氣」、「我輩」、「起色」等語，爲後生作惡道。若此公者，幾乎併文與詩兩失者也。宗子相只是過于玄虚，不著實，而其文筆大有東坡氣味，詩句逸邁，御風而行，則本朝錚錚傑出者也。

詩有詩體，文有文體，兩不相入。中、晚之詩，窮工極變，自非後世可及。若宋人無詩，非無

〔二〕「大」，原本、《亘史鈔》本作「太」，據《説郛續》本改。

詩也，蓋彼不以詩爲詩，而以議論爲詩，故爲非詩。若乃歐陽永叔、楊大年、陳後山、黄魯直、梅聖俞諸人，則皆以詩爲詩，安見其非唐耶？我朝如何、李以後，一時詞人，自謂詩能復古，然誦其篇章，往往取古人之文字句藻麗者，襯貼鋪飾，直是以文爲詩，非詩也。夫詩，則寧質，寧朴，寧摭景目前，暢協衆耳衆目，而奈何以文爲詩，乃反自謂復古耶？余謂爲詩者專用詩料，爲文者專用文料，如製朝衣須用錦綺，如製衲衣須用布帛，各無假借，則其詩不求唐而自唐，蓋未有真詩而不唐者。若夫文，則筆力一定，更難改易。豈其擬古而工，狃時而失？蓋有生于古時，而文已不如古人；生于今日，而文直逼古人。此非人之所能也，天也。[一]

詩本性情，若係真詩，則一讀其詩，而其人性情，入眼便見。大都其詩瀟灑者，其人必啚快；其詩莊重者，其人必敦厚；其詩飄逸者，其人必風流；其詩流麗者，其人必疏爽；其詩枯瘠者，其人必寒澀；其詩豐腴者，其人必華贍；其詩凄怨者，其人必拂鬱；其詩悲壯者，其人必磊落；其詩不羈者，其人必豪宕；其詩峻潔者，其人必清修；其詩森整者，其人必謹嚴。譬如桃梅李杏，望其華，便知其樹。惟勦襲掇拾者，麋蒙虎皮，莫可方物。假如未老言老，不貧言貧，無病言病，此是杜子美家竊盗也。不飲一盞而言一日三百杯，不捨一文而言一揮數萬錢，此是

[一] 按，以上二條，《亘史鈔》本加標題「詩文才别」。

李太白家掏摸也。舉其一二，餘可類推。如是而曰「詩本性情」，何啻千里？〔一〕

凡爲詩者〔二〕，若係真詩，雖不盡佳，亦必有趣。若出于假，非必不佳，即佳亦自無趣。試觀我輩縉紳，褒衣博帶，縱然貌寢形陋，人必敬之，敬其真也。有優伶于此，貌俊形偉，加之褒衣博帶，儼然貴客，而人賤之，賤其假也。嘗記一人送文字求正于王陽明，評曰：「某篇似左，某篇似班，某篇似韓、柳。」其人大喜。或以問陽明，陽明曰：「我許其『似』，正謂其不自做文，而求似人也。譬如童子垂髫整衣，向客嚴肅，自是可敬。若使童子戴假面，掛假鬚，傴僂咳嗽，儼然老人，人但笑之而已，又何敬焉？」觀此，則知似人之文，終非至文，而詩可例已。〔三〕

詩所爲貴古者，自《雅》、《頌》、《離騷》之後，惟蘇、李《河梁》詩與《十九首》，係是真古。彼其不齊不整，重複參差，不即法，不離法。後人模之，莫得下手，乃爲未雕之樸。若晉、魏、六朝，則趨于軟媚。縱有美才秀筆，終是風骨脆弱。惟曹氏父子，不乏横槊躍馬之氣，陶淵明超然塵外，獨闢一家。蓋人非六朝之人，故詩亦非六朝之詩。沿及唐興，畢竟風氣完聚，所以四傑之琳

〔一〕 按，此條《亘史鈔》本加標題「詩品」。
〔二〕 「凡」，《亘史鈔》本作「夫」。
〔三〕 按，此條《亘史鈔》本加標題「貴真」。

琅，十二家之敦厚，李、杜之逸邁瑰瑋，直凌《離騷》而方之駕，非六朝所能彷彿萬一也。〔二〕

夫詩人者，有詩才，亦有詩膽。膽有大有小，每于詩中見之。劉禹錫題《九日》詩，欲用「糕」字，乃謂六經無「糕」字，遂不敢用。後人作詩嘲之曰：「劉郎不敢題糕字，空負詩中一世豪。」此其詩膽小也。六經原無「椀」字，而盧玉川《茶歌》連用七箇「椀」字，遂爲名言，是其詩膽大也。膽之大小，不可强爲。世有見猛虎而不動，見蜂蠆而却走者，蓋所禀固然。矯而效人，終喪本色。〔三〕

余觀唐人之詩，切于體物。蓋隨地隨事，援入筆端，初非摭拾已往陳言，圖爲塞白。如李德裕潮州詩一聯云：「五月畬田收火米，三更津吏報潮雞。」白樂天送人入楚詩云：「山鬼趫蹻惟一足，谿猿哀怨過三聲。」蓋潮州地氣，三更潮到，雞遂應潮而鳴，故曰「潮雞」。我朝巡撫楊信民領兵征東粤，挾天文生馬軾與俱。至潮，聞雞以三更鳴，問之，答曰：「雞鳴非時，當由明公將令不肅耳。」于是肅將令，因而取捷。然天文生所對，有類郢書燕説矣，此可以欺不知者。一足鬼，惟楚中有之，近世猶然，正記所謂夔也。余里中亦曾有此鬼，每至人家，必淫其婦。婦若甘與之

〔二〕　按，此條《亘史鈔》本加標題「法古」。

〔三〕　按，此條《亘史鈔》本加標題「詩膽」。

淫，事鬼如事主，則隨其所欲，金玉布帛，不遠千里，應口而至。少拂其意，至有舉火焚人廬舍者。余族叔祖江禄，好獵，一日入深山中，宿民家。五鼓起，見其棹上有豕肉一邊，上用湖廣税課司條記，印文如新。禄怪，問之曰：「湖廣去此地千里，肉安從至？」主人以實對，蓋即鬼所運者。白公送人至楚，方用此句。由此觀之，詩不體物，泛泛然取唐人熟字熟句，妝點成章，遂號于人曰詩，真袁中郎所謂八寸三分帽子，人人可戴者也。烏乎詩？烏乎詩？〔一〕

杜少陵詩隨處綴景，若讀其詩，不經其地，難解處亦多。如夔州五言律云「沉牛答雲雨，如馬戒舟航」，人多不曉，蓋夔俗祈雨有應，必殺牛沉江，用答神貺。瞿塘水中險石，惟灩澦堆最甚，夔人因謡曰：「灩澦如馬，舟不敢下；灩澦如象，舟不敢上」。故云「如馬戒舟航」。此等用語，豈得鑿空妄解？

唐杜荀鶴，爲杜樊川妾牛遺腹子，詩有父風，吟詠頗多，往往入于粗俗。有評者曰：「杜詩三百首，妙在一聯中：『春暖鳥聲碎〔二〕，日高花影重。』」余玩之，終不如次聯更妙：「承恩不在貌，教妾若爲容。」二語寥寥，而君臣上下遇合處，情皆若此。杜以兩言括之，可謂簡而盡、怨而

〔一〕按，此條《亘史鈔》本加標題「體物」。
〔二〕「春暖」，《亘史鈔》本作「風急」。

不怒者矣。〔一〕

王充《論衡》，掇拾故事，敷衍成文，殊無足寶。伯喈乃秘諸寢榻，不欲公人，不知何故？然則王充得伯喈之秘，而《論衡》之名重；伯喈因秘《論衡》，而伯喈之名反輕。概曰痂嗜，豈其然乎？〔二〕

李陵《答蘇武書》，情真語真，悲壯激烈。千古而下，令人一讀一淚。蘇長公乃謂齊梁小兒戲爲之，未免英雄欺人。夫此篇豈但齊梁人不能爲，即索諸長公集中，恐亦難輕比擬。近時李卓吾善看古文字，而乃厭薄嵇中散《絶交》、《養生》二篇，不知何説？此等文字，終晉之世不多見，即終古亦不多見。彼其情真語真，句句都從肺腸流出，自然高古，自然絶特，所以難及。

揚子雲作《太玄》準《易》，劉歆深厭薄之，以爲不堪覆瓿。或問之，答曰：「《易》列于學官，學者得廪于官，人之精《易》者且少。《太玄》，《易》外準《易》，誰復習之？」乃今果然。

揚子雲習于鉤棘，無一篇、無一語不鉤棘。蘇子瞻妙于朗暢，無一篇、無一語不朗暢。〔三〕

漢高祖《大風》一歌，帝王之盛概也。武帝《秋風》一詞，詞人之高標也。若唐太宗、明皇、文

〔一〕按，此條《亘史鈔》本加標題「杜聯」。

〔二〕按，此條《亘史鈔》本加標題「秘輕」。

〔三〕按，以上三則，《亘史鈔》本加標題「雌黄四則」，其「近時李卓吾善看古字」至「所以難及」獨作一則。

宗等，皆以帝王兼詩人之致。我朝如太祖皇帝，真漢高祖之流乎！觀其《詠菊》曰：「百花發，我未發。我若發，都駭殺。要與西風戰一場，遍身披著黃金甲。」《詠雪竹》曰：「雪壓竹枝低，雖低不著泥。一朝紅日出，依舊與天齊。」凡若此類，所謂帝王之概，不可强侔。宣廟之詩，絶似漢武，篇章頗多，不能具述。即如《餞學士黄淮》古風有云：「十載相違不相見，霜鬢蕭蕭秋滿面。」此二語，何其清曠出塵，含無窮之味。懿文太子幼時，題《半邊月》云：「誰將玉指甲，搯作青天痕？影落江湖裏，蛟龍不敢吞。」讖兆固云非吉，然首二語劈空道出，豈是凡吻？建文皇帝晚歸京師，其詩云：「流落天涯四十秋，歸來不覺雪盈頭。乾坤有恨家何在，江漢無情水自流。長樂宫中雲影暗，昭陽殿裏雨聲愁。新蒲細柳年年緑，野老吞聲哭未休。」語語凄清，讀之使人欲淚。此其于天位固不終，然但以詩論，却是情景兩到，真詩人也。武廟微行，遇一婦人汲水，乃口占一詞云：「汲水上南坡，紅裙映碧波。雖然不似俺宫娥，野花偏艷目，村酒醉人多。」亦自風騷可喜。由斯以觀，賦性不群者，開口便能驚人。區區學究，呻吟模擬，終不能逮。[一]

大凡詩句，要有巧心。蓋詩不嫌巧，只要巧得入妙。如唐人詠鷓鴣云：「遊子乍聞征袖濕，佳人頻唱翠眉低。」詠鴛鴦詩云：「乍過烟塢猶回首，只渡寒塘亦共飛。」詠鷺鷥云：「立當青草

[一] 按，此則《亘史鈔》本加標題「皇風」。

人先見，行傍白蓮魚未知。」我朝人詠白燕云：「月明漢水初無影，雪滿梁園尚未歸。」詠梅云：「雪滿山中高士卧，月明林下美人來。」此等語難具述，大都由巧入妙。近日王百穀以詩名吴中，當百穀少時，爲鄞縣袁相公作牡丹詩，其牡丹名「相公紫袍」，君乃作一聯云：「色借相公袍上紫，香分天子殿中烟。」于時都下遍傳，争識王先生面。邇來年逾耳順，詩筆新脱，不減少時。其《壽張伯起令母》詩云：「共道麻姑如好女，笑看萊子似嬰兒。」蓋張母九十而健，伯起年亦七十，故云。《題梅衡湘平朔方卷》語云：「美人學舞魚腸劍，厮養能開兕角弓。」都是實事，描寫得佳。百穀曾寓泰興陳令君所，陳觴之樓上，遂作詩一句云：「多君下榻能留稚，有客登樓亦姓王。」用陳蕃、王粲事，化腐爲新。此等語亦難具述，此君故是詞人白眉。彼以巧病之者，不悟詩之妙境者也。嗚呼，里巷匠手，床折不能治，乃笑工倕機巧，亦太傖父面孔。〔一〕

唐人登眺之詩，皆與山川相稱，中間聯句，真是移動不得。如題杭州天竺寺二語云：「樓觀滄海日，門對浙江潮。」題金山寺云：「樹影中流見，鍾聲兩岸聞。」題洞庭湖云：「氣蒸雲夢澤，波撼岳陽城。」題黄鶴樓云：「晴川歷歷漢陽樹，芳草凄凄鸚鵡洲。」後人摘爲對聯，絶與景稱。王百穀亦摘唐詩一句，爲滸墅關對，曰：「流水聲中理官事，寒山影裏見人家。」皆極的確。本朝

〔一〕　按，此則《亘史鈔》本加標題「巧詠」。

詞人登眺之詩亦多矣，摘而懸之，可有如唐人詩酷肖山川者乎？于此悟入，詩之精不精，工不工，概可見矣。〔二〕

世之負詩才，觸景寫興，合符古人者，不少矣。或不極其量，瑕多瑜少，無以自見。又或能自盡其才，而身處巖壑，不遇青雲之士爲之薦引，如孟浩然之遇王維，李群玉之遇裴休，則亦自吟自賞，如春蚓秋蛩，寂寥槁壤枯株間。使夫繡房綺户，公子姬姜，欲一聆其音，而不可得，與化俱徂者多矣。如吾郡黄生，名邦，其父官蜀中學博，生從之官。適蜀有烈婦某，其夫臨死，問婦志，婦曰：「死則俱死耳。」夫笑，婦曰：「君以妾不能死耶？」遂先夫三日自盡。繡衣使者聞之，爲表其門，且命士紳爲詩吊之。詩無慮數百，獨黄生詩一聯云：「許死一言何慷慨，先歸三日儘從容。」大爲繡衣擊節。後黄生家居，有詩一聯云：「深淺池塘看乳鴨，寂寥門巷數歸鴉。」亦自幽閒可愛。辰陽有生，逸其姓名，屢舉不第。過洞庭，題一絶云：「洞庭野水碧天浮，萬里蕭蕭蘆荻秋。可怪君山顔色厚，年年常對岳陽樓。」後二語甚含蓄有趣。又辰陽有揮使彭飛，題余邑伏波祠云：「岳王庭下鞭秦檜，千古人思武穆忠。今日拜公江上廟，願將頑鐵鑄梁松。」結語甚有思致。又聞江左一士人，少時調鄰女，執其手，爲女家所訟。縣令問士曰：「汝能詩否？」答

〔二〕 按，此則《亘史鈔》本加標題「摘聯」。

曰：「能。」遂命題女手，其人即題云：「曾向花叢揀俏枝，軟如春笋嫩如荑。金刀欲動輕鋪繡，彤管頻抽淡畫眉。雙綰鞦韆扶索處，半掀羅袖打鳩時。緑窗獨撫絲桐弄，無限春愁下指遲。」令見生詠，大驚異，謂女父曰：「爾爲女擇壻，不過欲得才者，然孰有才如此生者乎？」遂勸使歸之。父如令指，士與女因爲夫婦。次年，士遂登科。此一詩也，詠物而不著迹，逼真而絶牽强。求之唐人集中，恐未多得。然士之姓字竟逸，不聞以詩名家。諸如此類，不可勝數。豈其「楓落吴江」之句，他不盡然耶？抑履幽處僻，不得附於人以傳世耶？余每聞此等語，未嘗不爲慨嘆。因次及之，以俟采逸詩者。

昔有題詩山頂僧庵者，曰：「高山頂上一間屋，老僧半間龍半間。半夜龍飛行雨去，歸來翻羨老僧閒。」余鄉陳憲副朗溪，題詩漳江寺曰：「吟遍三千洞，來眠四大床。白雲鐘鼓外，翻笑老僧忙。」二詩用意不同，然皆輕妙有味，不妨倒案。

唐人詩云：「公道世間惟白髮，貴人頭上不曾饒。」已爲名言。近乃有翻案者，題詩曰：「年來白髮無公道，偏向愁人頭上生。」亦自稱确。〔二〕

唐兩人罷官，各題小詩。其一云：「避賢初罷相，樂聖且銜杯。試問門前客，今朝幾個

〔二〕　按，此則《亘史鈔》本無。

來？」其一云：「花開蝶滿枝，花謝蝶還稀。惟有舊時燕，主人貧亦歸。」二詩用意雖同，然有怨而怒，有怨而不怒，可以觀矣。

子規啼春，至初夏轉急，口頰流血乃止。詩人詠子規者甚多，惟一詩後二句云〔二〕：「啼得血流無用處，不如緘口過殘春。」蓋山林之中，托物以傷拒諫者，可以觀世〔三〕。

寒山詩，其中五言一首，絶是唐調。詩云：「城中蛾眉女，珠珮何珊珊。鸚鵡花間弄，琵琶月下彈。長歌三日響，短舞萬人看。未必長如此，芙蓉不耐寒。」

國初林子羽《晚春》詩一聯云：「堤柳欲眠鶯喚起，宫花乍落鳥銜來。」楊孟載《早春》詩一聯云：「柳色黄如鵝破殼，蘚痕班似鹿辭胎。」高季迪《送人入關中》一聯云：「函關月落聽雞度，華嶽雲開立馬看。」《送人官山東方伯》云：「賜履已分無埭遠，舞戈今見有苗來。」此等句，置之唐人集中，誰復優劣？恐非嘉靖七子所易造。

國初大臣能詩者，當以姚少師廣孝爲第一。觀其《題金陵懷古》詩云：「醮櫓年來戰血乾，烟花猶自半凋殘。五峰山近朝雲亂，萬歲樓空夜月寒。江水有潮通鐵甕，野田無路到金壇。蕭

〔二〕「後二句」，《亘史鈔》本無。
〔三〕「可以觀世」，《亘史鈔》本作「耳」。

梁事業今何在？北固青青眼倦看。」是何等新脱朗透，豈尋常勦襲者所能道一語〔一〕？

姑蘇唐寅，字伯虎。發解南畿，旋被詬削籍，放浪丹青山水間，以此自娱，亦以自闊。嘗題所畫小景云：「不煉金丹不坐禪，不爲商賈不耕田。興來只寫江山賣，免受人間作業錢。」又題一釣翁畫云：「直插漁竿斜繫艇，夜深月上當竿頂。老漁爛醉唤不醒，滿船霜印簑衣影。」此等語，皆大有天趣，而選刻伯虎詩者都删之，蓋以繩尺求伯虎耳。晉人有云：「索能言人不得，索解人亦不得。」誠然。

沔陽魯祭酒諱鐸，在翰林時，館師試《草堂蛛網》題，魯詩云：「草堂蛛網掛虛檐，幾度推窗似隔簾。破向虛風猶裊裊，補當明月正纖纖。燕知巧避渾無礙，蝶爲狂飛或被粘。昨夜蚊虻不安枕，願教疏處更重添。」如此詩，真是秀爽可誦。其後公有集行，詩皆莊整，不失唐人法度。然不以詩名，倘所謂以德掩言者耶〔二〕？

岳武穆《送張參謀北伐》詩一首，絶是唐調。詩云：「號令風霆迅，天聲動北陬。長驅渡河洛，直擣向燕幽。馬蹀單于血，旗梟可汗頭。歸來報明主，恢復舊神州。」〔三〕

〔一〕「一語」，《亘史鈔》本無。
〔二〕「耶」前，《亘史鈔》本多一「非」字。
〔三〕按，此則後《亘史鈔》本評語：「亘史云：此詩可與張睢陽『岧嶤試一臨』同看。」

王陽明先生詩，已入理學派頭，〔二〕不在詩人之列。曾記其詠傀儡一詩云：「到處逢人是戲場，何須傀儡夜登堂？浮華過眼三更促，名利牽人一線長。稚子自應相詫説，矮人亦復浪悲傷。本來面目還誰識？且向燈前學楚狂。」如此詠物，不著色相，非高手不能。〔三〕

一下第舉子題《昭君圖》云：「一自蛾眉別漢宮，琵琶聲斷戍樓空。金錢買取龍泉劍，寄與君王斬畫工。」蓋以畫工喻典試也，意亦巧矣。

白樂天題昭君云：「漢使却回憑寄語，黄金何日贖蛾眉？君王若問妾顔色，莫道不如宫裏時。」用意深遠，思人不及思，香山集如此首，亦難多覓。

唐人題沙場詩，愈思愈深，愈形容愈悽慘。其初但云：「醉卧沙場君莫笑，古來征戰幾人回。」已自可悲。至云「憑君莫話封侯事，一將功成萬骨枯」，則愈悲矣，然其情猶顯。若晚唐詩云：「可憐無定河邊骨，猶是春閨夢裏人。」則悲慘之甚，令人一字一淚，幾不能讀。詩之窮工極變，此亦足以觀矣。

張東海有《假髻美人》詩云：「東家女兒髮垂地，日日高樓理雲髻。西家女兒髮齊肩，買裝

〔二〕「王陽明先生詩，已入理學派頭」，《説郛續》本作「王陽明先生大有詩才，然已入理學派頭。」

〔三〕按，此則後《亘史鈔》本評語：「亘史云：王荆石相公見戲場中有裝傀儡出者，王公笑云：『昔也傀儡裝人，今也人裝傀儡。』蓋傷時云。」

假髻亦峨然。花鈿玉珥重重綴，眼底誰能辨真僞？瑣窗二月來春風，假髻美人先入宫。」其旨爲下第作也，甚有古意。〔二〕

凡詩欲雅不欲文，文則爲文章矣。凡詩欲暢于衆耳衆目，若費解費想，便是啞謎，非詩矣。凡詩不能不使故事，然忌堆積，堆積便贅矣。凡詩析看一句，要一句渾淪；合看八句，要八句渾淪。若一句不屬一氣，一篇不如一句，便湊泊不成詩矣。〔三〕

六國先秦之文，縱横馳騖，如生龍活蛇，捉摸不得。逮至西京，求其不失六國雄渾之氣者，惟二賈與晁大夫、司馬子長。中間相如諫獵，吾丘壽王禁弓矢議，嚴安、徐樂、主父偃上書，皆不失西京本色，惜其篇帙寥寥耳。如公孫弘、董仲舒對策，則已露宋人胚胎。東京之文，惟班叔皮《王命論》有西京遺風。自此而外，如《風俗通》、《白虎通》、《論衡》、《潛夫》之類，皆筆氣頽靡，殊無足觀。方王司徒殺蔡中郎時，馬日(殫)〔磾〕嘆曰：「此曠世逸才，當留備一代史作。」今觀其所著《獨斷》，較諸《西京雜記》，不啻天淵。假令中郎續《漢書》，必在班孟堅之下無疑。六朝之文，余所深服者，嵇中散《絶交書》、《養生論》二篇。其他若潘、陸以下，縱使妍秀美麗，畢竟格

〔二〕按，「世之負詩才」以下至此十五則，《亘史鈔》本加標題「采逸」。
〔三〕按，此則《亘史鈔》本加標題「詩忌」。

調纖弱，骨氣軟脆。如深宫處女拈針刺繡，芙蓉鴛鴦，色色可人，終不是丈夫氣概。韓昌黎力追西京，柳柳州相與提挈，真是能復古者。然終唐之世，二家之外，未見比倫。但自復古，不能使人盡還於古。甚矣，古文之難也！〔二〕

近日王緱山論文，謂時文中只宜入時文調，用古文雖極好，亦非當行。譬如法家只用行移字，縱有秦漢文筆，用于行移，與律例招情不相干涉，亦有何補？余謂論詩亦然。詩自有詩料，著個文章字不得。試看唐人詩句，何一句一字非詩？近時文人用文筆爲詩，敷暢曼衍，譬如縉紳先生剽竊雅致，綸巾深衣，打扮高士裝束，終有軒冕意思在。深于詩者，自能辨之。曾記嘉靖中選司考試省祭，所命之題，乃《出票催鼓匠輓鼓》。一省祭擬二語云：「其鼓務要緊綳密釘，晴雨同鳴。」大爲選司賞鑒。若此等語，真乃移易不得，故是法吏老手。推而論詩論文，皆若此，乃稱當行。〔三〕

〔二〕按，此則《亘史鈔》本加標題「復古」。

〔三〕按，此則《亘史鈔》本加標題「當行」。

雪濤閣詩評卷之二

西楚江盈科著　男禹疏婿闕士登重校

于忠肅公謙，平生居高位，甘清苦，不以詩名，然間有題詠，肝膽畢見。其童年《題石灰》詩云：「千錐萬斧出深山，烈火坑中過一番。粉骨碎身都不惜，只留清白在人間。」及爲河南方伯，入覲題詩云：「首帕蔴菇與線香，本資民利反爲殃。清風兩袖朝天去，免被閭閻話短長。」讀其詩，可想其人。若《石灰》篇，固出韻〔二〕，然公一生讖兆具是矣。〔三〕

鄱陽劉芝陽，諱應麒，巡撫吴中，告終養歸。臨發，題詩署中曰：「來時行李去時裝，午夜青天一炷香。描得海圖留幕府，不將山水帶還鄉。」蓋亦道其實者矣。

宋賈似道拜相，或作詩嘲之曰：「收拾山河一担擔，上肩容易下肩難。勸君高著擎天手，多少傍人冷眼看。」久之，似道建議丈量，或又作詩嘲之，後二語云：「縱使一坵加一畝，也應不及

〔二〕「固出韻然」，《亘史鈔》本無。
〔三〕按，此條《亘史鈔》本加標題「詩讖」。

舊封疆。」又有題路程本者，後二語云：「如何丢却中原地，只把臨安作起頭。」又賈相遣人販鹽，或作一詩云：「昨夜春風湧碧波，滿船都道相公鹾。雖然欲作調羹用，未必調羹用許多。」詩固不古，可以觀世。語云：天下有道，庶人不議，信矣哉〔一〕！

廣西全州蔣暉，仕至太守。曾言吕純陽嘗至某觀，與徘徊相接，題詩一首云：「宴罷歸來海上山，月飄承露浴金丹。夜深鶴透秋空碧，萬里西風一劍寒。」真是奇絶不凡語，未容輕擬。

一尼僧題一詩云〔二〕：「到處尋春不見春，芒鞋踏破曉山雲。歸來笑撚梅花嗅，春在枝頭已十分。」絶似悟後人語。

一全真題桃川壁間云：「磨快鋤頭挖苦參，不知山下白雲深。多年寂寞無烟火，細嚼梅花當點心。」讀之，似不火食人言語〔三〕。

胡纘宗，號可泉，蜀新安人。登進士第，選庶吉士，久之，改蘇州太守。好寫字作詩，然詩無

〔一〕「信」，《亘史鈔》本無。
〔二〕「題一」，《亘史鈔》本無。
〔三〕「讀之似」，《亘史鈔》本無。

大佳者。當世廟南巡時，可泉乃賦一律云〔一〕：「聞道鑾輿曉渡河〔二〕，岳雲縹緲照晴珂〔三〕。千官玉帛嵩呼近，萬國衣冠禹貢多。鎖鑰北門留統制，璿璣南極護羲和。穆王八駿空飛電，湘竹英皇淚不磨。」後爲仇家訐奏，上命緹騎往逮。時纘宗方官制撫，自意不免。然世廟終不深罪，但惡其「空飛電」、「淚不磨」語，以爲不祥，命削籍。噫！使在宋時，將遂爲烏臺詩案矣，聖世文網之闊有如此〔四〕。余嘗讀胡公詩〔五〕，此首號爲傑出〔六〕。若此律者，蓋公得意之詩〔七〕，不得意之遇〔八〕。

江夏吴偉，號小仙，以畫名世，武宗賜號「畫狀元」。當其童時，鬻于人家爲伴讀，年七歲纔入塾，便伸紙作小畫一幅，題其額曰：「白頭一老子，騎驢去飲水。岸上蹄踏蹄，水中嘴封嘴。」塾師見之大奇，然則偉亦天授，非人力也〔九〕。

〔一〕「可泉乃」，《亘史鈔》本無。
〔二〕「曉」，《亘史鈔》本作「晚」。
〔三〕「晴」，《亘史鈔》本作「青」。
〔四〕「有」，《亘史鈔》本無。
〔五〕「胡」，《亘史鈔》本無。
〔六〕「此首」，《亘史鈔》本無。
〔七〕「若此律者蓋」，《亘史鈔》本作「若律則」。
〔八〕此句下《亘史鈔》本多「悲夫」。
〔九〕「非人力也」，原本脱，據《説郛續》本補。

王西樓者，武弁也，而以樂府擅名。余觀其所擬樂府，未嘗强模，如《君馬黄》、《雉子班》等篇，皆就眼前時事命題，特筆氣爽快，發揮可喜。如擬婦人騎馬云：「露玉笋，絲韁軟把。襯金蓮，寶鐙輕踏。裙拖翡翠紗，扇掩泥金畫。似比昭君，只少面琵琶。天寶年間若有他，却不把三郎愛殺。」擬睡鞋云：「新紅染鞋三寸整，不落地能乾净。燈前换晚妝，被裏鈎春興，幾番間把醉人兒蹬踢醒。」擬失雞云：「雞兒失了，童子休焦。那炊爨的、好助他一把火燒，烹調的、送他一握胡椒。乾乾净净的吃了，損得終朝報曉，直睡到日頭高。」然則此等製作，未免俚俗，而才料取諸眼前，句調得諸口頭，朗誦一過，殊足解頤。其視匠心學古，艱難苦澀者，真不啻啖哀家梨也。即此推之，詩可例已。

閩中有婦人作詩寄遠者云：「野雞羽毛好，不如家雞能報曉。新人貌如花，不如舊人能績麻。績麻做衫與君著，眼見花開又花落。」此等語，取之目前，要自古雅暢快，有《三百篇》之風，然則詩果遠乎哉？

世人畫張果像，皆倒騎蹇驢，不解所以。蜀中一耆儒贊曰：「舉世多少人，誰似這老漢？不是倒騎驢，凡事回頭看。」此詩雖亦出于議論，然斬截切當，自是單刀入陣手，「回頭看」三字自佳。〔二〕

〔二〕按，此則《亘史鈔》本無。又「鄱陽劉芝陽」條以下至此十五則，《亘史鈔》本加標題「詩有實際」。

桃川宫舊有道士姓曾，號種桃，其人抱玄修，能詩〔一〕。比其没也，邑中博士魯文斐以詩吊之曰：「種桃道士歸何處？曾種谿桃作主來。今日有桃君不見，桃開依舊是君面〔二〕。」博士平日無詩名，乃此章，則何減「人面桃花」之句？

武廟之初，李西涯柄政，大都長者耳，無救世亂。或題詩譏之曰：「才名少與斗山齊，伴食中書日又西。回首湘江春草緑，鷓鴣啼罷子規啼。」解禽言者曰：「鷓鴣聲道『行不動的哥哥』，子規聲道『歸去好』，湘江者，公故鄉也。」其詩可謂婉且切云。

初月新月詩，自古至今，不知多少。余獨愛一閨秀絶句，尾語云：「天邊怕看如鈎月〔三〕，鈎起新愁與舊愁。」下字最新巧，人思不到，又似不待思者。

國初孫蕡題石榴詩云：「纍垂纍垂又纍垂，纍垂壓倒珊瑚枝。秋霜劈破玳瑁皮，露出幾顆珍珠兒。」此等著筆，真足驚世。

趙子昂孟頫，宋宗人也，而仕于元，書法丹青，皆名後世。然多有題其畫相譏訕者。一人題子昂山水圖云：「吴興公子玉堂仙，畫出王維勝輞川。兩岸青山多少地，可無一畝種瓜田？」又

〔一〕「其人抱玄修」，《亘史鈔》本作「頗」。
〔二〕「是君面」，《亘史鈔》本作「待君回」。
〔三〕「看」，《亘史鈔》本作「見」。

一人題子昂畫蘭云：「滋蘭九畹誠多種，不及墨池三兩花。此日國香零落盡，王孫芳草遍天涯。」世所爲譏孟頫者如此。然孟頫生于元世，而仕于元，則亦勢之無奈者也。

有詠紅梅者，尾韻限「牛」字。其人題曰：「玉骨冰肌絶俗流，著些顔色在枝頭。牧童睡起昏朦眼，錯認桃花誤放牛。」又有詠漁舟者，尾韻限「天」字。其人題云：「籃裏無魚欠酒錢，酒家門外繫漁船。幾回欲脱簑衣當，只恐明朝是雨天。」此二絶者，韻脚自然，亦甚可喜。

永樂間，賢妃權氏侍駕北征，薨，謚「恭獻」。是時又有順妃任氏、昭儀李氏、婕妤吕氏、美人崔氏，俱朝鮮人。賢妃尤穠粹，善吹玉簫。按臞仙《宫詞》云：「忽聞天外玉簫聲，花底徐行獨自聽。三十六宫秋一色，不知何處月偏明？」王司綵《宫詞》：「瓊花移入大明宫，旖旎濃香韻晚風。（嬴）［嬴］得君王留步輦，玉簫嘹亮月明中。」[一]

平江縣艾穆，號熙亭，仕至四川巡撫。當其爲主政時，抗疏論江陵相公，重得罪，戍寧夏。乃作詩云：「萬死猶令戍遠方，聖恩原自重綱常。西寧風土遷人少，北極星辰引望長。楚客江魚終葬腹，漢臣馬革願爲囊。青山到處堪藏迹，誰謂天涯異故鄉？」夫艾公處顛沛之時，詩句絶無悲怨，此亦足覘所養。余因記國初學士朱備萬，豫章人，甚見寵于高廟。久之，被遣戍遼，當

[一] 按，此條《亘史鈔》本加標題「宫詞」。

登舟時，上使人覘之，朱方用牲醴祝神，口占曰：「船肚下有水，篷面上有風。諸神來擁護，指日到遼東。」使者回報，上遂召還備萬，免戍。〔二〕

張蘿峰內閣，年五十尚在公車。其時武宗盤遊，而浙江撫按兩院會飲雁山，張乃作詩投之曰：「海內衣冠集雁山，草茅無路得躋攀。山中獨掃豺狼道，天上誰當虎豹關？玉輦不知行樂處，金巵且莫破愁顔。江湖廊廟原相係，莫道漁樵盡日閒。」兩院見詩，目張爲狂生，幾坐以事。張乃走赴公車，登第未久，拜相。蓋此公氣魄，此詩已露其倪。

蜀人鄒智，字汝愚。家貧，讀書龍庵，燒葉代燈。十九歲發解，鄉人擠擁争看，鄒乃口占一絶云：「龍庵山上舊書生，偶掇三巴第一名。天下許多難了事，鄉人何用大相驚？」未幾，登進士第，論權相萬安，繫獄。獄中作詩云：「人到白頭終是盡，事垂青史定誰真。夢魂不識身猶繫，又逐東風入紫宸。」此等語，俱秀拔可愛。惜其以繫獄死耳，不然，詩焉可量？其時有進士李文祥者，楚麻城人，與汝愚同調。萬相國欲羅致之，乃使其孫進士邀李同飲，出《鳴鳩圖》索題。文祥題一絶，尾語云：「春來風雨尋常事，莫把天恩當己恩。」大忤萬相，尋亦謫死。噫！剛腸烈漢，片語落人間，貴于鳳毛，安用多？

〔二〕按，此則《亘史鈔》本加標題「戍詩」。

國初，太祖皇帝戰江南時，偶投一寺歇宿。住持不知上也，輒相問姓名，上乃題詩寺壁曰：「戰退江南百萬兵，腰間寶劍血猶腥。山僧並不知分曉，只管滔滔問姓名〔二〕。」及登極後，寺僧惶恐，用水洗去其詩。上遣人索原詩在否，一僧亦題詩獻曰：「御筆題詩不敢留，留時恐惹鬼神愁。僧將法水輕輕洗，尚有龍光射斗牛。」上覽詩頗喜，寺僧皆得免究。〔三〕

永樂朝，有浪遊黄州者，以犯夜爲太守究。其人上詩云：「舟泊蘆花淺水涯，故人邀我飲金巵。因歌赤壁兩篇賦，不覺黄州半夜時。城上將軍原有禁，江南遊子本無知。黄堂若問真消息，舊有聲名在鳳池。」問其姓名，終不言，太守禮而遣之。或目爲解春雨，然解實未嘗楚遊。乃詩則佳麗可誦。

余邑徐廣文，號二溪，諱春，詩不成家，然有詩趣。少時爲青衿，以語言得罪，獄繫武昌，乃于獄中作詩上郡守，曰：「冒雪披簑入楚城，如今楊柳插天青。洞庭春水高于艇，何日桃源得問津？」守嘉其才，輒爲解繫。久之，年暮，鬚髯皓白，以考貢過安鄉縣墨山，乃倒跨蹇驢，題詩郵壁云：「野服黄冠過墨山，人人争詫是神仙。醉行落日江天晚，掃石攤簑且自眠」。縣尹見之，

〔二〕「滔滔」，《亘史鈔》本作「叨叨」。
〔三〕按，「張蘿峰内閣」以下至此三則，《亘史鈔》本加標題「占度」。

以爲異人也，物色之，二溪已變服不復見。二詩皆係口占出韻，但天趣，故自灑灑。

聞有士夫謀占佛地爲風水者，比及毁寺，一住持僧善詩，乃題詩云：「臨行收拾破袈裟，檢點僧囊没半些。袖拂白雲離洞口，肩挑明月過天涯。可憐松頂新巢鶴，孤負籬邊舊種花。分付犬猫隨我去，莫教流落俗人家。」詩甚灑脱，亦自凄慘，士夫聞之竟不顧，殊爲可恨。

吴郡劉廷美，性嗜詩，仕終僉事，五十致政歸。成化初，璚臺邢宥守蘇州，持畫梅一幅乞題，劉題云：「歲寒相見在天涯，玉色珠光帶露華。笑殺玄都狂道士，種桃不解種梅花。」邢甚喜。已而邢議杖陂池起税，補田之荒没者。或貼一詩於郡門云：「量盡沙邊到水邊，只留滄海與青天。漁舟若過閑洲渚，爲報沙鷗莫穩眠。」邢聞之，以爲廷美詠也，遂怨劉。劉卒，不吊。不知此詩乃宋人刺賈似道者，而誤爲劉作，豈不冤甚？余因記邑中一賈人，不識字，曾製新帽，鄰里歛銀張宴賀之。越數日，賈人門上或粘一小帖，書：「天皇皇，地皇皇，我家有個夜啼郎。」蓋嗲詞爲兒啼發也。一人揭帖，語賈人曰：「鄰里賀公，公不答席。今此輩書公門矣，帖在此。」於是賈人誤以爲真書門，遂答席。酒中鄰里謝曰：「何答席之速也？」賈人告以故，一座大笑。噫，世之不察實而誣人者，豈少也哉？〔二〕

〔二〕　此則《亘史鈔》本加標題「誤猜」。

孫蕡字仲述，陝西人，善詩，爲宋潛溪高弟。國初登進士，仕爲翰林典籍，嘗應制賦《醉學士歌》，太祖愛之。及藍玉將軍以反誅，上搜其家，凡有隻字相遺者皆得罪。蕡嘗爲藍將軍題一畫，以是及于禍，將刑，口占一詩云：「鼉鼓三聲畢，西山日又斜。黄泉無客店，今夜宿誰家？」刑訖，上問監殺指揮：「蕡死亦何言？」因舉詩爲對，上曰：「彼有如此佳詩，乃不覆奏而輒行刑，何也？」亦併殺之。噫！太祖時，以一詩一對稱旨顯庸者不少，獨蕡以詩自禍，且以禍人，豈亦有數也乎？莊周有言：「不龜手一也，或以封，或洴澼絖。」然則詩一也，或以庸，或以死，遇與不遇耳。

國朝江州有朱原虚者，頗能詩。父有所遺綾綺十餘篋，匿不分其二弟，弟貧不自存。適比鄰請箕仙，原虚往拜索詩，箕題云：「何處西風卷夜霜？雁行中斷各淒凉。吴綾越錦空盈篋，不見姜家布被香。」原虚大悔，遂盡剖其篋分二弟，弟皆讀書成名。吾鄉亦有請箕仙者，仙至，自云何仙姑。一頑童戲之，于掌心書一「卵」字，問姑曰：「此何字？」蓋湖北人謂腎物爲「卵」[二]，箕遂題云：「似卵原非卵，如卬不是卬。仙家無用處，轉贈與尊堂。」頑童又戲問曰：「洞賓先生安在？」箕即題云：「開口何須問洞賓？洞賓與我却無情。是非都入凡人耳，萬丈長河洗不清。」

[二] 此句《亘史鈔》本無。

其敏捷如此。一日，又有請箕仙者，仙至，自稱太白仙人。余邑中有李春元者，名相，號方山，自負能詩，乃於箕前與仙鬥捷，不能勝。因限一韻，索題于仙，曰「曾、登、能」。于時箕動如飛，不少停思。題曰：「爲報西樓灑掃曾，謫仙還向醉中登。百篇斗酒聊乘興，借問方山能不能？」李乃屈服。又余同年袁六休，亦言其鄉人曾請箕仙，伊舅龔生暗摘芭蕉一片，置袖裹，上書「功名」二字，問仙曰：「余欲有所叩，仙度余所叩者何物何事？」箕題云：「袖裏携來一葉青，欲將此物問功名。昨宵枕上聽鳴雨，減却瀟瀟四五聲。」凡此類皆奇中，然言來事多不驗。或云凡赴箕者，非真仙也，即其地能文之人早死而未滅者，所謂鬼也。夫鬼能藏往，神乃知來。觀其談往事如灼，而判將來，有中有不中，豈不信其爲鬼也哉？〔二〕

余邑李令，名春熙，號沅南。生八歲，騎竹馬行市中，遇一縣丞經過，問其姓名，具舉以對。丞曰：「爾能聯句乎？」對曰：「能。」丞乃出句曰：「書生騎馬街心走。」沅南對曰：「舉子乘龍天上來。」丞大異之。後十餘歲，詠《上馬嬌圖》詩云：「未上先愁墜，方行遽喚還。如何生畏馬，死葬馬嵬山？」其幼時詩句往往如此。至十八歲，舉於鄉。已而嗜色，病耳聾，不復登第。迹其生平所著詩，佳者甚多。仕終萬縣令尹，位雖不崇，然足當於楚才矣。

〔二〕　此則《亘史鈔》本加標題「箕鬼」。

余鄉有李可蕃者，蓋績溪令李麓南長子[一]，號瞻麓。少負美才，善談吐。所爲詩未必成家，然自有詩趣。先是，邑中有某婦者，私於邑庠士何池東。何死，又私李半埜。半埜，蓋方伯源埜公子，爲此婦别築一室居之，不啻金屋阿嬌。瞻麓乃題一絶云：「聞君高築土磚房，好把桃符四面張。只恐池東心未死，夜深風雨向三娘。」三娘，即李所私婦。其時池東遊魂往往出見，人每睹其儒服騎馬馳里中，故李詩云云。滇南有楊孝廉者，號淳庵，曾侍其父博士寓余邑，久與瞻麓善。後楊典四川同試，轉湘潭令。李遺書，楊未答。李復遺以詩云：「十年一字杳難期，怪殺魚遲雁亦遲。囊貯薛箋無用處，想來欲搨去思碑。」觀此二絶，李之才情可想。

余邑李沅南，風情特勝，赴公車，别所愛姬，代爲題詩云[二]：「寶馬金鞭白玉鞍，藁砧明日上長安。夜深幾點傷心淚，滴入紅爐火亦寒。」詩故佳，公復託于他人，不欲自著云[三]。

沅南又述一人題《二喬觀兵書圖》云：「香肩並倚讀兵書，韜略原非中饋圖。千古周南風化本，晚涼何不讀關雎？」亦雅致可喜。[四]

[一]「蓋」，《亘史鈔》本作「爲」。
[二]「爲題」，《亘史鈔》本無。
[三]「公復托于他人，不欲自著云」，《亘史鈔》本作「公不欲自著」。
[四]此則《亘史鈔》本無。

余下第南歸，見南陽邸壁有畫龍，亦題其上曰：「頭角空教恁地雄，可能霖雨潤寰中。人間多少諸梁輩，不愛真龍愛畫龍。」〔二〕

嚴陵釣臺詩甚多。曾有下第者題五言絶一首甚佳，詩云：「君爲功名隱，我爲功名來。羞覩君家面，黄昏過釣臺。」然則得意處政不在多耳。

辰州有揮使彭飛者，善詩。寓余邑，題馬伏波祠云：「岳王庭下鞭秦檜，千古人心武穆忠。今日拜公江上廟，願將頑鐵鎖梁松。」此其詠幾與「銅雀春深」争巧矣。

辰郡唐侍御萬陽，題岳陽武穆祠一律云：「武穆祠堂楚水涯，短墻疏草映殘花。奸諛何代無秦相，忠孝誰人似岳家？風静魚龍吹細浪，月明鷗鷺宿平沙。遥憐古墓西湖上，萬樹南枝日欲斜。」此詩何必減李崆峒「水廟飛沙」之句，惜不多見耳。

余邑印鶴田，中鄉試，仕爲成都府别駕，與其子少鶴皆能詩。鶴田題關雲長祠云：「赤面長髯國士風，解圍尽在笑談中。三分天下憑贏馬，八陣風雲聽卧龍。長劍倚天秋氣冷，空堂閉月夜燈紅。細論炎祚丁奇運，翻恨將軍失阿蒙。」詞政雄渾，與題相稱。其子少鶴曾與李方伯源野飲，時值九日，有妓女金樹兒者，病起唱歌侑酒，少鶴口占一絶云：「九日佳人病起時，當筵歌舞

〔二〕此則《亘史鈔》本無。

不勝衣。可憐顔色黄如菊，不枉名呼金樹兒。」亦自風致可喜。[一]

唐狀元諱皋，徽州人。少時負才名，自許甚高。已而蹉跎不第，亦復骯髒。後年近知命，竟狀元及第，不負所志。公亦自撰《勸世歌》云：「人生七十古來少，先除少年後除老。中間光景不多時，更有炎凉與煩惱。朝裏官多做不盡，世上錢多賺不了。官大錢多憂轉多，落得自家頭白早。中秋過了月不明，清明過了花不好。花前月下且高歌，及時忙把金樽倒。請君檢點眼前人，一年幾度埋芳草。芳草高低新舊墳，可憐寒食無人掃。」此歌淺而雅，明而不俗，暢於衆志，通於衆耳。令人讀之，覺名利心，一時灰燼。

太祖喜誦唐人李山甫《金陵懷古》詩，且書揭屏間。其詩曰：「南朝天子愛風流，盡守江山不到頭。總爲戰争收拾得，却因歌舞破除休。堯將道德終無敵，秦把金湯不自由。試問繁華何處在，雨花烟草石城秋。」嗚呼！聖心儆惕，安不忘危，蓋特因詩而寄爾。[二]

揚子江邊祝某妻周氏，有色，年二十餘，生男一。金山寺僧惠明密使一嫗，常送花粉，甚暱。一日夫出，氏邀嫗同眠，潛置僧鞋一雙於榻。夫歸，見而怒責周氏，誓去之。周不能解，明日與

[一] 按，以上二則，《亘史鈔》本加標題「題詠」。
[二] 按，此條及上「唐狀元諱皋」條、前「永樂朝有浪游黄州者」條加標題「儆惕」。

夫別，泣題曰：「去燕有歸期，去婦長别離。妾有堂堂夫，妾有呱呱兒。撇了夫與子，出門欲何之？有聲空嗚咽，有淚徒漣洏。百病皆有藥，此病諒難醫。大夫心番覆，曾不記當時。山盟與海誓，瞬息倏更移。吁嗟一女婦，方寸皇天知。」氏既去，歸父家。僧惠明蓄髮，托媒娶之，生一女。異日，偶露前情，周氏擊大明鼓伸冤，上親鞫之，惠明凌遲處死。噫，周氏此詩，只寫真情，而哀痛迫切，可與《柏舟》並讀。〔一〕

彭有信歲貢至京，上微行，偶與相值，口占《虹霓》詩云：「誰把青紅線兩條，和雲和雨繫天腰。」有信應聲曰：「玉皇昨夜鑾輿出，萬里長空駕綵橋。」上異之，約詰朝早朝相會。宣入，曰：「有學有行，君子也。」拜北平布政。上一日以微行市間，遇國子生某入酒坊。上問其鄉里，曰：「四川重慶人。」上屬詞曰：「千里爲重，重水重山重慶府。」生應聲曰：「一人成大，大邦大國大明君。」上因舉兀几木片，命賦詩。生吟曰：「寸木原從斧削成，每於低處立功名。他時若得臺端用，要向人間治不平。」上私喜，探錢償酒家去。明日，召入謁，上笑曰：「爾欲登臺端乎？」命爲按察使。又有僧來復，字見心，豫章人。工詩，與宗泐齊名，上召見之。一日，侍食訖，進詩謝云：「淇園花雨曉吹香，手挽袈裟近御床。闕下彩雲移雉尾，座中紅茀動龍光。金盤蘇合來殊

〔一〕　按，此則《亘史鈔》本加標題「怨憤」。

域，玉盌醍醐出上方。稠叠灊承天上賜，自慚無德頌陶唐。」上怒曰：「詩用『殊』字，謂我爲歹朱，又謂我無德。奸僧敢大膽如此！」誅之。噫！前二詩未必佳，乃取不次之位。來復詩工矣，乃取不測之禍。太祖評詩，可謂無定價矣。〔二〕

何景明，號大復，詩與李崆峒齊名。然余讀其《樂陵令行》一篇，亦何嘗規規模古，蓋不過就當日時事鋪叙結構，自具古體。其詩云：「山東郡縣一百八，無有一城無戰場。到今漂血成野水，如山白骨横秋霜。雲臺功高將不收，投筆亦有書生謀。黄金大印賜豪貴，白面豈得言封侯。唐朝公卿集如雲，平原太守名不聞。二十四城見賊走，抗賊乃是平原守。君不見，前者寇到時，縣吏州官各亡命。北梁白馬終日行，濟上黄旗錯相映。不聞開門戰，但聞開門降。吁嗟乎，平原太守樂陵令！」夫此詩以樂陵配平原，亦偶然耳。然平原幸脱禄山，竟陷希烈，許公初成却賊之功，後卒死逆藩。二人忠節遭際，蓋略相似矣。〔三〕

景皇帝在位，頗好聲色，嘗以銀豆金錢灑地，令宫人宦侍争拾鬨笑。編修楊守誠賦《銀豆謡》曰：「南方承詔出九重，冶銀爲豆驅良工。顆顆匀圓奪天巧，矢函進入蓬萊宫。御手親將十

〔二〕 按，此則《亘史鈔》本加標題「數奇」。
〔三〕 按，此則《亘史鈔》本加標題「配合」。

餘把，琅玕亂灑金階下。萬顆珠璣走玉盤，一天雨雹敲鴛瓦。中官跪拾每盈袖，金璫半墮羅衣縐。贏得天顔一笑歡，拜賜歸來坐清晝。聞知昨日六宮中，翠娥紅袖承春風。黄金作豆競拾得，羊車不至愁烟中。别有銀壺薄如葉，并刀剪碎盈丹匣。也隨金豆灑金階，滿地春風飛玉蝶。君不見，民餐木皮和草根，夢想豆食如八珍。官倉有米無銀糴，操瓢盡作溝中塵。明主由來愛一嚬，安邦只在恤窮民。願將銀豆三千斛，活取枯骸百萬人。」噫！此詩卓有古意，然未嘗有意模古，乃知真詩自古，不在模古。

正德末年，内官之黨布列藩省，往來道路，殆無停軌。王西樓作樂府詞譏之曰：「喇叭，嗩哪，曲兒小腔兒大。眼見他吹翻了這家，吹壞了那家。」蓋言百姓答應夫役，以致困窮。存其詞，可以觀世。〔二〕

余生平喜讀閨秀詩，然苦易忘。近摘取佳者數首，各爲品題，以見女子自攄胸臆，尚能爲不朽之論，況丈夫乎！〔三〕

〔二〕按，以上二則，《亘史鈔》本加標題「尚意」。

〔三〕此則及以下至卷末，《亘史鈔》本題作「閨秀詩評」。

崔氏

崔氏，校書盧象妻，有詞翰。結縭之後，以校書年暮微嫌。盧請賦詩，立成一絶〔一〕。

不怨盧郎年紀大，不怨盧郎官職卑。自怨妾身生較晚，不及盧郎年少時。

右心中不愜事〔二〕，徐以一語自解。其妙入神，歸于無怨。〔三〕

陳玉蘭

玉蘭，王駕妻。駕戍邊，蘭寄此詩。

夫戍邊關妾在吴，西風吹妾妾憂夫。一行書寄千行淚，寒到君邊衣到無？

右凄惻之懷，盤於胸臆。二十八字曲盡其苦，轉讀轉難爲情。

〔一〕「立成」，《亘古鈔》本無。

〔二〕「愜」，《説郛續》本作「樂」。

〔三〕此段及以下各人品題，《亘史鈔》本均改「右」作「評云」。

魚玄機

咸通中西京咸宜觀女冠，工詩。

賦得江邊柳

翠色連荒岸，烟姿入遠樓。影鋪秋水面，花落釣人頭。根老藏魚窟，枝低繫客舟。瀟瀟風雨夜，驚夢復添愁。

贈鄰女

羞日遮羅袖，愁春懶起妝。易求無價寶，難得有心郎。枕上潛垂淚，花間暗斷腸。自能窺宋玉，何必恨王昌。

右二詩蒼老古拙，如孔明廟柏，柯石根銅。

王韞秀

元載妻。有婦德婦節，又工詩。

諫外

楚舞燕歌動畫梁，更闌重換舞衣裳。公孫開館招佳客，知道浮雲不久長。

元載爲相，頗拒客，韞秀以此諫之。無論詩工，即其識見，亦豈婦人可到？

廉氏

寫真寄外

欲下丹青筆，先拈寶鏡寒。已驚顔索寞，漸覺鬢凋殘。淚眼描來易，愁腸寫出難。恐君渾忘却，時展畫圖看。

右詩質而不俚，真率而多思。

劉采春

囉嗊曲

不喜秦淮水，生憎江上船。載兒夫壻去，經歲又經年。

其二

借問東園柳，枯來得幾年？自無枝葉分，莫怨太陽偏。

其三

莫作商人婦，金釵當卜錢。朝朝江口望，錯認幾人船。

右三詩商彝周鼎，古色照人，不意閨門能爲此語。

花蕊夫人

姓費氏，西蜀孟昶宫人。蜀破，入宋宫，死焉。

宫詞

龍池九曲遠相通，楊柳絲牽兩岸風。長似江南好風景，畫船來往碧波中。

其二

侍女争揮玉彈弓，金丸飛入亂花中。一時驚起流鶯散，踏破殘花滿地紅。

其三

太液波清水殿凉，畫船驚起宿鴛鴦。翠眉不及池邊柳，取次飛花入建章。

費氏《宫詞》百首，與王建齊名。此但摘其一二。然嘗鼎一臠，知禁味矣。

蒨桃

寇萊公侍姬。公于歌舞頗費侈，姬諫之。

束綾詩

一曲清歌一束綾，美人猶自意嫌輕。不知織女寒窗下，幾度抛梭織得成？

其二

風動衣單手屢呵，幽窗軋軋度寒梭。臘天日短不盈尺，何似妖姬一曲歌？

一句一字皆真切，與蹈襲者迥別。

毛友龍妻

友龍應舉下第，久不歸，妻寄此詩。

剔燭親封錦字書，擬憑歸雁寄天隅。經年未報干秦策，不識如今舌在無。

用事切當。

余淑柔

題驛亭

雨溜和風鈴，滴滴丁丁。做成一枕別離情。可是當年陶學士，辜負郵亭。　過雁帶邊聲，音信無憑。花鬚偷數卜歸程。料得到家秋正好，菊滿寒城。

風騷可喜，時有幽致。

朱淑真

誰家橫笛弄輕清？唤起離人枕上情。自是斷腸聽不得，非干吹出斷腸聲。

杜工部句云：「誰家巧作斷腸聲。」此詩直翻其案，清絶可愛。

朱希真

希真，小字秋娘，嫁爲商人徐必用妻，能詩。

警悟

世事短如春夢，人情薄似秋雲，不須計較苦勞心。萬事元來有命。幸遇三杯酒美，況逢一朵花新，片時歡笑且相親。明日陰晴未定。

又[一]

日日深杯酒滿，朝朝小圃花開。自歌自舞自開懷，且喜無拘無礙。青史幾番春夢，紅塵多少奇才。不須計較與安排，領取而今見在。

讀其詞，達于義命，非復婦人所能道。

賈蓬萊

詠蝶

薄翅凝香粉，新衣染媚黄。風流誰得似，兩兩宿花房。

詞簡而意有餘。

黄氏

王元妻。夫婦安貧，黄又工詩，相得甚歡云。

[一]「又」，《亘史鈔》本作「警世」。

聽琴

素琴開素匣，何事獨顰眉。古調俗不樂，正聲公自知。寒泉出澗澀，老檜倚風悲。縱有來聽者，誰堪繼子期？

古意、古調、古詞，恐知音者寡矣。

嚴蕊

蕊字幼芳，天臺營妓。唐太守仲友命賦紅白桃花，即調《如夢令》一闋。

紅白桃花詞

道是梨花不是，道是杏花不是。白白與紅紅，別是東風情味。曾記，曾記，人在武陵微醉。

都是眼前字襯貼，婉轉有致。

翁客妓

妓歸翁客，因以名之。此其閨門調弄之詞也。

答翁客詞

説盟説誓，説情説意，動便春愁滿紙。多應念得脱空經，是那個先生教的？　不茶不飯，不言不語，一味供他憔悴相思。已是不曾閑，又那得工夫咒你！

口頭語組織成詞，暢于衆耳，此詞家當行也。

劉氏

洞庭人，葉正甫妻。夫久客都下，妻寄衣，并侑以詩句。

製衣寄外

情同牛女隔天河，又喜秋來得一過。歲歲寄郎身上服，絲絲是妾手中梭。剪聲自覺和腸斷，線脚那能抵淚多。長短只依先去樣，不知肥瘦近如何？

詩體稍俗，然亦真切不浮。

李氏

嫁夫而貧，諸姊妹多適富家，李自慰云云。

巴家富

誰道巴家窘，巴家十倍鄒。池中羅水馬，庭下列蝸牛。燕麥紛無數，榆錢散不收。夜來添驟富，新月掛銀鈎。

體物真切，出以詼諧。胸次如此，區區濁富，自非所好。

元氏

遺山之妹，女冠也。張平章欲娶之，微探所向，見此詩，不敢出言。

補天花版

補天手段暫鋪張，不許纖塵落畫堂。寄語新來雙燕子，移巢別處覓雕梁。

清貞之意，因物觸發，足令觀者起敬。

吴人嫁女詞

種花莫種官路傍，嫁女莫嫁諸侯王。種花官道人争取，嫁女侯王不久長。花落色衰人易變〔一〕，離鸞鏡破終成怨。不如嫁與田舍郎，白首相看不下堂。

識者之詞，難爲衆人道也。

薛氏

翡翠雙飛不待呼，鴛鴦並宿幾曾孤？生憎寶帶橋頭水，半入吴江半太湖。

尾語有趣。

鄭奎妻

四時詞

春風吹花落紅雪，楊柳陰濃啼百舌。東家蝴蝶西家飛，前歲櫻桃今歲結。鞦韆蹴罷鬢鬖

〔一〕「色」，原本作「花」，據《説郛續》本改。

髿，粉汗凝香沁綠紗。侍女亦知心內事，銀瓶汲水煮新茶。

其二

芭蕉葉展青鸞尾，萱草花含金鳳嘴。一雙乳燕出雕梁，數點新荷浮綠水。困人天氣日長時，針線慵拈午漏遲。起向石榴陰畔立，戲將梅子打鶯兒。

其三

鐵馬聲喧風力緊，雪窗夢破鴛鴦冷。玉罏燒麝有餘香，羅扇撲螢無定影。洞簫一曲是誰家？河漢西流月半斜。要染纖纖紅指甲，金盤夜搗鳳仙花。

其四

山茶未放梅先吐，風動簾旌雪花舞。金盤月冷瘦狻猊，綉幕圍春護鸚鵡。倩人呵筆畫雙眉，脂水凝寒上臉遲〔二〕。妝罷扶頭重照鏡，鳳釵斜壓瑞香枝。

〔二〕「水」，《亘史鈔》本作「粉」。

惜花春起早

臙脂曉破湘桃蕚，露重荼蘼香雪落。媚紫濃遮刺綉窗，嬌紅斜映鞦韆索。轆轤驚夢急起來，梳雲未暇臨妝臺。笑呼侍女秉明燭，先照海棠開未開。

愛月夜眠遲

香車半輾金釵卸〔一〕，寂寂重門深鎖夜。素魄初離碧海端，清光已透珠簾罅。徘徊不語倚闌干，參横斗轉風露寒。小娃低語唤歸寢，猶傍薔薇架後看。

掬水月在手

銀塘水滿蟾光吐，姮娥夜夜馮夷府。蕩漾明珠若可掬，分明兔穎如堪數。美人自挹濯春葱，忽訝冰輪在掌中。女伴臨流笑相語，指尖擎出廣寒宫。

〔一〕「車」，《亘史鈔》本作「鬟」。

弄花香滿衣

鈴聲響處東風急，紅紫叢邊久凝立。素手扳條怕刺傷，金蓮移步嫌苔濕。幽芳擷罷掩蘭堂，馥郁餘香滿綉床。蜂蝶紛紛入窗户，飛來飛去繞衣裳。

右八詠，體不甚古，而醲郁光麗，時露風韻，蓋女子中錦心繡口者。

虞氏

海寧人，嫁董湄。兩月湄卒，誓不再醮。父母微動之，乃賦菊詩自見。守節至五十餘卒。

詠菊

移得春苗愛護周，柴桑無主爲誰秋？寒芳甘抱枝枝萎，羞墜西風逐水流。

貞心勁節，溢于言表。

楊用修妻

寄外

雁飛曾不到衡陽，錦字何由寄永昌。三春花柳妾薄命〔二〕，六詔風烟君斷腸。曰歸曰歸愁歲暮，其雨其雨怨朝陽。相聞空有刀環約，何日金雞下夜郎？

評云：詩風韻勝于用脩，此首其得意者。韻脚重一「陽」字，調亦失拈。

孟淑卿

春歸

落盡棠梨水拍堤，萋萋芳草望中迷。無情最是枝頭鳥，不管人愁只管啼。

評云：清淺而古，人不易及。

〔二〕「妾薄命」以下至「陳氏」條「明日猶如陌路人」，原本缺葉，據《亘史鈔》本補。

陳氏

陳氏，仁和人。南康守敏政女，都御史李公昂妻。博學工詩〔二〕，爲世所推。

春草

無人種春草，隨意發芳叢。緑遍郊源外，青回遠近中。朝烟粘落絮，和雨襯殘紅。不解王孫去，萋萋對晚風。〔三〕

舊行閩山見居人以竹引泉

行盡山溪路渺茫，幾家茆屋對斜陽。引泉竹溜穿厨入，墮粉松花繞舍香。樵徑無人閒卧犢，石田有雨漸分秧。平生頗抱山林僻，欲向溪邊結草堂。

古意、古調、古句，兼擅其長，絶技也。

〔二〕「博」，《亘史鈔》本作「傳」，據《説郛續》本改。

〔三〕按，此後《舊行閩山見居人以竹引泉》至茅氏《賣宅自遣》，原本脱，據《説郛續》本補。

朱静庵

静庵，尚寶朱祚之女，廣文周濟之妻。博學工詩，爲時所推。

湖曲

湖光山色映柴扉，茆屋疏籬客到稀。閒摘松花釀春酒，旋裁荷葉製秋衣。紅分夜火明書屋，緑漲晴波没釣磯。惟有溪頭雙白鳥，朝朝相對亦忘機。

寫景入畫，大是佳手。

茅氏

太倉陸震母，早寡家貧，能詩。

賣宅自遣

壁有蒼苔甑有塵，家園一旦屬西鄰。傷心怕見門前柳，明日猶如陌路人。

後二語思巧而情苦，讀之令人惻然。

豫章婦

婦金陵人〔一〕，嫁豫章商人。獨居，有挑之者，作此詩拒之〔二〕。

絶客詩

失翅青鸞似困雞，偶隨孤鶴到江西。春風桃李空嗟怨，秋水芙蓉强護持。仙子自居蓬島境，漁郎休想武陵磯。金鈴掛在花枝上，不許流鶯聲亂啼。

詩亦近俗，但結語新麗可喜。

〔一〕「金陵人」，《亘史鈔》本作「家世金陵」。

〔二〕「此詩」，《亘史鈔》本作「絶客詩」。

許學夷◇撰

詩源辯體

三十六卷（卷之一至卷之十）

侯榮川◎點校

詩源辯體自序

仲尼曰：「中庸其至矣乎？民鮮能久矣。」後進言詩上述齊梁，下稱晚季，於道爲不及；昌穀諸子，首推《郊祀》，次舉《鐃歌》，於道爲過；近袁氏、鍾氏出而欲背古師心，詭誕相尚，於道爲離。予《辯體》之作也，實有所懲云。嘗謂詩有源流，體有正變，於篇首既論其要矣，就過、不及而揆之，斯得其中焉。獨袁氏、鍾氏之説倡，而趨異厭常者不能無惑焉〔一〕。漢魏、六朝〔二〕，體有未備而境有未臻，於法宜廣；自唐而後〔三〕，體無弗備而境無弗臻，於法宜守。論者謂「漢魏不能爲《三百》」，唐人不能爲漢魏」，既不識通變之道；謂「我明諸公多法古人，不能自創自立」，此又論高而見淺，志遠而識疏耳。今觀夫百卉之榮也，華萼有常而觀者無厭，然今之華萼非昔之華萼也。使百卉幻形而爲榮，則其妖也甚矣。《易》曰：「擬議以成其變化。」「神而明之，存乎其人。」嗚呼！安得起元瑞於地下而證予言乎！夫體制聲調，詩之規矩也。曰詞與意，貴作者自運

〔一〕「焉」，原本無，據崇禎本補。
〔二〕「六朝」，崇禎本作「唐人」。
〔三〕「自」，崇禎本作「漢」。

焉。竊詞與意，斯謂之襲，法其體制，倣其聲調，未可謂之襲也。今凡體制聲調類古者，謂之非真詩，將必俚語童言、纖思詭調而反爲真耳？且二氏既以師心爲尚矣，然於學漢魏、學初盛唐，則力詆毁，學齊梁晚季，又深喜之。唐世修謂：「拾古人久棄之唾餘，眩今人厭常之耳目，又未見其能師心也。」〔二〕夫舉業求售於一時，而詩文定論於後世〔三〕。歷考宋元、國初，於長吉、張、王蓋多有學之者，而後世泯焉無聞，即今日之所尚，而他日之定論可知。是書起於萬曆癸巳，迄壬子，凡二十年稍成。計小論若干則，自《三百篇》至五季詩若干首。畏逸張上舍、味辛顧聘君見而惜之，爲予倡梓。一時諸友咸樂助之，乃先梓小論七十五則，時湖海諸公已有竊爲己説者。後二十年，修飾者十之四五，增益者十之三。諸家之詩，既先以體分，而又各以調相附。詳其音切，正其訛謬，而予之精力，實盡於此。兹者館甥陳君俞爲予謀梓全集，而未有以繼之者。昔虞仲翔言：「使天下有一人知己，足以無恨。」今諸君知我，所得多於仲翔，予復何恨焉？倘予不即就木，庶幾復有所遇。使兹集全行，則風雅永存，千古是賴，豈直予一人之私德哉！

崇禎五年壬申，許學夷伯清更定，時年七十。

〔二〕「夫體制聲調」以下至此，崇禎本作：「昔武靈變胡服而强趙，商鞅開阡陌而强秦，無論秦、趙不足法，即胡服、開阡陌而後不聞復有變更也。今元和諸子派分户立，詭誕百出，既不勝其變矣，千載而下，乃復以其陳而棄之，則今日之新將不爲後日之陳乎？」

〔三〕「論」，崇禎本作「價」。

許伯清傳

晉陵惲應翼飛卿撰

許學夷，字伯清，先世汴梁人，其家江陰，則自宋太醫令堂始。堂十四傳至其祖瓅，字世華，有隱德。生三子，叔曰道，字汝達，以歲薦授聞喜丞，廉直不能順上旨，遷王官，歸著《綱目緒言》，迄於隋而卒。始娶章，生學閔，爲諸生，以孝友稱。繼娶韓，生君。生於嘉靖癸亥。君幼有高識，謂三代而下，學術不明，嘗作三論以闢之。其《論舉業》曰：「三代立賢，尚矣。漢舉賢良，猶爲近古。舉業本以明經，而其流大異，葩辭蔓語，童習而長試之，家以爲賢子，國以爲良士，是豈所謂經濟之學耶？」《論漢高帝》曰：「世之稱高帝之賢，以其能用人、善從諫也。予謂：高帝用其力，而非用其賢，從於詐而不從於信，僅譬之良賈，知以權利爲能，不知有德義可尚云。」《論張巡許遠》曰：「臣之事君，以保民爲先，故有守土以保民，未有殺民以保土地者。巡、遠之守睢陽，殺老弱三萬餘人以食士，此千古憒亂。世無孟軻，不能正其失耳。」又嘗言：「湯、武不嫌於放伐，而嫌於與子。使湯而傳之伊尹，武王而傳之周公，後世何疑焉。」

君負氣而多傲，遇貴介或稍嚴，則悠悠忽忽，故爲相戾。嘗曰：「寧爲蹠，不挾貴而驕；寧爲丐，不羞賤而諂。」至若四方名公物色求之，則廉隅盡削，歡然相得也。持論既高，謂世無足與言。故每與客接，常謔浪鄙穢，隤焉自放，間識有相近者，則議論激發，風骨凛然。性疏略，不治邊幅，不理生産，杜門絶軌，惟文史是紬。嘗删輯《左傳》、《國語》、《國策》、《太史》諸書，手録參訂，計數百卷，十年而功始畢。少學詩，《三百篇》、楚《騷》、古今諸詩，靡不探索而遡其源。既而作《詩源辯體》，歷四十年，十二易稿，業乃成。其首論曰：「詩自《三百篇》以迄於唐，其源流可尋而正變可考也，學者審其源流，識其正變，始可與言詩矣。古今説詩者無慮數百家，然實悟者少，疑似者多。鍾嶸述源流而恒謬，高棅序正變而屢淆，予甚惑焉。於是《三百篇》而下，博訪古今作者凡若干人，詩凡數千卷，蒐閲探討，歷四十年。統而論之，以《三百篇》爲源，漢魏、六朝、唐人爲流，至元和而其派各出。析而論之，古詩以漢魏爲正，太康、元嘉、永明爲變，至梁陳而古詩盡亡；律詩以初、盛唐爲正，大曆、元和、開成爲變，至唐末而律詩盡敝。既代分以舉其綱，復人判而理其目。諸家之説，實悟者引證之，疑似者辯明之。反覆開闔，次第聯絡，積九百五十六則，凡十二易稿而書始成。爰自《三百》，下至五季，采其撰論所及有關一代者一百六十九人並無名氏，共詩四千四百七十四首〔二〕，以盡歷代之變，名曰《詩源辯體》。宋元、皇明，

〔二〕「四千四百七十四」，崇禎本作「四千四百七十五」。

別爲論次。」大抵君於博弈彈射諸技、醫藥卜筮諸書，都無所嗜，即書法亦弗暇習，曰：「博則弗精，吾業有所專耳。」故其書雖論述古人，而源流、正變、消長、盛衰，闡洩詳明，褒者得其髓，貶者砭其骨，宏博精詣，集詩學之大成。學者至是，而知有所歸矣。君志篤而性遲，總角爲詩，必經日乃得。爲古，必漢魏、李杜，律則雅尚初盛，而間入中晚耳。嘗曰：「吾學詩乃破堅磨鈍而成，必無墮壞。」故至知命而詩益自超。晚年栖心物外，蕭然一室，窗外古石崚嶒，花竹交映，中設維摩像，顔曰「維摩室」。每風雨幽寂，則明燈下帷，焚香宴坐，曰：「吾於釋氏，聊借以遺妄心，非欲求生西方、轉來世也。」嘗言：「儒者莫先於窮理。釋氏、莊、列，多夸辭寓言，而莊、列彦於中土，人知其爲夸寓。釋氏起於西域，人以夸寓爲真，終使籠罩後世，無能自脱，此貪癡之患也。」又言：「三教之理，判若河漢，而世人强以爲同；其徇實而不徇名，三教之理同，而世人强以爲異。不惟獲罪於吾儒，抑且獲罪於二教。」鄉里二三先輩，有倡名道學者，君嘗聞其説，曰：「此是舉業緒餘耳。須於身心切要，喫緊救藥，使人猛省懲創可也。」聞者嘆服。君不習湖海游，而湖海之士引領相慕，投詩寄訊者几案常滿，夫豈虚聲以相召者耶！有子國瑞，安貧好學，年二十二而夭，或以君發千古之秘，造物所忌云。

論曰：太上立德，其次立功，其次立言。許子所爲三論，蓋立言耳，而詩又一藝之末，烏足以不朽哉？曰：常人安於故俗，學者溺於所聞，許子三論，皆端本之要。又論《國風》本於美刺，得性情之正，並足以啓下士之聾瞽，正初學之心志。至其薄珪組如浮雲，輕鐘鼎於瓦釜，齷齪世儒，卑鄙流俗，而使貪夫廉、懦夫立，則又烏可少哉！

《詩源》小論，初刻於萬曆壬子，故惲先生《傳》云：「歷二十年，十易其稿。」又二十年，將復刻，而惲先生已殁。今《傳》云：「歷四十年，十二易稿。」乃所學筆也，餘悉從惲先生稿更定。外父言：「惲先生嘗云：吾名當與是書共傳不朽。」今依陳君俞所定，先刻《傳》，付君俞，不敢負惲先生初志耳。　館甥陳所學百拜識。〔一〕

〔一〕　此段文字見崇禎本《許伯清傳》後，今據補録於此。

詩源辯體世次

江陰許學夷伯清編次

辯體起於《三百篇》、《楚辭》，而世次獨缺者，蓋《三百篇》多無名氏，且諸國不一，難以分次；《楚辭》偏屬於楚，故亦無次焉。

西漢

高帝都關中，即今陝西西安府。在位十二年。元年乙未。

四皓　高帝　項籍

惠帝高帝太子。在位七年。元年丁未。

高后高帝后。僭位八年。元年甲寅。

文帝高帝中子。前十六年。元年壬戌。後七年。

韋孟

景帝文帝太子。前七年。元年乙酉。中六年。後三年。

無名氏《古詩十九首》中有枚乘之詩，故依昭明編次在李陵前，餘十一篇以類附焉。

武帝景帝太子。建元六。元年辛丑。元光六。元朔六。元狩六。元鼎六。元封六。太初四。天漢四。太始四。征和四。後元二。

武帝　武帝群臣聯句　無名氏武帝《郊祀》。　小山　卓文君　李陵　蘇武

昭帝

昭帝武帝少子。始元六。元年乙未。元鳳六。元平一。

宣帝衛太子孫。本始四。元年戊申。地節四。元康四。神爵四。五鳳四。甘露四。黄龍一。

元帝宣帝太子。初元五。元年癸酉。永光五。建昭五。竟寧一。

韋玄成

成帝元帝太子。建始四。元年己丑。河平四。陽朔四。鴻嘉四。永始四。元延四。綏和二。

班婕妤

哀帝定陶王子，元帝庶孫。建平四。元年乙卯。元壽二。

平帝中山王子，元帝庶孫。元始五。元年辛酉。

孺子嬰廣威侯子，宣帝玄孫。居攝二。元年丙寅。初始一。王莽簒立，一十四年。

淮陽王春陵侯曾孫。更始二。元年癸未。

東漢

光武都雒陽，即今河南河南府。景帝子長沙王五世孫。建武三十一。元年乙酉。中元二。

馬援

明帝光武太子。永平十八。元年戊午。

章帝明帝太子。建初八。元年丙子。元和三。章和二。

傅毅　班固

和帝章帝太子。永元十六。元年己丑。元興一。

殤帝和帝少子。延平一。丙午。

安帝章帝子清河王之子。永初七。元年丁未。元初六。永寧一。建光一。延光四。

順帝安帝太子。永建六。元年丙寅。陽嘉四。永和六。漢安二。建康一。

張衡

冲帝順帝太子。永嘉一。乙酉。

質帝渤海王子，章帝曾孫。本初一。丙戌。

桓帝章帝曾孫。建和三。元年丁亥。和平一。元嘉二。永興二。永壽三。延熹九。永康一。

靈帝章帝曾孫。建寧四。元年戊申。熹平六。光和六。中平六。

靈帝　高彪　趙壹　酈炎

獻帝靈帝中子。初平四。元年庚午。興平二。建安二十五。

孔融　秦嘉　蔡琰　無名氏樂府五言。　無名氏樂府雜言。樂府五言、雜言皆漢人詩，故附於漢末。

魏

詩宗漢魏，故以魏承漢。嫌壓於正統，故每行降一字。

武帝　文帝　甄后　曹植　劉楨　王粲　徐幹　陳琳　阮瑀　應瑒　繁欽

右自曹植至應瑒稱建安七子。按：曹植至應瑒雖稱建安七子，而實爲魏人。今欲係之建安，則魏爲無人，欲係之黄初，則諸子實多卒於建安，乃并武帝、文帝、甄后、繁欽皆係之魏，而文帝之年則書於後云。

文帝都雒陽。武帝太子。黄初七。元年庚子，即漢建安二十五年。

吴質　繆襲

明帝文帝太子。太和六。元年丁未。青龍四。景初三。

明帝　應璩

齊王明帝太子。正始九。元年庚申。嘉平五。

嵇康　阮籍　何晏　嵇喜

右諸子爲正始體。按：嵇阮詩諸家多係之晉，然其詩稱正始體，又皆卒於景元，故係之魏。

高貴鄉公東海王子，文帝長孫。正元二。元年甲戌。甘露四。

陳留王燕王子，武帝孫。景元四。元年庚辰。咸熙二。

西晉

武帝都雒陽。泰始十。元年乙酉，即魏咸熙二年。咸寧五。太康十一。

陸機　潘岳　張協　左思　張華　潘尼　陸雲　張載

右諸子爲太康體。

惠帝武帝太子。永熙一。庚戌，即太康十一年，元康九。永康一。永寧一。太安二。永興二。光熙一。

懷帝武帝第二十五子。永嘉六。元年丁卯。

愍帝吴王子。武帝孫。建興四。元年癸酉。

劉琨

東晉

元帝都建康，即今南直隸應天府。瑯邪王子，宣帝曾孫。建武一。丁丑。太興四。永昌一。

郭璞

明帝元帝長子。太寧三。元年癸未。

成帝明帝長子。咸和九。元年丙戌。咸康八。

康帝成帝弟。建元二。元年癸卯。

穆帝康帝太子。永和十二。元年乙巳。升平五。

哀帝成帝長子。隆和一。元年壬戌。興寧三。

廢帝哀帝弟。太和五。元年丙寅。

簡文帝元帝少子。咸安二。元年辛未。

孝武帝簡文帝第三子。寧康三。元年癸酉。太元二十一。

安帝孝武帝太子。隆安五。元年丁酉。元興三。義熙十四。

恭帝安帝弟。元熙二。元年己未。

無名氏《白紵舞歌》。此晉人詩，附於晉末。　陶淵明淵明别爲一卷，故次於無名氏後。

宋

武帝都建康。永初三。元年庚申，即晉元熙二年。

少帝武帝太子。景平二。元年癸亥。

文帝武帝第三子。元嘉三十。元年甲子，即景平二年。

謝靈運　顔延之　謝瞻　謝惠連

右諸子爲元嘉體。

孝武帝文帝第三子。孝建三。元年甲午。大明八。

鮑照

子業孝武帝太子。景和一。元年乙巳。

明帝文帝第十一子。泰始七。元年即景和元年。泰豫一。

蒼梧王明帝長子。元徽四。元年癸丑。

順帝明帝第三子。昇明三。元年丁巳。

齊

高帝都建康。建元四。元年己未，即宋昇明三年。

江淹

武帝高帝長子。永明十一。元年癸亥。

謝朓　沈約　王融

右三子爲永明體。《辯體》編詩與史氏不同，史氏必以其人終仕某朝爲某朝人，《辯體》則以其詩體實合某朝爲某朝人。如江淹、沈約雖終仕於梁，而江、沈之年實長；謝朓、王融雖終仕於齊，而王、謝之年實幼。故江詩多宋、齊間作，而聲猶未入律，沈、謝在永明間始多入律，王則入律愈多矣。諸家編詩以王、謝係齊而以江、沈係梁，則詩體混亂，不足以證其先後也。《南史》明載：永明中，王融、謝朓、沈約始用四聲，以爲新變。

昭業武帝太孫。隆昌一。癸酉。

昭文昭業弟。延興一，即隆昌元年。

明帝高帝兄始安王之子。建武四。元年甲戌，即延興元年。永泰一。

東昏侯明帝第三子。永元二。元年己卯。

和帝明帝第八子。中興二。元年辛巳。

梁

武帝都建康。天監十八。元年壬午，即齊中興二年。普通七。大通二。中大通六。大同十一。中大同一。太清三。

武帝　范雲　何遜　劉孝綽　劉孝威　吴均　王筠　柳惲

簡文帝武帝第三子。大寶二。元年庚午。

簡文帝　庾肩吾　陰鏗　沈君攸
元帝武帝第七子。承聖三。元年壬申。
敬帝元帝第九子。紹泰一。乙亥。太平二。

陳

武帝都建康。永定三。元年丁丑，即梁太平二年。
文帝武帝兄始興王長子。天嘉六。元年庚辰。天康一。
徐陵　庾信北周。　王褒北周。　張正見
廢帝文帝太子。光大二。元年丁亥。
宣帝始興王第二子。太建十四。元年己丑。
後主宣帝太子。至德四。元年癸卯。禎明二。
後主　江總

隋

文帝都陝西。開皇二十。元年辛丑。開皇九年滅陳。仁壽四。

盧思道　李德林　薛道衡

煬帝文帝第二子。大業十三。元年乙丑。

煬帝

恭帝侑文帝孫。義寧二。元年丁丑，即大業十三年。

恭帝侗越王。皇泰二。元年戊寅，即義寧二年。

無名氏樂府、五言、四句皆六朝人詩，故附於六朝之末。

唐

高祖都陝西。武德九。元年戊寅，即隋義寧二年、皇泰元年。

太宗高祖次子。貞觀二十三。元年丁亥。

太宗　虞世南　魏徵

高宗太宗第九子。永徽六。元年庚戌。顯慶五。龍朔三。麟德二。乾封二。總章二。咸亨四。上元二。儀鳳三。調路一。永隆一。開耀一。永淳一。弘道一。

王勃　楊炯　盧照鄰　駱賓王

武后高宗后。僭號二十一年。元年甲申。

中宗高宗太子。神龍二。元年乙巳。景龍四。

陳子昂　杜審言　沈佺期　宋之問　薛稷　張説　蘇頲　李嶠　張九齡

右自武德至景龍爲初唐。

睿宗中宗弟。景雲二。元年庚戌，即景龍四年。太極一。

玄宗睿宗第三子。先天一。壬子，即太極元年。開元二十九。天寶十五。三載改年曰載。

高適　岑參　王維　孟浩然　李頎　崔顥　祖詠　王昌齡　儲光羲　常建　盧象　元結　李白　杜甫先高岑諸公而後李杜者，由堂而入室也。

肅宗玄宗太子。至德二。元載丙申，即天寶十五載。乾元二。元年復以載爲年。上元二。寶應二。

右自開元至寶應爲盛唐。

代宗肅宗太子。廣德二。元年癸卯。永泰一。大曆十四。

劉長卿　錢起　郎士元　皇甫冉　皇甫曾　李嘉祐　司空曙　盧綸　韓翃　李端　耿湋　崔峒

德宗代宗長子。建中四。元年庚申。興元一。貞元二十一。

李益　權德輿　韋應物應物上當開、寶，下及元和，編詩者多係之大曆，《辯體》以韋、柳同論，詩亦相聯，故係於此。

順宗德宗太子。永貞一。乙酉，即貞元二十一年。

憲宗順宗太子。元和十五。元年丙戌。

柳宗元　韓愈　孟郊　賈島　姚合　周賀　李賀　盧仝　劉叉　馬異　張籍　王建

白居易　元稹　劉禹錫　張祜　施肩吾中自韓愈至元稹十三子爲元和體。

穆宗憲宗太子。長慶四。元年辛丑。

敬宗穆宗太子。寶曆二。元年乙巳。

右自大曆至寶曆爲中唐。

文宗穆宗第二子。太和九。元年丁未，開成五。

許渾　杜牧　李商隱　温庭筠　曹唐

武宗穆宗第五子。會昌六。元年辛酉。

宣宗憲宗第十三子。大中十三。元年丁卯。

馬戴　于武陵　劉滄　趙嘏　李郢　薛逢

懿宗宣宗太子。咸通十四。元年庚辰。

僖宗懿宗太子。乾符六。元年甲午。廣明一。中和四。光啓三。文德一。

昭宗懿宗第七子。龍紀一。己酉。大順二。景福二。乾寧四。光化三。天復三。天祐一。

吴融　韋莊　鄭谷　韓偓　李山甫　羅隱

哀帝昭宗第九子。元年乙丑。在位三年，仍稱天祐。

右自開成至天祐爲晚唐。

後梁

太祖都汴，即今河南。開平四。元年丁卯。乾化二。

末帝太祖第三子。元年癸酉。即位二年，仍稱乾化。貞明六。龍德三。

後唐

莊宗都汴。同光四。元年癸未，即梁龍德三年。

明宗莊宗父克用養子。天成四。元年丙戌，即同光四年。長興四。

閔帝宋王。應順一。甲午。

廢帝明宗養子。清泰三。元年即應順元年。

後晉

高祖都汴。天福七。元年丙申，即唐清泰三年。

齊王高祖兄子。即位一年，癸卯，仍稱天福八年。開運三。

後漢

高祖都汴，即位一年，丁未，仍稱晉天福十二年，六月改號漢，明年改元乾祐。

隱帝高祖太子。在位二年，元年戊申，仍稱乾祐。

後周

太祖都汴。廣順三。元年辛亥。顯德一。

世宗太祖后兄之子，爲太祖養子。在位五年，元年乙卯，仍稱顯德。

恭帝世宗太子。在位一年，庚申，仍稱顯德七年。

張泌南唐。　李建勳南唐。　伍喬南唐。　花蕊夫人孟蜀。

右四人或仕南唐，或嬪孟蜀，今總係於五代之末。

詩源辯體凡例 共二十七條

一、此編以「辯體」爲名，非辯意也，辯意則近理學矣。故《十九首》「何不策高足」、「燕趙多佳人」等，莫非詩祖；而唐太宗《帝京篇》等，反不免爲綺靡矣。知此則可以觀是書。

一、《辯體》中論《三百篇》、《楚辭》、漢、魏、六朝、唐人詩，先舉其綱，次理其目，每卷多者七十餘則，少者二三則。然每則各具一旨，皆積久悟入而得，並未嘗有雷同重複者。學者以神合神，當一一領會，否則但見其冗雜繁蕪，而於精心獨得、次第聯絡之妙，漠然其不相入矣。今總計九百五十六則，懼後人删削耳。

一、《辯體》中數語有十數見者，皆承上起下之詞，或爲各卷中綱領關鍵，非贅語也。殷中軍初視《維摩詰經》，疑「般若波羅蜜」太多，當作「三藐三菩提」，《世説》誤耳。後見《小品》，恨此語少。觀者宜各領略。

一、《辯體》中論漢魏詩先總而後分，論初、盛、中唐詩先分而後總者，蓋漢魏詩體渾淪，别無蹊徑，然要其終亦不免有異，故先總而後分；至唐人則蹊徑稍殊，體裁各别，然要其歸則又無不同，故先分而後總。若李杜，則皆入於神，韋柳，則並稱冲淡，故亦先總而後分。至元和、晚唐，則其派各出，厥體甚殊，故但分而不總也。元和、晚唐雖有總論，而非論其同也。

一、《辯體》中論漢、魏、六朝詩不言才力、造詣者，漢魏雖有才而不露其才，六朝非無才而雕刻綺靡又不足以騁其才；漢魏出於天成，本無造詣，而六朝雕刻綺靡，又不足以言造詣。故必至王、楊、盧、駱，始言才力；至沈宋，始言造詣；至盛唐諸公，始言興趣耳。初唐非無興趣，至盛唐而興趣實遠。

一、《辯體》中論諸家詩，或稱名，或稱字，各從其最著者。若諸家論詩，或官名，或别號，或地名，而并隱其姓氏，非所以便後學也。

一、諸家説詩，多采竊舊聞，混爲己説，最爲可鄙。予此書凡所引説，必明標姓字，或文氣相疑，即以小注明之，庶無主客之嫌。後他書或與是書同者，當以是書爲本。

一、此編辯體小論，四十年十二易稿始成。或夜卧有得，即起書之；無燭，曉起書之；老病後不能手書，命姪輩代書。

一、此編漢、魏、六朝、初、盛、中、晚唐詩，惟録其姓氏顯著、撰論所及有關一代者，意欲學者熟讀淹貫，源流易明，不欲其總雜無倫，浩瀚難測耳。然漢魏名家，篇什甚少，而六朝、唐人，篇什始多，故漢魏名家，或一篇兩篇者，録之，而六朝、唐人，多至什百矣。

一、此編以辯體爲主，與選詩不同。故漢、魏、六朝、初、盛、中、晚唐，盛衰懸絶，今各録其時體，以識其變。其品第則於論中詳之。

一、此編凡漢、魏、六朝五七言不名古詩者，漢、魏、六朝初未有律，故不必名爲古也。五七言四句不名絶句者，漢、魏、六朝初未有絶句之名，唐律而後方有是名耳。故漢魏而下止名五言、七言，而以四句各次其後。陳、杜、沈、宋而後始分古、律，而各以絶句次律詩後也。

一、此編漢、魏、六朝詩，悉從《詩紀》纂録，唐人而下各從本集采取。如《品彙》所選極博，而於元和以後多失本相，不足以定論也。

一、此編所録，如趙壹、徐幹、陳琳、阮瑀五言，柏梁聯句及陸機、謝靈運、謝惠連七言，梁簡文、庾信、隋煬帝、杜審言七言八句，鮑照、劉孝威、梁簡文、庾信、江總、隋煬帝及王、盧、駱七言四句，沈君攸七言長句，非必盡佳。蓋徐、陳諸子既在七子之列，故五言稍能成篇，亦在不棄。《柏梁》爲七言之始。晉宋間七言益少，存陸、謝以繼七言之派。梁簡文、庾信諸子，乃七言律之始，鮑照、劉孝威諸子，乃七言絶之始，君攸聲亦漸入於律，故皆不可缺耳。

一、諸家纂詩，樂府在詩之前，而予此編樂府次詩之後者，蓋漢人古詩實承《國風》，而曹、陸以下之詩，實承古詩，至於樂府，則體製不同，故不得不先詩而後樂府。永明而下，梁武而外始混録之者，于時樂府與詩實無少異，不必分録矣。

一、此編鮑照、謝朓、沈約、王融古詩漸入律體者録之，高適、孟浩然、李頎、儲光羲古詩雜用律體者不録。蓋鮑照諸公當變律之時，録之以識其變；高適諸公當復古之後，謂復古聲，非復古體也。黜之以塞其流。

一、此編凡六朝、唐人擬古等作不録。蓋此編以辯體爲主，擬古不足以辯諸家之體也。何晏、陶淵明擬古則録之者，何、陶借名擬古，而實非擬古也。説見淵明論中。

一、此編唐人詩惟李、杜、高、岑、王維、錢、劉、韓、白諸體備録，餘則各録其所長。晚唐七言絶爲勝，即一二可采者亦録之。

一、此編或疑元和諸子纂録過多，不免變浮於正。然此編以辯體爲主，元和諸子，一一自立門户，既未可缺，其篇什恒數倍於初、盛，則又不可少，正欲學者窮極其變，始知反正耳。

一、唐人諸體編次，先五言古，次七言古，次五言律，次五言排律，次七言律，次五言絶，次七言絶。初唐，太宗、虞、魏及王、楊、盧、駱五言八句與長篇混録又先於七言古者，蓋于時五言古、律混淆，未可定指爲律也。

一、此編所録諸家時，既先以五七言古、律、絶分次，而於諸體又各以體製、音調類從，注見諸家各體前，其有未注者，當以類推。

一、此編諸家怪惡之句既引入論中，而全篇有鄙拙及僞撰者，則雙行附見，學者苟能一一分別，自然悟入。

一、此編唐人惟六言及七言排律不録，非正體也。

一、詩中訛字，選校者見諸本皆同，莫敢致疑，終誤千古，今亦不敢遽改，但於某句下注「誤」、於某字下注「疑作某字」，更俟博識者定之。其不能一一揣摩者，姑缺。

一、此編音切正誤，惟《三百篇》、《楚辭》、漢、魏最詳，而唐以後稍略者，蓋難字、訛韻、誤書，前既詳明，後自不容贅。又世俗訛韻。自唐已有之，如「盡」字、「似」字、「斷」字本上聲，而岑嘉州作去聲，「囀」字本去聲，而王摩詰作上聲，「墮」字本上聲，而韓退之作去聲，「畝」本音「某」，而元次山作「姆」音，「婦」本音「阜」，而白樂天作「務」音，則音韻之訛，其來已久。但押韻必不可誤，故復詳之。

一、此編難字訛韻，舊已音注詳明，筆畫誤書，則自六十七、六十八始正，苟十得其八，亦足爲此編一助。但病後手顫，不能多書，丘心怡録本先後次序尤當，今惟於丘本詳之，刻時當取證也。

一、此編或言宜圈點，以示後學。予謂：漢魏古詩、盛唐律詩，氣象渾淪，難以句摘。元嘉、開成而後，始多佳句。就其境界，漢、魏、盛唐渾淪處，止宜每句一圈，而六朝、晚唐佳句，不容不多圈矣。恐後學不知，將謂六朝勝於漢魏、晚唐勝於盛唐也。與盛唐總論第二十一則參看。

一、此編分次：周詩及《楚辭》爲一本；漢魏爲一本；六朝本宜一本，但篇什較多，今以晉、宋、齊爲一本；謝朓、沈約，古聲尚有存者。《文選》録詩，亦止於齊永明。梁、陳、隋爲一本；初唐爲一本；盛唐諸公爲一本；李杜爲一本；中唐諸公至李益、權德輿爲一本；元和本宜一本，而篇什亦多，今以韋柳至盧仝、劉叉、馬異爲一本；張籍、王建至施肩吾爲一本；晚唐、五代爲一本；總論及後集纂要爲一本。共三十八卷，共十二本，皆以類相從，便於觀覽。或必以多寡相配而均分之，則書肆所爲，不得詩體之趣矣。

詩源辯體卷之一

周

江陰許學夷伯清著
館甥陳所學君俞閲梓

詩自《三百篇》以迄於唐，其源流可尋而正變可考也。學者審其源流，識其正變，始可與言詩矣。古今説詩者無慮數百家，然實悟者少，疑似者多。鍾嶸述源流而恒謬，高棅序正變而屢淆，予甚惑焉。於是《三百篇》而下，博訪古今作者凡若干人，詩凡數千卷，蒐閲探討，歷四十年。統而論之，以《三百篇》爲源，漢魏、六朝、唐人爲流，至元和而其派各出。析而論之，古詩以漢魏爲正，太康、元嘉、永明爲變，至梁陳而古詩盡亡；律詩以初、盛唐爲正，大曆、元和、開成爲變，至唐末而律詩盡敝。既代分以舉其綱，復人判而理其目。諸家之説，實悟者引證之，疑似者辯明之。反覆開闔，次第聯絡，積九百五十六則，凡十二易稿而書始成。爰自《三百》，下至五季，采其撰論所及有關一代者一百六十九人并無名氏，共詩四千四百七十四首，以盡歷代之變，名曰《詩源辯體》。宋、元、皇明，别爲論次。孟子曰：「予豈好辯哉？予不得已也。」後之學者，於此而詳覈焉，庶幾弗我罪耳。

《三百篇》有六義，曰風、雅、頌、賦、比、興。風、雅、頌爲三經，賦、比、興爲三緯。風者，王畿列國之詩，美刺風化者也。雅、頌者，朝廷宗廟之詩，推原王業，形容盛德者也。故《風》則比興爲多，《雅》、《頌》則賦體爲衆；《風》則微婉而自然，《雅》、《頌》則齋莊而嚴密；《風》則專發乎性情，而《雅》、《頌》則兼主乎義理：此詩之源也。徐昌穀云：「《卿雲》、《江水》，開《雅》、《頌》之源，《烝民》、《麥秀》，建《國風》之始。」語雖不謬，但古今說詩者以《三百篇》爲首，固當以《三百篇》爲源耳。此一則總論《三百篇》爲詩之源。

《周南》、《召南》，文王之化行，而詩人美之，故爲正《風》。自《邶》而下，國之治亂不同，而詩人刺之，故爲變《風》。是《風》雖有正變，而性情則無不正也。孔子曰：「《詩三百》，一言以蔽之，曰：思無邪。」言皆出乎性情之正耳。以下二十則總論《國風》之詩。

風人之詩既出乎性情之正，而復得於聲氣之和，故其言微婉而敦厚，優柔而不迫，爲萬古詩人之經。朱子說《關雎》云：「獨其聲氣之和，有不可得而聞者。」蓋指樂而言。予謂樂之聲氣本乎詩，詩之聲氣得矣，於樂有不聞可也。世之習舉業者，牽於義理，狃於穿鑿，於風人性情聲氣，了不可見，而詩之真趣泯矣。正《風》如《關雎》、《葛覃》、《卷耳》、《汝墳》、《草蟲》、《殷其靁》、《小星》、《何彼襛矣》等篇，自不必言。變《風》如《柏舟》、《緑衣》、《燕燕》、《擊鼓》、《凱風》、《谷風》、《式微》、《旄丘》、《泉水》、《氓》、《竹竿》、《伯兮》、《君子于役》、《葛生》、《蒹葭》、《晨風》、《九罭》等篇〔二〕，亦皆哀而不傷，怨而不怒。學者苟能心氣和平，熟讀涵泳，未有不惻然而感，惕然而動者。於此而終無所得，則是真識迷謬，性靈梏亡，而於後世之，詩亦無從悟入矣。

風人之詩，不特性情聲氣爲萬古詩人之經，而托物興寄，體製玲瓏，實爲漢魏五言之則。其比興者固爲托物，其賦體亦多托物。如《葛覃》之「黄鳥」、「灌木」，《汝墳》之「條枚」、「條肄」，皆賦體之托物也。至其分章變法，種種不一，或首章一法，後二章一法而小異，如《關雎》之類；或前二章一法小異，後一章一法，如《葛覃》之類；或首章一法，中二章一法，後一章小異，如《卷耳》之類。而文采備美，一皆本乎天成。大都隨語成韻，隨韻成趣，華藻自然，不假雕飾。退之謂「《詩》正而葩」，蓋托物引類，則葩藻自生，非用意爲之也。

風人之詩，不特爲漢魏五言之則，亦爲後世騷、賦、樂府之宗。如《緇衣》、《狡童》、《還》、《東方之日》、《猗嗟》、《十畝之間》、《伐檀》、《月出》等篇，全篇皆用「兮」字，乃騷體之所自出也。如《君子偕老》、《碩人》、《大叔于田》、《小戎》等篇，敷叙聯絡，則賦體之所自出也。如「陟彼崔嵬，我馬虺隤。我姑酌彼金罍，維以不永懷。陟彼高岡，我馬玄黄。我姑酌彼兕觥，維以不永傷」，「山有漆，隰有栗。子有酒食，何不日鼓瑟。且以喜樂，且以永日。宛其死矣，他人入室」。其句法音調，又樂府雜言之所自出也。今人但知騷、賦、樂府起於楚、漢，而忘其所自出，

〔二〕「晨風」，崇禎本無。

何哉？

詩與文章不同，文顯而直，詩曲而隱。風人之詩，不落言筌，意在言外。曲而隱也。風人有寄意於詠嘆之餘者，《關雎》、《漢廣》、《麟之趾》、《何彼穠矣》、《騶虞》、《簡兮》、《緇衣》、《蒹葭》是也。有意全隱而不露者，《凱風》、《匏有苦葉》、《碩人》、《河廣》、《清人》、《載驅》、《猗嗟》、《株林》、《隰有萇楚》、《蜉蝣》是也。有反言以見意者，《陟岵》是也。說見於後。有似怨而實否者，《載馳》是也。有似疑而實信者，《二子乘舟》是也。有似好而實惡者，狡童是也。有似嘲而實譽者，《簡兮》是也。朱子以爲「賢者仕於伶官而作，若自譽而實自嘲。」予則以爲詩人之作，似嘲而實譽也。有似謔而實刺者，《新臺》是也。此皆所謂不落言筌者也。孟子謂「以意逆志，得之。」詩雖以不落言筌爲尚，然唐人又以氣格爲主，故與論《國風》、漢、魏不同。說見唐論及晚唐絶句。

嚴滄浪云：「論詩如論禪。禪道惟在妙悟，詩道亦在妙悟。」此本謂學詩者當悟，然自《三百篇》至唐，讀者尤宜悟也。今人既昧於詩，復昧於禪。不落言筌，詩與禪通論也。風人之詩，多詩人托爲其言以寄美刺，而實非其人自作。至如《汝墳》、《草蟲》、《静女》、《桑中》、《載馳》、《氓》、《丘中有麻》、《女曰雞鳴》、《丰》、《溱洧》、《雞鳴》、《綢繆》等篇，又皆詩人極意摹擬爲之。說詩者以《風》皆爲自作，語皆爲實際，何異論禪者以經盡爲佛說，事悉爲真境乎？唐張繼詩「夜半鐘聲到客船」，宋人以夜半無鐘聲，紛紛聚訟。胡元瑞云：「無論夜半是非，即鐘聲聞否，未可知也。」此足以破語皆實際之惑，不惟悟詩，且悟禪矣。唐傅奕云：「佛入中國，其後模象《老》、《莊》，以文飾之。」朱子亦言「佛説盡出老莊」。朱子早年洞究釋典，故能得其要領。貪癡者則抵死不悟。

楊用修云：「《三百篇》皆約情合性，而歸之道德，然未嘗有道德性情句也。《二南》者，修身齊家其旨也，然其言琴瑟、鐘鼓、荇菜、芣苢、夭桃、穠李，何嘗有修身齊家字，皆意在言外，使人自悟。」愚按：此論不惟得風人之體，救經生之弊，且足以祛後世以文爲詩之惑。惟首句「約情合性」四字，本乎《大序》「發乎情、止乎禮義」之説爲未妥。《大序》非子夏作也。

趙凡夫云：「詩多曲而通、微而著，復有音節之可娱，聽之無不興感。」予嘗謂《國風》妙在語言之外，音節之中，與凡夫之説異而同。

趙凡夫云：「詩主含蓄不露，言盡則文也，非詩也。」愚按：風人之詩，含蓄固其本體，若《谷風》與《氓》，懇款竭誠，委曲備至，則又無不佳。其所以與文異者，正在微婉優柔，反覆動人也。

趙凡夫云：「讀詩者字字能解，猶然一字未解也。或未必盡解，已能了然矣。」此語妙絶，亦足論禪。今之爲經生者，於《國風》搜剔字義，貫串章旨，正所謂字字能解、一字未解也。

風人之詩，詩家與聖門，其説稍異。聖門論得失，詩家論體製。至論性情聲氣，則詩家與聖門同也。若搜剔字義，貫穿章旨，不惟與詩家大異，亦與聖門不合矣。

風人之詩，其性情、聲氣、體製、文采、音節，靡不兼善。今略摘數章以見。如「關關雎鳩，在河之洲。窈窕淑女，君子好逑」、「葛之覃兮，施于中谷，維葉萋萋。黃鳥于飛，集于灌木，其鳴喈喈」、「遵彼汝墳，伐其條枚。未見君子，惄如調飢。遵彼汝墳，伐其條肄。既見君子，不我遐棄」、「被之僮僮，夙夜在公。被之祁祁，薄言還歸」、「喓喓草蟲，趯趯阜螽。未見君子，憂心忡忡。亦既見止，亦既覯止，我心則降」、「嘒彼小星，三五在東。肅肅宵征，夙夜在公。寔命不同。嘒彼小星，維參與昴。肅肅宵征，抱衾與裯。寔命不猶」、「日居月諸，胡迭而微。心之憂矣，如匪澣衣。静言思之，不能奮飛」、「燕燕于飛，差池其羽。之子于歸，遠送于野。瞻望弗及，泣涕如雨。燕燕于飛，下上其音。之子于歸，遠送于南。瞻望弗及，實勞我心」、「睍睆黃鳥，載好其音。有子七人，莫慰母心」、「式微式微，胡不歸？微君之故，胡爲乎中露！式微式微，胡不歸？微君之躬，胡爲乎泥中」、「狐裘蒙戎，匪車不東。叔兮伯兮，靡所與同。瑣兮尾兮，流離之子。叔兮伯兮，褎如充耳」、「淇水滺滺，檜楫松舟。駕言出遊，以寫我憂」、「大車檻檻，毳衣如菼。豈不爾思，畏子不敢。大車啍啍，毳衣如璊。豈不爾思，畏子不奔」、「弋言加之，與子宜之。宜言飲酒，與子偕老。琴瑟在御，莫不静好」、「山有樞，隰有榆。子有衣裳，弗曳弗婁。子有車馬，弗馳弗驅。宛其死矣，他人是愉。山有栲，隰有杻。子有廷内，弗洒弗埽。子有鐘鼓，弗鼓弗考。宛其死矣，他人是保」、「遊于北園，四馬既閑。輶車鸞鑣，載獫歇驕」、「蒹葭蒼蒼，白露爲霜。所謂伊人，在水一方。遡洄從之，道阻且長。遡游從之，宛在水中央」、

「駕我乘馬，説于株野。乘我乘駒，朝食于株」、「誰能烹魚，溉之釜鬵。誰將西歸，懷之好音」、「鴻飛遵渚，公歸無所，於女信處。鴻飛遵陸，公歸不復，於女信宿」等章，其性情聲氣無論，至其體製玲瓏，文采備美，音節圓暢，具可概見。若《谷風》與《氓》，則又未可以章句摘也。已上十二則，論《國風》詩體、詩趣，學者得其體趣，斯可與論漢魏、唐人矣。

風人之詩，雖正變不同，而皆出乎性情之正。按：《小序》、《正義》説詩，沈重云：「《小序》是子夏、毛公合作，卜商意有不盡，毛更足成之。」或云：「《小序》是衛宏作。」按：大毛公名亨，小毛公名萇，漢武時人。衛宏字敬仲，後漢人。唐孔穎達作《正義》，其説宗《小序》。其詞有美刺者，既爲詩人之美刺矣；其詞如懷感者，亦爲詩人托其言以寄美刺焉。正《風》如懷感者，《小序》雖未嘗明説爲詩人之美，而孔氏演序義則明説爲詩人之美也。變《風》如懷感者，《小序》已明説爲詩人之刺矣。朱子説詩，其詞有美刺者，則亦爲美刺矣；其詞如懷感者，則爲其人之自作也。北宋諸公已有此説。予謂：正《風》而自作者，猶出乎性情之正，聞之者尚足以感發；變《風》而自作者，斯出乎性情之不正，聞之者安足以懲創乎！司馬子長云：「古者詩三千餘篇，及至孔子，去其重，取其可施於禮義三百五篇，孔子皆絃歌之，以求合《韶》、《武》、《雅》、《頌》之音。」蓋三千篇未必皆出乎正，而《三百篇》則無不正也。或謂變《風》如懷感者，乃秦火散失之後，世儒附會以逸詩，足三百之數，蓋惑於朱注，疑其出乎性情之不正，而未詳乎《小序》、《正義》之説耳。《漢書·藝文志》云：「三百五篇遭秦而全者，以其諷誦，不獨在竹帛故也。」

《小序》、《正義》説詩，漢、唐諸儒無不宗之。其《國風》詞如懷感者，爲詩人托其言以寄美刺，則既得乎性情之正，且足以見詩人敦厚之風，姜白石謂「美刺箴怨皆無迹」是也。但其他多依附史傳，牽合時代，味其詞，實多不類。朱子因《小序》爲辯説，最是有見；然於變《風》如懷感者必欲爲其人之自作，則當時諸儒亦有不相信者。按：孔子曰：「《詩三百》，一言以蔽之，曰思無邪。」其旨甚顯，其語甚明。朱子則曰：「凡詩之言，善者可以感發人之善心，惡者可以懲創人之逸志，其用歸於使人得其性情之正而已。」是《三百篇》不能無邪，而讀之者乃無邪也，豈孔子之意耶？又云：「夫子之於《鄭》、《衛》，深絶其聲於樂以爲法，而嚴立其詞於詩以爲戒。如聖人固不語亂，而《春秋》所記無非亂臣賊子之事。」信如此説，是《詩》兼《春秋》之法者也。孔子曰「興於《詩》」，又曰「《詩》可以興」，則《詩》與《春秋》，其用不同矣。詩不可以兼史，楊用修既嘗辨之，見杜詩論中。顧可以兼《春秋》乎？況《春秋》有聖經褒貶，故足以備鑒戒。苟無聖經，則又奚用耶？〔一〕朱子乃云：「詩本性情，有邪有正，而吟詠之間，抑揚反覆，故學者之初，所以興起其好善惡惡之心而不能自已者，必於此而得之。」今試舉陳、隋妖艷之詩，奏之於初學小子之前，吾恐不足以興，適足以相誘耳。

〔一〕按，「況春秋」以下至此，原本抹去後旁加紅點，以示恢复。

朱子云：「學者於《詩》，須先去了《小序》，只將本文熟讀玩味，仍不可先看諸家注解，看得久之，自然認得此詩是説個甚事。」此謂説《詩》當順其文氣之自然耳。予謂《小序》依附史傳，牽合時代，固當以此正其謬妄。若變《風》如懷感者，必欲順其文氣而爲其人之自作，寧不甚害於理耶？且既謂説詩當順文氣，而於孔子「思無邪」、「興於詩」二語，反不當順其文氣而顧强爲之説耶？又云：「《詩》之爲刺，固有不加一詞而意自見者，《清人》、《猗嗟》之屬是已。然詞意之間，猶有賓主之分，豈有將欲刺人，乃反自爲彼人之言，以陷其身於所刺之中哉？」予謂必其詞有賓主之分乃得爲刺，則《東山》之詩亦當爲歸士之自作，而《小雅·四牡》、《采薇》亦不得爲勞使臣、遣戍役之詩矣。且托其言以寄刺，又曷爲陷其身於所刺之中哉！如今人言忠孝淫奔之事，皆述其事，述其言，不必有美刺之詞，而美刺在其中。馬端臨《文獻通考》云：「孔子曰：『《詩三百》，一言以蔽之，曰思無邪。』則以其詞之不能不鄰乎邪也。使篇篇如《文王》、《大明》，則奚邪之可閑乎？」此語尤足省發。

變《風》之詩，朱子指爲刺淫者十篇，《匏有苦葉》、《新臺》、《墻有茨》、《鶉之奔奔》、《蝃蝀》、《出其東門》、《南山》、《敝笱》、《載驅》、《株林》是也。考之《小序》、《正義》，惟《出其東門》爲閔亂而作，餘皆同也。朱子指爲淫奔自作者二十九篇，《静女》、《桑中》、《氓》、《有狐》、《木瓜》、《采葛》、《大車》、《丘中有麻》、《將仲子》、《遵大路》、《有女同車》、《山有扶蘇》、《擇兮》、《狡童》、《褰裳》、《丰》、《東門之墠》、《風雨》、《子衿》、《揚之水》、《野有蔓草》、《溱洧》、《東方之日》、《東門之枌》、《東門之池》、《東門之揚》、《防有鵲巢》、《月出》、《澤陂》是也。考之《小序》、《正義》，惟《桑中》、《氓》、《大車》、《丰》、《東門之墠》、《溱洧》、《東方之日》、《東門之枌》、《東門之揚》、《毛詩》作「楊」。《月出》、《澤陂》爲刺淫之詩，其他皆爲別事而作，初非關乎淫泆也。嘗觀《左傳》，鄭伯如晉，子展賦《將仲子》，賦謂歌詠之。鄭六卿餞韓宣子，子䱳賦《野有蔓草》，子産賦《羔裘》，子太叔賦《褰裳》，子游賦《風雨》，子旗賦《有女同車》，子柳賦《蘀兮》，皆《鄭風》也。如果關乎淫泆，諸卿皆賢，其肯彰國之惡乎？若曰賦詩斷章，則諸卿所賦乃全詩，非斷章也。借曰斷章，當時之詩，誰不知之，顧可以己國淫泆之詩，斷章歌詠於他國君相之前乎？鄭伯享趙孟於垂隴，伯有賦《鶉之賁賁》，「奔」同。趙孟曰：「床笫之言不逾閾，况在野乎？非使臣之所得聞也。」伯有所賦，《衛風》也，而趙孟猶譏之，况《鄭風》乎？故《小序》、《正義》説詩，雖多有不類者，若變《風》《桑中》等篇，爲詩人托其言以寄刺，而《桑中》諸篇而外，又未必爲刺淫，則得之矣。然詳味諸詩，《静女》、《出其東門》亦當爲刺淫，而《澤陂》則當爲別事而作也。其他尚俟博識者定之。

朱子於變《風》如懷感者，必欲爲其人之自作，然《桑中》云「美孟姜矣」，又云「美孟弋矣」、「美孟庸矣」，《丘中有麻》云「彼留子嗟」，又云「彼留子國」，是一時而期會數人也，有是理乎？

且《澤陂》云「有美一人，碩大且儼」，是豈可指淫奔之人耶？又《溱洧》明述士女問答相謔，而朱子亦云「此淫奔者自叙之詞」，其執拗乃爾！

朱子於變《風》如懷感者，必欲爲其人之自作，則於理有難從；於正《風》如懷感者，亦欲爲其人之自作，則於實有難信。按春秋戰國婦人歌詩，體多平直，而文采不完。正《風》如《葛覃》、《卷耳》、《芣苢》、《汝墳》、《草蟲》、《行露》、《殷其靁》、《摽有梅》、《小星》、《江有汜》，雖皆本乎自然，而體製可法，文采可觀，非文人學士，實有未能，而謂后妃以及士庶之妻逮於女子媵妾無不能之，則予未敢信也。馮元成謂：「文人學士借里巷男女爲言。文人學士，民之表也，覽其詩而民風可具見也。」即此而觀，則其詞之有美者，如《關雎》、《樛木》、《螽斯》、《鵲巢》、《采蘩》、《采蘋》，亦豈宫人、衆妾、家人之所能乎？變《風》《柏舟》諸篇，不待言矣。或謂風人之詩皆周太師之徒潤色之，蓋視其體製、文采，心亦有疑，而强爲之説耳。

朱子云：「凡詩之所謂風者，多出於里巷歌謡之作，所謂男女相與詠歌[二]，各言其情者也。」按《春秋傳》所録歌謡及《詩紀》所編漢魏歌謡，與詩體絶不相類，故《國風》皆詩人之詩，

〔二〕 原本此上眉批：「《十九首》雖興象玲瓏，意致深婉，然於會心處，每以一二理意語攝之，又自可喜。如『人生天地間，忽如遠行客』、『所遇無故物，焉得不速老』、『不如飲美酒，被服紈與素』等句，皆於會心處以理意攝之也。」旁紅筆批：「移在十六板。」又紅筆勾去。原本十六板未見標示位置，崇禎本亦未收。

初未嘗有歌謡相雜也。朱子於《國風》必欲爲男女之自作，故多以爲里巷歌謡之詞耳。或曰：「若是，則《國風》有不切於性情之真，奈何？」曰：風人之詩，主於美刺，善惡本乎其人，而性情係於作者，至其微婉敦厚，優柔不迫，全是作者之功。婭國泰謂：「好惡由衷，而不能自已，即性情之真也。」況如《北門》、《北風》、《黍離》、《兔爰》、《緇衣》、《出其東門》、《園有桃》、《陟岵》、《十畝之間》、《碩鼠》、《杕杜》、《蒹葭》、《渭陽》、《隰有萇楚》、《匪風》、《下泉》、《鴟鴞》、《九罭》等篇，亦多出於自作，又豈不切於性情之真耶？

朱子説《國風》〔二〕，雖未得美刺之旨，而分章訓釋，簡凈明白，當是古今絶手。孔氏宗《小序》，雖於美刺有得，而章句離析，冗雜蕪穢，且比興處往往穿鑿，真境實遠。朱子云：「《詩傳》只得如此説，不容更著語，工夫却在讀者。」又云：「詩本只是恁地説話，一章言了，次章又從而嘆詠之，雖别無義而意味深長，不可於名物上尋義理。後人往往見其言只如此平澹，只管添上義理，却窒塞了他。」故《國風》當以孔氏、朱子而參酌之，至於《雅》、《頌》，則一以朱注爲主。〔三〕

〔二〕原本此上眉批：「予嘗謂譬今人談話，凡述忠孝節義之事，雖未有美詞，而美在其中；凡述淫奔醜惡之事，雖未有刺詞，而刺在其中。」又紅筆勾去。崇禎本未收。

〔三〕原本此上眉批：「《大序》謂：變《風》發乎情，止乎禮義，先王之澤也。予謂其實寫己懷者固民之性，其出於詩人美刺者亦民之性也。止乎禮義，言自止乎禮義，非有意止乎禮義也，則與性相合矣。」又紅筆勾去。崇禎本未收。

《周南·關雎》，《序》説未甚顯明，孔氏演其義，以爲「后妃思得淑女以配君子」，蓋以「左右」字訓佐助故耳。但以首二句爲興后妃，則與下文不相連屬。朱子以爲「宮中之人於太姒始至而作」，則既非宮人所能，而以求、思、友、樂屬於宮人，亦無情趣。按孔子曰：「《關雎》樂而不淫，哀而不傷。」詳味此語，則求、思、友、樂主於文王，而其實則詩人之作也。舊説多有可證。

以下二十八則，分論諸國之詩。

《關雎》以荇菜爲言，蓋后妃以荇菜供祭祀也。前章言荇菜在水，未有人采，故因之以求后妃。後章既得后妃，則采取而烹芼之矣。「流」是隨水泛流之意，朱注言「順水之流而取之」，不但於前後不相體貼，且爲歇後語矣。其言「左右」，「或左或右，言無方也」，得之。「左右芼之」，承上而言，謂左右采而芼之也。

《周南·卷耳》，乃詩人述后妃思念文王而作。首章「我」字屬后妃，下三章「我」字屬文王，蓋思文王登陟勞苦，冀其以酒自解，不至懷傷，末章又知其終不能解也。朱注謂后妃「托言登山，以望所懷之人而往從之」，既甚牽强，而《小序》又言「后妃念臣下之勤勞而作」，迂遠益甚矣。後見楊用修説，正與予合。

《關雎》述文王未得后妃而寤寐以求之，《葛覃》述后妃既歸文王而思父母，《卷耳》則又因文王之出而思文王也，有情趣，有次第。首篇朱子以爲「宮人思求后妃」，何耶？

《周南·漢廣》云：「南有喬木，不可休息。漢有游女，不可求思。」「休」、「求」爲韻，「思」乃語辭，故「息」爲「思」字之誤無疑。孔氏云：「『休息』，古本皆爾，或作『休思』。此以意改耳。」愚按：古書誤字實多，如「新民」作「親民」、「索隱」作「素隱」之類，然朱子有正有不正者，蓋重意而略辭也。

《召南·野有死麕》云：「舒而脱脱兮，無感我帨兮，無使尨也吠。」朱子云：「此述女子拒之之詞。言姑徐徐而來，毋動我之帨，毋驚我之犬，以甚言其不能相及也。」此意有未達。鄭氏云：（漢鄭玄作《箋》，宗《小序》。其義若隱，則表明之，如有不同，則用己意。）「貞女欲吉士以禮來，脱脱然舒也。」今《講義》從之。然彼既有相竊之情，貞女尚肯許爲婚乎？詳味其詞，乃變《風》刺淫之詩，蓋錯簡耳。下篇《何彼穠矣》，言王姬爲平王之孫，則亦非《召南》之詩可知。（文王之謚爲王，乃武王克商以後事。此詩即平王。果爲文王，然亦非文王在時詩也。）

《邶》、《鄘》、《衛》三詩，皆《衛風》也。朱子云：「邶鄘地既入衛，其詩皆爲衛事，而猶繫其故國之名，則不可曉。」愚按：《衛風》而繫故國之名，直是輯詩者紕繆，孔子因而不改耳，不必曲爲之説也。程子曰：「諸侯擅相侵伐，衛首并邶鄘之地，故爲變《風》之首。且一國之詩而三其名，所以見其首亂也。」果爾，則又《春秋》之法，非所以言《詩》矣。

《小序》説詩，凡《國風》詞如懷感者，爲詩人托其言以寄美刺。而於《邶風》《緑衣》、《燕燕》、《日月》、《終風》、《泉水》，《鄘風·柏舟》，《衛風·竹竿》、《河廣》諸詩，又以爲夫人衛女自作。予初亦信其説，蓋以其語意真切，而得於性情之正故也。及考《詩譜》云：鄭玄作《詩譜》，言諸國、雅、頌大略。「作者各有所傷，從其本國而異之，爲邶、鄘、衛之詩焉。」孔氏云：「《緑衣》諸詩，述夫人衛女之事而得分屬三國者，如此《譜》説，定是三國之人所作，非夫人衛女自作矣。女在他國，衛人得爲作詩者，蓋大夫聘問往來，見其思歸之狀而爲之作歌也。唯《載馳》，許穆夫人作而得入《鄘風》者，蓋以于時國在鄘地，故使其詩屬鄘也。」已上孔氏語。《載馳》，許穆夫人作，見《左傳》。愚按：《國風》爲詩人之作，於此尤爲可證，不知朱子於此更何解也？嘗以語姪國泰，國泰曰：「試觀唐人宫詞閨怨，亦豈宫閨之自作耶？」此足以稱善悟。然《載馳》亦必鄘人作，而《左氏》語有未詳。如《左氏》：鄭莊公以叔段故，寘其母姜氏于城潁，而誓之曰：「不及黄泉，無相見也。」既而悔之。潁考叔曰：「若闕地及泉，隧而相見，其誰曰不然？」公從之。公入而賦：「大隧之中，其樂也融融。」姜出而賦：「大隧之外，其樂也洩洩。」予謂：果如此説，則二人之詩合爲一篇，有是理乎？大抵古人説詩，往往如此。後人不知，遂以其人自作耳。《式微》、《旄丘》亦爲邶人托黎臣之言而作。

變《風》微婉優柔者，惟《邶風》篇什最多。輯詩者以邶爲變《風》之首，其以是歟？此雖得風詩之體，不得輯詩之體也。説見《王風》論中。

《鄘風·君子偕老》云：「玼兮玼兮，其之翟也。鬒髮如雲，不屑髢也。玉之瑱也，象之揥也，揚且之皙也。胡然而天也，胡然而帝也。」朱注謂其「服飾容貌之美，見者驚猶鬼神」，殊不得風人旨趣。此章前七句形容其服飾之麗，容貌之美；末二句言如此淫亂之人，何爲而忽自尊嚴如天如帝也。蓋淫亂之人，往往若此。首章前五句泛言夫人之德，語語莊重，下二章迥然不同矣。「紲袢」未詳，大約是以縐絺襯貼在内，微露其幅。蓋雖法度之服，亦必加艷飾耳。

《王風》者，東遷以後平王之詩，《風》、《雅》皆具也。朱子云：「平王徙居東都，王室遂卑，與諸侯無異，故其詩不爲《雅》而爲《風》。」又云：「《詩》亡，謂《黍離》降爲《國風》，而《雅》亡也。」或問朱子，朱子又云：「鄭漁仲言：出於朝廷者爲《雅》，出於民俗者爲《風》。文、武之時，周、召之民作者謂之周、召之《風》。東遷之後，王畿之民作者謂之《王風》。似乎大約是如此，不必説《雅》之降爲《風》也。」觀此，則朱子復有疑於前説矣。愚按：凡《詩》有關乎君國大體者爲《雅》，出於民間懷感者爲《風》。《王風》《黍離》、《兔爰》，變《雅》也；《采葛》、《丘中有麻》，變《風》也；《揚之水》、《中谷有蓷》、《葛藟》、《大車》，或可爲《風》，或可爲《雅》。故謂《王風》本爲雅體者固非，謂《王風》悉爲風體者亦非也。姪國泰云：「《雅》以正爲主，西周有正《雅》，而變《雅》係之。東周無正《雅》，故變《雅》總係之於《風》。況東遷以後，國體日卑，雅樂之官不立，雖有《雅》，將何所隸乎？」已上國泰語。若康王以後、幽王以前，亦有《風》體，而不立爲《風》者，因其有《雅》體而遂附之云。朱子「《黍離》降爲《國風》」，本從舊説，而實有未通。孔子方作《春秋》以尊王，寧肯降王爲《風》耶？

《王風》居《邶》、《鄘》、《衛》之後，不可曉。觀古今《國風》，次第不一，則其簡帙錯亂久矣。朱子闕而不論，是也。歐陽公云：「《王》處《衛》後而不次於二《南》，惡其近於正而不明也。」此即「《黍離》降爲國風」之説，不但以《春秋》之法言詩，抑且與《春秋》之義相背矣。鄭氏《詩譜》，《王》居《豳》後，蓋《豳》本不當與變《風》並列，而《王》亦不當與諸國相參，故姑附於《國風》之末。然必《王》居變《風》之前，《豳》附國風之後，始爲安妥。程子説諸國先後之義，頗爲穿鑿。

朱子説《詩》，惟《鄭風》淫奔自作者最多。考之《小序》、《正義》，惟《丰》、《東門之墠》、《溱洧》爲刺淫耳，餘皆爲別事而作。其説雖有不類，要非淫奔者自作，而亦未必皆刺淫也。

《鄭風·將仲子》云：「將仲子兮，無逾我里。無折我樹杞。豈敢愛之，畏我父母。仲可懷也，父母之言，亦可畏也。」《小序》以爲「刺莊公弗聽祭仲之諫，以成叔段之禍」，味其詞，不類；朱子以爲淫奔之作，又非。詳味之，乃詩人述淫女悔過，婉詞以絶其人耳。蓋美詩，非刺詩也。

《鄭風·叔于田》云：「叔于田，巷無居人。豈無居人，不如叔也，洵美且仁。」朱子以爲國人愛段而作，非也。《小序》以爲：「刺莊公也。叔處于京，繕甲治兵，以出于田，國人説而歸之。」或疑段以國君貴弟，受封大邑，有人民兵甲之衆，不得出居閭巷，下雜民伍。今味其詞，不類刺公，而實爲愛叔，則叔非叔段可知。下篇實指叔段，故篇名《大叔》以別之。《左傳》云段「謂之京城太叔」。其曰「將叔無狃，戒其傷女」，乃刺叔非愛叔也。此邪正之分，不可以不辯。

《鄭風·女曰雞鳴》，前二章不過教其早起，弋取鳧雁以歸，飲酒相樂，未嘗一言以及修身齊家之事。然其聲氣之和，樂而不淫，諷詠之久，則查滓渾化，粗鄙盡除，正不必以末章爲重也。

《齊風·還》，《小序》以爲「刺荒也」，得之。朱注謂獵者自相稱譽如此，則又不能無邪矣。《盧令》，則《兔罝》之意也。

風人之詩，最善感發人，故孔子曰「詩可以興」。如《魏風·陟岵》云云，朱子以爲「孝子行役，想像其父母念己之言」是也。然不言己思父母，而但言父母念己，則己思父母之情何如？聞之者皆足以感發矣。孟武伯問孝，子曰：「父母，惟其疾之憂。」正所以感發乎人子也。鄭氏、孔氏以爲「孝子行役，思其父母教戒之言」，似少情趣。

《唐風·蟋蟀》，是詩人美唐俗之詩。《山有樞》，雖諷而未爲邪，孔子存之，益以見唐俗之美耳。漢《生年不滿百》及樂府《西門行》[一]，語意實出於此，自是益起後世詞人曠達之風矣。

《唐風·揚之水》，《小序》以爲「刺昭公也」，得之。朱子云「《序》說不誤」，得之。而《集注》又

〔一〕「漢」，崇禎本作「漢人」。原本其下「人」字抹去，旁改「詩」字，復抹去。

以爲「國人將叛晉而作」，非也。《無衣》，《小序》以爲「美武公也」。朱子云：「此詩若非武公自作，則詩人所作而陰刺之耳。」愚按：謂詩人之刺者得之。此邪正之分，不可以不辯。

《秦風》諸篇已去西戎之習，而有中夏之聲。其《蒹葭》、《晨風》、《渭陽》，語尤微婉。按季札觀周樂，歌《秦》，注謂歌所常用之曲。曰：「此之謂夏聲。夫能夏則大，大之至也，其周之舊乎？」故即《駟驖》田獵之詩，而末章聲氣，亦甚悠閒也。《小戎》三章，托從役者家人思念之詞，每章前六句述車甲之盛，故其語森嚴而矯峻，後四句叙思慕之情，故其語微婉而優柔。王元美云「《小戎》失之太峻」，以前六句言耳。

《秦風·蒹葭》，朱子謂「不知其所指」。味其詞，必遁世絕俗之士，可望而不可即者。然終篇無遁世絕俗語，此風人所以不可及歟！

《秦風·無衣》云：「豈曰無衣，與子同袍。王于興師，修我戈矛，與子同仇。」朱子云：「秦俗强悍，樂於戰鬥，故其人平居而相謂曰：『豈以子之無衣，而與子同袍乎？蓋以王于興師，則將修我戈矛而與子同仇也。』」信如此説，則爲秦人自言，是性情猶未爲正。鄭氏云：「此責康公。言君豈曰汝無衣，我與汝共袍乎。而於王興師，則曰修我戈矛，與子同仇，往伐之。」其義雖通，但康公之世，國政民情不應如此乖戾。詳味其詞，乃是詩人之詩，與《齊風·還》同意。

變《風》之詩，多詩人托爲其言以寄刺。如《陳風·東門之枌》，則直是詩人口語，或以末章「爾」、「我」字爲嫌，是全不知文體。試觀《株林》「駕我乘馬」、「乘我乘駒〔一〕」，便可見矣。楚《騷》而下，此類甚多，不能悉舉。

《陳風·株林》，刺靈公淫乎夏姬也。然終篇無「淫」、「夏」字，與《秦風·蒹葭》俱見微婉之妙。

《陳風·澤陂》云：「有美一人，碩大且卷。」又云：「碩大且儼。」知非淫奔之詩，而亦非刺淫也。

《豳風》首篇，周公陳豳國之風也。孔子以《豳》無所次，姑次於《國風》之末，季札觀樂時《豳》在《齊》之後。但因其舊，而以周公之詩附之，而後人遂以變《風》稱焉，則謬甚矣。蓋《二南》，文王之化，既爲正《風》，而《豳》乃后稷、公劉風化所由，出於文王，千有餘年之上，爲變《風》可乎？《文中子》謂：「成王終疑周公，故爲變《風》。」果爾，則又不當繫之《豳》矣。或又謂詩體宏贍類《雅》，當係之於《大雅》，是又不然。《大雅》乃王政之大體，后稷、公劉之事，《生民》、《公劉》二篇既詳詠之矣，此篇實道民俗之風，自當爲《風》。但其詩作於周公，故其體自不同

〔一〕「駒」，原本作「車」，據崇禎本改。

耳。《鴟鴞》以下六篇，當係於變《小雅》之前，未可係之《雅》也〔二〕。

《豳風》首篇，乃周公陳后稷、公劉風化所由，雖豳地之風，實以寫當時情景耳，周公豈能知千有餘年已上之事乎？乃知經生以言筌説詩，斷不可也。

《小雅》、《大雅》，體各不同。《大序》舊作子夏序，或疑出漢儒。謂：「政有小大，故有《小雅》焉，有《大雅》焉。」舊説《鹿鳴》至《菁莪》二十二篇爲正《小雅》。《文王》至《卷阿》十八篇爲正《大雅》；《六月》至《何草不黄》五十八篇爲變《小雅》；《民勞》至《召旻》十三篇爲變《大雅》。朱子云：「正《小雅》，燕饗之樂也。正《大雅》，會朝之樂、受釐陳戒之辭也。劉氏曰：「或歌於會朝之時，如《文王》、《大明》等篇；或陳於祭祀之後，如《生民》、《行葦》等篇；或陳於進戒之際，如《公劉》、《卷阿》等篇。」故或歡欣和説以盡群下之情，或恭敬齋莊以發先王之德。詞氣不同，音節亦異，多周公制作時所定也。」已上朱子注。馮元成云：「《大雅》正經，所言受命配天，繼代守成。而《小雅》正經，治内則惟燕勞群臣朋友，治外則惟命將出征。故《小雅》爲諸侯之樂，謂用之於諸侯。《大雅》爲天子之樂也。」已上元成語。及其變也，《大雅》多憂閔而規刺，《小雅》多哀傷而怨誹，淮南王云：「小雅怨誹而不亂。」朱子謂「皆賢人君子閔時病俗之所爲」是也。以下十六則，論《雅》、《頌》之詩。

〔二〕「未可係之《雅》也」，崇禎本在「《鴟鴞》以下六篇」前。

《小雅》、《大雅》之辯，前賢既詳論之矣。概以二《雅》正變之體言之，正《雅》坦蕩整秩，而語皆顯明；變《雅》迂迴參錯，而語多深奥。是固治亂之不同，抑亦文運之一變也。或謂取《小雅》之音，歌其政之變者爲變《小雅》；取《大雅》之音，歌其政之變者爲變《大雅》。則吾不得而知矣。

《小序》、《正義》以《小雅·鹿鳴》諸篇爲文、武時詩。愚按：周公制作禮樂，實在成王之世，謂諸篇爲武王時詩，且未必然，若以爲文王時詩，則愈謬矣。文王三分天下有其二，以服事殷，豈文王時已用天子禮樂耶？

《小雅·大東》，言天漢、織女、牽牛、啓明、長庚、天畢、南箕、北斗，於《雅》詩中爲最奇。《離騷》詭異之端，實本於此，然語益瑰瑋矣。

《小雅》之變，有《楚茨》、《信南山》、《甫田》、《大田》、《瞻彼洛矣》、《裳裳者華》、《桑扈》、《鴛鴦》、《頍弁》、《車牽》、《魚藻》、《采菽》、《隰桑》、《瓠葉》等篇，《小序》、《正義》多以爲傷今思古之詩，味其詞不類。朱子以爲正雅之篇有錯簡者，得之。

《詩》有《風》而類《雅》者，如《定之方中》、《淇澳》、《園有桃》等篇是也〔二〕。蓋有關乎君國

〔二〕「澳」，崇禎本作「奥」。

之大者也。有《雅》而類《風》者，如《祈父》、《黄鳥》、《我行其野》等篇是也。蓋皆出於羈旅之私者也。若《王風》《黍離》、《兔爰》，《豳風·東山》等篇，本《雅》詩也。《小雅》《谷風》、《采緑》、《苕之華》等篇，本《風》詩也。

《大雅》推原王業以戒後人，故其篇長大，而布置聯絡，有次序可尋，有枝葉可摘，尚可學也。《頌》則形容盛德以告神明，故其篇簡短而詠嘆渾淪，無端倪可指，無首尾可窺，更不易摹倣耳。李獻吉《禋社》、《辟雍》、《觀牲》三詩，宜《頌》而爲《雅》者，正以不易摹倣故也。

《大雅》首數篇最爲嚴整，至《皇矣》、《生民》、《公劉》，則始爲宏肆，漸入淋漓，乃是作者才氣不同，非有意創别也。後人於此，殆難彷彿。

《雅》、《頌》篇什次第，多不可曉。孔氏之説，頗爲穿鑿。若《大雅》《文王》、《大明》、《緜》三篇，則有深義。《文王》專美文王之德，周之受命始於文王也；《大明》追述王季、大任、文王、大姒之德以及武王克商之事；《緜》又追述大王、大姜遷岐而及於文王之受命，蓋由父以及祖，而剪商之迹，實始於大王也。故以此爲天子諸侯會朝之樂云。

《大雅·文王》云：「周雖舊邦，其命維新。」《大明》云：「天監在下，有命既集。」皆言天命歸周之意，故《皇矣》於大王已言「受命既固」矣。《史記》云：「詩人道西伯，蓋受命之年稱王，而斷虞芮之訟。」謬甚。按《考要》云「文王之得謚，大王、王季之追王，皆武王克商以後事」是也。

孔氏不知，故於《大雅》《棫朴》、《靈臺》稱王，以爲文王時作，而於《小雅》諸篇稱王稱天子者，亦以爲文王時作，謬愈甚矣。胡氏云：「文王三分天下有其二，特以文王之聖，道化所及，極其形容之廣云爾，豈謂天下三分有二之版圖誠歸之於周哉。」觀此，則受命稱王之説，不待辯而明矣。

《小雅·賓之初筵》，《小序》以爲「幽王荒廢，媟近小人，飲酒無度，衛武公既入，而作是詩。」《大雅·抑》之篇，《小序》以爲「衛武公刺厲王，亦以自警也。」而朱子俱以爲武公自警之作。果爾，則諸侯之詩，必不入之《雅》矣。或疑武公、厲王本不同時，則《抑》詩亦當爲刺幽王而作。然詳味其詞，乃衛武公自警，實以諷王也。

《大雅》《崧高》、《烝民》、《韓奕》，《小序》皆以爲尹吉甫美宣王也，然《崧高》、《烝民》詩已明言吉甫爲申伯、仲山甫而作。其所以得列於《雅》者，朱子云：「《崧高》，尹吉甫送申伯之詩，因可以見宣王中興之業耳。」其説是也。然注獨無此意，何耶？

變《風》、變《雅》，雖並主諷刺，而詞有不同。變《雅》自宣王之詩而外，懇切者十之九，微婉者十之一；變《風》則語語微婉矣。黄常明云：「譎諫而不斥者，惟《風》爲然。」如《雅》云「憂心慘慘，念國之爲虐」、「彼童而角，實虹小子」、「匪面命之，言提其耳」、「亂匪降自天，生自婦人」，忠臣義士，欲正君定國，惟恐所陳不激切，豈盡優柔婉媚乎？

《周頌》多不叶韻，未詳其故。朱子云：「《周頌》多不叶韻，疑自有和底篇相叶。『《清廟》

之瑟，朱弦而疏越，一倡而三嘆』，嘆即和聲也，未知是否？」又《補傳》云：「商、周二《頌》，皆以告神，而《魯頌》用以頌禱。後世文人，獻頌效《魯》。」崔文敏云：「《周頌》奏諸廟，《魯頌》奏諸朝，《周》祀先，《魯》禱君，《周》以祭，《魯》以燕。故謂《魯頌》爲變頌可也。」愚按：《魯頌》《駉》、《有駜》、《泮水》體類《小雅》，《閟宫》體類《大雅》，而語則兼《頌》。《商頌》《那》、《烈祖》、《玄鳥》，體實爲《頌》，《長發》、《殷武》，體類《大雅》也。

《頌》者，美盛德之形容。《清廟》言：「肅雝顯相，濟濟多士，秉文之德。」此言文王道化之廣，最善形容者也。下「維天之命，於穆不已。於乎不顯，文王之德之純」，則文王之德，四語盡之矣。《周頌·臣工》，《小序》以爲「諸侯助祭，遣于廟也」；《噫嘻》，《小序》以爲「春夏祈穀于上帝也」。味其詞，實皆不類。而朱子俱以爲「戒農官之詩」，則又無關於《頌》，疑別有説耳。孔氏曰：「頌雖告神爲主，但天下太平，歌頌君德，亦有非祭祀者，不必皆是告神明。」此説姑存以備考。

古今文章，引《詩》者十之九，而《易》、《書》與《禮》，不能一二，蓋《詩》能興起後學，故自童稚靡不習之。秦、漢而下，《詩》教日微，故引之者亦少耳。程子曰：「古人之詩，如今之歌曲，雖閭里童稚，皆習聞之而知其説，故能興起。今雖老師宿儒，尚不能曉其義，況學者乎？」以下六則，總論《三百篇》之詩。

孔子曰：「不學《詩》，無以言。」又曰：「誦《詩》三百，使於四方，不能專對，雖多，亦奚以爲？」愚按：春秋列國，大夫饗燕，輒能賦詩，故其辭命從容委婉，而無亢激之患，專對之言，詎不信然！

孟子曰：「王者之迹熄而《詩》亡，《詩》亡然後《春秋》作。」朱子云：「迹熄，謂平王東遷，而政教號令不及於天下也。《詩》亡，謂《黍離》降爲《國風》而《雅》亡也。」愚按：天子有采詩之政，諸侯有貢詩之典，東遷而後，不復有此舉矣。故詩亡之説，當兼《風》、《雅》而言，蓋謂東遷之後，《風》、《雅》美刺之詩既亡，而《春秋》褒貶之書始作也。吕成公言：「指筆削《春秋》之時，非謂《春秋》之所始。」意謂東遷而後，變《風》尚多，未可遽言《風》亡。不知采詩之政不行，則列國之風雖存而實亡耳。即諸國之詩〔一〕，刺淫者爲多，亦有直刺其君上者，又豈諸侯采之以貢乎？疑當時諸國互相采録，孔子總取而删輯之耳。

王應麟《詩考》自序：「漢言詩者四家，毛、魯、齊、韓。今惟毛《傳》、大毛公作詁訓。鄭《箋》見前。孤行，韓厘存《外傳》，燕人韓嬰。而魯、齊《詩》亡久矣。魯人申培、齊人轅固。按：《隋書·經籍志》，齊《詩》魏代已亡，魯《詩》亡於西晉。應麟采録傳記，引韓、魯、齊三家之説，惟韓稍多，魯僅二

〔一〕「即」，崇禎本作「况」。

百二十六言，齊五十九言而已。近刻《漢魏叢書》中有《申公詩説》，蓋好事者所爲，不足辯也。

按《三百篇》古訓，經秦火之後，漢初諸儒説《詩》及傳記所引韓、魯、齊三家之説，多迂遠不類。惟《小序》最後出，而多有可宗，自是三家之説浸微。葉氏曰：「《六經》始出，諸儒講習未精，且未有他書以證其是非，故雜僞之説可入。歷時既久，諸儒議論既精，而又古人簡書時出於山崖屋壁之間，可以爲證，而學者遂得即之以考同異，而長短精粗見矣。長者出而短者廢，自然之理也。」已上葉氏語。或曰：「毛公非韓、魯、齊同時耶？」曰：《後漢·儒林傳》言「衛宏作《毛詩序》」，朱子以爲宏特增廣而潤色之。故或以《序》之首句爲毛公所分，而其下推説云云，爲後人所益。李氏亦曰：「以《詩序》考之，文詞殽亂，非出一人之手，實出漢之諸儒也。」則《小序》參雜諸儒之説明矣。但漢儒迂謬，終不免於牽合。逮於宋儒，歷時益久，講習益精，其説始爲安妥。惟朱注以《國風》詞如懷感者爲其人之自作，則實有難從耳。今一以朱注爲定説者，既不得詩之宗旨，其信古者一以《小序》爲宗，則亦失之迂矣。

古今風氣不同，其音韻亦自應不同。然《三百篇》、《楚辭》及經傳韻語，或用古音，或用方音，或字有訛誤，故讀之多有不諧，後人不得不協。趙凡夫謂：「古詩歌音韻不諧者，皆是古音。宋人失讀，謬作協韻，乃遍搜古詩歌及經傳韻語不諧者，定爲古音，以教後學。」予謂：苟如此，則混亂極矣。蓋古詩古音，理宜有之，然實無所考據，故不得不協之以合今韻。今乃并其方音訛字而定爲古音，謬愈甚矣。且古韻實寬，如七「陽」與「庚」、「青」同用，一「先」與「真」、「文」同用之類，較漢魏韻更廣。漢魏韻，説見漢魏論中。故凡音韻稍近者，皆不必協，協之恐反失真耳。惟平仄不諧、上去不合者，協之可也。至有必不可協者，姑闕之。如《國風》「夙夜必偕」，《大雅》「在帝左右」之類。

詩源辯體卷之二

楚

江陰許學夷伯清著

嚴滄浪云：「《風》、《雅》、《頌》既亡，一變而爲《離騷》，屈、宋楚辭總名。再變而爲西漢五言。」愚按：《三百篇》正流而爲漢魏諸詩，詳見下卷。別出而乃爲騷耳。胡元瑞云：「昔人言：『詩文之有騷賦，猶草木之有竹，禽獸之有魚，難以分屬，然騷實歌行之祖，賦則比興一端，要皆屬詩。』近之。」已上七句皆元瑞語。以下二十二則論屈、宋楚辭。

朱子云：「《詩》有六義，楚人之詞，亦以是而求之。其寓情草木、托意男女以極遊觀之適者，變《風》之流也。其敘事陳情、感今懷古不忘君臣之義者，變《雅》之類也。其語事神、歌舞之盛，則幾乎《頌》矣。賦則如《騷》經首章之云也，比則香草惡物之類也，興則托物興詞，初不取義，如《九歌》沅芷澧蘭以興思公子而未敢言之屬也。然《詩》之興多而比賦少，騷則興少而比賦多，要必辨此而後詞義可尋。」已上朱子語。祝君澤云：「騷人之賦與詩人之賦雖異，然猶有古詩之義，辭雖麗而義可則。詩人所賦，因以吟詠情性也；騷人所賦，亦以其發乎情也。其情不自知而形於辭，其辭不自知而合於理。情形於辭，故麗而可觀；辭合於理，故則而可法。」愚按詩騷之變，斯並得之。

祝君澤云：「屈、宋之辭，家傳人誦，尚矣。删後遺音，莫此爲古者，以兼六義焉爾。賦者，賦即騷也。誠能雋永於斯，則知其辭所以有無窮之意味者，誠以舒憂泄思，粲然出於情，故其忠君愛國，隱然出於理。自情而辭，自辭而理，真得詩人發乎情、止乎禮義之妙，豈徒以辭而已哉？如但知屈、宋之辭爲古，而莫知其所以古，及其極力摹倣，則又徒爲艱深之言以文其淺近之説，摘奇難之字以工其鄙陋之辭，汲汲焉以辭爲古，而意味殊索然矣，夫何古之有？」又云：「賦之爲古，亦觀六義所發何如耳。若夫霧縠組麗、雕蟲篆刻，以從事於侈靡之辭，而不本於情，其體固已非古，况乎專尚奇難之字以爲古？吾恐其益趨於辭之末，而益遠於辭之本也。」味君澤之説，則近代之爲騷者可知矣。

胡元瑞云：「四《詩》典則雅淳，《國風》、二《雅》及《頌》。自是三代風範；宏麗之端，實自《離騷》發之。」劉勰云：「《離騷》軒翥詩人之後，奮飛辭家之前。」「故其陳堯、舜之耿介，稱禹、湯之祇敬，典誥之體也；譏桀、紂之猖狂，傷羿、澆之顛隕，規諷之旨也；虬龍以喻君子，雲霓以譬讒邪，比興之義也；每一顧而掩涕，嘆君門之九重，忠怨之辭也。觀兹四事，同于《風》、《雅》者也。至於托雲龍，説迂怪，豐隆求宓妃，鴆鳥媒娀女，詭異之辭也；康回傾地，夷、羿彃日，木夫九首，土伯三目，譎怪之談也；依彭咸之遺則，從子胥以自適，狷狹之志也；士女雜坐，亂而不分，指以爲樂，娛酒不廢，沉湎日夜，舉以爲歡，荒淫之意也。摘此四者，異乎經典者也。故論其典誥則以彼，語其夸誕則如此。固知《楚辭》者，體慢於三代，而風雅於戰國，乃《雅》、《頌》之博徒，而詞賦之英傑也。」按：淮南王、宣帝、楊雄、王逸皆舉以方經，而班固獨深貶之，勰始折衷，爲千古定論。蓋屈子本辭賦之宗，不必以聖經列之也。

屈原《離騷》，朱子謂：「其出於忠君愛國之誠心，而馳騁於變《風》、變《雅》之末流，即劉勰言「異乎經典者也」。爲醇儒莊士所羞稱。」此語實不爲謬。焦弱侯極詆之，謂：「豈變《風》、變《雅》非孔子所删定，而醇儒莊士能舍忠君愛國以爲道耶？」至又不欲以怨憤傷原，而謂「其指一歸於平淡」。愚按：屈原之忠，忠而過，乃千古定論。今但以其辭之工也，而謂其無偏無過，欲强躋之於大聖中和之域，後世其孰信之？此不足以揚原，適足以累己耳。

王元美云：「《騷》辭所以總雜重複、興寄不一者，大抵忠臣怨夫，惻怛深至，不暇致詮，亦故亂其緒，使同聲者自尋，修郄者難摘耳。」愚按：《騷》辭雖總雜重複，興寄不一，細繹之，未嘗不聯絡有緒，元美所謂「雜而不亂、複而不厭」是也。學者苟能熟讀涵泳，於窈冥恍惚之中得其脉絡，識其深永之妙，則《騷》之真趣乃見。後人學《騷》者，於六義亦未嘗缺，而深永處實少，此又君澤所未悉也。

凡讀《騷》辭，得其深永之妙，一倡三嘆而不能自已者，上也；得其窈冥恍惚、漫衍無窮、可喜可愕者，次也；得其金石宫商之聲，琅琅出諸喉吻而有遺音者，又次也。否則，但如嚼蠟耳。

屈原《遠遊》，較《離騷》更爲聯絡，而文采亦完。《文選》不録，不可曉。司馬相如《大人賦》雖倣《遠遊》，然好以奇難爲工，後人幾不能讀矣。

屈原《九歌》本祀神之辭，中惟《湘君》、《湘夫人》、《大司命》、《少司命》四章，或有寄意於君臣之間者，餘數章則直祀神耳。注家必欲謂屈子事事不忘君，故每每穿鑿强解，意以爲必如此乃不妄作，遂使古人文字牽纏附合，愈讀愈晦，則注家之過也。知此，則可以觀陶、杜矣。

《九歌·國殤》一篇，聲悍氣峻，錚若金鐵，與諸作不同，正足爲毅魂鼓勇。

《離騷》宏麗，《九歌》秀美，然《九歌》可學，而《離騷》不易學也。國朝諸先輩競力爲騷，紛紛摹擬，一時屈子群然在目矣。

屈原《九章》不如《九歌》。《九章》《涉江》、《哀郢》爲勝，《文選》録《涉江》，而滄浪取《哀郢》，各有意。然《九章》較《離騷》、《九歌》，制作多有不類，即《涉江》、《哀郢》最工而文又甚顯，疑未必皆屈子所爲。至如《惜往日》云「不畢辭而赴淵兮，惜壅君之不識」，《悲回風》云「驟諫君而不聽兮，任重石之何益」，是豈屈子口語耶？蓋必唐勒、景差之徒爲原而作，一時失其名，遂附入屈原耳。注家强解，可笑。

屈原《卜居》，思若湧泉，文如貫珠，妙不容言；《漁父》警絶稍遜，而整齊有法，皆變騷入賦之漸，故《文選》特録之。張中山云：「《卜居》、《漁父》，意淺語膚，疑是僞作。」其憒謬至此。

張中山説《天問》云：「原見放屏居，咄咄無聊，雜憶往古，隨筆詰問。若曰人不足問，故呼天而問之。且其命辭朴拙，斷非漢以後人所能道，但篇中雜沓參差，讀者費解。舊説謂見宗廟圖畫而問，恐壁間未必画此種種。」愚按：中山説《楚辭》，每多謬戾，惟此庶爲獨得。

宋玉《九辨》，較屈原《九歌》雖若流利，而氣似稍劣，惟卒章氣甚雄沛，然諸篇與屈子另爲一手。焦弱侯謂：「語類自傷，當出原作。」非也。

宋玉《九辨》，舊分爲十一章，前五章從《文選》所定，無疑。後自「霜露慘悽」至「信未達乎從容」爲第六，自「竊美申包胥之氣盛」至「不得見乎陽春」爲第七，自「靚杪秋之遥夜」至「蹇淹留而躊躇」爲第八，自「何氾濫之浮雲」至「亦多端而膠加」爲第九，自「被荷裯之晏晏」至「妒被離而鄣之」爲第十，自「願賜不肖之軀」至末爲第十一。朱子更定爲九章，以實九數，以「霜露慘悽」合「竊美申包胥」爲一章，以「何氾濫之浮雲」合「被荷裯之晏晏」至「下暗漠而無光」爲一章，以「堯舜皆有所舉任」合「願賜不肖之軀」爲一章。其論以「何氾濫之浮雲」與後「卒壅蔽此浮雲」相應，宜爲一章；「願賜不肖之軀」以下不屬前章，則前段無尾，後段無首，而不成文。愚謂：朱子以此解《論》、《孟》之書則可，非所以説《騷》也。且以「霜露慘悽」與「竊美申包胥」爲一章尚或可從，至「被荷裯之晏晏」與「願賜不肖之軀而别離」皆顯然起語，安得插入胸腹耶？

且屈原《九歌》實十一章，故知九數外別自有附入者，不必於《九辯》致疑也。今以「霜露慘悽」合「竊美申包胥」從朱，餘復以「被荷裯之晏晏」至「下暗漠而無光」爲一章，他悉如舊，仍定爲十一章。

宋玉《九辨》，多傷歲時摇落、年命將衰、放棄無成之意，要各有所爲，未必皆爲屈原也。漢人惟東方朔《七諫》、劉向《九嘆》，爲屈原作，他如賈誼《惜誓》、嚴忌《哀時命》、王褒《九懷》，亦各有爲。王逸穿鑿，悉以爲爲原而作。且如《哀時命》云：「子胥死而成義兮，屈原沉於汨羅。」《九懷》云：「伊思兮往古，亦多兮遭殃。伍胥兮浮江，屈子兮沉湘。」是豈爲原作耶？

宋玉《招魂》，乃屈原既死，而宋玉招之。舊説皆以爲屈原放斥，玉慮其魂魄將散，故作《招魂》以招之。朱子又云：「荆楚之俗，或以是施之生人，玉遂因其國俗以招之也。」爲此説者，蓋因其篇首數語有未明耳。其曰：「朕幼清以廉潔兮，身服義而未沬。主此盛德兮，牽於俗而蕪穢。上無所考此盛德兮，長離殃而愁苦。」此正屈原既死，宋玉托原詞以訴上帝，故帝遣巫陽以招之也。言「長離殃而愁苦」，則平生轗軻與懷沙赴江俱在其中矣。二千年醉夢未醒，可發一笑。

宋玉《招魂》，語語警絶。唐勒《大招》舊以爲景差作，胡元瑞考定以爲唐勒。雖倣其體製，而文采不及。《文選》取《招魂》而遺《大招》，是也。朱子謂：「《大招》於天道詘伸動静，若粗識其端倪；於國體時政，又頗知所先後。」遂以爲勝《招魂》。此儒者之見，非詞家定論也。

屈、宋楚辭，爲千古詞賦之宗，不特意味深永，而佳句可摘。然有秀雅之句，有瑰瑋之句。屈原如：「余既滋蘭之九畹兮，又樹蕙之百畮。」「朝飲木蘭之墜露兮，夕餐秋菊之落英。」「製芰荷以爲衣兮，集芙蓉以爲裳。」「瑶席兮玉瑱，盍將把兮瓊芳。蕙肴蒸兮蘭藉，奠桂酒兮椒漿。」「望夫君兮未來，吹参差兮誰思。」「捐余玦兮江中，遺余佩兮澧浦。采芳洲兮杜若，將以遺兮下女。時不可兮再得，聊逍遥兮容與。」「嫋嫋兮秋風，洞庭波兮木葉下。」「沅有芷兮澧有蘭，思公子兮未敢言。」「秋蘭兮青青，緑葉兮紫莖。滿堂兮美人，忽獨與余兮目成。入不言兮出不辭，乘回風兮載雲旗。悲莫悲兮生别離，樂莫樂兮新相知。」「乘赤豹兮從文狸，辛夷車兮結桂旗。」「采三秀兮於山間，石磊磊兮葛蔓蔓。怨公子兮悵忘歸，君思我兮不得閒。」「山峻高以蔽日兮，下幽晦以多雨。霰雪紛其無垠兮，雲霏霏而承宇。」宋玉如：「泬寥兮天高而氣清，寂寥兮收潦而水清。」「净」同。「燕翩翩其辭歸兮，蟬寂漠而無聲。雁廱廱而南遊兮，鵾雞啁哳而悲鳴。」皆秀雅之句也。屈原如：「朝發軔於蒼梧兮，夕余至乎縣圃。欲少留此靈瑣兮，日忽忽其將暮。吾令羲和弭節兮，望崦嵫而勿迫。路曼曼其修遠兮，吾將上下而求索。飲余馬於咸池兮，總余轡乎扶桑。折若木以拂日兮，聊逍遥以相羊。」「駕八龍之蜿蜿兮，載雲旗之委蛇。」「據青冥而攄虹兮，遂儵忽而捫天。」「擥彗星以爲旍兮，舉斗柄以爲麾。」「使湘靈鼓瑟兮，令海若舞馮夷。」

玄螭蟲象並出進兮，形蟉虯而逶蛇。」「經營四荒兮周流六漠，上至列缺兮降望大壑。下峥嵘而無地兮，上寥廓而無天。視儵忽而無見兮，聽惝怳而無聞。超無爲以至清兮，與泰初而爲鄰。」「廣開兮天門，紛吾乘兮玄雲。令飄風兮先驅，使涷雨兮灑塵。」「與女遊兮九河，衝風起兮水横波。」「魚鱗屋兮龍堂，紫貝闕兮朱宫。靈何爲兮水中？」「子交手兮東行，送美人兮南浦。波滔滔兮來迎，魚鱗鱗兮媵予。」「杳冥冥兮羌晝晦，東風飄兮神靈雨。」「靁填填兮雨冥冥，猨啾啾兮狖夜鳴。風颯颯兮木蕭蕭，思公子兮徒離憂。」宋玉如：「願賜不肖之軀而别離兮，放遊志乎雲中。乘精氣之摶摶兮，騖諸神之湛湛。驂白霓之習習兮，歷群靈之豐豐。左朱雀之茇茇兮，右蒼龍之躍躍。屬雷師之闐闐兮，道飛廉之衙衙。前輕輬之鏘鏘兮，後輜乘之從從。載雲旗之委蛇兮，扈屯騎之容容。」皆瑰瑋之句也。後人爲楚辭者，但能竊其糟粕，餖飣成篇，至其佳句，了不可得矣。

朱子《楚辭注》較王逸簡净明白，讀之頗爲連屬，然亦互有得失。至《離騷》以四句爲一章，不免穿鑿耳。張中山删注《楚辭》，於朱注一語不録，已甚失之。又謂：「《離騷》原不用韻，强叶者非。」則似於騷辭初未窺一斑也。

嚴滄浪云：「《楚辭》惟屈、宋諸篇當讀外，惟賈誼《懷長沙》、不見《楚辭》。淮南王《招隱操》、嚴夫子《哀時命》，此外亦不必也。」愚按：諸篇而外，尚有賈誼《惜誓》可讀，其他摹倣盜襲，無一警語。至如方朔《初放》、王逸《逢尤》，益又卑下矣。

胡元瑞云：「騷與賦，句語無甚相遠，體裁則大不同。騷複雜無倫，賦整蔚有序。騷以含蓄深婉爲尚，賦以誇張宏鉅爲工。」又云：「騷盛於楚，衰於漢，而亡於魏；賦盛於漢，衰於魏，而亡於唐。」「求騷於漢之世，其《招隱》乎？求賦於魏之後，其《三都》乎？」愚按：屈原《卜居》、《漁父》，宋玉《招魂》，唐勒《大招》，皆賦體也。相如《大人賦》、《宜春宮賦》，班固《幽通賦》，張衡《思玄賦》，皆騷體也。學者不可不辨。以下二則論騷、賦之不同。

胡元瑞云：「世率稱楚騷漢賦，《昭明文選》分騷、賦爲二，歷代因之。名義既殊，體裁亦別。然屈原諸作，當時皆謂之賦。《漢藝文志》所列詩賦一種，而無所謂騷者，首冠屈原賦二十五篇。自荀卿、宋玉指事詠物，別爲賦體，楊、馬而下，大演波流，屈氏諸作，遂俱係《離騷》爲名，實皆賦一體也。」此論前人所未發明。

予少不曉事，謂古人於詩文自無不能。後讀《毛詩序》，與兩漢文筆大異，讀荀卿詩賦，與《三百篇》、屈、宋之辭大異，乃知後世之儒於詩文自有不能，非止有善有不善也。王元美云：「荀卿《成相》諸篇，便是千古惡道。」得之。此一則附論荀卿詩賦。

祝君澤云：「《子虛》、《上林》、《兩都》、《二京》、《三都》，首尾是文，中間乃賦。世傳既久，變而又變。其中間之賦，以鋪張爲靡，而專於辭者，則流爲齊、梁、唐初之俳體；其首尾之文，以議論爲使，而專於理者，則流爲唐末及宋之文體。性情益遠，六義澌滅，賦體遂失。」又云：「俳體始於兩漢，漢漸入於俳也。律體始於齊梁，俳者律之根，律者俳之蔓。陳後山云：『俳體卑矣，而加以律；律體弱矣，而加以四六。』此唐以來進士賦體之所由始也。」愚按：古今賦體之變，此爲盡之。此一則論賦體之變。

詩源辯體卷之三 漢魏總論〇漢

江陰許學夷伯清著

《三百篇》始，流而爲漢魏。《國風》流而爲漢《十九首》、蘇、李、魏三祖、七子之五言，王欽佩謂：「漢魏變於《雅》、《頌》，唐體沿於《國風》。」此但以古律聲氣求之。然魏人五言，如子建《贈白馬王》及仲宣《公讌》、《從軍》等作，實出於《雅》，則又不可不知。《雅》流而爲漢韋孟、韋玄成、魏曹植、王粲之四言，《頌》流而爲漢安世《房中》、武帝《郊祀》、魏王粲《太廟頌》、《俞兒舞》之雜言。然五言於《風》爲近，而四言於《雅》漸遠，雜言於《頌》則愈失之。故鍾嶸《詩品》止於五言，而《昭明文選》亦不及乎雜言也。胡元瑞云：「《國風》、《雅》、《頌》，並列聖經。第風人所賦，多本室家、行旅、悲歡、聚散、感嘆、憶贈之詞，故其遺響，後世獨傳。《雅》、《頌》閎奥淳深，莊嚴典則，施諸明堂清廟，用既不倫，作自聖佐賢臣，體又迥別，三代而下，寥寥寡和，宜矣。」魏詩較漢有同有異。以下總論，論漢魏之同者。至下卷始分别矣。

漢魏五言，源於《國風》，而本乎情，故多托物興寄，體製玲瓏，爲千古五言之宗。說見《國風》論第三則。詳而論之，魏人體製漸失，晉、宋、齊、梁，日趨日亡矣。

漢魏五言，本乎情興，故其體委婉而語悠圓，有天成之妙。五言古，惟是爲正。詳而論之，魏人漸見作用，而漸入於變矣。

漢魏五言，委婉悠圓，於《國風》爲近，此變之善者。使漢魏復爲四言，則不免於襲，不能擅美千古矣。胡元瑞云：「四言盛於周，漢一變而爲五言。體雖不同，詞實並駕，乃變之善者也。」語誠有見，然不免或過。說見《十九首》論中。

漢魏五言，雖本乎情之真，未必本乎情之正，說見《十九首》論中。故性情不復論耳。或欲以《國風》之性情論漢魏之詩，猶欲以《六經》之理論秦漢之文，弗多得矣。

漢魏五言，委婉悠圓，雖本乎情，然亦非才高者不能，但有才而不露耳。以《十九首》、蘇、李、曹植、王、劉與趙壹、徐幹、陳琳、阮瑀相比，則知非才高者不能也。

漢魏五言，委婉悠圓，其氣格自在，不必言耳。或欲於漢魏專取氣格，故必先蒼莽古質而後委婉悠圓，如所謂曹公勝於子建之類，詳見曹公詩論中。是慕好古之名而不得其實者也。《昭明文選》，庶幾得之。

趙凡夫云：「古詩在篇不在句。」此語人未易曉。漢魏五言，格不同而語同、語不同而意同者實多。予日夕諷詠，初不覺也，後見人一一檢出，方盡知之。然不知九方相馬，天機竟在何處。

古詩歌不當以小疵棄之，漢魏五言中，亦有意思重複、詞語質野、字句難訓，雖非可法，不害爲古。又如《青青河畔草》，一連六句用叠字，正見天成之妙。

漢魏五言，渾然天成，初未可以句摘。晉宋而下，工拙方可以句摘矣。嚴滄浪云：「漢魏古詩，氣象渾淪，一本作『混沌』，非。難以句摘。晉以還方有佳句。」是也。王孝伯稱古詩「所遇無故物，焉得不速老」爲佳句，蓋論理意耳。以下七則論漢詩與後代不同。

胡元瑞云：「滄浪謂『古詩氣象渾淪，難以句摘』，此但可言漢。若『高臺多悲風』、『明月照高樓』、『思君如流水』，皆建安語也。子桓、子建如『丹霞夾明月，華星出雲間』、『秋蘭被長阪，朱華冒緑池』，句法字法，稍稍透露。」予按：《十九首》如「思君令人老」、「磊磊澗中石」、「同心而離居」、「秋草萋以緑」，與子建「高臺多悲風」等，本乎天成，而無作用之迹，作者初不自知耳。如子桓「丹霞夾明月」等語，乃是構結使然。必若陸士衡輩有意雕刻，始可稱佳句也。

漢魏五言，爲情而造文，故其體委婉而情深。顔、謝五言，爲文而造意，故其語雕刻而意冗。吕氏《童蒙訓》云：「讀《古詩十九首》及曹子建諸詩，如『明月照高樓，流光正徘徊』之類，皆思深遠而有餘意，言有盡而意無窮，學者當以此等詩常自涵養，自然下筆高妙。」吕氏之所謂意，即予之所謂情也。

漢魏五言，深於興寄，故其體簡而委婉。唐人五言古，善於敷陳，故其體長而充暢。

漢魏五言，聲響色澤，無迹可求。至唐人五言古，則氣象峥嶸，聲色盡露矣。

或問：「漢魏詩與李、杜孰優劣？」曰：漢魏五言，深於興寄，蓋風人之亞也；若李、杜五言古，以所向如意爲能，乃詞人才子之詩，非漢魏比也。讀漢魏詩，一倡而三嘆，有遺音矣。

漢魏古詩、盛唐律詩，其妙處皆無迹可求。但漢魏無迹，本乎天成；而盛唐無迹，乃造詣而入也。或以漢魏無迹亦造詣而入者，豈漢魏亦如唐人日鍛月鍊，千百成帙，而有階級可升耶？秦漢與唐宋人文章亦然。

漢魏人詩，自然而然，不假悟入。後之學者，去妄返真，正須以悟入耳。嚴滄浪云：「漢魏尚矣，不假悟也。」又云：「學者須從最上乘，具正法眼，悟第一義。漢魏盛唐之詩，則第一義也。」已上七句俱滄浪語。○以下九則論學漢魏之詩。

漢魏人詩，自然而然，不假學習。後之學者，情興不足，風氣亦漓，苟非專習凝領，不能有得耳。胡元瑞云：「兩漢詩，未嘗鍛鍊求合，而神聖工巧，備出天造。今欲爲其體，非苦思力索所辦，當盡取其詩，玩習凝會，風氣性情，纖屑具領。若楚大夫子身處莊嶽，庶幾齊語。」已上十二句俱元瑞語。元瑞於漢魏見其異而不見其同，故言兩漢而不及魏。

或問予：「元美有云：『西京建安，其體不宜多作，多不足以盡變，而嫌於襲。』然則漢魏詩不當學耶？」曰：漢魏詩非不當學，但不可倉卒爲之，多作則倉卒，而嫌於襲矣。元美不云乎：「西京建安，似非琢磨可到，要在專習凝領之久，神與境會，忽然而來，渾然而就，無岐級可尋，無色聲可指。」是也。故專習凝領，而神與境會，乃足以盡變；倉卒琢磨，而神與境離，則嫌於襲耳。

漢魏人詩，本乎情興，學者專習凝領，而神與境會，即情興之所至。否則，不失之襲，又未免苦思以意見爲詩耳。如阮籍《詠懷》之作，亦漸以意見爲詩矣。予學漢魏二十年，始悟入焉。

何元朗云：「古詩有托諷者，其詞曲而婉，然終始只一事，而首尾照應，血脉連屬。今人但摹倣古人詞句，餖飣成篇，血脉不相接續，復不辨有首尾，讀之終篇，不知其安身立命在於何處。」愚按：古今學漢魏者，惟于鱗爲近，然《代從軍》、《公讌》不免於襲，《送元美》、《答俞仲蔚》又不免以意見爲詩。其他諸人，則多如元朗所云爾。乃知漢魏之詩誠不易學也。

學漢魏詩，惟語不足以盡變。其興象不同，體裁亦異，固天機妙運無方耳。譬如學古人畫，苟一筆不類，便非其人；若必摹倣某幅而爲之，則是臨畫，非作畫也。故凡學漢魏詩，必果如出漢魏人手，至欲指似某篇，無迹可求，斯爲盡變。此非專習凝領，而神與境會，弗能及也。于鱗十餘篇，庶幾近之。

古之於律，猶篆之於楷也。古有篆無楷，故其法自古；後人既習於楷而轉爲篆，故其法始𨻶。漢魏有古無律，故其格自高；後人既習於律而轉爲古，故其格遂降。學者但須專習凝領，庶幾克復耳。或言學古不必盡似，此殊爲學古累。果爾，則自出機軸可也。學古豈容不類耶？與《總論》「胡元瑞云」一則及「今人作詩」一則參看。

漢魏、晉宋之詩，體語各别。今或以漢魏之體而用晉宋間語，雕刻語，摘見晉宋論中。是猶以虎豹之質蒙犬羊之皮，人見其爲犬羊，不見其爲虎豹也。

古詩賦惟《三百篇》、《楚騷》未有定韻可考，漢魏、兩晉則自有古韻。東、冬、江爲一韻，支、微、齊、佳、灰爲一韻，魚、虞爲一韻，真、文爲一韻，寒、删、先與元前半截爲一韻，蕭、肴、豪爲一韻，歌、麻爲一韻，庚、青、蒸爲一韻。仄韻倣此。如平聲東、冬、江爲一韻，上聲則董、腫、講爲一韻，去聲則送、宋、絳爲一韻，入聲則屋、沃、覺爲一韻。他韻當以類推。至劉宋始漸入今韻。今刻韻書，謂江韻古通陽，真韻古通庚、青、蒸、侵，删韻古通覃、咸、先，先韻古通鹽，庚韻可轉爲陽韻。愚按：古詩以漢魏爲主，若出於漢魏之上，則吾不得而知。且江韻通陽，僅見古樂府《長歌行》用一「幢」字，庾信《代人傷往》用一「雙」字；庚韻轉爲陽韻，僅見曹丕《雜詩》用一「横」字。疑當時以鄉音叶入，何得據此便可通用？若諸家變體，又不可爲法。且謂真韻古通庚、青、蒸、侵，删韻古通覃、咸、先，先韻古通鹽，予實無所考。果爾，則凡口吻之便者皆可通用，不幾於小兒學語耶？又各韻後刻古叶韻，益非。詳論周詩末則。然學古詩用古韻，五言爲當，而七言未宜。蓋五言盛於漢魏，七言盛於唐也。若五言古唐體，則又不當用古韻矣。楊用修云：「近世有倔强好異者，既不用古韻，又不屑用今韻，惟取口吻之便，鄉音之叶，而著之詩，良爲後人一笑資爾。」予謂：後人學古詩不用韻者，直是疏淺，以爲古詩本不拘韻，非倔强好異也。

擬古與學古不同，擬古如摹帖臨畫，正欲筆筆相類。朱子謂「意思語脉皆要似他的，只換却字」，蓋本以爲入門之階，初未可爲專業也。曾蒼山云：「前人擬古，既用其意，又用其事，是士之盗也。」斯言謬矣。至于鱗、元美，於古詩樂府篇篇擬之，則詩之真趣殆盡。以下三則論擬古之詩。

擬古皆逐句摹倣，則情興窘縛，神韻未揚，故陸士衡《擬行行重行行》等，皆不得其妙，如今人摹古帖是也。惟江文通《雜體》，擬其大略，不倣形似，則情興駘蕩，神韻自超。故倣魏文、子建、仲宣、士衡等，有酷相類者，如今人學羲、獻是也。至若士衡、明遠樂府諸篇，雖借古題，而實自成體，則又非擬古類也。

擬古惟古詩及樂府五言爲難，而鐃歌及樂府雜言爲易。蓋古詩及樂府五言，體有常法，而意未可移，故擬者不能自如，而其情易疏。鐃歌及樂府雜言，體無常法，而意可竄易，故擬者得以操縱，而其調易古。胡元瑞云：「郊廟、鐃歌似難擬而實易，猶畫家之於佛道鬼神也；古詩、樂府似易擬而實難，猶畫家之於狗馬人物也。」可謂善喻。試觀于鱗、元美所擬，當自得之。

漢初樂府四言，如四皓《采芝操》、高帝諱邦，字季。《鴻鵠歌》，軼蕩自如，自是樂府之體，不當於《風》、《雅》求之。三曹樂府四言，皆出於此。然《采芝》不知何人所作，疑樂府所爲。以下分論漢人詩歌。

高帝《大風歌》、項籍字羽。《垓下歌》，皆樂府楚聲也。《漢書》：「漢武立樂府。」司馬遷作《史記》，蓋亦其時。《大風》詞旨雖直，而氣概遠勝，《垓下》詞旨甚婉，而氣稍不及，元美謂「各自描寫帝王興衰氣象」是也。謂帝王興衰氣象於此而見，非真有意描寫之也。然二君皆非文士，而《大風》已歌於沛，疑臣下潤色，《垓下》則樂府潤色耳。觀此，其他可知。胡元瑞謂《敕勒歌》等原非出于文士，果爾，偶見一二可也，若篇篇成文，則無是理矣。《虞美人歌》，慷慨足悲，而語近附合，疑出於僞，元瑞亦嘗言之。

樂府之詩，當以漢人爲首。馮汝言云：「琴操肇於上古，如《神人暢》、《南風歌》之類，又在仲尼前，但今所傳之曲，未必盡出於古耳。樂府之名，自興於漢，何得以此相掩？」已上皆汝言語。

晚唐、宋、元諸人論詩，多失之不及；而國朝諸公論詩，每失之過。如漢五言《十九首》，蘇、李等作，晚唐、宋元諸人略不及之，而雜言《房中》、《郊祀》等作，國朝徐昌穀諸公則盛推焉。此過與不及也。《安世房中》、武帝《郊祀》，雖出於《頌》，然語既深酷，前人謂多難曉，而義實卑淺，魏文、汲黯亦嘗病之。《宋書·樂志》：「魏文帝讀《安世詩》無《二南》風化之言，改曰《享神歌》。」《史記》：「時新得神馬，因次爲歌。汲黯進曰：『凡王者作樂，上以承祖宗，下以化兆民，今陛下得馬，詩以爲歌，協於宗廟，先帝、百姓豈能知其音耶？』」今按：《寶鼎》、《芝房》、《白麟》、《赤雁》等歌，皆此類也。且其體多變，而句甚雜，王元美云：「《郊廟》十九章，失之太峻，非《頌》詩比也。唐山夫人，《雅》歌之流，調短弱未舒耳。」馮元成亦云：「《房中歌》，《雅》歌之流，類《嶧山》諸銘。《練時日》，三言之始，詞騁而意放，《騷》之變而《雅》之反也。」是其體多變也。又《三百篇》以四言爲主，三言雜言間有之耳。《房中》、《郊祀》或通章三言，又有變至七言者。是其句甚雜也。元成言《騷》之變而《雅》之反，當言《騷》之變而《頌》之反爲是。以《頌》準之，去《頌》實遠。下流至王仲宣《太廟頌》、《俞兒舞》。今不辨其純雜，察其正變，但以其深酷奇峻而獨推之，是慕好古之名而不得其實者也。然《房中》去《頌》雖遠，恐亦非唐山夫人作，或以爲秦宮中内史，高帝收録之，是也。《安世房中》去《頌》雖遠，而語實深奥，非尋常文士所及。元美所謂「調短弱」者，特以《雅》歌相况言之，非婦人才短氣弱之謂也。

周之《雅》、《頌》，多周公之徒所製，故其體爲正，而其句有則，語既顯明，而義實廣大。漢之《房中》、《郊祀》，乃相如之徒所爲，武帝《郊祀》十九章，使司馬相如、鄒子樂等爲之。故其體多變，而句甚雜，語既深酷，而義實卑淺。王叔武云：「《雅》、《頌》不見於世久矣，雖有作者，微矣。」語甚有見。

《郊祀》三言，如《練時日》、《天馬徠》、《華燁燁》、《赤蛟綏》等篇，氣甚遒邁，語甚軼蕩，爲三言絶唱。然自是漢人樂府，若以《頌》體求之，則失之遠矣。

韋孟四言《諷諫》、韋玄成字少翁。四言《自劾》等詩，其體全出《大雅》。然《大雅》雖布置聯絡，實不必首尾道盡，故從容自如，而義實寬廣。韋孟、韋玄成先後布置，事事不遺，則矜持太甚，而義亦窘迫矣。下流至曹子建、王仲宣四言。孟《諷諫》十一章、《在鄒》六章，玄成《自劾》十章、《戒子孫》七章，章數甚明，諸家皆不能分。後人四言，因遂有不分章者。

徐昌穀云：「韋孟輩四言，窘縛不蕩；曹公《短歌行》、子建《來日大難》，《來日大難》，《宋書·樂志》作古詞。工堪爲則矣。《白狼槃木》詩三章，亦佳，緣不受《雅》、《頌》困耳。」愚按：元美謂「韋孟、玄成，《雅》、《頌》之後，不失前規」，元瑞謂「曹公、子建二詩，雖精工華爽，而《風》、《雅》典刑幾盡」，二詩本樂府體，説見於後。斯並得之。若韋孟、玄成之窘縛者，直是先後布置、事事不遺故耳，非受《雅》、《頌》困也。

古詩五言《十九首》，舊注：「詩以古名，不知作者爲誰。或云枚乘，而梁昭明既以編諸蘇、李之上，李善謂其『詞兼東都』，中有上東門、宛、洛等語。非盡爲乘詩』，故蒼山曾原《演義》特列之張衡《四愁》之下。蓋《十九首》本非一人之詞，今姑依《昭明》編次云。」已上古詩注，今《文選》編次又不同矣。按：鍾嶸云「古詩《去者日以疏》四十五首」云云，則《十九首》與《上山采蘼蕪》等篇皆古詩也，昭明删録而爲十九首耳。然中既有枚乘之詩，則當爲五言之始。

《古詩十九首》，鍾嶸謂「其體源出於《國風》」，劉勰謂「宛轉附物，怊悵切情」，是也。王元美云：「《十九首》談理不如《三百篇》，而微詞婉旨，遂足並駕，是千古五言之祖。」予竊更之云：「《十九首》性情不如《國風》，而委婉近之，是千古五言之祖。」蓋《十九首》本出於《國風》，但性情未必皆正，如「何不策高足，先據要路津」、「無爲守窮賤，轗軻長苦辛」、「燕趙多佳人，美者顔如玉」、「思爲雙飛燕，銜泥巢君屋」，其性情實未爲正。而意亦時露，又不得以微婉稱之，然於五言則實爲祖先，正謂「興寄深微，五言不如四言」是也。

「興寄深微，五言不如四言」，以漢魏較《國風》也。若潘、陸四言，聯比牽合，蕩然無情，《十九首》托物興寄，情致宛然，又不當以此論耳。王敬美云：「《十九首》，五言之《詩經》也；潘、陸而後，顔延年、謝玄暉。四言之排律也。」深得之矣。

漢人五言，惟《十九首》觸物興懷，未嘗先立題而爲之，故興象玲瓏，無端倪可執。此外因題命詞，則漸有形迹可求矣。魏曹、王諸子雜詩亦然。

《古詩十九首》乃昭明選録，采衆人之精，故文采完美，略無蒼莽之態。或以此見琢磨之功者，非也。

《古詩十九首》而外，惟《新樹蘭惠葩》、《步出城東門》二首可與並駕，《上山采蘼蕪》、《四座且莫喧》、《十五從軍征》三首類樂府體，餘則未能完美耳。又楊用修集所載《閨中有一婦》一篇，淺近不類，未敢收録。「青袍似春草，長條隨風舒」，疑亦非漢人語。

《十九首》固皆本乎情興而出於天成，其外如《上山采蘼蕪》等，雖有優劣，要亦非用意爲之也。胡元瑞云：「《十九首》及諸雜詩，隨語成韻，隨韻成趣，詞藻氣骨，略無可尋，而興象玲瓏，意致深婉。」元美乃云：「《十九首》，人謂無句法，非也。極自有法，無階級可尋耳。」又云：「『東風揺百草』，稍露峥嶸，便是句法，爲人所窺。」豈以漢人亦有意斂藏耶？善乎趙凡夫云：「古詩在篇不在句，後人取其句字爲法，謂之步武可耳，何嘗先自有法！」

漢人古詩本未可以句摘，但魏晉以下既有摘句，而漢人無摘不足以較盛衰，今姑摘起結數十語以見大略。起語如：「行行重行行，與君生别離。相去萬餘里，各在天一涯。」「青青河畔草，鬱鬱園中柳。盈盈樓上女，皎皎當窗牖。」「涉江采芙蓉，蘭澤多芳草。采之欲遺誰？所思在遠道。」「冉冉孤生竹，結根泰山阿。與君爲新婚，兔絲附女蘿。」「東城高且長，逶迤自相屬。迴風動地起，秋草萋以緑。」「驅車上東門，遥望郭北墓。白楊何蕭蕭，松柏夾廣路。」結語如：「思君令人老，歲月忽已晚。棄捐勿復道，努力加餐飯。」「不惜歌者苦，但傷知音稀。願爲雙鴻鵠，奮翅起高飛。」「傷彼蕙蘭花，含英揚光輝。過時而不采，將隨秋草萎。君亮執高節，賤妾亦何爲！」「人生非金石，豈能長壽考？奄忽隨物化，榮名以爲寶。」「馳情整巾帶，沉吟聊躑躅。思爲雙飛燕，銜泥巢君屋。」「服食求神仙，多爲藥所誤。不如飲美酒，被服紈與素」等句，不但語出天成，而興象玲瓏，意致深婉，亦可概見。熟詠全篇，則建安以還，高下自别矣。

古詩五言四句，如《采葵莫傷根》、《南山一樹桂》二篇，格甚高古，語甚渾朴，有天成之妙，此五言絶之始也。下流至曹子建五言四句。《日暮秋雲陰》乃六朝人詩，《菟絲從長風》則六朝樂府語耳。

武帝諱徹之字曰通。楚辭《瓠子》二歌，質勝於文，氣格蒼古；《秋風辭》文質得宜，格在其中。王元美云：「漢武固是詞人，《秋風》一章，幾於《九歌》矣。」胡元瑞云：「《大風》，千秋氣概之祖，《秋風》，百代情致之宗。」已上元瑞語。樂府雜言《李夫人歌》，僅十數言，而委婉有致，意味無窮。楚聲《落葉哀蟬曲》，聲調極靡，而題亦非古，出於王子年《拾遺》，僞撰無疑。仲默擬之，不能辨也。

七言歌謡，其來雖遠，而真僞莫辨。詩則始於漢武帝柏梁臺聯句。《柏梁詩》，群臣各以其職詠一句，殊不成章，且其語太質野，未可爲法。胡元瑞云：「《柏梁》句調太質，興寄無存，不足貴也。」已上元瑞語。然平子《四愁》、子桓《燕歌》、晉人《白紵》，每句用韻，實本於此，又不可缺[一]，因并録之。

屈、宋楚辭，本千古辭賦之宗，而漢人摹倣盜襲，不勝饜飫。惟小山《招隱士》一篇，聲既峻絶，而語復奇警，在屈、宋後矯矯獨勝。胡元瑞云：「求騷於漢之世，其《招隱》乎？」較之《秋風》，《招隱》奇，《秋風》正。太白多類《招隱》，子美常近《秋風》。

淮南王招懷天下之士，故小山作《招隱士》以招之。大意言山林險阻，虎豹叫嗥，不可久

[一] 崇禎本此下多一句：「後人因謂每句用韻者爲柏梁體。」

處，與後人《招隱》之意相反。王逸謂：「小山傷閔屈原，雖身沉没，名德顯聞，與隱處山澤無異，故作《招隱士》以章其志。」可爲絶倒。

卓文君樂府五言《白頭吟》，沛然從肺腑中流出，其晉樂所奏一曲，乃後人添設字句以配音節耳。樂府《滿歌行》、《西門行》、《東門行》及甄后《塘上行》皆然。昔人稱李延年善於增損古詞，則樂府於古詞信有增損者。

李陵字少卿。、蘇武字子卿。五言，昭明已録諸《文選》。劉勰乃云：「成帝品録三百餘篇，而詞人遺翰，莫見五言，所以李陵、班婕妤見疑於後代也。」愚按：《左氏傳》子長不及見，《左傳》，漢初出於張蒼家，文帝時賈誼爲訓詁，授趙人貫公，未行於世。至建武時陳元最明《左傳》，上書訟之，乃以魏郡李封爲左氏博士。封卒，復罷。其後賈逵、服虔皆爲訓解，至魏遂行於世。《漢書》所載而《史記》有弗詳者，正以當時書籍未盡出故耳。由是言之，成帝品録而不及蘇、李，又何疑焉？東坡嘗謂「蘇李之天成」，是矣。至因劉子玄辯李陵書非西漢文，乃謂蘇、李五言亦後人所擬，亦不免爲惑。蘇、李七篇，雖稍遜《十九首》，然結撰天成，了無作用之迹，決非後人所能。若《文苑》所載《録别》數首，則後人因七篇而廣之者。元美謂：「雖總雜寡緒，而渾朴可詠，固不必二君手筆，要亦非晉人所能辨也。」又摯虞晉初人。云：「李陵衆作，總雜不類，殆是假托，非盡陵志。至其善篇，有足悲者。」總雜不類，蓋指《録别》；善篇足悲，乃謂《文選》所録耳。以此觀之，其來遠矣。然勰之言亦有所據，初非謬妄。

馮元成云：「少卿怨而不怒，子卿哀而不傷。」愚按：少卿三篇，慷慨悲懷，自是羈臣口吻；子卿四首，雖稍爲散緩，而頓挫抑揚，亦是西京風範。然摯虞論李陵而不及蘇武，劉勰、鍾嶸與昭明同時而亦不及武者，蓋亦有未見耳。少卿如「屏營衢路側，執手野踟蹰」、「風波一失所，各在天一隅」、「臨河濯長纓，念子悵悠悠」、「行人懷往路，何以慰我愁」、「行人難久留，各言長相思」等句，皆羈臣口吻也。子卿如「況我連枝樹，與子同一身。昔爲鴛與鴦，今爲參與辰」、「征夫懷往路，起視夜何其。參辰皆已没，去去從此辭」、「請爲遊子吟，泠泠一何悲」、「欲展清商曲，念子不能歸」等句，皆頓挫抑揚者也。

鍾嶸云：「李陵始著五言之目。」[一]皎然云：「李陵、蘇武、天與其性，發言自高，未有作用。《十九首》辭精義炳，婉而成章，始見作用之功。」「作用之功」，即所謂完美也。見班固論中。下卷言作用之迹，正與「功」字不同，功則猶爲自然，迹則有形可求矣。信如此説，則五言不始於《十九首》矣。

宋人謂：「蘇李詩，在長安而言江漢。」又謂：「『獨有盈觴酒』與《十九首》『盈盈一水間』，俱不避惠帝諱，疑皆非漢人詩。」愚按：子卿第四首，乃別友詩，安知其時不在江漢？又韋孟

[一] 此句原本無，據崇禎本補。

《諷諫》詩「總齊群邦」，於高帝諱且不避，何必惠帝？趙凡夫云：「《説文》止諱東漢『秀』、『莊』、『炟』、『祜』四字，而於西漢『邦』、『盈』以下皆不諱也。」

漢稱蘇李，李豈讓蘇？魏稱嵇阮，嵇寧勝阮？以至晉之潘陸，宋之顔謝，陳之徐庾，唐之高岑、錢劉、元白，皆順聲而呼，非以先後爲優劣也。

昭帝諱弗陵，字曰丕。《黄鵠》、《淋池》二歌，皆樂府楚聲也。《黄鵠》氣格蒼古，聲韻峻絶，《淋池》情雖蕩而氣則淳。然《淋池》出於王子年《拾遺》，真僞亦不可知。

王嬙四言《怨詩》，蓋樂府體也。制作雖工，而叙述太周，用意太切，出於僞撰無疑。

班婕妤樂府五言《怨歌行》，托物興寄，而文采自彰。馮元成謂「怨而不怒，風人之遺」，《王元美》謂「可與《十九首》、蘇李並驅」，是也。成帝品録詞人，不應遂及後宫，不必致疑。其説見蘇李論中。

趙飛燕樂府楚聲有《歸風送遠操》，語甚淺易，而題亦非古，亦僞撰也。

馬援字文淵。樂府雜言《武溪深行》，僅二十餘言，情景相融，鬱紆有致，是樂府妙境。

傳毅字武仲。四言《迪志詩》，二章之後，實可繼響。當作八章。

班固字孟堅。四言《明堂》、《辟雍》、《靈臺》諸詩，非《雅》非《頌》，其體爲變。五言《詠史》一篇，則過於質直，鍾嶸云：「班固詠史，質木無文。」是也。

予嘗謂：漢魏五言，由天成以變至作用，故編次先《十九首》，次蘇、李、班婕妤，次魏人。然劉勰云：「成帝品録，三百餘篇，而詞人遺翰，莫見五言，所以李陵、班婕妤見疑於後代也。」又或疑《十九首》多建安中曹、王所製，其説亦似有見。班固《詠史》，質木無文，當爲五言之始。蓋先質木，後完美，其造詣與唐人相類。漢先西京，論四言、雜言也。晉以後五言，則文益勝矣。

張衡字平子。四言《怨篇》，得風人之致，然僅止一章，恐非全詩。樂府五言《同聲歌》，較之西京，始見作用之迹。

張衡樂府七言《四愁詩》，兼本《風》、《騷》，而其體渾淪，其語隱約，有天成之妙，當爲七言之祖。下流至曹子桓《燕歌行》。胡元瑞云：「《四愁》章法實本風人，句法率由騷體。」又云：「《離騷》盛於楚漢，一變而爲樂府，《大風》、《垓下》等歌。體雖不同，詞實並駕，乃變之善者也。」愚按：《離騷》變爲樂府，而《四愁》則尤善云。如「我所思兮在泰山，欲往從之梁父艱。側身東望涕霑翰。美人贈我金錯刀，何以報之英瓊瑤。路遠莫致倚逍遥，何爲懷憂心煩勞」等章，體皆渾淪，語皆隱約者也。此未可句摘，故録首章以見大略。後《燕歌行》、《白紵舞歌》、《行路難》皆同。蓋欲小論，另成一書也。

朱穆四言《絶交詩》，語甚庸鄙，不當以古質目之。蓋漢人詩雖人止數篇，亦自有當家也。

靈帝諱宏。樂府楚聲有《招商歌》，聲氣與昭帝《淋池歌》相類。然亦出於子年《拾遺》，真僞亦不可知。

高彪字義方。五言《清誡》一篇，蒼莽古質，與曹孟德相類。趙壹、字元叔。酈炎、字勝文。孔融、字文舉。秦嘉字士會。五言，俱漸見作用之迹，而壹、炎、融則用意尤切，蓋其時已與建安相接矣。徐昌穀云：「孔融《臨終詩》，大類銘箴語。」胡元瑞云：「趙壹《疾邪詩》，句格猥凡，漢五言最下者。」俱得之矣。

《後漢書》：「蔡琰字文姬。歸後，感傷亂離，追懷悲憤，作詩二章。」愚按：五言一章與《焦仲卿妻》詩相類，陳繹曾謂「真情極切，自然成文」，是也。但篇首十數語，稍見鄙拙耳。胡元瑞謂「猶褚先生學太史者」，非。其楚調一章，語雖猥凡，然自是琰作。《胡笳十八拍》，出於僞撰無疑。王元美云：「《胡笳十八拍》，軟語似出閨襜，而中雜唐調，非文姬筆也。」中如「城頭烽火不曾滅，疆場征戰何時歇。殺氣朝朝衝塞門，胡風夜夜吹邊月」、「胡笳本自出胡中，援琴翻出音律同」數語，乃唐調也。

漢人樂府五言，與古詩體各不同。古詩體既委婉，而語復悠圓，樂府體既軼蕩，而語更真率。下流至曹子建樂府五言。蓋樂府多是叙事之詩，不如此不足以盡傾倒，且軼蕩宜於節奏，而真率又易曉也。趙凡夫謂：「凡名樂府，皆作者一一自配音節。」予未敢信。樂府如長歌、變歌、傷歌、怨詩等，與古詩初無少異，故知漢入樂府已不必盡被管絃，況魏晉以下乎？若云采詞以度曲，則《十九首》、蘇李等篇，皆可入樂府矣。元微之《樂府古題序》，亦未盡得。

漢人樂府五言，軼蕩宜於節奏，樂之大體也。如《白頭吟》、《塘上行》等，後人添設字句以配音節，樂之律調也。其他亦必有添設字句者，但不盡傳耳，初非作者自配音節也。若雜言諸作，則又不可概論。

漢人樂府五言，有歌、行、篇、引等目，名雖不同，而體則無甚分别。後人必欲於樂府諸名辯之，恐不免穿鑿耳。今試舉樂府數篇而隱其名，有能别其爲歌、爲行、爲篇、爲引者，則予爲無識矣。茂秦、元瑞亦嘗言之。

漢人樂府五言，如《相逢行》、《羽林郎》、《陌上桑》等，古色内含而華藻外見，可爲絶唱。如《相逢行》云：「黄金爲君門，白玉爲君堂。堂上置樽酒，作使邯鄲娼。中庭生桂樹，華燈何煌煌。」「黄金絡馬頭，觀者盈道傍。入門時左顧，但見雙鴛鴦。鴛鴦七十二，羅列自成行。」《羽林郎》云：「胡姬年十五，春日獨當壚。長裾連理帶，廣袖合歡襦。」「不意金吾子，娉婷過我廬。銀鞍何煜爚，翠蓋空踟躕。就我求清酒，絲繩提玉壺。就我求珍肴，金盤鱠鯉魚。」《陌上桑》云：「羅敷喜蠶桑，采桑城南隅。青絲爲籠係，桂枝爲籠鉤。頭上倭墮髻，耳中明月珠。緗綺爲下裙，紫綺爲上襦。」「東方千餘騎，夫壻居上頭。何用識夫壻，白馬從驪駒。青絲繫馬尾，黄金絡馬頭。腰中鹿盧劍，可直千萬餘」等句，皆古色内含、華藻外見者也。晉宋而下，文勝質滅[二]，綺

[二]「滅」，崇禎本作「衰」。

靡不足觀矣。

漢人樂府五言，《焦仲卿妻》詩真率自然而麗藻間發，與《陌上桑》並勝，人未易曉。何仲默云：「古今惟此一篇。凡歌辭簡則古，此篇愈繁愈古。」王元美云：「《孔雀東南飛》質而不俚，亂而能整，叙事如畫，叙情若訴，長篇之聖也。」已上六句元美語。然「命如南山石」二句，上下或有脱簡。

漢人樂府雜言有《鐃歌十八曲》，中多警絶之語。但全篇多難解及迫詰屈曲者，或謂有缺文斷簡，或謂曲調之遺聲，或謂兼正辭填調，大小混録。其意義明了，僅十二三耳。于鱗、元美篇篇擬之，豈獨有神解耶？中惟《上陵》、《君馬黄》、《有所思》、《上邪》、《臨高臺》五篇稍可讀，姑録之。如「山出黄雀亦有羅，雀以高飛奈雀何」、「水深激激，蒲葦冥冥。梟騎戰鬥死，駑馬徘徊鳴」、「湯湯回回，臨水遠望，泣下沾衣」、「桂樹爲君船，青絲爲君笮，木蘭爲君櫂，黄金錯其間」、「芝爲車，龍爲馬。覽遨遊，四海外」、「美人歸以南，駕車馳馬，美人傷我心。佳人歸以北，駕車馳馬，佳人安終極」，「君有他心，樂不可禁」，「有所思，乃在大海南。何用問遺君？雙珠玳瑁簪」、「聖人出，陰陽和。美人出，遊九河」、「衰山無陵，江水爲竭，冬雷震震，夏雨雪，天地合，乃敢與君絶」、「臨高臺以軒，下有清水清且寒。江有香草目以蘭，黄鵠高飛離哉翻」等句，皆爲警絶者也。于鱗雖多相肖，而不免於襲；元美則別一調矣。

漢人樂府雜言，如《古歌》、《悲歌》、《滿歌》、《西門行》、《東門行》、《艷歌何嘗行》，文從字順，軼蕩自如，最爲可法。《烏生》、《王子喬》、《董逃行》、《孤兒行》、《婦病行》，語雖奇古，中有不可解、不可讀者。然《滿歌》而下，實爲孟德、子桓雜言之祖。學者苟能一一强記，則識見高遠，下筆蒼古，而於後人擬古等作，可別其遠近矣。中如《王子喬》云：「王子喬，參駕白鹿上至雲，戲遊遨。」「東遊四海五嶽，上過蓬萊紫雲臺。三王五帝不足令，令我聖朝應太平。」《董逃行》云：「但見芝草，葉落紛紛。」「教敕凡吏受言，采取神藥若木端。玉兔長跪擣藥蝦蟆丸。奉上陛下一玉柈。」「陛下長生老壽，四面肅肅稽首，天神擁護左右，陛下長與天相保守。」《孤兒行》云：「父母在時，乘堅車，駕駟馬。父母已去，兄嫂令我行賈。南到九江，東到齊與魯。臘月來歸，不敢自言苦。」「淚下渫渫，清涕纍纍。冬無複襦，夏無單衣」等句，亦可爲警絶者矣。

漢人樂府雜言，如《董逃行》、《雁門太守行》，詞意與題全不相類，疑別有古詞，此但習其聲調耳。曹孟德《陌上桑》、《秋胡行》亦然。

詩源辯體卷之四

漢魏辯〇魏

江陰許學夷伯清著

漢魏五言，滄浪見其同而不見其異，元瑞見其異而不見其同。愚按：魏之於漢，同者十之三，異者十之七，同者爲正，而異者始變矣。漢魏同者，情興所至，以不意得之，故其體皆委婉，而語皆悠圓，有天成之妙。魏人異者，情興未至，始著意爲之，故其體多敷叙，而語多構結，漸見作用之迹。故漢人篇章，人不越四五，而魏人多至於成什矣。此漢人潛流而爲建安，乃五言之初變也。下流至陸士衡諸公五言。謝茂秦云：「詩以漢魏並言，魏不逮漢也。」斯言當矣。又云：「建安率多平仄穩貼，此聲律之漸。」則謬言耳。蓋魏人雖見作用，實有渾成之氣，雖變猶正也，況於平仄之間乎？魏詩惟曹子建「游魚潛緑水，翔鳥薄天飛」、「始出嚴霜結，今來白露晞」，似若平仄穩貼，實偶然耳。〇以下八則論漢魏之不同。

漢魏同者，情興所至，以情爲詩，故於古爲近。魏人異者，情興未至，以意爲詩，故於古爲遠。同者乃風人之遺響，異者爲唐骨之先驅。陳繹曾云：「東都以上主情，建安以下主意。」此前人未嘗道破。

漢人五言，體皆委婉，而語皆悠圓，有天成之妙。魏人如曹子桓《雜詩》二首及《長歌行》二首，曹子建《雜詩》六首及「明月照高樓」，劉公幹「職事相填委」、「泛泛東流水」、「鳳凰集南嶽」，王仲宣「吉日簡清時」、「列車息衆駕」、「日暮游西園」，徐偉長「浮雲何洋洋」，委婉悠圓，亦有天成之妙。如子桓「兄弟共行遊」、「清夜延貴客」、「良辰啓初節」，子建「初秋涼氣發」、「從軍度函谷」、「嘉賓填城闕」、「置酒高殿上」，公幹「永日行遊戲」、「誰謂相去遠」及《贈五官中郎將》四首，仲宣「自古無殉死」、「朝發鄴都橋」及《七哀》詩三首，委婉悠圓俱漸失之，始見作用之迹。至如子桓「觀兵臨江水」，子建「名都多妖女」、「白馬飾金羈」、「九州不足步」、「仙人攬六箸」、「驅車揮駑馬」、「盤盤山巔石」，仲宣「從軍有苦樂」、「涼風厲秋節」、「悠悠涉荒路」，體皆敷叙，而語皆構結，益見作用之迹矣。漢人樂府如《羽林郎》、《陌上桑》、《焦仲卿妻》詩等，乃叙事之體，故篇什雖長，不害爲天成。魏人如曹子建《美女篇》、《名都篇》、《白馬篇》等，則事由創撰，故其敷叙不免爲作用耳。然今人學魏人或相類而學漢人多不相類者，蓋作用可能而天成未易及也。

或問：「魏人五言，較漢人氣格似勝，何也？」曰：漢人五言本乎天成，其氣格自在，魏人漸見作用，語多構結，故氣格似勝。知此，則太康、元嘉可類推矣。

漢魏五言，由天成以變至作用，非造詣有深淺也。徐昌穀云：「魏詩，門户也；漢詩，堂奥也。」斯言謬矣。然後之學者，時代既降，風氣亦漓，苟非自魏而入漢，則恐失之卑弱耳。

胡元瑞云：「滄浪言：『漢魏尚矣，不假悟也。康樂至盛唐，透徹之悟也。』此言似而未核。漢人直寫胸臆，斫削無施，嚴氏所云，庶幾實録。建安以降，稍屬思惟，便應懸解，非緣妙悟，曷極精深？」愚按：滄浪之言本無可疑，元瑞之辯，愈見其惑。蓋悟者，乃由窒而通，故悠然無著，洞然無礙，即禪家所謂解脱也。魏人五言，由天成以變至作用，乃無著而有著，無礙而有礙，而謂之妙悟，可乎？若康樂既極雕刻，而獨以「池塘生春草」爲佳句，斯可爲悟；但謂之透徹之悟，則非矣。大抵漢魏之詩，滄浪得其要而弗詳，元美、元瑞詳而弗得其要，其他未容措一喙也。元美謂：「『東風摇百草』，便是句法，爲人所窺。」是不得其要也。

先正謂《國》不如《左》，《左》不如《檀》，謂《國語》枝蔓，《左傳》紆餘，而《檀弓》簡約也。予嘗以詩比之，魏詩如《國語》，漢詩如《左傳》，《國風》如《檀弓》。但《左傳》乃因繁以就簡，魏詩則由簡以趨繁耳。按：左氏將傳《春秋》，乃先采集列國之史，國別爲語。旋獵其英華，作《春秋内傳》，而先所采集，草藁具存，時人傳之，號《國語》，謂之《外傳》。

漢魏五言，各有盛衰。東京之於西京也，乃時代不同；正始之於建安也，實功力有異。故東京，張衡而後，其作用始著；正始，阮籍而外，則散漫無倫。

鍾嶸云：「曹公名操，字孟德，追謚武帝。古直，甚有悲凉之句。叡字元仲，丕之子，謚明帝。不如丕，字子桓，操之子，謚文帝。亦稱三祖。」武帝太祖、文帝高祖、明帝烈祖。按：嶸《詩品》以丕處中品，曹公及叡居下品。今或推曹公而劣子桓兄弟者，蓋鍾嶸兼文質，而後人專氣格也。然曹公才力，實勝子桓。以下分論魏人詩歌。

王元美云：「曹公莽莽，古直悲涼。子桓小藻，自是樂府本色。子建天才流麗，雖譽冠千古，而實遜父兄。何以故？才太高，詞太華。」愚按：元美嘗謂子桓之《雜詩》二首、子建之《雜詩》六首，可入《十九首》，而此謂「子建才太高，詞太華，而實遜父兄」，胡元瑞謂「論樂府也」。然子建樂府五言，較漢人雖多失體，詳論於後。實足冠冕一代。若孟德《薤露》、《蒿里》，是過於質野；子桓「西山」、「彭祖」、「朝日」、「朝遊」四篇，雖若合作，然《雜詩》而外，去弟實遠。謂子建實遜父兄，豈爲定論！

魏人樂府四言，如孟德《短歌行》、子桓《善哉行》、子建《飛龍篇》等，其源出於《采芝》、《鴻鵠》，軼蕩自如，正是樂府之體，不當於《風》、《雅》求之。

孟德、子桓樂府雜言，聲調出於漢人《滿歌行》等，孟德氣格雖古，然適用者少。子桓小加藻麗，然亦無全作，《詩紀》所編「何嘗快」一篇，乃古辭也。

子桓五言，在公幹、仲宣之亞。鍾嶸《詩品》以公幹、仲宣處上品，子桓居中品，得之。元瑞謂子桓過公幹、仲宣遠甚，予未敢信。

子桓樂府七言《燕歌行》，用韻祖於《柏梁》，較之《四愁》，則體漸敷叙，語多顯直，始見作用之迹，此七言之初變也。如「秋風蕭瑟」，首章全篇。則體皆敷叙，語皆顯直者也〔一〕。下流至晉無名氏《白紵舞歌》。

甄后樂府五言《塘上行》，情思纏綿，從肺腑中流出，與文君《白頭吟》媲美。或以爲孟德作，何耶？

鍾嶸云：「陳思曹植字子建，封陳王，字曰思。爲建安之傑，公幹、劉楨。仲宣王粲。爲輔。」按：《魏書・王粲傳》：「始文帝及植皆好文學，粲與徐幹、字偉長。陳琳、字孔璋。阮瑀、字元瑜。應瑒、字德璉。劉楨並見友善。自邯鄲淳、繁欽、路粹、丁儀、丁廙、楊修、荀緯等，亦有文采，而不在七子之例。已上《王粲傳》。故魏自文帝爲五官中郎將，植與粲等六人，實稱「建安七子」。然文帝《典論》論七子之文，無曹植有孔融者，元瑞以爲弟兄相忌故也，或即以融與粲等爲七子而遺植，非矣。謝靈運《擬魏太子鄴中集》詩時文帝未爲太子。及李于鱗《代從軍公讌》詩，皆有植無融。

〔一〕「如秋風蕭瑟」以下，崇禎本作：「如：『秋風蕭瑟天氣凉，草木摇落露爲霜。群燕辭歸雁南翔，念君客遊思斷腸。慊慊思歸戀故鄉，何爲淹留寄他方？賤妾煢煢守空房，憂來思君不敢忘，不覺淚下霑衣裳。援琴鳴絃發清商，短歌微吟不能長。明月皎皎照我床，星漢西流夜未央。牽牛織女遥相望，爾獨何辜限河梁。』（首章全篇）等章，體皆敷叙，語皆顯直者也。」在「下流至晉無名氏《白紵舞歌》」後。原本作：「敷叙當視全篇，顯直者略摘以見，如『秋風蕭瑟天氣凉，草摇落露爲霜。群燕辭歸雁南翔，念君客游思斷腸』，『賤妾煢煢守空房，憂來思君不敢忘，不覺淚下霑衣裳』等句，語皆顯直者也。」紅筆勾去，「敷」字旁批：「删。」

子建、仲宣四言，其體出於二章。然二章意雖矜持，而典則莊嚴，古色照映，猶有古詩人風範。子建、仲宣則才思逸發，華藻爛然，自是詞人手筆。然仲宣較子建，才力不啻什佰也。子建《朔風》五章、《應詔》五章、《責躬》十一章，仲宣《贈蔡子篤》四章、《贈士孫文始》七章、《贈文叔良》五章、《思親》七章，諸家皆不能分。下流至二陸、潘安仁四言。

仲宣《太廟頌》、《俞兒舞》，其體出於《房中》、《郊祀》。《太廟》，四言稍爲平典，而古色弗如，三言則遠甚矣。《俞兒舞》雜言，語雖顯明，而日就猥下，殆與繆襲《鼓吹曲》相若。

漢人五言有天成之妙，子建、公幹、仲宣始見作用之迹，此雖理勢之自然，亦是其才能作用耳，以徐幹、陳琳、阮瑀諸子相比，則知之矣。陸機爲太康之英，謝客爲元嘉之雄，非有才不足以濟變也。

漢人五言，本乎天成，固無堂奧可臻；魏人雖漸見作用，然亦無階級、無造詣，但才高者更條達華贍耳。鍾嶸云：「孔氏之門如用詩，則公幹升堂，思王入室。」此但以其才質所就言之，必至李、杜、高、岑，方可以堂室論也。

漢人五言，得於偶然，故其篇章，人不越四五；至建安諸子，始專力爲之，而篇什乃繁矣。劉勰云：「建安初，五言騰踴，文帝、陳思，縱轡以騁節；王、徐、應、劉，望路而爭驅。慷慨以任氣，磊落以使才。造懷指事，不求纖密之巧；驅辭逐貌，惟取昭晳之能，此其所同也。」按：文帝如「羅綺從風飛，長劍自低昂」、「絃歌發中流，悲響有餘音」、「樂極哀情來，寥亮摧肝心」，子建如「將騁萬里途，東路安足由？江介多悲風，淮泗馳急流」、「烈士多悲心，小人媮自閑。國讎亮不塞，甘心思喪元」、「滔蕩固大節，時俗多所拘。君子通大道，無願爲世儒」、「丈夫志四海，萬里猶比鄰。恩愛苟不虧，在遠分日親」、「驚風飄白日，光影馳西流。盛時不可再，百年忽我遒」，公幹如「永日行游戲，歡樂猶未央。遺思在玄夜，相與復翱翔」、「賦詩連篇章，極夜不知歸。君侯多壯思，文雅縱横飛」，仲宣如「吉日簡清時，從君出西園。方軌策良馬，並驅厲中原」、「朝發鄴都橋，暮濟白馬津。逍遥河堤上，左右望我軍」等句，皆慷慨以任氣、磊落以使才者也。胡元瑞云：「魏之氣雄於漢，然不及漢者，以其氣也。」馮元成亦言「詩至建安而温柔乖」，其以是夫？

魏人五言，體多敷叙，語多構結。敷叙者，舉見於前；見此卷第三則。構結者，略摘以見。文帝如「野田廣開闢，川渠互相經」、「絃歌奏新曲，遊響拂丹梁」、「白旄若素霓，丹旗發朱光」、「齊倡發東舞，秦筝奏西音」，子建如「山岑高無極，涇渭揚濁清」、「亮懷璵璠美，積久德逾宣」、「肴來不虚歸，觴至反無餘」、「行徒用息駕，休者以忘餐」、「鳴儔嘯匹侣，列坐竟長筵」、「仰手接飛猱，俯身散馬蹄」，公幹如「華館寄流波，豁達來風凉」、「乖人易感動，涕下與衿連」、「清歌製妙聲，萬舞在中堂」、「自夏涉玄冬，彌曠十餘旬」、「白露塗前庭，應門重其關」，仲宣如「凉風撤蒸暑，清雲却炎暉」、「陳賞越丘山，酒肉逾川坻」、「泛舟蓋長川，陳卒被隰坰」、「日月不安處，人誰獲恒寧」、「萑蒲竟廣澤，葭葦夾長流」等句，語皆構結，較之西京，迥然自別矣。

建安七子雖以曹、劉爲首，然公幹實遜子建。子桓《與吴質書》稱公幹「五言詩之善者，妙絶時倫」，正以弟兄相忌故耳。鍾嶸謂：「陳思之於文章，文章，詩賦通稱。譬人倫之有周孔，鱗羽之有龍鳳。」信矣。昭明不能多録，惜哉！

或問：「漢魏五言，本於《國風》，而子建《贈白馬王》詩實法《大雅》，何也？」曰：子建與白馬、任城俱朝京師，任城既被害，子建與白馬還國，有司以二王歸藩，道路宜異宿止，子建意毒恨之，故其詩有「鴟鴞鳴衡枙，豺狼當路衢。蒼蠅間白黑，讒巧令親疏」之句，蓋亦當變《雅》耳，固未可爲《風》也。即此而推，則凡他出於《雅》者，亦各有宜耳。

子建《贈白馬王》詩，體既端莊，語復雅鍊，盡見作者之功，少時讀之，了不知其妙也。元美極稱之，謂：「悲婉宏壯，情事理境，無所不有。」

謝茂秦謂：「《古詩十九首》不作意，是家常話；子建『游魚潛緑水，翔鳥薄天飛』是官話。」予謂擬之未當。若子建《贈白馬王》詩，則全是官話也，然當官自不可無，此《風》、《雅》之辨。

漢人樂府五言，體既軼蕩，而語更真率。子建《七哀》、《種葛》、《浮萍》而外，體既整秩，而語皆構結。蓋漢人本叙事之詩，子建則事由創撰，故有異耳。較之漢人，已甚失其體矣。下流至陸士衡樂府五言。

子建樂府五言《種葛》、《浮萍》二篇，或謂於漢人五言爲近，非也。漢人委婉悠圓，有才不露；子建二篇則才思逸發，情態不窮。王敬美謂：「子建始爲宏肆，多生情態。」是也。學者於此能別，方可與論《十九首》矣。

子建樂府五言，《七哀》、《種葛》、《浮萍》而外，惟《美女篇》聲調爲近。外惟《名都篇》云「名都多妖女，京洛出少年。寶劍直千金，被服麗且鮮。鬥雞東郊道，走馬長楸間」，《白馬篇》云「白馬飾金羈，連翩西北馳。借問誰家子，幽并游俠兒」數語，稍類樂府，餘則謂之乖調矣。說見陸士衡論中。

子建樂府五言《七哀》、《種葛》、《浮萍》、《美女》而外，較漢人聲氣爲雄，然正非樂府語耳。

子建五言四句如「逍遥芙蓉池」、「慶雲未時興」二篇，較之漢人，始見作用之迹。上源於漢無名氏五言四句，下流至張孟陽五言四句。

子建七言有《秋思詠》一篇，聲調與子桓《燕歌行》相類。宋本作《秋思詠》，而今集作《愁思賦》，非也。馮元成云：「詞實詠秋。爲詠則佳，爲賦則拙。」

公幹詩，聲詠常勁；仲宣詩，聲韻常緩；子建正得其中。鍾嶸稱公幹「氣過其文」，仲宣「文秀而質羸」，是也。五言，公幹如「靈鳥宿水裔，仁獸游飛梁。華館寄流波，豁達來風涼」、

「步出北寺門，遥望西苑園。細柳夾道生，方塘含清源」、「凉風吹沙礫，霜風何皚皚。明月照緹幕，華燈散炎輝」等句，聲韻爲勁；仲宣如「常聞詩人語，不醉且無歸。今日不極歡，含情欲待誰」、「軍中多飫饒，人馬皆溢肥。徒行兼乘還，空出有餘資」、「征夫懷親戚，誰能無戀情？撫衿倚舟檣，眷眷思鄴城」等句，聲韻爲緩。然要是氣質不同，非有意創别也。

公幹、仲宣，一時未易優劣。鍾嶸以公幹爲勝，劉勰以仲宣爲優。予嘗爲二家品評：公幹氣勝於才，仲宣才優於氣。鍾嶸謂「陳思已下，楨稱獨步」，元美謂「二曹龍奮，公幹角立」，是也。文帝《典論》稱：「應瑒和而不壯，劉楨壯而不密。」竊謂以仲宣代應瑒，更切。

七子之中，徐幹、陳琳、阮瑀五言，既無天成之妙，又少作用之功，此雖其才力不逮，亦是各有所長耳。按文帝《典論》稱徐幹之賦，琳、瑀之章表書記，可見七子之名，非皆以其詩也。徐幹如「不聊憂餐食，慊慊常飢空」、「時不可再得，何爲自愁惱」，陳琳如「東望看疇野，迴顧覽園庭」、「收念還房寢，慷慨詠《墳》經」，阮瑀如「身盡氣力索，精魂靡所迴」，應瑒如「辯論釋鬱結，援筆興文章」等句，頗傷拙劣，或反以爲高古而學之，則失之千里矣。

應瑒五言《建章臺》詩，才思逸發而情態不窮，然未可謂靡；應璩字休璉。《百一》詩，則猶近拙朴。徐昌穀云：「應瑒巧思逶迤，失之靡靡；休璉《百一》，微能自振，然傷媚焉。」是慕好古之名，而不得其實者也。

繁欽字休伯。樂府五言《定情詩》，才思逸發而情態横生，中用一法數轉，可爲長篇之式。馮元成云：「休伯《定情詩》何其蔓繞，然有倫有趣，頗得《國風》之體。」

建安之詩，體雖敷叙，語雖構結，然終不失雅正；至齊梁以後，方可謂綺麗也。劉公幹《公讌詩》云「投翰長嘆息，綺麗不可忘」，是嘆一時所見之綺麗耳。即文帝詩，感心動耳，綺麗難忘也。李太白詩「自從建安來，綺麗不足珍」，蓋傷大雅不作，正聲微茫，故遂言建安以來，辭賦綺麗，已不足珍，猶韓退之《石鼓歌》云「羲之俗書趁姿媚」是也，此皆豪士放言耳。蕭士贇即引公幹語注釋李詩，指以爲實，非癡人前説夢耶？

吴質字季重。五言《思慕》詩，與徐幹、陳琳相伯仲。

繆襲字熙伯。五言《挽歌》一首，在徐幹、陳琳之上；雜言《鼓吹曲》雖調變《鐃歌》，而句則出於《郊祀》，然語實猥下，較之仲宣，益不足法。韋昭而下，更多粗率，然竟爲後世廟樂之祖。

明帝樂府，四言《短歌行》、《善哉行》，語多庸鄙，五言亦遠遜厥父〔二〕。雜言《步出夏門行》華藻俊逸〔三〕，與諸作不類，疑是子桓之詩。

〔二〕「明帝」以下至此，崇禎本作：「明帝五言，遠遜厥父。樂府四言《短歌行》、《善哉行》，語多庸鄙。」

〔三〕崇禎本「雜言」前多一「雖」字。

正始體，嵇、名康，字叔夜。阮名籍，字嗣宗。爲冠。王元美云：「嵇叔夜土木形骸，不事藻飾，想於文亦爾。如《養生論》、《絶交書》，類信筆成者。詩少涉矜持，更不如嗣宗。」愚按：叔夜四言，雖稍入繁衍，而實得風人之致，以其出於性情故也，惟五言或不免於矜持耳。

叔夜四言「微風清扇」一篇，雖調越《風》、《雅》，而情興躍如，蓋三曹樂府之流也。

嗣宗五言《詠懷》八十一首，中多興比，體雖近古，然多以意見爲詩，故不免有迹。其他托旨太深，觀者不能盡通其意，鍾嶸謂其「言在耳目之内，情寄八荒之表」，是也。顔延年云：「阮公身事亂朝，常恐遇禍，因兹詠懷，雖志在譏刺，而文多隱避，百代之下，難以情測也。」予所録三十篇，則庶幾焉。〔一〕

嗣宗《詠懷》，比喻太切，故不免有迹。後人雜詩《感遇》等作，不爲漢人而多法嗣宗者，正以有迹可求故耳。與學漢魏第四則參看。且體雖近古，而意實多同，恐非出一人之手。

何晏字平叔。五言二篇，托物興寄，體製猶存。嵇喜字公穆。五言「華堂臨浚沼」一篇，則蘭亭諸詩之祖。郭遐周五言、郭遐叔四言，俱不爲工，阮侃五言，則更繁蕪矣。

〔一〕此後原本多一條，紅筆勾去：「嗣宗《詠懷》，如『二妃遊江濱』、『湛湛長江水』、『鷽鳩飛桑榆』、『河上有丈人』等篇，皆借古事爲喻，以意見爲詩者也。于鱗古詩實多祖此。」

詩源辯體卷之五

晉

江陰許學夷伯清著

鍾嶸云：「陸機字士衡。爲太康之英，安仁、潘岳。景陽張協。爲輔。」皆當時所宗尚，故捨太冲而言。其品第見後。愚按：建安五言，再流而爲太康。然建安體雖漸入敷叙，語雖漸入構結，猶有渾成之氣。至陸士衡諸公，則風氣始漓，其習漸移，故其體漸俳偶，語漸雕刻，而古體遂淆矣。此五言之再變也。下流至謝靈運諸公五言。嶸又云：「建安以後，陵遲衰微，迄於太康，諸子勃爾復興，踵武前王，風流未沫，亦文章之中興也。」予謂以太康較魏末，則爲中興；以建安視太康，實爲再變。知此，則永嘉以後可類推矣。永嘉詩，説見郭景純後。

五言自漢魏至陳隋，自初盛至晚唐，其變有漸，正由風氣漸衰，習染相因耳。至李、杜、韋、柳以及元和諸公，方可謂自立門户也。今之輕進自喜者，謂漢魏、六朝、唐人之變，皆自立門户，此雖一己之偏，實未知其變之有漸耳。試以予説求之，當一一有證，非矯强附會也。

子建、仲宣四言，雖是詞人手筆，實雅體也；至二陸、安仁，則多以碑銘爲詩矣。胡元瑞云：「説者謂五言之變，昉於潘、陸，不知四言之亡，亦晉諸子爲之也。」已上元瑞語。下至顏延之，多首尾成對，謝玄暉抑又靡麗矣。

《三百篇》有「覯閔既多，受侮不少」、「發彼小豝，殪此大兕」，《十九首》有「胡馬依北風，越鳥巢南枝」、「青青河畔草，鬱鬱園中柳」，曹子建有「始出嚴霜結，今來白露晞」、「秋蘭被長阪，朱華冒緑池」等句，皆文勢偶然，非用意俳偶也。用意俳偶，自陸士衡始。王元美直謂「俳偶之語，《毛詩》已有之」，豈以《三百篇》亦後世詞人才子流耶？又或以《小雅》「昔我往矣，楊柳依依；今我來(斯)[思]，雨雪霏霏」爲扇對，《楚辭》「蕙肴蒸兮蘭藉，奠桂酒兮椒漿」爲蹉對，大堪撫掌。

士衡五言，如《贈從兄》、《贈馮文羆》、《代顧彦先婦》等篇，體尚委婉，語尚悠圓，但不盡純耳。至如《從軍行》、《飲馬長城窟》、《門有車馬客》、《苦寒行》、《前緩聲歌》、《齊謳行》等，則體皆敷叙，語皆構結，而更入於俳偶雕刻矣。中如「懷往歡絶端，悼來憂成緒」、「永嘆遵北渚，遺思結南津」、「夕息抱影寐，朝徂銜思往」、「豐條並春盛，落葉後秋衰」、「淑氣與時隕，餘芳隨風捐」、「男歡智傾愚，女愛衰避妍」、「淑貌色斯升，哀音承顔作」、「福鍾恒有兆，禍集非無端」、「烈心厲勁秋，麗服鮮芳春」、「規行無曠迹，矩步豈逮人」等句，皆俳偶雕刻者也。

士衡五言，如「悲情臨川結，苦言隨風吟」、「驚飆褰反信，歸雲難寄音」、「飛閣纓虹帶，層臺冒雲冠」、「和風飛清響，鮮雲垂薄陰」、「夏條集鮮藻，寒冰結衝波」、「遺芳結飛飆，浮影映清湍」等句，斯可稱工。至如「迴渠繞曲陌，通波扶直阡」、「目感隨氣草，耳悲詠時禽」、「樂會良自古，悼別豈獨今」、「年往迅勁矢，時來亮急絃」、「盛門無再入，衰房莫苦開」等句，則傷於拙矣。工則易傷於拙耳。

士衡五言，俳偶雕刻，漸失渾成之氣，而聲韻粗悍，復少温厚之風。如「逍遥春王囿，躑躅千畒田。迴渠繞曲陌，通波扶直阡」、「無迹有所匿，寂寞聲必沉。肆目眇弗及，緬然若雙潛」、「鳴玉豈朴儒，憑軾皆俊民。烈心厲勁秋，麗服鮮芳春」等句，皆聲韻粗悍者也。又見太冲論中。

士衡樂府五言，體製聲調與子建相類，而俳偶雕刻，愈失其體，時稱「曹、陸爲乖調」，是也。昭明録子建、士衡而多遺漢人樂府，似不能知。

陸士衡、謝靈運、謝惠連樂府七言《燕歌行》各一篇，較之子桓，體製聲調亦不甚殊，未可稱變也。

陸士衡五言，體雖漸入俳偶，語雖漸入雕刻，其古體猶有存者。至潘安仁《金谷》、《河陽》、《懷縣》、《悼亡》等作，則更傷冗漫，而古體散矣。孫興公謂：「潘文淺而净，陸文深而蕪。」陳繹曾亦謂：「潘質勝於文，有古意。」何耶？

安仁五言如「幽谷茂纖葛，峻巖敷榮條。落英隕林趾，飛莖秀陵喬」、「欻如敲石火，瞥若截道飆」、「福謙在純約，害盈由矜驕」、「清商應秋至，溽暑隨節闌」、「悲懷感物來，泣涕應情隕」等句，皆俳偶雕刻者也。至如「川氣冒山嶺，驚湍激巖阿。歸雁映蘭持，游魚動圓波」、「春風緣隙來，晨霤承檐滴」、「床空委清塵，室虛來悲風」等句，亦頗稱工，而拙句則無矣。

左太沖名思。五言《詠史》，出於班孟堅、王仲宣，而氣力勝之。張景陽五言《雜詩》，出於《十九首》、二曹，而淳古弗逮，然華彩俊逸，實有可觀。鍾嶸謂：「景陽雄於潘岳，靡於太冲，風流調遠，實曠代之高手。詞彩葱蒨，音韻鏗鏘，使人味之亹亹不倦。」此論甚當。滄浪《詩評》止稱太冲而不及景陽，未免爲過耳。

左太冲淳朴渾成，張景陽華彩俊逸。景陽如「房櫳無行迹，庭草萋以緑。青苔依空墻，蜘蛛網四屋」、「浮陽映翠林，迴猋扇緑竹。飛雨灑朝蘭，輕露栖叢菊」、「借問此何時，胡蝶飛南園。流波戀舊浦，行雲思故山」等句，皆華彩俊逸者也。太冲如「長嘯激清風，志若無東吴。鉛刀貴一割，夢想騁良圖」、「寂寂楊子宅，門無卿相輿。寥寥空宇内，所講在玄虛」、「習習籠中鳥，舉翮觸四隅。落落窮巷士，抱影守空廬」等句，皆淳朴渾成者。張司空謂左太冲畫而有餘，久而更新，以全篇觀自見[二]。

[二]「張司空謂」，崇禎本無。又「左太冲畫而有餘」以下至此，崇禎本獨作一則。

王元美云：「太冲綽有兼人之語，但太不雕琢。」愚按：太冲如「皓天舒白日」一篇，無一字不精鍊。至「貴者雖自貴，視之若埃塵。賤者雖自賤，重之若千鈞」等句，是太不雕琢也。方之士衡，其過不及之分歟？太冲爲過，士衡爲不及，此敦本之論。若雕刻之於冗濫，則雕刻爲過，冗濫爲不及矣。

陸士衡聲多粗悍，左太冲語多訐直。馮元成謂「詩至左、陸而敦厚失」，信哉！

陸士衡、潘安仁、張景陽五言，其體漸入俳偶，而陸、潘語并入雕刻，景陽亦間有之。左太冲雖略見俳偶，却有渾成之氣。劉勰謂四子「采縟於正始，力柔於建安」，則似無分別。

嚴滄浪云：「左太冲高出一時，陸士衡獨在諸公之下。」予嘗爲四家品第：太冲渾成獨冠；士衡雕刻傷拙，而氣格猶勝；景陽華彩俊逸，而氣稍不及；安仁體製既亡，氣格亦降，察其才力，實在士衡之下。元美謂「安仁氣力勝士衡」，誤矣。鍾嶸云：「陸才如海，潘才如江。」

太康諸子，其體有不同者，當是氣有强弱，才有大小耳，未必各有師承也。宋景濂謂：「安仁、茂先、景陽學仲宣，太冲、季鷹法公幹。」此論出於鍾嶸，不免以形似求之。

張茂先名華。五言，得風人之致，題曰《雜詩》、《情詩》，體固應爾。或疑其調弱，非也。觀其《答何劭》二作，其調自别矣，但格、意終少變化，故昭明不多録耳。謝康樂云：「張公雖復千篇，猶一體也。」語雖或過，亦自有見。

茂先五言，似對非對，中亦漸入俳偶，至如「居歡惜夜促，在慼怨宵長」、「道長苦智短，責重困才輕」，則傷於拙矣。

潘正叔名尼。五言，體漸俳偶，語漸雕刻，方之張公，茂先情麗，正叔語工。茂先如「朱火清無光，蘭膏坐自凝」、「佳人處遐遠，蘭室無容光」、「巢居知風寒，穴處識陰雨。不曾遠別離，安知慕儔侶」等句，其情甚麗。正叔如「逸驥騰夷路，潛龍躍洪波」、「游鱗萃靈沼，撫翼希天階」、「蠖屈固小往，龍翔乃大來」、「青松蔭修嶺，緑蘩被廣隰」等句，其語實工。

陸士龍名雲。四言最多，説見士衡論中。五言僅得數篇，亦與士衡相類，時稱二陸。

張孟陽名載。五言，篇什不多，體雖未入俳偶，語雖未見雕刻，然氣格不及太冲，詞彩遠慚厥弟。太康諸子，載獨居下。

張孟陽五言四句，如「氣力漸衰損」一篇，較之子建，則氣格遂降。下流至靈運、延年五言四句。

傅玄樂府諸篇，粗率甚於韋昭，至如《惟漢行》、《秦女休行》等，語極鄙陋，較之漢人，正猶珷玞混玉耳。李于鱗《詩删》録《惟漢行》，豈以鄙陋爲古朴耶？

劉越石名琨。五言，篇什不多。其《贈盧諶》及《扶風歌》，語甚渾朴，氣頗遒邁，元裕之詩謂「可惜并州劉越石，不教横槊建安中」是也。至如「朱實隕勁風，繁英落素秋。狹路傾華蓋，駭駟摧雙輈。何意百鍊剛，化爲繞指柔」等句，則又工美矣。《詩紀》所載「胡姬年十五」一篇，乃齊梁人詩也。

郭景純名璞。五言《遊仙詩》，出於漢人《仙人騎白鹿》、《邪徑過空廬》、《今日樂上樂》及曹子建「遠遊臨四海」、「九州不足步」、「仙人攬六箸」等篇。鍾嶸云：「文體相輝，彪炳可翫。但辭多慷慨，乖遠玄宗。而云『奈何虎豹姿』，又云『戢翼棲榛梗』，乃是坎壈詠懷，非列仙之趣也。」愚按：景純《遊仙》中雖雜坎壈之語，至如「放情凌霄外，嚼蕊挹飛泉」、「神仙排雲出，但見金銀臺」、「升降隨長烟，飄颻戲九垓」、「鮮裳逐電曜，雲蓋隨風迴」等句，則亦稱工矣[二]。然陳繹曾乃謂「三謝皆出於此。杜、李精奇處，皆取此」，則又不可知[三]。

鍾嶸云：「永嘉時，貴黃老，尚虛談，于時篇什，理過其辭，淡乎寡味。爰及江表，微波尚傳，孫綽、許詢、桓、庾諸公詩，皆平典似《道德論》，建安風力盡矣。先是，郭景純用儁上之才，變創其體，劉越石仗清剛之氣，贊成厥美。」云云。此論甚詳。予考永嘉以後，傳者絶少，故不能備述。但劉越石前與潘、陸同時，今謂永嘉而後景純變創，越石贊成，則失考矣。

晉無名氏樂府七言《白紵舞歌》，用韻祖於《燕歌》，而體多浮蕩，語多華靡，然聲調猶純，此

[二]「稱工矣」，原本殘缺，據崇禎本補。

[三]「李精奇處」以下至此，原本殘缺，據崇禎本補。

七言之再變也。下流至鮑明遠《行路難》〔二〕。胡元瑞云：「歌行可法者，漢《四愁》、魏《燕歌》、晉《白紵》。」又云：「《白紵辭》前首自『質如輕雲』下，當另爲一篇。」愚按：後首自「羲和馳景」下，亦當另爲一篇。後觀馮元成集，實作五篇。

西晉僅六十年，而作者甚多；東晉百餘年，而作者絕少。王元美云：「渡江以後，作者無幾，非惟戎馬爲阻，當由清談間之。」此一則總論兩晉之詩。

〔二〕「胡元瑞云」前，崇禎本有：「如『質如輕雲色如銀，愛之遺誰贈佳人。制以爲袍餘作巾，袍以光軀巾拂塵。麗服在御會嘉賓，醪醴盈樽美且淳。清歌徐舞降祇神，四座歡樂胡可陳』（第二章全篇。）等章，皆浮蕩華靡者也。」原本紅筆勾去，旁題「删」。

詩源辯體卷之六

晉

江陰許學夷伯清著

陶靖節初名淵明，後改名潛，字元亮，謚靖節。四言，章法雖本《風》、《雅》，而語自己出，初不欲範古求工耳。然他人規規摹倣，而性情反窒。靖節無一語盜襲，而性情溢出矣。

靖節四言有《勸農》詩，頗佳。但「氣節既過，和澤難久」以下，當脱一兩章。然韻實相合者，疑後人改韻湊合，或韻自偶合耳。又第三章「令音」二字，疑亦有誤。

五言自漢魏至六朝，皆自一源流出，而其體漸降。惟陶靖節不宗古體，不習新語，而真率自然，則自爲一源也。然已兆唐體矣。下流至元次山、韋應物、柳子厚、白樂天五言古。

康樂詩，上承漢魏、太康，其脉似正，而文體破碎，殆非可法。靖節詩，真率自然，自爲一源，雖若小偏，而文體完純，實有可取。康樂譬吾儒之有荀、楊，靖節猶孔門視伯夷也。

鍾嶸謂：「淵明詩，前人以淵明爲字，故直稱淵明。其源出於應璩，又協左思風力。」葉少藴嘗辯之矣。愚按：太冲詩渾朴，與靖節略相類。又太冲常用魚、虞二韻，魚、虞古爲一韻。靖節亦常用之，其聲氣又相類。應璩有《百一詩》，亦用此韻，中有云：「前者隳官去，有人適我閭。田家無所有，酌醴焚枯魚。」又《三叟詩》簡朴無文，中具問答，亦與靖節口語相近，嶸蓋得之於驪黄間耳。要知靖節爲詩，但欲寫胸中之妙，何嘗依倣前人哉？山谷謂：「淵明爲詩，直寄焉耳。」斯得之矣。〔一〕

靖節詩，初讀之覺甚平易，及其下筆，不得一語彷彿，乃是其才高趣遠使然，初非琢磨所至也。王元美云：「淵明托旨冲淡，造語有極工者，乃大入思來，琢之使無痕迹耳。」此唐人淘洗造詣之功，非所以論漢魏晉人，尤非所以論靖節也。朱子云：「淵明詩，平淡出於自然。」斯得之矣。

或問：「以《蘭亭》諸詩較靖節，靖節自是當家，然靖節未可謂無意爲詩。」曰：渡江後以清談勝，而詩實非所長，故《蘭亭》諸詩僅爾。若靖節，則所好實在詩文，而其意但欲寫胸中之妙耳，不欲傚顔、謝刻意求工也。故謂靖節造語極工，琢之使無痕迹既非，謂靖節全無意於爲詩，亦非也。

靖節詩，句法天成而語意透徹，有似《孟子》一書。謂《孟子》全無意於爲文，不可；謂孟子爲文琢之使無痕迹，又豈足以知聖賢哉！以此論靖節，尤易曉也。

〔一〕　原本此上眉批：「可謂靖節知己。」

葉少藴云：「詩本觸物寓興，吟詠性情，但能輸寫胸中所欲言，無有不佳。而世人多役於組織雕鏤，故語言雖工而淡然無味，與人意了不相關。嘗觀淵明《告儼等疏》云：『少學琴書，偶愛閒静，開卷有得，便欣然忘食。見樹木交蔭，時鳥變聲，亦復歡然有喜。常言五六月中北窗下卧，遇涼風暫至，自謂是羲皇上人。』此其平生真意。及讀其詩『孟夏草木長』云云，直是傾倒所有，借書於手，初不自知語言文字也。此其所以不可及。」愚按：少藴此論，於靖節最得其實。靖節平生爲詩，皆是傾倒所有，學者於此有得，斯知所以學靖節矣。

晉宋間詩，以俳偶雕刻爲工，靖節則真率自然，傾倒所有，當時人初不知尚也。顔延之作《靖節誄》云：「學非稱師，文取指「旨」通。達。」延之意或少之，不知正是靖節妙境。

靖節詩真率自然，傾倒所有，晉宋以還，初不知尚。雖靖節，亦不過寫其所欲言，亦非有意勝人耳。至唐王摩詰、元次山、韋應物、柳子厚、白樂天，宋蘇子瞻諸公，並宗尚之，後人始多得其旨趣矣。

靖節詩直寫己懷，自然成文，中惟「飢來驅我去」、「相知何必舊」、「天道幽且遠」一二三篇，語近質野耳。陳後山云：「淵明之詩，切於事情，但不文耳。」豈以顔、謝雕刻爲文，靖節自然反爲不文耶？此見遠出蘇、黄諸子下矣。

靖節詩皆是寫其所欲言，故集中並無重複之語，觀田家諸詩可見。今或以庸言套語爲自然，則易於重複矣，非所以學靖節也。

靖節詩不爲冗語，惟意盡便了，故集中長篇甚少，此韋、柳所不及也。

靖節詩不可及者，有一等直寫己懷，不事雕飾，故其語圓而氣足；有一等見得道理精明、世事透徹，故其語簡而意盡。昭明不能多録，惜哉！

靖節詩有三種。如「少無適俗韻」、「昔欲居南村」、「春秋多佳日」、「先師有遺訓」、「衰榮無定在」、「道喪向千載」、「故人賞我趣」、「孟夏草木長」、「藹藹堂前林」、「蕤賓五月中」、「窮居寡人用」、「運生會歸盡」等篇，皆快心自得而有奇趣，乃次山、白、蘇之所自出也。如「寢迹衡門下」、「草廬寄窮巷」、「靡靡秋已夕」、「山澤久見招」、「結廬在人境」、「秋菊有佳色」、「萬族各有托」、「凄厲歲云暮」等篇，皆蕭散冲淡而有遠韻，乃韋、柳之所自出也。如「行行循歸路」、「自古嘆行役」、「遊好非久長」、「愚生三季後」、「弱齡寄事外」、「閒居三十載」等篇，則聲韻渾成，氣格兼勝，實與子美無異矣。

或問：「漢魏與靖節詩皆本乎情之真，而體有不同，何也？」曰：漢魏近古，興寄深，故其體委婉；靖節去古漸遠，直是直寫己懷，固當以氣爲主耳。《捫蝨清話》云：「文章以氣爲主，氣韻不足，雖有辭藻，要非佳作也。昨讀淵明詩，頗似枯淡而有味。」已上六句皆《捫蝨》語。

或問予：「子嘗言元和諸公以議論爲詩，故爲大變，若靖節『大鈞無私力』、『顔生稱爲仁』

等篇，亦頗涉議論，與元和諸公寧有異耶？」曰：靖節詩乃是見理之言，蓋出於自然，而非以智力得之，非若元和諸公騁聰明、構奇巧，而皆以文爲詩也。

作詩出於智力者，亦可以智力求；出於自然者，無迹可求也。故今人學靈運者多相類，學靖節者百無一焉。

靖節與靈運詩，本不當並稱。東坡云「陶謝之超然」，但謂其意趣超遠耳。子美詩云：「爲人性僻耽佳句，語不驚人死不休。焉得思如陶謝手，令渠述作與同遊。」豈以靖節亦爲「性僻耽佳句」者乎？

靖節《擬古》九首，略借引喻，而實寫己懷，絶無摹擬之迹，非其識見超越，才力有餘，不克至此。後人學陶者，於其平直處僅得一二，至此，百不得一矣。嘗疑《擬古》或諸家所爲，但晉宋無此等人。

先儒謂靖節退歸後所作，多悼國傷時托諷之語，然不欲顯斥，故以《擬古》等目名其題云。愚按：此論靖節甚當，不然，則靖節亦有意與作者争衡耳。且如士衡諸公《擬古》，皆各有所擬；靖節《擬古》何嘗有所擬哉？斯可見矣。

靖節詩，惟《擬古》及《述酒》一篇中有悼國傷時之語，其他不過寫其常情耳，未嘗沾沾以忠悃自居也。趙凡夫云：「凡論詩不得兼道義，兼則詩道終不發矣。如談屈、宋、陶、杜，動引忠誠悃款以實之，遂令塵腐宿氣孛然而起。且詩句何足以概諸公？即稍露心腹，不過偶然，政不在此時誦其德業也。」已上十句皆凡夫語。

靖節詩，語皆自然，初未可以句摘，即如東坡所稱「曖曖遠人村，依依墟里烟。狗吠深巷中，雞鳴桑樹巔」、「平疇交遠風，良苗亦懷新」、「采菊東籬下，悠然見南山」等句，亦不過愛其意趣超遠耳。非若靈運諸公，用意琢磨，可稱佳句也。

靖節《歲暮》詩云「市朝悽舊人，驟驥感悲泉」，《三良》詩云「彈冠乘通津，但懼時我遺」，此正晉宋間語，靖節耳目所濡，故不覺出諸口耳，非有意爲之也。又「世短意常多，斯人樂久生」二句，亦非本相。

靖節詩有《王撫軍座送客》一首，句法工鍊，與靖節不類，疑晉宋諸家所爲。又《五月旦作》，意雖類陶，而語不類。《飲酒》末篇，語意俱類。至「若復不快飲，空負頭上巾」，又疑附會。蓋葛巾漉酒，乃一時乘興所爲，非有意也。

晉人貴玄虛、尚黄老，故其言皆放誕無實。陶靖節見趣雖亦老子，而其詩無玄虛放誕之語。中如「縱浪大化中，不喜亦不懼。應盡便須盡，無復獨多慮」、「中觴縱遥情，忘彼千載憂。且極今朝樂，明日非所求」、「寒暑有代謝，人道每如兹。達人解其會，逝將不復疑」、「所以貴我身，豈不在一生。一生復能幾，倏如流電驚」、「客養千金軀，臨化消其寶。裸葬何必惡，人當解意表」、「孰若當世士，冰炭滿懷抱。百年歸丘隴，用此空名道」、「壑舟無須臾，引我不得住。前塗當幾許，未知止泊處」、「家爲逆旅舍，我如當去客。去去欲何之，南山有舊宅」等句，皆達人超世、見理安分之言，非玄虚放誕者比也。

晉人作達，未必能達。靖節悲歡憂喜出於自然，所以爲達。蔡寛夫云：「柳子厚之貶，其憂悲憔悴之嘆發於詩者，特爲酸楚，卒以憤死，未爲達理。白樂天似能脱屣軒冕者，然榮辱得失之際，錙銖較量，而自矜其達，每詩未嘗不著此意，是豈真能忘之者哉？亦力勝之耳。惟淵明則不然。觀其《詠貧士》、《責子》與其他所作，當憂則憂，當喜則喜，忽然憂樂兩忘，則隨所遇而皆適，未嘗有擇於其間，所謂超世遺物者。」已上二十二句皆寛夫語。

晉宋間謝靈運輩，縱情丘壑，動逾旬朔，人相尚以爲高，乃其心則未嘗無累者。靈運嘗求入遠公社，遠公察其心雜，拒之。惟陶靖節超然物表，遇境成趣，不必泉石是娱、烟霞是托耳。其詩如「曖曖遠人村，依依墟里烟。狗吠深巷中，雞鳴桑樹巔」、「春秋多佳日，登高賦新詩。過門更相呼，有酒斟酌之」、「平疇交遠風，良苗亦懷新。雖未量歲功，即事多所欣」、「孟夏草木長，繞屋樹扶疏。衆鳥欣有托，吾亦愛吾廬」、「藹藹堂前林，中夏貯清陰。凱風因時來，回飆開我襟」、「春秫作美酒，酒熟吾自斟。弱子戲我側，學語未成音」、「蕤賓五月中，清風起南颸。不駛亦不遲，飄飄吹我衣」、「日入群動息，歸鳥趨林鳴。嘯傲東軒下，聊復得此生」等句，皆遇境成趣，趣境兩忘，豈嘗有所擇哉？本傳謂其「任真自得」，信然。

靖節詩平淡自然，本非有所造詣。但後之學者天分不足，風氣亦漓，欲學平淡，必從峥嶸豪蕩得之，乃不至於卑弱耳。東坡《與姪書》云：「大凡爲文，當使氣象峥嶸，采色絢爛，漸老漸熟，乃造平淡。」故東坡爲詩，嘗學退之，晚年寓惠州，和靖節，始有相類者。今人才力綿弱，不能自礪，輒自托於靖節，此非欺人，適自欺也。

靖節詩甚不易學，不失之淺易，則傷於過巧。予少時初學靖節，終歲得百餘篇，率淺易無足采録。今間一爲之，又不免類白、蘇矣，白、蘇學陶而失之巧。因遂絶筆不復爲也。

詩源辯體卷之七

宋

江陰許學夷伯清著

鍾嶸云：「謝客名靈運，小名客兒，襲封康樂公。爲元嘉之雄，顔延年名延之。爲輔。」愚按：太康五言，再流而爲元嘉。然太康體雖漸入俳偶，語雖漸入雕刻，其古體猶有存者。至謝靈運諸公，則風氣益漓，其習盡移，故其體盡俳偶，語盡雕刻，而古體遂亡矣。此五言之三變也。下流至謝玄暉、沈休文五言。劉勰云：「宋初文詠，儷采百字之偶，争價一句之奇。情必極貌以寫物，辭必窮力而造新，此近世之所競。」是也。《南史》載：「靈運車服鮮麗，衣物多改舊形制，世共宗之。」其畔古趨變類如此。

予嘗謂：漢魏五言如大篆，元嘉顔、謝五言如隸書。米元章云：「書至隸興，大篆古法大壞矣。」猶予謂詩至元嘉而古體盡亡也。此理勢之自然，無足爲怪。

或問：「人言謝勝陸，何也？」曰：從漢魏而言，是陸勝謝；從六朝而言，是謝勝陸。李獻吉云：「康樂詩是六朝之冠，然其始本於陸平原士衡。」此最得其實。今人不知，以爲靈連自立門户耳。

五言自士衡至靈運，體盡俳偶，語盡雕刻，不能盡舉。然士衡語雖雕刻，而佳句尚少，至靈運始多佳句矣。靈運如「曉霜楓葉丹，夕曛嵐氣陰」、「初篁苞緑籜，新蒲含紫茸」、「春晚緑野秀，巖高白雲屯」、「初景革緒風，新陽改故陰」、「白雲抱幽石，緑篠媚清漣」、「憩石挹飛泉，攀林搴落英」、「秋岸澄夕陰，火旻團朝露」、「遠巖映蘭薄，白日麗江皋」等句，皆佳句也。然語雖秀美，而未盡鎔液。至如「水宿淹晨暮，陰霞屢興没」、「揚帆采石華，挂席拾海月」、「海鷗戲春岸，天雞弄和風」、「巖下雲方合，花上露猶泫」、「池塘生春草，園林變候禽」、「雲日相輝映，空水共澄鮮」、「昏旦變氣候，山水含清暉」、「林壑斂暝色，雲霞收夕霏」等句，始爲鎔液矣。即鮑明遠所謂「如初發芙蓉，自然可愛」，王元美謂「琢磨之極，妙亦自然」者也。

五言至靈運，雕刻極矣，遂生轉想，反乎自然。如「水宿淹晨暮」等句，皆轉想所得也，觀其以「池塘生春草」爲佳句，則可知矣。然自然者十之一，而雕刻者十之九，滄浪謂靈運「透徹之悟」，則予未敢信也。

或問：「古人佳句，有妙合自然者，如何見得爲難？」曰：古人佳句，五言爲多，大抵五字摹寫，而景色宛然在目，所以爲難。若以意爲詩，則非所以論古人也。

靈運佳句既妙合自然，至如「杳杳日西頹」，通篇圓暢，亦近自然矣。今人篤好靈運，於其俳偶雕刻處字字摹倣，不遺餘力；至其妙合自然者，則未有一語也，安知所謂「初發芙蓉」哉！

漢魏詩興寄深遠，淵明詩真率自然。至於山林丘壑、烟雲泉石之趣，實自靈運發之，而玄暉殆爲繼響。靈運如「水宿淹晨暮」等句，於烟雲泉石，描寫殆盡，黄勉之謂「如川月嶺雲，玩之有餘，即之不得」，馮元成謂「語不能述，畫不能圖」是也。太白傾心二謝，正在於此。然太白語或相近，而體不相沿，至其自得之妙，則一氣渾成，了無痕迹矣。

薛考功云：「曰清、曰遠，乃詩之至美者也，靈運以之。『白雲抱幽石，緣篠媚清漣』，清也；『表靈物莫賞，藴真誰爲傳』，遠也；『豈必絲與竹，山水有清音』、左太沖詩。『景昃鳴禽集，水木湛清華』，謝叔源詩。清與遠兼之矣。」胡元瑞云：「薛論雖是大乘中旁出佛法，亦自錚錚動人。第此中得趣，頭白秪在六朝窠臼中，無復向上生活。若大本先立，旁及諸家，登山臨水，時作此調，故不啻嘯聞數百步也。」愚按：元瑞此論超越諸子，所云「大本先立」，則漢魏是也。

五言自士衡至靈連，其語益工，故其拙處益多，此理勢之自然，無足爲怪。靈運詩如「盛往速露墜，衰來疾風飛」、「披拂趨南徑，愉悦偃東扉」、「來人忘新術，去子惑故蹊」、「圖牒復摩滅，碑板誰聞傳」、「無庸妨周仕，有疾像長卿」、「眷西謂初月，顧東疑落日」、「歡願既無並，感慮庶有協。極目睞左闊，顧眺右狹」等句，皆拙語也。以工者相比，則拙者自見矣。或以爲不然，是虚慕古人而不得其實者也。

漢魏人詩，語有質野，此太朴未散；如陸士衡、謝靈運等拙句，實俳偶雕刻使然。或反以陸、謝諸語爲工美者，既甚失之，或以爲古質者，則愈謬也。後之人多貴耳賤目，故反覆言之。

陸士衡、謝靈運等拙句，本非可法，然後之擬陸、謝者，篇中苟得一二語相類，亦足解頤。譬之籧篨戚施雖爲醜疾，使優人爲之，果得其形似，觀者亦自快意。蓋擬古與學古不同也。詳漢魏擬古第一則。

語有似是而實非者，最易惑人。如何仲默云：「文靡於隋，韓力振之，然古文之法亡於韓；詩溺於陶，謝力振之，然古詩之法亦亡於謝。」其論詩有三病，而元美又稱述之，可謂惑矣。淵明詩真率自然而氣韻渾成，而謂「詩溺於陶」，一病也；五言自太康變至元嘉，乃理之必至，勢之必然，而謂「謝有意振之」，二病也；靈運之名，實被一時，淵明之詩，後世始知宗尚，當時謝豈有意於振之耶？三病也。若云「古詩之法亡於謝」，庶不爲謬。而黄勉之又深詆之，豈以古詩之法尚猶有在耶？

予之論靈運詩，乃大公至正而無所偏，以漢魏晉人詩等第之，其高下自見，胡元瑞謂「五言盛於漢，暢於魏，衰於晉宋，亡於齊梁」是也。古體亡於宋，古聲亡於梁。國朝人篤好靈運，於其詩便爲極至，凡稍有相詆，即爲矛盾。故予之論靈連詩爲破第一關。學者過此無疑，其他則易從矣。論初唐七言古爲破第二關，論盛唐律詩爲破第三關。

顔延年詩，體盡俳偶，語盡雕刻，然他篇尚覺明爽。惟四言如《應詔讌曲水》、《皇太子釋奠》、《宋郊祀歌》，五言如《應詔觀北湖田收》、《車駕幸京口》、《侍游蒜山》、《拜陵廟》諸作，艱澀深晦，殆不可讀。其意欲法《雅》、《頌》，實則《雅》、《頌》之厲耳。《南史》載：「延年嘗問鮑照己與靈運優劣。照曰：『謝五言如初發芙蓉，自然可愛；君詩若鋪錦列繡，亦雕繢滿眼。』」湯惠休亦云：「謝詩如芙蓉出水，顔詩如錯彩鏤金。」豈當時以艱澀深晦者爲鋪錦鏤金耶？然延年較靈運，其妙合自然者雖不可得，而拙處亦少，觀其集當知之。

延年五言，如「流雲藹青闕，皓月鑒丹宫」、「故國多喬木，空城凝寒雲」、「庭昏見野陰，山明望松雪」，亦佳句也。至如「飛奔互流綴，緹轂代迴環」、「疲弱謝凌遽，取累非纆牽」、「早服身義重，晚達生戒輕」、「未殊帝世遠，已同淪化萌」、「發軌喪夷易，歸軫慎崎傾」等句，皆艱澀深晦者也。

延年詩本雕刻求新，然四言如《皇太子釋奠》云「國尚師位，家崇儒門」，元美謂「老生板對」；五言如《侍遊曲阿》云「虞風載帝狩，夏諺頌王遊」，《應詔觀北湖田收》云「周御窮轍迹，夏載歷山川」，《拜陵廟》云「周德共明祀，漢道遵光靈」，意既淺近，體又一律，何太窘迫耶！元美謂其「才不勝學」，得之。

漢魏人詩，但引事而不用事，如《十九首》「誰能爲此曲？無乃杞梁妻」、「仙人王子喬，難可與等期」，曹子建「思慕延陵子，寶劍非所惜」，王仲宣「竊慕負鼎翁，願厲朽鈍姿」等句，皆引事也。至顔、謝諸子，則語既雕刻，而用事實繁，故多有難明耳。秦漢與六朝人文章亦然。鍾嶸云：「吟詠性情，亦何貴於用事？『思君如流水』，既是即目；『高臺多悲風』，亦惟所見；『清晨登隴首』，尤無故實；『明月照積雪』，詎出經史？觀古今勝語，多非補假，皆由直尋。顔延之、謝莊莊詩不多見。尤爲繁密，於時化之，故大明、泰始中，文章殆同書抄云。」已上十七句皆鍾嶸語。

靈運、延年五言四句，又爲一變。靈運如「弄波不輟手」，延年如「風觀要春景」，二篇體既俳偶，語復雕刻，然聲韻猶古。上源於張孟陽五言四句，下流至鮑明遠五言四句。

六朝人詩，刻本多相混入，然其體自可辨。如《詩紀》載謝靈運「一瞬即七里」、顔延年「薄遊忝霜署」二篇，皆齊梁以後詩也。又《鳴蟬篇》乃北齊顔之推作，《詩紀》録半篇屬延年，誤矣。

謝宣遠、名瞻。謝惠連五言，篇什不多，而俳偶雕刻，其語實工，與靈運絶相類。《南史》載：「瞻嘗作《喜霽詩》，即《答靈運》詩。靈運寫之，混詠之。謝叔源。王弘在座，以爲三絶。」又：「宋公遊戲馬臺，命僚佐賦詩，瞻之所作冠於時。」愚按：《喜霽詩》尤近自然，《語録》乃謂「宣遠有詩不工」，非也。

宣遠五言，如「開軒滅華燭，月露皓已盈」、「巢幕無留燕，遵渚有來鴻。輕霞冠秋日，迅商薄清穹」、「四筵霑芳醴，中堂起絲桐」，惠連如「亭亭映江月，飂飂出谷飈。斐斐氣幕岫，泫泫露盈條」、「夕陰結空幕，宵月皓中閨」、「蕭瑟含風蟬，寥唳度雲雁。寒商動清閨，孤燈曖幽幔」等句，其語實工，但未盡鎔液耳。至如宣遠「頹陽照通津，夕陰曖平陸」，其氣魄甚勝，若惠連「昔離秋已兩，今聚夕無雙」、「頹魄不再圓，傾羲無兩旦」，則傷於拙矣。要不可以此定優劣也。

謝靈運經緯綿密，鮑明遠名照，《文選》作「昭」。步驟軼蕩。明遠五言如《數詩》、《結客》、《薊門》、《東武》等篇，在靈運之上。然靈運體盡俳偶，而明遠復漸入律體。凡不當對而對者，爲漸入律體。但靈運體雖俳偶而經緯綿密，遂自成體；明遠本步驟軼蕩，而復入此窘步，故反傷其體耳。以全集觀，當自見矣。滄浪謂「顔不如鮑，鮑不如謝」，正以此也。

明遠樂府五言，步驟軼蕩，正合歌行之體。然其才自軼蕩耳，故其詩亦如之。

明遠五言，如「蔓草緣高隅，修楊夾廣津。迅風首旦發，平路塞飛塵」，樂府五言如「雞鳴洛城裏，禁門平旦開。冠蓋縱横至，車騎四方來」、「驄馬金絡頭，錦帶佩吴鈎。失意杯酒間，白刃起相讎」、「嚴秋筋竿勁，虜陣精且彊。天子按劍怒，使者遥相望」、「疾風衝塞起，沙礫自飛揚。馬毛縮如蝟，角弓不可張」等句，最爲軼蕩，其氣象已近李、杜，元瑞謂「明遠開李、杜之先鞭」是也。較之顔、謝，如釋險阻而就康莊矣。

明遠五言，既漸入律體，中復有成律句而綺靡者，如「歸華先委露，别葉早辭風」、「蜀琴抽白雪，郢曲發陽春」、「珠簾無隔露，羅幌不勝風」、「楊芬紫烟上，垂綵緑雲中」等句，則皆律句而綺靡者也。然此實不多見，故必至永明乃爲四變耳。

《南史》載：「文帝他書作「世祖」。以照爲中書舍人。上好文章，自謂人莫能及。照悟其旨，爲文章多鄙言累句，咸謂才盡。」實不然也。明遠詩如「申黜褒女進，班去趙姬昇」、「虚容遺劍佩，實貌戢衣巾」、「嬛綿好眉目，閑麗美腰身」、「舟遷莊甚笑，水流孔急難」、「匹命無單年，偶影有雙夕」、「倏悲坐還合，俄思甚兼秋」等句，皆鄙言累句也，要亦是俳偶雕刻使然，非必皆有意爲之也。

明遠五言四句，聲漸入律，語多華藻，然格韻猶勝。上源於靈運、延年五言四句，下流至何遜五言四句。

明遠樂府七言有《白紵詞》，雜言有《行路難》。《白紵詞》本於晉，而詞益靡；《行路難》體多變新，語多華藻，而調始不純，此七言之三變也。下流至吴均七言。《行路難》如：「奉君金巵之美酒，瑇瑁玉匣之雕琴，七綵芙蓉之羽帳，九華蒲桃之錦衾。紅顔零落歲將暮，寒光宛轉時欲沉。願君裁悲且減思，聽我抵節行路吟，不見柏梁銅雀上，寧聞古時歌吹音？」首章全篇。「洛陽名工鑄爲金博山，千斷復萬鏤，上刻秦女攜手仙。承君清夜之歡娱，列置幃裏明燭前。外發龍鱗之丹彩，内含麝芬之紫烟。如令君心一朝異，對此長嘆終百年」二章全篇。等章，則體皆變新，語皆華藻者也。馮元成云：「《行路難》縱横宕逸，長短恣意，遂兆李、杜諸公軌轍。」得之。至如「隨酒逐樂任意去」、「獨魄徘徊繞墳基」、「蓬首亂髮不設簪」、「徒飛輕埃繞空帷」等句，非古非律，聲調全乖，歌行中斷不可用之。

胡元瑞云：「《行路難》欲汰去浮靡，返於渾朴，而時代所壓，不能頓超。」非也。《行路難》體多變新，語多華藻，而調始不純，自是宋人一變。若晉《白紵舞歌》反爲浮靡者，歌名《白紵》，自應浮靡，本不得與《行路》相較。以鮑《白紵詞》觀之，自可見矣。

明遠七言四句，有《夜聽妓》一篇，語皆綺艷，而聲調全乖，然實七言絶之始也。下流至劉孝威七言四句。元瑞謂：「七言絶起，斷自梁朝。」則失考矣。

何承天《鐃歌》十五曲，其五言聲調略與士衡相類，較傅玄爲勝；雜言《將進酒》等，較之於玄，則更鄙陋矣。

詩源辯體卷之八

齊

江陰許學夷伯清著

江淹字文通。與謝朓、沈約同時，而其詩多宋齊間作。淹五言調婉而詞麗，然不能如沈、謝之工，以全集觀，當自見矣。淹嘗云："「人生當適性爲樂，安能精意苦力求身後之名哉！」故其詩僅爾。中如「玉柱空掩露，金樽坐含霜」、「昔我别楚水，秋月麗秋天。今君客吴坂，春色縹春泉」、「愁生白露日，思起秋風年」、「松氣鑒青靄，霞光鑠丹英」、「絳氣下縈薄，白雲上杳冥」、「電至烟流綺，水緑桂含丹」、「凉靄漂虚座，清香盪空琴」等句，皆調婉而詞麗者也。又樂府有《西洲曲》，乃晚唐人詩，非淹筆也。

文通五言，善用騷語，如「平原忽超遠，參差見南湘」、「憂怨生碧草，沅湘含翠烟」、「擥洲之宿莽，命爲瑶桂因」、「竊悲杜蘅暮，擥涕弔空山」、「南方天炎火，魂兮可歸來」、「汀皋日慘色，桂闇猿方啼」、「常畏佳人晚，秋蘭傷紫莖」、「杜蘅念無沫，石蘭終不暌」、「暮心亦誰寄，江皋桂有蘂」、「紫荷漸曲池，皋蘭覆徑路」等句，皆騷語也。但全篇佳者實少，故昭明不多録耳。

玄暉、休文五言，雖自漢魏遠降，而一源流出，實爲正變。文通五言《擬古》三十首，多近古人，《擬古》不録，説見《凡例》。而他作每每任情，與玄暉、休文大異，實爲自立門户。晚年才盡，故不免支離耳，與總論「學者以識爲主，其工夫、才質不可偏廢」一則參看。乃知歷代常法，斷不可輕廢也。

《南史》載：「永明中，王融、字元長。謝朓、史作「脁」，字玄暉。沈約字休文。始用四聲，以爲新變。」愚按：元嘉五言，再流而爲永明。然元嘉體雖盡入俳偶，語雖盡入雕刻，其聲韻猶古；至玄暉、休文，則風氣始衰，其習漸卑，故其聲漸入律，語漸綺靡，而古聲漸亡矣。此五言之四變也。下流至梁簡文、庚肩吾五言。然析而論之，玄暉爲工，休文才有不逮。丘遲、任昉雖終仕於梁，而其詩亦永明體，但篇什甚少，不足序列。

玄暉五言，如「日出衆鳥散，山暝孤猿吟」、「天際識歸舟，雲中辨江樹」、「南中榮橘柚，寧知鴻雁飛」、「春草秋更緑，公子未西歸」、「大江流日夜，客心悲未央」、「金波麗鳷鵲，玉繩低建章」、「風動萬年枝，日華承露掌」、「餘霞散成綺，澄江静如練」、「寒城一以眺，平楚正蒼然」、「朔風吹飛雨，蕭條江上來」，休文如「春光發隴首，秋風生桂枝」、「青苔已結洧，碧水復盈淇」、「秋風吹廣陌，蕭瑟入南闈」等句，皆佳句也，但較之靈運，則氣格遂降耳。至如玄暉「風遝飄鶯亂，雲行芳柳低」、「香風蕊上發，好鳥葉間鳴」、「葉低知露密，崖斷識雲重」，《詠幔》云「每聚金鑪氣，時駐玉琴聲」〔二〕，《詠燭》云「徘徊雲髻影，的皪綺疏金」，休文如「寶瑟玫瑰柱，金羈玳瑁鞍」、「日華照趙瑟，風色動燕姬」、「聯簪映秋月，開鏡比春妝」、「月輝橫射枕，燈光半隱床」，《詠風》云「入鏡先飄粉，翻衫好弄香」等句，皆入律而綺靡者也。

玄暉、休文五言平韻者，上句第五字多用仄，即休文八病中所忌上尾之説也，此變律之漸。

王元美云：「玄暉特不如靈運者，匪直才力小弱。靈運語俳而氣古，玄暉調俳而氣今。」愚按：滄浪嘗謂「謝朓之詩，已有全篇似唐人者」，此即所謂「調俳而氣今」也。

或問：「靈運詩多拙句，而玄暉反無，何也？」曰：靈運詩極雕刻，故拙句自多；至玄暉，則琢磨日深，故拙句自少。其所以不及靈運者，則元美所云也。

玄暉五言四句，格韻較明遠稍降，然未可謂變也。

休文全集較玄暉聲氣爲優，然殊不工。至入録者，則聲韻益靡矣。

休文論詩，有「八病」之説，此變律之漸。然觀其詩，亦不盡如其説，何耶？

休文樂府雜言短篇，有《江南弄》四首，聲調極靡，蓋晉宋《白紵》之流也。

王元長五言，較玄暉、休文聲韻益卑，太半入梁陳矣，故昭明獨無取焉。鍾嶸云：「宮商之

〔二〕 按，此爲王融《詠幔》詩。

辯，四聲之論，王元長創其首，謝眺、沈約揚其波。」是也。至如「殘日霽沙嶼，清風動甘泉」、「霜氣下盟津，秋風度函谷」，求之永明，殆不多得。

玄暉、元長樂府五言，與詩略無少異，故不復分次。惟休文長篇，聲氣稍雄，然正非樂府語耳。

詩源辯體卷之九 梁

江陰許學夷伯清著

梁武帝諱衍，字叔達。樂府五言，情雖麗而未甚靡，齊梁間樂府，惟武帝稍爲有致。他如「金風徂清夜，明月懸洞房」，乃齊梁佳句。樂府七言《河中之水歌》，語雖妖艷，而調猶渾成。《東飛伯勞歌》，則詞益艷而聲益漓矣。雜言《江南弄》七首，聲調與休文相類，然多生字奇字，故未可録〔一〕。

范雲字彦龍。五言，在齊梁間聲氣獨雄。永明以後，梁武取調，范雲取氣。雲前數篇亦永明體。

何遜字仲言。與劉孝綽本名冉，字孝綽。齊名，時號何劉。二公五言，聲多入律，語漸綺靡。何長篇平韻者殊不工，仄韻者上聯第五字或用平，下聯第五字必用仄，上聯第五字或用仄，下聯第五字必用平，即休文「八病」中所忌鶴膝之説也。劉長篇有轉韻體最工，下流至薛道衡初唐諸

〔一〕 崇禎本此下多小字注：「七言、雜言皆樂府也。」

子，遂爲青蓮長物。

何遜五言四句，聲盡入律，語多流麗，而格韻始卑。上源於鮑明遠五言四句，下流至梁簡文、庾肩吾五言四句。

劉孝威五言，語漸綺靡，聲愈入律。名在孝綽之下，而詩入録者亦少，然語在梁陳間最工。孝威七言四句有《詠曲水中燭影》一篇，較明遠語更綺艷，而聲調仍乖。下流至梁簡文七言四句。

吴均字叔庠。五言，聲漸入律，語漸綺靡，在梁陳間稍稱遒邁。傳謂其有「古氣」，非也。五言四句與鮑明遠相類，較諸家爲勝。

吴均樂府七言及雜言有《行路難》，本於鮑明遠而調多不純，語漸綺靡矣。此七言之四變也。下流至梁簡文以下七言。如：「洞庭水上」首章全篇。等章〔一〕，調多不純，語漸綺靡者也。

王筠字元禮。五言，語漸綺靡，聲愈入律，去吴均爲遠，以全集觀自見。

柳惲字文暢。五言，聲多入律，語多綺靡，去吴均亦遠。至如「汀洲采白蘋，日落江南春」、

〔一〕「洞庭水上」，崇禎本作：「洞庭水上一株桐，經霜觸浪因嚴風。昔時抽心曜白日，今旦卧死黄沙中。洛陽名工見咨嗟，一剪一刻作琵琶。白璧規心學明月，珊瑚映面作風花。帝王見賞不見忘，提携把握登建章。掩抑摧藏張女彈，殷勤促柱楚明光。年年月月對君王，遥遥夜夜宿未央。未央綵女棄鳴篪，争先拂拭生光儀。茱萸錦衣玉作匣，安念昔日枯樹枝？不學衡山南嶺桂，至今千載猶未知。」

「亭皋木葉下，隴首秋雲飛」、「太液滄波起，長楊高樹秋」數語，永明以後，矯矯獨勝。

杜確云：「簡文帝諱綱，字世讚。及庾肩吾字子慎，一字慎之。之屬，始爲輕浮綺靡之詞，名之曰宮體。」愚按：永明五言，再流而爲梁簡文及庾肩吾諸子。然永明聲雖漸入於律，語雖漸入綺靡，其古聲猶有存者；至梁簡文及庾肩吾之屬，則風氣益衰，其習愈卑，故其聲盡入律，句雖入律而體猶未成。語盡綺靡而古聲盡亡矣。此五言之五變也。轉進至初唐王、楊、盧、駱五言。然析而論之，肩吾爲工，而簡文語更入妖艷。

庾肩吾五言，如「金門𢁉出柳，桐井半含泉」、「鑪香雜山氣，殿影入池漣」、「水光懸蕩壁，山翠下添流」、「桃花舒玉澗，柳葉暗金溝」、「泉飛疑度雨，雲積似重樓」、「荷低芝蓋出，浪涌燕舟輕」、「閣影臨飛蓋，鶯鳴入洞簫」、「看妝畏水動，斂袖避風吹」等句，聲盡入律，語盡綺靡。簡文如「桃含可憐色，柳發斷腸青」、落花隨燕入，游絲帶蝶驚」、「輕花鬢畔墜，微汗粉中光」、「密態隨流臉，嬌歌逐輭聲」、朱顏半已醉，微笑隱香屏」、「蝶颺縈空舞，燕作同心飛」，《詠内人晝眠》云「夢笑開嬌靨，眠鬟壓落花。簟紋生玉腕，香汗浸紅紗」，《雙燕離》云「銜花落北户，逐蝶上南枝」、桂棟本曾宿，虹梁早自窺」等句，則更入妖艷矣。又結語屬對者，氣多不盡。

梁簡文、庾肩吾五言四句，聲盡入律，語盡綺靡，而格韻愈卑。上源於何遜五言四句，轉進至王、楊、盧、駱五言四句。

梁簡文以下樂府七言，調多不純，語多綺艷，此七言之五變也。上源於吴均七言，轉進至王、盧、駱三子七言。

梁簡文七言八句有《烏夜啼》，乃七言律之始。下流至庾信七言八句。第七句「羞言獨眠枕下淚」，「淚」字諸本皆作「流」，其聲難協，其義難通，一作「淚」爲是。七言四句有《上留田》、《春别》、《夜望單飛雁》，語仍綺艷，而聲調亦乖。上源於劉孝威七言四句，下流至庾信七言四句。

五言至梁簡文而古聲盡亡，然五、七言律絶之體於此而備，此古律興衰之幾也。

陰鏗字子堅。與何遜齊名，亦號陰何。鏗五言聲盡入律，語盡綺靡，聲調既卑於遜，而累語復多，以全集觀自見。

沈君攸五言甚少，不足采録。樂府七言三首，其二一韻成篇，體盡俳偶，語盡綺靡，聲多入律，而調又不純矣。

詩源辯體卷之十

陳

江陰許學夷伯清著

《北史》載：「庾信父肩吾，爲梁太子中庶子，掌管記。東海徐摛，爲左衛率。摛子陵字少穆。及信字子山。並爲抄撰學士。父子東宫，出入禁闥，恩禮莫與比隆。既文並綺艷，故世號爲徐庾體。」愚按：五言自梁簡文、庾肩吾以至陵、信諸子，聲盡入律，語盡綺靡，其體皆相類，而陵、信最盛稱。然析而論之，信實爲工，而陵才有不逮。後陵仕陳，信事北周。

徐陵五言，如「榜人事金槳，釣女飾銀鈎。細萍時帶檝，低荷乍入舟」、「落花承步履，流澗寫行衣」，《梅花落》云「燕拾還蓮井，風吹上鏡臺」，《詠舞》云「低鬟向綺席，舉袖拂花黄。燭送窗邊影，衫傳篋裏香」，庾信如「楊柳成歌曲，蒲桃學繡文」、「樹宿含櫻鳥，花留釀蜜蜂」、「龍來隨畫壁，鳳起逐吹簫」、「花梁反披葉，蓮井倒垂房」、「圓珠墜晚菊，細火落空槐」、「密菱障浴鳥，高荷没釣船。碎珠縈斷菊，殘絲繞折蓮」，《詠王昭君》云「鏡失菱花影，釵除却月梁」等句，皆入律而綺靡者也。

徐、庾五言，語雖綺靡，然亦間有雅正者。徐如《出自薊北門行》及《關山月》，庾如《别周尚書》，皆有似初唐。

徐、庾樂府七言，調多不純。徐語盡綺艷，而庾則已近初唐矣。

庾信五言，句法、音調多似其父，而才力勝之，陳隋諸子皆所不及。杜子美亦屢稱焉，但以之比太白，則非其倫矣。

庾七言八句有《烏夜啼》，於律漸近；上源於梁簡文七言八句，下流至隋煬帝七言八句。七言四句有《代人傷往》、《夜望單飛雁》，語仍綺艷，而聲調亦乖。上源於梁簡文七言四句，下流至江總七言四句。

王褒字子深，一字子淵。五言，聲盡入律，而綺靡者少。至如《飲馬》、《從軍》、《關山》、《遊俠》、《渡河》諸作，皆有似初唐。以全集觀，不能如庾之工也。樂府七言亦近初唐。

張正見字見幘。五言，聲盡入律，而綺靡者少。《雨雪曲》、《從軍行》，亦近初唐。樂府七言、雜言，調雖稍諧〔二〕，而語盡綺靡，正梁陳體也。

陳後主諱叔寶，字元秀。五言，聲盡入律，語盡綺靡，樂府七言與梁簡文相類。視梁陳諸子，才力更弱。

江總字總持。五言，聲盡入律，語多綺靡。樂府七言，調多不純，語更綺艷。後主狎客十人，

〔二〕「稍」，崇禎本作「和」。

而詩則總爲勝。

江總七言四句有《怨詩》二篇，調雖合律，而語仍綺艷，下至隋煬帝亦然。上源於庾信七言四句，轉進至王、盧、駱三子七言四句。

七言自梁簡文而下，語多綺艷。簡文如「誰家總角岐路陰，裁紅點翠愁人心。天窗綺井暖徘徊，珠簾玉匣明鏡臺」、「網户珠綴曲璚鉤，芳裀翠被香氣流」，沈君攸如「絲繩玉壺傳綺席，秦箏趙瑟響高堂」、「魚文熠爚含餘日，鶴蓋低昂映落霞。隔樹銀鞍喧寶馬，分衢玉軸動香車」，徐陵如「宫中本造鴛鴦殿，爲誰新起鳳凰樓」、「舞衫迴袖勝春風，歌扇當窗似秋月」，庾信如「盤龍明鏡餉秦嘉，辟惡生香寄韓壽」、「桃花顔色好如馬，榆莢新開巧似錢」，王褒如「初春麗日鶯欲嬌，桃花流水没河橋」，張正見如「含啼拂鏡不成妝，促柱繁絃還亂曲」、「流螢映月明空帳，疏葉從風入斷機」，陳後主如「誰家佳麗過淇上，翠釵綺袖波中漾。雕軒繡户花恒發，珠簾玉砌移明月」，江總如「房櫳宛轉垂翠幕，佳麗逶迤隱珠箔」、「合歡錦帶鴛鴦鳥，同心綺袖連理枝」、「玉軑輕輪五香散，金燈夜火百花開」、「步步香飛金薄履，盈盈扇掩珊瑚唇」、「銀床金屋挂流蘇，寶鏡玉釵橫珊瑚」等句，皆爲綺艷者也。至如沈君攸「歌響出扇繞塵梁」、「津吏猶醉强持船」，江總「妾門逢春自可榮，君面未秋何意冷」、「不惜獨眠前下釣，欲許便作後來薪」等句，則聲調全乖，更不成文矣。